Vies des artistes

GIORGIO
VASARI

Vies des artistes

(Vies des plus excellents peintres, sculpteurs et architectes)

traduction de l'italien par
LÉOPOLD LECLANCHÉ ET CHARLES WEISS

revue, annotée et préfacée par
Véronique Gerard Powell

Bernard Grasset
Paris

ISBN 978-2-246-70691-5
ISSN 0756-7170

VIE D'UN AUTRE ARTISTE

par Véronique Gerard Powell

Les *Vies des plus excellents peintres et sculpteurs, architectes* sont, à l'origine, l'œuvre d'un peintre jeune, enthousiaste et cultivé. Giorgio Vasari (1511-1574) avait une trentaine d'années quand il entreprit cet ambitieux travail d'historien et de critique d'art dont la nécessité commençait à se faire sentir en Toscane et à Rome. L'ouvrage, un millier de pages en deux volumes, sortit en mai 1550 chez Lorenzo Torrentino à Florence et connut un succès immédiat. L'auteur y promettait une suite qui s'imposa une dizaine d'années plus tard, une fois la première édition devenue introuvable. Maintenant en homme mûr, premier artiste de la cour de Cosme Ier de Médicis, jouissant d'un solide prestige dans tout le pays, Vasari se remit au travail, corrigea, compléta son propos de nouveaux discours et de nouvelles Vies, la sienne y compris. Cette seconde édition, trois fois plus longue, sortit chez Giunti, à Florence, en 1568. Son extraordinaire capacité de travail, une curiosité intellectuelle toujours en éveil et un amour passionné de la création artistique, où le plaisir visuel et l'émotion l'emportent sur le discours théorique, permirent à Vasari de concevoir la première histoire de l'art de l'Europe moderne.

Vasari naît en 1511 à Arezzo, une de ces petites villes de Toscane qui durent renoncer à leur indépendance pour passer sous la domination florentine. Florentin par nécessité et par ambition, il conserve toute sa vie une tendresse pour sa ville natale et s'attarde volontiers, dans les *Vies*, à l'évocation de ses compatriotes. Son père tient une petite boutique de tissus, mais la famille compte des artisans potiers, des orfèvres, et même un peintre de beau talent, le grand-oncle Luca Signorelli. Vasari entre en apprentissage dans l'atelier du Français Guillaume de Marcillat, peintre et maître verrier qui vient de travailler à Rome avec Michel-Ange et Raphaël. Et, fait assez rare chez un artiste, il reçoit aussi une bonne éducation classique : elle lui donnera accès aux cercles de lettrés qu'il aime à fréquenter, une connaissance intime des sujets complexes et érudits que réclame un certain goût de l'époque et, surtout, les moyens intellectuels de créer une œuvre littéraire. En 1524 advient la première chance de sa vie, qu'explique cette formation exceptionnelle : il est remarqué par le cardinal Silvio Passerini que le nouveau pape Médicis, Clément VII (1523-1534), vient de nommer tuteur de ses deux neveux bâtards, Hippolyte et Alexandre, qui doivent assurer la continuité des Médicis à Florence. Le voici, dès l'âge de treize ans, lié pour le reste de sa vie au destin de cette famille, des débuts tumultueux des premiers ducs, rythmés par les expulsions, les sièges et les assassinats, jusqu'à la gloire sereine du règne de Cosme Ier (1537-1574).

Passerini l'emmène donc à Florence où, pendant trois ans, le jeune Vasari se forme à la vie de cour et à la vie intellectuelle en suivant l'enseignement de Pierio Valeriano, le maître d'Alexandre et d'Hippolyte. Sa vocation d'artiste s'affirme : il découvre les œuvres qui, de Cimabue à Giotto, de Masaccio à Botticelli, ont forgé trois siècles d'excellence florentine; il fréquente plusieurs grands ateliers où s'élabore une nouvelle étape de la Renaissance, le passage du naturalisme et de l'harmonie classique à l'élégance et la sophistication du maniérisme. Il y a certes là Michel-Ange, qui travaille aux tombes de la chapelle Médicis, mais c'est surtout auprès du peintre Andrea del Sarto et du sculpteur Baccio Bandinelli qu'il complète son apprentissage. 1527 est une année éprouvante, celle du sac de Rome, des insurrections républicaines à Florence et, pour lui, celle de la mort de son père, à Arezzo. Chef de famille à seize ans, il enchaîne les menus travaux entre Toscane et Émilie jusqu'au jour béni où Hippolyte, devenu cardinal, le fait entrer à son service, à Rome, en janvier 1532. Pendant sept mois, avec son grand ami et condisciple le peintre florentin Francesco Salviati, il étudie les vestiges de l'Antiquité romaine, l'œuvre de Raphaël et de Michel-Ange, et vit au cœur d'une cour raffinée et cultivée. Lui-même joue les virtuoses en devenant un peintre volontiers hermétique. Dans le cercle de courtisans lettrés, il se lie avec le poète Claudio Tolomei, défenseur de l'usage littéraire de la langue vulgaire, et avec le philosophe et écrivain Paolo Giovio qui, dans son œuvre littéraire, met les ressources de l'éloquence au service de la critique artistique. Leurs encouragements et leurs conseils lui seront précieux lors de la rédaction des *Vies*.

Retournant à Florence quand Hippolyte doit quitter Rome, Vasari entre avec enthousiasme au service d'Alexandre qui, après l'intermède républicain (1527-1530), s'est retrouvé, grâce à l'appui de Charles Quint, à la tête du jeune duché de Florence. Son efficace collaboration aux décors éphémères réalisés pour l'entrée triomphale de Charles Quint (1536) impose ses exceptionnels talents d'organisateur et de directeur d'atelier qui le conduiront aux grandes réalisations décoratives du règne de Cosme Ier. C'est aussi le moment où, pour servir le principal intérêt d'Alexandre, les fortifications, il se met à étudier l'architecture. Dans cette cour pleine d'intrigues, il trouve en Ottaviano de Médicis, cousin du duc, homme de culture et de goût fidèle au premier idéal des Médicis, un protecteur attentif auquel il rend souvent hommage dans son ouvrage.

L'assassinat du duc Alexandre le jette hors de Florence en 1537 et l'éloigne, pour une quinzaine d'années, de sa carrière d'artiste de cour et du nouveau maître de la ville, le grand-duc Cosme Ier. Soutenu par les moines olivétains et camaldules, qui lui assurent des chantiers dans toute l'Italie centrale, il fait de ces années d'indépendance vis-à-vis des Médicis des années très fructueuses pour sa peinture : sa maîtrise des grands cycles décoratifs et son adhésion aux canons élégants du maniérisme lui assurent une belle notoriété, de Bologne à Naples. A Arezzo, il orne les pièces de sa maison de fresques à la louange de la création artistique. Mais c'est Rome, où il se rend plusieurs fois, chez son protecteur Bindo Altoviti, qui l'attire plus que tout : en mars 1546, il reçoit d'Alexandre Farnèse la prestigieuse commande d'un décor pour une salle de la Chancellerie à la gloire de son grand-père, le pape Paul III. Il la mène à bien, avec une équipe d'assistants, en cent jours. Et comme aurait dit Michel-Ange, qui l'aimait bien, « *E si vede* ».

C'est aussi le moment où le projet des *Vies* prend une forme publique. On ne croit pas vraiment au récit de Vasari selon lequel, lors d'une soirée au palais Farnèse, il aurait été poussé par ses amis à écrire un traité – qui faisait défaut – sur les artistes les plus célèbres depuis Cimabue. Depuis longtemps déjà, il note dans de petits recueils tout ce qu'il voit de remarquable. Ses déplacements successifs lui ont donné une connaissance exceptionnelle de l'Italie. Il l'enrichit considérablement en 1541 lors d'un premier voyage à Venise, poussé semble-t-il par la seule curiosité et, probablement, par le projet auquel il commence à penser : ses certitudes théoriques, au premier rang desquelles l'importance du dessin, sont ébranlées par le triomphe que la ville fait à la couleur. A l'automne 1546, Paolo Giovio soutient Vasari de ses encouragements, et un éditeur se montre intéressé. Revenu à Florence, il complète ses notes de nouvelles recherches. En bon historien, il puise aux sources écrites, les *Commentarii* manuscrits qu'a laissés le sculpteur Ghiberti (cela explique l'extrême précision de la Vie de cet artiste), les biographies d'artistes, celle de Brunelleschi par l'architecte Manetti, les *Memorie* du couvent Saint-Marc sur le peintre dominicain Fra Bartolommeo, des chroniques florentines, notamment celles de Giovanni et Matteo Villani, écrites au milieu du

XIVe siècle... Il a des souvenirs personnels, des informateurs. Homme de lettres, il connaît toutes les références, de Boccace ou de Pétrarque, et sait décrire, souvent avec bonheur, les œuvres d'art. Homme de son siècle, il apprécie l'historiette. Artiste, il juge le savoir-faire de ses confrères. Collectionneur, il utilise les dessins, essentiellement toscans, de son portefeuille pour analyser les spécificités d'un talent. Tous ces aspects sont, dans l'édition de 1550, mêlés à un discours théorique clair et brillant, qui commence par une louange aux trois arts, peinture, sculpture et architecture, et fait la part belle à la Toscane, en général et à Florence en particulier, aux dépens notamment de Sienne, la vieille rivale politique. L'argument est simple : l'art doit être une imitation de la nature – pas une reproduction, plutôt une amélioration. Les artistes de l'Antiquité y étaient parvenus, le Moyen Age, époque de la *maniera tedesca*, l'avait oublié, les artistes toscans l'ont redécouvert. Pour cela, il leur a fallu trois âges, celui des premières lueurs avec Cimabue et Giotto, celui des progrès avec les maîtres du XVe siècle, Masaccio, Brunelleschi, et celui de la perfection, avec Fra Bartolommeo, Léonard de Vinci, Raphaël et l'unique vivant, ce Michel-Ange si terrible que Vasari ne peut être que maladroit dans son récit. Pourquoi les Toscans sont-ils meilleurs que les Siennois ou les Vénitiens ? Parce qu'ils ont reconnu l'importance du dessin, « père des trois arts » qui donne forme à l'intuition de l'artiste et révèle son génie. Vasari adopte là un parti pris assez artificiel qui reflète les goûts de son époque.

Cet hymne à la gloire de Florence facilita sans nul doute le retour de Vasari en 1554 au service de Cosme Ier. Jusqu'à leurs morts respectives, la même année 1574, il conçut et célébra le mythe de la grandeur médicéenne, transforma le Palazzo Vecchio en une grandiose résidence ducale ornée de fresques au programme hagiographique, créa les Offices et de nombreux décors éphémères. Estimant qu'il « avait eu le temps de mieux comprendre beaucoup de choses et d'en revoir beaucoup d'autres », il travailla à une deuxième édition à partir de 1561. Influencé à la fois par son ami Vincenzo Borghini, qui l'avait aidé à éditer la première version et venait de publier un traité sur les origines de Florence, et par la politique artistique du grand-duc, il a un discours bien plus nettement historique et aboutit à une œuvre très différente, plus confuse dans l'argument mais beaucoup plus riche dans la biographie. Sensible aux critiques, il s'est intéressé à des artistes non toscans, a développé une quatrième époque, celle des contemporains, ce qui fait trente nouvelles Vies. Il reprend ses voyages, découvre Corrège à Parme et s'arrête longuement à Venise en 1566 : Giorgione, le vieux Titien, qu'il va visiter dans son atelier de Birri Grande, le touchent ; ses certitudes toscanes sont ébranlées. Il rapporte aussi de Venise l'idée d'illustrer chaque Vie d'un portrait gravé sur bois. A Rome, Michel-Ange, agacé par le ton dithyrambique avec lequel Vasari l'avait évoqué dans la première édition, avait poussé Condivi à publier en 1553 une biographie fort bien documentée. Vasari en tint compte : sa nouvelle Vie de Michel-Ange est un témoignage capital, au moment où le grand artiste vient de mourir.

Depuis 1568, les *Vies* sont reconnues comme un chef-d'œuvre incontesté de l'historiographie occidentale. L'extraordinaire richesse documentaire, la vivacité et la finesse du vocabulaire critique, l'intérêt de la vision historique et l'engagement de l'auteur à défendre la création artistique assurent depuis quatre siècles son succès permanent. L'un des plus émouvants témoignages, récemment retrouvés, de l'intérêt qu'elles suscitèrent pour la génération suivante sont les apostilles laissées par le peintre le Greco sur l'exemplaire des *Vite* que lui avait donné un autre artiste, Federico Zuccaro, successeur de Vasari sur le chantier du Dôme de Florence. Luis Tristán, disciple du Greco, hérita du volume aujourd'hui retrouvé (Fondation Salas, Espagne). Le Greco, ébloui par Venise, y critique certes, comme tant d'autres, les choix esthétiques partisans de Vasari. Mais elles furent une source essentielle de sa culture artistique. Les *Vies* ont immédiatement engendré des imitateurs qui ont, à leur tour, permis de préserver, par le texte sinon par l'image, des trésors de création artistique : ainsi Carel Van Mander, qui publia en 1604 le *Livre de peinture* des Pays-Bas et de l'Allemagne, ou l'Espagnol Antonio Palomino, avec en 1715 son *Musée pictural.* Le XIXe siècle, avec sa passion de l'Italie et son approche plus rigoureuse de l'histoire de l'art, a favorisé la publication des premières éditions scientifiques en italien et de traductions plus ou moins complètes des *Vies* de Vasari. Léopold Leclanché réalisa, en supprimant plusieurs Vies et en faisant un certain nombre de coupes, la première traduction française, qui fut publiée à Paris en 1841-1842. Nous y avons choisi des Vies de peintres, de sculpteurs, de graveurs ou d'architectes qui, de Cimabue à Titien, de la Toscane à Rome et à la Vénétie, nous ont semblé les plus importantes, les mieux documentées ou les plus caractéristiques de l'historiographie vasarienne.

Cimabue

PEINTRE, VERS 1240 – APRÈS 1302

Au milieu du déluge de calamités qui ruina et noya la malheureuse Italie, non seulement avait disparu tout ce qui pouvait porter le nom d'édifice, mais encore, ce qui est plus grave, la race des artistes était complètement éteinte, quand naquit, comme par la grâce de Dieu, dans la ville de Florence, l'an 1240, de la noble famille des Cimabui, Giovanni, surnommé Cimabue, qui devait rendre son lustre à l'art de la peinture [1]. En grandissant, Cimabue fut jugé par son père et par d'autres avoir un esprit vif et subtil, et il fut envoyé étudier les lettres à Santa Maria Novella, auprès d'un maître qui était de ses parents et qui enseignait dans ce temps-là la grammaire aux novices du couvent ; mais, au lieu de s'appliquer aux lettres, et, comme s'il s'y sentait poussé par la nature, il passait tout son temps à dessiner sur ses livres, et sur d'autres feuilles de papier, des hommes, des chevaux, des maisons et diverses autres fantaisies. La fortune vint d'ailleurs favoriser cette inclination de nature. Quelques peintres grecs ayant été appelés à Florence par ceux qui gouvernaient alors la ville, uniquement pour y faire revivre la peinture plutôt entièrement perdue qu'écartée de la bonne route, commencèrent à peindre, entre autres choses détruites dans la ville, la chapelle des Gondi, dont les voûtes et les parois sont aujourd'hui presque entièrement dégradées par le temps, comme on peut le voir, à Santa Maria Novella, dans cette chapelle qui est placée à côté de la chapelle principale. Cimabue s'étant donc essayé dans cet art qui lui plaisait, et s'échappant souvent de l'école, restait des journées entières à voir travailler ces maîtres, de telle sorte qu'il fut jugé par son père et par ces peintres si apte à la peinture qu'on pouvait espérer pour lui une honorable réussite, si on le laissait s'adonner à cette profession ; à sa grande joie, il leur fut adjoint par son père comme élève. S'appliquant donc continuellement, il fut en peu de temps si bien aidé par la nature qu'il surpassa de beaucoup, tant dans le dessin que dans le coloris, la manière des maîtres qui l'enseignaient. Ceux-ci, en effet, ne cherchant pas à faire mieux, avaient produit leurs œuvres, telles qu'on les voit aujourd'hui, c'est-à-dire, non pas dans la bonne manière grecque antique, mais dans la manière grossière de leur temps. Tout en imitant ces Grecs, il perfectionna grandement leur art et franchit les grossières limites de leur école, comme en font foi à Florence les peintures qu'il exécuta, entre autres le devant d'autel de Santa Cecilia [2] et une Madone sur bois dans Santa Croce, que l'on plaça et qui est encore fixée à un pilastre, à main droite du chœur [3]. Il fit ensuite, sur un petit tableau à fond d'or, un saint François, qu'il peignit d'après nature (chose nouvelle alors) le mieux qu'il put, et qu'il entoura de vingt petits tableaux représentant toute l'histoire de la vie du saint, et pleins de petites figures sur fond d'or [4]. Ayant ensuite entrepris un grand tableau pour les moines de Vallombrosa, dans l'abbaye de Santa Trinita de Florence, il y prodigua tous ses soins, pour répondre à la haute opinion qu'on avait déjà conçue de lui, et il y fit preuve d'une meilleure invention, ainsi que d'un beau style, dans la représentation sur fond d'or d'une Vierge tenant l'Enfant Jésus, et entourée d'une quantité d'anges en adoration. Ce tableau terminé fut placé par les moines sur le maître-autel de ladite église [5]. Plus tard, il céda la place à une peinture d'Alesso Baldovinetti qui s'y trouve actuellement, et fut relégué dans une petite chapelle de la nef gauche. Il travailla ensuite à fresque sur la façade principale de l'hôpital del Porcellana, situé au coin de la Via Nuova, qui conduit au bourg d'Ognissanti, et y représenta en grandeur naturelle, d'un côté de la grande porte, l'Annonciation de la Vierge, et de l'autre Jésus-Christ avec Cléophas et Luc. Dans ces compositions, il s'affranchit du joug de la vieille manière, traitant ses figures et ses draperies avec un peu plus de vivacité, de naturel et de souplesse que les Grecs si raides et si secs, aussi bien dans leurs peintures que dans leurs mosaïques. Cette manière dure, grossière et plate, était le fruit non de l'étude, mais d'une routine, que les peintres d'alors se transmettaient l'un à l'autre, depuis nombre d'années, sans songer jamais à améliorer le dessin, par la beauté du coloris ou une invention qui fût bonne.

Appelé ensuite par le père gardien qui lui avait fait faire son premier travail à Santa Croce, il exécuta pour lui le grand crucifix en bois qu'on voit encore en place dans l'église [6]. Cette œuvre fut cause que le gardien, estimant avoir été bien servi, le conduisit à Pise, à San Francesco, couvent de son ordre, pour y peindre un tableau représentant saint François, qui fut regardé comme un chef-d'œuvre. On y reconnaissait un certain degré de bonté dans la tête du saint et les plis des draperies, que personne jusqu'alors, travaillant dans la manière grecque, n'avait atteint, non seulement à Pise, mais encore dans toute l'Italie. Il fit ensuite, pour la même église, une Vierge tenant l'Enfant Jésus et entourée d'anges sur fond d'or [7]. Ce tableau de grandes dimensions fut, peu après, enlevé de sa place primitive, lorsqu'on construisit l'autel de marbre qui existe à présent, et transporté à l'intérieur de l'église, à gauche de la porte d'entrée. Pour cet ouvrage, Cimabue fut comblé d'éloges et largement récompensé par les Pisans. Il peignit également dans leur ville, à la demande de l'abbé de San Paolo in Ripa d'Arno, un petit tableau représentant une sainte Agnès, dont le cadre est entouré de petits épisodes de la vie de cette sainte. Ce tableau est actuellement sur l'autel de la Vierge, dans cette église.

Tous ces travaux ayant rendu grandement célèbre le nom de Cimabue, il fut appelé à Assise, petite ville de l'Ombrie. En compagnie de quelques peintres grecs, qu'il laissa bien loin derrière lui, il peignit, dans l'église inférieure de San Francesco, une partie des voûtes, et sur les murs la vie de Jésus-Christ et celle de saint François. S'enhardissant ensuite, il commença, sans aucun aide, à peindre à fresque l'église supérieure. Sur les quatre parois de la grande tribune, au-dessus du chœur, il représenta quelques épisodes de la vie de la Vierge, c'est-à-dire : la Mort de Marie, Jésus-Christ transportant au ciel l'âme de sa mère sur un trône de nuages, le Couronnement de la Vierge entourée de saints et de saintes, aujourd'hui détruits par le temps et la poussière. Il peignit également quantité de sujets dans les compartiments de la voûte qui sont au nombre de cinq. Dans le premier, au-dessus du chœur, il peignit les quatre Evangélistes, plus grands que nature. On reconnaît encore aujourd'hui, dans ces figures, d'éminentes qualités : la fraîcheur du coloris dans les carnations montre que, grâce aux travaux de Cimabue, la peinture fit des progrès remarquables dans la fresque. Le deuxième compartiment est semé d'étoiles d'or, sur un fond d'outremer. Le troisième renferme dans des cadres circulaires Jésus-Christ, la Vierge, saint Jean-Baptiste et saint François. Dans chaque médaillon, il y a une figure, et dans chaque quartier de la voûte un médaillon. Le quatrième comme le second sont couverts d'étoiles d'or sur un fond d'outremer. Enfin, le cinquième contient les quatre Docteurs de l'Eglise, accompagnés des quatre premiers Ordres religieux. Certes, c'est une œuvre considérable et exécutée avec un soin infini. Après avoir terminé les voûtes, Cimabue peignit également à fresque la partie supérieure de la paroi gauche de toute l'église. On voit en allant vers le maître-autel, entre les fenêtres et montant jusqu'à la voûte, huit sujets de l'Ancien Testament, commençant au début de la Genèse et représentant les événements les plus notables de la suite. Dans le bas des intervalles qui séparent les fenêtres, lesquelles descendent jusqu'à la galerie qui fait tout le tour intérieur de l'église, il peignit huit autres sujets tirés du reste de l'Ancien Testament. En face de cette œuvre, et dans seize compartiments correspondant aux premiers, il peignit la vie de la Vierge et de Jésus-Christ. Sur la façade intérieure, au-dessus de la porte principale et autour de la rosace, il fit l'Ascension et la Descente du Saint-Esprit sur les Apôtres. Cette œuvre, vraiment considérable, d'une grande richesse et admirablement exécutée, dut, à mon avis, combler d'étonnement les peuples de ce temps, la peinture étant restée si longtemps plongée dans de telles ténèbres. De toutes ces peintures (et ce fait est à remarquer), celles de la voûte, ayant moins à souffrir de la poussière et des autres causes de dégradation, se sont le mieux conservées [8]. Giovanni commença ensuite à peindre la partie inférieure des parois, c'est-à-dire depuis le bas des fenêtres jusqu'au sol et y travailla quelque peu. Mais, ayant été rappelé à Florence par quelques affaires, il ne poursuivit pas autrement ce travail qui fut achevé, longtemps après, par Giotto, comme nous le dirons en son lieu.

De retour à Florence, Cimabue exécuta de sa propre main dans le cloître de Santo Spirito, où d'autres maîtres ont peint à la grecque tout le côté qui longe l'église, la décoration de trois travées, où il représenta des épisodes de la vie du Christ qui, certes, sont très bien dessinés. A la même époque il envoya quelques œuvres peintes par lui à Empoli, où on les conserve précieusement encore aujourd'hui dans l'église paroissiale de ce château. Il fit ensuite, pour Santa Maria Novella, le tableau de la Vierge, qui est placé en l'air, entre la chapelle des Rucellai et celle des Bardi da Vernio [9]. Cette figure, plus grande que toutes celles qu'on avait peintes jusqu'alors, et les anges qui l'entourent témoignent que, si Cimabue pratiquait encore la manière grecque, il s'approchait néanmoins quelque peu, comme dessin et comme mode, du style moderne. Aussi cette œuvre émerveilla-t-elle les gens d'alors qui n'avaient rien vu de plus beau jusqu'à cette époque. Le peuple porta la Madone en triomphe, au bruit des trompettes, de la maison de Cimabue jusqu'à l'église où elle devait être déposée, et l'artiste en tira un grand renom et de grands honneurs. On raconte, et on lit dans les Mémoires de quelques vieux peintres que, pendant que Cimabue travaillait à ce tableau dans une maison de campagne, près de la Porta San Piero, le roi Charles le Vieux d'Anjou passa par Florence, et les magistrats, entre autres honneurs et prévenances, le conduisirent voir le tableau. Comme personne ne l'avait encore vu, tandis qu'on le montrait au roi, tous les Florentins, hommes et femmes, accoururent en foule et avec grand bruit. En souvenir de la joie que manifestèrent les voisins de la maison, on donna au faubourg le nom de Borgo Allegri, qu'il a toujours gardé, après qu'il eut été par la suite renfermé dans les murs de la ville.

Dans le couvent de San Francesco, à Pise (où il exécuta quelques autres travaux, comme on l'a déjà dit), il y a de la main de Cimabue, dans le cloître, à côté de la porte qui donne dans l'église et dans un coin, un petit tableau sur bois peint à la détrempe. Il représente le Christ en croix, avec quelques anges autour qui pleurent, et qui, saisissant de leurs mains certaines paroles inscrites autour de la tête du Christ, les dirigent vers les oreilles de la Vierge qui est debout et pleure à droite, et de l'autre côté, vers saint Jean l'Evangéliste, se tenant plein d'affliction, à gauche. Les paroles adressées à la Vierge sont : *Mulier, ecce filius tuus* ; celles adressées à saint Jean sont : *Ecce mater tua* ; et celles que tient un autre ange placé à part disent : *Ex illa hora accepit eam discipulus in suam.* Cette peinture nous montre que Cimabue commença à donner de l'éclat et à ouvrir la voie à l'invention, renforçant l'effet de l'art par les paroles, pour mieux exprimer sa pensée ; ce fut certes une chose originale et nouvelle. Comme Cimabue avait acquis par ses travaux une grande fortune et une immense réputation, il fut adjoint à Arnolfo Lapo, excellent architecte d'alors, dans la construction de Santa Maria del Fiore, à Florence. Finalement, après avoir vécu soixante ans, il passa à une autre vie, l'an 1300, ayant, en quelque sorte, ressuscité la peinture. Il laissa de nombreux élèves, entre autres Giotto, qui fut un peintre du plus haut mérite. Ce Giotto habita, dans la Via del Cocomero, la propre maison de son maître, après la mort de celui-ci. Cimabue fut inhumé dans l'église de Santa Maria del Fiore. Un des Nini composa, en son honneur, l'épitaphe suivante :

Credidit ut Cimabos picturae castra tenere
Sic tenuit vivens : nunc tenet astra poli.

Je ne négligerai pas de dire que la gloire de Cimabue serait plus grande, si elle n'avait été obscurcie par celle de Giotto, son élève, comme le témoigne Dante dans sa *Divine Comédie*. Faisant allusion à l'épitaphe de son tombeau, il dit dans le XIe chant du *Purgatoire* :

Cimabue crut être le premier dans la peinture ;
Aujourd'hui Giotto en a la réputation,
Au point d'obscurcir la gloire du premier.

Dans l'explication de ces vers, un commentateur de Dante, qui écrivait dans le temps que Giotto vivait, et dix ou douze ans après la mort dudit Dante, c'est-à-dire vers 1334 environ, prononce, en parlant de Cimabue, ces propres paroles : « Cimabue de Florence fut peintre dans le temps de l'auteur, infiniment plus noble qu'aucun autre homme ait su l'être et, avec cela, il fut si altier et si dédaigneux que quelqu'un lui faisait-il remarquer une erreur ou un défaut dans une de ses œuvres, soit qu'il s'en aperçût de lui-même (car l'artiste, comme il arrive souvent, commet une erreur, par suite d'un défaut dans la matière qu'il emploie, ou d'une insuffisance dans l'outil avec lequel il travaille), immédiatement il abandonnait l'œuvre commencée, si chère fût-elle à son cœur. Giotto fut ensuite et est encore, parmi les peintres, le plus remarquable de la même cité de Florence et ses œuvres en font témoignage, à Rome, à Naples, à Avignon, à Florence, à Padoue et dans plusieurs parties du monde. »

Vraiment Giotto obscurcit la gloire de Cimabue, de la

même manière qu'une grande lumière fait paraître moins brillante l'éclat d'une lumière plus petite. En effet, bien que Cimabue eût été, pour ainsi dire, la cause première de la rénovation de l'art de la peinture, néanmoins Giotto, son élève, poussé par une noble ambition, et aidé par le ciel et la nature, fut celui qui, montant plus haut par la pensée, ouvrit la porte de la vérité à ceux qui l'ont ensuite amenée à ce point de grandeur et de perfection où nous la voyons parvenue dans notre siècle.

On peut voir le portrait de Cimabue de la main de Simone Martini, de Sienne, dans la fresque du chapitre de Santa Maria Novella représentant l'histoire de la Foi. Le visage est de profil et maigre, la barbe courte, un peu rousse et pointue, le front est couvert d'un chaperon analogue à ceux en usage à cette époque, qui fait plusieurs tours et enveloppe le cou d'une belle manière. Celui qui est à côté de lui est Simone lui-même, l'auteur de cette œuvre, qui se reproduisait lui-même, à l'aide de deux miroirs pour faire sa tête de profil. On dit aussi que le soldat couvert de son armure qui se tient entre eux deux est le comte Guido Novello, alors seigneur de Poppi.

Giotto

PEINTRE ET ARCHITECTE,
VESPIGNANO, VICCHIO DI MUGELLO, 1266 ? – FLORENCE, 1337

Si de grandes obligations lient les peintres à la nature, qui leur sert continuellement de modèle, et qu'ils s'efforcent de reproduire et d'imiter, en s'inspirant de ses parties les meilleures et les plus belles, à mon avis nous sommes d'autant redevables à Giotto, peintre florentin. Alors qu'après tant d'années de misères et de guerres, les modes de la bonne peinture et le dessin avaient complètement disparu, lui seul, quoique né parmi des artistes imparfaits, les ressuscita, par la grâce de Dieu, et les remit dans la bonne voie. Certes, ce fut un vrai miracle que cette époque, grossière et imparfaite, ait eu le pouvoir de doter Giotto si richement que le dessin, qui n'était pas connu ou bien peu par ses contemporains, revint en vie, grâce à lui. Quoi qu'il en soit, ce grand homme naquit l'an 1276, en plein pays florentin, à la villa de Vespignano, située à quatorze milles de Florence. Son père, Bondone, simple laboureur et bon homme, l'appela Giotto, et l'éleva honnêtement, selon sa condition. A l'âge de dix ans, Giotto montrait dans ses manières encore enfantines une adresse et une vivacité d'esprit extraordinaires, qui le rendaient cher, non seulement à son père, mais à tous ceux qui le connaissaient dans le pays et au dehors. Bondone lui donna à garder quelques moutons, qu'il menait paître dans les champs ; mais, tout en les conduisant çà et là, il dessinait sur la terre, sur le sable ou sur des pierres plates, comme poussé par une inspiration de nature à dessiner les objets qu'il voyait et les fantaisies qui lui passaient par l'esprit. Un jour, Cimabue, allant pour ses affaires de Florence à Vespignano, rencontra Giotto qui, pendant que son troupeau paissait, dessinait une de ses brebis, sur une pierre plane et polie, avec un caillou pointu, sans avoir jamais eu d'autre maître que la nature. Ce que voyant, Cimabue s'arrêta surpris et lui demanda s'il voulait venir avec lui. L'enfant répondit que, si son père y consentait, il irait volontiers. Cimabue le demanda donc à Bondone, qui consentit avec plaisir à ce qu'il l'emmenât avec lui à Florence. Là, en très peu de temps, avec l'aide de la nature et les leçons de Cimabue, non seulement le jeune homme égala son maître, mais encore il devint si bon imitateur de la nature, qu'il abolit complètement la grossière manière des Grecs et créa le beau style moderne en y introduisant le portrait d'après des vivants, ce qui ne s'était pas fait depuis plus de deux cents ans ; ou plutôt, si quelqu'un l'avait tenté avant lui, personne n'avait réussi, de longtemps, aussi bien que Giotto. Entre autres portraits qu'il fit, on voit aujourd'hui, dans la chapelle du palais du Podestat, à Florence, celui de Dante Alighieri, son contemporain et grand ami, aussi illustre poète que Giotto fut peintre. Dans la même chapelle, il y a également, de sa main, les portraits de Ser Brunetto Latini, maître de Dante, et de Messire Corso Donati, grand citoyen de cette époque [1].

Il exécuta ses premières peintures dans la chapelle du maître-autel de la Badia, à Florence, et y représenta, entre autres belles choses, une Annonciation de la Vierge [2]. Il y exprima avec une grande vérité la peur et l'émotion que l'archange Gabriel causa, en la saluant, à la Vierge Marie, qui paraît être remplie de crainte et vouloir, pour ainsi dire se mettre en fuite. Pareillement de la main de Giotto est le tableau du maître-autel de la même chapelle : on l'a jusqu'à maintenant tenu en grande estime et il en est encore de même, plus par un certain respect pour l'œuvre d'un tel homme que pour autre chose. A Santa Croce, il peignit quatre chapelles, trois entre la sacristie et le chœur, une de l'autre côté [3]. Dans la première, qui appartient à Messire Ridolfo de' Bardi, où sont les cordes des cloches, il représenta la vie de saint François, et, dans la scène de la mort du saint, on voit un certain nombre de frères en pleurs, qui montrent remarquablement leur douleur. Dans la deuxième, qui est à la famille Peruzzi, sont deux épisodes de la vie de saint Jean-Baptiste, à qui est dédiée la chapelle. On y voit représentées avec beaucoup de naturel la danse d'Hérodiade et la promptitude des domestiques qui servent la table. Dans cette même chapelle, sont encore deux histoires merveilleuses de saint Jean l'Evangéliste, à savoir quand il ressuscite Drusiana et quand il est enlevé au ciel. La troisième chapelle, qui est celle des Giugni et qui est dédiée aux Apôtres, représente le martyre de plusieurs d'entre eux. Dans la quatrième, de l'autre côté de l'église, vers le nord, appartenant aux Tosinghi et aux Spinelli, et qui est dédiée à l'Assomption de la Vierge, Giotto peignit la Nativité, le Mariage de la Vierge, l'Annonciation, l'Adoration des Mages et la Présentation de Jésus au Temple. Enfin on voit, dans la même chapelle, la Vierge expirant au milieu des Apôtres et d'une foule d'anges armés de torches. Dans cette même église, la chapelle Baroncelli renferme un tableau à détrempe de Giotto, d'une exécution parfaite, et représentant le Couronnement de la Vierge, avec un grand nombre de figures de petites dimensions et des chœurs d'anges et de saints ; comme il y écrivit son nom et le millésime en lettres d'or, tous les artistes qui considéreront en quel temps Giotto, sans avoir sous les yeux aucune œuvre de bon style, donna naissance à la bonne manière de dessiner et de peindre seront forcés de le tenir en haute estime [4]. Dans la même église de Santa Croce, il y a encore de sa main, au-dessus du tombeau en marbre de Carlo Marzupini d'Arezzo, un Christ en croix, entre la Vierge et saint Jean, avec Madeleine au pied de la croix ; de l'autre côté de l'église, face à ce tombeau et au-dessus de celui de Lionardo d'Arezzo, il y a, du côté du maître-autel, une Annonciation qui a été repeinte par des maîtres modernes, avec peu de jugement de la part de celui qui a fait faire ce travail. Il fit également, dans le réfectoire, une Cène et différents traits de la vie de Saint Louis sur un arbre de la croix ; sur les armoires de la sacristie, des petits sujets tirés de la vie de Jésus-Christ et de celle de saint François.

Dans la chapelle de saint Jean-Baptiste de l'église del Carmine, il représenta toute la vie de ce saint en plusieurs compartiments et, dans le palais du parti guelfe, une histoire de la Foi chrétienne peinte à fresque, dans laquelle il introduisit le portrait de Clément IV qui créa cette magistrature [5]. Bientôt après, se rendant à Assise pour achever les œuvres commencées par Cimabue, il passa à Arezzo et peignit, dans l'église paroissiale, la chapelle de saint François qui est près des fonts baptismaux, ainsi que sur une colonne, au-dessus d'un admirable chapiteau corinthien antique, un saint François et un saint Dominique, représentés au naturel. Dans l'ancienne cathédrale, hors les murs, il fit la Lapidation de saint Étienne, dans une petite chapelle, avec un beau groupement de figures.

Ces œuvres terminées, il arriva à Assise, cité de l'Ombrie, où l'appelait Fra Giovanni di Muro della Marca, général des Franciscains. Dans l'église supérieure, il peignit à fresque, sous la galerie intérieure qui passe sous les fenêtres, des deux côtés de l'église, trente-deux histoires représentant les faits et gestes de saint François, soit seize de chaque côté, avec une perfection qui lui attira une grande renommée. De fait, on voit dans ces fresques une grande variété, non seulement dans les gestes et les attitudes des différents personnages, mais encore dans les compositions de tous les sujets, outre qu'on ne saurait trop admirer la diversité des costumes de l'époque et la merveilleuse imitation de la nature qu'il y montra : entre autres, un homme qui montre être vivement attiré par l'eau et boit à une fontaine, en se tenant complètement courbé dans une expression si naturelle qu'on croirait véritablement voir une personne vivante qui boit. On y voit bien d'autres choses de remarquable, dont je ne parle pas, pour être bref. Je dirai seulement que cette œuvre attira à Giotto une immense réputation, et que, par suite de ses études continuelles, il mérita d'être appelé le disciple de la nature et non d'autres maîtres [6].

Après avoir achevé les peintures de l'église supérieure, Giotto peignit, dans le même lieu, mais dans l'église inférieure, le pourtour du chœur et les quatre compartiments formés par la voûte, au-dessus du maître-autel sous lequel est déposé le corps de saint François, avec des compositions aussi belles qu'originales. Dans le premier compartiment, il représenta la Glorification de saint François entouré des Vertus, qui, seules, peuvent obtenir la grâce parfaite de Dieu. D'un côté, l'Obéissance a devant elle un moine à genoux, auquel elle pose un joug dont les liens sont tirés au ciel par des mains mystérieuses ; elle lui recommande le silence, un doigt sur les lèvres et les yeux fixés sur Jésus-Christ qui verse du sang par la plaie du côté. En compagnie de l'Obéissance se tiennent la Prudence et l'Humilité, pour montrer que là où il y a vraiment Obéissance se trouvent toujours l'Humilité et la Prudence, qui font réussir toute chose. Le deuxième compartiment est consacré à la Chasteté qui se tient dans une solide forteresse et ne se laisse pas séduire par les royaumes, les couronnes et les palmes qui lui sont présentés. A ses pieds, se voient la Pureté lavant des personnes nues et la Force qui amène des gens pour se baigner et se purifier ; à côté de la Chasteté, la Pénitence chasse l'Amour ailé avec une discipline et fait fuir l'Impudicité. Dans le troisième compartiment, on voit la Pauvreté qui marche pieds nus sur des épines, poursuivie par un chien qui aboie et deux enfants, dont l'un lui jette des pierres, tandis que l'autre relève avec un bâton des ronces, de manière à lui piquer les jambes. C'est son mariage avec saint François que Jésus-Christ tient par la main, en présence de l'Espérance et de la Charité. Le dernier compartiment est consacré non sans mystère à la glorification de saint François, vêtu de la tunique blanche de diacre et triomphant dans le ciel, au milieu d'une multitude d'anges qui forment un chœur et tiennent un étendard orné d'une croix et de sept étoiles; tout en haut est le Saint-Esprit. Chacun de ces compartiments renferme des inscriptions latines qui expliquent les sujets.

Outre les peintures de la voûte, il y a celles du pourtour qu'il exécuta avec tant de perfection qu'elles se sont conservées jusqu'à nos jours dans toute leur fraîcheur. On y voit son propre portrait très bien fait, et, sur la porte de la sacristie, toujours à fresque, de sa main, un saint François recevant les stigmates, et respirant tellement l'amour divin que c'est pour moi la meilleure des peintures que Giotto fit en cet endroit, et qui sont toutes vraiment belles et dignes d'être louées.

Ce dernier ouvrage terminé, il revint à Florence où il peignit, pour être envoyé à Pise, un tableau représentant saint François dans l'horrible paysage de la Vierna. Outre le paysage plein d'arbres et de rochers, chose nouvelle alors, on voit dans l'attitude de saint François, à genoux, recevant les stigmates, un ardent désir de les recevoir, et l'amour infini avec lequel il regarde Jésus-Christ qui, dans les airs, environné de séraphins, les lui imprime, avec une expression si vive qu'il est impossible d'imaginer quelque chose de mieux. Au-dessous, sur la prédelle, sont trois histoires de la vie du saint, fort belles [7]. Ce tableau, que l'on conserve aujourd'hui avec une vénération due à la mémoire d'un si grand homme, à San Francesco de Pise sur un pilastre, à côté du maître-autel, fut cause que les Pisans chargèrent Giotto de peindre une partie de la paroi intérieure du Campo Santo, dont la construction venait d'être terminée, sur les dessins de Giovanni, fils de Nicola Pisano. Comme l'extérieur de ce beau monument était tout recouvert de marbre et d'ornements sculptés très coûteux, que le toit de plomb était posé, et que l'intérieur était rempli de sarcophages et de tombeaux antiques, apportés dans la ville de diverses parties du monde, leur désir était que les longues parois intérieures fussent couvertes de nobles peintures. Giotto, s'étant donc rendu à Pise, peignit dans un des coins six grandes fresques représentant les misères et la patience de Job. Comme il s'aperçut que la paroi de marbre, sur laquelle il avait à travailler, était tournée du côté de la mer, et que tous ces marbres, exposés au sirocco, sont toujours humides et jettent une certaine salure, fréquente sur les bâtisses de Pise, qui, par suite, éteint et mange les couleurs, il fit faire, pour donner à son œuvre la plus longue durée possible, sur toute la longueur du mur qu'il voulait recouvrir de fresques, un enduit ou plutôt une incrustation composée de chaux, de plâtre et de brique pilée. Grâce à ce moyen, ces fresques seraient actuellement en bien meilleur état, si l'incurie de ceux qui devaient veiller à leur conservation ne les avait laissé attaquer par l'humidité. Elles sont donc gâtées en divers endroits, les chairs ont poussé au noir et l'enduit est tombé par écailles, d'autant plus que le plâtre mélangé à la chaux a le défaut de se couvrir de moisissures et de s'altérer avec le temps, ruinant ainsi les couleurs, alors que l'on croit au début qu'il a bien pris. Dans ces fresques, outre le portrait de Messire Farinata degli Uberti [8], il y a plusieurs belles figures et surtout certains paysans qui, apportant de mauvaises nouvelles à Job, ne pourraient pas mieux exprimer la douleur qu'ils éprouvent de la perte des troupeaux et des autres calamités qui assaillent leur maître. Aussi remarquable est un serviteur qui, d'une main, chasse avec un éventail les mouches attachées aux plaies de son maître, abandonné de tous ses amis, tandis que de l'autre main il se bouche le nez pour ne pas sentir l'odeur infecte répandue par le corps du lépreux. Toutes les têtes, tant d'hommes que de femmes, sont également belles, et les costumes, les draperies sont traités avec autant d'art qu'il n'est pas étonnant, par suite du bruit qui s'en répandit dans la ville et au dehors, que le pape Benoît XI de Trévise ait envoyé en Toscane un de ses gentilshommes pour savoir quel homme était ce Giotto, et quelles étaient ses œuvres, ayant l'intention de faire faire quelques peintures dans la basilique Saint-Pierre. L'envoyé du pape s'étant mis en route, pour aller voir Giotto et apprendre quels autres maîtres il y avait à Florence excellant en peinture et en mosaïque, passa par Sienne, où il s'aboucha avec nombre de peintres qui lui remirent des dessins. Arrivé à Florence, il se rendit un matin dans l'atelier de Giotto qu'il trouva en train de travailler, et lui exposa quelles étaient les intentions du pape. Il finit par lui demander un dessin, qu'il pût envoyer à Sa Sainteté. Giotto, qui était d'un caractère enjoué, prit une feuille de papier, appuya son coude sur sa hanche, pour former une espèce de compas, et traça, avec un pinceau teint en rouge, un cercle si égal de rayon et d'épaisseur que c'était une merveille à voir. Cela fait, il dit en souriant au gentilhomme : « Voilà le dessin demandé. » Celui-ci, se voyant joué, s'écria : « N'aurai-je point d'autre dessin que ce rond ? — Il est plus que suffisant, lui répondit Giotto ; envoyez-le avec les autres, et vous verrez si on en reconnaîtra l'auteur. » L'envoyé du pape, voyant qu'il ne pouvait obtenir d'autre dessin, s'en alla fort mécontent, soupçonnant qu'il avait été bafoué. Néanmoins, il envoya ce dessin avec les autres au pape, et les noms de ceux qui les avaient faits et raconta comment Giotto avait tracé son cercle, sans remuer le bras et sans compas. D'où le pape et les courtisans qui s'y entendaient comprirent combien Giotto l'emportait sur tous les autres peintres de son époque. Cette chose s'étant divulguée, il en résulta le proverbe : Tu es plus rond que l'O de Giotto – qu'on dit fréquemment aux hommes épais de corps et d'esprit. L'équivoque roule sur le mot rond [*tondo*], qui, en toscan, s'emploie pour signifier tantôt un cercle, tantôt un homme lourd et épais de cerveau.

Le pape fit donc venir Giotto à Rome, où il le reçut avec de grands honneurs. On lui donna à peindre dans la tribune de Saint-Pierre cinq sujets de la vie de Jésus-Christ, et, dans la sacristie, le tableau principal. Toutes ces œuvres furent si bien exécutées que ses mains ne produisirent pas de travail à détrempe plus parfait. Il en résulta que le pape, s'estimant bien servi, lui fit donner six cents ducats d'or en paiement et le combla de tant de faveurs que le bruit s'en répandit par toute l'Italie. Le pape, ensuite, estimant infiniment la manière de Giotto, voulut qu'il peignît tout le pourtour de Saint-Pierre de sujets tirés de l'Ancien et du Nouveau Testament. Giotto commença donc le travail et fit à fresque l'ange haut de sept brasses qui est sur l'orgue, ainsi que d'autres peintures qui ont été ou restaurées par d'autres de nos jours ou détruites dans la construction de la nouvelle église [9]. Il est aussi l'auteur de *la Navicella* en mosaïque, qui est au-dessus des trois portes du portique de Saint-Pierre, et qui est justement admirée de tous les beaux esprits. Outre la beauté du dessin, en effet, il y a la disposition des Apôtres, qui luttent en diverses manières contre la fureur de la mer, tandis que les vents enflent une voile, laquelle est rendue avec tant de relief qu'une toile véritable ne serait pas plus naturelle, il est merveilleux d'avoir rendu avec des morceaux de verre les contrastes que l'on voit entre les blancs et les ombres d'une si grande toile, ce qu'on obtiendrait difficilement avec le pinceau. On voit de plus un pêcheur à la ligne, placé sur un rocher, qui montre par son attitude la patience extrême nécessaire à cet acte, de même que son visage reflète l'espérance et le désir de prendre du poisson [10]. Sous cette œuvre, il y a trois arcs peints à fresque, mais je n'en dirai rien, parce que ces peintures sont ruinées pour la plus grande partie. Ayant peint sur un panneau, à la Minerva, église des Frères prêcheurs, un grand crucifix en détrempe, qui fut alors très loué, Giotto revint dans sa patrie, qu'il avait quittée depuis six ans. Peu après, Clément V, ayant été élu pape à Pérouse, après la mort de Benoît IX, transporta le Saint-Siège à Avignon, et Giotto fut forcé d'y aller, pour faire quelques travaux ; il y exécuta donc, ainsi que dans plusieurs autres villes de France, une foule de tableaux et de peintures à fresque, œuvres merveilleuses qui plurent extrêmement au Saint-Père et à tout son entourage [11]. Ayant obtenu son congé, et richement récompensé, il revint à Florence, en 1316, et y rapporta, entre autres choses, le portrait du pape, qu'il donna plus tard à Taddeo Gaddi, son élève.

Mais il ne put s'arrêter longtemps à Florence. Appelé à Padoue par les seigneurs della Scala, il peignit pour eux une très belle chapelle dans l'église du Santo, édifiée depuis peu. De là il alla à Vérone, où il fit quelques peintures dans le palais de Messire Cane, et particulièrement le portrait de ce seigneur, ainsi qu'un tableau pour les Franciscains. Ces œuvres terminées, et revenant en Toscane, il dut s'arrêter à Ferrare et faire pour les seigneurs d'Este quelques peintures que l'on voit encore dans leur palais, et à Sant' Agostino. Dante, ayant appris que Giotto était à Ferrare, parvint à l'attirer à Ravenne, lieu de son exil, et lui fit faire, à San Francesco, pour les seigneurs de Polenta, dans le pourtour de l'église, plusieurs fresques qui sont remarquables. Etant allé de Ravenne à Urbin, il y fit encore quelques peintures. Comme il passa ensuite par Arezzo, il dut se rendre aux prières de Piero Saccone qui l'avait très bien accueilli ; il fit pour lui, sur un pilastre de la grande chapelle, dans l'évêché, une fresque représentant saint Martin qui coupe son manteau et en donne une partie à un pauvre qui se tient presque nu devant lui. Ayant ensuite peint dans la Badia de Santa Fiore un grand crucifix sur bois, et en détrempe, qui est aujourd'hui au milieu de l'église, il revint finalement à Florence. Là, entre autres travaux nombreux, il fit, dans le monastère des religieuses de Faenza, quelques peintures à fresque et à détrempe qui n'existent plus, ce monastère ayant été détruit.

L'an 1322, ayant perdu un an auparavant Dante, son grand ami dont la mort l'affligea profondément, il alla à Lucques, et, sur la demande de Castruccio, seigneur de cette cité, il peignit à San Martino un tableau qui représente le Christ dans les airs, ayant au-dessous de lui quatre saints protecteurs de la ville, à savoir saint Pierre, saint Régule, saint Martin et saint Paulin, qui recommandent un pape et un empereur : ceux-ci, d'après l'opinion de beaucoup de gens, seraient Frédéric de Bavière et Nicolas V, antipape. On dit aussi qu'il dessina à San Frediano, dans la même ville, le château della Giusta qui est inexpugnable.

Dès qu'il fut de retour à Florence, Robert, roi de Naples,

écrivit à Charles, duc de Calabre, son fils aîné, qui se trouvait alors dans cette ville, de décider par tous les moyens possibles Giotto à venir à Naples. Il voulait lui faire orner de nobles peintures Santa Chiara, monastère de femmes et église royale, dont il venait d'achever la construction. Giotto, se voyant appelé par un roi d'une telle renommée, se rendit volontiers à son désir. Il fit, dans plusieurs chapelles de ce monastère, de nombreuses peintures tirées de l'Ancien et du Nouveau Testament ; on dit que les sujets de l'Apocalypse qu'on y voit lui furent suggérés par Dante, de même que ses fresques si célèbres d'Assise. Bien que Dante ne fût plus en vie à cette époque, il est possible qu'ils en eussent discuté, comme cela arrive souvent entre amis. Au Castello dell' Uovo, il exécuta un grand nombre de peintures, particulièrement dans la chapelle et dans une salle que le roi Alphonse Ier détruisit pour faire le château, et où se trouvaient les portraits de quantité d'hommes célèbres, entre autres celui de Giotto en personne.

Il quitta ensuite Naples, pour aller à Rome, et s'arrêta à Gaète, où il dut peindre à la Nunziata divers sujets du Nouveau Testament, aujourd'hui abîmés par le temps, mais pas au point qu'on n'y reconnaisse sa propre figure au pied d'un grand crucifix très beau. Il ne put ensuite refuser au seigneur Malatesta de s'arrêter quelques jours à Rome, où il travailla pour lui, et de là il se rendit à Rimini dont Malatesta était seigneur. Dans cette ville, il fit à San Francesco un grand nombre de peintures qui, depuis, furent jetées à terre par Sigismond, fils de Pandolfo Malatesta, lorsqu'il reconstruisit entièrement l'église. Il peignit encore à fresque, dans le cloître qui est au coin de la façade de cette église, l'histoire de sainte Micheline, une de ses meilleures œuvres [12]. Aussi n'est-il pas étonnant que Malatesta l'ait richement récompensé et grandement loué. Giotto fit aussi, à la requête d'un prieur florentin, qui était alors à San Cataldo de Rimini, à l'extérieur de la porte de cette église, un saint Thomas d'Aquin faisant une lecture à des frères. De là, il retourna à Ravenne et peignit dans une chapelle de l'église San Giovanni Evangelista des fresques très estimées ; puis il revint à Florence avec grand renom et non moins de richesses et y fit en détrempe le crucifix de bois sur fond d'or, plus grand que nature, qui est à San Marco, à droite en entrant [13]. Celui de Santa Maria Novella est aussi de lui ; Puccio Capanna, son élève, y travailla avec lui, et il est toujours sur la porte principale [14], à main droite en entrant, au-dessus du tombeau des Gaddi. Dans la même église, il fit, sur la cloison transverse, un Saint Louis, pour Paolo di Lotto Ardinghelli, qui est représenté à ses pieds avec sa femme.

L'année 1327, Guido Tarlati da Pietramala, évêque et seigneur d'Arezzo, étant mort, à Massa di Maremma, en revenant de Lucques, où il était allé rendre visite à l'Empereur, son corps fut porté à Arezzo et on lui fit les honneurs d'un apparat mortuaire considérable. Piero Saccone et Dolfo da Pietramala, frères de l'évêque, décidèrent alors de lui élever un tombeau en marbre, digne de la grandeur d'un tel homme, qui avait été seigneur spirituel et temporel, ainsi que chef du parti gibelin en Toscane. Ils écrivirent donc à Giotto, lui demandant le dessin d'un tombeau, aussi riche et aussi orné qu'il fût possible, et lui envoyèrent les dimensions. Ils le priaient ensuite de leur procurer un sculpteur, le meilleur à son avis de tous ceux qui étaient en Italie, s'en remettant entièrement à son jugement. Giotto, qui était plein de courtoisie, dressa un dessin et le leur envoya : c'est suivant ce dessin que le tombeau fut exécuté, comme on le dira en son lieu [15].

Il peignit pour les frères Umiliati d'Ognissanti, à Florence, une chapelle et quatre tableaux, entre autres une Vierge tenant son fils et entourée d'anges [16], plus un grand crucifix sur bois, dont Puccio Capanna prit le dessin et fit de nombreuses copies qu'il répandit par toute l'Italie, car il avait une grande habitude de la manière de Giotto. Quand ce livre fut imprimé pour la première fois, il y avait sur la cloison transverse de cette église un petit tableau à détrempe, exécuté par Giotto avec grand soin ; il représentait la mort de la Vierge entourée par les Apôtres et avec le Christ qui reçoit son âme. Cette œuvre qui était très admirée par tous les peintres, particulièrement par Michel-Ange Buonarroti, a été depuis enlevée par je ne sais qui : par amour de l'art ou par piété, croyant que l'œuvre n'était pas assez estimée, il s'est fait impie, comme le dit notre poète [17].

Le 9 juillet de l'an 1334, Giotto mit la main au campanile de Santa Maria del Fiore. Après avoir fouillé le sol à la profondeur de vingt brasses, il établit comme fondation une couche de pierres dures, dans la partie qu'on avait asséchée, et y posa un soubassement en blocage haut de douze brasses qu'il termina ensuite par huit brasses en pierres de taille. A ce début ou fondation, assista l'évêque de la ville qui posa solennellement la première pierre en présence du clergé et de tous les magistrats. Tandis qu'on continuait ensuite à édifier la tour dans le style gothique de l'époque, Giotto dessina tous les sujets qui devaient entrer dans l'ornementation, et répartit soigneusement sur le modèle les couleurs blanches, noires et rouges, à toutes les places où il devait y avoir des pierres ou des frises de ces couleurs. Le plan est un carré parfait, dont chaque face a vingt-cinq brasses, ce qui fait cent brasses de tour ; la hauteur atteint cent quarante-quatre brasses. Si l'on croit ce qu'en écrivit Lorenzo di Cione Ghiberti, Giotto non seulement fit le modèle du campanile, mais encore il sculpta en relief une partie des sujets de marbre, où sont représentés les maîtres de tous les arts. Il affirme en avoir vu des modèles en relief de la main même de Giotto, en particulier ceux de cette œuvre, ce qui est très croyable, si l'on réfléchit que du dessin et de l'invention procèdent tous les arts. Suivant le projet de Giotto, le campanile devait se terminer, à partir du point actuel de terminaison, par une flèche ou pyramide quadrangulaire, haute de cinquante brasses, mais les architectes modernes ont toujours conseillé de ne pas exécuter cet ornement gothique et suranné, trouvant l'aspect actuel meilleur en soi.

En récompense de ses travaux, la République de Florence accorda à Giotto non seulement le titre de citoyen mais encore une pension annuelle de cent florins d'or, ce qui était beaucoup pour l'époque, et le nomma directeur des travaux du campanile, dont la construction fut poursuivie après lui par Taddeo Gaddi, car il ne vécut pas assez pour la voir terminée. Tandis qu'on y travaillait, il fit un tableau pour les religieuses de San Giorgo, et dans la Badia de Florence, sur un arc intérieur, au-dessus de la porte de l'église, trois demi-figures, aujourd'hui passées au blanc, pour éclairer l'église. Dans la grande salle du palais du Podestat, il peignit la commune de Florence en proie aux voleurs. Elle est assise sous la forme d'un juge, avec le sceptre à la main, et sur la tête des balances égales, symbole des justes sentences qu'elle a prononcées, quatre vertus l'assistent, à savoir : la Force avec le courage, la Prudence avec les lois, la Justice avec les armes et la Tempérance avec les paroles. C'est une belle peinture et une allégorie très claire.

Etant allé de nouveau à Padoue, il y peignit quantité d'objets, ainsi que des chapelles, et fit, dans l'Oratoire de l'Arena, une Gloire du monde qui lui attira autant d'honneur que de profit [18]. Il exécuta encore à Milan différentes peintures qui sont dispersées dans la ville, et qui jusqu'à maintenant ont toujours été admirées.

Finalement, il revint à Milan, et peu après, il rendit son âme à Dieu, l'an 1336, après avoir fait dans sa vie tant et tant de belles œuvres et avoir été non moins bon chrétien qu'excellent peintre [19]. Il fut extrêmement regretté, non seulement de ses concitoyens, mais de tous ceux qui l'avaient connu, ou avaient entendu parler de lui, et il fut enseveli avec de grands honneurs, comme il le méritait pour ses vertus, ayant été pendant sa vie aimé de tous et particulièrement des hommes supérieurs dans n'importe quelle profession, entre autres par Dante et Pétrarque. Sa tombe est à Santa Maria del Fiore, à gauche en entrant dans l'église, et une inscription de marbre blanc indique la place où repose un si grand homme.

Il eut pour élèves Taddeo Gaddi [20], qu'il tint sur les fonts baptismaux, Puccio Capanna, florentin, qui travailla à Assise, dans l'église de San Francesco, après la mort de Giotto, et à Pistoia, dans les églises San Francesco et San Lodovico, Ottaviano et Pace de Faenza, Guglielmo di Forli, et plusieurs autres dont nous donnerons les Vies : Pietro Laurati et Simone Memmi de Sienne, Stefano de Florence et Pietro Cavallini de Rome.

On rapporte que Giotto, dans sa jeunesse, peignit un jour d'une manière si naturelle une mouche sur le nez d'une figure commencée par Cimabue, que ce maître, étant de retour et voulant se remettre au travail, essaya plusieurs fois de la chasser avec la main, avant de s'apercevoir de sa méprise. Je pourrais raconter mainte plaisanterie de Giotto, mais je me contente de celle-ci qui a quelque rapport à l'art et j'abandonne le reste à Boccace, Sacchetti et aux autres [21].

Finalement, pour honorer la mémoire de Giotto, transmise à la postérité non seulement par les œuvres qui sortirent de ses mains, mais encore par les louanges des écrivains de son temps, un décret public et la volonté particulière de Laurent le Magnifique de Médicis décidèrent que son buste en marbre, sculpté par Benedetto da Majano, maître excellent, serait placé à Santa Maria del Fiore, et, pour donner à tous ceux qui réussiraient dans leur profession l'espérance d'être honorés de la même façon, le divin Messire Angelo Poliziano composa et fit graver sur son tombeau l'inscription qu'on y voit encore [22].

Andrea Pisano

SCULPTEUR, PONTEDERA, VERS 1290 – ORVIETO, 1348/1349

Il n'y eut jamais d'époque où, la peinture étant en pleine floraison, les sculpteurs ne fussent également excellents, et il suffit, pour s'en rendre compte, d'étudier les œuvres de tous les temps. Ces deux arts, en effet, sont frères, nés le même jour, et sont gouvernés par une seule âme. C'est ce que l'on vit dans Andrea Pisano, sculpteur qui vécut au temps de Giotto. Par suite de ses études et de ses travaux, il porta son art à un point de perfection qui le fit estimer le maître par excellence de la Toscane, particulièrement dans le travail du bronze. Tous ceux qui le connurent, apprécièrent et recherchèrent ses œuvres, entre autres les Florentins, pour lesquels il quitta sans regret sa patrie, ses parents et ses amis ainsi que tout ce qu'il possédait. Il surmonta toutes les difficultés que ses devanciers n'avaient pu vaincre, et, de fait, leurs œuvres étaient si informes et si grossières que, en comparaison, les siennes parurent réellement miraculeuses. La fortune, du reste, le favorisa en lui mettant sous les yeux les marbres antiques rapportés par les flottes pisanes, et qui sont actuellement, soit au Dôme, soit dans le Campo Santo de leur cité, tandis que Giotto n'eut pas le même bonheur, les peintures antiques ne s'étant pas conservées comme les sculptures.

Andrea, donc, ayant étudié la nouvelle manière de dessiner inaugurée par Giotto, ainsi que le peu de marbres antiques qu'il connaissait, adopta un style meilleur et commença par donner à ses œuvres une beauté dont personne n'avait fait preuve dans cet art jusqu'à son époque. Aussi la bonté de son esprit et son habileté professionnelle ayant été reconnues, fut-il fréquemment employé dans sa patrie. Il fit, en particulier, étant encore tout jeune, quelques petites figures de marbre, pour Santa Maria a Ponte, qui lui attirèrent tant de réputation qu'il fut invité avec de grandes instances, par les Florentins, à venir travailler à l'œuvre de Santa Maria del Fiore. La grande façade antérieure était commencée, et l'on manquait de maîtres pour sculpter les sujets que Giotto avait dessinés. Andrea vint donc à Florence et entra au service de l'œuvre. Comme à cette époque les Florentins désiraient se rendre agréable le pape Boniface VIII, ils voulurent qu'avant toute chose Andrea fit sa statue en marbre. Une fois terminée, on la plaça entre un saint Pierre et un saint Paul, sur la façade, où elles sont encore. Andrea ayant ensuite exécuté quelques petits prophètes destinés à être placés dans des tabernacles de la porte du milieu, on résolut que tous les travaux d'importance lui seraient donnés, et peu après il eut à faire les statues des quatre Docteurs principaux de l'Eglise, à savoir saint Jérôme, saint Ambroise, saint Augustin et saint Grégoire, ainsi qu'un saint Etienne et un saint Laurent qui sont au coin de la façade [1]. Dans la petite église de la Confrérie de la Miséricorde sur la place San Giovanni, il y a de sa main une Vierge de marbre, haute de trois brasses et demie, qui est sur l'autel entre deux anges, ainsi que la demi-figure de la Vierge qui est au-dessus de la porte de côté [2].

Comme il s'était occupé d'architecture dans sa jeunesse, il eut l'occasion d'être employé par la commune de Florence; Arnolfo étant mort et Giotto absent, on lui demanda le plan du château de Scarperia qui est à Mugello, sur le revers de l'Apennin. Certains prétendent, mais je ne l'affirmerai pas, qu'il séjourna un an à Venise et qu'il y sculpta plusieurs statuettes de marbre qui sont sur la façade de Saint-Marc. On ajoute que, Messire Piero Gradenigo étant doge, il donna le dessin de l'Arsenal, mais je laisserai chacun croire ce qu'il veut, n'ayant aucune preuve bien certaine de ces faits. Quand il fut de retour à Florence, la ville, craignant la venue de l'Empereur, le chargea d'exhausser rapidement de huit brasses la partie des murs comprise entre San Gallo et la porte de Prato ; il éleva également, en divers endroits, des bastions, des palissades et d'autres fortifications en bois et en terre.

Comme il avait, trois ans auparavant, montré un grand talent dans l'art de couler le bronze, et qu'il avait envoyé une croix fondue, très belle, au pape, à Avignon, par l'entremise de Giotto, son intime ami, qui s'y trouvait alors, on lui donna à exécuter en bronze l'une des portes de San Giovanni, dont Giotto avait fait un admirable dessin. Il fut choisi pour ce travail, parce qu'on le jugea le maître le plus habile, le plus pratique et le plus entendu, non seulement en Toscane, mais encore de toute l'Italie. Il résolut donc de n'épargner ni temps, ni peines, ni soins, pour mener à bonne fin une œuvre si importante et, dans ce temps où l'on ne connaissait pas les procédés qu'on emploie de nos jours, la fortune lui fut si propice dans ses coulées qu'en l'espace de vingt-deux ans il amena sa porte au point de perfection où on la voit aujourd'hui [3]. Bien plus, dans le même temps, il fit non seulement le tabernacle du maître-autel de San Giovanni avec deux anges qui l'encadrent, travail véritablement admirable, mais encore, sur les dessins de Giotto, les figurines de marbre qui surmontent la porte du campanile de Santa Maria del Fiore et, sur le pourtour du campanile, les médaillons sculptés en demi-relief qui représentent les sept planètes, les sept vertus et les sept œuvres de miséricorde ? A cette époque se rapportent également les trois statues hautes de quatre brasses qu'on a placées dans les niches du campanile, sous les fenêtres qui regardent la Confrérie de la Miséricorde, c'est-à-dire au midi. Toutes ces œuvres furent extrêmement admirées [4].

Pour revenir à la porte de bronze, elle est divisée en plusieurs panneaux qui représentent, en demi-relief, différents sujets de l'histoire de saint Jean-Baptiste, depuis sa naissance jusqu'à sa mort, tous traités avec un égal bonheur. Bien qu'il paraisse à plusieurs que ces compositions n'offrent ni le beau dessin ni le grand art désirables, Andrea n'en mérite pas moins de très grands éloges pour avoir été le premier à conduire à bonne fin une œuvre d'après laquelle ceux qui vinrent après lui conçurent l'idée de tout ce que l'on voit de beau, de grand et de difficile dans les deux autres portes et dans l'ornementation extérieure du temple. Cette porte, entièrement terminée, polie et dorée au feu, l'an 1339, dans le travail de laquelle Andrea se fit aider par Nino [5], son fils, qui fut ensuite meilleur maître que son père, fut posée à l'entrée du milieu et y resta jusqu'à ce que Lorenzo Ghiberti fit celle qui y est à présent. On la transporta alors à son emplacement actuel, vis-à-vis de la Misericordia. On croit qu'elle fut coulée par quelques habiles fondeurs de Venise, et il en reste trace dans les livres de la Guilde des Marchands de Calimala gardiens de San Giovanni.

Pendant qu'Andrea travaillait à cette œuvre et à celles susmentionnées, il donna encore le modèle du temple de San Giovanni, à Pistoia, qui fut commencé en 1337 [6]. Dans la cathédrale de cette ville, il y a aussi de sa main un tombeau en marbre orné de petites figures, tant sur le cercueil qu'au-dessus, qui renferme le corps de Messire Cino d'Angibolgi, docteur en droit et poète renommé. On y voit, sur un bas-relief, Messire Cino enseignant à ses élèves qui l'entourent, et ces sculptures durent paraître merveilleuses dans leur temps, mais elles ne seraient pas très estimées aujourd'hui [7]. Gauthier, duc d'Athènes et tyran de Florence, employa également Andrea à agrandir la place et à fortifier son palais, dont il fit garnir de solides barreaux toutes les fenêtres du bas et du premier étage, là où se trouve actuellement la salle des Deux Cents [8].

Par ordre du même duc, Andrea ajouta plusieurs tours à l'enceinte de la ville, amena la magnifique porte de San Friano au point d'achèvement où on la voit aujourd'hui, et construisit les vestibules des autres portes de la ville, ainsi que les petits passages qui y sont ajoutés pour la commodité des piétons. Et, comme le duc avait l'intention d'élever une forteresse sur la côte San Giorgio, Andrea lui en donna un modèle qui ne servit point, les Florentins ayant chassé le duc en 1343.

Andrea retira de grands honneurs et de grandes récompenses de tous ces travaux ; la Seigneurie lui accorda le titre de citoyen et plusieurs charges de magistrature. Ses productions, qui datent de l'an 1340 environ, furent en grande estime pendant sa vie, et après sa mort, jusqu'au siècle qui fit fleurir Niccolo Aretino, Jacopo della Quercia, Donatello, Filippo Brunelleschi et Lorenzo Ghiberti. Il eut de nombreux disciples, entre autres Tommaso Pisano, architecte et sculpteur, qui termina la chapelle du Campo Santo, ainsi que le campanile du Dôme, auquel il ajouta la partie où sont les cloches. On croit que Tommaso était fils d'Andrea d'après l'inscription du bas-relief du maître-autel, dans l'église San Francesco de Pise, sur lequel il y a une Vierge et des saints, et au-dessous son nom ainsi que celui de son père. Nino, fils d'Andrea, s'occupe également de sculpture. On voit sa première œuvre à Santa Novella de Florence ; c'est une Vierge en marbre, commencée par son père, qui est à l'intérieur de la porte latérale, à côté de la chapelle des Minerbetti. Etant allé à Pise, il fit à Santa Maria della Spina la demi-figure en marbre d'une Vierge qui allaite l'Enfant Jésus entouré de fines draperies [9]. Une autre Vierge en pied, entre un saint Jean et un saint Pierre, dont la tête est le propre portrait d'Andrea, tend une rose à son fils qui la prend avec un geste enfantin d'une telle beauté que l'on peut dire que véritablement Nino commençait à dégager ses statues de la rigidité du marbre et à leur donner la souplesse des chairs, avec un poli extrême. Il fit encore une Annonciation, pour un autel de l'église Sainte-Catherine de Pise, ainsi que d'autres œuvres dans cette ville, et à Naples, dont il n'y a pas lieu de faire mention.

Andrea mourut l'an 1345 [10], à l'âge de soixante-quinze ans, et fut enterré à Santa Maria del Fiore, par son fils Nino.

Paolo Uccello

PEINTRE, FLORENCE, 1397 – FLORENCE, 1475

Paolo Uccello [1] aurait été le peintre le plus élégant et le plus original depuis Giotto, s'il avait consacré aux figures d'hommes et aux animaux le temps qu'il perdit dans ses recherches sur la perspective. Sans doute, c'est une chose ingénieuse et belle, mais celui qui en fait une étude trop exclusive perd son temps, se fatigue l'esprit, le rend stérile et compliqué, et finit par adopter une manière sèche aux contours anguleux. C'est ce qui arrive à ceux qui veulent trop approfondir les choses, de même qu'ils risquent souvent de tomber dans l'isolement, la mélancolie, l'étrangeté et la pauvreté. Il en advint pareillement à Paolo Uccello, qui, doté par la nature d'un génie subtil et capricieux, ne s'occupa qu'à résoudre des problèmes de perspective difficiles et impossibles. Cette étude lui nuisit dans le dessin de ses figures, au point qu'en vieillissant il les fit de plus en plus mauvaises. Il arriva, néanmoins, à tirer à la perfection la perspective des édifices, jusqu'au faîte des corniches et des toits, au moyen de l'intersection des lignes, les faisant converger au centre ou diverger, après avoir déterminé exactement la position de l'œil qui voit et les points de fuite, et en donnant ainsi des règles certaines pour mettre les figures sur des plans différents, ou en raccourci, de manière à les faire fuir progressivement, ce qui se faisait au hasard avant lui. Il trouva également le moyen de représenter avec vérité les croisées et les arcs de voûte, les carreaux des parquets, les colonnes de manière qu'elles paraissent rondes. Ces études l'absorbaient et le rendaient excentrique, au point qu'il demeurait des semaines et des mois entiers enfermé dans sa maison sans se laisser voir à personne et que, pendant sa vie, il resta plus pauvre que célèbre. Donatello, son ami intime, lui disait souvent, quand il lui montrait avec complaisance des *mazzochi* [2] à pointes et dessinés en perspective, ou des boules à soixante-douze faces et à pointes de diamant avec des copeaux enroulés sur un bâton, ou d'autres dessins curieux de perspective : « Eh ! Paolo, ta perspective te fait laisser le certain pour l'incertain. Toutes ces choses ne sont bonnes qu'à ceux qui font de la marqueterie ! »

Les premières peintures de Paolo furent des fresques, dans une niche oblongue, tirée en perspective, dans l'hôpital del Lelmo, à savoir un saint Antoine, abbé, entre saint Cosme et saint Damien. A Annalnena, couvent de femmes, il peignit deux figures ; et à Santa Trinita, au-dessus de la porte de gauche et à l'intérieur de l'église, des fresques qui représentent saint François recevant les stigmates, saint François soutenant une église avec ses épaules, et sa rencontre avec saint Dominique. A Santa Maria Maggiore, dans la chapelle qui renferme le tableau de Masaccio, à côté de la porte latérale qui va à San Giovanni, il fit à fresque une Annonciation où l'on remarque un édifice très bien en perspective. Dans le cloître de San Miniato, il représente la vie des Saints Pères, partie en *terra verde*, partie en couleurs ordinaires [3]. Dans ces compositions, il n'observa guère le principe de peindre les objets avec les couleurs qui leur sont appropriées, car il imagina de faire les champs en bleu, les cités en rouge et les édifices en diverses couleurs, selon qu'il crût les voir, ce qui est une erreur, parce que, si on a à figurer des objets en pierre, ils ne peuvent et ne doivent être peints d'une autre couleur que celle qu'elle a réellement. Il peignit ensuite au Carmine, dans la chapelle de saint Jérôme, appartenant à la famille Puglieso, le parement de l'autel de saint Cosme et saint Damien et, dans la maison des Médicis, un tableau en détrempe représentant des animaux, pour lesquels il eut toujours un goût particulier et qu'il étudia de très près, pour arriver à bien les dessiner. Il avait chez lui des oiseaux, des chats, des chiens et toutes sortes d'animaux étranges, mais seulement en peinture et en dessin, car sa pauvreté l'empêchait de les avoir vivants, et comme il avait une prédilection toute spéciale pour les oiseaux, on l'appela Paolo Uccelli. On lui donna à peindre différentes fresques dans le cloître de Santa Maria Novella [4]. Les premières sont celles que l'on voit, quand on passe de l'église dans le cloître et représentant la Création du monde animal, avec un nombre considérable d'animaux terrestres, de poissons et d'oiseaux. Comme il était très original, il s'appliqua à bien rendre tous ces animaux ; on remarque, en particulier, la fureur des lions qui cherchent à se mordre, la vélocité et la timidité des cerfs et des daims, ainsi que des oiseaux couverts de plumes et des poissons couverts d'écailles qui sont tous pleins de vie. Il représenta ensuite la Création de l'homme et de la femme, et le Péché originel ; dans cette œuvre il se plut à peindre les arbres, ce que les artistes d'alors ne réussissaient pas généralement. Le premier il perfectionna la peinture du paysage, qui de nos jours est arrivée à un si haut point, mais il ne put jamais lui donner cette souplesse et cette harmonie de couleurs qu'on a depuis obtenues par l'emploi des couleurs à l'huile. Il mit soigneusement en perspective tous les objets que lui offraient la nature, les champs, les labours, les fossés, mais d'une manière sèche et tranchante, en sorte que, s'il s'était borné à ne représenter que les objets qui viennent en peinture et à ne prendre que le mieux de la nature, ses compositions eussent été parfaites.

A la suite de cette première fresque et au-dessous de deux autres qui ne sont pas de sa main, il fit le Déluge, avec l'arche de Noé, et dans cette composition il représenta les morts, la tempête, la fureur des vents, les éclairs, la chute des arbres et la terreur des hommes, avec une telle vérité qu'on ne saurait imaginer rien de mieux. En particulier, on remarquera un cadavre, en raccourci, auquel un corbeau arrache les yeux, et un enfant noyé, dont le corps plein d'eau est grandement ballonné. On y voit, également, les effets des passions humaines : deux cavaliers qui combattent, sans songer à l'eau qui les menace ; la peur de mourir d'un homme et d'une femme, montés sur un buffle, qui, se remplissant d'eau, ne leur laisse aucun espoir de se sauver. Au-dessous de cette scène terrible, figurée avec un art merveilleux, Paolo peignit Noé ivre et tourné en dérision par son fils Cham (sous les traits duquel il représenta Dello, son ami, peintre et sculpteur florentin), et recouvert respectueusement par Sem et Japhet, ses autres fils. Il plaça, en perspective, un tonneau qui roule, ce qui fut beaucoup admiré, et une treille chargée de raisins, mais il commit une erreur qui m'étonne chez un homme aussi savant : les lignes des pieds, des figures, celle de la treille et celle du tonneau ne concourent pas au point de fuite comme elles devraient. Il représenta encore le sacrifice offert à Dieu par Noé et ses enfants, pendant que de l'arche ouverte, dont les planches sont bien tirées en perspective, s'échappent toutes sortes d'oiseaux, avec des raccourcis très naturels ; dans le haut apparaît Dieu le Père, dont la figure était certainement la plus difficile de toute l'œuvre ; cette figure vole, en raccourci, dans la direction du mur, avec tant de vérité et de vigueur de relief qu'elle semble passer au travers et s'y enfoncer. Noé est entouré d'une foule d'animaux extrêmement beaux. En somme, Paolo donna à son œuvre une grâce et une douceur telles qu'elle est, sans comparaison, supérieure à tout ce qu'il a produit et qu'elle sera toujours justement louée, comme elle le fut de son temps.

A Santa Maria del Fiore, pour honorer la mémoire de Giovanni Acuto, condottiere anglais au service de la République, qui était mort en 1393, il le représenta en grisaille, sur un cheval d'une beauté et d'une grandeur extraordinaires, dans un cadre haut de dix brasses, que l'on fixa au mur intérieur de la façade. Il traça en perspective un grand mausolée qui est supposé renfermer le corps, et le surmonta de la statue équestre en armes dont nous venons de parler. Cette peinture a été, et est encore aujourd'hui, très admirée, elle serait parfaite si Paolo, qui probablement n'était pas un écuyer expérimenté, ou qui peut-être n'avait pas étudié à fond les chevaux, comme les autres animaux, n'avait fait lever à son cheval les deux jambes du même côté, ce qui n'est pas naturel, et en réalité amènerait la chute de l'animal. Néanmoins la perspective en est remarquable et sur le soubassement on lit ces mots : *Pauli Uccelli opus* [5].

A la même époque et sur la même façade intérieure, il peignit en couleurs à fresque, au-dessus de la porte principale, la sphère des heures, avec quatre têtes dans les coins. Dans une galerie qui donne du côté du couchant, sur le jardin du monastère degli Angeli, il exécuta en grisaille les faits les plus notables de saint Benoît abbé, jusqu'à sa mort.

Dans plusieurs maisons de Florence, on voit des lits et des meubles de tout genre, ornés de petits tableaux, en perspective, de la main de Paolo, et à Gualfonda, dans le jardin qui appartenait aux Bartolini, sur une terrasse, quatre tableaux sur bois, représentant des batailles. Ils sont pleins de chevaux et de cavaliers portant les armures et les costumes du temps, parmi lesquels on reconnaît Paolo Orsino, Ottobuono de Parme, Luca de Canale et Carlo Malatesta, seigneur de Rimini, tous capitaines généraux des armées de cette époque. Ces tableaux, étant abîmés et ayant souffert du temps, ont été l'objet, de nos jours, d'une restauration par Giuliano Bugiardini, qui leur a été plus nuisible qu'utile [6].

Paolo Uccello fut emmené par Donato à Padoue, et il peignit en *terra verde*, à l'entrée de la maison de Vitali, quelques géants dont Andrea Mantegna faisait le plus grand cas. Il décora d'ornements triangulaires à fresque et en perspective une voûte chez les Perruzzi, dans les angles de laquelle il plaça les quatre éléments, accompagnés des animaux qui leur sont propres. Ainsi il attribue une taupe à la terre, un poisson à l'eau, la salamandre au feu, et à l'air le caméléon qui en vit et qui en prend toutes les couleurs. Comme il n'en avait jamais vu, il crut le présenter sous la forme d'un chameau, qui ouvre la bouche et avale de l'air. En cela, il fut trompé par la similitude du nom, sans se douter qu'il n'y avait aucun rapport entre cette énorme bête et une espèce de lézard, sec et de petites dimensions.

Malgré son excentricité, Paolo aimait les arts et ceux qui les pratiquaient à son époque. Désirant transmettre à la postérité les traits de quelques-uns, il peignit sur un tableau long, qu'il conservait dans sa maison, cinq maîtres signalés : Giotto, peintre, comme rénovateur et flambeau de l'art, Filippo di Lippi Ser Brunelleschi pour l'architecture, Donatello pour la sculpture, lui-même pour la perspective et la figuration des animaux, et pour les mathématiques Giovanni Manetti, son ami, avec qui il avait de fréquents entretiens sur la géométrie d'Euclide[7].

On raconte qu'ayant eu à faire, au-dessus de la porte de l'église San Tommaso, dans le Mercato Vecchio, un saint Thomas voulant toucher la plaie du Christ, il y mit toute l'application dont il était capable, disant qu'il voulait montrer dans cette peinture ce qu'il valait et ce qu'il savait ; il fit donc faire une clôture de planches, pour que personne ne pût la voir, avant qu'elle fût entièrement terminée. Donato, le rencontrant un jour, tout seul, lui dit : « Quelle œuvre fais-tu donc là, pour que tu la tiennes si bien renfermée ? » Paolo lui répondit seulement : « Tu la verras, et que cela te suffise pour le moment. » Donato ne voulut pas le pousser à parler davantage, pensant voir comme à l'ordinaire quelque merveilleuse peinture, quand il serait temps. Un matin donc, se trouvant au Mercato Vecchio, pour acheter des fruits, il vit Paolo qui découvrait son œuvre, et comme il le saluait courtoisement, Paolo, désirant ardemment connaître son opinion, lui demanda ce qu'il pensait de sa peinture. Donato, après l'avoir bien examinée, lui dit : « Eh ! Paolo, tu la montres, maintenant qu'il serait temps de la cacher ! » Paolo, effectivement affligé, s'entendit ainsi blâmer de sa dernière œuvre, dont il attendait de grands éloges et n'osant plus, par honte, sortir de chez lui, il se renferma dans sa maison, où il continua à s'appliquer à la perspective, qui le tint pauvre et reclus jusqu'à sa mort.

Finalement, devenu vieux et ayant eu peu de contentement dans sa vieillesse, il mourut l'an 1432, à l'âge de quatre-vingt-trois ans et fut enterré à Santa Maria Novella. Il laissa une fille qui savait bien dessiner [8]. Sa femme racontait que, toute la nuit, il restait dans son cabinet, à trouver les règles de la perspective, et que, quand elle l'appelait au lit, il répondait : « Oh ! quelle douce chose que cette perspective ! » Et vraiment, si elle lui fut bien douce, elle ne fut pas moins précieuse et utile, grâce à lui, à ceux qui s'y sont exercés après lui.

Ghiberti

SCULPTEUR, FLORENCE, 1378 – FLORENCE, 1455

Lorenzo, fils de Bartoluccio Ghiberti, apprit dès ses premières années l'orfèvrerie chez son père, qui était passé maître dans cet art, mais ne tarda pas à être surpassé par son élève. Comme il se sentait plus de goût pour la sculpture et le dessin, Lorenzo pratiquait souvent les couleurs, et d'autres fois coulait en bronze de petites figures qu'il terminait avec beaucoup de grâce. Il se plaisait aussi à imiter les médailles antiques et représentait au naturel beaucoup de ses amis. Pendant qu'il travaillait ainsi auprès de Bartoluccio, et qu'il cherchait à gagner sa vie, la peste survînt à Florence l'an 1400, ainsi qu'il le raconte lui-même dans un manuscrit écrit de sa main, où il parle des choses de l'art, et qui appartient actuellement à Messire Cosimo Bartoli, gentilhomme florentin [1]. A ce fléau se joignirent les discordes civiles, qui l'obligèrent à s'éloigner et à aller en Romagne, en compagnie d'un autre peintre. A Rimini, ils peignirent une chambre et d'autres œuvres pour le seigneur Pandolfo Malatesta qui, quoique jeune, aimait les arts du dessin. Lorenzo ne cessa pas, pour cela, d'étudier le dessin et de modeler en cire, en stuc, sachant bien que le modelage est indispensable aux sculpteurs, dont il est, en quelque sorte, le dessin, et sans lequel ils ne peuvent rien mener à bien. Il avait quitté sa patrie depuis peu de temps, lorsque la peste cessa. Comme, à cette époque, la sculpture comptait des maîtres excellents, tant étrangers que florentins, la Seigneurie de Florence et la Guilde des Marchands résolurent de mettre à exécution ce qui avait déjà été projeté souvent, c'est-à-dire de faire exécuter les deux portes en bronze qui manquaient au temple de San Giovanni, le plus ancien et le plus populaire de tous ceux de la cité. Ayant donc décidé de faire savoir à tous les maîtres que l'on considérait comme les meilleurs d'Italie qu'un concours allait s'ouvrir à Florence, dont le sujet était un panneau en bronze semblable à ceux dont Andrea Pisano avait composé la première porte, il fut donné avis de cette délibération, par Bartoluccio, à Lorenzo, qui travaillait alors à Pesaro. Il l'engageait à revenir à Florence donner une preuve de son savoir-faire, et il ajoutait que c'était une occasion favorable pour se faire connaître et déployer son génie, outre qu'il devait en retirer grand profit, et qu'il ne serait plus forcé désormais de peiner sur des bijoux. Ces paroles touchèrent si vivement Lorenzo, que rien ne put le retenir à la cour de Malatesta et, qu'ayant obtenu son congé, il revint heureusement dans sa patrie. Déjà une foule d'artistes étrangers s'étaient présentés aux Consuls de la guilde ; parmi tous, sept furent choisis, trois Florentins, les autres Toscans. On leur donna une provision et ils durent finir dans le délai d'un an un panneau de bronze de la même dimension que ceux de la première porte et représentant Abraham sacrifiant son fils Isaac. Les Consuls pensèrent qu'ainsi les maîtres en question seraient aux prises avec toutes les difficultés de l'art, parce que ce sujet comportait un paysage, plus des figures nues, des figures drapées et des animaux, et que l'on pourrait traiter les premières figures en relief, les deuxièmes en demi-relief et les troisièmes en bas-relief. Les sept concurrents furent Filippo di Ser Brunellesco, Donato et Lorenzo di Bartoluccio, florentins ; Jacopo dalla Quercia, siennois ; Niccolo d'Arezzo, élève de Jacopo, Francesco di Valdambrina et Simone da Colle, surnommé de Bronzi, qui tous promirent aux Consuls de terminer leur morceau dans le temps fixé. S'étant donc mis à l'œuvre, ils firent tous leurs efforts pour se surpasser l'un l'autre, et tinrent leur travail caché pour ne pas se rencontrer dans les mêmes idées. Seul Lorenzo, guidé par Bartoluccio qui lui fit faire de nombreux projets et modèles, avant de se résoudre à en adopter un, les montrait à ses concitoyens ou aux étrangers qui traversaient la ville, quand ils s'entendaient aux choses de l'art, pour avoir leur avis ; ces conseils furent cause qu'il produisit un modèle très achevé et sans aucun défaut. Son panneau réussit parfaitement à la fonte et il le polissa avec Bartoluccio, avec tant d'amour et de patience qu'on n'aurait pu faire mieux [2].

L'époque du jugement étant arrivée, les sept modèles terminés furent présentés à la Guilde des Marchands. Les avis des Consuls et de beaucoup de citoyens qui les examinèrent furent très différents. La curiosité avait attiré à Florence une foule d'artistes étrangers, peintres, sculpteurs et orfèvres, que les Consuls appelèrent à juger ces œuvres concurremment avec les maîtres des mêmes métiers qui habitaient Florence. Leur nombre fut de trente-quatre personnes, toutes très habiles dans leur art. Bien qu'il y eût, entre eux, des différences d'appréciation, car l'un préférait, naturellement, la manière de celui-ci et l'autre la manière de celui-là, tous s'accordaient à reconnaître que Filippo di Ser Brunellesco et Lorenzo di Bartoluccio avaient mieux composé leurs modèles, de plus belles et de plus nombreuses figures, avaient un fini plus achevé que Donato, encore qu'il y eût dans son modèle beaucoup de dessin. Les figures de Jacopo dalla Quercia étaient correctes, mais manquaient de finesse, quoique bien dessinées et bien exécutées. Le modèle de Francesco di Valdambrina renfermait quelques belles têtes, et était bien réparé, mais la composition en était confuse. Celui de Simone da Colle, remarquable par la pureté de la fonte (ce qui n'a rien d'étonnant, car il était fondeur) péchait par le dessin. Niccolo d'Arezzo avait fait preuve d'une grande connaissance du métier, mais ses figures étaient lourdes et mal réparées. Seul le modèle de Lorenzo, que l'on voit aujourd'hui dans la salle d'audience de la Guilde des Marchands, était parfait dans toutes ses parties. Le dessin et la composition étaient irréprochables, les figures sveltes, gracieuses et dans de très belles attitudes ; enfin toute l'œuvre était d'un tel fini qu'elle ne paraissait pas fondue et qu'on aurait dit qu'il l'avait réparée, non avec un instrument, mais en soufflant dessus. Donato et Filippo, voyant le soin que Lorenzo avait mis dans son œuvre, se retirèrent dans un coin et reconnurent entre eux que le travail devait lui être adjugé, dans l'intérêt général ; que Lorenzo, bien qu'encore jeune, puisqu'il avait vingt ans à peine, avait mieux réussi que les autres et que cette belle œuvre promettait davantage pour l'avenir. Ce serait plus faire œuvre d'envie, disaient-ils, de lui enlever ce travail qu'il n'est généreux de le lui faire obtenir. Lorenzo commença donc la porte qui est voisine de la Fabrique de San Giovanni et disposa un châssis de bois de la même dimension, chantourné et reproduisant les têtes qui sont aux angles de chaque panneau, ainsi que les autres détails de la bordure. Puis, quand son moule fut terminé et bien sec, il construisit un immense fourneau que je me rappelle avoir vu, dans un atelier qu'il avait acheté, vis-à-vis de Santa Maria Nuova, à l'endroit où est actuellement l'hôpital des Tisserands qu'on appelle l'Aia, et coula en métal son cadre ; par malheur la fonte ne réussit pas. Voyant alors le défaut et, sans perdre courage, à la suite de cet échec, il fit rapidement un nouveau moule sans que personne s'en aperçût et recommença la fonte qui vint parfaitement. Il continua ainsi jusqu'à la fin, coulant chaque panneau successivement et le fixant à sa place après l'avoir réparé. Sa porte, divisée en autant de panneaux que celle qu'Andrea Pisano fit sur le dessin de Giotto, renferme vingt sujets, tirés du Nouveau Testament, et huit figures des quatre Evangélistes et des quatre Docteurs de l'Eglise, à savoir, deux Evangélistes au bas de chaque battant, et les quatre Docteurs de même, tous très bien réussis, et différents d'attitudes et de costumes, écrivant, lisant ou réfléchissant. La bordure, qui se recourbe autour de chaque panneau, est composée de feuillages de lierre et d'autres plantes entremêlées : à chaque angle se trouve un buste de prophète ou de sibylle, en relief d'une beauté et d'une variété qui témoignent de l'excellence du génie de Lorenzo [3].

Sur le premier panneau, on voit l'Annonciation ; Ghiberti représenta, par son attitude, l'épouvante et le subit émoi que la Vierge dut éprouver, et elle se retourne avec grâce vers l'Ange. A côté de cette scène est la Nativité du Christ ; la Vierge, l'ayant mis au monde, est couchée et se repose. On voit saint Joseph qui la contemple, les bergers et les anges qui chantent. Sur l'autre battant de la porte et à même hauteur, il y a l'histoire des Rois Mages, adorant le Christ et lui donnant leurs présents. Leur suite, avec les chevaux et d'autres équipages, est représentée avec beaucoup d'esprit. A côté est Jésus discutant avec les docteurs, dans le Temple. On y voit exprimées l'admiration et l'attention des docteurs qui écoutent le Christ, aussi bien que la joie qu'éprouvent Marie et Joseph en le retrouvant.

Au-dessus de ces quatre panneaux, surmontant l'Annonciation, il y a le Baptême du Christ par saint Jean, dans le Jourdain. On reconnaît, dans leurs attitudes, le respect de l'un et la foi de l'autre. Sur le panneau, à côté, le Christ est tenté par le diable. Celui-ci, épouvanté par les paroles du Christ, montre, par son attitude, qu'il reconnaît bien que Jésus est le fils de Dieu. Sur l'autre porte, Jésus chasse les vendeurs du Temple et renverse leur argent, les victimes, les colombes et les autres marchandises. Quelques personnages tombent les uns sur les autres, en fuyant ; leurs attitudes sont très bien observées. A côté il y a le naufrage des Apôtres. Saint Pierre sort de la barque, qui s'enfonce dans l'eau et Jésus le soutient. Cette scène est pleine d'attitudes variées pour les Apôtres qui cherchent à sauver la barque, et la foi de saint Pierre se manifeste dans son geste vers le Christ.

Revenant au Baptême, nous voyons, au-dessus, la Transfiguration du Christ sur le mont Thabor. Ghiberti y exprima, dans les attitudes des trois Apôtres, l'éblouissement que causent les choses célestes aux yeux des mortels. On y reconnaît de plus Jésus dans sa divinité ; il tient la tête haute et les bras ouverts, entre Moïse et Elie. A côté est la Résurrection de Lazare. Celui-ci, sorti du tombeau, les mains et les pieds liés, se tient debout au grand étonnement des assistants. On y voit Marthe et Marie-Madeleine, qui baise les pieds du Sauveur, avec humilité et respect. Sur l'autre porte, Jésus, monté sur un âne, entre à Jérusalem. Les fils des Hébreux, dans des attitudes variées, étendent leurs vêtements à terre, avec des rameaux d'olivier et des palmes ; les Apôtres marchent à la suite du Sauveur. A côté est la Cène, très belle et bien comprise ; les Apôtres sont assis à une longue table, moitié en dedans, moitié en dehors.

Au-dessus de la Transfiguration, on voit l'Agonie au jardin des Oliviers et avec les Apôtres dormant dans diverses attitudes. A côté, Jésus est pris et Judas l'embrasse. Dans cette scène, il y a de remarquables détails. Les Apôtres fuient, et les Juifs, en s'emparant de Jésus, ont des attitudes hardies et violentes. Sur l'autre porte, le Christ est lié à la colonne ; la douleur qu'il éprouve des coups qu'il reçoit le fait se tordre quelque peu, dans une attitude digne de compassion. On reconnaît en outre, chez les Juifs qui le flagellent, la rage et leur odieux désir de vengeance. A côté, Jésus est mené devant Pilate, qui se lave les mains et le condamne au supplice de la croix.

Au-dessus du Christ au jardin des Oliviers, et sur la dernière rangée de panneaux, le Christ porte sa croix et marche au supplice, mené par une tourbe de soldats. Ceux-ci, dans des attitudes étranges, le tirent avec violence. Les gestes des Maries expriment leur douleur, de manière que celui qui les aurait vues n'aurait pas fait mieux. A côté, Jésus est sur la croix. La Vierge et saint Jean Evangéliste sont assis à terre, dans des attitudes douloureuses. Sur l'autre porte, il y a la Résurrection ; les gardiens, étonnés par le coup de tonnerre, paraissent morts, tandis que le Christ monte aux cieux, dans une attitude qui exprime sa glorification et fait valoir la perfection de ses beaux membres. Sur le dernier panneau, on voit la Descente du Saint-Esprit et l'on remarque les aspects très doux de ceux qui le reçoivent.

Cet ouvrage fut conduit au point de perfection où on le voit, sans que Lorenzo épargnât ni le temps ni les fatigues que nécessite un travail en métal. Les figures nues sont parfaites dans toutes leurs parties, les draperies tiennent encore un peu de l'ancienne manière de Giotto, mais, néanmoins, se rapprochent du bon style moderne, et l'ensemble est d'une grâce achevée. De fait, la composition de chaque sujet est si bien ordonnée que tout le monde ratifia les éloges qu'en avait donnés, primitivement, Filippo Brunelleschi.

La porte, avec toute son ornementation de fruits, de festons et d'animaux, coûta vingt-deux mille florins ; elle pèse trente-quatre livres.

Cette œuvre terminée, il parut aux Consuls de la Guilde des Marchands qu'ils avaient été très bien servis, et devant les éloges donnés par toute la ville, ils décidèrent que Lorenzo ferait un saint Jean-Baptiste, en bronze, haut de quatre brasses et demie, destiné à prendre place dans la niche des pilastres extérieurs d'Or San Michele qui est affectée aux drapiers. Lorenzo le commença aussitôt et ne le quitta qu'après l'avoir entièrement achevé ; sur la bordure du manteau il grava son nom. Dans cette statue, qui fut mise en place vers 1414, on remarque une tendance vers le bon style moderne, surtout dans la tête, dans un bras qui paraît de chair, dans les mains et dans toute l'attitude [4]. Lorenzo fut le premier à imiter les chefs-d'œuvre des anciens Romains, qu'il étudiait avec ardeur, comme doivent faire tous ceux qui désirent aller à bien. Dans le fronton du tabernacle de cette statue, il fit la demi-figure d'un Prophète, comme essai de mosaïque.

Lorenzo avait ainsi acquis, en Italie et au dehors, la réputation d'un maître très habile dans l'art de la fonte, en sorte que les Siennois, qui avaient vu ses travaux à Florence, et pour lesquels Jacopo dalla Fonte, Vecchietta et

Donato avaient coulé en bronze plusieurs statues et bas-reliefs qui devaient orner les fonts baptismaux du temple de San Giovanni, tombèrent d'accord avec lui pour l'exécution de deux bas-reliefs, tirés de la vie de saint Jean-Baptiste. Dans le premier, il représenta le Baptême du Christ, où l'on remarque quantité de personnages nus, ou richement habillés; et dans l'autre, l'arrestation de saint Jean mené devant Hérode. Il s'y montra bien supérieur aux autres artistes et il en reçut de grands éloges des Siennois, comme il en reçoit de tous ceux qui voient ces compositions [5].

Les maîtres de la Monnaie, à Florence, désiraient placer une statue dans une des niches extérieures d'Or San Michele, face à la Guilde des Lainiers et voulaient qu'elle fût un saint Matthieu, de la même grandeur que le saint Jean de Ghiberti. Ils la lui donnèrent à faire et elle fut extrêmement louée comme supérieure au saint Jean, et se rapprochant plus du style moderne. Elle fut cause que les Consuls de cette guilde délibérèrent de lui demander une statue en métal, pour orner la niche voisine de saint Matthieu, de la même dimension que les deux autres représentant saint Etienne, leur patron. Lorenzo conduisit à bonne fin ce nouvel ouvrage, auquel il donna une patine remarquable, et qui obtint le même succès que les deux précédentes [6].

A cette époque, Messire Lionardo Dati, général de l'Ordre des Frères prêcheurs, pour laisser un souvenir de lui à sa patrie, dans l'église Santa Maria Novella, où il avait prononcé ses vœux, fit faire à Lorenzo une dalle funéraire en bronze, où il est représenté au naturel. Ludovico degli Albizzi et Niccolo Valori suivirent cet exemple et lui donnèrent chacun une autre à faire à Santa Croce [7]. Ensuite, Cosme et Laurent de Médicis, désirant honorer les corps et les reliques des trois martyrs [8], Prothus, Hyacinthe et Némésius qu'ils avaient ramenés du Casentino où ils étaient restés longtemps et peu en vénération, invitèrent Lorenzo à faire une châsse ornée de deux anges en bas-relief, tenant une guirlande d'olivier, au milieu de laquelle on lit les noms des trois martyrs. Cette châsse, renfermant les reliques, fut placée dans le monastère degli Angeli, à Florence. Cette belle œuvre engagea les fabriciens de Santa Maria del Fiore à faire exécuter une châsse en métal, destinée à contenir le corps de San Zanobi, évêque de Florence ; Lorenzo en fit une de trois brasses et demie de longueur, sur deux de hauteur ; sur le devant, outre une belle ornementation, il représenta San Zanobi ressuscitant un enfant qui lui avait été confié par sa mère et qui était mort, pendant qu'elle était en pèlerinage. Sur les deux côtés, un autre miracle : un homme écrasé par un char et le saint ressuscitant un des deux serviteurs envoyés par lui à saint Ambroise et qui était mort dans les Alpes ; San Zanobi dit à l'autre serviteur qui pleure la mort de son compagnon : « Va ! il dort : tu le trouveras vivant. » Sur la partie postérieure de la châsse, Lorenzo plaça six petits anges, tenant une guirlande de feuilles d'orme, qui entoure une inscription en l'honneur du saint. Cette œuvre, d'un fini extraordinaire, valut à son auteur les plus justes éloges. Tandis que les œuvres de Lorenzo augmentaient chaque jour sa réputation, et qu'il travaillait, en métal, en or ou en argent, pour une quantité de personnes, une grande cornaline tomba entre les mains de Giovanni, fils de Cosme l'Ancien de Médicis sur laquelle était gravé, en creux, Apollon faisant écorcher Marsyas. Elle avait servi, dit-on, de cachet à l'empereur Néron, et comme c'était une pierre rare, tant pour son poids que pour l'extrême beauté de l'intaille, Giovanni la donna à Lorenzo pour qu'il fît autour un ornement d'or ciselé. Lorenzo, après avoir peiné dessus plusieurs mois, le termina et fit une merveille de monture ciselée, non moins belle que l'intaille elle-même. Cette œuvre lui attira la commande de quantité de travaux en or, pour le pape Martin, un bouton de chape, couvert de figures en relief, entre lesquelles il y avait des pierres fines d'un grand prix. Il en fut de même d'une mitre merveilleuse composée de feuilles d'or découpées, entre lesquelles il y avait de nombreuses figurines en ronde-bosse, toutes admirables ; outre la gloire, il en retira grand profit grâce à la libéralité du pape. L'an 1439, le pape Eugène vint à Florence pour unir les Eglises grecque et romaine et tenir, à cet effet, un concile. Ayant vu les œuvres de Lorenzo, dont la personne lui plut autant que ce qui sortait de ses mains, il lui fit exécuter une mitre en or, du poids de quinze livres et couverte de cinq livres et demie de perles, qui étaient estimées trente-quatre mille ducats d'or, avec les autres joyaux. On dit que sur cette mitre il y avait six perles, grosses comme des noisettes, et l'on ne saurait imaginer, sauf d'après le dessin qui en est resté, l'originalité des ornements et la variété des petites figures d'enfants et autres qui s'y trouvaient.

La gloire des œuvres admirables de cet artiste si plein de génie rejaillissait sur Florence, et les Consuls de la Guilde des Marchands résolurent de confier à Lorenzo l'exécution, en métal, de la troisième porte de San Giovanni [9]. Comme il avait fait la première, en suivant leurs instructions et en y appliquant l'ornementation qui encadre les sujets et forme bordure à toute la porte, en similitude de la porte d'Andrea Pisano, les Consuls, voyant combien Lorenzo avait surpassé ce dernier, décidèrent de l'enlever de l'entrée, vis-à-vis de la Misericordia, et que Lorenzo en ferait une nouvelle pour l'entrée du milieu. Pensant qu'il aurait à faire tout l'effort qui lui serait possible dans son art, ils s'en remirent complètement à lui et le laissèrent libre d'opérer comme bon lui semblerait pour arriver à créer une œuvre aussi riche, aussi parfaite qu'il saurait l'imaginer ; ils lui disaient de ne regarder ni au temps ni à la dépense, en sorte qu'ayant surpassé tous les sculpteurs célèbres jusqu'alors, il laissât en arrière toutes ses œuvres antérieures.

Lorenzo se mit à l'œuvre, décidé à user de tout son savoir, et il divisa sa porte en dix panneaux, cinq par battant, en sorte que chaque panneau était d'une brasse et un tiers. La bordure est composée de vingt niches contenant des figurines, presque en ronde-bosse, en tout vingt, toutes très belles. L'une d'elles est un Samson nu embrassant une colonne et une mâchoire à la main ; elle représente toute la perfection que l'on rencontre dans les petits Hercules antiques de bronze ou de marbre. De même, Josué semble adresser une harangue à son armée ; d'autres figurines représentent des Prophètes et des Sibylles dont les draperies, l'ajustement et les coiffures sont d'une variété étonnante. En outre, douze figures couchées dans les niches qui forment la bordure transversale des panneaux, et trente-quatre bustes de femmes, de jeunes gens et de vieillards, placés aux points de croisement, dans de petits médaillons (parmi lesquels, en face de la signature de Lorenzo, au milieu de la porte, deux têtes, l'une vieille, l'autre jeune, sont le portrait de Bartoluccio et de Lorenzo lui-même), complètent l'ornementation avec une quantité de feuillages, de corniches et d'autres objets de tout genre. Les sujets qui sont représentés sur cette porte sont tirés de l'Ancien Testament. Dans le premier, il y a la création d'Adam et celle d'Eve, sa femme, qui sont parfaitement exécutées. On voit que Ghiberti a fait leurs membres aussi beaux qu'il a pu, voulant montrer que, de même que ceux qui sortirent de la main de Dieu furent les plus belles personnes qui aient jamais été faites, de même ces figures devaient être plus belles que toutes celles qu'il avait produites dans ses autres œuvres, considération certes très remarquable. Sur le même panneau, on voit Adam et Eve manger la pomme et tous deux être chassés du Paradis. Les attitudes de ces figures concordent avec le péché commis, car elles cachent leur nudité avec leurs mains, de même que l'on remarque leur remords, quand l'Ange les fait sortir du Paradis.

Le deuxième panneau représente Adam et Eve, avec Caïn et Abel, leurs enfants encore petits, puis Abel faisant l'offrande des prémices et Caïn présentant les siennes moins bonnes. L'attitude de Caïn reflète sa haine contre son prochain et celle d'Abel son amour pour Dieu. Il est singulièrement beau, le groupe de Caïn labourant la terre avec une paire de bœufs, qui paraissent vraiment naturels, tant ils tirent avec peine le joug de la charrue. Ensuite Caïn donne la mort à Abel, pendant qu'il garde ses troupeaux.

Dans une attitude cruelle et pleine d'impiété, il assomme son frère avec un bâton, de manière que le bronze lui-même montre la langueur des membres inanimés du beau corps d'Abel. Dans le lointain du bas-relief, Dieu demande à Caïn ce qu'il a fait d'Abel. Ainsi chaque panneau contient les effets de quatre événements.

Sur le troisième panneau, Ghiberti représenta Noé sortant de l'arche avec sa femme, ses fils, ses filles et belles-filles, ensemble avec tous les animaux de la terre et de l'air. Ceux-ci, chacun dans son genre, sont taillés avec la plus grande perfection que l'art ait pu mettre dans l'imitation de la nature. On voit l'arche ouverte et tous les effets du déluge mis en perspective avec un si faible relief que l'on ne pourrait assez louer leur beauté. Les figures de Noé et des siens ne sauraient être ni plus vives ni plus promptes. Pendant qu'il sacrifie, on voit l'arc-en-ciel, signe de paix entre Dieu et lui. La scène la plus belle est celle où il plante la vigne ; enivré par le vin qu'il a bu, il montre ensuite sa nudité et Cham, son fils, le tourne en dérision. En vérité, on ne saurait mieux représenter celui qui dort, car on remarque l'affaissement de ses membres sous l'influence du vin, de même que l'amour et le respect de ses deux autres fils qui le recouvrent, avec de très belles attitudes. Il faut remarquer de plus les pampres, le tonneau et les autres apprêts de la vendange représentés avec jugement et répartis sur certains points du panneau, de manière qu'ils ne rendent pas la scène confuse, mais qu'ils lui font un admirable ornement.

Sur le quatrième panneau, Ghiberti se plut à représenter l'apparition des trois anges dans la vallée de Manibré. Ils sont semblables l'un à l'autre et le saint vieillard les adore, avec une disposition de ses mains et de son visage, appropriée et pleine de vie. Il sculpta avec amour les serviteurs d'Abraham qui l'attendent avec un âne, au pied de la montagne, pendant qu'il y est monté pour sacrifier son fils. Celui-ci est nu sur l'autel et son père, le bras levé, s'apprête à faire son devoir, mais il est empêché par l'ange qui, d'une main, le retient et, de l'autre, lui montre où est le mouton qu'il doit sacrifier, sauvant ainsi Isaac de la mort. Cette histoire est vraiment très belle. Entre autres choses, on voit une très grande différence entre les membres délicats d'Isaac et ceux plus robustes des serviteurs, en sorte qu'il n'y a pas un coup de burin qui ne soit donné avec un très grand art. Ghiberti parut encore se surpasser lui-même dans la difficile représentation des bâtiments de la cinquième scène, dans laquelle on voit la naissance d'Isaac, celle de Jacob et d'Esaü, Esaü chassant pour exécuter la volonté de son père, enfin Jacob instruit par Rébecca et présentant à son père le chevreau cuit. Il a une peau autour du cou, tandis qu'Isaac le tâte et lui donne sa bénédiction. Ce panneau renferme des chiens très beaux et très naturels, outre les figures qui agissent comme Jacob, Isaac et Rébecca agissaient en réalité quand ils étaient vivants.

Lorenzo, incité par l'étude de l'art, qui continuellement rendait ses travaux plus faciles, appliqua son esprit à la représentation de sujets plus savants et plus difficiles à rendre. Sur le sixième panneau, il représenta Joseph descendu par ses frères dans une citerne, puis vendu par eux à des marchands, qui le donnent à Pharaon. Joseph explique ensuite le songe de la famine, les approvisionnements qu'il faut rassembler pour y remédier, ce qui fait que Pharaon comble Joseph d'honneurs. On voit pareillement Jacob envoyer ses fils chercher du grain en Egypte, Joseph les reconnaître et les renvoyer à leur père. Dans cette histoire, Lorenzo représenta un temple rond, mis en perspective avec une grande habileté. Ce temple renferme des figures dans diverses attitudes ; elles chargent du grain, de la farine sur des ânes remarquablement rendus. On voit ensuite le festin que Joseph offre à ses frères, la coupe d'or cachée dans le sac de Benjamin et retrouvée, Joseph qui reconnaît et embrasse ses frères. Cette histoire, à cause de tant de sentiments et d'événements différents, est regardée comme la plus digne de considération, la plus belle, comme ayant été la plus difficile à rendre de toute l'œuvre.

Vraiment Lorenzo, ayant un si beau génie et tant de

grâce dans ce genre de travail, ne pouvait pas ne pas faire d'aussi belles figures, quand les compositions de si beaux sujets lui venaient à l'esprit. On s'en rend bien compte dans le septième panneau, où il représenta le mont Sinaï. Sur son sommet, Moïse reçoit la loi de Dieu à genoux et avec respect. A mi-hauteur de la montagne, est Josué qui l'attend, avec tout le peuple sur pied, effrayé par le tonnerre, la foudre, et le tremblement de terre, dans des attitudes diverses, rendues avec une très grande habileté.

Il montra ensuite beaucoup de savoir et d'esprit dans le huitième panneau, sur lequel il représenta Josué marchant sur Jéricho, détournant le Jourdain et plantant les douze pavillons remplis par les douze tribus. Toutes ces figures sont remarquables, surtout celles en bas-relief du sujet, qui représentent les Hébreux tournant autour des murs de Jéricho, puis faisant tomber ces murs au son des trompettes et s'emparant de la ville. Le paysage va en dégradé et en s'abaissant en perfection, des premières figures aux montagnes, des montagnes à la ville, et de la ville au fond, très peu indiqué, le tout rendu avec une grande perfection.

Chaque jour, Lorenzo devenait plus habile dans son art, comme on s'en rend compte d'après le neuvième panneau représentant la mort du géant Goliath, à qui David coupe la tête avec une attitude fière et juvénile, et la défaite des Philistins par l'armée de Dieu. On y voit des chevaux, des chars et d'autres engins de guerre. David revient ensuite, tenant la tête de Goliath et le peuple va au-devant de lui, en jouant des instruments et en chantant. Tous ces sentiments sont rendus avec promptitude et vivacité.

Enfin Lorenzo montra tout ce qu'il pouvait faire, dans la dixième et dernière histoire, représentant la reine de Saba qui rend visite à Salomon, suivie d'une grande escorte. Il y fit un bâtiment, tiré en perspective, très beau, toutes les autres figures sont aussi belles que celles des sujets précédents. Je ne dis rien de l'ornementation des plates-bandes qui encadrent cette porte, il y a des fruits et des festins, traités avec une extraordinaire habileté. Cet ouvrage, dans son ensemble et dans ses détails, montre tout le parti que peut tirer un statuaire du haut-relief, du demi-relief et du bas-relief, de la disposition des groupes, de la variété des édifices, des perspectives et de la différence des caractères chez les hommes, les femmes, les enfants et les vieillards. On peut dire que cette porte est parfaite dans toutes ses parties, et que c'est la plus belle chose qui se soit jamais vue, tant chez les anciens que les modernes. Un jour que Michel-Ange Buonarroti s'était arrêté pour regarder ces portes, qu'on lui demandait ce qu'il en pensait et si elles étaient véritablement belles, il répondit : « Elles sont si belles qu'elles seraient dignes d'être fixées aux portes du Paradis. » Louange parfaitement juste, et dite par un homme qui pouvait les apprécier. Du reste, Lorenzo n'épargna ni son temps ni ses peines pour les conduire à bien ; car il n'avait que vingt ans lorsqu'il les commença et il mit quarante ans à les achever, au prix des plus grandes fatigues.

Dans le travail de réparer et de polir cette œuvre, Lorenzo se fit aider par plusieurs jeunes gens qui, plus tard, devinrent des maîtres excellents, tels que Filippo Brunelleschi, Masolino da Panicale, Niccolo Lamberti, orfèvres ; Parri Spinelli, Antonio Filarète, Paolo Uccello, Antonio del Pollaiuolo, qui était encore tout jeune, et beaucoup d'autres qui, travaillant ensemble et se communiquant leurs impressions, comme cela se faisait dans les ateliers, en retirèrent autant de profit que Lorenzo lui-même. Outre la grande somme d'argent qu'il eut des Consuls, il reçut de la Seigneurie un grand domaine, voisin de la Badia di Settimo. Peu de temps après, il fut appelé, par la Seigneurie, à la suprême magistrature de la cité. A cette occasion, les Florentins ne méritèrent pas tant d'être loués pour leur reconnaissance qu'il faut les blâmer de s'être montrés parfois ingrats envers quelques autres de leurs concitoyens et des meilleurs.

Après cette œuvre extraordinaire, il composa l'ornementation en bronze de la porte qui est vis-à-vis de la Misericordia et qui est due à Andrea Pisano. Mais il ne put terminer les merveilleux feuillages qu'il avait commencés, car la mort le frappa à l'improviste, quand il s'était décidé à refaire complètement la porte dont il avait déjà presque fini le modèle. Ce modèle est aujourd'hui perdu et je l'ai vu, étant tout jeune, au Borgo Allegri, avant que l'insouciance des descendants de Lorenzo ne l'ait laissé perdre.

Il eut un fils nommé Bonnacorso qui termina l'œuvre d'ornementation laissée imparfaite par son père ; on peut considérer ce travail comme l'œuvre la plus rare et la plus merveilleuse qu'on puisse avoir en bronze. Il ne put produire beaucoup, parce qu'il mourut jeune, mais il possédait le secret de couler ses œuvres de manière à les faire venir avec toute leur finesse et il savait fouiller le métal de la même manière qu'on remarque dans les œuvres de Lorenzo. Celui-ci laissa à ses héritiers, outre ses propres œuvres, quantité d'antiques en marbre et en bronze qu'il avait fait venir de Grèce à grands frais. Tous ces objets se sont perdus dans la suite, ou bien ont été vendus à Messire Giovanni Gaddi, alors clerc de la Chambre. Bonnacorso eut un fils nommé Vittorio qui fit de la sculpture, mais avec peu de succès, parce qu'il ne mit jamais d'amour ni de sollicitude à ses œuvres, ne pensant qu'à dissiper la fortune et les autres choses que son père et son aïeul lui avaient laissées. Finalement, allant à Ascoli pour être architecte du pape Paul III, il fut assassiné, une nuit, par un serviteur qui voulait le dévaliser, et ainsi s'éteignit la famille, mais non la gloire de Lorenzo qui durera éternellement.

Pour revenir à Lorenzo, il s'occupa de diverses choses pendant sa vie et fit de la peinture, particulièrement sur verre. On lui doit les œils-de-bœuf de la coupole de Santa Maria del Fiore, à l'exception d'un seul où Donato représenta le Couronnement de la Vierge. Il fit également les trois œils-de-bœuf qui se trouvent au-dessus de la porte principale, tous ceux qui ornent les chapelles et les tribunes de la même église et la rose de la façade antérieure de Santa Croce. A Arezzo, il peignit, pour Lazzaro di Feo di Baccio, riche marchand, une fenêtre de la grande chapelle, dans l'église paroissiale, sur laquelle il représenta le

Couronnement de la Vierge et deux autres figures. Mais, comme il employa toujours des verres vénitiens, riches en couleurs, ses vitraux rendent obscurs les lieux où ils sont placés, plutôt qu'ils ne ménagent le jour.

Il fut adjoint à Brunellesco pour la construction de la coupole de Santa Maria del Fiore, mais il n'y resta pas, comme nous le dirons dans la Vie de Filippo.

Il écrivit un traité en langue vulgaire, où il parle de choses diverses, mais si légèrement que la lecture n'en est que de peu d'utilité. La seule bonne partie, à mon avis, est celle où, après avoir parlé de beaucoup de peintres anciens et particulièrement de ceux qui ont été cités par Pline, il fait une brève mention de Cimabue, de Giotto et des autres artistes de leur temps, pour en arriver à parler de lui avec complaisance et à décrire minutieusement, un à un, tous ses ouvrages. Au début, il fait croire que ce livre a été écrit par d'autres ; puis, oubliant cette supercherie et comme un homme qui savait mieux manier le crayon, le ciseau et couler le bronze qu'écrire des ouvrages, il ne manque jamais de dire : Moi, je fis ; moi, je dis ; je faisais, je disais.

Finalement, étant parvenu à sa soixante-quatrième année, il mourut d'une forte fièvre continue, laissant une renommée immortelle, tant grâce à ses œuvres qu'aux louanges des écrivains. Il fut honorablement enseveli à Santa Croce. Son portrait, sous la forme d'un homme chauve, est, avec celui de son père Bartoluccio, sur la porte principale de San Giovanni, dans la frise du milieu à côté de l'inscription : LAURENTII CIONIS DE GHIBERTIS MIRA ARTE FABRICATUM.

Masaccio

PEINTRE, SAN GIOVANNI DI VALDARNO, 1401 – ROME, VERS 1428

La nature a l'habitude, lorsqu'elle engendre un être d'un talent exceptionnel, dans quelque domaine que ce soit, d'en créer un autre au même moment, dans la même région, pour encourager une mutuelle émulation et inspiration. Outre les avantages qu'en tirent ces deux concurrents, ceci stimule aussi la génération suivante qui s'efforce par la réflexion et le travail d'atteindre aux mêmes louanges qu'ils entendent tous les jours chanter à la gloire de leurs prédécesseurs. Que Florence ait pu produire à la même époque Filippo, Donato, Lorenzo, Paolo Uccello et Masaccio, tous excellents dans leur domaine, en ait la meilleure preuve. C'est d'abord grâce à eux que disparut la manière maladroite et lourde qui prévalait jusqu'alors. Mais surtout, la beauté de leurs œuvres fut une telle source d'inspiration pour la génération suivante qu'elle explique le degré de perfection et de grandeur que l'on connaît aujourd'hui. Nous sommes donc infiniment redevables à ceux qui, par leur travail, nous ont montré le vrai chemin vers la réussite suprême.

A Masaccio appartient l'honneur d'avoir ramené l'art de la peinture dans la bonne voie. Cherchant la gloire et considérant que la peinture n'est autre chose qu'une contrefaçon de tout ce que la nature présente de vivant, simplement à l'aide du dessin et des couleurs, il comprit que celui qui s'en approche le plus peut se dire maître excellent. Grâce à de continuelles études, il acquit de telles connaissances qu'il peut être compté parmi les premiers qui débarrassèrent l'art des duretés, des imperfections et des difficultés qui l'entravaient. Il donna à ses personnages de belles et de nobles attitudes, du mouvement, de la fierté, de la vie et un certain relief vraiment propre et naturel, toutes choses que l'on ne rencontre chez aucun des peintres qui l'ont précédé. Comme il avait un jugement excellent, il reconnut que toutes les figures qui n'étaient pas posées d'aplomb, avec leurs pieds à plat sur le sol, mais qui se tenaient sur la pointe du pied, manquaient de toute beauté et de style dans leurs parties essentielles et que ceux qui les faisaient montraient ainsi ne pas entendre les raccourcis ni la perspective. Bien que Paolo Uccello s'y fût mis et en eût fait quelques-uns, atténuant ainsi un peu cette difficulté, Masaccio fit infiniment mieux les raccourcis, les variant de différentes manières et dans toutes sortes de positions ; il peignit ses œuvres avec des couleurs fondues et harmonieuses, tant dans les carnations des têtes et des nus que dans les draperies qu'il se plut à faire avec peu de plis larges et faciles, comme elles sont dans la réalité, ce qui a été d'une grande utilité pour les artistes et mérite qu'il en soit grandement loué comme en étant l'inventeur. En vérité, on peut dire que les œuvres faites avant lui ont été peintes, mais que les siennes sont vraies, vives et naturelles à côté de celles des autres.

Le lieu de naissance de Masaccio fut Castello San Giovanni di Valdarno, où se trouvent encore, dit-on, quelques figures peintes par lui dans sa première jeunesse. Distrait, rêveur, comme un homme dont toutes les pensées et la volonté étaient tournées uniquement vers les choses de l'art, il s'occupait peu de lui-même et encore moins des autres. Comme il ne voulut jamais penser, en aucune manière, aux choses de ce monde, dont il ne se souciait pas plus que de son costume, il fallait qu'il fût réduit au plus extrême besoin pour réclamer quelque argent à ses débiteurs. Il se nommait Tommaso, mais on le surnomma

Masaccio, non pour sa méchanceté, car il était la bonté même, mais à cause de ses étrangetés ; d'ailleurs toujours prêt à rendre service à qui que ce fût.

Il commença à peindre, dans le temps que Masolino da Panicale peignait la chapelle des Brancacci, dans l'église del Carmine, à Florence. Marchant autant qu'il le pouvait sur les traces de Donato et de Filippo Brunelleschi, bien que suivant une autre branche de l'art, il cherchait continuellement à faire ses figures vives et animées, à l'imitation de la nature. Il s'éloigna tant du faire des autres artistes, en dessinant et en peignant à la moderne, que son dessin et son coloris peuvent sans désavantage soutenir la comparaison avec ceux des maîtres actuels. Il travailla avec opiniâtreté et surmonta merveilleusement les difficultés de la perspective, comme on peut en juger par son petit tableau du Christ guérissant un possédé, qui appartient aujourd'hui à Ridolfo Ghirlandaio, et dans lequel il y a des édifices en perspective, dont on voit à la fois l'intérieur et l'extérieur, car il les prit, non de face, mais de côté, tout exprès pour avoir à vaincre de plus grandes difficultés. Il chercha, plus que les autres peintres, à faire des figures nues et en raccourci, dont on se servait peu avant lui. Sa manière était facile et, comme on l'a déjà dit, ses draperies se distinguaient par leur simplicité.

On a de sa main un tableau en détrempe, qui représente la Vierge assise avec sainte Anne et tenant l'Enfant Jésus : ce tableau est maintenant à Sant' Ambrogio de Florence, dans la chapelle qui est à côté de la porte conduisant au parloir des religieuses [1]. Dans l'église San Niccolo, au-delà de l'Arno, il y a sur la cloison transverse un tableau de la main de Masaccio, peint en détrempe, et sur lequel, outre la Vierge et l'Ange de l'Annonciation, on voit un édifice empli de colonnes et très bien tiré en perspective. En effet, non seulement le dessin des lignes est parfait, mais encore le peintre fait fuir son bâtiment avec les couleurs, en sorte que peu à peu il se perd dans l'ombre : en cela Masaccio montra entendre parfaitement la perspective. Il peignit à fresque, sur un pilastre de la Badia, à Florence, face à l'un de ceux qui soutiennent l'arc du maître-autel, saint Yves de Bretagne, qu'il figura dans une niche, de manière que les pieds fussent vus en raccourci par un spectateur placé plus bas. Comme cette disposition n'avait pas été aussi bien réussie par d'autres artistes, il en retira de grands éloges. Au-dessous du saint, sur une autre corniche, il représenta tout autour des veuves, des orphelins et des pauvres, secourus par ce saint dans leurs besoins.

Dans l'église de Santa Maria Novella, il fit, également à fresque, au-delà de la cloison transverse et sur l'autel de saint Ignace, une Trinité, entre la Vierge et saint Jean l'Evangéliste qui contemplent le Christ crucifié. Sur les côtés sont deux figures à genoux, qui représentent, autant qu'on peut en juger, ceux qui firent peindre cette fresque ; mais on les distingue mal, car ils ont été recouverts d'un ornement doré. Outre ces figures, ce qui est extraordinairement beau, c'est une voûte en demi-cintre, tracée en perspective et divisée en caissons ornés de rosaces, qui vont en diminuant, en sorte qu'on dirait que la voûte s'enfonce dans le mur [2]. A Santa Maria Maggiore, près de la porte latérale qui conduit à San Giovanni, il fit le tableau d'une chapelle représentant la Vierge, entre sainte Catherine et saint Julien ; et sur la prédelle, la Nativité du Christ, entre un épisode de la vie de sainte Catherine et saint Julien tuant ses parents ; ces peintures présentent la simplicité et la vivacité qui lui étaient propres [3].

Dans l'église del Carmine, à Pise, il y a un tableau de Masaccio, à l'intérieur d'une chapelle du transept, qui représente la Vierge tenant son fils, aux pieds de laquelle quelques anges font de la musique ; l'un d'eux, jouant du luth, prête attentivement l'oreille au son de son instrument. La Vierge est entourée par saint Pierre, saint Jean-Baptiste, saint Julien et saint Nicolas, toutes figures pleines de vie et de vérité. Sur la prédelle, on voit de petits sujets tirés de la vie de ces saints et au milieu l'Adoration des Mages, dans laquelle quelques chevaux, peints d'après nature, sont si beaux qu'on ne saurait désirer mieux. Les hommes de la suite des trois Rois sont vêtus de costumes variés, en usage à cette époque. Au-dessus du tableau, en guise d'amortissement, il y a plusieurs saints dans les panneaux entourant un Christ en croix [4]. On croit que la figure d'un saint, en habit d'évêque, qui est peinte à fresque dans cette église, à côté de la porte qui donne dans le couvent, est de la main de Masaccio ; mais je crois fermement qu'elle est due à Fra Filippo, son élève.

De retour à Florence, il peignit un homme et une femme nus, de grandeur naturelle, qui appartiennent aujourd'hui au palais Palla Ruccellai. Ensuite, ne se plaisant pas à Florence et poussé par l'amour de l'art, il résolut d'aller à Rome où il espérait faire des études qui le mettraient à même de surpasser tous ses rivaux. Il y acquit une grande renommée et peignit à fresque, pour le cardinal de San Clemente, une chapelle dans l'église du même nom, où il représenta le Christ en croix entre deux larrons, et l'histoire de sainte Catherine martyre [5]. Plusieurs tableaux en détrempe, qu'il fit à la même époque, se sont égarés ou ont été détruits au milieu des bouleversements de Rome. Il en existe cependant un à Santa Maria Maggiore, dans une petite chapelle voisine de la sacristie ; on y voit quatre saints, si naturels qu'ils paraissent en relief, et entre eux Notre-Dame-des-Neiges [6]. On y remarque également les portraits du pape Martin traçant, avec une pioche, les fondations de l'église, et de l'empereur Sigismond [7]. Un jour, Michel-Ange donna, en ma présence, les plus grands éloges à ces figures qui, disait-il, devaient être vivantes, du temps de Masaccio.

Pisanello et Gentile da Fabriano, chargés par le pape Martin de décorer l'église Saint-Jean, avaient confié une partie de ce travail à Masaccio [8], mais lorsqu'il apprit que Cosme de Médicis, qui l'avait beaucoup aidé et favorisé, était rappelé de l'exil, il revint à Florence, où il fut chargé de continuer les peintures de la chapelle Brancacci, dans l'église del Carmine, laissées inachevées par Masolino da Panicale, qui venait de mourir [9]. Avant de se mettre à l'œuvre, il fit, comme essai et pour montrer les progrès qu'il avait faits, le saint Paul, qui est près de l'endroit où tombent les cordes des cloches. Il fit preuve d'un talent infini dans cette peinture et l'on reconnaît dans la tête du saint, représenté sous les traits de Bartolo di Angiolino Angiolini, une grandeur terrible telle que la parole seule semble lui manquer. Celui qui ne se rend pas compte de ce que fut saint Paul n'a qu'à regarder cette figure qui respire la force du citoyen romain, en même temps que la puissance invincible d'un esprit tout entier absorbé par sa foi [10]. Masaccio montra, en outre, dans cette peinture, une connaissance merveilleuse des raccourcis vus de bas en haut, comme on peut s'en rendre compte en regardant les pieds de cet Apôtre, dans lesquels il y a une difficulté vaincue aisément par lui, en comparaison de la raideur de la manière ancienne qui faisait se tenir toutes les figures sur la pointe des pieds, comme je l'ai déjà dit. Cette manière dura jusqu'à lui, sans que personne cherchât à la corriger, et lui seul, avant tout autre, la fit disparaître devant le mode de faire actuel. Pendant qu'il y travaillait, l'église del Carmine fut consacrée et Masaccio, en commémoration de cette cérémonie, la représenta, en clair-obscur et en *terra verde*, au-dessus de la porte qui conduit de l'église dans le cloître. Parmi une foule de citoyens revêtus de manteaux et de chaperons, qui suivent la procession, il introduisit Filippo Brunelleschi, chaussé de sandales; Donatello, Masolino da Panicale, son maître, Antonio Brancacci, qui avait commandé le décor, Niccolo da Uzzano, Giovanni di Bicci de' Medici, Bartolommeo Valori qui sont aussi portraiturés par la même main dans la maison de Simon Corsi, gentilhomme florentin. On y voit aussi la porte du couvent et le portier armé de ses clefs. Cette œuvre est vraiment d'une grande perfection, Masaccio ayant su mettre en perspective la procession de tous ces gens, qui vont cinq ou six par file et, en particulier, il est remarquable que tous ne sont pas de la même grandeur et qu'on distingue très bien les petits et les gros des grands et des maigres; tous sont d'aplomb sur leurs pieds et marchent sur le sol de la place, tout aussi naturellement que feraient des personnes vivantes [11].

Etant ensuite retourné aux travaux de la chapelle Brancacci [12], il termina une partie de l'histoire de saint Pierre, commencée par Masolino, à savoir quand il baptise le peuple, qu'il guérit les infirmes, quand il ressuscite les morts et redresse les contrefaits qu'il touche de son ombre, en allant au Temple avec saint Jean. Parmi tous ces sujets, le plus remarquable est celui dans lequel saint Pierre, pour payer le tribut à César, tire de l'argent d'un poisson, sur l'ordre de Jésus-Christ. Masolino y introduisit sous la figure du dernier Apôtre, son propre portrait qu'il peignit à l'aide du miroir, avec tant de vérité qu'il paraît vivant. En outre la hardiesse de saint Pierre qui adresse sa demande au Christ, l'attention des Apôtres l'entourant dans diverses attitudes et attendant qu'il prononce sa décision sont rendues d'une façon vraiment saisissante. Il en est de même du geste de saint Pierre, quand il retire l'argent ; il y met tant d'ardeur que sa figure en est tout enflammée d'être resté courbé. Quand il paie ensuite le tribut, on devine le sentiment qui l'anime, de même que la cupidité de celui qui reçoit l'argent et le regarde dans sa main avec complaisance.

Masaccio peignit aussi le fils du roi ressuscité par saint Pierre et saint Paul ; mais cette dernière fresque resta inachevée par suite de sa mort et fut terminée plus tard par Filippino Lippi. Dans la scène où saint Pierre baptise, se trouve une figure nue qui grelotte, saisie par le froid et qui a toujours excité l'admiration des artistes anciens et modernes, tant elle est exécutée avec un beau relief et avec douceur de style.

Une quantité de dessinateurs et d'artistes en tout genre ont constamment fréquenté cette chapelle ; elle renferme des têtes si belles et si expressives que l'on peut dire avec assurance qu'aucun maître de cette époque ne s'approcha autant que Masaccio des peintres modernes. Ses efforts méritent donc des louanges infinies, surtout pour avoir créé le beau style de notre époque ; et, pour prouver la vérité de ce que j'avance, je dirai que tous les peintres et sculpteurs qui sont venus étudier dans cette chapelle et y prendre des copies sont devenus des maîtres éminents, tels que Giovanni da Fiesole, Fra Filippo, Filippino – qui l'a achevée –, Alesso Baldovinetti, Andrea del Castagno, Andrea del Verrocchio, Domenico Ghirlandaio, Sandro Botticelli, Léonard de Vinci, Pietro Perugino, Fra Bartolommeo di San Marco, Mariotto Albertinelli et le divin Michel-Ange. Raphaël d'Urbin y a trouvé l'inspiration de son beau style. Granacci, Lorenzo di Credi, Ridolfo Ghirlandaio, Andrea del Sarto, le Rosso, Franciabigio, Baccio Bandinelli, Alonso l'Espagnol, Jacopo Pontormo, Perino del Vaga et Toto del Nunziata. En un mot, tous ceux qui ont voulu apprendre les règles et les principes de l'art sont allés les chercher dans cette chapelle, auprès des peintures de Masaccio Et si je n'ai pas nommé tous les étrangers et les Florentins qui sont allés étudier dans cette chapelle, c'est que là où sont accourus les grands artistes, les plus petits sont aussi venus. Beaucoup de gens croient fermement qu'il aurait encore produit de plus grandes merveilles, si la mort, qui le frappe à l'âge de vingt-six ans, ne l'avait ravi trop tôt. Est-ce l'envie, ou bien les belles choses durent-elles communément peu, il mourut ainsi à la fleur de l'âge et si subitement qu'il ne manqua pas de gens qui pensèrent que le poison y avait contribué plus qu'autre chose.

On dit qu'en apprenant sa mort, Filippo Brunelleschi s'écria : « Nous avons fait une perte immense en Masaccio ! » et ressentit une profonde douleur, d'autant plus qu'il s'était appliqué longtemps à lui enseigner quantité de problèmes de perspective et d'architecture. Il fut enterré dans l'église del Carmine, l'an 1443, et comme, pendant sa vie, ses concitoyens l'avaient peu apprécié, on ne prit pas soin alors de rappeler sa mémoire par quelque inscription sur son tombeau [13].

Filippo Brunelleschi

SCULPTEUR ET ARCHITECTE, FLORENCE, 1377 – FLORENCE, 1446

La nature crée parfois des hommes petits de leur personne et de peu d'apparence, mais qui ont l'âme pleine de tant de grandeur et un si terrible courage que s'ils n'entreprennent pas des choses difficiles et presque impossibles et s'ils ne les terminent pas, au grand étonnement de ceux qui les voient, leur vie ne peut jamais connaître le repos. Les choses que l'occasion leur met entre les mains, si viles et si mesquines qu'elles soient, ils les font devenir grandes et précieuses. Aussi ne devrions-nous jamais faire la grimace quand nous rencontrons une personne occupée à une œuvre quelconque et dont la figure n'offre pas la grâce et la beauté que la nature aurait dû lui donner ; l'or pur ne se trouve-t-il pas caché sous des mottes de terre ? Nous avons vu Filippo di Ser Brunellesco, disgracieux de sa personne autant que Forese da Rabotta [1] et Giotto, mais doué d'un génie si élevé qu'on peut dire qu'il fut envoyé par le ciel pour donner une nouvelle forme à l'architecture dévoyée depuis des centaines d'années. Beaucoup de personnes avaient dépensé des sommes immenses pour faire élever des édifices mal dessinés, mal distribués, disgracieux, extravagants même et bizarrement décorés. Le ciel voulut alors, la terre étant restée si longtemps sans un homme d'un réel génie et d'une inspiration divine, que Filippo élevât la plus grande, la plus haute et la plus belle construction des temps modernes aussi bien que de l'Antiquité, et montrât ainsi que la valeur des artistes toscans, bien qu'étant restée si longtemps cachée, n'était pas morte pour cela. Il était doué, par ailleurs, des plus rares qualités ; en amitié, principalement, personne ne fut plus affable ni plus bienveillant que lui. Son jugement était exempt de passion et quand il reconnaissait le mérite des autres, il laissait là son intérêt, ou celui de ses amis. Il connaissait sa valeur et ne ménagea pas à plusieurs autres l'aide de son talent, secourant de plus toujours son prochain dans la nécessité. Ennemi déclaré du vice, il recherchait les gens vertueux. Il ne dépensait pas son temps en vain, n'évitant aucune peine pour mener à bien ses travaux ou pour aider ceux qu'il savait dans le besoin, et profitait de ses promenades pour visiter et secourir ses amis.

On dit qu'à Florence il y eut un homme d'une excellente réputation et de mœurs irréprochables, actif dans ses affaires, qui s'appelait Ser Brunellesco di Lippo Lapi. Son aïeul, appelé Cambio, avait cultivé les lettres et était fils d'un médecin fameux, Maître Ventura Bacherini. Ser Brunellesco, ayant épousé une jeune fille remarquablement bien élevée, de la noble famille des Spini, reçut, entre autres choses de la dot, une maison qu'il habita, avec sa famille, jusqu'à sa mort et qui était située vis-à-vis de San Michele Berteldi après la place des Agli [2]. Il y vivait agréablement, quand lui naquit, l'an 1377, un fils auquel il donna le nom de son père Filippo, mort auparavant ; cette naissance fut accueillie avec une joie extrême par les parents. Dès son enfance, on lui enseigna, avec beaucoup de soin, les premiers principes des lettres ; il y montrait tant d'imagination et un esprit si élevé, que souvent il restait le cerveau en suspens, comme s'il ne se souciait pas d'y faire de grands progrès ; au contraire, il paraissait penser à des choses qui lui semblaient devoir être d'une plus grande utilité. Aussi Ser Brunellesco, qui désirait le voir continuer, un jour, sa profession de notaire ou celle de son aïeul le médecin, en prenait un déplaisir extrême. Mais le voyant toujours occupé à des choses d'adresse ou à de petits ouvrages de main, il lui fit apprendre à écrire et à compter et le plaça ensuite chez un orfèvre de ses amis, pour apprendre à dessiner. Filippo en ressentit une grande satisfaction et travailla avec tant d'ardeur qu'il ne tarda pas à savoir monter les pierres fines, mieux que les plus anciens du métier. Il fit plusieurs pièces de nielle et d'argenterie, entre autres les deux demi-figures de Prophètes, placées sur le bord de l'autel de San Jacopo de Pistoia, qui furent trouvées très belles et qu'il exécuta pour l'Œuvre de cette ville [3]. Il fit également des bas-reliefs, dans lesquels il montra une telle entente du métier, que nécessairement son génie devait dépasser les termes de cet art.

S'étant lié avec des personnes studieuses, il lui prit fantaisie d'apprendre les effets des poids et des roues et d'acquérir la connaissance des temps et des mouvements, en sorte qu'il arriva à produire de belles et d'excellentes horloges. Non content de cela, il se prit d'un désir extrême de faire de la sculpture et cette idée lui vint après que, Donato [4] étant jeune et considéré déjà comme un sculpteur de talent dont on attendait davantage, Filippo commença à le fréquenter continuellement ; par suite de leurs vertus réciproques, leur affection devint telle qu'ils ne semblaient pouvoir vivre l'un sans l'autre. De plus, Filippo, qui avait les aptitudes les plus diverses, s'occupa à des œuvres d'autres professions, en sorte que les personnes qui s'y connaissaient l'estimèrent être un excellent architecte, d'après les nombreux ouvrages qu'il exécuta et qui servirent dans des restaurations de maisons. Ainsi, tandis que Apollonio Lapi, son parent, faisait construire une maison, au coin des Ciai, vers le Mercato Vecchio, Filippo s'y employa grandement et il en fit autant, hors de Florence, dans la tour et la maison de la Petraia, à Castello. Dans le palais de la Seigneurie, il fit la distribution de toutes les chambres, dans la partie où se trouvaient les bureaux du Mont-de-Piété ; il y pratiqua des portes et des fenêtres, dans une manière inspirée de l'antique et qui n'était pas beaucoup en usage, car l'architecture était des plus grossières en Toscane. Comme les Frères de Santo Spirito, à Florence, voulaient avoir une statue de sainte Marie-Madeleine pénitente, en bois de tilleul et destinée à être placée dans une chapelle, Filippo, qui avait produit plusieurs petites œuvres de sculpture et qui était désireux de montrer qu'il pouvait réussir des œuvres de grandes dimensions, demanda à la faire ; cette figure, terminée et mise en place, fut trouvée très belle, mais, dans l'incendie de l'église qui arriva l'an 1471, elle fut réduite en cendres, avec beaucoup d'autres œuvres remarquables.

Il cultiva beaucoup la perspective, qui était alors mal appliquée, à cause des nombreuses erreurs que l'on commettait ; il y perdit beaucoup de temps, jusqu'à ce qu'il eût trouvé par lui-même une manière de la rendre plus juste et parfaite, en faisant le plan, le profil et les intersections, découverte vraiment ingénieuse et très utile aux arts du dessin. Il y prit tant de plaisir que de sa main il dessina la place de San Giovanni, avec la répartition des marbres noirs et blancs incrustés sur les murailles et dont les bandes allaient en diminuant avec une grâce singulière ; il fit également la maison de la Misericordia, avec les boutiques des marchands de gaufres, la voûte des Pecori et de l'autre côté la colonne de San Zanobi. Ce dessin, pour lequel il reçut les éloges des artistes et de tous ceux qui savaient juger cet art, l'encouragea au point qu'il ne resta pas longtemps sans mettre la main à un autre dans lequel il représenta le Palais, la Place et la Loggia de la Seigneurie, avec le toit des Pisans et toutes les constructions que l'on voit autour ; ces deux œuvres eurent pour effet d'éveiller l'intelligence des autres artistes, qui se mirent depuis à travailler la perspective avec beaucoup d'application. Filippo l'enseigna en particulier à Masaccio, peintre, alors jeune et son grand ami, qui lui fit honneur, comme il apparaît dans la représentation des édifices qu'il introduisit dans ses œuvres. Il en fit autant pour ceux qui travaillaient à des œuvres de marqueterie, qui est un art d'assembler les bois de couleurs, et il les stimula au point qu'il faut lui attribuer le développement que prit cet art si utile, de même que quantité d'œuvres de ce genre, qui ont procuré, à Florence, autant de gloire que de profit, pendant de longues années.

Messire Paolo dal Pozzo Toscanelli, se trouvant à dîner un soir, dans un jardin, avec quelques amis, après une journée d'études invita Filippo qui, l'entendant parler des arts relevant des mathématiques, prit tant de familiarité avec lui que celui-ci lui enseigna la géométrie, et bien que Filippo n'eût pas de connaissance approfondie des lettres, il lui rendait raison de toutes choses, avec le naturel de la pratique et de l'expérience, de manière que souvent il le confondait [5]. De même, il étudia les écrits de la religion chrétienne, intervenant dans les discussions et les prédications des personnes savantes, dont il tirait un si grand fruit, grâce à son admirable mémoire, que Messire Paolo susdit, pour faire son éloge, avait coutume de dire que, lorsqu'il entendait raisonner Filippo, il lui semblait un nouveau saint Paul. A la même époque, il s'appliqua également à bien comprendre Dante, relativement aux lieux décrits par le poète et à ses théories, et très souvent il s'en servait dans ses raisonnements, en le citant par comparaisons. Son esprit était continuellement occupé à imaginer et à inventer des choses ingénieuses et difficiles et il ne put pas rencontrer d'esprit qui lui plût davantage que celui de Donato, avec lequel il causait familièrement, raisonnant, pour leur plus grand plaisir, sur les difficultés du métier.

Dans ce temps-là, Donato venait de terminer un crucifix en bois qui fut placé à Santa Croce de Florence [6], au-dessous de la fresque peinte par Taddeo Gaddi qui représente saint François, ressuscitant un enfant. Il voulut connaître l'avis de Filippo, mais il s'en repentit ensuite, car Filippo lui dit qu'il n'avait mis en croix qu'un paysan. C'est de là que vient le proverbe : « Prends du bois et fais-en-un toi-même ! » telle fut la réponse de Donato. Filippo, qui ne se fâchait jamais de ce qu'on lui disait, bien que dans le cas il se sentît véritablement provoqué, se renferma chez lui pendant plusieurs mois qu'il employa à sculpter un crucifix en bois, d'égale grandeur, mais d'un dessin et d'une exécution si admirables qu'un jour, s'étant fait précéder par Donato qui ignorait ce travail, celui-ci le voyant, dans sa surprise, laissa choir par terre les œufs et les autres provisions qu'il apportait pour déjeuner avec son ami. Il était hors de lui d'admiration, en voyant avec quelle manière pleine de génie Filippo avait exécuté les jambes, le torse et les bras de cette figure, d'une telle unité que Donato s'avoua vaincu et qu'il proclama partout que cette œuvre était un vrai miracle. Ce crucifix est aujourd'hui à Santa Maria Novella, entre les chapelles Strozzi et Bardi da Vernio, et il est extrêmement admiré encore maintenant [7]. L'excellence des deux maîtres engagea les Guildes des Bouchers et des Marchands de Lin à leur commander deux statues en marbre, destinées à occuper les niches afférentes à ces deux arts, à l'extérieur d'Or San Michele. Filippo, ayant autre chose à faire, abandonna ces deux statues à Donato, qui les conduisit à bonne fin [8].

L'an 1401, les Florentins, voyant le haut point que la sculpture avait atteint, résolurent de faire exécuter les deux portes de bronze du baptistère de San Giovanni, car depuis la mort d'Andrea Pisano, il n'y avait pas eu de maîtres capables de ce travail [9]. Les projets des artistes qui participèrent au concours furent achevés dans l'année et exposés tous ensemble. Le meilleur était celui de Lorenzo di Cione Ghiberti, tant par le dessin, l'invention que le travail des figures. Celui de Brunelleschi ne lui était pas inférieur de beaucoup. Il avait représenté Abraham sacrifiant Isaac : le serviteur qui enlève une épine de son pied en attendant Abraham pendant que l'âne paît mérite d'être loué. Le jour du jugement arrivé, Filippo et Donato ne se déclarèrent entièrement satisfaits que du modèle de Lorenzo et persuadèrent les Consuls d'allouer le travail à celui-ci, dans l'intérêt général. Ils firent ainsi preuve d'une bonté d'amis et d'une vertu exempte d'envie, autant que d'une connaissance exacte de leur propre valeur. Bien que les Consuls priassent Filippo de partager l'entreprise avec Lorenzo, il s'y refusa, aimant mieux être le premier dans son art que le second ou l'égal de qui que ce fût dans un autre. Il donna son bas-relief à Cosme de Médicis, qui le fit placer dans la vieille sacristie de San Lorenzo, sur le devant de l'autel, où on le voit à présent [10]. Celui de Donato est dans la Guilde des Changeurs [11].

Le jugement prononcé, Filippo et Donato résolurent de quitter Florence et d'aller demeurer à Rome pendant quelques années, pour y étudier, Donato la sculpture et Filippo l'architecture. Il avait embrassé définitivement ce dernier parti, voulant être supérieur à Lorenzo et à Donato, autant que l'architecture l'emporte en utilité sur la peinture et sur la sculpture. Ayant vendu un petit domaine qu'il possédait à Settignano, il se mit en route avec son compagnon. En arrivant à Rome, il fut frappé de stupeur en voyant la grandeur des édifices antiques et la perfection de leur construction. Ils se mirent alors à mesurer les corniches, à lever le plan de tous ces monuments et ne regardèrent ni au temps ni à l'argent pour ne laisser à Rome et dans ses environs aucun endroit, sans examiner et mesurer tout ce qu'ils pouvaient y rencontrer de beau. Comme Filippo était peu soucieux des besoins de la vie, tout entier à l'étude, il en oubliait le manger et le dormir : il n'avait en tête que l'architecture qui était perdue, je dis la bonne manière antique et non ce style gothique barbare qui seul régnait à cette époque. Il avait deux projets grandioses : d'une part, il voulait remettre en honneur la belle architecture, espérant ainsi, s'il la retrouvait, laisser une renommée égale à celle de Cimabue et de Giotto ; d'autre part, il cherchait le moyen de voûter la coupole de Santa Maria del Fiore, à Florence, dont personne, après la mort d'Arnolfo, n'avait osé se charger, sans faire une dépense prodigieuse de charpentes et de cintres [12]. Il n'en parla à personne, pas même à Donato, mais il étudia toutes les difficultés de la coupole du Panthéon et dessina toutes les voûtes antiques qu'il put examiner. Et lorsque les deux artistes voyaient apparaître, à demi enterrés, des fragments de chapiteaux, de colonnes, de corniches, ou de soubassements d'édifices, ils ne manquaient jamais de pousser leurs fouilles jusqu'au pied, de manière à les dégager et à pouvoir les étudier. Aussi le bruit s'en était répandu dans Rome et quand ils passaient par les rues avec leurs habits de terrassiers, on les appelait les hommes du trésor, car le peuple les prenait pour des personnes occupées de géomancie, pour retrouver des trésors ; ce qui provenait de ce que, un jour, ils avaient trouvé un vase antique, de terre, plein de médailles.

Bientôt l'argent manqua et Filippo dut y remédier en montant des pierres pour des orfèvres, ses amis, tandis que Donato retournait à Florence. Resté seul, Filippo continua à étudier les antiques, avec plus de zèle que jamais. Il n'y a pas d'édifice ancien qu'il n'ait pas dessiné, temples ronds, carrés, octogones, bâtis en briques, basiliques, aqueducs, bains, arcs de triomphe et amphithéâtres ; dans toutes ces constructions, il notait l'assemblage et l'enchaînement des pierres, ainsi que la forme des voûtes. Il étudia l'agencement des pierres d'attente et de celles qui servent de point fixe ; puis, s'apercevant que toutes les grosses pierres étaient percées d'un trou à mortaise, il reconnut qu'il était destiné à cet outil de fer que nous appelons la louve, et dont on se sert pour élever les pierres ; après lui, il a été toujours en usage. Il sut distinguer les ordres dorique, ionique et corinthien et il poussa ses études à un tel point qu'il était capable de recomposer en imagination la ville de Rome telle qu'elle était avant d'avoir été ruinée.

L'an 1407, le mauvais air affecta un peu sa santé et ayant reçu de ses amis le conseil de changer d'air, il revint à Florence où, pendant son absence, une partie des murailles était tombée en ruine et il donna, à son retour, des dessins et des conseils pour leur réfection.

Cette année-là, une assemblée d'architectes et d'ingénieurs du pays fut convoquée, au sujet de la coupole, par les fabriciens de Santa Maria del Fiore et par les Consuls de la Guilde de la Laine. Brunelleschi y fut appelé et conseilla de dégager la coupole du toit et de ne pas suivre le projet d'Arnolfo, mais d'élever un tambour de quinze brasses de haut, percé, au milieu de chaque face, d'un large *oculus* autant pour soulager les reins des arcs que pour faciliter la construction de la future coupole. Il en fit, de plus, des modèles qu'on mit immédiatement à exécution.

Comme sa santé était complètement rétablie, un matin qu'il se trouvait avec Donato et d'autres artistes sur la place du Dôme et que la conversation roulait sur les sculptures antiques, Donato raconta que, revenant de Rome, il avait passé par Orvieto, pour voir la célèbre façade de marbre du Dôme et qu'en traversant la ville de Cortona, il était entré dans l'église paroissiale et avait vu un sarcophage antique, orné d'un bas-relief de la plus grande beauté, chose rare à cette époque où l'on n'avait pas encore déterré tous ces chefs-d'œuvre que nous possédons aujourd'hui. Filippo, en entendant Donato vanter la perfection de ce morceau, ne put résister au désir de le connaître. Vêtu comme il l'était, en manteau, avec son chaperon et ses sandales, il partit à pied, sans dire où il allait, et se laissa emporter à Cortona par son amour de l'art. Ayant vu le bas-relief et l'ayant dessiné à la plume, il revint à Florence, avant que Donato ni aucun autre se fût aperçu de son départ, car on pensait qu'il devait être en train de dessiner ou d'inventer quelque chose, et à la vue du dessin, Donato ne put s'empêcher d'admirer le violent amour que Filippo portait à l'art.

Il employa ensuite plusieurs mois à fabriquer secrètement des modèles et des appareils qu'il jugeait nécessaires à l'entreprise de la coupole, et prenait part, néanmoins, aux amusements des autres artistes. C'est alors qu'il conçut la farce dite Burla del Graso e di Matteo, et il allait fréquemment, pour se distraire, aider Lorenzo Ghiberti à réparer les portes du Baptistère. Mais, apprenant un jour qu'il était question de réunir de nouveau des ingénieurs pour étudier la construction de la coupole, il repartit pour Rome, pensant que l'on aurait plus recours à lui s'il était absent que s'il restait à Florence. A peine était-il arrivé à Rome qu'on se rappela la sûreté de ses vues et la supériorité de ses raisonnements sur ceux des autres maîtres, qui désespéraient de s'entendre avec les maçons et de construire une charpente assez forte pour soutenir l'armature et l'énorme poids de la coupole. Comme on voulait en voir la fin, on écrivit à Filippo, le priant de revenir à Florence ; et comme il ne désirait rien davantage, il voulut bien se rendre à cet appel. La Fabrique du Dôme et les Consuls de le Guilde de la Laine, s'étant rassemblés à son arrivée, lui exposèrent toutes les difficultés, de la plus grande à la moindre, que faisaient les autres maîtres présents à cette consultation. Filippo, après les avoir écoutés, parla ainsi : « Seigneurs, il est hors de doute que les grandes choses rencontrent toujours de grandes difficultés dans leur exécution, et, s'il en fut jamais, votre entreprise en présente de plus grandes que probablement vous ne vous l'imaginez. Je ne sache pas que les anciens aient jamais exécuté une voûte d'une aussi terrible grandeur que celle-ci aura. J'ai souvent pensé aux moyens d'en armer la construction à l'intérieur et à l'extérieur, pour y travailler en toute sécurité, et n'ai su que résoudre, car la largeur et la hauteur de l'édifice m'épouvantent. Si on pouvait la faire sphérique, on suivrait la méthode employée par les Romains dans le Panthéon. Mais ici nous avons huit pans auxquels nous devons nous assujettir, et par conséquent huit chaînes de pierre à élever, auxquelles il faudra lier le reste de la construction. Je sais combien cela est difficile ; néanmoins, comme ce temple est consacré à Dieu et à la Vierge, j'espère que le Tout-Puissant ne manquera pas d'envoyer le savoir, s'il fait défaut, en y ajoutant la force, l'intelligence et le génie, à celui qui conduira cette entreprise. Mais en quoi puis-je vous être utile, puisque je n'en suis pas chargé ? Je l'avoue, si elle m'était confiée, je me sentirais le courage nécessaire pour trouver les moyens d'en venir à bout, sans tant de difficultés. Mais je n'ai encore pensé à rien, et vous voulez que je vous indique les moyens à employer ! Lorsque vous serez décidés, il vous faudra non seulement faire usage de moi, qui serai insuffisant pour donner des conseils sur une si grande entreprise, mais encore faire de grandes dépenses et inviter les architectes de Toscane, d'Italie, d'Allemagne, de France et de tous les pays en un mot, à se rassembler à Florence, dans un an à jour fixe ; puis soumettre votre projet à leur discussion et en confier l'exécution à l'homme qui répondra au but voulu et proposera les meilleurs moyens et les plus judicieux. Je ne saurais vous donner d'autres conseils ni vous indiquer une meilleure marche. »

Le conseil et la méthode indiquée par Filippo plurent aux Consuls et aux fabriciens, mais ils auraient voulu qu'il fasse un modèle et qu'il y réfléchisse longuement. Mais il paraissait peu s'en soucier. Il prit même congé d'eux, déclarant qu'il était sollicité par lettres de retourner à Rome. Les Consuls et les fabriciens, voyant que leurs sollicitations étaient impuissantes pour le retenir, le firent prier par des amis, et, comme il résistait, un matin qui fut celui du 26 mai 1417, les fabriciens lui firent une allocation d'argent, que l'on trouve portée à son compte sur les registres, et qu'ils lui donnèrent pour se le rendre favorable. Mais Filippo, ferme dans son propos, quitta Florence, et s'en alla à Rome, où il se livra à de profondes études pour se préparer à la future entreprise dont il était certain d'être seul capable d'assurer l'exécution.

Le conseil donné par Filippo, d'appeler de nouveaux architectes, n'avait pour but que de leur faire constater la puissance de son génie ; il ne croyait pas qu'aucun d'eux se chargerait de voûter la coupole et accepterait une pareille entreprise, beaucoup trop difficile pour eux. Beaucoup de temps se passa ainsi avant que les architectes fussent venus de leurs pays, les marchands florentins qui résidaient en France, en Allemagne, en Angleterre et en Espagne ayant reçu ordre de ne rien épargner pour obtenir des souverains et envoyer à Florence les maîtres les plus habiles et les plus renommés de leurs Etats. Enfin, l'an 1420, furent réunis tous ces maîtres d'outre-monts, ainsi que ceux de Toscane et les plus habiles maîtres en dessin de Florence ; Filippo revint de Rome et se joignit à eux.

L'assemblée fut tenue dans la Fabrique du Dôme, en présence des Consuls, des fabriciens et des citoyens les plus remarquables par leur esprit. Il s'agissait de recueillir tous les avis et d'arrêter définitivement les moyens de voûter la coupole. Les architectes ayant donc été appelés, on les entendit l'un après l'autre exposer leurs idées et la méthode que chacun s'était proposée. Ce fut chose merveilleuse d'entendre les opinions étranges et diverses qui furent émises à cette occasion. L'un prétendait qu'il fallait établir des piliers, murés sur les fondations, d'où partiraient les arcs et la charpente destinée à porter le poids de la coupole ; un autre voulait construire la voûte en pierre ponce, pour qu'elle fût plus légère. Plusieurs s'accordaient à bâtir un pilier central et à donner à la coupole la forme d'un pavillon semblable à celui du Baptistère. Il n'en manqua pas qui dirent qu'il serait bon de la remplir de terre et d'y mêler des pièces de menue monnaie, pour que, la voûte terminée, toute cette masse de terre fût donnée à fouiller au peuple, qui la ferait ainsi disparaître sans frais. Seul, Filippo osa dire que l'on pourrait exécuter la coupole sans employer tous ces bois, ces piliers et cette terre, sans arcs dispendieux et même sans armature. Les Consuls, les fabriciens et tous les citoyens, qui s'attendaient à quelque projet extraordinaire, crurent qu'il extravaguait ; ils se moquèrent de lui et le prièrent de parler d'autre chose, disant qu'il fallait être fou comme il l'était pour tenir de pareils propos. Ce qui offensa Filippo, qui leur dit : « Seigneurs, soyez assurés qu'il n'y a pas d'autre manière d'élever la coupole que celle que je vous indique, et, bien que vous riiez de moi, vous reconnaîtrez, si vous voulez n'être pas obstinés, qu'on ne doit pas et qu'on ne peut pas procéder autrement. Il est nécessaire, pour réaliser mon projet, d'employer une voûte en quart-point [13], et de la faire double, c'est-à-dire une voûte intérieure et une voûte extérieure, de manière à pouvoir circuler entre les deux ; qu'aux angles des huit pans, toute la construction de la voûte extérieure soit enchaînée aux pierres d'attente, et qu'il en soit fait pareillement avec des chaînages de bois de chêne pour les huit faces de celle intérieure. Il faut penser aux sources de lumière, aux escaliers et aux conduites pour l'écoulement des eaux. Aucun de vous n'a pensé qu'il faudra prévoir des échafaudages pour garnir les parois intérieures de mosaïques et pour exécuter quantité de choses difficiles. Mais, moi qui vois la coupole dans mon esprit, j'ai reconnu que, pour réussir, il n'y a pas d'autre moyen ni d'autre méthode à suivre que celle que j'indique. »

Et, tout échauffé par son ardeur, plus il s'efforçait de rendre sa pensée claire, pour qu'on l'entendît et qu'on le comprît, plus il confirmait l'assemblée dans ses doutes et se faisait regarder comme un sot et un bavard. Plusieurs fois on lui ordonna de se retirer, et, comme il ne voulait pas partir, on le fit emporter de force par les valets hors de l'assemblée, en décrétant qu'il était décidément fou. Filippo raconta plus tard qu'à la suite de cette avanie il n'osait plus se montrer dans la ville, craignant que l'on ne criât derrière lui : « Tenez, voilà le fou qui passe ! »

Les Consuls restèrent fort embarrassés, trouvant les projets des autres maîtres emplis de difficultés, et celui de Filippo l'œuvre d'un fou ; il leur semblait qu'il confondait ce qu'on lui demandait avec deux choses : l'une, de faire une voûte double, qui serait d'un poids énorme et inutile, l'autre, de l'élever sans armature. De son côté, Filippo avait consacré tant d'années à ses études dans l'espoir d'être chargé du travail, ne savait que faire et, par moments, était tenté de quitter Florence. Mais, comme il voulait rester vainqueur, il lui fallait s'armer de patience, sachant, d'ailleurs, que les cervelles des Florentins ne sauraient rester fermes sur le même propos. Il aurait bien pu montrer un petit modèle qu'il tenait en réserve, mais il ne le voulait pas, connaissant le peu d'intelligence de ses juges, la jalousie des artistes et l'instabilité de ses concitoyens. Il entreprit donc séparément ceux qu'il n'avait pu convaincre réunis, tantôt un consul, tantôt un fabricien, tantôt un de ses concitoyens, leur montrant une partie de ses dessins, en sorte qu'ils se décidèrent d'allouer le travail soit à lui, soit à l'un des architectes étrangers. Il y eut donc une nouvelle assemblée et les architectes recommencèrent leurs discussions ; mais ils furent tous vaincus par Filippo, et c'est alors, dit-on, qu'il y eut la dispute de l'œuf, que l'on raconte de la manière suivante : Ils auraient voulu qu'il leur fît connaître le fond de sa pensée et qu'il leur montrât son modèle, comme eux avaient fait ; mais il s'y refusa et se contenta de leur présenter un œuf, en disant : « Celui qui le fera tenir debout sur cette table de marbre sera digne de faire la coupole. » Ses rivaux ayant consenti à tenter l'expérience, aucun ne put réussir. On dit alors à Filippo de résoudre le problème. Ayant pris l'œuf, il donna un coup de la pointe sur la table et le fit tenir droit. Comme ils murmuraient et disaient qu'ils en auraient bien fait autant, il leur répondit en riant qu'ils sauraient également faire la coupole s'il leur montrait son modèle ou ses dessins.

Il fut enfin décidé qu'il aurait la direction des travaux, et on l'invita à mieux exposer ses projets. Etant rentré chez lui, il mit par écrit tout ce qu'il avait dans l'esprit le plus clairement qu'il put, dans la forme suivante : « Ayant considéré les difficultés de cette entreprise, magnifiques seigneurs, je me suis rendu compte qu'il est impossible de faire la coupole sphérique, attendu que l'appui de la lanterne serait trop large, et que le poids de celle-ci, trop considérable, ruinerait rapidement le tout. Les architectes qui n'ont pas en vue l'éternité de leurs constructions ne pensent pas à leur réputation et ne comprennent pas le but de ce qu'ils font. Aussi me suis-je décidé à faire une coupole octogone, et en quart-point ; on sait qu'un pareil arc tend à s'ouvrir, et si on le charge au sommet avec la lanterne, il ne bougera pas. La voûte aura par le bas trois brasses trois quarts d'épaisseur, et ira en diminuant, et en forme pyramidale, jusqu'à la lanterne qui la resserrera, où elle n'aura plus qu'une brasse un quart d'épaisseur. La voûte extérieure, qui mettra la voûte intérieure à l'abri des dégâts de la pluie, aura par le bas deux brasses et demie d'épaisseur, prendra également la forme pyramidale, diminuera en proportion, et n'aura plus que deux tiers de brasse d'épaisseur en arrivant à la lanterne, au bas de laquelle elle se liera avec l'autre. On placera à chacun des huit angles un éperon, et deux au centre de chaque pan, en tout vingt-quatre, autant à l'intérieur qu'à l'extérieur, chacun de quatre brasses d'épaisseur. Les deux voûtes s'élèveront pyramidalement, en diminuant par égale proportion jusqu'à l'ouverture circulaire coiffée par la lanterne. Puis on établira autour des voûtes vingt-quatre éperons, et six arcs en pierre de *macigno* [14] solidement liés par des tirants de fer mélangé d'étain ; des chaînes de fer embrasseront la voûte et les éperons. Il faudra commencer par murer solidement et sans ouvertures la hauteur de cinq brasses un quart, puis construire les éperons, et ensuite on divisera les voûtes. La première et la seconde assises de pied seront renforcées de pierres de *macigno* mises en travers, qui serviront de support aux deux voûtes. De neuf brasses en neuf brasses, dans la hauteur des voûtes, seront de petites voûtes allant d'un éperon à l'autre, avec de grosses chaînes en bois de chêne qui s'attacheront aux éperons destinés à soutenir la voûte intérieure. Ces chaînes de bois seront recouvertes de lames de fer, pour pratiquer les montées. Les éperons seront formés de pierres de *macigno* et de pierre dure, ainsi que les huit pans de la coupole liés aux éperons jusqu'à la hauteur de vingt-quatre brasses. On continuera la bâtisse en brique ou en pierre ponce, comme le jugera bon celui qui sera chargé de l'entreprise, afin de la faire aussi légère que possible. A l'extérieur, on pratiquera une galerie, au-dessus des lunettes, avec des parapets à jour, et hauts de deux brasses, dans le genre de ceux des petites tribunes du bas ; en réalité, il y aura deux galeries, l'une au-dessus de l'autre, et la supérieure étant découverte, qui reposeront sur une corniche richement ornée. Les eaux de la coupole arriveront à un conduit en marbre, large d'un tiers de brasse, d'où elles s'écouleront par des chéneaux sur un pavé solide. On revêtira les huit arêtes de la coupole extérieure de côtes de marbre, de la grosseur voulue, hautes d'une brasse au-dessus de la coupole, et formant un toit qui, large de deux brasses, présentera un chéneau de chaque côté ;

elles s'élèveront pyramidalement jusqu'au sommet. On construira les portions de coupole dans le mode qui vient d'être indiqué, sans armature, jusqu'à la hauteur de trente brasses, ensuite on emploiera tels moyens que conseilleront les maîtres auxquels seront confiés ces travaux. La pratique enseigne ce qu'il y a de mieux à faire. »

Quand il eut fini de rédiger ce mémoire, Filippo le porta, un matin, à ses juges qui l'examinèrent attentivement, et, bien qu'ils fussent incapables de le comprendre, ils furent frappés de l'assurance qu'il montrait, de voir qu'aucun architecte ne paraissait aussi certain que lui de ce qu'il avançait, et qu'il proposait encore une fois le même système, comme s'il l'avait déjà mis dix fois à exécution. Ayant donc délibéré, ils se décidèrent à lui donner le travail ; ils approuvèrent tout, mais ils auraient voulu se rendre compte expérimentalement comment il comptait élever sa voûte sans armature. La fortune vint favoriser ce désir ; Bartolommeo Barbadori lui fit construire, à Santa Felicita, une chapelle qu'il voûta sans armature (c'est celle qui est en entrant dans l'église, à main droite, et qui renferme un bénitier également de sa main), et dans le même temps, il en fit une autre à San Jacopo sopr' Arno, à côté de la chapelle du maître-autel, pour Stiatta Ridolfi. Ces deux ouvrages inspirèrent plus de confiance que ses paroles [15]. Les Consuls et les fabriciens, rassurés par ces ouvrages, et par le mémoire de Filippo, le nommèrent à l'élection directeur des travaux de la coupole. Mais ils ne lui permirent cependant d'élever les constructions qu'à la hauteur de douze brasses, disant que, si cet essai tournait bien, ils ne manqueraient pas de le laisser continuer. Tant de dureté et de défiance parut certainement chose étrange à Filippo, et, s'il ne s'était connu seul capable d'un pareil travail, il n'y aurait jamais mis la main. Mais comme il désirait en avoir la gloire, il accepta, et s'engagea à conduire la coupole à bonne fin. Cet engagement et le mémoire furent copiés sur le registre où le provéditeur tenait les comptes de créances et de paiements pour les bois et les marbres ; on assigna à Filippo le traitement que jusqu'alors on avait donné aux autres directeurs en chef des travaux.

Quand on sut dans la ville que Filippo était nommé, parmi les artistes et les citoyens, les uns approuvèrent, les autres blâmèrent, car dans la masse on rencontre toujours des imbéciles et des envieux. Pendant que l'on rassemblait les matériaux, pour commencer à construire, il s'éleva une rumeur parmi les artisans et les citoyens qui réprouvaient la décision des Consuls et des fabriciens, et qui disaient qu'un pareil travail ne devait pas être confié à un seul homme. Un choix aussi exclusif serait pardonnable, disaient-ils, s'il y avait manque d'hommes de talent, tandis qu'au contraire il y en avait en abondance. L'honneur de la ville était en jeu, car, s'il survenait quelque accident, ce qui arrive fréquemment dans les constructions, les Consuls et les fabriciens seraient inexcusables d'avoir donné une trop lourde tâche à un seul homme, indépendamment du dommage et de la honte qui en résulterait pour la ville ; enfin, il serait bon d'adjoindre un compagnon à Filippo pour refréner son ardeur immodérée.

A cette époque, Lorenzo Ghiberti était en grand crédit, pour avoir fait preuve de son génie dans les portes de San Giovanni, et la suite prouva clairement qu'il avait nombre d'amis influents dans le gouvernement, jaloux de voir croître à ce point la réputation de Filippo, et sous couleur de s'intéresser à la bonne réussite de la construction, ils firent si bien auprès des Consuls et des fabriciens que Lorenzo fut adjoint à Filippo dans cette œuvre. Cette nouvelle jeta Filippo dans un tel désespoir qu'il fut sur le point de quitter Florence ; et, sans Donato et Luca della Robbia qui le réconfortèrent, il aurait été hors de lui. C'est vraiment une rage inouïe que celle des gens qui, aveuglés par la jalousie, menacent la gloire de leurs adversaires, et compromettent la réussite de belles entreprises, uniquement par ambition ; il ne s'en fallut pas beaucoup que Filippo ne brisât les modèles, brûlât les dessins et réduisît à néant, en moins d'une demi-heure, le résultat du travail de tant d'années. Les fabriciens s'excusèrent auprès de lui, et l'exhortèrent à aller de l'avant, l'assurant qu'il serait toujours considéré comme l'inventeur et le seul auteur de la coupole ; néanmoins ils allouèrent à Lorenzo un égal salaire.

Filippo commença son œuvre avec peu de goût, sentant qu'il aurait toute la peine et qu'il lui faudrait partager la gloire avec Lorenzo. Mais il reprit courage, pensant bien qu'il trouverait le moyen d'éliminer avant peu son rival, et il continua à mettre à exécution, avec Lorenzo, son projet tel qu'il était décrit dans son mémoire. Il eut alors la pensée de faire établir un modèle, car, jusqu'à ce moment, on n'en avait pas encore fait, et il le fit construire par un menuisier nommé Bartolommeo, qui habitait près du Studio ; ce modèle, conçu d'après des proportions rigoureuses, renfermait tous les détails les plus difficiles : les escaliers éclairés, les escaliers obscurs, les différentes ouvertures pour le jour, les portes, les chaînes, les éperons et même une partie de la galerie. Lorenzo, l'ayant appris, chercha à le voir ; mais, comme Filippo le lui refusa, il entra en colère et fit également faire un modèle, afin de paraître ne pas recevoir un salaire pour rien. De ces deux modèles, celui de Filippo fut payé cinquante livres et quinze sous, le 3 octobre 1419, comme on le trouve ordonnancé dans les livres de Migliore di Tommaso, tandis que Ghiberti obtint pour le sien trois cents livres, plus par faveur qu'à cause de l'utilité que pouvait en retirer la fabrique.

Ces tourments durèrent, pour Filippo, jusqu'en 1426, outre le désagrément de voir Lorenzo partager le mérite de son invention, et il en fut tellement troublé qu'il n'éprouvait plus un moment de repos. Après avoir roulé dans son esprit plusieurs projets, il se décida à faire en sorte de se débarrasser tout à fait de son rival, sachant combien il était incapable d'une pareille œuvre. Déjà la coupole, tant dans sa voûte intérieure que dans celle extérieure, s'élevait à douze brasses de hauteur, et il s'agissait de mettre en place les chaînes de pierre et de bois. Comme c'était une chose difficile, il voulut d'abord en parler à Lorenzo pour tâter s'il avait songé à cette difficulté. Lorenzo y avait si peu réfléchi qu'il lui répondit qu'il s'en remettait à lui, comme à l'inventeur. Cette réponse plut à Filippo ; il crut y avoir trouvé le moyen de l'écarter de l'œuvre et de prouver qu'il était loin de posséder l'intelligence que lui attribuaient ses amis et de mériter la faveur qui l'avait fait mettre à cette place. Les travaux étaient arrêtés et les maçons attendaient qu'on leur commandât de continuer les voûtes au-delà des douze brasses et de les enchaîner. On était arrivé à un point où, commençant à bander la coupole, il devenait indispensable de faire des échafaudages pour que les manœuvres et les maçons pussent travailler sans danger, car la hauteur était telle que l'homme le plus ferme se sentait pris de frayeur et de vertige en regardant le pavé, et tout le monde attendait de savoir la manière de faire les chaînes et de jeter les ponts. Comme Lorenzo et Filippo n'ordonnaient rien, les contremaîtres et les maçons commencèrent à murmurer, ne se voyant pas commandés comme auparavant ; tous, qui étaient de pauvres gens, ne vivaient que du travail de leurs bras, et craignaient que les deux architectes n'eussent pas le courage de monter plus haut dans leur construction. Ils allongeaient la besogne, en polissant et en repassant sans cesse tout ce qui était déjà maçonné.

Un matin Filippo ne se rendit point sur les chantiers. S'étant enveloppé la tête de linges, il se coucha ; il se mit à geindre, et, faisant continuellement chauffer des serviettes il simula un mal de ventre. Les contremaîtres l'ayant appris, et attendant toujours des ordres pour continuer le travail, demandèrent à Lorenzo ce qu'ils avaient à faire. Il répondit que les ordres devaient venir de Filippo et qu'il fallait les attendre. L'un d'eux lui dit alors : « Eh ! ne connais-tu pas ses intentions ? — Si, répondit-il, mais je ne ferai rien sans lui. » Il parlait ainsi pour se dérober, car il n'avait pas vu le modèle de Filippo, et, comme il n'avait demandé quoi que ce fût à Filippo, pour ne pas paraître un ignorant, il se tenait sur ses gardes et ne donnait que des réponses évasives, d'autant plus qu'il savait être, dans la direction, contre la volonté de Filippo. Depuis deux jours déjà, Filippo simulait la maladie ; le provéditeur de l'œuvre étant allé le voir, et les contremaîtres ne cessant de lui demander ce qu'ils avaient à faire. « Vous avez Lorenzo, leur répondait-il, qu'il agisse un peu ! » C'est tout ce qu'on pouvait tirer de lui. Cette affaire fit grand bruit, et les murmures éclatèrent de tous côtés. Les uns disaient que Filippo gardait le lit parce qu'il ne se sentait pas capable de construire la coupole et parce qu'il se repentait d'être entré dans la lice. Ses amis le défendaient et donnaient pour raison le chagrin et la mortification d'avoir Lorenzo pour compagnon ; que, d'ailleurs, sa maladie était causée par l'excès de fatigue. En attendant, tous les travaux étaient arrêtés ; les tailleurs de pierre et les maçons restaient les bras croisés et murmuraient contre Lorenzo : « Il est bon, disaient-ils, pour toucher son salaire ; mais quant à donner des ordres, c'est autre chose. Comment ferait-il si Filippo venait à manquer ou si sa maladie durait longtemps ? N'est-ce pas sa faute, si Filippo est malade ? »

Les fabriciens, se voyant dans une fausse position, se décidèrent à aller trouver Filippo. Après l'avoir entretenu avec intérêt de son mal, ils lui exposèrent dans quel désordre se trouvait la construction, et dans quel embarras les jetait sa maladie. A quoi Filippo leur répondit avec des paroles enflammées par son mal simulé et par l'amour qu'il portait à l'œuvre : « Lorenzo n'est-il pas là ? Que n'agit-il, lui ? Vous m'étonnez, vraiment ! — Mais il ne veut rien faire sans toi, lui répondirent-ils. — Je ferais bien sans lui », répliqua Filippo. Cette réponse incisive et à double entente leur suffit ; ils s'en allèrent, et comprirent que sa seule maladie était de vouloir opérer seul. Ils envoyèrent donc ses amis le tirer du lit, et lui annoncer que leur intention était de destituer Lorenzo.

Filippo se rendit donc sur les chantiers ; mais, considérant le grand crédit de Lorenzo et qu'il continuerait à toucher son salaire, sans avoir à travailler, il pensa à un autre moyen de le tourner en ridicule et de faire reconnaître par tous qu'il s'entendait peu au métier. Il parla donc de la manière suivante aux fabriciens, en présence de Lorenzo : « Seigneurs, si la durée de notre existence pouvait être réglée à notre volonté, il est certain que beaucoup de choses, qui restent imparfaites, arriveraient à bonne fin. La maladie dont j'ai souffert pouvait m'enlever la vie et arrêter cette entreprise. Si le même accident, ce qu'à Dieu ne plaise ! arrivait encore à l'un de nous deux, à Lorenzo ou à moi, il serait bon que rien n'empêchât l'autre de continuer l'œuvre commencée. J'ai pensé que, de même que Vos Seigneuries ont partagé le salaire entre nous deux, elles pourraient partager l'ouvrage ; chacun alors montrerait ce qu'il sait et pourrait acquérir honneur et profit auprès de la République. Il y a actuellement deux choses difficiles à mettre en œuvre : la première consiste à jeter les échafaudages sur lesquels les maçons pourront travailler en sûreté, à l'intérieur et à l'extérieur de la construction, où il est nécessaire d'avoir constamment des hommes, des pierres et de la chaux, et sur lesquels on établira les treuils pour monter les charges et d'autres instruments semblables. L'autre est la chaîne qui doit surmonter les douze brasses déjà construites, qui doit lier les huit pans de la coupole et enchaîner la construction, de manière que le poids de tout ce qui la surmontera ne l'écrase pas, et, au contraire, en assure la stabilité, en tenant l'édifice bien serré. Que Lorenzo prenne ce qu'il croira le plus facile des deux. Je m'engage à conduire à bon terme et sans difficulté ce qu'il me laissera. Ainsi, on ne perdra plus de temps. »

Ceci entendu, Lorenzo ne put pas refuser, pour son honneur, de choisir l'un des deux travaux, et, bien que ce fût à contrecœur, il se résolut de prendre la chaîne, comme la chose la plus facile, espérant s'aider des conseils des maçons et de l'exemple de la voûte de San Giovanni, qui contient une chaîne de pierre dont il pensait pouvoir imiter une partie, sinon l'ordonnance tout entière. Ainsi donc, l'un s'employa aux ponts et l'autre à la chaîne, qu'ils terminèrent tous deux. Les ponts de Filippo étaient faits d'une manière si ingénieuse qu'il fut estimé d'une manière totalement contraire à l'idée que quantité de gens avaient conçue de lui par le passé. Les ouvriers, en effet, y travaillaient, montaient les charges et s'y tenaient en toute sécurité, comme s'ils fussent sur la terre ferme, et les modèles de ces ponts ont été conservés à l'Œuvre du Dôme. Pendant ce temps, Lorenzo fit avec beaucoup de difficulté la chaîne d'un des huit pans ; quand elle fut terminée, les fabriciens la montrèrent à Filippo, qui n'en dit mot. Mais il en parla à ses amis et leur dit qu'il fallait une autre liaison, que la chaîne devait être mise dans l'autre sens ; que, pour le poids qu'elle devait supporter, elle était trop faible, parce qu'elle ne serrait pas suffisamment la construction, et que le salaire que l'on donnait à Lorenzo, aussi bien que la chaîne qu'il avait fait construire étaient autant d'argent perdu.

Cette appréciation fut divulguée, et Filippo fut requis d'expliquer ce qu'il aurait fait, s'il avait eu la chaîne à édifier. Il produisit alors les dessins et les modèles qu'il avait préparés d'avance, ce que voyant, les fabriciens et les autres maîtres reconnurent dans quelle erreur ils étaient tombés en favorisant Lorenzo. Voulant montrer qu'ils savaient réparer leurs torts, ils nommèrent Filippo directeur en chef et à vie de toute la construction, avec la clause que rien ne se ferait plus que par sa propre volonté. Ils lui donnèrent cent florins, par acte passé le 13 août 1423, devant Lorenzo Paoli, notaire de l'Œuvre, payables chez Gherardo di Messire Filippo Corsini, et ils lui allouèrent un traitement annuel et viager de cent florins.

Filippo ayant donné ses ordres, la construction continua, avec tant de vigilance de sa part et de soumission de la part des ouvriers qu'on n'aurait pas maçonné une pierre avant qu'il ne l'ait vue. Quant à Lorenzo, bien que vaincu et humilié, il fut encore tant favorisé et aidé par ses amis qu'il conserva son traitement, en prouvant qu'on ne pouvait le congédier avant trois années révolues.

Pour la moindre des choses, Filippo faisait des dessins, des modèles d'échafaudages pour maçonner et des appareils à monter les charges. Il ne manquait toujours pas de personnes mal intentionnées à son égard, et amies de Lorenzo, qui l'accablaient d'ennuis, faisant sans cesse des modèles en concurrence du sien. Ainsi, un certain Maître Antonio da Verzelli en fit un, d'autres maîtres également, favorisés et mis en avant tantôt par un citoyen et tantôt par un autre ; ils étalaient avec volubilité leur peu de savoir et leur intelligence encore moindre, prétendant toujours avoir en main la perfection et ne pouvant présenter que des projets imparfaits ou inutiles.

Les chaînes étaient déjà terminées, autour des huit pans, et les maçons, stimulés par Filippo, travaillaient gaillardement ; mais ils s'irritèrent quand il leur demanda plus de travail qu'à l'ordinaire, et pour des reproches qu'il leur adressa au sujet de négligences ou de maçonneries manquées, en sorte que, pour ces raisons ou par envie, ils se concertèrent et déclarèrent qu'ils ne voulaient plus continuer ce travail, dur et périlleux, si l'on n'augmentait leur salaire qui, déjà, était plus élevé que d'ordinaire. Ils pensaient par là se venger de Filippo et s'attirer du profit. Cette affaire déplut aux fabriciens et tout autant à Filippo, qui, après y avoir réfléchi, prit le parti de renvoyer tous les ouvriers un samedi soir. Se voyant congédiés et ne sachant comment cela se terminerait, ils étaient pleins de mauvaise humeur ; mais ils furent très surpris quand, le lundi suivant, ils virent Filippo employer dix Lombards, qu'il dirigea lui-même, leur disant : « Faites ceci, faites cela. » Il les instruisit si bien en un jour qu'ils continuèrent de travailler pendant plusieurs semaines. D'autre part, les maçons, se voyant congédiés et joués, car ils ne pouvaient trouver de travail aussi rémunérateur que celui-là, firent dire à Filippo qu'ils reviendraient volontiers, se recommandant à lui autant qu'ils le pouvaient. Filippo les tint dans l'incertitude plusieurs jours, puis il les reprit avec un salaire moindre que celui qu'ils avaient auparavant. Ainsi ils perdirent en pensant gagner davantage, et voulant se venger de Filippo, ils n'obtinrent que dommage et honte pour eux-mêmes.

Bientôt tous ces bruits s'apaisèrent, et, à voir la construction se continuer régulièrement, les gens de bonne foi avouèrent que Filippo avait montré plus de caractère qu'aucun architecte ancien ou moderne ; il se concilia tous les suffrages, quand il exposa son modèle en public. Chacun put se rendre compte des admirables prévisions qu'il avait eues, relativement aux escaliers, aux ouvertures donnant sur l'intérieur et sur l'extérieur, de manière à éviter les accidents dans les endroits obscurs, sans oublier les divers appuis de fer qu'il plaça judicieusement aux points où il y avait des pentes raides à gravir. Il avait en outre pensé à mettre des ferrements pour établir des ponts à l'intérieur, si plus tard on voulait y poser des mosaïques ou des peintures ; les conduites d'eau étaient disposées dans les endroits moins dangereux, et distinctes suivant qu'elles devaient être à couvert ou à découvert ; les lumières et les ouvertures étaient agencées de manière à rompre le vent, et à éviter que l'humidité ou les tremblements de terre ne nuisent à l'édifice. Il montra ainsi tout le fruit qu'il avait retiré de si longues années d'études passées à Rome. Quand on considérait ensuite tout ce qu'il avait fait dans les onglets, les incrustations, les agencements et liaisons de pierres, on tremblait en pensant qu'un seul esprit était devenu capable d'embrasser un pareil travail, comme l'avait fait Filippo. Son génie monta encore davantage, au point qu'il n'y eut de chose aussi dure et difficile à imaginer qu'il ne rendît facile et aisée ; il le montra dans ses appareils à monter les charges qu'il perfectionna à l'aide de contrepoids et de poulies, en sorte qu'un seul bœuf tirait ce que six paires ne pouvaient tirer auparavant.

A ce moment, les travaux étaient arrivés à une telle hauteur qu'il fallait un temps énorme pour en descendre, quand on y était monté ; de plus, les ouvriers perdaient un temps précieux, lorsqu'ils allaient boire et manger, et souffraient beaucoup de la chaleur du jour. Pour remédier à cet inconvénient, Filippo établit sur la coupole des cabarets avec des cuisines, où l'on vendait du vin et des vivres ; par ce moyen, personne ne quittait l'ouvrage avant la fin de la journée, ce qui fut d'une grande commodité pour les ouvriers et de non moins d'utilité pour la construction. En la voyant marcher rondement et réussir si heureusement, le courage de Filippo s'était enflammé, au point qu'il ne se ménageait plus, allant lui-même aux fours où se faisaient les briques ; il voulait voir la terre, la faisait pétrir devant lui, et quand les briques étaient cuites, il les choisissait de sa propre main, avec grand soin. Dans les ateliers de taille, il regardait si les pierres avaient des fissures, si elles étaient dures, et il donnait les modèles des onglets, des joints qu'il faisait en bois, en cire, et même avec des raves ; il en faisait autant des ferrements chez les forgerons. Il inventa des agrafes et des crampons qui furent d'une grande utilité en architecture, et il amena cet art à un point de perfection qu'il n'atteignit peut-être jamais en Toscane.

Telles étaient la félicité et la joie dans lesquelles vivait Florence, l'an 1423, quand Filippo fut nommé membre de la Seigneurie, pour le quartier de San Giovanni, pendant les mois de mai et juin, Lapo Nicolini étant gonfalonier de justice pour le quartier de Santa Croce. Il exerça cette charge et d'autres magistratures qu'il eut dans sa patrie, avec un jugement réfléchi.

Les deux voûtes étant près d'être terminées, jusqu'à l'ouverture circulaire, sur laquelle devait s'élever la lanterne, il dut commencer à se préoccuper de cette construction finale, dont il avait fait plusieurs modèles en terre et en bois, à Rome et à Florence, et qu'il n'avait pas montrés. Il résolut d'achever d'abord la galerie, et il composa à cet effet divers dessins qui restèrent après sa mort dans l'Œuvre du Dôme, et qui depuis ont péri par l'incurie des préposés. De nos jours, on en a construit un morceau, sur l'un des huit pans, mais on l'a abandonné, sur les conseils de Michel-Ange Buonarroti, qui ne le trouvait pas du style de l'édifice. Filippo fit encore lui-même un modèle d'une lanterne octogone, à la même échelle que son modèle de la coupole, qui fut trouvé remarquablement réussi. Il y plaça l'escalier qui devait conduire à la boule, et personne ne s'en doutait, car il en avait caché l'entrée à l'aide d'un petit morceau de bois.

Bien que Filippo en fût loué, qu'il eût déjà abattu la jalousie et l'arrogance de nombre d'adversaires, la vue de ce modèle excita l'envie, et tous les maîtres de Florence, y compris une femme de la maison Gaddi, se mirent à produire des modèles de lanterne. Filippo se riait de cette présomption, et comme ses amis l'engageaient à ne pas montrer son modèle, il les rassurait en leur disant que le sien seul était bon, et que les autres ne valaient rien. Quelques maîtres avaient mis dans leur modèle des parties prises à celui de Filippo, et quand il le voyait, il leur disait : « Cet autre modèle, que celui-ci fera, sera encore le mien. » Tous le louaient infiniment, sauf sur un point que l'on trouvait défectueux, c'était qu'on ne voyait pas l'escalier pour monter à la boule. Les fabriciens, néanmoins, furent d'avis de lui allouer le travail, à condition qu'il leur montrerait l'escalier. Aussitôt il enleva de son modèle le petit morceau de bois, et montra qu'il avait pratiqué dans l'épaisseur d'un pilier l'escalier que l'on voit actuellement en forme de sarbacane, présentant d'un côté un canal avec des étriers en bronze, dans lesquels posant alternativement les pieds on monte jusqu'en haut.

Comme la mort ne lui laissa pas le temps de terminer la lanterne, il recommanda dans son testament de la faire exactement d'après son modèle, et les instructions qu'il laissait par écrit ; il affirmait que sans cela l'édifice tomberait en ruine, et que, la voûte étant construite en quart-point, il fallait la charger au sommet pour la rendre plus solide. Il ne put en voir la fin avant sa mort, mais la construction à ce moment atteignait quelques brasses de hauteur. Filippo eut soin de faire exécuter presque tous les marbres qui devaient y entrer, à la vue desquels le peuple restait stupéfait, ne comprenant pas qu'il fût possible de charger la voûte d'un tel poids. De fait, l'opinion de quantité de bons esprits était qu'elle ne pourrait jamais tenir ; il leur paraissait un grand bonheur qu'il eût pu l'amener jusque-là, et que c'était tenter Dieu de la charger à ce point. Mais Filippo en riait, et ayant préparé toutes les machines et pris toutes les mesures qu'il fallait pour construire la lanterne, il ne perdit pas de temps pour prévoir et préparer tous les détails, pour parer à toutes les éventualités, jusqu'à éviter que les marbres fussent écornés en les tirant en l'air, et à faire maçonner les arcs des ouvertures sur des cintres de bois. Quant au reste, comme on l'a déjà dit, il laissa des modèles et des instructions.

Pour juger de la beauté de cette œuvre, il suffit de la regarder. Du sol de l'église jusqu'à l'œil de la lanterne, on compte cent cinquante-quatre brasses ; la lanterne trente-six brasses de hauteur, la boule de cuivre quatre brasses ; et la croix huit brasses, ce qui donne en tout deux cent deux brasses. On peut affirmer que jamais les anciens n'ont construit d'édifice aussi élevé et aussi risqué ; cette coupole paraît combattre avec le ciel, et elle monte à une si grande hauteur que les montagnes qui environnent Florence paraissent semblables à elle. Et en vérité le ciel semble, lui aussi, lui porter envie, car la foudre ne cesse de la frapper.

Tout en s'occupant de ces travaux, Filippo donna ses soins à de nombreuses constructions que nous allons passer en revue. Il fit de sa propre main le beau modèle du chapitre de Santa Croce, à Florence, pour la famille des Pazzi, et celui du palais des Busini, assez vaste pour loger deux familles. On lui doit également le modèle du palais et de la Loggia des Innocents, dont la voûte fut exécutée sans armature, méthode universellement adoptée aujourd'hui [16].

On dit que Filippo fut appelé à Milan pour faire au duc Filippo Maria le modèle d'une forteresse, et qu'il laissa le soin de veiller à la construction des Innocents son intime ami, Francesco della Luna. Celui-ci fit sur une architrave un ornement qui courait de bas en haut, ce qui est contraire aux règles de la bonne architecture. Filippo étant de retour, et lui ayant demandé avec humeur pourquoi il avait fait cela, Francesco lui répondit qu'il l'avait tiré du temple de San Giovanni, qui est antique. Filippo lui dit alors : « Il n'y a qu'une erreur dans cet édifice, et tu l'as copiée ! » Le modèle de Filippo resta pendant longtemps, dans la maison de la Guilde de Por Santa Maria, et on voulait s'en servir pour un reste de construction qu'il y avait à finir : actuellement il est perdu.

Il fit le modèle de l'Abbaye[17] des chanoines réguliers de Fiesole, pour Cosme de Médicis. C'est une belle architecture, commode et gaie, en somme vraiment magnifique. L'église, avec ses voûtes en berceau, est bien ouverte, et la sacristie a toutes ses commodités ; il en est de même du reste du couvent. Ce qu'il importe le plus de considérer est la disposition qu'il lui donna : voulant mettre cet édifice sur un plan, malgré la pente de la montagne, il se servit judicieusement du bas, pour y loger les caves, les lavoirs, les fours, les écuries, les cuisines, les bûchers et autres dépendances, en sorte que l'on ne saurait voir mieux. Le reste du bâtiment est sur un plan, et il put y mettre les loges, le réfectoire, l'infirmerie, le noviciat, le dortoir, la librairie et les autres pièces principales d'un monastère. Toute la dépense fut supportée par le magnifique Cosme de Médicis tant par piété chrétienne que pour l'affection qu'il portait à don Timoteo de Verona, excellent prédicateur de l'ordre. Pour mieux jouir de sa conversation, il y fit faire un appartement particulier, et y habitait quand il le voulait. D'après une inscription, il y dépensa cent mille écus.

Filippo dessina pareillement le modèle de la forteresse de Vicopisano, et, à Pise, celui de la vieille citadelle ; il fortifia le Ponte a Mare, et donna, dans la citadelle neuve, le dessin de la fermeture du pont par deux tours. On lui doit le modèle de la forteresse du port de Pesaro. De retour à Milan, il fit de nombreux dessins pour le duc et pour les architectes du Dôme de cette ville[18].

A cette époque, on avait commencé l'église de San Lorenzo à la requête des paroissiens ; ils avaient chargé de la construction le prieur, qui prétendait se connaître en architecture, et s'en occupait comme passe-temps. Déjà on avait commencé les pilastres de brique, quand Giovanni di Bicci de' Medici[19] qui avait promis aux paroissiens et au prieur de faire construire à ses frais la sacristie et une chapelle, invita un matin Filippo à déjeuner et, entre autres propos, lui demanda son avis sur la nouvelle église. Après s'en être beaucoup défendu, Filippo le donna, à la vérité, en blâmant différentes choses, comme ayant été ordonnées par une personne peut-être plus versée dans les lettres que dans les constructions de ce genre. Giovanni lui demanda alors s'il se sentait capable de faire mieux, et Filippo répondit : « Sans aucun doute, et je m'étonne que vous, qui êtes à la tête d'une pareille œuvre, vous ne mettiez pas en avant quelques milliers d'écus pour faire construire une nef digne dans toutes ses parties du lieu et de tant de nobles sépultures. Car je suis convaincu que votre exemple sera suivi par beaucoup d'autres, qui n'épargneront rien pour élever des chapelles. D'autant plus qu'il ne reste d'autre souvenir de nous, après des centaines d'années, que celui perpétué par les constructions qui témoignent ainsi de ceux qui les ont fait construire. » Animé par ces paroles, Giovanni résolut de faire bâtir la sacristie, la grande chapelle et toute la nef, bien qu'il ne fût aidé que par sept familles, parce que les autres n'en avaient pas les moyens. Ce furent les familles Rondinelli, Ginori dalla Stufa, Neroni, Ciai, Marignolli, Martelli et Marco di Luca, dont les chapelles durent être faites dans la croisée de l'église. On s'occupa d'abord de la sacristie ; le reste de l'église fut construit peu à peu. Grâce à la longueur de la nef, il fut possible, dans la suite, de concéder d'autres chapelles à divers citoyens de la paroisse. A peine la voûte de la sacristie fut-elle terminée, que Giovanni de' Medici mourut, et son fils Cosme, tant par goût qu'en mémoire de son père, fit continuer les travaux ; ce fut la première chose qu'il fit construire. Il y prit tant de goût que, jusqu'à la fin de sa vie, il continua à bâtir. Il suivait cette œuvre avec tant d'intérêt que, pendant qu'on mettait en train une chose, il en faisait finir une autre ; et comme c'était pour lui une récréation, il s'y tenait presque continuellement. Grâce à cette sollicitude, Filippo put terminer la sacristie, que Donato orna de stucs, et aux ouvertures de laquelle il plaça l'ornementation en pierre et des portes de bronze. Cosme plaça la sépulture de son père sous une grande table de marbre, soutenue par quatre balustres, au milieu de la sacristie où s'habillent les prêtres. Dans le même lieu, il réunit les tombeaux de sa famille, en séparant ceux des hommes et ceux des femmes ; dans le coin de l'une des deux petites chambres, entre lesquelles se trouve l'autel de la sacristie, il établit un puits et un lavabo. En somme, toute chose fut faite avec beaucoup de jugement. Giovanni et les autres fondateurs avaient eu l'intention de faire le chœur au milieu, sous la tribune ; mais Cosme, sur le conseil de Filippo, changea ce plan, agrandit la chapelle principale, qui, primitivement, avait une niche bien plus petite, de manière qu'on pût disposer le chœur tel qu'on le voit à présent. Lorsque ces travaux furent terminés, on eut encore à construire la tribune du milieu et le reste de l'église, qui ne furent voûtés qu'après la mort de Filippo.

Cette église est longue de cent quarante-quatre brasses, et l'on y voit beaucoup d'erreurs ; par exemple, les colonnes de la nef sont posées sur le sol au lieu d'être placées sur un dé aussi haut que le pied de la base des pilastres qui sont sur les marches, en sorte que le pilastre, plus court que la colonne, fait paraître toute l'œuvre boiteuse. Du reste, on doit accuser de ces défauts les architectes qui succédèrent à Filippo, qui jalousaient son renom, et qui, pendant sa vie, avaient fait des modèles en concurrence au sien. Comme Filippo s'en était moqué dans certains sonnets, ils se vengèrent ainsi, après sa mort, non seulement dans cette œuvre, mais encore dans toutes celles où ils eurent à travailler après lui. Il laissa le modèle et construisit une partie du couvent de San Lorenzo, où il pratiqua un cloître de cent quarante-quatre brasses de longueur.

Pendant qu'on travaillait à cette construction, Cosme de Médicis voulut faire élever son palais ; il manifesta son intention à Filippo, qui, laissant tout de côté, lui donna un grand et admirable modèle pour ce palais qui devait s'élever face à San Lorenzo, sur la place, mais complètement isolé. Le génie de Filippo s'était donné si libre cours que Cosme, trouvant le bâtiment trop grand et trop somptueux, plus par crainte de l'envie que de la dépense, ne voulut pas le mettre à exécution. Pendant que Filippo travaillait à ce modèle, il avait coutume de dire qu'il remerciait la fortune qui lui donnait à faire la construction qu'il avait longtemps désirée, et qui l'avait fait rencontrer un homme voulant et pouvant la faire élever. Mais, quand il apprit la résolution de Cosme, il déchira son dessin en mille morceaux. Cosme se repentit bien de ne pas avoir suivi le plan de Filippo, après qu'il eut fait construire un autre palais, et il répétait fréquemment n'avoir jamais parlé à un homme de plus de génie et de plus d'intelligence que Filippo [20].

Pour la noble famille des Scolarli, il fit ensuite le modèle du singulier temple degli Angeli qui resta inachevé, comme nous le voyons actuellement, parce que les Florentins appliquèrent l'argent destiné à cet édifice à d'autres besoins de la ville [21]. Il construisit pour Messire Luca Pitti, hors de la porte San Niccolo, dans un endroit appelé Ruciano, un riche palais qui est loin d'égaler, en grandeur et en magnificence, celui qu'il commença à Florence, pour le même citoyen, et qu'il conduisit jusqu'au premier étage ; on n'a pas encore vu d'œuvre toscane aussi belle. Les portes, qui sont doubles, ont seize brasses de hauteur et huit de largeur ; les fenêtres du premier et du second étage sont entièrement semblables aux portes, les voûtes sont doubles, en un mot tout l'édifice est tel qu'on ne saurait imaginer une plus belle et plus splendide architecture. La construction de ce palais fut confiée aux soins de Luca Fancelli, architecte florentin, qui présida également à l'exécution de plusieurs autres travaux de Filippo. Il y a peu d'années, la très illustre Eléonore de Tolède, duchesse de Florence, acheta, sur le conseil de son mari, le duc Cosme, le palais Pitti, dont elle se plut à augmenter tellement les dépendances qu'il possède aujourd'hui un énorme jardin qui s'étend sur la plaine, la côte et la montagne. Ce jardin est empli d'arbres de toutes sortes et orné de bosquets agréables, de gazons toujours verts, d'eau, de fontaines, de canaux, de viviers, d'espaliers et d'une foule d'autres choses que je n'essaierai pas de décrire, car on ne peut se rendre compte de leur beauté qu'en les voyant. Messire Luca laissa ce palais inachevé, et, comme le modèle de Filippo n'a pas été retrouvé, Son Excellence en a demandé un autre à Bartolommeo Ammanati, sculpteur et architecte excellent, d'après lequel on continue la construction, et on a déjà fait une grande partie de la cour, d'ordre rustique, semblable à celui de la façade. En vérité, celui qui considère la grandeur de cette œuvre restera stupéfait en pensant que l'esprit de Filippo ait pu concevoir un aussi grand édifice, dont la façade est aussi magnifique que la répartition des chambres. Je ne parle pas de la vue qui est admirable, et de l'espèce d'amphithéâtre que forment les collines agréables qui entourent le palais, du côté des murs ; en un mot, on ne saurait imaginer de bâtiment royal qui lui soit supérieur.

Pour revenir à Filippo, sa renommée s'était tellement accrue que, de tous côtés, ceux qui avaient besoin de faire des constructions envoyaient vers lui pour lui demander des dessins et des modèles [22] ; on mettait en jeu des amitiés et des relations extraordinaires. C'est ainsi que le marquis de Mantoue, désirant l'avoir, le demanda avec grandes instances à la Seigneurie ; il alla donc à Mantoue, et donna, l'an 1445, les dessins des digues du Pô et de divers ouvrages, selon la volonté de ce prince, qui lui fit de grandes caresses, répétant que Florence était aussi digne de compter Filippo parmi ses citoyens que lui était digne d'avoir une si belle et si noble cité pour patrie [23]. Pareillement, à Pise, le comte Francesco Sforza et Niccolo da Pisa, impressionnés par le tracé de certaines fortifications, le louèrent fort en sa présence, disant que, si chaque Etat avait un homme semblable à Filippo, il pourrait se croire en sûreté sans armée. A Florence, il donna encore le dessin de la maison des Barbadori, à côté de la tour des Rossi, dans le Borgo San Jacopo, qui ne fut pas exécuté, et de même le dessin de la maison des Giuntini, sur la place d'Ognissanti au bord de l'Arno. Les capitaines du parti guelfe de Florence ayant formé le projet d'élever un palais dans lequel il y aurait des salles d'assemblée et d'audience pour cette magistrature, en chargèrent Francesco della Luna ; celui-ci commença la construction et la sortit de terre de dix brasses de hauteur ; mais il avait commis de nombreuses erreurs. La direction en fut alors confiée à Filippo, qui donna au palais la belle forme qu'il a actuellement. Il eut, pendant ce travail, de nombreuses compétitions avec Francesco qui avait la faveur de quantité de gens. D'ailleurs, Filippo, pendant toute sa vie, eut à lutter tantôt avec l'un, tantôt avec l'autre ; il y eut force gens qui lui suscitèrent ainsi des ennuis, et qui, souvent, se firent valoir en lui prenant de ses dessins, en sorte qu'à la fin il se décida à ne plus rien montrer et à ne se fier à personne. La salle de ce palais ne sert plus actuellement aux capitaines du parti, car, l'inondation de 1557 ayant causé un grand dommage aux écritures du Mont-de-Piété, le seigneur duc Cosme voulut, pour mieux préserver ces écritures qui sont d'une grande importance, qu'elles fussent transportées, ainsi que le siège de cette magistrature, dans cette salle.

Le carême avait été prêché, à Santo Spirito de Florence, par Maître Francesco Zoppo, qui avait alors la faveur du peuple, et il avait chaudement recommandé le couvent, les écoles et en particulier l'église qui venait d'être incendiée. Les chefs du quartier obtinrent alors de la Seigneurie l'autorisation de refaire l'église, et Filippo fut prié de donner un modèle offrant toutes les parties utiles et belles qui conviennent à un temple chrétien. Il fit alors tous ses efforts pour changer le plan de cette église, car il désirait prolonger la place jusqu'au bord de l'Arno, de manière que tous ceux qui arrivaient de Gênes, de la côte, de Lunigiana, du pays pisan ou lucquois, et qui passaient par là, vissent la magnificence de cette construction. Mais, comme quelques habitants ne voulurent pas laisser détruire leurs maisons, ce projet resta sans effet. Il fit donc le modèle de l'église et de l'habitation des frères, dans leur forme actuelle. La longueur de l'église est de cent soixante et une brasses, la largeur de cinquante-quatre ; elle est si bien ordonnée qu'en ce qui concerne l'ordre des colonnes et les autres ornements, on ne saurait faire de construction plus riche ni plus majestueuse que celle-ci. En vérité, ce serait le temple le plus parfait de la chrétienté, mais on ne suivit pas le modèle de Filippo, et certaines gens, voulant paraître en savoir plus que lui, ont commis nombre d'erreurs. Quoi qu'il en soit, cette œuvre le fit regarder comme un génie vraiment divin.

Filippo était facétieux de caractère et très vif dans ses reparties. C'est ainsi qu'il lança un brocard contre Lorenzo Ghiberti, qui avait acheté, à Monte Morello, un domaine, appelé Lepriano, qui lui coûtait plus du double qu'il ne lui rapportait. Aussi le revendit-il et comme on demandait à Filippo ce que Lorenzo avait fait de plus beau : « Vendre Lepriano », répondit-il.

Finalement, étant parvenu à une grande vieillesse, c'est-à-dire dans sa soixante-neuvième année, il mourut, le 16 avril 1446, ayant mérité par ses rudes travaux un nom honorable sur cette terre et une place glorieuse dans le ciel. Sa mort fut un deuil universel dans sa patrie qui le connut et l'estima plus après sa mort que pendant sa vie. On lui fit de magnifiques funérailles à Santa Maria del Fiore, quoique le tombeau de sa famille fût dans l'église San Marco, sous la chaire, vers la porte, où l'on voit ses armes composées de deux feuilles de figuier, avec des ondes vertes sur champ d'or, parce que sa famille, disait-on, était originaire du Ferrarais, à savoir de Ficaruolo, château situé sur le Pô, les feuilles de figuier indiquant le lieu, et les ondes, le fleuve. Une quantité d'artistes le pleurèrent et particulièrement les plus pauvres, qu'il secourut toujours. Ainsi, vivant en bon chrétien, il laissa au monde le parfum de sa bonté et de ses précieuses vertus. Il me semble pouvoir affirmer que, depuis les Grecs et les Romains, il n'y eut pas d'homme aussi rare et aussi excellent que lui ; il mérite d'autant plus d'éloges que, de son temps, le style gothique était en faveur par toute l'Italie et constamment appliqué par les maîtres anciens, comme on le voit dans nombre de constructions. Il retrouva les corniches antiques et ramena les ordres toscan, corinthien, dorique et ionique à leurs formes premières.

Il eut un élève qui était originaire de Borgo a Buggiano et qu'on appela le Buggiano. Il fit le bénitier de la sacristie de Santa Reparata, orné d'enfants qui lancent de l'eau ; on lui doit également le buste en marbre de son maître, qui fut placé dans le Dôme, près de la porte de droite, en entrant, au-dessus de l'inscription que les Florentins y firent mettre, pour l'honorer après sa mort, autant qu'il avait lui-même honoré Florence pendant sa vie. Filippo fut malheureux en différentes choses : outre qu'il eut des adversaires, toute sa vie, quelques-unes de ses constructions ne furent pas terminées de son vivant et ne l'ont jamais été. Entre autres, il est fâcheux que les moines de Sainte-Marie-des Anges n'aient pas pu terminer l'église qu'il avait commencée. Après qu'ils eurent dépensé, pour la partie construite, plus de trois mille écus, obtenus soit de la Guilde des Marchands, soit du Mont-de-Piété, où les fonds étaient déposés, le capital fut dissipé et la construction resta inachevée. Que celui donc qui veut laisser un souvenir de lui se dépêche de son vivant et ne se fie à personne d'autre. On peut en dire autant de quantité d'autres édifices commencés par Filippo Brunelleschi.

Donatello

SCULPTEUR, FLORENCE, 1386 – FLORENCE, 1466

Donato, qui fut appelé par les siens Donatello et qui signa de ce nom plusieurs de ses œuvres, naquit à Florence, l'an 1383 [1]. S'étant consacré à l'art du dessin, non seulement il devint sculpteur remarquable et statuaire prodigieux, mais encore il se montra habile dans le stucage, adroit dans la perspective et très estimé dans l'architecture. Ses œuvres sont si remarquables par leur grâce, leur dessin et leur beauté, qu'elles furent jugées se rapprochant plus des excellentes productions de l'Antiquité que celles de n'importe quel autre. Aussi est-il regardé, à juste titre, comme le premier qui ait su bien employer les sujets traités en bas-reliefs. A voir le jugement, la facilité et la maîtrise dont il fit preuve, on reconnaît qu'il les comprenait parfaitement ; aucun artiste ne l'a surpassé, et de nos jours personne ne l'a égalé.

Dès son enfance, il fut élevé dans la maison de Ruberto Martelli ; par ses bonnes qualités et son assiduité au travail, il mérita d'être aimé de lui et de toute sa noble famille [2]. Dans sa jeunesse, il exécuta nombre de travaux, dont on ne fit pas grand cas, mais ce qui le fit connaître est une Annonciation, en pierre de *macigno*, qui fut placée dans l'église de Santa Croce, sur l'autel de la chapelle des Cavalcanti ; il y mit un ornement de grotesques composé d'entrelacs variés et dont le couronnement est en quart de cercle et il y ajouta six *putti* soutenant des guirlandes, qui paraissent avoir peur de tomber du haut et se tiennent embrassés pour se rassurer [3]. Il montra surtout beaucoup d'art dans la figure de la Vierge qui, saisie de crainte à l'apparition imprévue de l'Ange, ploie, timidement et avec douceur, son corps dans une respectueuse révérence, en se retournant avec une grâce extrême vers l'Ange qui la salue ; on reconnaît sur son visage l'humilité et la reconnaissance que l'on témoigne à celui qui vous fait un don inattendu et d'autant plus que le don est plus grand. Outre cela, dans les draperies de la Vierge et de l'Ange, qui offrent des enroulements et des plis merveilleux, suggérant le nu des figures, Donato montra qu'il s'efforçait de retrouver la beauté des antiques, disparue depuis si longtemps. Dans la même église, au-delà du jubé et à côté d'une peinture de Taddeo Gaddi, il fit un crucifix en bois, qui lui coûta une peine extrême [4] et qui fut cause que Filippo di Ser Brunellesco en sculpta un autre, comme nous l'avons raconté dans sa Vie.

Il fit, dans l'église de San Giovanni, le tombeau du pape Giovanni Coscia, qui fut déposé par le concile de Constance, œuvre qui lui fut demandée par Cosme de Médicis, grand ami du pape. Donato représenta le mort sous une figure en bronze doré, accompagnée des statues en marbre, de l'Espérance et de la Charité ; celle de la Foi est due au ciseau de son élève Michelozzo [5]. En face de ce tombeau, on voit, de sa main, une sainte Marie-Madeleine, en bois, dont le corps, consumé par le jeûne et l'abstinence, est une merveille d'anatomie, parfaitement comprise dans toutes ses parties [6]. Dans le Mercato Vecchio, au-dessus d'une colonne de granit, il y a, de sa main, une statue de l'Abondance en pierre dure de *macigno* et en ronde-bosse ; elle est si bien faite que les artistes et tous ceux qui s'y connaissent la louent grandement. La colonne, sur laquelle cette statue est placée, était autrefois dans le temple de San Giovanni, où il y en a d'autres en granit, qui soutiennent l'ordre intérieur de l'ornementation ; elle fut enlevée et remplacée par une autre colonne cannelée, qui était auparavant au milieu du temple et sur laquelle se trouvait la statue de Mars qui fut enlevée, quand les Florentins se convertirent à la religion chrétienne.

Il fit encore, dans sa jeunesse, pour la façade de Santa Maria del Fiore, un Daniel, prophète en marbre et ensuite un saint Jean, évangéliste, assis, simplement vêtu et haut de quatre brasses [7]. Dans le même lieu, on voit sur un coin, quand on tourne, pour aller Via del Cocomero, un vieillard entre deux colonnes, qui tient plus de la manière antique qu'aucune autre œuvre de Donato et dans la tête duquel on reconnaît les pensées qui viennent avec les années aux hommes accablés par le temps et les fatigues [8]. A l'intérieur de l'église, il sculpta l'ornement de l'orgue, qui est au-dessus de la porte de la vieille sacristie, avec ces figures ébauchées comme on l'a déjà dit, qui paraissent vraiment douées de vie et de mouvement [9]. On peut dire qu'il travaillait autant de la tête que des mains. Que d'ouvrages, admirables dans l'atelier, produisent un effet pitoyable dès qu'on les change de place, et même dès qu'on les soumet à un autre jour ! Donato, au contraire, préparait toujours ses figures de telle sorte que, dans l'atelier où il travaillait, elles ne paraissaient pas la moitié aussi belles qu'une fois mises en place. Dans la sacristie neuve, il donna le dessin de ces enfants qui tiennent des festons et font le tour de la frise, ainsi que celui des figures qui composent le vitrail de l'œil-de-bœuf, sous la coupole et qui représentent le Couronnement de la Vierge ; ce dessin est tellement supérieur aux vitraux des autres œils-de-bœuf, qu'on s'en rend compte manifestement [10].

A Or San Michele, il exécuta en marbre, pour la Guilde des Bouchers, la statue de saint Pierre, pleine de tant de science et de beauté, et, pour la Guilde des Marchands de Lin, un saint Marc, évangéliste, qu'il devait faire concurremment avec Filippo Brunelleschi, mais que celui-ci lui abandonna [11]. Quand les Consuls de la guilde virent cette figure, que Donatello avait exécutée avec un grand jugement, mais qui, étant modelée en terre, ne pouvait pas être appréciée à sa juste valeur par ceux qui ne s'y entendaient point, ils ne voulurent pas la laisser mettre en œuvre ; Donato leur dit de le laisser faire et qu'il voulait leur montrer, en la reprenant, une nouvelle figure et non plus celle qui ne leur plairait pas. Il la tint alors renfermée pendant quinze jours, puis la découvrit sans y avoir autrement touché, et chacun de l'admirer.

Pour la Guilde des Armuriers, il fit un saint Georges recouvert de son armure, qui paraît vivant et dans la tête duquel on reconnaît la beauté de la jeunesse, le courage militaire et une fierté vraiment terrible ; il a une attitude si merveilleuse qu'on dirait qu'il va se mouvoir [12]. Certes, dans aucune œuvre moderne, on n'a encore vu autant de mouvement et d'animation que la nature et l'art en mirent dans celle-ci par la main de Donato. Sur le soubassement de la niche qui renferme cette figure, il plaça un bas-relief en marbre, qui représente saint Georges, à cheval, combattant le dragon ; le cheval est très estimé. Dans le fronton, il fit le Père éternel, à mi-corps et en bas-relief. En face de cet oratoire, il éleva, pour le Tribunal de Commerce, un tabernacle en marbre d'ordre corinthien, à l'exclusion de tout style gothique, et destiné à recevoir deux statues qu'il refusa d'exécuter, parce qu'on ne tomba pas d'accord pour le prix. Après sa mort, elles furent coulées en bronze par Andrea Verrocchio, comme nous le dirons plus tard [13].

Il fit ensuite, pour la face antérieure du campanile de Santa Maria del Fiore, quatre statues en marbre, hautes de cinq brasses ; les deux du milieu sont les portraits du jeune Francesco Soderini et de Giovanni di Barduccio Cherichini, qu'on appelle aujourd'hui le *Zuccone*. Cette dernière, qui est la plus estimée, était regardée comme la plus belle que Donato eût faite, et il avait coutume de jurer par elle, en disant : « Par la foi que j'ai en mon Zuccone ! » Pendant qu'il la faisait, il se prit plusieurs fois à lui crier : « Allons ! allons ! parle, parle donc ! Et fais-nous une bonne colique ! » Au-dessus de la porte du campanile, du côté de la maison canoniale, il fit un Sacrifice d'Isaac et un Prophète, qui furent placés entre deux autres statues [14].

Pour la Seigneurie de Florence, il jeta en bronze une Judith coupant la tête à Holopherne, qui fut placée sous un arc de la loggia et qui est une œuvre vraiment magistrale. Celui qui considérera la simplicité de l'extérieur et du costume de Judith, découvrira aussi manifestement la grande âme de cette femme soutenue par Dieu, de même que Holopherne paraît accablé de vin et de sommeil et que ses membres frappés par la mort semblent froids et affaissés. Ce groupe fut exécuté par Donato avec tant de soin que la fonte en fut fine et excellente ; il la polissa ensuite si bien que c'est une merveille à voir. Pareillement la base, qui est un balustre de granit, simplement orné, est pleine de grâce et plaît infiniment à la vue. Donato fut tellement satisfait de cette œuvre qu'il y voulut mettre son nom *Donatelli Opus*, ce qu'il n'avait fait pour aucune autre [15].

Dans la cour du palais de la Seigneurie se trouve un David en bronze, nu, de grandeur naturelle, qui vient de trancher la tête à Goliath ; il pose un pied sur elle, et tient son épée de la main droite. Cette figure est si naturelle, elle est pleine de tant de vie et de souplesse, qu'il semble impossible à un homme de l'art qu'elle n'ait pas été moulée sur le vif. Après avoir été dans la cour du palais Médicis, elle a été transportée, pendant l'exil de Cosme, à sa place actuelle [16].

On a encore de lui, dans la salle où se trouve l'horloge de Lorenzo della Volpaia, un beau David en marbre, foulant aux pieds la tête de Goliath et tenant la fronde avec laquelle il l'a frappé [17]. Dans la première cour du palais Médicis sont huit médaillons de marbre représentant des camées et des revers de médailles, imités de l'antique ; ils sont murés au-dessus des arcades, entre les fenêtres et l'architrave [18]. Il restaura également le Marsyas antique, en marbre blanc, placé à l'entrée du jardin ; on lui doit aussi deux magnifiques bassins en granit qui jettent de l'eau et dont l'un appartient aux jardins des Pazzi, à Florence. Dans le palais Médicis, il y a plusieurs Madones en marbre, en bronze, en bas-relief, et d'autres sculptures de sa main.

Cosme appréciait tellement le talent de Donato qu'il le faisait continuellement travailler, et, de son côté, Donato avait une telle affection pour lui qu'à sa moindre indication il comprenait ce qu'il voulait et lui obéissait en toute chose. Dans la maison des Martelli, il y a plusieurs morceaux de lui, en marbre et en bronze, entre autres un David haut de trois brasses, et un saint Jean en marbre, entièrement terminé, de la même grandeur [19]. Donato donna toutes ces œuvres libéralement à cette famille, à laquelle il était lié par l'affection et la reconnaissance, pour la protection qu'il en avait reçue jadis.

Il envoya à Naples, pour un archevêque, un tombeau en marbre qui est placé dans l'église Sant' Angelo di Seggio di Nido ; trois figures en ronde-bosse soutiennent, avec leur tête, le sarcophage, sur le devant duquel se trouve un bas-relief, si beau qu'il mérite d'être infiniment loué [20]. Dans la maison du comte de Matalone, dans la même ville, il y a une tête de cheval, de la main de Donato, si belle que plusieurs la croient antique [21]. Au château Prato, il fit la chaire en marbre du haut de laquelle on expose la ceinture de la Vierge ; sur le pourtour est sculptée une ronde d'enfants qui ne le cède en perfection à aucune de ses autres œuvres [22]. Il fit de plus, pour soutenir la chaire, deux chapiteaux en bronze, dont l'un existe encore, et l'autre a été enlevé par les Espagnols, qui mirent la ville à sac.

Vers cette époque, la Seigneurie de Venise, apprenant sa réputation, lui fit demander s'il voulait se charger d'élever un monument à la mémoire de Gattamelata, dans la ville de Padoue [23]. Il accepta volontiers, et fit la statue équestre, en bronze, que l'on voit sur la place de Sant' Antonio. Le cheval semble frémir et s'ébrouer, sous la main de son cavalier, dont la tête exprime un grand caractère et une fierté vivement rendue. Dans cette œuvre, Donato montra tant d'art, eu égard à la fonte aussi remarquable par ses dimensions que par sa beauté, que vraiment on peut le regarder comme l'égal de n'importe quel maître ancien, pour le mouvement, le dessin, les proportions et l'exécution. Non seulement il étonna ceux de son temps, mais encore, maintenant, on ne peut la regarder sans admiration. Aussi les Padouans cherchèrent-ils, par tous les moyens, à faire de Donato leur concitoyen, et à le fixer dans leur ville : pour l'occuper, ils le chargèrent d'exécuter, dans l'église des Frères Mineurs, sur la prédelle du maître-autel, l'histoire de saint Antoine de Padoue. Ces bas-reliefs sont traités avec tant de science qu'ils transportent d'étonnement tous les hommes du métier, quand ceux-ci considèrent la beauté et la variété des compositions, qui sont remplies d'une foule de personnages pleins d'originalité et de différentes grandeurs, suivant les règles de la perspective ; sur le dos de l'autel, il représenta les saintes Maries pleurant le Christ mort [24]. Pour l'un des comtes Capodilista il fit l'ossature d'un cheval, qui existe encore, formée de diverses pièces de bois assemblées avec tant de soin que celui qui considérera le mode employé dans cette œuvre pourra se rendre compte des idées originales qui lui passaient par la tête et de la grandeur de son esprit. Dans un couvent de religieuses, il fit un saint Sébastien en bois, à la demande de leur chapelain, son ami, qui était florentin, et qui lui apporta un saint Sébastien vieux et grossier qu'elles avaient, en le priant d'en faire un semblable. Donato, tout en s'efforçant de l'imiter, pour contenter le chapelain et les religieuses, ne put s'empêcher d'y mettre de l'art et de la beauté. Il y ajouta plusieurs autres figures en terre et en stuc, et, d'un morceau de vieux marbre que les religieuses avaient dans leur jardin, il tira une Vierge fort belle. Il y a encore une foule d'ouvrages de sa main par toute la ville. Etant alors regardé comme un homme prodigieux et loué par tout homme d'esprit, il se décida à retourner à Florence, disant que, s'il restait plus longtemps à Padoue, il oublierait tout ce qu'il savait, recevant tant d'éloges de chacun, et qu'il retournerait volontiers dans sa patrie, où, étant sans cesse critiqué, ces critiques le forceraient à travailler davantage et, par conséquent, augmenteraient sa gloire. Il quitta donc Padoue, et, en passant à Venise, il laissa dans l'église des Frères Mineurs un saint Jean-Baptiste en bois, qu'il exécuta avec un soin et une application extrêmes ; pour qu'on se souvînt de sa bonté, il en fit don à la colonie florentine de Venise qui le plaça dans leur chapelle de cette église [25]. Dans la ville de Faenza, il sculpta en bois un saint Jean et un saint Jérôme, non moins estimés que ses autres ouvrages.

De retour en Toscane, il fit, dans l'église paroissiale de Montepulciano, un tombeau en marbre, orné d'un très beau bas-relief, et, à Florence, dans la sacristie de San Lorenzo, un Lavabo également en marbre, auquel travailla Andrea Verrocchio [26]. Dans la maison de Lorenzo della Stufa, il y a de lui quelques têtes et figures pleines de vivacité. De Florence, il se rendit à Rome pour chercher à imiter les antiques le plus qu'il pourrait, et, pendant ces études, il exécuta en pierre un tabernacle du Saint-Sacrement qui se trouve actuellement à Saint-Pierre [27].

En retournant à Florence, il s'arrêta à Sienne, où il entreprit une porte de bronze pour le baptistère de San Giovanni. Déjà son modèle en bois était achevé et la plupart de ses formes de cire étaient prêtes, avec la chape de coulée, lorsqu'il rencontra Bernadetto, fils de Mona Papera, et orfèvre florentin de ses amis, qui, revenant de Rome, sut si bien dire et faire que, soit pour ses propres affaires, soit pour toute autre raison, il ramena Donato à Florence, cette œuvre resta donc inachevée ; peut-être même ne fut-elle pas commencée. Il ne resta de Donato, dans la Fabrique de la cathédrale de Sienne, qu'un saint Jean-Baptiste en bronze auquel manque l'avant-bras droit ; ou prétend que Donato le laissa en cet état parce qu'il ne put parvenir à se le faire payer entièrement [28].

De retour à Florence, il orna de stucs la sacristie de San Lorenzo, pour Cosme de Médicis, à savoir : quatre médaillons sur les retombées des voûtes, représentant, partie en peintures, partie en bas-reliefs, l'histoire des Evangélistes. Il fit aussi les deux petites portes en bronze de la même sacristie, où sont représentés différents apôtres, martyrs et confesseurs, et, au-dessus, dans deux niches, saint Laurent et saint Etienne d'une part, saint Cosme et saint Damien de l'autre [29]. Dans la croisée de l'église, il fit en stuc quatre saints, hauts de cinq brasses, qui sont exécutés avec une grande habileté professionnelle, et les deux tribunes en bronze, sur lesquelles est représentée la Passion du Christ, œuvre remarquable autant par la vigueur du dessin et la richesse de l'invention que par l'abondance des personnages et des édifices ; comme la vieillesse empêcha Donato de les terminer, elles furent conduites à bonne fin par son élève Bertoldo [30]. A l'extérieur de Santa Maria del Fiore, il fit deux statues colossales, en brique et en stuc, qui sont placées comme ornement au coin des chapelles. Au-dessus de la porte de Santa Croce on voit encore de lui, aujourd'hui, un Saint Louis en bronze, entièrement terminé et haut de cinq brasses. Un jour qu'on lui reprochait d'avoir fait une statue aussi sotte, qui était certainement la moins bonne chose sortie de ses mains, il répondit qu'il y avait bonne intention de sa part, et que Saint Louis avait été un sot d'abandonner son royaume pour se faire moine [31].

Il fit le buste en bronze de la femme de Cosme de Médicis, qui est actuellement dans la garde-robe du duc Cosme, avec plusieurs autres œuvres en bronze et en marbre de Donato ; entre autres, une Vierge tenant son fils, en marbre, de très faible relief et telle qu'on ne saurait voir chose plus belle, d'autant plus qu'elle est entourée d'un cadre de miniatures faites par Fra Bartolommeo et qui sont admirables. Le duc a, également, de la main de Donato un crucifix vraiment miraculeux, qui est dans son cabinet ; dans la même garde-robe, il y a un bas-relief de bronze représentant la Passion de Notre-Seigneur, avec un grand nombre de figures et un autre panneau de métal, qui représente aussi la Crucifixion. Dans la maison des héritiers de Jacopo Capponi, qui fut un excellent citoyen et un vrai gentilhomme, on voit une Vierge, en marbre, de demi-relief, qui est très estimée. Messire Antonio de' Nobili, qui fut dépositaire de Son Excellence, avait dans la maison un bas-relief en marbre, de la main de Donato, qui contenait une demi-figure de la Vierge, si belle que Messire Antonio l'estimait autant que sa fortune. Dans la maison de Giovanni Battista, fils d'Agnolo Doni, gentilhomme florentin, se trouve un Mercure en bronze, d'une brasse et demie de hauteur, entièrement en ronde-bosse et vêtu d'une manière quelque peu bizarre [32]. Bartolommeo Gondi possède une Vierge en demi-relief, faite par Donato avec tant d'amour et de soin qu'il est impossible de voir mieux, ni d'imaginer la légèreté avec laquelle Donato a traité l'ajustement de la tête et les vêtements qui la recouvrent. Messire Lelio Torelli, premier auditeur et secrétaire du duc, et non moins amateur de belles choses qu'excellent jurisconsulte, a un bas-relief de la Vierge, en marbre, également de Donatello, dont il serait trop long de raconter toute la vie et les œuvres. Non seulement il mit la main à de grandes œuvres d'art, mais encore il fit des sculptures d'armoiries sur des cheminées et des façades de maisons, comme on peut voir sur la maison des Sommai, qui est en face du four de la Vacca. Il fit encore, pour la famille des Martelli, un tombeau, qui a la forme d'une corbeille d'osier et qui est sous l'église San Lorenzo, parce que, au niveau du sol, il n'y a aucun tombeau, si ce n'est l'épitaphe de Cosme de Médicis, dont le caveau est d'ailleurs en dessous comme les autres tombeaux.

On dit que Simone, frère de Donato, ayant achevé le modèle du tombeau du pape Martin V, écrivit à son frère de venir voir son projet, avant de le couler en bronze. Donato, s'étant donc rendu à Rome, s'y trouva au moment où l'empereur Sigismond y était, pour recevoir la couronne des mains du pape Eugène IV et les deux frères durent organiser l'apparat de cette fête, qui leur fit grand honneur [33]. Il y a encore, dans la garde-robe du seigneur Guidobaldo, duc d'Urbin, une admirable tête en marbre, que l'on croit avoir été donnée aux ancêtres du duc par le magnifique Julien de Médicis, quand il fréquentait cette cour, si pleine de gens de talent.

On peut dire que Donato, par son savoir et son habileté, fut chez les modernes un des premiers à illustrer les arts du dessin et de la sculpture ; il mérite d'autant plus d'éloges que, de son temps, les plus précieux morceaux de l'Antiquité étaient encore enfouis sous les ruines, à l'exception des sarcophages et des arcs de triomphe. Il fut une des principales causes qui déterminèrent Cosme de Médicis à apporter à Florence les antiques que l'on a vus dans le palais Médicis et que lui-même prit soin de restaurer.

Il était affable et d'une grande libéralité, s'occupant plus de ses amis que de lui-même et si peu intéressé, qu'il mettait son argent dans un panier suspendu au plafond, où chacun de ses amis et de ses élèves pouvait puiser ce qu'il lui fallait, sans le prévenir. Sa vieillesse fut joyeuse et tranquille. Lorsqu'il en arriva à la décrépitude, Cosme et ses autres amis vinrent à son secours ; on dit que Cosme, avant de mourir, le recommanda à son fils Pierre, qui lui donna un domaine à Cafaggiuolo produisant une rente suffisante pour le reste de ses jours. Donato en montra une joie extrême, car il lui paraissait par ce moyen être plus que certain de ne pas mourir de faim. Mais il ne garda ce domaine qu'un an et, étant retourné auprès de Pierre, il le lui rendit, par contrat notarié, affirmant qu'il ne voulait pas troubler son repos par des soucis journaliers et les plaintes de son fermier qui tous les trois jours venait le molester, une fois parce que le vent avait découvert le colombier, une autre fois parce que son bétail avait été saisi, à cause des taxes de la commune, tantôt parce qu'il n'avait ni vin ni fruits, à cause des mauvaises saisons. Donato était tellement excédé qu'il déclarait vouloir mourir de faim plutôt que d'avoir à penser à toutes ces choses. Pierre se mit à rire, devant la simplicité de Donato et, pour le libérer de ces ennuis, il accepta le domaine, comme le voulut Donato et lui assigna sur sa banque une rente de la même valeur ou supérieure, mais en argent comptant, qui lui fut payée chaque semaine en proportion. Il s'en déclara content et acheva sa vie, fidèle serviteur et ami de la famille Médicis, heureux et sans soucis. A l'âge de quatre-vingt-trois ans, ses membres se paralysèrent tellement, qu'il lui devint impossible de travailler et qu'il fut même forcé de garder le lit, dans une petite maison qu'il possédait dans la Via del Cocomero, près des religieuses de San

Niccolo. Son état empirant chaque jour, il s'éteignit peu à peu et mourut le 13 décembre 1466.

Il fut enterré dans l'église de San Lorenzo, auprès du tombeau de Cosme de Médicis, comme il l'avait ordonné, afin que son corps ne fût pas séparé de celui de son ami, près duquel il avait constamment été de cœur et d'esprit. Sa mort affligea profondément ses concitoyens, les artistes et tous ceux, en un mot, qui l'avaient connu, et on lui rendit de plus grands honneurs après sa mort que pendant sa vie. Ses obsèques furent magnifiques ; les peintres, les architectes, les sculpteurs, les orfèvres et presque toute la population de la ville accompagnèrent son corps jusqu'à l'église de San Lorenzo. Il ne voulut pas laisser un petit bien qu'il avait près de Prato à ses parents qui vinrent le lui demander, avant sa mort, et il leur dit qu'il préférait le léguer à son fermier, qui avait travaillé pour lui, plutôt qu'à eux qui n'avaient pensé à lui qu'à ce moment-là.

Il laissa ses études et ses dessins à ses élèves, parmi lesquels on compte Bertoldo, son fidèle imitateur, Nanni d'Antonio di Banco qui mourut avant lui, Rossellino, Desiderio et Vellano de Padoue [34]. En somme, après sa mort, tous ceux qui travaillèrent en relief purent se dire avoir été de ses élèves. Le monde resta plein de ses œuvres ; en vérité, on peut dire qu'aucun maître n'a autant produit que lui, il acceptait tout travail, sans regarder s'il était vil ou précieux. Cette prodigieuse variété d'ouvrages, en ronde-bosse, en demi-relief, en bas-relief, fut extrêmement utile à l'art ; parce que si, dans les beaux temps de l'Antiquité grecque et romaine, il fallut les efforts de beaucoup d'artistes pour amener la sculpture à ce haut point de perfection, Donato, tout seul, la fit revivre de nos jours par la multitude de ses productions. Il posséda au plus haut degré le dessin, l'invention, la pratique, le jugement et, en un mot, tout ce qui caractérise un génie divin. Il avait une facilité, une hardiesse et une rapidité d'exécution vraiment extraordinaires et ses œuvres ont toujours tenu bien au-delà de ce qu'elles promettaient.

Fra Giovanni da Fiesole (Fra Angelico)

Vicchio di Mugello, vers 1387/1400 – Rome, 1455

Fra Giovanni Angelico da Fiesole, qui, dans le monde, s'appelait Guido, ayant été excellent peintre et miniaturiste autant que bon religieux, mérite, pour l'une et l'autre raison, qu'il soit fait de lui mention particulièrement honorable. Il lui aurait été facile d'avoir une haute situation dans le monde, car, outre ses biens de famille, il pouvait gagner tout ce qu'il voulait, avec son art qu'il possédait parfaitement depuis sa jeunesse ; mais étant d'un caractère doux et modeste, il aima mieux, pour son agrément et son repos, surtout pour le salut de son âme, entrer dans l'Ordre des Frères Prêcheurs.

On voit de la main de Fra Giovanni, dans son couvent de San Marco, à Florence, plusieurs livres de chœur ornés de miniatures si belles qu'on ne saurait imaginer mieux, et il en laissa de semblables à San Domenico da Fiesole, exécutés avec un soin incroyable. Il est vrai qu'il fut aidé dans ce travail par un frère, plus âgé que lui, qui était également miniaturiste et peintre très habile [1].

Une des premières œuvres qui sortirent des mains de ce bon Père fut, dans la Chartreuse de Florence, un tableau placé dans la grande chapelle du cardinal degli Acciaiuoli ; il représente la Vierge tenant l'Enfant Jésus, avec à ses pieds des anges qui chantent et jouent de divers instruments ; elle est entourée de saint Laurent, sainte Marie-Madeleine, saint Zanobe et saint Benoît. La prédelle renferme des épisodes de la vie de ces saints, exécutés avec un soin infini. Dans la croisée de la même chapelle, on voit deux autres de ses tableaux, savoir un Couronnement de la Vierge et une Madone entre deux saints, sur fond d'outremer. Il peignit ensuite, sur le jubé de Santa Maria Novella, et à côté de la porte voisine du chœur, une fresque représentant saint Dominique, sainte Catherine de Sienne et saint Pierre martyr, ainsi que plusieurs petits sujets, dans la chapelle du Couronnement de la Vierge. Sur les volets de l'ancien orgue, il peignit sur toile une Annonciation qui est aujourd'hui dans le couvent, en face de la porte du dortoir d'en bas, entre les deux cloîtres.

Pour son mérite, ce bon Père fut aimé par Cosme de Médicis au point que celui-ci, après avoir fait construire l'église et le couvent de San Marco, lui fit peindre, sur une des parois du chapitre, toute la Passion de Jésus-Christ [2]. D'un côté sont tous les saints qui ont été chefs et fondateurs d'Ordres religieux, pleurant amèrement au pied de la croix ; de l'autre, saint Marc l'Evangéliste venant en aide à la Mère du Fils de Dieu qui s'est évanouie à la vue du Sauveur du monde crucifié, autour d'elle sont les Maries désolées qui la soutiennent, saint Cosme et saint Damien. On dit que, sous la figure de saint Cosme, Fra Giovanni représenta, d'après nature, Nanni d'Antonio di Banco, sculpteur et son ami. Sous cette fresque, dans la frise qui court au-dessus des dossiers d'appui, saint Dominique, au pied d'un arbre dont les branches portent des médaillons renfermant les portraits des papes, des cardinaux, des évêques, des saints et des maîtres en théologie qui avaient appartenu jusqu'à cette date à l'Ordre des Prêcheurs. Grâce à l'aide des moines de son couvent, qui firent des recherches en divers lieux, il introduisit dans cette œuvre des portraits d'une authenticité incontestable, tels que ceux de saint Dominique, du pape français Innocent V et du bienheureux Hugues, premier cardinal de l'Ordre ; toutes ces têtes sont d'une beauté et d'une grâce remarquables.

Dans le premier cloître, il remplit les lunettes de plusieurs figures à fresque très belles, et il peignit un saint Dominique au pied d'un crucifix très estimé. Outre une quantité de peintures faites dans les cellules et sur les murs, il laissa dans le dortoir une peinture tirée du Nouveau Testament, aussi belle qu'on peut l'imaginer [3]. Mais particulièrement beau et merveilleux est le tableau du maître-autel, dans l'église du couvent, parce que, outre la Madone qui pousse à la dévotion, par sa simplicité, quiconque la regarde, et les saints qui l'entourent et qui sont aussi beaux, la prédelle représentant le supplice de saint Cosme, de saint Damien et d'autres martyrs est si bien peinte qu'on ne saurait rien imaginer de plus soigné, de plus fin, et de mieux entendu que ces petites figures [4]. Il peignit pareillement le tableau du maître-autel à San Domenico da Fiesole, qui, sous prétexte qu'il semblait se détériorer, a été retouché par d'autres artistes et gâté. La prédelle et le tabernacle du Saint Sacrement se sont mieux conservés, et les innombrables petits personnages qui apparaissent dans une gloire céleste sont si beaux et semblent si bien des hôtes du paradis que l'on ne peut se rassasier de les regarder [5]. Dans une chapelle de la même église, il y a une Annonciation de sa main, peinte sur bois ; le profil de l'ange Gabriel est si délicat et si divin qu'il ne paraît vraiment pas être une œuvre humaine, mais sortir du paradis. Dans le fond du paysage, on aperçoit Adam et Eve, causes premières de l'Incarnation du Rédempteur. La prédelle représente plusieurs petits sujets fort beaux [6]. Mais, sur toutes choses qu'il peignit, Fra Giovanni se surpassa lui-même et il montra toute son intelligence de l'art dans un tableau qui est dans la même église, à gauche de la porte d'entrée, et qui représente Jésus-Christ couronnant la Vierge, au milieu d'un chœur d'anges ; au-dessous, une multitude de saints et de saintes, en si grand nombre, avec des attitudes et des airs de fête si variés, que l'on éprouve un plaisir et une douceur incroyables à les regarder ; il semble que ces bienheureux esprits ne pourraient être autrement dans le ciel, ou, pour mieux dire, s'ils avaient un corps, ils ne pourraient être autrement. Car, non seulement les saints et les saintes de ce tableau sont pleins de vie, avec des figures douces et délicates, mais encore le coloris de toute l'œuvre paraît avoir été fait par un saint ou un ange sorti de leurs rangs. Aussi est-ce avec raison que ce bon religieux fut toujours appelé Fra Giovanni *Angelico*. Les scènes représentées sur la prédelle, empruntées à la vie de la Vierge et à celle de saint Dominique, sont, en leur genre, divines [7]. Je déclare en toute sincérité que je ne vois jamais ce tableau sans le trouver toujours nouveau, et ce n'est jamais sans peine que je m'en éloigne.

A Florence, dans la chapelle della Nunziata, que fit construire Pierre, fils de Cosme de Médicis, Fra Giovanni peignit les volets de l'armoire où l'on renferme les vases d'argent, et y représenta des figures en petites dimensions remarquablement exécutées [8]. Ce Père exécuta tant de peintures dans les maisons des Florentins que j'en suis souvent resté stupéfait, me demandant comment un seul homme avait pu produire avec cette perfection, même en y consacrant de longues années, de si nombreuses et de si belles œuvres.

On lui doit aussi les peintures qui sont dans l'arc, audessus de la porte de San Domenico, et une Déposition de Croix peinte sur bois, qui se trouve dans la sacristie de Santa Trinita, et que l'on peut compter parmi ses meilleures productions [9]. A San Francesco, hors la porte de San Miniato, il laissa une Annonciation [10], et à Santa Maria Novella il enrichit de petites peintures le cierge pascal et plusieurs petits reliquaires que l'on met sur l'autel aux jours de grande solennité. A la Badia, il peignit, sur une porte du cloître, un saint Benoît qui recommande le silence. Pour la Guilde des Tisserands de Lin, il fit un tableau qui est dans leur bureau [11]. A Cortona, il décora un arc au-dessus de la porte de l'église de son ordre, et il peignit également le tableau du maître-autel. A Orvieto, il commença sur la voûte de la chapelle vouée à la Madone, dans le Dôme, quelques Prophètes, qui furent ultérieurement terminés par Luca da Cortona [12]. Pour la Confrérie du Temple, à Florence, il peignit un tableau représentant le

Christ mort et, dans l'église des moines du couvent des Anges, un Paradis et un Enfer, emplis de figures de petites proportions [13]. Avec une admirable observation, il fit les bienheureux très beaux, emplis d'une allégresse et d'une joie célestes ; les damnés prêts à subir les peines de l'enfer, marqués des signes divers de la laideur et portant sur leur front l'empreinte de leur péché et de leur condamnation. On voit les bienheureux, avec quelque chose de céleste, franchir en dansant la porte du paradis, et les damnés entraînés par les démons vers l'enfer, pour y subir les peines éternelles. Cette œuvre est dans ladite église, à main droite en allant vers le maître-autel, où se tient le prêtre quand on chante les messes assises.

Pour les religieuses de Saint-Pierre-Martyr, qui étaient de l'Ordre des Camaldules, il peignit un tableau représentant la Vierge entre saint Jean-Baptiste, saint Dominique, saint Thomas et saint Pierre martyr avec une foule de petites figures. On voit encore, dans le jubé de Santa Maria Novella, un tableau de sa main [14].

Tous ces travaux l'ayant rendu célèbre par toute l'Italie, le pape Nicolas V l'appela près de lui, et lui fit peindre la chapelle où le pape entend ordinairement la messe, et dans laquelle il représenta une Déposition de Croix et divers épisodes de la vie de saint Laurent [15]. Il lui fit aussi enluminer plusieurs livres qui sont très beaux. A la Minerva, il peignit le tableau du maître-autel et une Annonciation qui est actuellement à côté de la grande chapelle, appuyée au mur. Il décora en outre, pour le même pape, dans le Vatican, la chapelle du Saint-Sacrement, qui plus tard fut détruite par Paul III, pour livrer passage à l'escalier. Dans cette œuvre excellente, il avait exécuté à fresque, dans sa manière habituelle, quelques sujets tirés de la vie de Jésus-Christ, et il avait introduit dans ses compositions quantité de portraits de tous les personnages de son temps, qui seraient tous perdus si Giovio n'avait eu soin de recueillir les principaux pour son musée [16].

Comme Fra Giovanni parut au pape une personne de sainte vie, paisible et modeste, ce qu'il était en réalité, celui-ci l'avait jugé digne de l'archevêché de Florence, qui était vacant à ce moment-là. Le Frère, l'ayant appris, le supplia de faire choix d'un autre, parce que, disait-il, il ne se sentait pas propre à gouverner les hommes ; que, son ordre comptant un Frère, ami des pauvres, plein de science et craignant Dieu, cette dignité lui conviendrait mieux qu'à lui-même. Le pape, reconnaissant la vérité de ce qu'il disait, n'insista pas, et c'est ainsi que fut nommé archevêque de Florence Frère Antonin de l'Ordre des Prêcheurs, remarquable par son savoir et sa sainteté, qui a mérité d'être canonisé de notre temps par Adrien VI [17].

Fra Giovanni était un homme simple, et d'une grande sainteté dans ses mœurs. Un jour, le pape Nicolas V l'ayant invité à manger avec lui, il eut mauvaise conscience de manger de la viande, parce qu'il n'avait pas la permission de son prieur, oubliant ainsi l'autorité du souverain pontife. Il évitait tout ce qui était du monde ; il vécut avec tant de pureté et de sainteté, il fut avec tant de passion l'ami des pauvres, que selon moi son âme est maintenant au ciel. Il s'occupait continuellement de peinture, et ne voulut jamais représenter autre chose que des saints. Il aurait pu devenir riche, mais il ne s'en soucia pas, disant que la vraie richesse consiste uniquement à se contenter de peu. Il aurait pu commander à ses semblables, et ne le voulut pas, disant qu'il y avait moins de fatigue et de sujets d'erreur à obéir. Il dépendait de lui d'avoir des grades dans son Ordre et en dehors du couvent, mais il les dédaigna, affirmant qu'il ne cherchait d'autre dignité que d'éviter l'enfer et de gagner le paradis. Il fut très humain et sobre, et, vivant dans la chasteté, il sut éviter les pièges du monde, répétant souvent que, pour pratiquer son art, il fallait le repos et une vie sans préoccupations ; que celui qui peint l'histoire du Christ devait toujours être avec le Christ. On ne le vit jamais en colère contre ses frères, ce qui est remarquable et me paraît incroyable, et il avait coutume d'exhorter ses amis à mieux, en souriant doucement. Avec une amabilité surprenante, il répondait, à ceux qui lui demandaient de travailler pour eux, qu'il fallait d'abord avoir l'agrément du prieur, et qu'ensuite il n'y manquerait pas. En somme, ce bon Père, qui ne sera jamais assez célébré, fut toujours humble et modeste dans ses actions et ses propos ; les saints qu'il peignit ont plus l'air de saints que ceux de n'importe quel autre peintre. Il avait pour coutume de ne jamais retoucher ou repasser ses peintures ; il les faisait telles qu'elles venaient du premier coup, croyant, disait-il, que telle était la volonté de Dieu. On assure qu'il n'aurait jamais touché à ses pinceaux sans s'être mis auparavant en oraison. Il ne représenta jamais le Sauveur sur la Croix sans que ses joues fussent baignées de larmes ; aussi reconnaît-on dans les visages et les attitudes de ses personnages la sincérité de sa foi dans la religion chrétienne.

Il mourut en 1455, à l'âge de soixante-huit ans. Parmi ses élèves, Benozzo, florentin, imita toujours sa manière et Zanobi Strozzi. Il eut aussi pour élèves Gentile da Fabriano, et Domenico di Michelino. Fra Giovanni fut enterré par ses frères à la Minerva de Rome, sous l'entrée latérale, près de la sacristie, dans un tombeau de marbre orné de son portrait [18].

On conserve à Santa Maria del Fiore deux énormes livres ornés par Fra Giovanni de miniatures vraiment divines ; on ne les montre que les jours de grande solennité.

Antonello da Messina

PEINTRE, MESSINE, VERS 1430 – MESSINE, 1479

Quand je considère les grands services rendus à l'art de la peinture par cette foule de maîtres qui ont suivi la manière décrite dans la deuxième partie de mon livre, je ne peux faire autrement que qualifier ceux-ci de vraiment industrieux et tout à fait excellents, d'autant plus qu'ils ont cherché à améliorer la peinture, sans regarder à la dépense, à la perte du temps et sans penser à leur avantage personnel. Continuant toujours à n'employer sur panneau et sur toile d'autre coloris que la détrempe, mode qui fut inauguré par Cimabue, l'an 1250, suivant les maîtres byzantins et qui fut appliqué ensuite par Giotto et tous les maîtres dont il a été parlé jusqu'ici, ils reconnaissaient néanmoins que les œuvres peintes en détrempe manquaient d'une certaine souplesse et vivacité, qui auraient donné plus de grâce au dessin, plus de délicatesse au coloris et une plus grande facilité pour unir et fondre les couleurs, ce qu'ils n'obtenaient pas dans leurs peintures faites seulement avec la pointe du pinceau. Bien que beaucoup eussent cherché, essayé, on n'avait trouvé aucune bonne méthode, ni par l'emploi de vernis liquides ni en ménageant d'autres sortes de couleurs dans la détrempe. Parmi beaucoup de peintres qui se livrèrent à de semblables essais ou à d'autres, tous infructueux, Alesso Baldovinetti, Pesello et nombre d'autres n'arrivèrent à obtenir dans leurs œuvres ni la beauté ni la bonté qu'ils espéraient. Et quand même ils auraient trouvé ce qu'ils cherchaient, il leur manquait encore les moyens de fixer leurs figures sur panneau, comme sur la muraille, de pouvoir les laver à l'eau sans enlever la couleur, de leur permettre de résister aux chocs dans les manipulations, toutes choses au sujet desquelles bon nombre d'artistes s'étaient rassemblés et avaient fréquemment conféré sans résultat. Un même désir tourmentait quantité d'esprits élevés qui s'occupaient de peinture, hors de l'Italie, en Espagne, en France, en Allemagne et dans d'autres pays. Il arriva donc, les choses étant en ce point, qu'un Flamand, nommé Jean de Bruges, peintre très estimé dans son pays pour la grande habileté qu'il avait acquise dans son métier, se mit à expérimenter diverses sortes de couleurs et, en homme qui se plaisait à l'alchimie, à composer, au moyen de différentes huiles, des vernis et d'autres produits, suivant les idées bizarres communes à cette sorte de chercheurs [1]. S'étant, un jour, donné beaucoup de peine à peindre un panneau, quand il l'eut terminé, avec grand soin, il y mit un vernis et l'exposa à sécher au soleil, ainsi que c'était l'usage. Mais, soit que la chaleur fût trop forte, soit que le bois fût mal joint ou pas assez sec, le panneau s'ouvrit dans les joints, d'une manière désastreuse. Là-dessus, Jean, voyant le grand dommage causé par le soleil, se mit à réfléchir aux moyens qu'il pourrait employer pour que tel accident n'arrivât plus. Dégoûté non seulement du vernis, mais encore de la peinture à détrempe, il se mit à chercher le moyen de composer une sorte de vernis qui pût sécher à l'ombre, sans mettre ses peintures au soleil. Ayant donc expérimenté différentes substances, soit pures, soit mélangées, il trouva à la fin que l'huile de lin et l'huile de noix étaient les meilleurs siccatifs de tous ceux qu'il avait essayés. Ces huiles, bouillies avec d'autres mixtures, lui donnaient un vernis que lui-même, aussi bien que les autres peintres du monde, désiraient trouver depuis longtemps. Ensuite, ayant fait des essais avec d'autres matières, il s'aperçut qu'en mélangeant ses huiles aux couleurs, il obtenait une peinture ayant beaucoup plus de corps, et qui, une fois sèche, non seulement ne craignait pas l'eau, mais encore donnait au coloris plus de vigueur et un certain lustre, sans l'aide du vernis. Ce qui lui parut encore plus étonnant, c'est que les couleurs se fondaient infiniment mieux qu'à la détrempe. Enchanté de cette découverte, comme on peut facilement le concevoir, Jean entreprit un grand nombre de travaux qu'il dispersa dans tout son pays, au grand plaisir des peuples et pour son plus grand profit ; de jour en jour, aidé par l'expérience, il fit plus grand et meilleur. La renommée de son invention se répandit peu après, non seulement en Flandre, mais encore en Italie et dans d'autres pays et inspira aux artistes un vif désir de savoir par quel moyen il donnait à ses ouvrages tant de perfection. Voyant ses œuvres et ne connaissant pas son secret, ils ne pouvaient que lui donner des éloges et lui porter envie, d'autant plus qu'il ne consentait pas plus à travailler en présence de qui que ce fût qu'à livrer son secret. Finalement, étant devenu vieux, il le confia à Roger de Bruges, son élève, qui le transmit à Ausse, son élève et à plusieurs autres [2]. Les marchands faisaient l'acquisition de leurs œuvres et les envoyaient par tout le monde aux princes et aux grands personnages, à leur grand avantage, mais le secret ne sortait pas de la Flandre. Comme ces peintures avaient en elles l'odeur pénétrante qui provenait des huiles mélangées aux couleurs, surtout lorsqu'elles étaient fraîches, il paraissait possible de deviner la recette ; cependant personne, pendant de longues années, ne la découvrit. Quelques Florentins qui faisaient du commerce en Flandre et à Naples, ayant envoyé au roi Alphonse Ier de Naples un tableau empli de figures et peint à l'huile par Jean [3], cette œuvre plut infiniment au roi, pour la beauté des figures et pour la nouveauté du coloris. Tous les peintres du royaume accoururent pour la voir, et lui donnèrent de grands éloges.

A cette époque, un certain Antonello, habile dans son art, d'un esprit vif et cultivé, qui avait étudié le dessin longtemps à Rome, s'était fixé à Messine, sa patrie, après avoir travaillé quelque temps à Palerme. A Messine, ses œuvres avaient confirmé dans l'esprit de ses concitoyens la bonne opinion que tout le pays avait de lui. Ses affaires l'ayant appelé un jour à Naples, il entendit parler du tableau à l'huile de Jean de Bruges que possédait le roi Alphonse et qui, disait-on, résistait à l'eau et au toucher et ne laissait rien à désirer pour être parfait. Ayant obtenu de le voir, il fut tellement frappé de la vivacité des couleurs, de la beauté et de l'unité de cette peinture, que, laissant de côté ses affaires et toute autre pensée, il s'en alla en Flandre. Arrivé à Bruges, il se lia d'une étroite amitié avec Jean, à qui il fit présent de dessins à la mode italienne et de divers autres objets. Il arriva, par la persévérance d'Antonello, et Jean étant déjà vieux, que le peintre flamand voulut bien dévoiler son secret, et le Sicilien ne quitta pas le pays avant d'avoir bien appris ce qu'il désirait tant connaître. Peu après Jean mourut, et Antonello revint de Flandre pour revoir sa patrie et pour doter l'Italie de ce secret si précieux, si utile et si commode [4].

Etant resté quelques mois à Messine, il alla à Venise où il résolut de se fixer et de finir ses jours, et où il pouvait satisfaire son goût des femmes et des plaisirs. Il peignit alors un grand nombre de tableaux à l'huile, d'après la manière qu'il avait apprise en Flandre, et qui sont dispersés dans les palais des gentilshommes ; pour la nouveauté du travail, ils furent très estimés. Il en fit encore d'autres qu'il expédia au dehors. Ayant acquis à la fin une grande renommée, on lui commanda un tableau pour l'église San Cassano ; il ne ménagea ni son savoir ni le temps pour le mener à bonne fin, et il en retira de grands éloges [5].

Le secret qu'Antonello avait rapporté de Flandre lui valut, pendant toute sa vie, les bonnes grâces des magnifiques gentilshommes de Venise. Parmi les peintres qui étaient alors en crédit dans cette ville, on estimait beaucoup un certain Maestro Domenico [6]. Il avait accueilli Antonello à son arrivée avec toutes les marques d'affection que l'on peut donner à son plus intime ami. Antonello, qui ne voulut pas lui être inférieur en courtoisie, après quelques mois lui enseigna le secret et la manière de peindre à l'huile. Quand il sera temps, nous parlerons des œuvres qu'il produisit à Florence, et nous dirons à qui il transmit le secret qu'il avait si libéralement reçu d'Antonello. Celui-ci, après avoir terminé le tableau de San Cassano, fit un grand nombre de tableaux et de portraits, pour plusieurs gentilshommes vénitiens, et Messire Bernardo Vecchietti, florentin, en possède un qui représente saint François et saint Dominique, et qui est très beau. La Seigneurie venait de lui commander plusieurs peintures destinées au palais, quand il fut atteint de pleurésie et mourut à l'âge de quarante-neuf ans, sans avoir pu mettre la main à ce travail [7]. Voici son épitaphe :

D. O. M.

Antonius pictor præcipuum Messanæ suæ et Siciliæ totius ornamentum hac humo contegitur. Non solum suis picturis, in quibus singulare artificium et venustas fuit, sed et quod coloribus oleo miscendis splendorem et perpetuitatem primus italicæ pitturæ contulit, summo semper artificum studio celebratus.

La mort d'Antonello causa une grande peine à ses nombreux amis, en particulier à Andrea Riccio, sculpteur, qui, à Venise, dans la cour du palais de la Seigneurie, fit en marbre les deux statues nues d'Adam et d'Eve qu'on y voit et qui sont très estimées [8].

Telle fut la fin d'Antonello, auquel les artistes ne doivent pas moins de reconnaissance, pour avoir introduit en Italie le secret de la peinture à l'huile, qu'à Jean de Bruges, qui le découvrit en Flandre. Grâce à cette invention, les peintres sont arrivés à donner presque la vie à leurs figures. Cette méthode est d'autant plus précieuse que nulle part on ne trouve trace qu'elle ait été connue des anciens. Mais, de même que l'on ne dit rien qui n'ait déjà été dit, peut-être ne se fait-il rien qui n'ait déjà été fait, et je continuerai sans rien dire d'autre sur ce point.

Domenico Ghirlandaio

PEINTRE, FLORENCE, 1449 – FLORENCE, 1494

Domenico di Tommaso del Ghirlandaio qui, pour le mérite, la grandeur et la multitude de ses œuvres peut être appelé un des principaux et des meilleurs maîtres de son temps, était appelé par la nature à devenir peintre. Malgré l'opposition de celui qui l'avait sous sa garde (comme souvent on empêche de fructifier nos génies, en les occupant à des métiers qui ne leur conviennent pas et en les enlevant à ceux qui leur sont naturellement propres), il s'attira, ainsi qu'aux siens, autant de renom que de profit, et il fut le charme de son siècle. Il fut mis, par son père, au métier d'orfèvre, que celui-ci exerçait avec un certain talent. Tommaso fut le premier qui trouva et fabriqua cet ornement de tête des jeunes filles florentines qu'on appelle une guirlande, d'où lui resta le nom de Ghirlandaio, non seulement parce qu'il en fut l'inventeur, mais parce qu'il en fabriqua une infinité, toutes fort belles, au point qu'on ne trouvait bien que celles qui sortaient de sa boutique.

Placé donc au métier d'orfèvre, mais ne s'y plaisant pas, Domenico ne cessait de dessiner. Comme il était doué par la nature d'un esprit parfait et d'un goût admirable, avec beaucoup de jugement dans la peinture, tout en s'occupant d'orfèvrerie, il acquit très rapidement une telle facilité dans le dessin qu'il reproduisait, dit-on, les personnes qui passaient devant la boutique et qu'il attrapait du premier coup leur ressemblance, comme on peut s'en rendre compte par ses œuvres où l'on voit quantité de portraits d'une ressemblance extraordinaire.

Il fit ses premières peintures dans l'église d'Ognissanti, où il représenta dans la chapelle Vespucci un Christ mort, avec plusieurs saints, et, au-dessus d'un arc, une Vierge de Miséricorde ; dans cette peinture il y a le portrait d'Amerigo Vespucci, qui fit la navigation des Indes. Dans le réfectoire du même couvent, il fit une Cène à fresque [1]. A Santa Croce, en entrant dans l'église, à main droite, l'histoire de saint Paulin. Ayant acquis par là une grande renommée, il peignit, pour Francesco Sassetti, dans une chapelle de Santa Trinita, des sujets tirés de la vie de saint François ; cette œuvre, merveilleusement composée, est exécutée avec un soin et une grâce extrêmes. Il y reproduisit le pont de Santa Trinita et le palais des Spini. Sur la première paroi, on voit saint François apparaissant dans les airs et ressuscitant un enfant ; les femmes qui le voient renaître manifestent leur joie et leur étonnement, après s'être affligées de le conduire au tombeau. Les religieux, qui sortent de l'église avec les fossoyeurs et suivent la croix, sont reproduits très naturellement, ainsi que d'autres personnages parmi lesquels on reconnaît Maso degli Albizzi, Messire Agnolo Acciaiuoli et Messire Palla Strozzi, citoyens illustres de la cité. Dans un autre compartiment, Domenico montra saint François refusant l'héritage de son père, Pietro Bernardone, en présence de l'évêque, prenant l'habit de bure et se ceignant de la corde. Sur la paroi du milieu, on voit saint François allant trouver, à Rome, le pape Honorius, pour obtenir la confirmation de la règle de son Ordre et lui offrir des roses en janvier. Dans cette scène est représentée la salle du Consistoire, avec les cardinaux assis tout autour et à laquelle aboutissent des escaliers ornés de rampes et occupés par des figures à mi-corps ; parmi celles-ci on remarque le portrait de Laurent le Magnifique de Médicis. Domenico peignit également saint François recevant les stigmates et, dans la dernière scène, sa mort et les frères qui le pleurent ; on en voit un lui baiser les mains avec une affection qu'il serait impossible de mieux exprimer en peinture. Il y a, en outre, un évêque en costume qui, les lunettes sur le nez, chante les vigiles avec tant de naturel qu'on se rend compte qu'il est peint, simplement parce qu'on ne l'entend pas. Il reproduisit dans deux tableaux, qui sont à droite et à gauche du retable de l'autel, les traits de Francesco Sassetti et de Madona Nera, sa femme, à genoux, avec leurs fils mais, ceux-ci dans l'histoire racontée au-dessus de l'enfant ressuscité, avec de belles jeunes filles de la même famille, dont je n'ai pu retrouver les noms, revêtues des costumes de l'époque. Sur la voûte, il fit quatre Sibylles et, en dehors de la chapelle, dans l'arc de la paroi antérieure, la Sibylle de Tibur faisant adorer le Christ à l'empereur Auguste ; cette fresque est exécutée avec une grande habileté professionnelle et une admirable fraîcheur de coloris. Domenico accompagna ce travail d'un tableau peint de sa main en détrempe, qui représente une Nativité du Christ, belle à combler d'étonnement tous les connaisseurs ; il y mit son propre portrait et quelques têtes de bergers, qui sont considérées comme des choses divines [2].

Il peignit, pour le maître-autel des Jésuates, un tableau avec des saints à genoux, entre autres saint Juste, évêque de Volterra à qui l'église est dédiée, saint Zanobe, évêque de Florence, l'archange Raphaël et un saint Michel couvert d'une armure magnifique. En vérité, Domenico mérite d'être loué pour ce fait, car il fut le premier qui commença à imiter en couleur certaines garnitures et ornements d'or qu'on n'avait pas reproduits jusqu'alors et il supprima, en grande partie, ces ornements en relief que l'on faisait à l'or mordant ou à la pâte d'Arménie, ce qui était plutôt le fait de fabricants de baldaquins que de bons peintres. Infiniment plus belle que les autres figures est celle de la Vierge, tenant son Fils et entourée de quatre petits anges. Ce tableau qui, pour une œuvre en détrempe, ne saurait être mieux exécutée, fut placé dans l'église des Jésuates, hors de la Porta a Pinti ; mais, après la ruine de cette église, on le posa dans celle de San Giovannino, à l'intérieur de la Porte de San Pier Gattolini, où est le couvent de cet Ordre [3].

Dans l'église de Cestello, il fit un tableau terminé par David et Benedetto, ses frères, qui représente la Visitation de la Vierge, où l'on remarque plusieurs têtes de femmes fort gracieuses [4]. Dans l'église des Innocents, il fit en détrempe une Adoration des Mages, très estimée, dans laquelle sont de très belles têtes, d'une physionomie variée, tant de jeunes gens que de vieillards ; on reconnaît particulièrement dans celle de la Vierge toute la beauté pudique et gracieuse que l'art est capable de donner à la mère du Fils de Dieu [5]. Dans le couvent de San Marco, il laissa un tableau, dans le jubé de l'église, et une Cène peinte à fresque dans l'hôtellerie [6]. Giovanni Tornabuoni a, dans cette maison, un tableau rond avec l'Adoration des Mages, qui est exécuté avec grand soin [7]. Au petit hôpital, pour Laurent le Magnifique, il peignit une scène de Vulcain, dans laquelle on remarque plusieurs figures nues fabriquant, au marteau, des foudres pour Jupiter. A Florence, dans l'église d'Ognissanti, il fit, à fresque, en concurrence avec Sandro Botticelli, un saint Jérôme entouré de quantité d'instruments et de livres d'étude [8]. Les religieux d'Ognissanti, ayant voulu changer de place le chœur, ont armé de solides ferrements cette figure et celle de Botticelli et les ont transportées, sans aucune lésion, au milieu de l'église, près de la porte qui conduit aujourd'hui au chœur. Il peignit encore l'arc au-dessus de la porte de Santa Maria Ughi et un petit tabernacle pour la Guilde des Marchands de Lin de plus, un saint Georges, très beau, qui tue le dragon, dans la même église d'Ognissanti. Vraiment Domenico entendit parfaitement la manière de peindre sur les murs et travailla avec une grande facilité, quoique avec beaucoup de fini.

Ayant été ensuite appelé à Rome par le pape Sixte IV, pour peindre avec d'autres maîtres dans la chapelle qui porte son nom, il y représenta le Christ faisant quitter leurs filets à Pierre et à André, ainsi que la Résurrection du

Christ, fresque entièrement détruite aujourd'hui, parce qu'elle était au-dessus d'une porte où il fallut remettre une architrave qui se brisa [9].

A cette époque était à Rome Francesco Tornabuoni, honorable et riche marchand et ami intime de Domenico. Sa femme étant morte en couches et Francesco lui ayant fait élever, dans la Minerva, par Andrea Verrocchio, le tombeau qui convenait à son rang, il voulut, de plus, que Domenico peignît toute la paroi où était adossé le tombeau, et y fît, en outre, un petit tableau en détrempe. Domenico représenta alors sur la muraille quatre sujets, dont les deux premiers étaient tirés de la vie de saint Jean-Baptiste et les deux derniers de celle de la Vierge ; ces œuvres furent très admirées.

Francesco éprouva tant de douceur dans le commerce de Domenico que, lorsque celui-ci revint à Florence, avec honneur et profit, Francesco le recommanda à Giovanni, son parent, en lui écrivant combien Domenico l'avait bien servi et combien le pape avait été satisfait de ses peintures. Ce qu'apprenant Giovanni résolut de l'employer à quelque travail magnifique, qui devait honorer sa mémoire à lui, et attirer à Domenico autant de profit que de renommée.

La grande chapelle de Santa Maria Novella, couvent des Frères Prêcheurs, autrefois peinte par Andrea Orcagna, était gâtée par l'eau en plusieurs endroits, parce que le toit de la voûte était mal couvert. Déjà divers citoyens avaient voulu la réparer, ou la faire peindre de nouveau, mais les Ricci, à qui elle appartenait, s'y étaient constamment refusés, ne pouvant supporter eux-mêmes une si grande dépense et ne voulant pas permettre à un autre de la faire, pour ne pas perdre leurs droits de patronage et d'armoiries qu'ils tenaient de leurs ancêtres. Giovanni se mit d'accord avec les Ricci, en leur promettant de prendre la dépense à son compte, de leur faire un don quelconque de remerciement, et de placer leurs armes dans le lieu le plus apparent et le plus honorable de la chapelle. Ces conditions ayant été stipulées par un contrat très rigoureux, Giovanni alloua l'entreprise à Domenico, avec les anciennes peintures qui existaient et ils s'accordèrent pour un prix de mille deux cents grands ducats d'or, avec deux cents en plus, dans le cas où l'œuvre lui plairait. Domenico se mit donc à l'ouvrage et ne s'arrêta pas avant de l'avoir terminé en quatre ans, l'an 1485, à la grande satisfaction de Giovanni qui se reconnut bien servi et avoua ingénument que Domenico avait bien gagné les deux cents ducats de surplus, mais en lui demandant de se contenter du premier prix [10]. Domenico, qui estimait plus la gloire et l'honneur que les richesses, le tint aussitôt pour quitte, lui affirmant qu'il se sentait plus heureux de l'avoir satisfait que de recevoir son argent. Giovanni fit ensuite faire deux grands écus en pierre, l'un portant les armes des Tornaquinsi, l'autre des Tornabuoni, qu'il fit placer sur les pilastres extérieurs de la chapelle. De plus l'arc fut garni des armes des différentes branches de sa famille, à savoir, outre les deux susdites, celles des Giachinotti, Popoleschi, Marabotini et Cardinali. Lorsqu'il peignit le tableau de l'autel, il le surmonta d'un arc contenant, dans le cadre doré, un beau tabernacle pour le Saint Sacrement, sur le fronton duquel cadre il fit un petit écusson d'un quart de brasse avec les armes des propriétaires de la chapelle, c'est-à-dire des Ricci.

Ce fut une belle histoire quand on découvrit la chapelle ; les Ricci cherchèrent avec grand bruit leurs armoiries, et, ne les voyant pas, allèrent, munis de leur contrat, se plaindre au tribunal des Huit. Les Tornabuoni montrèrent que, suivant les termes du contrat, ils les avaient placées dans le lieu le plus apparent et le plus honorable, et, comme les Ricci se récrièrent, disant qu'on ne les voyait pas, on leur répliqua qu'ils avaient tort et qu'ils devaient être enchantés d'être voisins du Très Saint Sacrement. C'est ainsi que les magistrats décidèrent que les choses devaient être comme elles sont maintenant. En faisant ce récit, nous avons voulu montrer que la pauvreté est toujours la dupe de la richesse, et que celle-ci, accompagnée de la prudence, arrive toujours à ses fins, sans être blâmée de personne.

Pour revenir aux belles œuvres de Domenico, il y a, dans cette chapelle d'abord, sur la voûte, les quatre Evangélistes, plus grands que nature, et, sur la paroi de la fenêtre, les histoires de saint Dominique, de saint Pierre martyr, de saint Jean quand il va dans le désert, l'Annonciation de la Vierge, et plusieurs saints, protecteurs de Florence, agenouillés, au-dessus des fenêtres. En bas, à droite, se trouve le portrait, d'après nature de Giovanni Tornabuoni, et, à gauche, celui de sa femme ; on les dit tous deux très ressemblants. Sur la muraille de droite, l'histoire de la Vierge est distribuée en sept compartiments, dont les six inférieurs aussi larges que la demi-paroi, le dernier supérieur étant enfermé dans l'arc de la voûte et deux fois aussi large que chacun de ceux qui sont au-dessous. Il y en a autant pour l'histoire de saint Jean-Baptiste, à gauche.

Le premier compartiment de la paroi droite représente Joachim chassé du Temple ; son visage exprime la patience, comme on voit sur celui des Juifs la haine et le mépris que leur inspiraient les hommes qui venaient au Temple sans avoir d'enfants. Dans cette histoire, il y a, du côté de la fenêtre, quatre personnages peints d'après nature ; celui qui est vieux, rasé, avec un capuchon rouge, est Alesso Baldovinetti, qui enseigna la peinture et la mosaïque à Domenico ; celui qui a la tête nue, la main sur la hanche et une petite veste bleue sous un manteau rouge, est Domenico lui-même, l'auteur des fresques, et qui s'est peint au miroir ; celui qui a une longue chevelure noire et de grosses lèvres est Bastiano de San Gimignano, son disciple et beau-frère ; enfin, celui qui tourne le dos au spectateur et qui est coiffé d'un petit béret est le peintre David Ghirlandaio, son frère. Tous ceux qui les ont connus disent que leurs portraits sont vivants.

Dans le deuxième compartiment est la Nativité de la Vierge. On y voit, entre autres choses notables dans les constructions et la perspective, une fenêtre qui éclaire la chambre, et qui vraiment trompe celui qui la regarde. Sainte Anne est au lit, et quelques femmes viennent la visiter, pendant que les servantes lavent la Vierge avec précaution : celle-ci apporte de l'eau, celle-là prépare les langes, en un mot, chacune s'utilise comme elle peut, tandis que celle qui tient la petite fille la fait rire avec une grâce toute féminine et digne du reste de l'œuvre. Il y a en outre d'autres sentiments exprimés dans les autres figures.

Dans le troisième compartiment, on voit la Vierge montant les degrés du Temple : il y a dans ce tableau un édifice qui s'éloigne de l'œil d'une manière très bien entendue, et un homme nu qui fut beaucoup admiré dans ce temps (car on en faisait peu), encore qu'il soit loin de l'entière perfection que l'on a obtenue dans nos jours.

A côté est le Mariage de la Vierge, où Domenico montra la colère de ceux brisant les verges qui n'ont pas fleuri, à la différence de celle de Joseph : ce panneau est rempli de figures dans un édifice bien représenté.

Dans le cinquième compartiment, on voit arriver les Mages à Bethléem, avec un grand nombre d'hommes, de chevaux et de dromadaires.

Le suivant, qui est le sixième, représente la cruauté d'Hérode envers les Innocents, où l'on voit une remarquable mêlée de femmes, de soldats et de chevaux, qui les heurtent et les frappent. En vérité, de toutes les peintures de Domenico dans cette chapelle, celle-ci est la meilleure ; elle est exécutée avec jugement et un grand art. On y reconnaît la dureté impie de ceux qui, commandés par Hérode, sans faire attention aux mères, tuent ces pauvres petits enfants ; l'un d'eux, encore attaché à la mamelle, meurt des blessures qu'il a reçues à la gorge, en tétant non moins de sang que de lait, peinture vraiment naturelle et capable de faire revivre la pitié là où elle serait morte. Il y a encore un soldat qui a enlevé de force un enfant et, tandis qu'il le serre en courant et s'apprête à l'égorger, il est saisi aux cheveux par la mère qui le tient avec rage ; il a l'échine courbée en arc, et l'on peut voir en eux trois beaux effets ; la mort de l'enfant qui est étouffé, la fureur du soldat qui, se sentant arrêté si violemment, se venge sur l'enfant, enfin la mère qui, voyant la mort de son fils, pleine de rage et de douleur, s'efforce de ne pas laisser partir le misérable sans châtiment. Toutes ces passions sont rendues plutôt en philosophe qu'en peintre, et montrent au connaisseur que Domenico était certes excellent à son époque.

Dans le septième compartiment, qui a double largeur et forme lunette, sous l'arc de la voûte, on voit la mort de la Vierge et son Assomption, avec un grand nombre d'anges, de figures, de paysages et d'autres ornements, que Domenico excellait à produire abondamment, dans sa manière facile et pratique.

Sur l'autre paroi, où sont les histoires de saint Jean, dans le premier compartiment, tandis que Zacharie sacrifie au Temple, l'ange lui apparaît et le frappe de mutisme pour le punir de son incrédulité. Pour montrer qu'aux sacrifices de tous les temps assistent toujours les personnes les plus notables, et pour rendre son histoire plus remarquable, Domenico y représenta un bon nombre de citoyens de Florence qui gouvernaient cet Etat, et, entre autres, tous les Tornabuoni, jeunes et vieux. En outre, pour montrer que son époque était riche en toute sorte de mérites, et particulièrement dans les lettres, il y plaça quatre personnages à mi-corps, réunis et causant, au bas de la composition, qui ne sont autres que les hommes les plus instruits qui vivaient alors à Florence. Le premier, revêtu d'un habit de chanoine, est Messire Marsile Ficin ; le second, couvert d'un manteau rouge et le cou entouré d'un ruban noir, est Cristoforo Landino ; le troisième est Démétrius de Grèce, qui se retourne vers eux, et, au milieu, celui qui lève un peu la main est Messire Ange Politien [11].

Le deuxième compartiment, à côté de l'autre, représente sainte Elisabeth visitant la Vierge ; beaucoup de dames l'accompagnent, en costumes du temps, entre autres Ginevra Benci, qui était alors une très belle jeune fille.

Le troisième compartiment, au-dessus du premier, renferme la Naissance de saint Jean, dans laquelle il y a une intention remarquable. Tandis que sainte Elisabeth est au lit, que des voisines viennent la visiter, et que la nourrice assise allaite l'enfant, une femme le lui demande avec gaieté, pour montrer aux autres la nouveauté de ce qui vient d'arriver à la maîtresse de la maison, dans sa vieillesse. Finalement, on voit une belle campagnarde, qui apporte de la villa des fruits et des flacons, suivant l'usage florentin.

Dans le quatrième compartiment, à côté du précédent, Zacharie encore muet et tout étonné, dans son âme intrépide, d'avoir eu un fils, pour répondre à ceux qui lui demandent son nom, regarde son fils que tient une femme respectueusement agenouillée devant lui, et écrit sur une feuille placée sur son genou : *Giovanni sara il suo nome*, non sans l'admiration de ceux qui l'entourent et qui paraissent se demander si ce qu'ils voient est vrai ou non.

Dans le cinquième compartiment, saint Jean prêche à la foule ; on y remarque l'attention qu'éprouve le peuple, quand il entend des choses nouvelles, et particulièrement, dans les têtes des scribes qui écoutent saint Jean, un certain mépris pour cette loi nouvelle, et comme s'ils l'avaient en haine. Des hommes et des femmes sont assis ou debout, dans des costumes variés.

Dans le sixième compartiment, on voit saint Jean baptiser le Christ. Dans son attitude respectueuse, il montre entièrement la foi que l'on doit porter à ce saint sacrement, et, pour profiter de cette occasion, Domenico représenta plusieurs hommes déjà nus et déchaussés, qui attendent d'être baptisés et montrent leur foi et leur désir peints sur leurs visages. Il y en a un qui ôte ses souliers et qui est la promptitude même.

Dans le dernier compartiment, c'est-à-dire dans la lunette de la voûte, est le somptueux festin d'Hérode, et la danse d'Hérodiade, avec une infinité de serviteurs occupés diversement, et un grand édifice tracé en perspective, qui montre ouvertement la grande habileté de Domenico, non moins que les autres peintures.

Domenico exécuta en détrempe le tableau complètement isolé du maître-autel, et les autres figures qui sont dans les six compartiments ; outre la Madone, qui est assise dans les airs tenant son Fils, et les saints qui les entourent, outre le saint Laurent et le saint Etienne qui sont vraiment vivants, il ne manque que la parole au saint Vincent et au saint Pierre martyr. A la vérité, une partie de ce tableau resta inachevée, à cause de la mort de Domenico ; il l'avait déjà conduit si avant qu'il ne lui restait plus qu'à terminer quelques figures de la face postérieure, où est peinte la Résurrection du Christ, et trois des figures qui sont dans les compartiments. Le tableau dans son entier fut terminé par Benedetto et David Ghirlandaio, ses frères [12].

Cette chapelle fut considérée comme une œuvre très belle, grandiose et en même temps gracieuse, à cause de la vivacité des couleurs, de la perfection du travail, du peu de retouches à sec, en outre de l'invention et de la composition de toutes les parties. Certes, Domenico mérite de grands éloges en tous points et particulièrement pour la vivacité de ses têtes qui, étant reproduites d'après des originaux, représentent à celui qui les verra les vivantes images de quantité de personnes signalées.

Pour le même Giovanni Tornabuoni, au Chiasso Maceregli, sa villa située à peu de distance de la ville, il peignit une chapelle placée au bord du Terzolle, actuellement à demi ruinée par le voisinage du cours d'eau, et dont les peintures, bien qu'étant restées longtemps à découvert et continuellement baignées par la pluie ou brûlées par le soleil, ont résisté comme si elles avaient été constamment à couvert, si grande est la valeur de la fresque quand elle est exécutée avec jugement et non retouchée à sec.

Il fit encore, dans le palais de la Seigneurie, plusieurs figures de saints florentins, avec de beaux ornements, dans la salle où est la merveilleuse horloge de Lorenzo della Volpaia [13].

Il était tellement ami du travail et désireux de satisfaire toute personne qu'il avait dit à ses élèves d'accepter toutes les commandes que l'on apporterait à son atelier, si viles qu'elles fussent, ajoutant que s'ils refusaient de s'en charger, il les exécuterait lui-même, de manière que personne ne s'en allât mécontent de chez lui. Il se plaignait quand il avait à s'occuper de choses domestiques, et, pour cela, il avait chargé son frère David de veiller au soin de sa maison. Il lui disait : « Laisse-moi travailler, veille à nos affaires : maintenant que je commence à connaître la mode de cet art, je regrette que l'on ne m'ait point donné le circuit des murs de Florence à couvrir de peintures. » Il montrait aussi un courage invincible et un esprit résolu dans toutes ses actions. A Lucques, il exécuta un tableau renfermant un saint Pierre et un saint Paul, dans l'église San Martino [14], et, hors de Florence, à la Badia de Settimo, deux tableaux en détrempe sur le jubé de l'église et il couvrit de fresques la paroi de la grande chapelle. A Florence, il peignit un grand nombre de tableaux ronds, carrés et d'œuvres diverses qu'on ne peut voir, car elles sont dans des maisons particulières. A Pise, il peignit, entre autres choses, la niche du maître-autel de la cathédrale et la façade de la Fabrique, où il représenta le roi Charles recommandant à Dieu la ville de Pise [15]. A San Girolamo, église des Jésuates, il fit deux tableaux en détrempe, celui du maître-autel et un autre. Dans le même endroit, il y a encore de sa main un tableau renfermant saint Roch et saint Sébastien, qui fut donné aux Pères par je ne sais quel membre de la famille Médicis ; aussi y ont-ils ajouté les armes du pape Léon X [16].

On dit que, lorsqu'il étudiait les antiquités de Rome, arcs, thermes, colonnes, obélisques, amphithéâtres et aqueducs, il les dessinait si justes, sans règle ni compas et sans les mesurer, que, lorsqu'on mesurait ensuite ses dessins, on les trouvait parfaitement exacts. Reproduisant ainsi à l'œil le Colisée, il plaça une figure debout au bas, dont la mesure donnait exactement celle de l'édifice ; après sa mort, différents maîtres vérifièrent ce fait sur son propre dessin.

Il fit, dans le cimetière de Santa Maria Nuova, au-dessus d'une porte, un saint Michel à fresque, en armes et très beau, avec des réverbérations de lumière sur l'armure, chose qui était peu usitée avant lui. A la Badia de Passignano, occupée par des moines de Vallombrosa, il peignit plusieurs œuvres, en compagnie de son frère David et de

Bastiano da San Gimignano [17]. De retour à Florence, il peignit un tableau pour le seigneur de Carpi, et en envoya un autre à Rimini, à Carlo Malatesta, qui le mit dans sa chapelle, à San Domenico [18]. Ce dernier tableau était en détrempe, avec trois personnages très beaux et de petits sujets en dessous : le revers est occupé par des figures en couleur de bronze simulé avec un grand art. Il fit encore deux autres tableaux, dans l'abbaye de San Giusto, de l'Ordre des Camaldules, hors de Volterra, qui lui furent demandés par Laurent le Magnifique, pour son fils, le cardinal Jean de Médicis, qui avait cette abbaye en commande, et qui, plus tard, devint pape sous le nom de Léon X. Appelé ensuite à Sienne, par l'entremise de Laurent le Magnifique, qui se porta garant pour la somme de vingt mille ducats, il entreprit de faire en mosaïque la façade du Dôme, et il commença le travail avec un grand courage et dans une excellente manière. Mais la mort l'arrêta et l'œuvre resta inachevée, de même que la mort de Laurent empêcha de terminer la décoration en mosaïque de la chapelle San Zanobi, à Florence, que Domenico avait entreprise en compagnie du miniaturiste Gherardo [19]. Au-dessus de la porte latérale de Santa Maria del Fiore, qui conduit aux Servites, on voit de Domenico une Annonciation, en mosaïque, d'une telle beauté que les maîtres modernes n'ont encore rien produit de mieux [20]. Il avait coutume de dire que la peinture était dans le dessin et que la mosaïque était la vraie peinture pour l'éternité.

Il eut pour élève Bastiano Mainardi, de San Gimignano, qui, étant devenu habile dans la fresque, l'aida à peindre la chapelle de Santa Fina, à San Gimignano, qui est une belle chose. Domenico jugeant que Bastiano, par ses bons soins et sa gentillesse, était digne d'avoir une de ses sœurs en mariage, leur amitié se changea en parenté. Il lui fit peindre, mais toutefois après avoir composé lui-même le carton, à Santa Croce, dans la chapelle qui appartient aux Baroncelli et aux Bandini, une Madone montant au ciel et, dans le bas, un saint Thomas recevant la ceinture ; c'est une belle œuvre à fresque [21].

Domenico et Bastiano peignirent ensemble à Sienne, dans une chambre du palais Spannocchi, plusieurs sujets en détrempe, emplis de petites figures, et à Pise, outre la niche déjà mentionnée du Dôme, tout l'arc de cette chapelle plein d'anges, et de même les volets de l'orgue ; ils commencèrent aussi à dorer le plafond.

Au moment où ils allaient entreprendre de grands travaux à Pise et à Sienne, Domenico fut atteint d'une fièvre dont la violence fut telle qu'elle l'enleva en cinq jours. Pendant sa maladie, les Tornabuoni lui envoyèrent cent ducats d'or pour lui témoigner leur amitié et pour reconnaître les bons offices qu'il avait constamment rendus à Giovanni Tornabuoni et à toute leur famille. Il vécut quarante-quatre ans et fut enseveli à Santa Maria Novella, avec beaucoup de larmes et de regrets, par ses frères et par Ridolfo, son fils. Lorsqu'ils apprirent sa mort, nombre d'excellents peintres étrangers écrivirent à ses parents, en s'attristant de cette mort cruelle. Ses élèves furent David et Benedetto, Bastiano Mainardi, Michel-Ange Buonarroti, Francesco Granacci, Niccolo Cieco, Jacopo del Tedesco, Jacopo del Indaco, Baldino et d'autres maîtres, tous florentins. Il mourut l'an 1493.

Domenico enrichit l'art de la peinture en travaillant la mosaïque d'une manière plus moderne que ne le fit aucun Toscan, parmi tant de maîtres qui s'y essayèrent. C'est ce que montrent ses œuvres, si peu nombreuses qu'elles soient. Aussi mérita-t-il, pour une si grande richesse d'art, d'être grandement honoré et d'être célébré avec des louanges extraordinaires après sa mort.

Antonio et Piero Pollaiolo

Peintres et sculpteurs
Antonio, Florence, 1432 – Rome, 1498
Piero, Florence, vers 1441 – Rome, vers 1496

Antonio et Piero naquirent à Florence peu d'années l'un après l'autre, d'un père de petite condition et de peu de fortune, qui, reconnaissant à divers indices l'esprit bien doué et subtil de ses fils et n'ayant pas les moyens de les diriger vers les lettres, plaça Antonio au métier d'orfèvre, près de Bartoluccio Ghiberti, maître très habile de cette époque, et fit entrer Piero pour apprendre la peinture, dans l'atelier d'Andrea dal Castagno, qui était alors le meilleur peintre de Florence [1]. Antonio, poussé par Bartoluccio, ayant acquis la manière de monter les joyaux et de cuire au feu les émaux sur argent, était considéré comme le plus habile manieur d'outils dans cet art. En sorte que Lorenzo Ghiberti, qui travaillait alors aux portes de San Giovanni, ayant remarqué la manière d'Antonio, l'attira auprès de lui, avec plusieurs jeunes gens, et le mit à travailler à l'un des festons auxquels il était occupé. Antonio y fit une caille qui existe encore, si belle et si parfaite qu'il ne lui manque que le vol [2]. Il ne se passa pas beaucoup de semaines qu'il ne fût reconnu pour le meilleur de tous ceux qui y travaillaient, quant au dessin et à la patience, en même temps que le plus ingénieux et le plus diligent. Son talent et sa réputation s'étant donc accrus, il se sépara de Bartoluccio et de Lorenzo et ouvrit, sur la place del Mercato Nuovo, une boutique d'orfèvrerie magnifique et réputée, dans laquelle il exerça son métier pendant de longues années, dessinant continuellement et faisant en relief des cires et d'autres fantaisies qui, en peu de temps, le firent estimer le premier de son art, ce qu'il était en effet.

Il y avait dans le même temps un autre orfèvre, appelé Maso Finiguerra, qui obtint une renommée éclatante et méritée. Dans le travail du burin et dans les nielles, on n'avait encore vu personne qui sût mettre tant de figures dans un grand ou petit espace, ainsi que le prouvent certains baisers-de-paix, travaillés par lui et représentant des sujets extrêmement fins de la Passion du Christ, qu'il exécuta pour San Giovanni de Florence [3]. Il dessina très bien et abondamment. En concurrence de lui, Antonio fit quelques sujets où il l'égala en travail et le surpassa en dessin. Pour cette raison, les Consuls de la Guilde des Marchands, voyant son grand talent, décidèrent de lui confier l'exécution de quelques-uns des reliefs en argent, destinés à l'autel de San Giovanni ; les siens furent si bien réussis qu'on les reconnaît comme meilleurs que tous les autres. Ils représentent le Festin d'Hérode et la danse d'Hérodiade ; mais le plus beau morceau est le saint Jean, entièrement ciselé, qui est au milieu de l'autel [4]. Les Consuls demandèrent ensuite à Antonio des candélabres d'argent hauts de trois brasses et une croix en proportion ; il s'en acquitta avec une telle perfection que cette œuvre a toujours été trouvée merveilleuse par les étrangers et ses compatriotes. Il éprouva des peines incroyables dans ces travaux d'or, d'argent et d'émail. Parmi ces œuvres, il y a quelques baisers-de-paix à San Giovanni, très beaux, qui sont des émaux colorés au feu, en sorte qu'au pinceau on pourrait peu y ajouter ; on en voit également, qui sont vraiment miraculeux, dans d'autres églises de Florence, de Rome et ailleurs en Italie. Malheureusement, quantité des émaux sortis des mains des Pollaioli, ou de leurs élèves, ont été mis au feu et détruits, pendant la guerre, pour les besoins de la ville.

Antonio, s'apercevant d'ailleurs que cet art donne peu de renommée à ceux qui l'exercent, se résolut à le quitter, désireux de se faire un nom plus glorieux ; ayant un frère, Piero, qui s'adonnait à la peinture, il se mit avec lui pour en apprendre les procédés et savoir se servir des couleurs. La peinture lui paraissait un art si différent de l'orfèvrerie, que, s'il n'avait pas pris si rapidement la résolution d'abandonner entièrement celle-ci, il ne se serait peut-être jamais décidé à se tourner de l'autre côté. Aussi, aiguillonné par le dépit plutôt que par l'intérêt, il apprit, en peu de mois, la pratique du coloris et devint un maître excellent. S'étant donc mis entièrement avec son frère, ils peignirent de concert quantité de peintures ; entre autres, comme ils recherchaient beaucoup le coloris, ils firent un tableau à l'huile pour le cardinal de Portugal, et qui est placé sur l'autel de sa chapelle, à San Miniato, hors de Florence ; ils y représentèrent saint Jacques apôtre, saint Eustache et saint Vincent. Piero, en particulier, peignit à l'huile, sur la muraille, d'après la méthode qu'il avait apprise d'Andrea dal Castagno, quelques prophètes, dans les angles de la même chapelle, au-dessous de l'architrave, et une Annonciation, avec trois figures, dans un cadre demi-circulaire [5]. Pour les capitaines di Parte, Piero peignit à l'huile, dans un cadre demi-circulaire, une Vierge à l'Enfant et entourée d'une frise de séraphins. Les deux frères peignirent encore, sur un pilastre de San Michele in Orto, une toile à l'huile représentant l'ange Raphaël et Tobie [6] ; dans la salle de la Mercatanzia où siègent comme tribunal ces magistrats, ils firent plusieurs Vertus [7]. Il reproduisit les traits de Messire Poggio, secrétaire de la Seigneurie de Florence, qui écrivit l'histoire de la République, après Messire Leonardo d'Arezzo, et ceux de Giannozzo Manetti, homme savant et très estimé, dans la salle du Proconsulat, où d'autres maîtres, longtemps auparavant, avaient peint les portraits de Zanobi da Strada, poète florentin, de Donato Acciaiuoli et d'autres [8].

A San Sebastiano de' Servi, dans la chapelle des Pucci, Antonio peignit le tableau de l'autel, qui est une œuvre rare et excellente. Elle renferme des chevaux admirables, des nus, de belles figures en raccourci et le saint Sébastien qui y est représenté sous les traits de Gino, fils de Lodovico Capponi. Ce tableau est l'œuvre la plus estimée qu'Antonio ait jamais peinte. Comme il cherchait à imiter la nature le plus qu'il pouvait, il fit un des archers qui, se baissant pour charger son arbalète, qu'il tient appuyée contre sa poitrine, montre par ses veines et ses muscles gonflés, et en retenant son souffle, toute la force qu'un homme, puissant des bras, peut mettre pour charger cet instrument. Antonio Pucci donna pour ce tableau, qui fut terminé l'an 1475, trois cents écus, en affirmant qu'il payait à peine les couleurs [9]. Antonio, dont le courage fut ainsi accru, fit encore à San Miniato fra le Torri, au-dehors de la porte, un saint Christophe, haut de dix brasses, œuvre très belle et exécutée à la moderne; c'est, dans cette grandeur, la figure la mieux proportionnée qu'on eût faite jusqu'alors. Il peignit ensuite, sur toile, un Crucifix avec saint Antonin, qui est placé dans la chapelle de ce saint, à San Marco [10]. Dans le palais de la Seigneurie de Florence, il fit un saint Jean-Baptiste, à la porte della Catena. Pour la Confrérie de Sant' Angelo, à Arezzo, il fit à une bannière en toile peinte à l'huile, d'un côté un Crucifix, et de l'autre un saint Michel combattant avec le dragon; c'est vraiment une œuvre merveilleuse [11].

Au palais Médicis, il a peint pour Laurent l'Ancien trois tableaux d'Hercule, chacun de cinq brasses: dans le premier il étouffe Antée. C'est une très belle figure, où l'on voit véritablement la force d'Hercule en plein effort, les muscles de sa figure et ses nerfs tendus dans l'étreinte : le grincement des dents s'accorde à tout le reste du corps jusqu'aux doigts de pied qui se soulèvent dans l'effort. Il a fait de même avec Antée qui, emprisonné dans les bras d'Hercule, s'évanouit, perd toutes forces et rend l'âme, la bouche ouverte. Dans celui où Hercule tue le lion, il plaque son genou gauche sur le poitrail de la bête et retenant la gueule de ses deux mains, serrant les dents et tendant ses bras, il l'ouvre et la bloque avec une grande force, même si la bête tentant de se défendre, lui griffe profondément les bras. Le troisième, où il tue l'hydre, est une chose vraiment merveilleuse, surtout le serpent, avec ce coloris si vivant qu'on ne peut pas faire plus. On y voit de manière si vivante le venin, le feu, la férocité, la colère que cela mérite d'être loué et imité par de bons artistes [12].

Il s'entendait à rendre les nus d'une manière plus moderne que tous les autres peintres qui l'avaient précédé. Il écorcha quantité de cadavres pour voir leur anatomie intérieure, et il fut le premier à montrer la manière de rechercher les muscles qui ont une forme et apparaissent dans les figures. De plusieurs figures nues, entourées d'une chaîne, il composa et grava sur cuivre une Bataille et, après cette gravure, il fit encore d'autres estampes d'une meilleure intaille que toutes celles des maîtres qui avaient travaillé avant lui [13].

Etant donc devenu célèbre entre les artistes, et le pape Sixte IV étant mort, il fut appelé à Rome par Innocent, son successeur, qui lui fit faire en bronze son tombeau. Ce monument, sur lequel il représenta le pape Innocent assis, dans la pose où il se tenait quand il donnait sa bénédiction, fut placé à Saint-Pierre, à côté de la chapelle où l'on conserve la lance du Christ. Antonio est également l'auteur du tombeau de Sixte IV qui, terminé avec une énorme dépense, fut placé au milieu de la chapelle qui porte le nom de ce pape, avec une riche ornementation et complètement isolé : il est surmonté de la statue couchée, très bien exécutée. On dit qu'il dessina pour Innocent les plans du palais du Belvédère, qui fut élevé par d'autres, parce qu'il n'avait pas beaucoup de pratique de la construction [14].

Finalement, étant devenus riches, les deux frères moururent en 1498, peu de temps l'un après l'autre, et furent ensevelis par leurs parents dans l'église San Piero in Vincula. Leur tombeau est à côté de la porte du milieu, à main gauche en entrant dans l'église; il porte leurs deux portraits dans des médaillons en marbre, avec une épitaphe [15].

Antonio fit un bas-relief en métal, très beau, qui représente une Bataille de figures nues et qui fut envoyé en Espagne ; il y en a un moulage en plâtre, à Florence, auprès de tous les artistes. Après sa mort on trouva le dessin et le modèle qu'il avait faits, sur la demande de Lodovico Sforza, pour la statue équestre de Francesco Sforza, duc de Milan. Nous avons de ce dessin deux tracés différents : sur l'un, le cavalier a au-dessous de lui Vérone, sur l'autre, tout armé et sur un soubassement orné de batailles, il fait sauter son cheval par-dessus un homme armé. Je n'ai pas pu savoir pour quelle raison ces dessins n'ont pas été mis à exécution. Il fit aussi quelques médailles très belles, entre autres celle de la conjuration des Pazzi, sur laquelle il y a les têtes de Laurent et de Julien de Médicis et, sur le revers, le chœur de Santa Maria del Fiore, avec tout l'événement exactement comme il arriva. Pareillement, il fit les médailles de quelques pontifes et d'autres œuvres bien connues des artistes.

Antonio avait soixante-deux ans lorsqu'il mourut et son frère Piero soixante-cinq ans. Parmi ses nombreux élèves, on compte Andrea Sansovino [16]. Il eut dans son temps une vie très heureuse, ayant rencontré des papes riches, et sa patrie étant alors à l'apogée de sa fortune et se plaisant à honorer le mérite. Aussi fut-il très estimé et, s'il avait eu des temps contraires, peut-être n'aurait-il pas eu les mêmes résultats fructueux ; les révolutions sont, en effet, ennemies des sciences que cultivent les hommes et auxquelles ils prennent de l'intérêt.

On fit sur un dessin d'Antonio, pour San Giovanni de Florence, deux dalmatiques, une chasuble et une chape de brocart, tissées d'un seul morceau, sans aucune couture. Divers traits de la vie de saint Jean forment la bordure et les ornements, et furent divinement brodés par Paolo de Vérone, le plus habile artiste en ce genre. Il rendit les figures avec l'aiguille, aussi bien qu'Antonio aurait pu le faire avec le pinceau, en sorte que nous ne devons pas avoir moins d'obligation au beau dessin de l'un qu'à l'étonnante patience de l'autre. Cet ouvrage demanda vingt-six années de travail ; les broderies furent exécutées au point serré, qui, outre qu'il donne plus de durée, produit exactement l'effet d'une peinture au pinceau. Cette manière de broder est presque entièrement perdue aujourd'hui ; on a adopté un point plus large, qui est moins durable et moins agréable à l'œil.

Sandro Botticelli

PEINTRE, FLORENCE, 1445 – FLORENCE, 1510

Dans le temps où vivait Laurent le Vieux de Médicis le Magnifique, qui fut vraiment un siècle d'or pour les hommes de génie, fleurit Alessandro, appelé Sandro, suivant notre usage, et surnommé Botticelli, pour la raison que nous verrons plus loin. Il était fils de Mariano Filipepi, citoyen florentin, qui l'éleva avec soin et lui fit apprendre tout ce que l'on enseigne ordinairement aux enfants, avant de les mettre en apprentissage. Bien qu'il apprît facilement tout ce qu'il voulait, il était néanmoins toujours inquiet, et ne se contentait pas des leçons de lecture, d'écriture et d'arithmétique que lui donnait son maître d'école. En sorte que son père, fatigué de son imagination sans cesse en mouvement, le plaça, en désespoir de cause, chez un de ses compères, appelé Botticello, maître alors très compétent dans l'art de l'orfèvrerie [1]. Il y avait à cette époque une très grande familiarité et une fréquentation presque continuelle entre les orfèvres et les peintres, de sorte que Sandro, qui était très adroit de sa personne, et qui s'était consacré tout entier au dessin, se prit de passion pour la peinture et se disposa à s'y adonner. Il s'en ouvrit franchement à son père ; celui-ci, voyant l'inclination de son esprit, l'amena à Fra Filippo du couvent des Carmes, peintre très excellent de cette époque, et le mit auprès de lui à apprendre, comme Sandro lui-même le désirait [2]. S'étant donc donné tout entier à cet art, il suivit et imita si exactement son maître, que Fra Filippo le prit en affection, et l'instruisit de manière qu'il parvint rapidement à un degré de perfection auquel personne ne se serait jamais attendu.

Etant très jeune encore, il peignit, dans la Mercatanzia de Florence, une Force, entre les tableaux des Vertus qu'exécutaient Antonio et Piero Pollaiolo [3].

A Santo Spirito, il fit pour la chapelle des Bardi un tableau qui est travaillé avec soin et parfaitement fini ; on y remarque des olives et des palmes traitées avec un amour extrême [4]. Dans le couvent des Sœurs converties, il fit un tableau, et un autre pour les religieuses de San Barnaba [5]. Dans l'église d'Ognissanti, il peignit à fresque, pour la famille Vespucci, un saint Augustin, sur le jubé, près de la porte qui donne dans le chœur. Dans cette peinture, il fit tous ses efforts pour surpasser tous ceux qui peignirent de son temps, en particulier Domenico Ghirlandaio, qui avait fait un saint Jérôme de l'autre côté. Cette œuvre fut réussie, et lui attira de grands éloges, parce qu'il mit dans la tête du saint cette profonde réflexion et cette subtile finesse que l'on rencontre d'ordinaire chez les gens d'étude, et qui sont continuellement absorbés dans l'investigation de choses hautes et difficiles. Comme on l'a dit dans la Vie de Ghirlandaio, cette peinture a été changée de place, l'an 1564, sans avoir éprouvé le moindre dommage [6].

Ayant gagné en crédit et réputation, il fut chargé par la Guilde de Porta Santa Maria de faire, à San Marco, sur un tableau un Couronnement de la Vierge entourée d'un chœur d'anges, qui fut très bien dessiné et exécuté par lui [7]. Dans le palais Médicis, il exécuta pour Laurent l'Ancien différents travaux, et, entre autres, une Pallas, grandeur nature, sur un fond de buissons en flammes, et aussi un saint Sébastien [8]. A Santa Maria Maggiore, près de la chapelle des Panciatichi, on voit de lui une Pietà, très belle, avec quelques petites figures. Dans plusieurs maisons de la ville, il fit des tableaux ronds et des nus féminins : on voit aujourd'hui, à Castello, villa du duc Cosme, deux tableaux représentant l'un, Vénus sortant de l'onde, et poussée par les vents vers la terre avec les Amours, et le deuxième, une autre Vénus que les Grâces couronnent de fleurs, allégorie du Printemps [9]. Via de' Servi, dans la maison de Giovanni Vespucci, qui appartient aujourd'hui à Piero Salviati, il fit tout autour d'une chambre plusieurs tableaux entourés d'ornements en noyer, et qui renferment quantité de figures aussi belles que vivantes. Dans la maison Pucci, il représenta en petites figures la nouvelle de Boccace *Nastagio degli Onesti*, en quatre tableaux de peinture vive et gracieuse [10] et dans un cadre rond l'Epiphanie [11]. Dans une chapelle des moines de Cestello, il fit un tableau de l'Annonciation [12], et, près de la porte latérale de San Pietro Maggiore, un tableau pour Matteo Palmieri, avec un nombre infini de figures ; il représente l'Assomption de la Vierge, avec le ciel divisé en zones, où l'on voit les Patriarches, les Prophètes, les Apôtres, les Evangélistes, les Martyrs, les Confesseurs, les Docteurs, les Vierges et les Hiérarchies, le tout sur le dessin qui fut donné à Sandro par Matteo, qui était lettré et homme de talent ; il peignit ce tableau avec une maîtrise et un soin infinis. Dans le bas, Matteo est représenté à genoux, ainsi que sa femme. Bien que cette œuvre soit admirable, et qu'elle eût dû vaincre l'envie, il se trouva pourtant des gens de mauvaise foi et des détracteurs qui, ne pouvant lui nuire autrement, dirent que Matteo et Sandro s'étaient rendus gravement coupables d'hérésie [13]. Que cela fût vrai ou faux, je n'ai pas à juger, mais j'estime que les figures que Sandro exécuta sont vraiment dignes d'éloges, qu'il dut éprouver une peine extrême à tracer les cercles des cieux, à peindre séparément tous ces anges, ces figures en raccourci, ou dans diverses positions, enfin que le tout fut exécuté avec un dessin excellent.

A la même époque, il lui fut alloué un petit tableau dont les figures ont trois quarts de brasse, représentant l'Adoration des Mages, et qui fut placé à Santa Maria Novella, entre les deux portes, sur la façade principale, à gauche quand on entre par la porte du milieu [14]. Le vieux roi qui baise le pied de Notre-Seigneur, et montre par sa tendresse avoir atteint le but de son long voyage, est le meilleur portrait que l'on puisse trouver de Cosme l'Ancien de Médicis. Le second roi est Julien de Médicis, père du pape Clément VII ; c'est celui qui se prosterne dévotement devant l'Enfant, et lui offre son présent. Le troisième, également agenouillé, qui l'adore et le reconnaît pour le Messie véritable, est Jean fils de Cosme. On ne peut décrire la beauté que Sandro mit dans ces têtes ; dans des attitudes diverses, elles sont tournées, les unes de face, les autres de profil, certaines de trois quarts, ou inclinées, outre une diversité de physionomies, chez les jeunes et les vieux, et une originalité de détails qui peuvent faire reconnaître la perfection de son talent professionnel. De plus, il distingua les cours des trois rois, de manière que l'on reconnaît facilement les serviteurs de l'un et de l'autre. Cette œuvre est si admirable pour le coloris, le dessin et la composition, que tout artiste de nos jours en reste stupéfait. Elle lui valut, à Florence et au dehors, tant de renommée que le pape Sixte IV, ayant fait construire une chapelle dans son palais à Rome, et voulant la faire peindre, ordonna qu'il devînt chef de ce travail. Il y peignit de sa main la Tentation du Christ, Moïse tuant l'Egyptien et défendant contre les pasteurs madianites les filles de Jéthro, et le feu tombant du ciel pendant le sacrifice des fils d'Aaron. Sandro représenta ensuite quelques saints papes dans les niches placées au-dessus de ces fresques [15]. Ayant par suite acquis une grande gloire parmi les peintres florentins et autres qui travaillaient dans cette chapelle en même temps que lui, il eut du pape une forte somme d'argent qu'il dépensa en un moment, à Rome, vivant au jour le jour, suivant son habitude. Ayant terminé le travail qui lui était alloué et l'ayant découvert, il revint brusquement à Florence où, en personne sophistiquée qu'il était, il commenta une partie de Dante et fit une illustration de l'Enfer qu'il mit à l'impression [16]. Travaillant à cet ouvrage, il y perdit beaucoup de temps, et, comme il ne faisait pas autre chose, cela fut cause d'une infinité de désordres dans sa vie. Il fit encore quelques estampes d'après ses dessins, mais dans une mauvaise manière, parce que l'intaille en fut mal faite. Sa meilleure est le Triomphe de la Foi, de Fra Girolamo Savonarole de Ferrare, de la secte duquel il fut partisan, au point qu'il abandonna la peinture, et comme il ne possédait aucune ressource, il tomba dans le plus grand embarras. Sectateur obstiné de ce parti, et faisant, comme on disait alors, *il Piagnone*, il cessa de travailler, et à la fin il se trouva vieux et pauvre, de telle sorte que, si Laurent de Médicis, pour lequel il avait beaucoup travaillé, surtout dans le petit hôpital de Volterra, ne l'avait soutenu pendant le reste de sa vie, ainsi que ses amis et nombre de gens de bien affectionnés à son mérite, il serait presque mort de faim [17]. On voit de sa main, à San Francesco, hors de la Porta a San Miniato, un tableau rond représentant la Vierge et quelques anges de grandeur naturelle, qui fut estimé une œuvre admirable [18].

Sandro avait un caractère agréable et se plaisait à jouer des tours à ses élèves et à ses amis. On dit aussi qu'il portait une vive amitié à tous ceux qu'il reconnut être studieux dans l'art, et qu'il gagna beaucoup d'argent, mais qu'il perdit tout, soit par insouciance, soit par une mauvaise gestion de ses affaires. Finalement, étant devenu vieux et ne produisant plus, ne pouvant plus marcher qu'à l'aide de deux béquilles, parce qu'il ne se tenait plus droit, il mourut, infirme et décrépit, à l'âge de soixante-dix-huit ans, et fut enterré, l'an 1515, à Ognissanti de Florence.

Dans la garde-robe du duc Cosme, on voit de sa main deux têtes de femme, de profil, très belles, dont l'une est, dit-on, la maîtresse de Julien de Médicis, frère de Laurent, et l'autre, Madonna Lucrezia de Tornabuoni, femme de Laurent [19]. Dans le même endroit il y a également de la main de Sandro un Bacchus qui, levant avec les deux mains un petit baril, le porte à sa bouche ; c'est une figure très gracieuse. A la cathédrale de Pise, dans la chapelle dell' Impagliata, il commença une Assomption avec un chœur d'anges ; mais comme elle ne lui plaisait pas, il la laissa inachevée. Il fit le tableau du maître-autel, à San Francesco de' Montevarchi, et, dans l'église paroissiale d'Empoli, deux anges, du côté où est le saint Sébastien de Rossellino. Il fut un des premiers qui trouvèrent la manière de décorer les bannières et autres draperies qu'on appelle le joint, pour que les couleurs ne s'effacent pas et qu'on voie des deux côtés la couleur de l'étoffe. On voit ainsi, fait de sa main, le baldaquin d'Or San Michele, plein de Vierges toutes variées et fort belles, ce qui montre combien ce procédé conserve mieux l'étoffe que ne le font les mordants, qui la coupent et lui enlèvent de la durée ; et pourtant le mordant est actuellement bien plus usité qu'autre chose, parce qu'il coûte moins cher.

Sandro dessinait bien et tellement au-dessus de l'ordinaire que, longtemps après sa mort, les artistes s'ingénièrent pour se procurer de ses dessins. Il remplissait ses peintures de nombreuses figures, comme on peut le voir dans les broderies de la garniture de la croix que les Frères de Santa Maria Novella portent en procession, et qui ont été faites sur son dessin. Il mérita donc de grands éloges pour toutes les peintures qu'il fit, et dans lesquelles il voulut mettre autant de soin que d'amour. C'est ainsi qu'il exécuta le tableau précité des Mages, de Santa Maria Novella, qui est merveilleux. Aussi beau est un petit tableau rond de sa main, qu'on voit dans la chambre du prieur du couvent des Anges, à Florence, tableau empli de figures petites, mais gracieuses, et faites avec de belles considérations. De la même grandeur que le tableau des Mages et de sa main est un tableau que possède Messire Fabio Segni, gentilhomme florentin, et qui représente la Calomnie d'Apelle ; il est aussi beau qu'il soit possible, et il le donna lui-même à Antonio Segni, son intime ami [20].

Andrea Mantegna

PEINTRE, ISOLA DI CARTURO, PADOUE, 1430/1431 – MANTOUE, 1506

Andrea Mantegna, né d'une famille très modeste sur le territoire de Mantoue, et bien qu'ayant dans son enfance gardé les troupeaux, parvint à un si haut point, grâce à sa fortune et à son mérite, qu'il obtint d'être nommé chevalier, ainsi que nous le dirons en son lieu. Quand il fut un peu plus âgé, on le conduisit à la ville où il se mit à la peinture sous Jacopo Squarcione, peintre padouan, qui le prit dans sa maison et peu après, reconnaissant sa belle intelligence, l'adopta pour son fils [1]. Et comme le Squarcione savait bien ne pas être le premier peintre du monde et qu'il voulait qu'Andrea en apprît plus qu'il n'en savait lui-même, il le fit étudier sur des moulages de statues antiques et sur des tableaux sur toile qu'il fit venir de divers endroits, particulièrement de Toscane et de Rome. Andrea apprit ainsi beaucoup dans sa jeunesse. En outre, le voisinage de Marco Zoppo, bolonais, de Dario de Trevisi et de Niccolo Pizzolo, padouan, tous disciples de son maître et père adoptif, ne lui fut pas un médiocre stimulant dans son désir d'apprendre [2].

Il n'avait pas plus de dix-sept ans quand il peignit le tableau du maître-autel de Santa Sofia, à Padoue, qui paraît l'œuvre d'un vieux maître exercé et non pas d'un jeune homme. Il fut ensuite alloué au Squarcione de peindre la chapelle de Saint-Christophe, qui est dans l'église degli Eremitani di Sant'Agostino, à Padoue, travail qu'il donna à faire à Niccolo Pizzolo et à Andrea [3]. Niccolo y exécuta un Dieu le Père, assis dans toute sa majesté, entre les Docteurs de l'Eglise, peinture qui ne fut pas estimée moins bonne que celles d'Andrea, dans le même lieu. En vérité, si Niccolo, qui produisit peu d'œuvres, mais toutes bonnes, s'était autant appliqué à la peinture qu'aux armes, il aurait été un peintre excellent et peut-être aurait-il vécu plus longtemps qu'il ne le fit. Mais, comme il avait sans cesse les armes à la main et comptait de nombreux ennemis, il fut assailli et assassiné un jour qu'il revenait de son travail. Niccolo ne laissa pas d'autres œuvres que je sache, si ce n'est un autre Dieu le Père, dans la chapelle d'Urbano Perfetto [4]. Andrea donc, étant resté seul, peignit dans la même chapelle les quatre Evangélistes, qui furent trouvés extrêmement beaux. Cette œuvre, ainsi que d'autres, faisant concevoir de lui de grandes espérances, il obtint de Jacopo Bellini, peintre vénitien et rival du Squarcione, la main d'une de ses filles, sœur de Gentile et de Giovanni [5]. Ce qu'apprenant, le Squarcione se prit d'aigreur pour Andrea, au point qu'ils devinrent ennemis; autant le Squarcione avait auparavant toujours loué ses œuvres, autant il les critiqua ensuite publiquement; il blâma en particulier et sans aucune mesure les peintures qu'Andrea avait faites dans la chapelle de Saint-Christophe, disant que ce n'était pas de bonnes productions, parce qu'il avait, en les faisant, imité les marbres antiques, de la copie desquels on ne peut apprendre parfaitement la peinture, parce que la pierre conserve toujours sa raideur et ne peut pas rendre la mollesse des chairs et des choses naturelles qui se plient et font divers mouvements. Il ajoutait qu'Andrea aurait mieux fait ses figures et qu'elles auraient été plus parfaites s'il les avait peintes couleur de marbre et non pas de couleurs variées; que ses peintures n'avaient pas la ressemblance d'objets vivants, mais de statues antiques en marbre ou d'autres choses semblables. Ces reproches piquèrent vivement Andrea, mais, d'un autre côté, ils lui furent d'une grande utilité, parce que, reconnaissant qu'il y avait du vrai dans le dire du Squarcione, il se mit à travailler d'après le modèle et y réussit si bien que, dans une fresque qui lui restait à faire dans ladite chapelle, il montra qu'il savait tirer du modèle vivant autant de bien que des productions de l'art. Néanmoins, il ne cessa jamais de croire que les belles statues antiques étaient plus parfaites et avaient de plus belles parties que ne montre la nature. Ces excellents maîtres, d'après ce qu'il pensait et croyait voir dans ces statues, ont tiré de plusieurs modèles vivants toute la perfection de la nature qui rarement accompagne et rend manifeste la beauté dans un seul corps ; il est donc nécessaire de prendre une partie à l'un, une partie à l'autre. En outre, les statues lui semblaient plus finies et indiquer plus exactement les muscles, les veines, les nerfs qui sont recouverts par les chairs et qui ne se découvrent guère que chez les vieillards ou chez les gens décharnés, dont les peintres évitent de reproduire les corps, en outre pour d'autres raisons. On reconnaît qu'il s'est complu dans cette opinion pour toutes ses œuvres dans lesquelles sa manière paraît toujours un peu tranchante et se rapprochant plus de la pierre que de la chair vive. Quoi qu'il en soit, dans cette dernière fresque, qui plut infiniment, il reproduisit le Squarcione sous les traits d'un soldat corpulent, qui a une lance et une épée à la main. Il y plaça aussi les autres portraits d'hommes illustres de son temps et se représenta lui-même. En somme, cette œuvre, par sa beauté, lui valut une grande renommée.

Pendant qu'il travaillait à cette chapelle, il peignit encore un tableau qui fut placé à l'autel de saint Luc, dans l'église de Santa Giustina, et après, il peignit à fresque le tympan de Sant' Antonio, où il inscrivit son nom [6].

Il fit, à Vérone, un tableau pour l'autel de San Cristofano et de Sant' Antonio et quelques figures au coin de la Piazza della Paglia. Dans l'église Santa Maria in Organo, appartenant aux Frères olivétains, il fit le tableau du maître-autel, qui est très beau, et pareillement celui de San Zeno [7]. Pendant son séjour à Vérone, il produisit plusieurs tableaux qu'il envoya en différents endroits. L'abbé de la Badia de Fiesole, son parent et son ami, en eut un que l'on conserve aujourd'hui dans la bibliothèque de ce couvent et qui renferme la demi-figure de la Vierge tenant l'Enfant Jésus et entourée de têtes d'anges chantant d'une grâce admirable. Ce tableau fut regardé comme une chose rare et l'est encore maintenant.

Comme il avait été étroitement au service du marquis Lodovico Gonzaga, pendant son séjour à Mantoue, ce seigneur, qui estima toujours beaucoup le talent d'Andrea et le favorisa, lui fit peindre, dans le château de Mantoue, pour la chapelle, un petit tableau, sur lequel sont des figures pas très grandes mais fort belles [8]. Dans le même endroit on voit de nombreuses figures en raccourci, grandement louées ; bien qu'il ait eu un mode de draper ses figures cru et maigre, et que la manière en soit toujours un peu sèche, on y remarque néanmoins toute chose traitée avec art et avec grand soin [9]. Pour le même marquis, il peignit, dans une salle du palais San Sebastiano, à Mantoue, le triomphe de César, qui est la meilleure chose qu'il ait jamais produite [10]. Dans cette œuvre se distinguent, dans l'ordre magnifique du triomphe, la beauté et l'ornementation du char, celui qui raille le triomphateur, les parents, les parfums, les encens, les sacrifices, les prêtres, les taureaux couronnés pour le sacrifice, les prisonniers, le butin fait par les soldats, l'ordonnance des troupes, les éléphants, les dépouilles, les victoires et les villes prises représentées par différents chars, avec une infinité de trophées portés sur des lances, de casques, de cuirasses, de vases et d'ornements de tout genre. Dans la foule des spectateurs, on remarque une femme tenant par la main un enfant qui pleure en montrant à sa mère, avec des gestes pleins de grâce et de naturel, une épine qui lui est entrée dans le pied. Andrea eut une attention remarquable dans cette peinture ; ayant situé le plan sur lequel posent ses figures plus haut que l'œil du spectateur, il eut soin de poser les pieds des premiers personnages sur la première ligne du plan, et de faire fuir peu à peu et disparaître, autant que le demandait le point de vue qu'il avait adopté, les pieds et les jambes des personnages qui se trouvaient derrière ceux qui occupaient le plan le plus avancé. Il fit de même pour les vases et les autres ornements et instruments dont on n'aperçoit que le dessous. Cette œuvre donna à son auteur une telle renommée que le pape Innocent VIII, ayant appris l'excellence de ce peintre et les autres bonnes qualités dont il était merveilleusement doué, envoya vers lui, pour lui faire décorer de ses peintures, comme il faisait faire à plusieurs autres peintres, le bâtiment du Belvédère qui venait d'être terminé [11].

Andrea étant donc allé à Rome où il fut fortement recommandé par le marquis qui, pour l'honorer davantage, le nomma chevalier, fut reçu avec beaucoup d'amitié par le pape, qui tout de suite lui donna à peindre une petite chapelle, dont il exécuta les peintures avec tant de soin que les murs et la voûte semblent couverts de miniatures plutôt que de peintures. Les plus grandes figures, faites à fresque comme le reste, sont au-dessus de l'autel et représentent saint Jean, baptisant le Christ, au milieu d'une foule de gens qui, se déshabillant, paraissent vouloir se faire baptiser. Entre autres, on en voit un qui, voulant tirer ses chausses collées à ses jambes par la sueur, les retourne et montre l'effort qu'il fait par l'expression de son visage et tout le mouvement de son corps. On raconte que le pape, à cause des nombreux travaux qu'il avait entrepris, ne donnait pas d'argent à Andrea aussi souvent que celui-ci en aurait eu besoin. C'est pourquoi Andrea, peignant dans cette œuvre et en camaïeu quelques Vertus, mit parmi celles-ci la Discrétion. Le pape, étant allé un jour voir le travail produit, lui demanda quelle était cette figure, et Andrea répondit : « C'est la Discrétion. » Le pape ajouta alors : « Si tu veux qu'elle soit bien accompagnée, mets-y à côté la Patience. » Le peintre comprit ce que voulait dire le Saint-Père et ne souffla plus mot. Le travail terminé, le pape renvoya Andrea au duc, en le comblant d'honneurs et de présents. Pendant son séjour à Rome, Andrea, outre la chapelle du Belvédère, peignit dans un petit cadre la

Vierge tenant l'Enfant Jésus endormi [12]. Dans le fond, occupé par une montagne, il représenta quelques grottes où l'on aperçoit des ouvriers extrayant des pierres pour divers travaux. Ce tableau est exécuté avec tant de patience et de finesse qu'il ne paraît pas possible de faire si bien avec la pointe du pinceau; il est actuellement entre les mains de François de Médicis, prince de Florence, qui le conserve parmi ses choses les plus rares. Je possède un dessin de sa main, terminé en clair-obscur, il y a une Judith qui met la tête d'Holopherne dans un sac tenu par son esclave maure. Ce dessin est fait d'un clair-obscur qui n'est plus usité, car Mantegna talqua le blanc du papier, qui remplace le rehaussé à la céruse, si net qu'on voit les cheveux un par un, et d'autres finesses, non moins que si elles avaient été soigneusement tracées au pinceau. Aussi peut-on d'une certaine manière l'appeler plutôt une œuvre en couleur qu'un dessin sur papier.

A l'exemple de Pollaiodo, Andrea se plut à faire des gravures sur cuivre. Entre autres choses, il représenta ainsi ses Triomphes; ces estampes lui firent beaucoup d'honneur, car on n'avait encore rien vu de mieux. L'une de ses dernières productions fut un tableau à détrempe, à Santa Maria della Vittoria, église construite sur ses dessins et sous sa direction par le marquis Francesco, en mémoire de la victoire qu'il remporta sur les Français auprès du Taro, à la tête de l'armée vénitienne contre les Français. Sur ce tableau, peint en détrempe et placé au maître-autel, est représentée une Madone tenant l'Enfant et assise sur un piédestal, au bas duquel se tiennent saint Michel, sainte Anne et le petit saint Jean recommandant à la Vierge, qui étend sur lui sa main, le marquis peint au naturel, au point qu'il paraît vivant. Ce tableau, qui plut et plaît encore à quiconque le voit, causa tant de satisfaction au marquis qu'il récompensa magnifiquement le talent et les peines d'Andrea et le mit en état de soutenir dignement, jusqu'à la fin de sa vie, son rang de chevalier [13].

Andrea bâtit à Mantoue une très belle maison qu'il décora pour son usage et dans laquelle il habita le reste de sa vie [14]. Finalement, à l'âge de soixante-six ans, il mourut en 1517 et fut honorablement enseveli à Sant' Andrea, dans un tombeau surmonté de son buste en bronze.

Dans toutes ses actions, il montra des manières si courtoises et si louables que sa mémoire restera honorée non seulement dans sa patrie, mais dans le monde entier. Il mérita donc d'être justement célébré par l'Arioste, qui le compte parmi les plus illustres peintres de son temps, au commencement de son XXXIIIe chant, où il dit :

Leonardo, Andrea Mantegna, Gian Bellino [15].

Il montra, avec une merveilleuse manière, comment on pouvait faire, en peinture, les raccourcis des figures, pris de bas en haut, ce qui fut, certes, une invention rare et originale. Il se plut, comme nous l'avons déjà dit, à graver ses figures sur cuivre, ce qui a été pour tous une commodité vraiment remarquable, en permettant de connaître non seulement la Bacchanale, la Bataille des Monstres marins, la Déposition de Croix, l'Ensevelissement du Christ et sa Résurrection entre Longin et saint André, toutes œuvres de Mantegna, mais encore la manière de tous les artistes qui ont existé.

Pietro Perugino

PEINTRE, CITTÀ DELLA PIEVE, VERS 1445/1450 – FONTIGNANO, 1523

Dans la ville de Pérouse, naquit d'un pauvre homme de Castello della Pieve, nommé Cristofano, un fils, qui, au baptême, reçut le nom de Pietro [1]. Elevé entre la misère et la souffrance, il fut donné par son père comme apprenti à un peintre de Pérouse, qui n'était pas très habile, mais qui avait en grande vénération l'art et les hommes qui y excellaient. Il ne cessait de répéter à Pietro de quel profit et quel honneur est la peinture pour celui qui l'exerce avec distinction, et, en lui faisant le récit des récompenses gagnées par les anciens et les modernes, il l'engageait à étudier cet art. Il enflamma ainsi son esprit de manière que Pietro eut l'idée de devenir, si la fortune voulait l'aider, un de ces hommes éminents. S'il rencontrait quelqu'un qu'il connaissait comme ayant couru le monde, il lui demandait dans quel pays se formaient le mieux les artistes ; et son maître, qu'il interrogeait ainsi, lui fit toujours la même réponse, que c'était à Florence plus qu'autre part que les hommes devenaient parfaits dans tous les arts et particulièrement dans la peinture. Pietro se rendit donc à Florence et étudia sous la discipline d'Andrea Verrocchio [2]. Ses premières figures furent hors la Porta al Prato, au couvent des religieuses de San Martino, actuellement détruit par la guerre. Aux Camaldules, il fit sur un mur un saint Jérôme qui fut très estimé des Florentins ; le saint, un vieillard maigre et si décharné qu'il ressemble à un modèle anatomique, comme on peut le voir sur la copie que possède Bartolommeo Gondi. Il acquit ainsi en peu d'années un tel crédit que ses ouvrages se répandirent non seulement à Florence et en Italie, mais encore en France, en Espagne et dans les autres pays étrangers. Aussi les marchands commencèrent-ils à en tenir compte et à en envoyer hors du pays, pour leur plus grand profit. Pour les Clarisses il peignit, sur un tableau, un Christ mort dont le coloris était si agréable et si nouveau qu'il donna à croire aux artistes que Pietro ne tarderait pas à devenir excellent [3]. On voit, dans ce tableau, quelques têtes de vieillards très belles et les Maries qui s'arrêtent de pleurer et contemplent avec un amour indicible le corps du Sauveur ; en outre, il fit un paysage qui fut trouvé très beau, parce que l'on n'avait pas encore vu la vraie manière de traiter les paysages, comme on l'a vue depuis. On raconte que Francesco del Pugliese voulut donner à ces religieuses trois fois autant d'argent qu'elles en avaient payé à Pietro, et faire faire pour elles un tableau semblable, sortant de la propre main de son auteur ; et qu'elles ne voulurent pas y consentir, parce que Pietro leur dit qu'il ne croyait pas pouvoir le recommencer. Il y avait encore, hors la Porta a Pinti, dans le couvent des Frères jésuates, plusieurs œuvres de la main de Pietro, mais l'église et le couvent ont été ruinés pendant le siège de Florence [4]. Des œuvres qu'il y exécuta, ne se sont conservés que les tableaux qui furent portés à la Porta de San Pier Gattolini, où l'on donna asile à cet Ordre dans l'église et le couvent de San Giovannino. Il y avait donc deux tableaux de Pietro sur le jubé de l'église des Jésuates. L'un d'eux représente le Christ au jardin des Oliviers et les Apôtres dormant. Il y montra combien le sommeil l'emporte sur les soucis et les chagrins, ayant figuré les Apôtres dormant dans des attitudes très reposées [5]. Sur l'autre tableau, il représenta une Pietà, c'est-à-dire un Christ couché sur les genoux de sa mère, entouré de quatre figures qui ne sont pas moins bonnes que celles de ses autres œuvres ; entre autres choses, il fit le corps du Christ raide, comme si le froid de la mort et le long espace de temps où il resta sur la croix l'avaient rendu tel, en sorte que Jean et Madeleine, tout affligés et en pleurs, sont obligés de le soutenir. Il peignit, sur un autre tableau, un Christ en croix, avec la Madeleine et, à ses pieds, saint Jérôme, saint Jean-Baptiste et le bienheureux Giovanni Colombini, fondateur de cet Ordre [6]. Ces trois tableaux ont beaucoup souffert et sont entièrement gercés dans les noirs et dans les ombres ; cela vient de ce que la première couche de couleur que l'on pose sur l'enduit (parce que l'on donne trois couches de couleurs l'une par-dessus l'autre), n'étant pas très sèche, les autres couches se retirent plus tard en séchant, ce qui amène nécessairement ces crevasses. Pietro ne pouvait connaître ce danger, car, de son temps seulement, on commença à bien peindre à l'huile.

Les œuvres de Pietro étant donc très estimées par les Florentins, un prieur de ce couvent des Jésuates, qui appréciait les œuvres d'art, lui fit peindre, sur un mur du premier cloître, une Nativité avec les Mages, délicate, d'un fini très soigné ; on y trouve un grand nombre de personnes dans des attitudes très variées, certaines étant de véritables portraits, parmi lesquels se trouve celui de son maître Andrea Verrocchio. Dans ce même cloître, il peignit au-dessus des arcades une frise avec des têtes grandeur nature, très bien faites : celle du prieur est si vivante et si bien travaillée que les artistes les plus connaisseurs la jugèrent la meilleure œuvre que Pietro ait jamais faite, et, dans le second cloître, au-dessus de la porte du réfectoire, le pape Boniface confirmant l'Ordre fondé par le bienheureux Giovanni Colombini [7] avec les portraits de huit frères et une perspective fuyante remarquable, d'autant plus louée que Pietro s'en était fait une spécialité. Au-dessus de cette fresque, on voyait la Nativité du Christ avec des anges et des bergers d'un coloris très frais. Sur la porte de l'Oratoire, il fit encore, dans un arc, les trois figures à mi-corps de la Vierge, de saint Jérôme et du bienheureux

Giovanni, d'une si belle manière que cette fresque fut estimée une des meilleures qu'il ait jamais produites. D'après ce que j'ai entendu dire autrefois, le prieur excellait à faire le bleu d'outremer, et comme il en possédait une certaine quantité, il voulut que Pietro en mit beaucoup dans toutes ces œuvres ; mais le pauvre homme était si méfiant que n'ayant pas confiance dans Pietro, il voulait toujours être présent quand celui-ci employait le bleu dans son travail. Aussi Pietro, qui était un homme de bien, au cœur droit et qui ne désirait autre chose que la récompense de ses peines, avait sur le cœur de voir la méfiance du prieur, et il imagina de l'en faire rougir. Ayant pris un petit bassin plein d'eau, quand il avait fait les dessous de ses draperies ou d'autre chose qu'il voulait peindre en bleu ou en blanc, il demandait plusieurs fois de l'outremer au prieur qui mettait avec peine la main au sac et le lui faisait mettre dans la fiole pleine d'eau pour le délayer. Passant ensuite à l'exécution, après deux coups de pinceau, Pietro plongeait le pinceau dans le bassin en sorte qu'il restait plus d'outremer dans l'eau qu'il n'en posait sur sa peinture. Le prieur, qui voyait que le sac se vidait et que le travail ne sortait pas, ne cessait de répéter : « Dieu ! que cet enduit absorbe d'outremer ! — Vous le voyez bien ! » répondait Pietro. Puis quand le prieur était parti, Pietro retirait l'outremer qui était au fond du bassin ; et, quand il lui parut temps de le faire, il le rendit au prieur, et lui dit : « Mon père, ceci vous appartient ; apprenez à vous fier aux hommes de bien, qui ne trompent jamais ceux qui se fient à eux, mais qui sauraient bien tromper, s'ils le voulaient, les méfiants tels que vous. »

Ces œuvres et beaucoup d'autres le mirent en telle réputation qu'il fut presque forcé d'aller à Sienne, où il peignit, à San Francesco, un grand tableau qui fut trouvé très beau, et, à Sant' Agostino, un autre représentant un Christ en croix avec quelques saints [8]. Peu après, il fit à Florence, dans l'église San Gallo, un tableau de saint Jérôme pénitent, qui est aujourd'hui à San Jacopo tra Fossi. On le chargea ensuite de représenter, au-dessus des escaliers de la porte latérale de San Pier Maggiore, un Christ mort avec un saint Jean et la Madone ; il l'exécuta de telle manière que, bien qu'exposée à la pluie et au vent, cette fresque s'est conservée avec une extrême fraîcheur, comme si elle venait d'être terminée par Pietro. Il avait une profonde intelligence du coloris à fresque aussi bien qu'à l'huile. A Santa Croce, il fit une Pietà avec le Christ dans les bras, entourée de deux figures merveilleuse à regarder, non pas tant pour sa beauté que pour s'être maintenue si vive et si fraîche dans ses couleurs à fresque. Bernardino de' Rossi, citoyen florentin, lui fit faire un saint Sébastien pour cent écus d'or, lequel fut vendu ensuite par Bernardino au roi de France quatre cents ducats d'or. A Valle Ombrosa, il peignit un tableau pour le maître-autel [9], et pareillement un autre dans la Chartreuse de Pavie. Pour le cardinal Caraffa, de Naples, il peignit une Assomption de la Vierge, avec les disciples en admiration autour du sépulcre, destinée au maître-autel de l'évêché [10] ; l'abbé Simone de' Graziani, de Borgo San Sepolcro lui demanda un grand tableau, qu'il exécuta à Florence et qui fut porté à San Gilio del Borgo sur les épaules d'hommes que l'on a payés chèrement [11]. Il envoya à Bologne à San Giovanni in Monte un tableau représentant quelques figures debout et une Madone dans les airs [12].

La renommée de Pietro s'était répandue de telle sorte, en Italie et au dehors, que le pape Sixte IV, pour sa plus grande gloire, l'appela à Rome, pour travailler dans sa chapelle, en compagnie d'autres artistes excellents. Aidé par don Bartolommeo della Gatta, abbé de San Clemente d'Arezzo, il peignit le Christ donnant les clefs à saint Pierre, la Nativité, le Baptême du Christ, et la naissance de Moïse, quand il est sauvé des eaux par la fille de Pharaon. Sur la paroi où est l'autel, il peignit l'Assomption de la Vierge et représenta le pape Sixte agenouillé [13]. Mais cette fresque fut jetée à terre, du temps de Paul III, pour faire place au Jugement dernier du divin Michel-Ange. Il couvrit une voûte, dans la tour Borgia, de quelques épisodes de la vie du Christ, et de feuillages en grisaille, qui furent réputés de son temps une œuvre excellente [14]. Pareillement à Rome, il peignit l'Histoire de deux Martyrs, dans l'église San Marco, près du Saint-Sacrement, une des bonnes œuvres qu'il ait faites à Rome, et décora une Loggia et quelques chambres du palais Sant' Apostolo, pour Sciarra Colonna [15]. Tous ces travaux lui mirent en main une grande quantité d'argent; il résolut donc de ne plus rester à Rome, et, emportant la faveur de toute la cour, il revint à Pérouse, sa patrie, où il exécuta nombre de tableaux et de fresques, particulièrement dans le palais, un tableau à l'huile dans la chapelle des Seigneurs avec la Vierge et quelques saints [16]. A San Francesco del Monte, il peignit à fresque deux chapelles; dans l'une il représenta l'Adoration des Mages, dans l'autre le martyre de quelques religieux de l'Ordre de saint François, qui furent mis à mort en allant trouver le soudan de Babylone. Pour le couvent de San Francesco, il peignit, à l'huile, deux tableaux représentant l'un la Résurrection du Christ et l'autre saint Jean-Baptiste avec d'autres saints [17]. Dans l'église des Servites, il fit pareillement deux tableaux, sur l'un la Transfiguration de Notre-Seigneur, sur l'autre, à côté de la sacristie, l'Histoire des Mages. Mais, comme ces peintures ne sont pas aussi bonnes que les autres œuvres de Pietro, on tient pour certain que ce sont de ses premières œuvres [18]. A San Lorenzo, cathédrale de cette ville, il y a, de la main de Pietro, une Vierge entourée de saints, dans la chapelle du Crucifix. A l'autel du Saint-Sacrement, où est conservé l'anneau de mariage de la Vierge, il représenta le Mariage de la Vierge [19]. Après cela, il fit à fresque toute la salle d'audience du Cambio, à savoir, dans les compartiments de la voûte, les sept planètes tirées sur des chars par divers animaux, selon la tradition antique; sur la paroi face à la porte d'entrée, la Nativité et la Résurrection du Christ, et, sur un tableau, saint Jean-Baptiste entouré d'autres saints. Sur les parois latérales, il peignit, dans sa manière, Fabius Maximus, Socrate, Numa Pomilius, Fulvius Camillus, Pythagore, Trajan, Lucius Sicinius, Léonidas de Sparte, Horatius Coclès, Fabius, Sempronius,

Périclès l'Athénien et Cincinnatus et, sur l'autre mur, le prophète Isaïe, Moïse, Daniel, David, Jérémie, Salomon, les Sybilles d'Erythrée, Lybique, Tiburtine, Delphique et les autres. Sous chaque figure, en guise d'inscription, il traça quelques mots se rapportant à leur objet, et dans un ornement il plaça son portrait, très vivant, au-dessous duquel il écrivit : « Pietro Perugino, peintre excellent. Si l'art de peindre avait été perdu, il l'a retrouvé. S'il n'avait jamais été inventé, il nous l'a donné, 1500. » Cette œuvre, qui est très belle et fut considérée plus qu'aucune autre qu'il exécuta à Pérouse, est regardée aujourd'hui par les habitants de cette ville comme un précieux souvenir de leur glorieux compatriote [20]. Il fit ensuite, dans la grande chapelle de l'église Sant' Agostino, un grand tableau isolé et entouré d'un riche ornement, qui représente, sur le devant, saint Jean baptisant le Christ et, sur la face postérieure tournée du côté du chœur, la Nativité du Christ ; la prédelle renferme plusieurs sujets de petites figures exécutées avec grand soin [21]. Dans la même église, il fit pour Messire Benedetto Calera un tableau placé dans la chapelle San Niccolo [22]. Etant ensuite retourné à Florence, il fit dans le couvent de Cestello un tableau de saint Bernard et dans le chapitre un Christ en croix, la Vierge, saint Benoît, saint Bernard et saint Jean [23]. A San Domenico de Fiesole, dans la deuxième chapelle à main droite, il y a de lui un tableau représentant la Vierge avec trois figures, parmi lesquelles est un saint Sébastien que l'on admire beaucoup [24].

Pietro avait tant produit et les commandes lui venaient en telle abondance qu'il mettait en œuvre bien souvent les mêmes choses, et la doctrine de son art était devenue tellement un système qu'il donnait la même physionomie à toutes ses figures. Comme Michel-Ange Buonarroti commençait à être connu, Pietro désirait vivement voir ses figures, à cause des éloges que les artistes leur donnaient. Et sentant cette réputation naissante obscurcir la sienne, il cherchait avec des paroles mordantes à nuire à ceux qui travaillaient. Il en résulta qu'outre plusieurs querelles qu'il eut avec des artistes, Michel-Ange lui dit un jour en public qu'il n'était qu'une ganache. Pietro ne pouvant supporter cette injure, tous deux comparurent devant le tribunal des Huit ; mais Pietro ne s'en tira pas à sa gloire. Entre-temps, les Frères servites de Florence, désireux d'avoir un tableau de leur maître-autel peint par un artiste fameux, et s'étant adressés à Filippino, après le départ de Léonard de Vinci pour la France, celui-ci, quand il eut fait la moitié d'un des deux tableaux qui lui étaient commandés, passa à une meilleure vie [25]. En sorte que les Frères, confiants en Pietro, le chargèrent de tout le travail. Filippino avait terminé, dans la Déposition de Croix, les Nicodèmes qui descendent le corps ; Pietro y ajouta la Vierge évanouie et quelques autres figures. Comme le tableau devait avoir deux faces, l'une, du côté du chœur, avait à représenter la Déposition de Croix, et l'autre, tournée vers la nef, l'Assomption de la Vierge, que Pietro traita d'une manière si vulgaire que la disposition des tableaux fut inversée. Ces deux tableaux ont été depuis mis sur des autels de la nef, et il n'est resté en place que six panneaux sur lesquels sont peints, dans des niches, des saints, de la main de Pietro. On raconte que, lorsque Pietro découvrit son ouvrage, il fut extrêmement blâmé par tous les nouveaux artistes, particulièrement parce qu'il avait reproduit des figures dont il s'était déjà servi dans d'autres œuvres. Ses amis lui disaient qu'il ne s'était pas appliqué, et qu'il avait abandonné la bonne manière. Soit par avarice, soit pour ne pas perdre de temps, Pietro leur répondait : « J'ai produit des figures qui autrefois vous plaisaient et obtenaient vos éloges. Si, maintenant, elles vous déplaisent et si vous leur refusez vos éloges, qu'y puis-je faire ? » Accablé de sonnets piquants et de moqueries publiques, il quitta Florence, étant déjà vieux, et revint à Pérouse, où il fit quelques fresques dans l'église San Severo, monastère de l'Ordre des Camaldules, où le jeune Raphaël d'Urbin, son élève, avait peint plusieurs figures, comme nous le dirons lorsque nous raconterons sa Vie [26]. Il travailla également à Montone, à Fratta, et dans divers endroits du pays de Pérouse, en particulier à Assise, dans l'église Santa Maria degli Angeli, où il peignit à fresque, sur le mur, derrière la chapelle de la Vierge, qui correspond au chœur des Frères, un Christ en croix avec plusieurs figures [27]. Dans l'église de San Piero, abbaye des moines noirs de Pérouse, il peignit le tableau du maître-autel représentant l'Ascension, avec les Apôtres dans le bas regardant vers le ciel ; la prédelle renferme trois histoires exécutées avec grand soin, à savoir : l'Adoration des Mages, le Baptême et la Résurrection du Christ [28]. De tous les tableaux à l'huile de Pietro qui sont à Pérouse, celui-là est sans contredit le meilleur. Il commença une vaste fresque à Castello della Pieve, mais il ne l'acheva pas.

Il avait l'habitude, en homme qui ne se fiait à personne, de porter tout son argent sur lui, quand il allait et revenait de Castello à Pérouse. Un jour il fut attendu et assailli par des voleurs qui le dépouillèrent complètement, mais, sur ses supplications, lui laissèrent la vie par la grâce de Dieu. Par l'entremise de ses amis, qui étaient nombreux, il récupéra ensuite une grande partie de l'argent qui lui avait été volé ; toutefois la douleur que lui causa cette aventure le mit à deux doigts de la mort.

Pietro fut une personne de très peu de religion ; on ne put jamais lui faire admettre l'immortalité de l'âme ; aussi, avec des paroles appropriées à son cerveau dur comme du porphyre, il refusa toujours de suivre la bonne voie. Toute son espérance reposait sur les biens de la fortune, et pour de l'argent il aurait été capable de tout. Il amassa de grandes richesses, bâtit et acheta des maisons à Florence, et acquit une foule de biens fonciers à Pérouse et à Castello della Pieve. Il prit pour femme une jeune fille très belle, dont il eut plusieurs enfants ; il se plut tellement à la voir revêtue de parures agréables chez lui et au dehors que souvent, dit-on, il la parait de ses propres mains. Finalement, étant parvenu à l'âge de soixante-dix-huit ans, il mourut à Castello della Pieve où il fut honorablement enseveli l'an 1524.

Il forma dans sa manière bon nombre de maîtres et,

entre autres, le miraculeux Raphaël d'Urbin, qui le surpassa de beaucoup, après avoir travaillé pendant plusieurs années avec lui, et en compagnie de son père Giovanni de' Santi. Parmi ses autres disciples, il y eut encore Pinturicchio, Rocco Zoppo, florentin, le Montevarchi, le Bacchiacca, qui fut très habile dans les grotesques, Giovanni Spagna, le meilleur coloriste de tous les élèves de Pietro, enfin Benedetto Caporali ou Bitti, qui exécuta une foule de peintures à Pérouse, sa patrie [29]. Mais aucun de ces élèves n'égala la perfection de Pietro, ni le charme de son coloris ; sa manière plut tellement en son temps qu'une multitude d'Allemands, de Français, d'Espagnols et d'autres étrangers accoururent pour l'apprendre. On fit grand commerce des tableaux de Pietro, que l'on envoya au loin, jusqu'au moment où s'affirma le style de Michel-Ange, qui ouvrit aux arts la véritable voie.

Léonard de Vinci

PEINTRE, SCULPTEUR, ARCHITECTE, VINCI, 1452 – AMBOISE, 1519

On voit l'influence céleste faire pleuvoir les dons les plus précieux sur certains hommes, souvent avec régularité et quelquefois d'une manière surnaturelle on la voit réunir sans mesure en un même être la beauté, la grâce, le talent et porter chacune de ces qualités à une telle perfection que, de quelque côté que se tourne ce privilégié, chacune de ses actions est tellement divine que, distançant tous les autres hommes, ses qualités apparaissent ce qu'elles sont en réalité, comme accordées par Dieu et non acquises par l'industrie humaine. C'est ce que l'on a pu voir dans Léonard de Vinci, qui réunissait à une beauté physique au-dessus de tout éloge une grâce infinie dans tous ses actes ; quant à son talent, il était tel, que n'importe quelle difficulté se présentant à son esprit, il la résolvait sans effort. Chez lui, la dextérité s'alliait à une force très grande ; chez lui l'esprit et le courage avaient quelque chose de royal et de magnanime. Enfin sa réputation grandit tellement que, répandue partout de son vivant, elle s'étendit encore davantage après sa mort. Vraiment admirable et céleste fut Léonard, fils de Messire Piero da Vinci ; il se serait avancé très loin dans l'érudition et les principes des lettres, s'il n'avait été si variable et si changeant. Car il se mit à apprendre beaucoup de choses, et, à peine commencées, il les abandonnait. Ainsi, dans l'arithmétique, qu'il apprit en peu de mois, il fit tant d'acquis que, soulevant continuellement des doutes et des difficultés, bien souvent il embarrassait le maître qui l'enseignait. Il cultiva un peu la musique, et aussitôt se décida à apprendre à jouer de la lyre, en homme qui avait naturellement l'esprit très élevé et plein de facilité, de manière qu'il chantait divinement en improvisant et en s'accompagnant sur cet instrument. Cependant, tout en s'occupant ainsi de choses variées, il ne cessa jamais de dessiner et de modeler, ce qui plaisait plus qu'autre chose à sa fantaisie. Messire Piero, voyant cela et considérant l'élévation de cet esprit, prit un jour quelques-uns de ses dessins, les porta à Andrea del Verrochio, son intime ami, et le pria instamment de lui dire si Léonard, s'appliquant au dessin, pourrait en tirer parti. Andrea fut stupéfait de voir ces commencements prodigieux et engagea Messire Piero à le faire étudier. Celui-ci tomba d'accord avec son fils de l'envoyer à l'atelier d'Andrea, ce que Léonard fit volontiers et il s'attacha non à un seul art, mais à tous ceux où le dessin intervenait. Ayant un esprit si divin et merveilleux et étant très bon géomètre, il s'occupa aussi de sculpture, faisant en terre, dans sa jeunesse, quelques têtes de femmes qui rient, et, pareillement des têtes d'enfants qui semblent sorties de la main d'un maître. En architecture, il fit de nombreux dessins, tant en plan qu'en élévation, et il fut le premier, étant encore jeune, qui parla de se servir des eaux de l'Arno pour en faire un canal de Pise à Florence [1]. Il fit des dessins de moulins, de foulons et de machines se mouvant par la seule force de l'eau ; mais, comme sa vocation voulait qu'il fut peintre, il s'appliqua énormément à travailler d'après nature et parfois à faire des maquettes en terre sur lesquelles il plaçait des chiffons mouillés et enduits de terre. Il s'évertuait ensuite à les copier patiemment sur des toiles très fines ou des toiles de lin préparées, en les coloriant en noir et en blanc avec la pointe du pinceau, ce qui était merveilleux à voir, de même qu'il dessina sur le papier avec tant de soin et de perfection que personne ne pouvait l'égaler dans la finesse du rendu.

Dans cet esprit si bien doué par Dieu, il y avait une telle puissance de démonstration, d'accord avec l'intelligence et la mémoire, et ses mains savaient si bien rendre, par le dessin, le concept de ses idées, qu'il l'emportait par ses raisonnements et que ses discours confondaient l'esprit le plus hardi. Il composait continuellement des modèles et des dessins pour aplanir facilement des montagnes, les percer afin d'unir deux plaines, puis soulever, au moyen de vis, de leviers et de cabestans, des poids énormes ; il inventait également des moyens de curer un port, des pompes pour faire monter l'eau. Enfin, sa tête était en travail continuel et, de tous ces projets, il est résulté un grand nombre de dessins qui sont épars çà et là, entre les mains des artistes. Il perdit son temps jusqu'à dessiner des entrelacs de cordes, disposés de façon à remplir ; il en existe un très beau et très difficile, gravé, avec cette inscription au milieu : *Leonardus Vinci Accademia.*

Parmi ces modèles et dessins, il y en avait un au moyen duquel il démontra plusieurs fois à des citoyens de mérite qui gouvernaient alors Florence qu'il soulèverait le temple de San Giovanni et l'exhausserait sur des degrés sans le détruire. Il avait de fort bonnes raisons pour persuader que cela paraissait possible, bien que chacun, une fois qu'il en était parti, reconnût en soi-même l'impossibilité d'une semblable entreprise.

Sa conversation était si agréable qu'il attirait à lui les cœurs des gens. Ne possédant pour ainsi dire aucune fortune et peu assidu au travail, il eut toujours des domestiques, des chevaux qu'il aimait par-dessus tout et toutes sortes d'animaux qu'il gouvernait avec une patience et un amour infinis. Souvent, en passant par les lieux où l'on vendait des oiseaux, il en sortait lui-même de la cage, les payait le prix demandé et les laissait s'envoler, leur rendant la liberté perdue. La nature voulut le combler de tant de faveurs qu'en toute chose où il appliqua sa pensée et son esprit il montra tant de divinité dans ses œuvres qu'il n'eut pas d'égal pour leur donner vivacité, bonté, grâce et beauté. On se rend bien compte que cette grande intelligence de l'art fut précisément cause que Léonard, qui commença beaucoup de choses, n'en finit aucune. Il lui semblait que sa main ne pourrait jamais atteindre la perfection de l'art, qu'il voyait dans ses œuvres par la pensée, d'autant plus que son imagination créait des difficultés extrêmes et des finesses merveilleuses, que ses mains, tant habiles qu'elles fussent, n'auraient jamais pu exprimer. Ses idées curieuses le poussèrent à étudier la philosophie des choses naturelles, à rechercher les propriétés des plantes et à observer le mouvement du soleil, de la lune et des astres.

Etudiant les arts du dessin, dans sa jeunesse, avec Andrea del Verrochio, comme nous l'avons déjà dit, grâce à Messire Piero, et Andrea exécutant un tableau du Baptême du Christ, Léonard peignit un ange tenant ses vêtements, et, bien qu'il fût très jeune, il le fit infiniment supérieur aux figures peintes par Andrea, ce qui fut cause que celui-ci ne voulut plus jamais toucher aux couleurs, désespéré de voir qu'un enfant en savait plus que lui [2].

On donna à faire à Léonard un carton d'après lequel on devait exécuter en Flandre une portière tissée d'or et de soie, destinée au roi de Portugal ; ce carton représentait Adam et Eve dans le paradis terrestre, au moment de leur désobéissance. Léonard dessina au pinceau, en clair-obscur rehaussé de céruse, un pré aux herbes innombrables avec quelques animaux, tels qu'en vérité on peut dire que, pour la précision et la vérité, aucun esprit, fût-il divin, n'aurait pu les faire aussi ressemblants. On y voit le figuier dont les feuilles et les branches sont exécutées avec un tel amour que l'esprit a peine à penser qu'un homme puisse avoir tant de patience. Il y a également un palmier où les courbures des palmes sont rendues avec un si grand art que, seuls, la patience et le talent de Léonard pouvaient y parvenir. L'ouvrage ne fut d'ailleurs pas exécuté et le carton est aujourd'hui à Florence, dans la maison fortunée du magnifique Ottaviano de' Medici, auquel il a été donné, il y a peu de temps, par l'oncle de Léonard.

On raconte que Messire Piero da Vinci, se trouvant à la campagne, fut prié familièrement par un paysan à son service de faire peindre à Florence une rondache qu'il avait faite du bois d'un figuier coupé sur sa terre ; il y consentit volontiers, cet homme étant très habile à prendre des oiseaux et des poissons, et Messire Piero se servant beaucoup de lui à cet effet. Ayant donc fait porter cette rondache à Florence, sans autrement dire à Léonard d'où elle venait, il le chargea d'y peindre quelque chose. Léonard la prit un jour, et, voyant qu'elle était tordue et grossièrement travaillée, il la redressa au feu et la donna à un tourneur pour la dégrossir et la polir. Après l'avoir ensuite enduite de plâtre et arrangée à sa guise, il se mit à réfléchir au sujet qu'il pourrait y représenter et qui fût de nature à épouvanter ceux qui attaqueraient le possesseur de cette arme, à la façon de la Méduse des anciens. Dans ce but, il rassembla, en une chambre où lui seul entrait, des lézards, des grillons, des serpents, des papillons, des sauterelles, des chauves-souris et autres espèces d'animaux étranges. En les mélangeant, il en tira un monstre horrible et effroyable, dont le souffle empoisonnait et remplissait l'air de flammes ; sortant d'un rocher sombre et brisé, il répandait un noir venin de sa gueule ouverte ; ses yeux lançaient du feu, ses narines de la fumée. Léonard souffrit beaucoup, pendant ce travail, de l'odeur que répandaient tous ces animaux morts, mais il la supporta à cause du grand amour qu'il portait à l'art. L'œuvre achevée, comme ni son père ni le paysan ne la réclamaient, Léonard avertit le paysan de la faire prendre. Messire Piero se rendit donc un matin dans la pièce occupée par son fils, et, ayant frappé à la porte, Léonard lui ouvrit en le priant d'attendre un peu ; puis, étant entré, il plaça la rondache dans son jour, sur le chevalet, et arrangea la fenêtre de façon que la lumière tombât sur la peinture en rayons éblouissants ; enfin il fit entrer son père pour la voir. Messire Piero, au premier aspect, ne s'y attendant pas, éprouva comme une commotion, ne pensant pas que ce n'était là qu'une rondache et moins encore que ce qu'il voyait fût une peinture. Il recula d'un pas, mais Léonard le retint et lui dit : « Mon père, cet ouvrage produit l'effet que j'en attendais ; prenez-le donc et emportez-le. » Messire Piero fut émerveillé et loua hautement l'étrange raisonnement de son fils. Il acheta secrètement chez un mercier une autre rondache, ornée d'un cœur percé d'une flèche, et la donna au paysan qui en conserva toute sa vie de la reconnaissance. Ensuite, il vendit secrètement la rondache de Léonard cent ducats à certains marchands qui ne tardèrent pas à la revendre trois cents au duc de Milan.

Léonard fit ensuite une Vierge très belle sur un tableau qui a appartenu au pape Clément VII. Entre autres choses qui y sont représentées, on y voit une carafe d'eau contenant quelques fleurs qui, outre la vivacité des couleurs, sont admirables par la rosée qui les recouvre, en sorte qu'elles paraissent plus naturelles que la nature elle-même [3]. Il dessina aussi sur une feuille de papier, pour Antonio Segni, son ami intime, un Neptune. On y voyait la mer en ébullition, le char traîné par des chevaux marins, avec des animaux fantastiques, les orques, les Vents et quelques têtes de dieux marins très belles [4]. Il lui prit fantaisie de peindre à l'huile une tête de Méduse ; des serpents qui se nouent et s'entrelacent forment sa chevelure, invention la plus bizarre et la plus étrange qu'on puisse imaginer. Comme il fallait beaucoup de temps pour mener cette tête à fin, il la laissa inachevée, ainsi qu'il faisait presque toujours. On la trouve dans la précieuse collection du duc Cosme, qui possède également un ange levant un bras en l'air, qui est représenté en raccourci de l'épaule au coude et venant en avant, et tenant l'autre sur sa poitrine. Il y a lieu de remarquer que ce grand esprit, qui avait le désir de donner un grand relief aux objets qu'il représentait, cherchait à rendre, dans ses fonds, les parties les plus profondes plus sombres que le noir, afin de donner plus d'éclat aux parties éclairées. Mais cette manière de foncer les teintes faisait qu'il ne lui restait aucune partie claire et que ses œuvres paraissent plutôt rendre des effets de nuit qu'une lumière particulière du jour. Voilà où il en arrivait en cherchant un plus grand relief pour atteindre le fini et la perfection de l'art.

Quand il voyait des têtes bizarres ou quand il rencontrait quelque homme portant la barbe ou les cheveux comme un sauvage, il se serait volontiers pris à le suivre un jour entier, et il se le mettait si bien dans la tête que, de retour à la maison, il le reproduisait comme s'il l'eût présent devant lui; il fit ainsi de nombreuses études de têtes d'hommes ou de femmes.

Il commença un tableau de l'Adoration des Mages, où il y a de grandes beautés, surtout dans les têtes; ce tableau inachevé, comme ses autres œuvres, est dans la maison d'Amerigo Benci, en face de la Loggia des Peruzzi [5].

Il arriva que, Giovan Galeazzo, duc de Milan, étant mort et Ludovico Sforza l'ayant remplacé l'an 1494, Léonard fut amené à Milan, précédé de son immense réputation, et présenté, pour jouer du luth, au duc qui appréciait beaucoup cet instrument [6]. Il en apporta un qu'il avait façonné lui-même presque entièrement en argent et ayant la forme d'un crâne de cheval, forme bizarre et nouvelle qui donnait un son plus vibrant et plus harmonieux. Aussi l'emporta-t-il sur tous les musiciens qui étaient accourus; il se montra, en outre, le meilleur improvisateur de son temps. Le duc, séduit encore par l'admirable conversation de Léonard, s'éprit de son talent à un point inimaginable. A sa demande, celui-ci peignit un tableau d'autel représentant la Nativité du Christ, qui fut envoyé par le duc à l'Empereur. Il fit encore à Milan, dans le couvent des Dominicains, à Santa Maria delle Grazie, une Cène, œuvre merveilleuse et admirable; il donna aux têtes des Apôtres tant de noblesse et de majesté qu'il laissa inachevée celle du Christ, ne pensant pas pouvoir lui donner cette divine beauté que doit refléter l'image du Christ [7]. Cette œuvre, restant ainsi pour finie, est toujours tenue par les Milanais en grande vénération, et de même par les étrangers. Remarquons que Léonard imagina et réussit à rendre la curiosité des Apôtres qui veulent savoir lequel d'entre eux trahira leur maître. Tous les visages expriment l'amour, le trouble, l'indignation et aussi la douleur de ne pas comprendre l'entière pensée du Christ; par contraste, on reconnaît l'obstination, la haine et la trahison dans la figure de Judas. La moindre chose dans cet ouvrage est rendue avec un soin incroyable jusqu'à la nappe dont le tissu est peint d'une telle manière que la réalité ne serait pas mieux. On raconte que le prieur du couvent sollicitait Léonard avec beaucoup d'importunité pour qu'il achevât l'œuvre ; il lui paraissait étrange de voir Léonard rester parfois une demi-journée comme perdu dans la contemplation, et il aurait voulu que, pareil aux manœuvres qui piochaient dans son jardin, il n'eût jamais arrêté son pinceau. Bien plus, il alla se plaindre au duc et fit tant que celui-ci se vit forcé de faire appeler le peintre ; Ludovico s'y prit très adroitement pour le presser de terminer, lui faisant comprendre que la véritable raison était l'importunité du prieur. Léonard, connaissant la pénétration et le tact du prince, voulut discourir longuement de la question avec lui (chose qu'il n'avait jamais faite avec le prieur) ; il parla tout au long des conditions de l'art, et lui fit comprendre que parfois les esprits supérieurs, moins ils paraissent travailler et plus ils font de besogne, car ils cherchent dans leur tête les compositions, et se forment ces idées parfaites que leur main vient ensuite exprimer et rendre, d'après les conceptions de leur esprit. Il ajouta qu'il ne lui restait plus que deux têtes à faire : celle du Christ, qu'il renonçait à chercher sur terre, et dont son imagination était impuissante à concevoir la beauté et la grâce célestes, telles que devraient être celles de la divinité incarnée. La seconde tête qui manquait était celle de Judas ; elle ne l'embarrassait pas moins, car il ne pouvait se figurer un visage capable d'exprimer la bassesse de celui qui, après tant de bienfaits reçus, s'était résolu à trahir son maître et le créateur du monde. Il promit néanmoins de le chercher, mais que, s'il ne trouvait pas mieux, il ne manquerait pas de prendre pour modèle le prieur lui-même, si indiscret et si importun. Ce dernier trait fit singulièrement rire le duc, et il donna mille fois raison à l'artiste : aussi le pauvre prieur, confus, s'occupa-t-il de surveiller les travaux de son jardin, et laissa-t-il en repos Léonard, qui acheva avec bonheur la tête de Judas, type achevé de la trahison et de l'inhumanité. Celle du Christ resta inachevée, comme nous l'avons déjà dit. Cette peinture, unique pour la noblesse de la composition et le fini incomparable du travail, donna l'envie au roi de France de la faire transporter dans son royaume. Il chercha, par tous les moyens, des architectes qui pussent l'armer de traverses de bois et de fer, pour que le transport s'effectuât sans danger ; son désir était tel qu'il n'aurait regardé à aucune dépense. Mais la peinture tenait au mur ; Sa Majesté emporta son admiration et son désir, et laissa le chef-d'œuvre aux Milanais.

Tandis que Léonard travaillait à la Cène, à l'autre bout du réfectoire où se trouvait une Passion dans le style ancien, il y peignit les portraits du duc Lodovico et de Maximilien, son fils aîné, d'un côté ; de la duchesse Béatrice et de Francesco, son second fils, de l'autre côté. Ceux-ci furent tous deux ducs de Milan. Tous ces portraits sont merveilleux [8].

Dans le même temps, il proposa au duc de faire un cheval de bronze d'une grandeur extraordinaire, destiné à recevoir la statue du duc. Il le commença dans une telle dimension qu'il ne put jamais l'achever, et comme le génie est souvent en butte aux faux jugements et à la méchanceté, certains prétendirent que Léonard, comme pour ses autres œuvres, l'avait commencé et ne voulait pas le finir, attendu que le couler d'un seul jet aurait été d'une difficulté incroyable [9]. Et l'on peut croire que beaucoup ont porté ce jugement par expérience de ses œuvres car beaucoup d'entre elles sont restées inachevées. Mais, en vérité, on peut croire que la grandeur et l'excellence de son esprit firent qu'il avait visé trop haut, et qu'à vouloir toujours chercher plus d'excellence et de perfection l'œuvre fut retardée par le désir, comme l'a dit Pétrarque [10]. Ceux qui ont vu le grand modèle qu'il exécuta en terre assurent n'avoir jamais vu œuvre plus belle ni plus superbe ; elle resta en place, à Milan, jusqu'à l'arrivée des Français avec Louis XII, qui la mirent entièrement en pièces. On a perdu également un petit modèle, en cire, fort vanté, ainsi qu'un livre sur l'anatomie du cheval, qu'il avait écrit pour ses études. Il se livra ensuite, avec plus d'ardeur encore, à l'étude de l'anatomie humaine, travaillant de concert avec Messire Marcantonio della Torre, qui professait alors à Pavie, et qui se servit beaucoup du génie, de la science et de la main de Léonard [11]. Celui-ci fit un livre dont les figures sont dessinées à la sanguine avec des hachures à la plume ; il écorcha des corps, de sa propre main, et les reproduisit avec grand soin. Il dessina d'abord tous les os, puis y adjoignit les nerfs, dans leur ordre, et les recouvrit de muscles, les premiers attachés aux os, les seconds qui forment la masse des tissus, les troisièmes qui donnent le mouvement. Chacune de ces figures est accompagnée de notes succinctes, écrites à rebours et de la main gauche, de façon que celui qui n'en a pas l'habitude n'en peut rien déchiffrer sans l'aide d'un miroir.

De ces dessins d'anatomie humaine, il y en a une grande partie entre les mains de Messire Francesco da Melzo, gentilhomme milanais, qui, du temps de Léonard, était un bel enfant, très aimé de lui, et qui maintenant est un noble et beau vieillard. Il les considère comme de chères reliques de son ami, ainsi qu'un portrait de cet homme d'heureuse mémoire [12]. Il paraît presque impossible à qui lit ces écrits que ce divin esprit ait parlé, avec tant de profondeur et de raison, d'art, d'anatomie et de toutes choses. Il y a encore, entre les mains d'un peintre milanais, quelques traités de Léonard, également en caractères tracés de la main gauche et à rebours, qui traitent de la peinture, des secrets du coloris et des règles du dessin [13].

Pour revenir aux autres œuvres de Léonard, à cette époque, le roi de France vint à Milan [14] ; Léonard, prié de lui faire quelque chose d'original, fabriqua un lion qui marchait quelques pas, puis s'ouvrait la poitrine qu'il montrait pleine de lis.

Il prit à Milan pour élève un jeune Milanais, nommé Salai, qu'il aima beaucoup, à cause de sa beauté parfaite, de sa grâce, et de ses longs cheveux ondoyants et bouclés. Il lui enseigna beaucoup de choses de l'art, et certains ouvrages, qu'à Milan on dit être de Salai, ont été retouchés par Léonard.

Il retourna à Florence, où il trouva que les Frères servites avaient alloué à Filippino le tableau du maître-autel de l'Annunziata au sujet de quoi Léonard dit qu'il l'aurait fait volontiers [15]. Filippino l'ayant appris, en gentille personne qu'il était, y renonça, et les Frères, pour que Léonard exécutât leur tableau, le prirent chez eux, se chargeant de son entretien, ainsi que de toute sa famille; il les tint en haleine longtemps, mais il ne commença rien. Finalement, il fit un carton représentant la Vierge, sainte Anne et le Christ; non seulement ce carton combla d'admiration tous les artistes, mais, une fois terminé, il fut exposé pendant deux jours à la curiosité de tous, hommes, femmes, enfants et vieillards qui y allèrent à l'envi, comme ils font aux fêtes solennelles. Tout ce peuple fut plongé dans l'admiration, car on voyait sur le visage de la Vierge cette simplicité, cette beauté et cette grâce qui caractérisent la Mère du Christ, ainsi que la modestie et l'humilité virginales mêlées de joie à la vue du bel enfant qu'elle tient avec tendresse sur ses genoux; son regard s'arrête en même temps avec douceur sur le petit saint Jean jouant avec un agneau, tandis que sainte Anne exprime par un sourire la joie profonde qu'elle éprouve en voyant la descendance terrestre associée à la gloire céleste : toutes considérations qui, comme on sait, rentraient tout particulièrement dans la nature du talent de Léonard. Ce carton, comme il sera dit après, prit le chemin de la France [16]. Il fit le portrait de la Ginevra d'Amerigo Benci, admirable chose pour laquelle il abandonna le travail des Frères, qui le rendirent à Filippino [17]; mais celui-ci, surpris par la mort, ne put, lui non plus, le mener à fin. Il accepta également de faire, pour Francesco del Giocondo, le portrait de Mona Lisa sa femme, et après y avoir travaillé quatre ans, il le laissa inachevé; ce tableau est actuellement chez le roi François de France, à Fontainebleau [18]. Qui veut savoir à quel point l'art peut imiter la nature peut s'en rendre compte facilement en examinant cette tête, où Léonard a représenté les moindres détails avec une extrême finesse. Les yeux ont ce brillant, cette humidité que l'on observe pendant la vie ; ils sont cernés de teintes rougeâtres et plombées, qu'on ne peut rendre qu'avec la plus grande finesse ; les cils qui les bordent sont exécutés avec une extrême délicatesse. Les sourcils, leur insertion dans la chair, leur épaisseur plus ou moins prononcée, leur courbure suivant les pores de la peau ne sauraient être rendus d'une manière plus naturelle. Le nez, avec ses belles ouvertures roses et délicates, est vraiment celui d'une personne vivante. La bouche, sa fente, ses extrémités, qui se lient par le vermillon des lèvres à l'incarnat du visage, ce n'est plus de la couleur, c'est vraiment de la chair. Au creux de la gorge, un observateur attentif surprendrait le battement de l'artère ; enfin, il faut avouer que cette figure est d'une exécution à faire trembler et reculer l'artiste le plus habile du monde qui voudrait l'imiter. Il employa encore le moyen suivant. Comme Madonna Lisa était très belle, pendant qu'il la peignait, il eut toujours près d'elle des chanteurs, des musiciens et des bouffons, afin de la tenir dans une douce gaieté, et d'éviter cet aspect d'affaissement et de mélancolie presque inévitable dans les portraits. Dans celui-ci, il y a un sourire si attrayant que c'est une chose plus divine qu'humaine à regarder, et qu'on l'a toujours tenu pour une merveille qui n'est pas inférieure au modèle.

La perfection des ouvrages de cet artiste surhumain avait tellement accru sa renommée que tous ceux qui aimaient l'art, autrement dit la ville entière, désiraient qu'il laissât quelque souvenir à son pays et demandaient qu'il fût chargé d'un travail grand et notable, qui ornât et honorât la ville, pour la faire profiter de la somme de génie, de grâce et de jugement que l'on reconnaissait dans les œuvres de Léonard. La grande salle du Conseil venait d'être rapidement terminée d'après ses propres plans et ceux de Giuliano San Gallo, Simone Pollaiuoli dit le Cronaca, Michel-Ange Buonarroti et Baccio d'Agnolo [19]. Il fut convenu entre les gonfaloniers et les principaux citoyens, et ordonné par un décret public, qu'on donnerait à Léonard une belle œuvre à peindre, et ce fut Piero Soderini, alors gonfalonier de la justice, qui lui fit allouer la salle en question. Léonard, voulant s'exécuter, commença son carton dans la salle du Pape, à côté de Santa Maria Novella, et prit pour sujet la défaite de Niccolo Piccinino, capitaine du duc Filippo de Milan ; c'est un groupe de cavaliers se disputant un drapeau, composition digne d'un grand maître à cause de ses admirables considérations dont il remplit cette défaite. On y remarque la rage, la colère et la vengeance qui animent les hommes et les chevaux, parmi lesquels deux, ayant leurs jambes de devant entrelacées, se font autant de mal l'un à l'autre avec leurs dents que les cavaliers qui se disputent le drapeau. Le soldat qui porte le drapeau, les épaules en avant, tandis qu'il presse son cheval pour s'enfuir, tourne son corps, en se cramponnant à la hampe du drapeau qu'il espère arracher brusquement aux quatre cavaliers qui l'ont saisie à la fois. Les deux qui défendent le drapeau, le tenant d'une main, cherchent avec l'autre à couper la hampe, tandis qu'un vieux soldat, coiffé d'un béret rouge, tient en criant la hampe d'une main et de l'autre, levant un sabre, cherche à abattre les poignets de ceux qui, dans une attitude terrible et grinçant des dents, retiennent ce drapeau tant disputé. A terre, sous les jambes des chevaux, deux hommes, figurés en raccourci, luttent ensemble. Celui qui a l'avantage cherche à égorger avec son poignard l'autre qui, résistant des bras et des jambes, s'efforce d'éviter la mort. On ne saurait exprimer la variété que Léonard mit dans les vêtements des soldats, les cimiers et les ornements, et l'étonnante maîtrise qu'il montra dans les formes et les lignes des chevaux, dont il rendit la musculature et la beauté mieux qu'aucun autre maître. On dit que, pour dessiner ce carton, il inventa une machine fort ingénieuse, s'élevant lorsqu'on la rétrécissait, et s'abaissant quand on l'élargissait. Voulant ensuite reproduire à l'huile son carton sur le mur, il composa une mixture si épaisse pour coller sur la paroi, qu'elle vint à couler pendant qu'il peignait, en sorte qu'au bout de peu de temps, il abandonna le travail, voyant se gâter ce qu'il avait commencé [20].

Léonard avait l'esprit très large, et il était très généreux dans toutes ses actions. On raconte qu'étant allé à la banque pour recevoir la provision que le gonfalonier Piero Soderini lui faisait chaque mois, le caissier voulut lui donner des sacs pleins de *quatrini*, comme qui dirait des liards. Il ne voulut pas les prendre et dit au caissier : « Je ne suis pas un peintre à *quatrini*. » Puis, ayant appris que Piero Soderini murmurait contre lui, il rassembla, avec l'aide de ses amis, toute la somme qu'il avait reçue, et la renvoya à Soderini qui, à la vérité, ne voulut pas l'accepter.

Il alla à Rome avec le duc Julien de Médicis quand fut élu le pape Léon qui avait beaucoup de goût pour les choses philosophiques, en particulier pour l'alchimie [21]. Pendant le voyage, Léonard ayant composé une pâte de cire, en fit des animaux très légers, qu'il faisait s'envoler en soufflant dedans ; mais ils tombaient quand l'air qui les soutenait venait à leur manquer.

Un vigneron du Belvédère ayant trouvé un lézard très singulier, Léonard s'en empara et fabriqua, avec des écailles arrachées à d'autres lézards, des ailes qu'il lui mit sur le dos et qui frémissaient à chaque mouvement de l'animal, à cause du vif-argent qu'elles contenaient. Il lui ajusta en outre de gros yeux, des cornes et de la barbe, et l'ayant apprivoisé, il le portait dans une boîte d'où il le faisait sortir pour effrayer ses amis. Il se livra à toutes sortes de folies semblables, s'appliqua à connaître l'effet des miroirs et fit d'étranges essais pour trouver des huiles et des vernis propres à conserver la peinture. Dans ce temps-là, il peignit, avec infiniment d'art et de soin, un petit tableau représentant la Vierge tenant l'Enfant Jésus, pour Messire Baldassare Turini da Pescia, notaire de Léon X. Mais, soit par la faute de celui qui le plâtra, soit par suite de ses compositions étranges d'enduits et de couleurs, ce tableau est aujourd'hui à demi ruiné. Sur un autre petit tableau, il représenta un petit enfant merveilleusement beau et gracieux. On raconte que le pape lui ayant commandé un tableau, il se mit tout d'abord à distiller des huiles et des plantes pour faire le vernis, ce qui fit dire au pape : « Hélas ! cet homme ne fera rien, puisqu'il pense à la fin de son ouvrage avant de l'avoir commencé ! » Il y avait une grande inimitié entre Léonard et Michel-Ange Buonarroti. Quand Michel-Ange partit de Florence, avec l'agrément du duc Giuliano, étant appelé par le pape au sujet de la façade de San Lorenzo, Léonard, l'apprenant, quitta également Florence, et s'en alla en France, dont le roi, possédant quelques-unes de ses œuvres, l'estimait chèrement, et désirait qu'il peignit son carton de la sainte Anne [22]. Mais, suivant sa coutume, il l'amusa longtemps par de belles paroles. Finalement, devenu vieux, il resta de longs mois malade, et, se voyant près de la mort, il voulut s'informer avec soin des choses de notre bonne et sainte religion chrétienne et catholique ; s'étant confessé et repenti avec force larmes, quoiqu'il ne pût plus se tenir debout, soutenu dans les bras de ses amis et serviteurs, il voulut dévotement recevoir le Très Saint Sacrement hors de son lit. Le roi, qui le visitait souvent de la façon la plus amicale, survint sur ces entrefaites ; par respect, Léonard se dressa sur son lit, lui exposant la nature et les vicissitudes de sa maladie, et montrant en outre combien il avait offensé Dieu et les hommes en n'ayant pas fait de son art l'usage qu'il convenait. Il lui prit à ce moment un spasme avant-coureur de la mort ; le roi se leva et lui prit la tête pour l'aider et pour lui témoigner sa faveur, afin de soulager ses souffrances ; mais ce divin esprit, reconnaissant ne jamais pouvoir recevoir d'honneur plus grand, expira dans les bras du roi, à l'âge de soixante-quinze ans.

Sa perte fut profondément sentie par ceux qui l'avaient connu ; car personne plus que lui n'avait fait honneur à la peinture. La vue de son éclatante beauté rassérénait les plus tristes, son parler persuadait les esprits les plus rebelles. Sa force domptait les colères les plus violentes ; il ployait dans sa main droite comme une lame de plomb le fer d'un cheval ou le battant d'une cloche. Il était libéral à ce point qu'il accueillait et nourrissait tout homme, pauvre ou riche, pourvu qu'il eût du mérite et de la vertu. Il ornait et honorait par le moindre de ses actes la chambre la plus sale et la plus délabrée. Vraiment sa naissance fut un grand bienfait pour Florence et sa mort une perte irréparable.

Dans l'art de la peinture, il ajouta au coloris à l'huile un certain clair-obscur, au moyen duquel les peintres modernes ont donné beaucoup de force et de relief à leurs figures. Il fit ses preuves de statuaire dans les trois figures de bronze qui sont sur la porte septentrionale de San Giovanni, qu'on doit à Gio Francesco Rustici, mais exécutées sous la direction de Léonard [23]. Elles sont de la plus belle fonte et du plus beau dessin qu'on ait encore vus dans les temps modernes. Nous lui devons la connaissance de l'anatomie chevaline et d'une anatomie humaine plus parfaite, en sorte que, pour toutes ses œuvres divines, bien qu'il ait plus parlé que produit, sa renommée ne s'éteindra jamais.

Giorgione da Castelfranco

PEINTRE, CASTELFRANCO VENETO, VERS 1477 – VENISE, 1510

A l'époque même où, grâce aux œuvres de Léonard, Florence acquérait une grande renommée, Venise en connut aussi une belle grâce au talent et à l'excellence d'un de ses citoyens, qui dépassa de beaucoup les Bellini, si estimés des Vénitiens, et les autres peintres qui avaient jusque-là peints dans cette ville. Giorgione naquit à Castelfranco, dans le pays Trévisan, l'an 1478, Giovan Mocenigo étant doge de Venise. A cause de sa belle tournure et de la grandeur de son esprit, il fut appelé plus tard Giorgione ; bien qu'étant sorti d'une origine très humble, il fut un homme aimable et de bonnes manières toute sa vie. Il fut élevé à Venise. Très porté sur l'amour et se plaisant au luth, il chantait et jouait de cet instrument si divinement qu'il était souvent engagé pour cela dans des concerts et des réunions de la noblesse vénitienne.

Il s'adonna au dessin et l'apprécia grandement, en quoi la nature le favorisa au point que, grand admirateur de ses belles œuvres, il ne voulait jamais mettre en train aucune œuvre sans la copier d'après le vif. Il en poussa l'imitation si loin que non seulement il acquit la réputation d'avoir dépassé Gentile et Giovanni Bellini, mais encore il put rivaliser avec les peintres toscans, créateurs de la manière moderne [1]. Il avait vu plusieurs ouvrages de Léonard, exécutés dans une manière enfumée et terriblement sombre, comme on l'a dit ; il la goûta tellement qu'il la pratiqua toujours et l'imita grandement dans son coloris à l'huile. Appréciant la beauté du travail, il chercha toujours à mettre dans ses œuvres le plus de beauté et de variété qu'il trouva. La nature lui donna un si heureux génie, que sa peinture à l'huile et à fresque reflète une grande vivacité, qu'elle est pleine de choses délicates, unies et fondues dans les parties sombres ; en sorte que beaucoup de grands maîtres d'alors avouèrent qu'il était né pour mettre de la vie dans ses figures et reproduire la fraîcheur des chairs plus qu'aucun autre peintre de Venise ou d'ailleurs. Dans ses commencements, il peignit à Venise beaucoup de Vierges et de portraits d'après l'original, qui sont pleins de vivacité et de beauté, comme on peut s'en rendre compte par trois admirables portraits à l'huile, conservés dans le cabinet de Grimani, patriarche d'Aquilée. L'un d'eux, dit-on, est son propre portrait sous les traits d'un David, aux cheveux tombant sur les épaules, suivant la mode d'alors ; il a la poitrine et les bras armés, et sa main tient la tête de Goliath [2]. L'autre est une tête un peu plus grande que nature ; c'est probablement un général d'armée, car il tient à la main un bonnet rouge, insigne du commandement ; il a un col de fourrures et dessous une tunique à l'antique. Le troisième portrait est celui d'un enfant dont la tête est couverte d'une véritable toison.

A Florence, on voit de sa main, dans la maison des fils de Giovan Borgherini, le portrait de leur père, peint quand il était jeune homme, à Venise, avec son précepteur à côté de lui. On ne saurait voir de meilleure couleur de chairs ni plus belle teinte d'ombre. Dans la maison d'Anton de' Nobili, se trouve le portrait d'un capitaine revêtu de son armure, tête pleine d'ardeur et de fierté, dans laquelle on croit reconnaître un des officiers que Consalvo Ferrante amena à Venise, quand il y vint visiter le doge Agostino Barberigo. Dans le même temps, il peignit, dit-on, le grand Consalvo en armes, œuvre admirable et unique, que Consalvo emporta avec lui. Giorgione fit quantité d'autres portraits, maintenant épars çà et là en Italie, tous très beaux, comme le prouve celui de Lionardo Loredano, fait par le peintre quand Loredano était doge, et un autre qui est à Faenza, dans la maison de Giovanni da Castel Bolognese, et qui représente son beau-père. Il se plut aussi beaucoup à la peinture à fresque, et fit, entre autres choses, la façade de Ca Soranzo, sur la place San Paolo. On y voyait un Printemps, une des belles choses qu'il ait peintes à fresque et que le temps a malheureusement consumée. Je crois que rien n'est plus nuisible à la fresque que les vents du midi, surtout près de la mer, dont ils apportent toujours les émanations salines avec eux.

Survint, l'an 1504, au Ponte del Rialto, un terrible incendie qui détruisit en entier le Fondaco dei Tedeschi, avec toutes les marchandises qu'il contenait, pour le grand dommage des marchands. La seigneurie de Venise ordonna de le reconstruire rapidement, avec une distribution intérieure plus commode et plus magnifique. Celui qui en avait le soin consulta Giorgione, dont la réputation s'était fort accrue et le chargea d'y peindre des fresques à sa fantaisie, lui laissant le libre choix des sujets, afin qu'il pût montrer tout son talent et faire une œuvre excellente dans le lieu le plus beau et le plus en vue de la cité. Giorgione s'étant mis au travail, ne suivit que sa fantaisie pour faire preuve d'habileté. A la vérité, on ne trouve dans cette peinture aucun sujet qui soit sagement ordonné ou qui retrace l'histoire de quelque personne de marque, ancienne ou moderne. Je n'y ai jamais rien compris ni rencontré personne qui pût me les expliquer. Ici on voit une femme, là un homme ayant à côté de lui une tête de lion, l'autre un ange sous la forme de l'Amour. C'est à n'y rien comprendre. On voit bien au-dessus de la porte principale, qui donne sur la Merceria, une femme assise, avec à ses pieds une tête de géant mort, telle une Judith ; elle soulève la tête avec une épée et parle avec un Allemand placé plus bas. Je n'ai pas réussi à l'interpréter, sauf à y voir une allégorie de l'Allemagne. En somme, c'est un travail où les figures sont bien agencées, où ses progrès sont évidents ; les têtes sont bien exécutées, les coloris très vifs. Il est évident que, pour tout cela, il tire son inspiration de la vie réelle et non d'une quelconque manière. Cette œuvre est très célèbre à Venise, tout autant la réalisation de Giorgione que l'aspect commode et fonctionnel du nouveau bâtiment.

Il fit un tableau qui représente le Christ portant sa croix tiré par un juif ; il a été placé plus tard dans l'église San Rocco et opère de nombreux miracles par suite de la vénération que lui portent beaucoup de fidèles [3]. Giorgione travailla également ailleurs, à Castelfranco et dans le pays Trévisan ; il fit beaucoup de portraits pour les princes italiens, portraits qui ont été envoyés en pays étranger comme œuvres dignes de prouver que, si la Toscane a toujours été abondamment pourvue de grands maîtres, les pays voisins des monts n'ont pas toujours été moins favorisés du ciel.

On raconte que du temps qu'Andrea Verrocchio faisait sa statue équestre en bronze, Giorgione causait un jour avec quelques sculpteurs qui voulaient que la sculpture surpassât la peinture, comme pouvant montrer dans une même figure diverses positions et divers points de vue, suivant qu'on tournait autour, tandis que la peinture ne pouvait montrer qu'une seule partie d'une figure [4]. Giorgione était d'avis que, dans une peinture, on peut montrer, sans qu'on ait à tourner autour et d'un seul point de vue, toutes les attitudes que peut prendre un homme, chose que la sculpture ne peut faire qu'en modifiant le site et le point de vue, en sorte qu'il n'y en a plus un seul, mais plusieurs. Il leur dit donc qu'il voulait, avec une seule figure peinte, en montrer le devant, le derrière et les deux côtés, ce qui leur fit se creuser le cerveau et il l'exécuta ainsi. Il peignit un homme nu, vu de dos et placé devant une fontaine d'eau limpide dans laquelle sa partie antérieure se reflétait. A son côté gauche était un corselet bruni, dont il s'était dépouillé, et qui renvoyait son profil vu de gauche, parce que dans le brillant de ces armes se reflétait toute chose. De l'autre côté se trouvait un miroir dans lequel on voyait l'autre profil de cette figure nue, idée originale et d'une belle invention, par laquelle il montrait ce qu'il voulait prouver et qui lui valut les éloges de tous. Il fit encore le portrait de Caterina, reine de Chypre, que j'ai vu jadis chez Messire Giovan Cornaro.

Pendant que Giorgione travaillait à sa gloire et à celle de sa patrie, et tandis qu'il se réunissait souvent avec ses amis pour faire de la musique, il s'éprit d'une femme, et tous deux se livrèrent avec ardeur à leur amour. Mais, en 1511, elle fut atteinte de la peste, ne le sachant pas, et Giorgione, toujours assidu auprès d'elle, ne tarda pas à succomber à la contagion. Sa mort, à l'âge de trente-quatre ans, affligea profondément ses amis, à qui son grand mérite le rendait cher, et fut une perte pour le monde entier.

Il laissa deux excellents élèves : le Vénitien Sebastiano, qui eut plus tard l'office du Plomb, à Rome, et Titien de Cadore, qui non seulement égala, mais surpassa son maître [5].

Antonio da Correggio

PEINTRE, CORRÈGE, VERS 1489 – CORRÈGE, 1534

Je ne veux pas sortir du pays que la nature, cette grande mère, pour ne pas être accusé de partialité, dota d'hommes aussi rares que ceux dont elle avait orné la Toscane, pendant tant et tant d'années. Parmi eux Antonio da Correggio, peintre éminent, fut doué d'un excellent et beau génie [1]. Il s'appliqua à la manière moderne si parfaitement qu'en peu d'années, bien doué par la nature et assoupli par l'art, il devint un rare et merveilleux artiste. Il était d'un caractère très timide, et, pour soutenir sa nombreuse famille, il exerçait son art aux dépens de sa santé et au prix de fatigues continuelles ; bien que poussé par une grande bonté d'âme, il trouvait néanmoins très lourd le devoir de supporter patiemment les maux qui affectent généralement les humains. Il était mélancolique dans le travail et se rendait esclave de son art, recherchant la difficulté quelle qu'elle fût, comme le prouvent une multitude de figures qu'il peignit à fresque et termina avec soin, dans la grande tribune de la cathédrale de Parme ; dans cette peinture, les raccourcis rendant la perspective de bas en haut sont vraiment extraordinaires [2]. Il fut le premier qui, en Lombardie, commença à peindre dans le style moderne ; aussi voit-on que, si son génie avait pu se développer à Rome, il aurait produit des merveilles et aurait donné du souci à quantité d'hommes qui furent estimés grands à son époque. En effet, ses œuvres furent telles, sans qu'il ait pu voir les antiques et les belles productions modernes, qu'on en peut conclure nécessairement que, s'il les avait vus, il aurait infiniment perfectionné sa peinture, et que, de progrès en progrès, il aurait atteint les dernières limites de l'art. Il est certain que personne ne pratiqua mieux que lui le coloris, et ne peignit avec plus de grâce et de relief, tant il sut mettre de souplesse dans ses chairs et de grâce dans ses travaux. Il fit encore, pour la même cathédrale, deux grands tableaux à l'huile, dans l'un desquels on voit un Christ mort, qui fut couvert d'éloges [3]. Dans le baptistère de Parme, il peignit à fresque une tribune, où il représenta la Vierge montant au ciel, entourée d'une quantité immense d'anges et de bienheureux ; il paraît vraiment impossible qu'il ait pu exécuter ou même imaginer une pareille œuvre, remarquable par la beauté des draperies et le caractère des figures [4]. L'Annonciation qu'il peignit à fresque, dans l'église des Franciscains récollets de la même ville, est si belle, que les frères, voulant restaurer le bâtiment qui tombait en ruine, entourèrent la muraille de bois armés de fers et la coupèrent peu à peu, sauvant ainsi la peinture qui fut fixée ensuite dans un lieu plus sûr du même couvent [5].

Il peignit encore, sur une porte de la ville, une Vierge tenant l'Enfant Jésus dans ses bras, fresque qui comble d'étonnement les étrangers qui n'ont pas vu ses autres ouvrages. A Sant' Antonio, il y a de lui un tableau représentant la Vierge, sainte Marie-Madeleine, et, auprès d'eux, un enfant, semblable à un petit ange, qui tient un livre et rit si naturellement qu'il égaie qui le regarde, et rendrait joyeuse une personne même mélancolique. On y voit encore un saint Jérôme d'une couleur étonnante [6]. Antonio fit également des tableaux et d'autres peintures pour plusieurs seigneurs de Lombardie, entre autres deux tableaux, à Mantoue, pour le duc Frédéric II qui les envoya à l'Empereur. L'un d'eux représente une Léda nue, et l'autre une Vénus ; les chairs ont une souplesse et un modelé dans les ombres qui les rendent semblables à la nature même [7]. Il y a dans l'un d'eux un paysage admirable comme jamais Lombard n'en avait peint jusqu'alors. A Modène, il peignit une Vierge que tous les peintres estiment beaucoup et considèrent comme la meilleure peinture de cette ville [8]. A Bologne, il y a de sa main, chez les Arcolani, un Christ qui apparaît à Marie-Madeleine dans le jardin, œuvre vraiment admirable [9], et, à Reggio, un tableau représentant la Nativité du Christ. La lumière qui émane de la personne de l'Enfant Jésus éclaire les bergers et les autres figures qui les contemplent ; entre autres particularités, il y a une femme qui, voulant regarder fixement le Christ, ses yeux mortels ne pouvant supporter la splendeur de sa divinité, se met la main devant les yeux. Au-dessus de la cabane, un chœur d'anges chantant est si bien rendu que ces derniers paraissent plutôt descendus du ciel que créés par la main d'un peintre [10].

Dans la même ville, il y a un petit tableau de la grandeur d'un pied qui est la chose la plus rare et la plus belle qu'ait produite Correggio avec des figures de petites dimensions. Il a voulu suggérer la nuit, avec le Christ au jardin des Oliviers. Jésus est éclairé par les flots de lumière émanant de l'ange qui lui apparaît ; on voit, au pied de la montagne, les trois Apôtres qui dorment, et la montagne jette sur eux une ombre qui leur donne une force et une vigueur inexprimables. Dans le lointain du paysage, l'aurore commence à paraître, et l'on voit venir quelques soldats avec Judas. Cette peinture, dans sa petitesse, est si bien entendue que patience ni travail ne pourraient rien produire de comparable [11].

On pourrait dire beaucoup de ses œuvres, mais comme toutes ses productions sont considérées par les meilleurs peintres comme des choses divines, je m'en tiens là. En vérité, il ne s'estimait pas à sa juste valeur, et ne crut jamais être arrivé à la perfection qu'il désirait dans l'art dont il connaissait toutes les difficultés, se contentant de peu et vivant en très bon chrétien. Comme il était chargé d'une nombreuse famille, il était tourmenté du désir d'épargner, et devint si avare, qu'il n'aurait pu l'être davantage. On raconte qu'après avoir reçu à Parme un paiement de soixante écus en petite monnaie, il voulut porter à Correggio cet argent dont il avait besoin, et partit à pied avec cette charge par un soleil brûlant. A son arrivée, harassé de fatigue et de chaleur, il but de l'eau fraîche, et, s'étant mis au lit avec une fièvre très violente, il ne s'en releva pas.

Il avait quarante ans environ quand il mourut. Ses œuvres datent à peu près de 1512. Et il fit à la peinture l'immense don de ses couleurs qu'il maniait en véritable maître. C'est grâce à lui que la Lombardie a ouvert les yeux et que tant de beaux talents sont à sa suite apparus dans la peinture, avec des œuvres dignes d'être louées et rappelées.

A la même époque, vivait Andrea del Gobbo, milanais, coloriste agréable, qui a laissé beaucoup de peintures à Milan, sa patrie. On voit, à la Chartreuse de Pavie, un grand tableau de l'Assomption de la Vierge que la mort l'a empêché d'achever, et qui montre combien ce peintre était habile et aimait les difficultés de son art [12].

Bramante

ARCHITECTE, MONTE ASDRUVALDO, PESARO, 1444 – ROME, 1514

Les procédés modernes employés par Filippo Brunelleschi furent vraiment d'une grande utilité à l'architecture, Filippo ayant imité et remis en honneur les chefs-d'œuvre si longtemps oubliés des plus savants maîtres de l'Antiquité. Mais Bramante ne fut pas moins utile à notre siècle ; suivant les traces de Filippo, il ouvrit une voie sûre aux architectes qui lui succédèrent. Homme de science et de jugement, entreprenant et actif, il se montra non seulement théoricien profond, mais encore praticien expérimenté. La nature ne pouvait créer un génie plus habile à utiliser et mettre en œuvre les ressources de l'art, avec plus d'invention, de juste mesure et d'à-propos. Mais il ne fut pas moins nécessaire qu'à cette époque fût élu pape Jules II, esprit entreprenant et désireux de laisser des souvenirs éclatants de sa grandeur [1]. Ce fut un bonheur pour Bramante et pour nous de trouver un tel prince, ce qui arrive rarement aux grands génies, dont la fortune lui permit de montrer la valeur de son génie et son habileté à se tirer des difficultés épineuses de l'architecture. Ses talents sont si évidents dans les édifices qu'il a élevés que les modénatures des corniches, les fûts des colonnes, les chapiteaux délicats, les bases, les consoles et les angles, les voûtes, les escaliers, les ressauts et tous les ordres d'architecture, exécutés d'après ses conseils ou ses plans, paraissent merveilleusement réussis à ceux qui les contemplent. C'est pourquoi il me semble que les esprits qui s'appliquent aux productions antiques ne doivent pas avoir moins de reconnaissance aux travaux de Bramante. Car si les Grecs inventèrent l'architecture, si les Romains les imitèrent, Bramante non seulement nous fit marcher dans leurs traces, mais encore enrichit l'art d'une beauté nouvelle, en lui donnant cette grâce et cette puissance que nous admirons aujourd'hui.

Il naquit à Castello Durante, dans l'Etat d'Urbin, d'une pauvre mais honorable famille, et, dans son enfance, outre la lecture et l'écriture, il s'appliqua beaucoup à l'arithmétique. Son père, qui avait besoin de lui voir un métier lucratif, et remarquant son goût pour le dessin, le dirigea, encore tout jeune, vers la peinture, où il étudia beaucoup les œuvres de Fra Bartolommeo, autrement dit Fra Carnovale da Urbino, qui peignit le tableau de Santa Maria della Bella à Urbin. Mais, comme il se plut toujours à l'architecture et à la perspective, il partit de Castello Durante, et étant allé en Lombardie, il se rendait de ville en ville, produisant le plus qu'il pouvait, mais des œuvres sans importance et de peu de profit, car il était encore sans renom ni crédit [2]. Désireux de voir quelque monument remarquable, il alla à Milan pour voir le Dôme. Après l'avoir examiné et fait la connaissance de ceux qui le construisaient, son esprit s'enflamma et il décida de se consacrer tout entier à l'architecture. Il se rendit donc de Milan à Rome, avant l'année sainte 1500. Bien accueilli par des compatriotes et des amis lombards, on lui donna à peindre, à Saint-Jean-de-Latran, au-dessus de la porte Sainte qui s'ouvre pour le jubilé, une fresque des armes du pape Alexandre VI, avec des anges et des figures qui les soutiennent. Bramante avait rapporté de Lombardie et gagné à Rome quelque argent, qu'il dépensait avec la plus stricte économie, voulant vivre pour lui, et pouvoir tout à son aise, sans avoir à travailler pour autrui, mesurer toutes les constructions antiques de Rome. Il s'en allait solitaire et pensif, et en peu de temps, il eut mesuré tous les édifices de la ville et de la campagne romaine ; il visita même Naples et tous les lieux où il savait trouver d'anciens monuments. Il mesura les ruines de Tivoli et de la villa Adriana, ce qui lui servit beaucoup, comme nous le dirons en son lieu. Cette puissance de travail attira l'attention du cardinal de Naples, qui accorda sa protection à Bramante, et le chargea de rebâtir en travertin le cloître du couvent della Pace. Pour plaire à son protecteur, Bramante exécuta ce travail avec toute l'intelligence et la célérité dont il était capable. Quoique cet ouvrage soit loin d'être parfait, il attira à son auteur un grand renom, car il y avait à Rome peu d'artistes qui s'appliquassent à l'architecture avec autant d'amour, de savoir et d'activité que lui [3].

Bramante fut encore, à ses débuts, employé comme architecte en second par le pape Alexandre VI, à la fontaine de Trastevere, et à celles que l'on construisit sur la place Saint-Pierre. Sa réputation s'étant accrue, il prit également part avec d'autres habiles architectes à la construction d'une grande partie du palais de San Giorgio et de l'église de San Lorenzo in Damaso, que Raffaello Riario, cardinal de San Giorgio, faisait élever, près du Campo di Fiore [4]. Bien qu'on ait fait mieux depuis, on considère, encore maintenant, cet édifice construit par Antonio Montecavallo comme une demeure aussi commode que magnifique. Il coopéra aussi par ses avis à l'agrandissement de San Jacopo degli Spagnuoli in Navona et à la construction de l'église Santa Maria de Anima, qui fut confiée à un architecte allemand. Puis il donna le dessin du palais du cardinal Adriano di Corneto, dans le Borgo Nuovo, que l'on construisit lentement et qui resta inachevé, à cause de la fuite du cardinal [5]. On lui doit également le dessin pour l'agrandissement de la grande chapelle de Santa Maria del Popolo. Ces différents ouvrages lui acquirent à Rome une telle renommée qu'il était considéré comme le premier architecte ; son extrême facilité d'invention, jointe à une égale promptitude dans la construction, le firent employer pour les plus importants travaux par tous les grands personnages de Rome.

Le pape Jules II, ayant été élu en 1503, le prit immédiatement à son service. Il avait conçu l'idée de donner la forme d'un théâtre rectangulaire au petit vallon qui existait entre l'ancien palais pontifical et les constructions élevées par le pape Innocent VIII, et qui séparait le Belvédère de l'ancien palais du Vatican ; deux galeries formant les deux côtés du petit vallon devaient permettre de passer à couvert du Belvédère dans le palais, et inversement ; du vallon on devait monter par un escalier à double rampe sur le terre-plein du Belvédère. Bramante, qui avait un très grand jugement et un esprit original, apte à de pareils travaux, disposa dans la partie la plus basse une galerie dorique très belle, semblable au Colisée des Savelli [6] avec deux ordres superposés ; mais au lieu de colonnes engagées, il mit des pilastres et la construisit toute en travertin. Au-dessus, il disposa un deuxième ordre ionique, percé de fenêtres, qui lui permit d'arriver au niveau des premières chambres du palais papal et de celles du Belvédère, et de faire une galerie de plus de quatre cents pas donnant du côté de Rome. L'autre, du côté du bois, fermait le vallon qui avait été aplani pour recevoir toute l'eau du Belvédère, et une belle fontaine. De tout ce projet, Bramante ne termina que le premier corridor qui sort du palais et va au Belvédère, du côté de Rome, à l'exception de la dernière galerie qui devait être au-dessus. On avait jeté les fondations de la seconde, face à l'autre, du côté du bois, lorsque la mort vint frapper Jules II et son architecte. Elle vient d'être presque achevée par Pie IV [7]. Il construisit encore la partie qui touche, du côté du Belvédère, au Musée des statues antiques, avec la disposition des niches, et de son temps on y plaça le Laocoon, statue antique des plus remarquables, l'Apollon et la Vénus. Léon X fit ensuite placer le reste des statues, comme le Tibre, le Nil et la Cléopâtre, et Clément VII quelques autres. Du temps de Paul III et de Jules III, on y fit divers travaux d'agrandissement extrêmement coûteux. Si Bramante n'avait pas eu affaire à des ministres si avares, il aurait pu montrer combien il était rapide, et combien il entendait merveilleusement la construction. Il poussa les travaux du Belvédère avec une activité prodigieuse ; son ardeur était telle, et par ailleurs le pape était si impatient, voulant voir les constructions non pas s'élever mais sortir de terre, que les ouvriers emportaient de nuit le sable et l'argile et qu'ils creusaient de jour, en présence de Bramante, qui faisait faire les fondations sans reconnaissance antérieure du terrain. Ce zèle mal entendu a été cause que la bâtisse éprouva des tassements et des lézardes, et menace ruine aujourd'hui ; et même quatre-vingts brasses de ce corridor s'écroulèrent du temps de Clément VII, et furent relevées par Paul III, qui de plus a été obligé de reprendre les fondations et de renforcer les murs. Il y a encore au Belvédère, de la main de Bramante, plusieurs escaliers, différents selon leurs emplacements, très beaux avec l'ordre dorique, ionique et corinthien, et admirablement exécutés. On dit qu'il avait fait un modèle de tout l'édifice, qui était une chose merveilleuse, comme on peut en juger par le commencement de cette œuvre restée inachevée. Il fit encore un escalier en spirale, si doux qu'on peut le monter à cheval, et porté sur des colonnes dont les ordres se succèdent, l'ionique au dorique, le corinthien à l'ionique ; l'idée lui en fut inspirée par l'escalier de San Niccolo, à Pise, dont nous avons parlé dans la Vie de Giovanni et Niccolo Pisani. Le pape, qui l'aimait beaucoup, lui donna pour le récompenser l'office du Plomb, pour lequel il inventa une machine pour sceller les bulles au moyen d'une vis à pression.

Bramante le suivit à Bologne, quand cette ville revint à l'Eglise, en 1504 ; il s'employa à d'importants travaux pendant la guerre de la Mirandole. Il apprit quantité de choses d'architecture à Raphaël d'Urbin, et l'aida à mettre en perspective les édifices des fresques dans la salle du Pape où se trouve le Mont Parnasse où Raphaël fit le portrait de Bramante, qui mesure une figure au compas.

Le pape résolut de mettre dans la Strada Giulia, redressée par Bramante, tous les édifices et tribunaux de Rome, placés jusque-là dans des endroits très incommodes. Bramante commença alors un palais à San Biagio, sur les bords du Tibre, dont il reste une chapelle d'ordre corinthien inachevé [8]. C'est vraiment dommage qu'une œuvre si grandiose et si utile n'ait pas été achevée, car elle était regardée par les gens du métier comme la plus belle chose qu'on ait vue dans ce genre. Il fit encore, dans le premier cloître de San Pietro à Montorio, un temple circulaire en travertin, dont les proportions, l'ordre et la variété sont telles qu'on ne saurait imaginer édifice plus gracieux ni mieux compris [9]. La beauté en serait encore plus grande, si toute la construction du cloître avait été achevée conformément à un de ses dessins. Il construisit au Borgo le palais qui appartint ensuite à Raphaël d'Urbin, et qui fut bâti en briques et en ciment, avec des colonnes doriques et des bossages d'ordre rustique, construction très belle et faite dans une manière nouvelle de mouler les ornements [10]. Entre autres modèles de palais et d'églises qu'il donna également, et qui ont été élevés à Rome et dans les Etats de l'Eglise, il fit le dessin et le projet d'ornementation de Santa Maria di Loreto, qui fut ensuite continuée par Andrea Sansovino.

Telle était la puissance de génie de ce merveilleux artiste qu'il fit un projet grandiose pour restaurer et unifier le palais du pape. Son esprit s'était enflammé encore en voyant l'énergie et la volonté du pape être d'accord avec les conceptions de son propre génie, en sorte qu'apprenant que le pape avait l'intention de jeter à terre l'église de Saint-Pierre pour la refaire à nouveau, il lui soumit quantité de dessins, entre autres un admirable projet où il plaçait deux campaniles encadrant la façade, comme on le voit sur le revers des médailles que Jules II et Léon X firent frapper par Carradosso, excellent orfèvre, qui n'eut pas son pareil pour faire des coins, et sur la médaille fort belle faite par Bramante lui-même [11]. Le pape, ayant donc résolu de commencer l'immense et formidable entreprise de Saint-Pierre, fit détruire la moitié de l'ancienne basilique et jeta, avec sa rapidité habituelle, les fondations de la nouvelle, désireux d'édifier une œuvre qui surpassât en beauté, en grandeur et en richesse tous les monuments de Rome créés par la puissance des princes, l'art et le génie de tant de vaillants maîtres. Les constructions s'élevèrent jusqu'à l'entablement avant la mort du pape et de l'architecte, et l'on voûta les arcs reposant sur les quatre gros piliers avec autant d'art que de rapidité. Bramante voûta pareillement le sanctuaire avec l'abside, s'appliquant en même temps à activer la construction de la chapelle dite du roi de France. Il trouva le moyen de faire d'un seul coup l'ornementation de ses voûtes, en édifiant leur intrados en stuc sur des cintres reproduisant en creux les sculptures et les feuillages des voûtes, et il se servit aussi pour voûter ses arcs de ponts suspendus, que nous avons vu depuis employer par Antonio da Sangallo. La corniche intérieure qui court le long de la partie que termina Bramante est d'une telle élégance qu'on ne pourrait la modifier sans la gâter. On voit encore, dans ses chapiteaux ornés de feuilles d'olivier, ainsi que dans la partie dorique de l'extérieur, étrangement belle, quelle était la puissance de son génie. Si ses forces y avaient répondu, il aurait certainement produit plus de merveilles qu'il ne fit ; les architectes qui lui ont succédé, après sa mort, firent subir tant de changements à son plan primitif, qu'on peut dire qu'il n'en reste plus rien, si l'on excepte les quatre arcs qui soutiennent la tribune. Raphaël d'Urbin, Giuliano da Sangallo et Fra Giocondo de Vérone, qui continuèrent son œuvre après la mort de Jules II, commencèrent à l'altérer [12] ; ensuite Baldassare Peruzzi le modifia encore en construisant dans la croisée la chapelle du roi de France, vers le Campo Santo ; puis, sous Paul III, Antonio da Sangallo le changea entièrement. Enfin Michel-Ange Buonarroti supprima tout ce qu'il y avait de superflu, et ramena l'édifice à cette beauté et à cette perfection auxquelles les autres n'avaient jamais songé. C'est son œuvre, quoi qu'il m'ait dit bien souvent qu'il ne faisait que suivre les idées de Bramante et que les véritables auteurs d'un édifice sont ceux qui en donnent les premiers le dessin. Le projet de Bramante apparaît démesuré, quand on considère la maigre continuation que l'on a donnée au commencement grandiose des travaux. Si, au contraire, il avait donné un début moindre à ce monument étonnant, ni le génie de Sangallo et des autres, ni celui de Buonarroti lui-même n'auraient pu ensuite le transformer en plus grand.

On raconte qu'il était si désireux de voir avancer ses travaux qu'il détruisit dans la vieille basilique beaucoup de belles choses, telles que des tombeaux de papes, des peintures, des mosaïques et quantité de portraits de personnages illustres qui se trouvaient dans cette église, la première de la chrétienté. Il conserva seulement l'autel et l'ancienne tribune qu'il entoura d'un magnifique ornement dorique en pépérin, pour que le pape pût y réunir sa cour et les ambassadeurs des princes chrétiens, lorsqu'il vient célébrer la messe à Saint-Pierre. La mort empêcha Bramante de terminer cet ouvrage qui fut ensuite terminé par Baldassare de Sienne [13].

Bramante était d'un caractère gai et bienveillant, et il s'appliqua toujours à aider les siens. Il aimait les hommes de talent et leur rendait tous les services possibles, comme on peut s'en rendre compte par ce qu'il fit pour le charmant Raphaël d'Urbin qu'il appela à Rome. Il vécut toujours d'une manière honorable et splendide, une fois arrivé au rang que lui valurent son mérite et son génie et n'hésitait pas à dépenser. Il se plaisait à la poésie, aimait à entendre et à improviser lui-même sur la lyre, et composa quelques sonnets qui ne sont pas sans mérite. Estimé et recommandé par les prélats et les seigneurs qui le connurent, sa renommée, immense de son vivant, s'accrut encore après sa mort par l'interruption de la construction de Saint-Pierre qui dura plusieurs années. Il vécut soixante-dix ans ; on lui fit de magnifiques funérailles auxquelles assistèrent la cour du pape et tous les peintres, sculpteurs et architectes qui se trouvaient à Rome. Il fut enseveli à Saint-Pierre en 1514.

Sa mort fut une grande perte pour l'architecture, car il y ajouta quantité de découvertes qu'il fit dans les autres arts, telles que la manière de faire les voûtes en caisson et le stucage, qui tous deux étaient pratiqués par les anciens, mais qui avaient été perdus depuis la ruine du monde antique jusqu'à son époque. Ceux qui vont aujourd'hui mesurant les œuvres antiques d'architecture trouvent dans celles de Bramante non moins de science et de dessin. Aussi peut-il être regardé par tous ceux qui exercent cette profession comme un des génies les plus rares qui aient illustré notre siècle.

Fra Bartolommeo di San Marco

PEINTRE, SAVIGNONO, PRATO, 1472 – FLORENCE, 1517

Bartolommeo, ou Baccio, suivant le diminutif toscan, naquit dans le village Savignano, près de Prato, qui est à dix milles de Florence. Ayant dans son enfance montré non seulement du goût, mais de l'aptitude pour le dessin, il fut placé, par l'entremise de Benedetto da Maiano, dans l'atelier de Cosimo Rosselli. Il demeura longtemps chez des parents qui habitaient à la Porta a San Piero Gattolini, d'où lui vint le nom de Baccio dalla Porta. Après avoir quitté Cosimo Rosselli, il étudia avec beaucoup d'ardeur les ouvrages de Léonard de Vinci, et en peu de temps il fit tant de progrès dans le coloris qu'il s'acquit la réputation d'être un des meilleurs jeunes artistes, tant dans le coloris que dans le dessin. Il s'associa avec Mariotto Albertinelli, qui en peu de temps prit très bien sa manière ; ils exécutèrent ensemble quantité de tableaux représentant des Madones répandues dans Florence, que nous ne citerons pas toutes [1]. Pier del Pugliese avait une petite Madone en marbre, de très faible relief, par Donatello, œuvre très remarquable ; pour la rehausser, il fit faire un tabernacle en bois, fermé par deux volets, à l'intérieur desquels Baccio dalla Porta représenta la Nativité du Christ et la Circoncision, si bien peintes dans le genre de la miniature, qu'en peinture à l'huile on ne saurait faire mieux. Quand les volets sont fermés, ils représentent en clair-obscur et à l'huile l'Annonciation de la Vierge [2].

Baccio était aimé à Florence pour son mérite ; assidu au travail, bon, paisible de nature et craignant Dieu, il aimait la vie tranquille, fuyait les mauvaises compagnies et se plaisait à entendre les prédications, ainsi qu'à rechercher la société des personnes savantes et réfléchies. Aussi sa réputation grandissante lui fit demander par Gerozzo, fils de Mona Venna Dini, de peindre une chapelle dans le cimetière de l'hôpital de Santa Maria Nuova. Il y commença une fresque du Jugement dernier qu'il peignit avec tant de soin et d'une si belle manière dans la partie qu'il acheva que sa réputation grandit encore. On loua particulièrement la gloire du Paradis, le Christ avec les douze Apôtres jugeant les douze tribus où la couleur des belles draperies est très délicate. Dans le dessin, qui reste à finir parce que Baccio décida de se consacrer à Dieu plus qu'à la peinture, on voit aussi le désespoir, la douleur et la honte des figures poussées vers l'Enfer, la joie et le bonheur des élus [3].

A cette époque Fra Girolamo Savonarola de Ferrare, célèbre théologien de l'Ordre des Frères prêcheurs, se trouvant à San Marco, Baccio, qui allait assidûment à ses prédications, en arriva à se lier étroitement avec lui et à demeurer presque continuellement dans le couvent où il avait contracté une grande amitié avec les autres frères. Savonarole s'écriait chaque jour dans ses prêches que les peintures lascives, la musique, les poésies amoureuses induisent les âmes à mal faire, et persuadait qu'il était indigne de voir, dans les maisons où se trouvent des jeunes filles, des tableaux représentant des nudités. Le peuple s'étant échauffé à ses discours, survint le carnaval, pendant lequel, suivant un ancien usage, on allumait, le soir du mardi, un grand feu de joie sur la place publique et les hommes et les femmes dansaient autour, se tenant par la main en chantant des rondes amoureuses. Fra Girolamo fit si bien que, ce jour-là, au lieu de former le bûcher de bois et de broussailles, on brûla des livres, des instruments de musique, des recueils de poésie et une énorme quantité de tableaux et de sculptures représentant des nudités, mais venant des meilleurs maîtres, ce qui fut une perte irréparable pour les arts et surtout pour la peinture [4]. Baccio apporta toutes les études qu'il avait faites d'après le nu, et fut imité par Lorenzo di Credi et plusieurs autres appelés *I Piagnoni*.

Peu de temps après, par suite de l'affection que Baccio portait à Fra Girolamo, il fit un très beau tableau de lui, qui, envoyé d'abord à Ferrare, est revenu dernièrement à Florence, dans la maison de Filippo Alamano Salviati, qui en fait grand cas, comme étant de la main de Baccio [5].

Il arriva ensuite que le parti contraire à Fra Girolamo se souleva, un jour, pour s'emparer de lui et le livrer à la justice, à cause des séditions qu'il avait excitées à Florence. Ses amis se réunirent de leur côté, au nombre de plus de cinq cents, et se renfermèrent dans San Marco, Baccio étant avec eux. A la vérité, timide et peu courageux, quand il entendit donner l'assaut au couvent, et qu'il y eut des morts et des blessés, il eut une grande frayeur et fit le vœu d'entrer immédiatement en religion dans cet ordre s'il échappait à cette bagarre, serment qu'il observa scrupuleusement. Le tumulte terminé, le frère pris et condamné à mort, comme le racontent les historiens [6], Baccio se rendit à Prato, et, suivant les chroniques du couvent, prit l'habit de saint Dominique, le 26 juillet de l'an 1500, au grand déplaisir de tous ses amis qui s'affligeaient de l'avoir perdu et se plaignaient surtout de la résolution qu'il avait prise de ne plus se livrer à la peinture. Mariotto Albertinelli termina alors la fresque de Santa Maria Nuova, laissée inachevée par Fra Bartolommeo, nom que Baccio avait reçu du prieur, en prenant l'habit religieux. Celui-ci, étant resté plusieurs mois à Prato, fut ensuite placé par ses supérieurs dans le couvent de San Marco, à Florence, où les religieux l'accueillirent avec beaucoup d'affection à cause de ses mérites.

Bernardo del Bianco avait fait construire, à cette époque, dans la Badia de Florence, une chapelle en pierre de *macigno*, richement sculptée, sur les dessins de Benedetto da Rovezzano. Désireux d'y placer un tableau qui fut digne de cette ornementation, et persuadé que Fra Bartolommeo était tout désigné pour cette œuvre, il essaya de l'y décider par l'entremise de ses amis. Fra Bartolommeo, cependant, était au couvent, ne s'occupant plus qu'à suivre les offices divins et à observer les règles de son ordre ; bien qu'il fût sollicité, par le prieur et par ses amis les plus chers, de produire quelque peinture, depuis quatre ans il s'y refusait, quand, se rendant aux prières de Bernardo del Bianco, il consentit à commencer le tableau représentant saint Bernard qui écrit et aperçoit la Vierge soutenue par des anges et portant dans ses bras l'Enfant Jésus [7]. Il est plongé dans une extase si admirablement exprimée que celui qui considère attentivement cette peinture y découvre quelque chose de vraiment céleste, et Fra Bartolommeo y consacra autant d'ardeur que d'amour, ainsi qu'à l'arc peint à fresque qui est au-dessus. Il fit encore plusieurs tableaux pour le cardinal Jean de Médicis ; il peignit pour Agnolo Doni une Madone d'une beauté extraordinaire, qui décore l'autel d'une chapelle, dans la maison de ce gentilhomme [8].

Dans ce temps, Raphaël d'Urbin vint à Florence pour se perfectionner dans son art ; il enseigna les vrais principes de la perspective à Fra Bartolommeo, avec qui il s'était intimement lié, et dont il étudiait le coloris. A cette époque, Fra Bartolommeo fit un tableau, avec une quantité de figures pour San Marco ; après avoir été exposé plusieurs mois, dans cette église, ce tableau fut envoyé, en présent, au roi de France [9]. Il le remplaça à San Marco par un autre, également rempli de figures, et représentant le Mariage du Christ enfant avec sainte Catherine, religieuse [10]. Il s'efforça d'y imiter le coloris de Léonard, surtout dans les teintes obscures, pour lesquelles il employa le noir de fumée des imprimeurs et l'ivoire brûlé ; c'est pourquoi ce tableau pousse beaucoup au noir aujourd'hui. Peu de temps après, il fit un autre tableau, placé vis-à-vis, et qui représente la Vierge entourée de saints [11]. Il mérita de grands éloges pour avoir introduit dans la peinture une manière d'envelopper ses figures, en sorte qu'elles présentent une harmonie merveilleuse de couleurs, qu'elles paraissent en relief et vraiment vivantes.

Fra Bartolommeo, entendant vanter sans cesse les œuvres admirables de Michel-Ange faites à Rome, ainsi que celles du gracieux Raphaël, enthousiasmé par les récits des merveilles enfantées par ces divins artistes, se rendit, avec la permission du prieur, à Rome, où il fut hébergé par Fra Mariano Fetti, frère du Plomb, au couvent de San Silvestro [12]. Il peignit pour lui deux tableaux de saint Pierre et de saint Paul, mais il ne réussit pas aussi bien dans ce milieu qu'à Florence. Frappé d'étonnement à la vue de tant de chefs-d'œuvre anciens et modernes, il prit une si grande défiance de son talent, qu'il se hâta de partir, confiant à Raphaël le soin de terminer le tableau de saint Pierre, qui fut donné à Fra Mariano lorsqu'il eut été entièrement retouché par l'incomparable Sanzio [13].

Il revint à Florence où, souvent, il avait été critiqué comme ne sachant pas peindre le nu. Il voulut donc montrer qu'il y était apte autant que n'importe qui, et fit, comme preuve, un tableau représentant saint Sébastien nu, avec un coloris semblable à celui des chairs, une douceur de figure et une beauté correspondant à celle de la personne, en un mot si bien réussi que tous les artistes s'accordèrent à le louer. On raconte que, tandis que ce tableau était exposé dans l'église, les frères, ayant appris dans leurs confessionnaux que plusieurs femmes avaient été induites en tentation par la vue de la trop séduisante imitation de la nature, retirèrent le tableau de leur église et le mirent dans le chapitre où il ne resta pas longtemps, car il fut acheté par Giovan Batista della Palla, et envoyé au roi de France [14]. Fra Bartolommeo s'était fâché un jour contre les menuisiers qui faisaient les cadres de ses tableaux, parce que, de même que nos ouvriers d'aujourd'hui, ils couvraient avec les montants à peu près un huitième de la toile. Il chercha donc un moyen de ne plus mettre d'ornements à ses tableaux, fit cintrer le panneau de son saint Sébastien, y figura une niche en perspective que l'on croirait creusée dans le bois et plaça ensuite tout autour des corniches peintes. Il se servit du même procédé pour notre saint Vincent et le saint Marc. Le saint Vincent prêchant sur le Jugement dernier est peint à l'huile et sur bois, au-dessus de l'arc d'une porte qui conduit à la sacristie du couvent de San Marco [15]. Dans son attitude et particulièrement dans l'expression du visage on remarque la ferveur et l'exaltation des prédicateurs qui, pour ramener à la vertu les hommes plongés dans le vice, les menacent de la justice de Dieu.

Ayant entendu dire que sa manière était trop menue, il voulut prouver qu'il savait faire les grandes figures, en exécutant, sur la façade de la porte du chœur, une figure de saint Marc l'Evangéliste de cinq brasses de proportion, peinte sur bois, remarquable par la perfection du dessin et la beauté du travail [16]. Salvador Billi, marchand florentin, ayant appris à son retour de Naples la renommée de Fra Bartolommeo et ayant vu ses œuvres, lui fit faire un tableau représentant le Christ Sauveur, allusion à son nom, entouré de quatre Evangélistes. Dans le bas, deux enfants, d'un coloris frais et gracieux, tiennent le globe du monde ; on y voit encore deux prophètes très estimés [17].

Après tous ces travaux, éprouvant le besoin de changer d'air, il fut envoyé par le prieur, qui était son ami, dans un de leurs monastères, où, pour le profit de son âme et de cette maison, il enrichit le travail de ses mains d'une méditation sur la mort. A San Martino de Lucques, il fit une Madone ayant à ses côtés saint Etienne et saint Jean et à ses pieds un petit ange qui joue du luth, d'un dessin et d'un coloris parfaits [18]. Pareillement, à San Romano, il fit une peinture sur toile représentant une Madone de la Miséricorde, placée sur un piédestal, avec des anges soutenant son manteau. Cette œuvre est regardée comme la plus parfaite qu'il ait produite. Dans la même église, il y a de lui une toile où sont figurés le Christ, sainte Catherine martyre et une sainte Catherine de Sienne en extase, dont la beauté est inimitable [19].

A Prato, vis-à-vis des prisons, il fit un tableau de l'Assomption [20] et d'autres peintures qui sont dans la maison des Médicis ou ailleurs. Dans celle de Pier del Pugliese, appartenant aujourd'hui à Matteo Botti citoyen et marchand florentin, il fit, au sommet d'un escalier, dans un vestibule, saint Georges à cheval terrassant le serpent. Cette peinture est à l'huile et en clair-obscur ; il préparait ainsi ses ouvrages comme des cartons et les ombrait aussi à l'encre ou avec du bitume. Nous en avons la preuve dans plusieurs de ses tableaux restés inachevés à sa mort, et dans quantité de dessins faits de la même manière, dont la plus grande partie se trouve dans le monastère de Santa Caterina, sur la place San Marco chez une religieuse qui s'occupe de peinture. Il avait l'habitude, quand il travaillait, d'avoir l'objet vivant sous les yeux ; pour reproduire les draperies, les armes et autres choses semblables, il fit faire un mannequin de grandeur naturelle, dont les jointures étaient flexibles et qu'il recouvrait d'étoffes. Il pouvait ainsi conserver ses plis jusqu'à ce qu'il eût amené son œuvre à toute sa perfection ; ce mannequin, tout gâté et vermoulu qu'il est, se voit dans notre atelier, en souvenir de ce grand peintre.

Dans l'abbaye des moines noirs, à Arezzo, il fit en clair-obscur la tête d'un Christ qui est une œuvre admirable, ainsi que le tableau de la Confrérie des Contemplatifs, qui est actuellement chez Messire d'Ottaviano de' Medici. En mémoire de Fra Bartolommeo et parce que cette peinture lui plaisait infiniment, son fils Alexandre l'a placée, avec un beau cadre, dans la chapelle du palais [21].

Dans la chapelle du noviciat de San Marco, il y a de sa main un tableau de la Purification, d'une couleur et d'un dessin charmants [22]. Tandis que, pour son agrément, il demeurait à Santa Maria Maddalena, dans la maison de campagne des Frères, il fit un Christ et une Madeleine et quelques ouvrages à fresque pour le couvent [23]. Il exécuta, pareillement à fresque, dans la salle des étrangers, à San Marco, un arc dans lequel il représenta le Sauveur, accompagné de Cléophas et de Luc [24]. Il commença à San Gallo un tableau que termina Giuliano Bugiardini, et qui est aujourd'hui sur le maître-autel de San Jacopo tra Fossi. Pareillement, un tableau du Rapt de Dinah, qui est chez Messire Cristofano Rinieri, fut mis en couleur par Giuliano ; on y voit des édifices et des inventions très estimés [25].

Piero Soderini lui avait donné à faire le tableau de la salle du Conseil, qu'il dessina en clair-obscur, de manière à se faire grand honneur. Il représenta tous les protecteurs de la ville et les saints, dont les jours de fête correspondent à ceux des victoires remportées par Florence ; on y voit le propre portrait du peintre, fait à l'aide d'un miroir [26]. Il l'avait commencé et dessiné en entier quand il lui arriva, à force de travailler sous une fenêtre ouverte, d'être frappé d'une paralysie du côté, au point de ne pouvoir plus se mouvoir. Les médecins lui ordonnèrent d'aller prendre les eaux à San Filippo, où il demeura longtemps mais sa santé s'y améliora peu. Il était très avide de fruits, quoiqu'ils lui fussent contraires ; aussi, ayant un matin mangé beaucoup de figues, une fièvre violente vint aggraver ses autres maux et l'emporta en quatre jours, à l'âge de quarante-huit ans ; il avait toute sa connaissance lorsqu'il rendit son âme à Dieu. Sa mort affligea profondément ses amis et surtout les moines, qui l'enterrèrent dans leur sépulture, à San Marco, le 8 octobre de l'an 1517.

Il était dispensé d'assister aux offices et abandonnait le gain de ses ouvrages à son couvent, ne se réservant que ce qui était nécessaire pour l'achat de ses couleurs et les autres frais qu'entraîne la peinture. Il donna tant de charme à ses figures par son coloris, et apporta un tel accent moderne de nouveauté, qu'il mérite d'être compté parmi les bienfaiteurs de l'art.

Raphaël d'Urbin

PEINTRE ET ARCHITECTE, URBIN, 1483 – ROME, 1520

Si l'on veut se rendre compte combien le ciel peut se montrer large et bienveillant, en accumulant sur une seule tête la richesse infinie de ses trésors et de ses grâces qu'il répartit ordinairement dans un long laps de temps entre plusieurs individus, on peut le voir dans le non moins excellent que gracieux Raphaël Sanzio d'Urbin. Il fut doté par la nature de cette modestie et de cette aménité que l'on remarque quelquefois chez les hommes qui, plus que d'autres, à une certaine bienveillance naturelle savent joindre l'admirable ornement d'une gracieuse affabilité, se témoignant douce et agréable, avec toute sorte de personnes et en n'importe quelle circonstance. La nature fit ce présent au monde, lorsque, vaincue par l'art de Michel-Ange Buonarroti, elle voulut l'être simultanément par l'art et l'amabilité de Raphaël. En vérité, la majeure partie des artistes antérieurs avaient eu de nature une certaine étrangeté et sauvagerie, qui non seulement les avait rendus extravagants et fantasques, mais encore était cause que souvent la noirceur et l'horreur des vices apparaissaient en eux plus que l'éclat et la splendeur de ces vertus qui rendent les hommes immortels. Il était donc tout naturel que, par opposition, dans Raphaël, brillassent les plus rares qualités du cœur et de l'esprit, accompagnées de tant de grâce, d'amour de l'étude, de beauté, de modestie et d'excellentes mœurs, qu'elles auraient suffi pour cacher tout vice, si honteux qu'il fût, et toute tache quelque grande qu'elle pût être. Aussi peut-on affirmer que ceux qui sont si bien doués ne sont pas des hommes, mais des dieux mortels, s'il est permis de s'exprimer ainsi. Ceux qui laissent sur la terre, grâce à leurs œuvres, un nom célèbre et honoré, peuvent espérer au ciel une récompense digne de leurs travaux et de leur mérite.

Raphaël naquit à Urbin, cité illustre d'Italie, le vendredi saint de l'an 1483, à trois heures après minuit. Son père, Giovanni de' Santi, peintre assez ordinaire, mais homme de sens et de jugement, se trouva capable de le diriger dans la bonne voie, que malheureusement on ne lui avait pas montrée dans sa jeunesse. Comme il savait combien il importe de nourrir les enfants, non avec le lait de nourrices, mais avec celui de la mère, son fils, né et baptisé du nom de l'ange Raphaël, qui lui parut d'un heureux présage, il voulut que ce fils unique, car il n'en eut pas d'autres par la suite, fût allaité par sa mère, et que dans ses premiers ans il s'inspirât des mœurs paternelles à la maison, plutôt que de contracter des habitudes basses et grossières, dans une maison de paysans ou d'hommes du peuple. Quand il fut un peu plus grand, son père le mit à la peinture, remarquant en lui une inclination vers cet art et un beau génie ; il ne se passa pas beaucoup d'années que Raphaël, encore très jeune, lui fût d'un grand secours, pour de nombreux travaux qu'il exécuta dans l'Etat d'Urbin. Finalement, ce bon et tendre père, reconnaissant que son fils ne pouvait plus rien acquérir auprès de lui, résolut de le placer chez Pietro Perugino qui, à ce qu'on lui dit, tenait le premier rang parmi les peintres d'alors. Etant allé à Pérouse, et n'y trouvant pas Pietro, il s'occupa de quelques travaux à San Francesco, pour l'attendre plus commodément. Pietro étant revenu de Rome, Giovanni, qui était aimable et de bonnes manières, se lia d'amitié avec lui, et quand le moment lui parut convenable, il lui fit part de ce qu'il désirait. Pietro, homme très courtois et qui aimait les gens de génie, accepta de prendre Raphaël, en sorte que Giovanni retourna tout joyeux à Urbin, prit l'enfant et l'emmena tout de suite à Pérouse, non sans beaucoup de larmes de la part de sa mère qui l'aimait tendrement. Pietro, ayant vu la manière de dessiner de Raphaël, et ses gentilles manières, porta sur lui le jugement que le temps, depuis, a fait reconnaître vrai. Il est à remarquer que Raphaël, en étudiant la manière de Pietro, l'imita si bien et en toutes choses que l'on ne pouvait distinguer les copies de l'élève des originaux du maître, et que leurs ouvrages semblaient sortis d'une seule main, comme en font foi, manifestement, à San Francesco de Pérouse, quelques figures qu'il peignit à l'huile sur un tableau commandé par Maddalena degli Oddi, et qui représente la Vierge montant au ciel et couronnée par son Fils, tandis qu'au-dessous les douze Apôtres, placés autour du sépulcre, contemplent la gloire céleste. La prédelle est divisée en trois petites histoires, l'Annonciation de la Vierge, l'Adoration des Mages, et la Présentation au Temple [1]. Certes cette œuvre est faite avec un soin extrême, et celui qui n'est pas absolument familiarisé avec son style pourrait la croire sortie des mains de Pietro, quoiqu'elle soit, sans aucun doute, de la main de Raphaël. Après cette œuvre, Pietro étant retourné à Florence pour quelques affaires, Raphaël quitta Pérouse et se rendit avec quelques amis à Citta di Castello, où il fit, dans l'église Sant' Agostino, un tableau du même style [2], et de même un Christ en Croix, pour San Domenico, que l'on attribuerait à Perugino, si l'on n'y lisait le nom de Raphaël [3]. A San Francesco de la même ville, il fit encore un petit tableau représentant le Mariage de la Vierge, dans lequel on reconnaît manifestement le progrès de son talent, qui va en s'affinant et surpasse la manière de Pietro. Dans cette œuvre, il y a un temple dessiné en perspective avec tant d'amour que c'est une chose admirable à voir les difficultés qu'il cherchait à résoudre [4].

Tandis qu'il avait ainsi acquis une grande réputation en pratiquant cette manière, le pape Pie II venait d'allouer à

Pinturicchio les fresques de la Libreria, dans le Dôme de Sienne [5]. Celui-ci, ami de Raphaël, qu'il savait excellent dessinateur, le conduisit à Sienne, où Raphaël fit pour lui quelques-uns des dessins et des cartons de cette œuvre. La raison qui le fit cesser fut que quelques peintres lui vantèrent l'admirable groupe de chevaux du carton fait par Léonard de Vinci pour la salle du Palazzo Vecchio de Florence, et les nus infiniment supérieurs du carton fait par Michel-Ange Buonarroti, en concurrence de celui de Léonard [6]. Raphaël, poussé par l'amour qu'il porta toujours à l'excellence de l'art, éprouva un tel désir de voir ces œuvres qu'ayant laissé de côté ce travail, ainsi que les avantages qu'il devait en retirer, il s'en alla à Florence. Comme, à son arrivée, la ville ne lui plut pas moins que ses œuvres, qui lui parurent divines, il se décida à y habiter quelque temps, et se lia d'amitié avec quelques jeunes peintres, entre autres Ridolfo Ghirlandaio et Aristotile San Gallo. Il fut très honoré dans cette ville et particulièrement de la part de Taddeo Taddei, qui voulut l'avoir constamment chez lui et à sa table, en homme qui aima toujours les gens de talent. Raphaël, qui était l'amabilité même, ne voulant pas se laisser vaincre en courtoisie, fit pour lui deux tableaux qui tiennent à la fois de la manière de Pietro et de celle bien supérieure que lui-même adopta ensuite; ces peintures sont encore aujourd'hui chez les héritiers de Taddeo [7]. Raphaël contracta encore une grande amitié avec Lorenzo Nasi, qui venait de prendre femme; il peignit pour lui un tableau où l'on voit la Vierge tenant entre ses jambes l'Enfant Jésus, auquel le petit saint Jean tend un oiseau, à la grande joie de l'un et de l'autre. Dans leur attitude, on remarque une simplicité enfantine et aimable, outre qu'ils sont si bien peints et exécutés avec tant de soin qu'ils paraissent être de chair vive plutôt que dessinés et peints. La Vierge a de même une expression pleine de grâce et de divinité; tout, enfin, jusqu'au paysage et au reste de la peinture, est de la plus grande beauté. Ce tableau a toujours été conservé avec une grande vénération par Lorenzo Nasi, tant qu'il vécut, en mémoire de Raphaël, son intime ami, aussi bien que pour la beauté de l'œuvre. Malheureusement, le 17 novembre 1548, un éboulement du Monte San Giorgio engloutit, avec toutes les magnifiques habitations des héritiers de Marco del Nero, le palais de Lorenzo Nasi et plusieurs bâtiments voisins ; on retrouva cependant, parmi les décombres, les morceaux du tableau de Raphaël, et Batista, fils de Lorenzo, les fit rejoindre et rajuster entre eux le mieux qu'il fût possible [8].

Après cette œuvre, Raphaël fut forcé de quitter Florence et d'aller à Urbin, où la mort de son père et de sa mère laissait toutes ses affaires à l'abandon. Pendant son séjour dans cette ville, il fit pour Guidobaldo da Montefeltro, alors capitaine des Florentins, deux petites Vierges très belles, peintes dans sa seconde manière, qui sont actuellement chez Guidobaldo, duc d'Urbin [9]. Il fit pour celui-ci un petit tableau du Christ au mont des Oliviers, avec, dans le lointain, les trois Apôtres endormis. Cette peinture est d'un tel fini qu'une miniature ne saurait être plus parfaite. Lorsqu'il eut mis en ordre ses affaires il retourna à Pérouse où il fut chargé de trois grands ouvrages. Le premier, dans l'église des Servi, est un tableau placé dans la chapelle degli Ansidei et représentant la Vierge, saint Jean-Baptiste et saint Nicolas [10]. Le second est une peinture à fresque, pour la chapelle de la Vierge, à San Severo, petit monastère de l'Ordre des Camaldules ; on y voit le Christ en gloire, Dieu le Père environné de quelques anges et six saints assis, trois de chaque côté, à savoir : saint Benoît, saint Romuald, saint Laurent, saint Jérôme, saint Maur et saint Placide. Sur cette œuvre, qui fut très estimée comme peinture à fresque, il inscrivit son nom en lettres majuscules très apparentes [11]. Enfin il fit, dans la même ville, pour les religieuses de saint Antoine de Padoue, un tableau de la Vierge tenant son Fils tout habillé, comme le désiraient ces saintes et vénérables filles ; aux côtés de la Vierge, on voit saint Pierre, saint Paul, sainte Cécile et sainte Catherine. Il donna aux têtes de ces deux Vierges un caractère de douceur, avec les ajustements les plus variés que l'on puisse voir, chose rare à cette époque. Au-dessus du tableau, dans un cadre demi-circulaire, il peignit un Dieu le Père très beau et, sur la prédelle, trois petites histoires représentant le Christ priant au mont des Oliviers, un Portement de Croix, où l'on admire la beauté des mouvements des soldats qui entraînent le Sauveur, et le Christ mort sur les genoux de sa Mère, œuvre admirable et pleine de dévotion, tenue par les sœurs en grande vénération et louée par tous les peintres [12].

Je ne cacherai pas que l'on reconnaît, après son séjour à Florence, qu'il changea et embellit sa manière, grâce à l'étude qu'il fit des œuvres des plus grands maîtres, au point qu'elle n'avait plus rien de commun avec sa première manière, tout comme si elles appartenaient à des peintres différents, et de plus ou moins de talent. Avant son départ de Pérouse, Atalanta Baglioni lui demanda un tableau pour sa chapelle de l'église San Francesco ; comme il ne put alors l'exécuter, il lui promit de la satisfaire dès qu'il serait de retour de Florence où il était forcé de se rendre pour quelques affaires. Etant donc venu à Florence, où il se livra avec une ardeur incroyable à l'étude de son art, il fit le carton pour ladite chapelle, avec l'intention de venir exécuter le tableau aussitôt qu'il en aurait le loisir.

Pendant son séjour à Florence, Agnolo Doni, qui était aussi parcimonieux en autre chose qu'il dépensait volontiers, mais en épargnant le plus possible, quand il s'agissait de peinture et de sculpture, auxquelles il se plaisait beaucoup, lui fit faire son portrait et celui de sa femme. On peut les voir aujourd'hui chez leur fils Giovanbatista, dans la belle et confortable maison qu'Agnolo avait fait construire sur le Corso de' Tintori, près du Canto degli Alberti [13]. Raphaël fit encore, pour Domenico Canigiani, un tableau représentant la Vierge et l'Enfant Jésus accueillant avec joie le petit saint Jean porté par sainte Elisabeth qui, tout en le soutenant, regarde expressivement saint Joseph ; celui-ci, les deux mains appuyées sur un bâton, incline la tête vers elle, en s'émerveillant et en louant Dieu d'avoir permis à une vieille femme d'avoir un si petit enfant. Tous deux paraissent étonnés en voyant avec quel sens, dans un âge si tendre, les deux petits cousins se font fête, l'un révérant l'autre, chaque touche de couleur sur les visages, les mains et les pieds étant bien plus des coups de pinceau de chair vivante que de couleur. Cette remarquable peinture appartient aujourd'hui aux héritiers de Domenico Canigiani qui la tiennent en très grande estime [14].

Ce peintre excellent étudia à Florence les anciennes peintures de Masaccio ; ce qu'il vit des travaux de Léonard de Vinci et de Michel-Ange le fit encore étudier davantage, et, par suite, perfectionner sa manière d'une façon extraordinaire. Il se lia en outre d'une étroite amitié avec Fra Bartolommeo de San Marco, dont il cherchait à imiter le coloris qui lui plaisait infiniment, tandis qu'en revanche il enseignait les règles de la perspective à ce bon père qui ne s'y était pas attaché jusqu'alors.

Mais, au plus fort de cette activité, Raphaël fut rappelé à Pérouse où, d'abord, il acheva, à San Francesco, le tableau pour Atalanta Baglioni, dont il avait fait le carton à Florence, comme nous l'avons déjà dit. Cette divine peinture, qui a encore la fraîcheur d'un ouvrage qui vient d'être terminé, représente une Déposition du Christ au tombeau [15]. Raphaël imagina, dans la composition de cette œuvre, la douleur qu'éprouvent les parents les plus proches et les plus aimants en déposant au tombeau le corps d'une personne très chère qui représentait la grandeur, l'honneur et l'union de toute une famille. On y voit la Vierge évanouie et les têtes de tous les personnages sont gracieuses dans leur douleur, particulièrement celle de saint Jean, qui, les mains croisées, baisse la tête d'une manière à remplir de pitié le cœur le plus dur. En vérité, celui qui considère le soin, l'amour, la grandeur d'art et la grâce dont cette œuvre est pleine peut s'émerveiller à bon droit, parce qu'elle remplit d'étonnement qui la regarde, pour la majesté des figures, la beauté des draperies, et, en somme, par l'extrême beauté de toutes ses parties.

Ce travail terminé, Raphaël retourna à Florence où les Dei, citoyens de cette ville, lui commandèrent, pour leur chapelle de l'église de Santo Spirito, un tableau d'autel qu'il commença et dont il avança beaucoup l'ébauche [16]. Il fit en même temps un autre tableau que l'on envoya à Sienne; mais, Raphaël étant parti, il fut remis à Ridolfo Ghirlandaio, qui eut à terminer la draperie bleue de la Vierge [17]. Ce départ précipité fut causé par Bramante d'Urbin, qui était au service de Jules II, et qui écrivit à Raphaël, son compatriote et quelque peu son parent, qu'ayant parlé de lui au pape pour les peintures de certaines chambres, il pourrait y montrer tout son talent. Cette proposition plut à Raphaël, en sorte qu'il abandonna tous ses travaux de Florence et laissa inachevé le tableau des Dei. Arrivé à Rome, il trouva qu'une grande partie des chambres du palais étaient déjà peintes ou en train de l'être par d'autres maîtres. Ainsi Piero della Francesca avait achevé un sujet, Luca da Cortona une paroi, don Bartolommeo della Gatta, abbé de San Clemente d'Arezzo, avait commencé quelque chose, et Bramantino de Milan avait peint aussi quelques figures dont la plupart étaient des portraits d'après nature que l'on estimait beaucoup.

Raphaël, à son arrivée, ayant reçu du pape Jules force caresses, commença dans la chambre de la Signature une fresque représentant l'Accord de la Théologie avec la Philosophie et l'Astrologie [18]. Tous les savants du monde sont reproduits, et argumentent entre eux. A l'écart, quelques astrologues ont tracé des figures de géomancie et d'astrologie sur des tablettes que des anges portent aux Evangélistes qui les expliquent. Entre eux, Diogène, avec son écuelle posée auprès de lui, est couché sur des degrés, figure remarquable par l'expression de sa pensée et le désordre de ses vêtements. Aristote et Platon, l'un avec le *Timée* en main, l'autre avec l'*Ethique*, sont là entourés d'une nombreuse école de philosophes. On ne saurait décrire la beauté de ces astrologues et de ces géomètres, qui dessinent avec des compas quantité de figures et de caractères sur des tablettes. Parmi eux, sous les traits d'un jeune homme, d'une beauté souveraine, qui ouvre les bras d'admiration et penche la tête, est représenté Frédéric II, duc de Mantoue, qui se trouvait alors à Rome ; celui qui est penché à terre et qui, un compas à la main, trace des cercles sur des tablettes est, dit-on, le portrait de Bramante, architecte, rendu d'une manière si frappante qu'il ne saurait être plus ressemblant, s'il était en vie. A côté d'une figure qui se retourne en tenant le globe céleste et représente Zoroastre, on voit Raphaël, l'auteur de cette fresque, peint à l'aide d'un miroir. Il a un aspect jeune, rempli de modestie, mais accompagné d'une grâce aimable, et sa tête est couverte d'un béret noir. Il serait impossible d'exprimer la beauté et la bonté que l'on remarque dans les têtes et les figures des Evangélistes, auxquels le peintre a donné une attention et une gravité toutes naturelles, particulièrement à ceux qui écrivent. Outre les nombreux détails, la composition de l'ensemble est tellement ordonnée et mesurée que Raphaël prouva par cet essai qu'il voulait occuper le premier rang parmi tous ceux qui tenaient des pinceaux. Il orna encore cette œuvre d'une belle perspective et de nombreuses figures terminées avec une manière si délicate et si douce que le pape Jules fit jeter à terre toutes les peintures des autres maîtres, anciens et modernes, et voulut que Raphaël eût seul la gloire de tous les travaux qui avaient été faits jusqu'alors. Comme on devait aussi détruire les œuvres de Giovan Antonio Sodoma da Vercelli, qui étaient au-dessus de celles de Raphaël, celui-ci voulut au moins se servir de la distribution des peintures et des grotesques [19]. Dans chacun des quatre médaillons, il peignit une figure allégorique, expliquant le sujet placé au-dessous, et tournée du même côté. Au-dessus de la fresque représentant l'Accord de la Philosophie et de la Théologie, il y a une femme qui figure la Connaissance des choses ; elle est assise sur un siège dont chaque montant est formé par une déesse Cybèle, ayant autant de mamelles que les anciens en donnaient à Diane Polymathe. Ses vêtements sont de quatre couleurs, symbole des quatre éléments : de la tête à la ceinture le peintre a figuré la couleur du feu, sous la ceinture celle de l'air, plus bas celle de la terre, et des genoux aux pieds celle de l'eau. Elle est accompagnée d'enfants très beaux. Au-dessus du Parnasse, du côté de la fenêtre qui donne sur le Belvédère, est représentée la Poésie, sous la figure de Polymnie couronnée de lauriers ; d'une main, elle tient un livre, et de l'autre une lyre antique. Les jambes croisées, elle lève les yeux au ciel, avec une beauté de visage immortelle, et elle est accompagnée de deux enfants pleins de grâce et de vivacité. Au-dessus de la Dispute du Saint Sacrement, la Théologie, avec deux petits enfants, est entourée de livres et de plusieurs autres attributs ; elle est non moins belle que les deux autres. Au-dessus de la fenêtre qui donne sur la cour, on voit la Justice tenant ses balances et levant l'épée ; accompagnée, comme les autres, d'enfants d'une suprême beauté, elle surmonte le sujet de la Jurisprudence. Dans les angles de la voûte sont quatre compartiments renfermant des sujets dessinés et peints avec le plus grand soin, mais dont les figures ne sont pas très grandes. Dans le premier compartiment, pour répondre à la figure de la Théologie, Raphaël a représenté le Péché originel. A l'Ecole d'Athènes correspond l'Astrologie, posant les étoiles fixes et errantes à leur place. Relativement au Parnasse, on voit Marsyas qu'Apollon fait écorcher à un arbre. Enfin, à la peinture des Décrétales correspond le Jugement de Salomon, quand il veut faire couper en deux un petit enfant. Ces quatre sujets sont pleins de sens et de sentiment ; ils sont exécutés avec un dessin excellent et un coloris charmant.

La description de la voûte terminée, il nous reste à décrire ce que Raphaël peignit, paroi par paroi, au bas des choses indiquées ci-dessus. Sur la paroi qui est du côté du Belvédère, où se trouvent représentés le mont Parnasse et la fontaine d'Hélicon, il fit, autour de cette montagne, une forêt ombreuse de lauriers, dont le vert feuillage semble doucement agité par un vent frais [20]. Dans les airs, une infinité de petits Amours nus, ayant d'admirables visages, cueillent des rameaux de lauriers, en font des guirlandes, et les jettent çà et là sur la montagne. Il semble vraiment qu'un souffle divin s'exhale de la beauté des figures et de la noblesse de cette peinture, qui plonge dans l'admiration celui qui la regarde attentivement, et l'on ne peut comprendre comment il a été possible à un homme, avec les moyens imparfaits dont nous disposons, de forcer, grâce à l'excellence du dessin, des choses peintes à paraître vivantes. Ils sont également très vivants, ces poètes qu'on voit çà et là sur la montagne, les uns debout, d'autres assis, écrivant ou raisonnant, chantant ou discourant entre eux, par groupes de quatre ou de six, suivant qu'il a paru bon à Raphaël de les assembler. On y voit reproduits au naturel tous les plus fameux poètes, anciens et modernes, qui vécurent jusqu'à son époque, et dont les portraits furent extraits, soit de médailles, de statues ou de peintures antiques, soit d'après l'original, pour les contemporains que Raphaël put peindre vivants. En commençant d'un côté, il y a Ovide, Virgile, Ennius, Tibulle, Catulle, Properce, Homère aveugle et chantant, la tête levée, ses vers qu'un autre écrit à ses pieds. Viennent ensuite, tous en un groupe, les neuf Muses et Apollon, avec tant de beauté et de divinité dans les figures que la grâce et la vie émanent de leur souffle, puis la docte Sapho, le divin Dante, le gentil Pétrarque, l'amoureux Boccace, qui sont réellement vivants, Tibaldeo et une infinité de modernes. Toute cette histoire est peinte avec une grâce extrême et terminée à la perfection.

Sur une autre paroi, Raphaël représenta le ciel, avec le Christ, la Vierge, saint Jean-Baptiste, les Apôtres, les Evangélistes et les Martyrs sur les nuages, avec au sommet Dieu le Père, qui envoie l'Esprit saint sur tous, et particulièrement sur une foule de bienheureux qui écrivent sur le sacrifice de la Messe et disputent au sujet de l'Eucharistie placée sur l'autel [21]. Parmi ces derniers sont les quatre Docteurs de l'Eglise, qui ont autour d'eux une infinité de saints, à savoir : saint Dominique, saint François, saint Thomas d'Aquin, saint Bonaventure, Scot, Nicolas de Lyre, Dante, Fra Girolamo Savonarole, et tous les théologiens chrétiens, dont quantité sont peints d'après nature. Dans les airs, quatre enfants tiennent ouverts les Evangiles ; aucun peintre n'aurait pu former avec leurs figures chose plus gracieuse ni de plus grande perfection. Les saints assis en cercle dans les airs, outre qu'ils paraissent vivants, sont vraiment mis en raccourci et en perspective, de manière qu'ils ne seraient pas plus vrais s'ils étaient en relief; ils sont en outre drapés très diversement avec de beaux plis dans les étoffes, et leurs têtes reflètent un air plus céleste qu'humain, comme on le voit dans celle du Christ, qui est pleine d'autant de clémence et de pitié que la représentation de la Divinité peut le montrer aux humains. Vraiment Raphaël reçut de la nature le don de douer les têtes d'un air infiniment doux et gracieux, comme le prouve encore la Vierge qui, les mains posées sur son sein, regarde et contemple son Fils; ajoutons qu'il donna à l'ensemble une grandeur admirable, en imprimant aux saints Patriarches le caractère solennel de l'Antiquité, aux Apôtres celui de la simplicité, aux Martyrs celui de la foi. Mais il montra encore plus de savoir et de génie dans les saints Docteurs chrétiens groupés de différentes manières, et discutant sur le sujet. Leurs têtes expriment bien une certaine curiosité, le tourment qu'ils éprouvent, en voulant atteindre la certitude de ce qui les tient en doute, appuyant leurs discussions de gestes, les oreilles attentives et les sourcils froncés; seuls les quatre Docteurs de l'Eglise, illuminés par l'Esprit saint, résolvent et dénouent toutes les difficultés, à l'aide des Saintes Ecritures que soutiennent les enfants qui volent dans les airs.

Sur la face où est l'autre fenêtre, on voit d'un côté Justinien donnant les lois aux Docteurs qui les corrigent et au-dessus la Tempérance, la Force et la Prudence; de l'autre côté, le pape donnant les Décrétales. Raphaël y représenta le pape Jules II, ainsi que le cardinal Jean de Médicis, qui devint pape sous le nom de Léon X, le cardinal Antonio di Monte et le cardinal Alexandre Farnèse, élevé plus tard à la papauté sous le nom de Paul III.

Son talent prit alors un tel essor que, par ordre du pape, il peignit la deuxième chambre, du côté de la grande salle [22]. A la même époque, il fit le portrait à l'huile du pape, d'une telle vérité qu'il faisait trembler, comme s'il était vivant ; on le voit aujourd'hui à Santa Maria del Popolo, avec un très beau tableau de la Nativité fait à la même époque [23]. La Vierge couvre d'un voile l'Enfant Jésus, dont la beauté est telle, tant dans la tête que dans tous ses membres, qu'il montre être le vrai fils de Dieu [24]. La tête et le visage de la Vierge ne sont pas moins beaux et respirent l'allégresse et la piété. Saint Joseph, les deux mains appuyées sur son bâton, contemple tout pensif le roi et la reine du ciel ; on ne montre ces deux peintures que les jours de fêtes solennelles.

Raphaël avait alors acquis à Rome une grande renommée, et, bien qu'il eût une manière gracieuse que l'on trouvait très belle, bien qu'il eût vu et étudié sans cesse les antiques si nombreux de cette ville, il n'avait cependant pas encore donné à ses figures cette grandeur et cette majesté qu'il leur donna depuis. Il arriva dans ce temps que Michel-Ange fut forcé de fuir à Florence, après le tapage et la frayeur qu'il causa au pape dans la chapelle, et dont nous parlerons dans sa Vie. Bramante, qui avait la clef de la chapelle, la fit voir à Raphaël, en ami, afin qu'il pût comprendre les modes de peinture de Michel-Ange. Cette vue fut cause que Raphaël recommença aussitôt le prophète Isaïe, qu'il avait déjà terminé dans l'église Sant' Agostino, au-dessus de la sainte Anne d'Andrea Sansovino [25]. Dans cette œuvre, ayant vu les peintures de Michel-Ange, il améliora et agrandit considérablement sa manière, à laquelle il donna plus de majesté. Aussi Michel-Ange, à son retour, en voyant l'ouvrage de son rival, pensa-t-il, et avec raison, que Bramante lui avait joué ce mauvais tour pour rendre service et augmenter la gloire de Raphaël.

Peu de temps après, Agostino Chigi, riche marchand siennois et ami de tous les hommes de mérite, confia la décoration d'une chapelle à Raphaël, et cela parce que celui-ci avait peint peu auparavant, dans une Loggia de son palais, connu aujourd'hui sous le nom de Chigi in Trastevere, dans une très douce manière, Galatée sur la mer, sur un char tiré par deux dauphins et entouré de tritons et d'une foule de dieux marins [26]. Raphaël ayant donc fait le carton pour cette chapelle, qui est à l'entrée de Santa Maria della Pace, à main droite en entrant par la porte principale, la peignit à fresque dans une nouvelle manière plus magnifique et plus grande que sa première. Il fit entrer dans cette composition, avant que la chapelle de Michel-Ange, qu'il avait cependant vue, ne fût livrée au public, des Prophètes et des Sibylles qui sont considérés comme la meilleure et la plus belle de tant d'œuvres qu'on lui doit; on remarque dans les femmes et les enfants une grande vivacité et un coloris parfait [27]. Il fit ensuite, à la prière d'un camérier du pape Jules II, le tableau du maître-autel d'Aracoeli, sur lequel il représenta la Vierge portée sur des nuages, au milieu d'un admirable paysage, saint Jean, saint François et saint Jérôme qu'il a peint sous la figure d'un cardinal [28]. La Vierge a ce caractère d'humilité et de modestie qui est vraiment celui de la mère du Christ, et l'enfant, dans une belle attitude, joue avec son manteau; on découvre, en outre, dans la figure de saint Jean-Baptiste, les traces du jeûne qu'il s'impose comme pénitence; ses traits laissent éclater la sincérité d'esprit et la franchise propres à ceux qui, vivant loin du monde, le méprisent, ou qui ne s'y montrent que pour flétrir le mensonge et proclamer la vérité. Saint Jérôme a la tête levée et les yeux tournés vers la Madone, dans une attitude contemplative; on y lit la science et la sagesse dont il a donné des preuves dans ses écrits; il a posé ses deux mains sur le camérier, ayant l'air de le recommander. Le portrait de ce dernier est si vivant qu'on ne dirait pas que c'est une peinture. Raphaël ne manqua pas d'en faire autant dans la figure de saint François; à genoux, avec un bras étendu et la tête levée, il regarde la Vierge, brûlant d'amour, comme le montre bien la peinture, par le dessin et le coloris; on voit qu'il se sent ranimé et consolé par le regard plein de mansuétude de la Mère, par la vivacité et la beauté du Fils. Au milieu du tableau et au-dessous de la Vierge, Raphaël a représenté un *putto* debout, qui lève la tête vers elle et tient un cartel; pour la beauté de son visage, correspondant à celle du corps, on ne saurait peindre d'enfant plus gracieux ni plus beau; en outre, le paysage est unique comme perfection et beauté.

Continuant ensuite les chambres du Vatican, Raphaël représenta l'histoire du Miracle du Saint Sacrement du corporal d'Orvieto, ou de Bolsena, comme on l'appelle [29]. On reconnaît sur le visage enflammé du prêtre, pendant qu'il dit la messe, la honte qu'il ressent de voir, à cause de son incrédulité, l'hostie tacher de sang le corporal; hors de lui-même, les yeux hagards, devant toute l'assistance, il paraît rempli de confusion : le mouvement de ses mains rend admirablement le tremblement et l'effroi si naturels en pareille occasion. Raphaël groupa autour divers personnages, les uns servent la messe, d'autres, tant hommes que femmes, à genoux sur des degrés, déconcertés par cet événement, font divers gestes dans de belles attitudes, quelques-uns exprimant le désir de s'avouer coupables. Une des femmes, assise à terre, dans le bas de la composition, tient un enfant à son cou et, entendant le propos que paraît tenir une de ses compagnes, au sujet de ce qui arrive au prêtre, se tourne, tout en écoutant, avec une grâce féminine parfaitement appropriée et vivement rendue. De l'autre côté, se trouve le pape Jules, qui entend la messe, peinture admirable, où Raphaël reproduisit les traits du cardinal San Giorgio et d'autres. Dans la partie interrompue par la fenêtre, il plaça une montée à deux rampes que le sujet laisse apercevoir en entier et on peut se rendre compte que, si le vide de la fenêtre n'existait pas, il s'ensuivrait un mauvais effet. On peut donc dire avec raison que, dans la composition de quelque sujet que ce soit, jamais personne ne s'est montré, en peinture, plus savant ni plus habile que lui, comme le montre encore la peinture placée vis-à-vis et représentant saint Pierre en prison par l'ordre d'Hérode et gardé par des hommes en armes [30]. L'architecture du cachot est si grande et simple, que les autres artistes, comparés à Raphaël, semblent en vérité mettre dans leurs ouvrages plus de confusion encore qu'il n'y met de beauté. Sans cesse il s'est efforcé de représenter les sujets tels que l'histoire nous les décrit, et d'y unir la grâce à la perfection. Qu'il a bien rendu l'horreur du cachot, dans lequel le vieillard est attaché avec des chaînes de fer et gardé par deux soldats, ainsi que le profond sommeil des gardiens ! La splendeur éblouissante de l'ange est si vive qu'elle éclaire, au milieu des ténèbres de la nuit, jusqu'aux moindres détails de la prison, et fait briller les armes, qui sont polies au point qu'elles paraissent vraies plutôt que peintes. Il n'y a pas moins d'art et de talent dans la figure de l'Apôtre délivré de ses chaînes et sortant de la prison, accompagné de l'ange ; le visage de saint Pierre montre qu'il se croit le jouet d'un songe. On remarque encore la terreur et l'épouvante des autres gardiens en armes, qui entendent du dehors le bruit de la porte de fer ; une sentinelle, la torche à la main, réveille les autres, et tandis qu'elle les éclaire, les rayons de la torche se reflètent sur toutes les armes ; dans les endroits où ils ne pénètrent pas, ils sont remplacés par un rayon de lune. La Délivrance de saint Pierre étant placée au-dessus d'une fenêtre est moins bien éclairée que les autres peintures : le jour donne dans le visage du spectateur et lutte si bien avec les effets de lumière, représentés par le peintre, que l'on croit voir la fumée de la torche, la splendeur de l'ange et les profondes ténèbres de la nuit. Tout cela est si naturel et si vrai, telle est aussi la difficulté de l'entreprise réalisée par Raphaël, que l'on ne croirait jamais être en présence d'une peinture. Les ombres et lueurs, la fumée et la chaleur des flambeaux se reflètent si bien sur les armes, au milieu de la nuit qui les enveloppe, que l'on est en droit de regarder Raphaël comme le maître des autres peintres ; en ce qui concerne l'imitation de la nuit, la peinture n'a jamais produit d'œuvre plus divine ni plus universellement appréciée.

Dans la même salle, Raphaël représenta encore, sur une des parois restées nues, le Culte divin, l'Arche des Hébreux avec le candélabre, et le pape Jules II chassant l'Avarice de l'Eglise ; la beauté et la bonté de cette peinture ne le cèdent en rien à l'effet de nuit dont nous venons de parler [31]. On y voit les portraits de quelques estafiers de l'époque, qui portent sur une litière le pape Jules, véritable image vivante. Tandis que des gens du peuple et des femmes font place pour lui livrer passage, on voit la furie d'un cavalier en armes, qui, accompagné de deux jeunes hommes à pied, heurte avec violence et frappe le superbe Héliodore, qui, par ordre d'Antiochus, veut dépouiller le Temple de tous les dépôts faits par les veuves et les orphelins. Déjà l'on emporte des coffres et des trésors, mais la vue du châtiment d'Héliodore, abattu et durement frappé par les trois susdits, qui, étant une vision, ne sont vus et entendus que de lui, frappe les ravisseurs d'épouvante ; ils veulent fuir, mais trébuchent et tombent avec leurs charges, saisis du subit effroi qui s'est levé parmi les gens d'Héliodore. On aperçoit, à part d'eux, le grand prêtre Onias, revêtu de son costume pontifical, qui, les mains jointes et les yeux tournés vers le ciel, prie avec ferveur, en compassion des infortunés que l'on dépouille, et joyeux ensuite du secours inespéré que le ciel lui envoie. Par un caprice heureux, Raphaël a placé sur les soubassements plusieurs figures qui se tiennent aux colonnes, dans des attitudes pleines d'aisance, pour contempler cette scène, et tout un peuple qui, avec une curiosité mêlée d'étonnement et de crainte, attend le résultat de l'événement. Sur la voûte, il représenta quatre sujets : Dieu apparaissant à Abraham et lui promettant la multiplication de sa race, le Sacrifice d'Isaac, l'Echelle de Jacob et le Buisson ardent de Moïse, dans lesquels on distingue autant de science, d'invention, de dessin et de grâce que dans les autres ouvrages exécutés par lui.

Pendant qu'il créait avec bonheur tant de merveilles, le sort jaloux trancha les jours de Jules II [32], qui avait si libéralement encouragé son génie et qui était amateur de toute belle chose. Léon X fut élu pape, et voulut que l'œuvre suivît son cours. Raphaël se crut porté au ciel, heureux de rencontrer un si grand prince, chez qui l'amour de l'art était héréditaire, et qui lui accorda toute sa faveur. Aussi Raphaël prit à cœur de continuer son œuvre. Sur l'autre paroi, il représenta la marche d'Attila sur Rome, et sa rencontre au pied du Monte Mario avec le pape Léon III, qui, par sa seule bénédiction, le força à rebrousser chemin [33]. Il y figura saint Pierre et saint Paul dans les airs, l'épée à la main, et volant au secours de l'Eglise, épisode que l'histoire ne rapporte pas mais que Raphaël introduisit dans sa composition, comme une fiction permise aux poètes et aux peintres, comme ornement et ne s'écartant pas de l'intention première de son œuvre. On voit dans les Apôtres cette fierté et cette hardiesse céleste que la divine volonté imprime à la face de ses serviteurs pour défendre la sainte religion. Attila en est impressionné ; monté sur un cheval noir à balzanes, et marqué d'une étoile au front, aussi beau qu'il soit possible, il lève la tête dans une attitude épouvantée et se tourne pour prendre la fuite. A côté sont d'autres chevaux très beaux, un genet surtout, tacheté et monté par un cavalier couvert d'écailles comme un poisson, dont la figure a été tirée de la colonne Trajane, sur laquelle on voit des hommes armés de la sorte : on croit que ce sont des armures faites en peau de crocodile. Le Monte Mario est en feu et rappelle qu'au départ des soldats les cantonnements restent toujours la proie des flammes. Raphaël peignit encore d'après nature les massiers qui accompagnent le pape, les cardinaux, les courtisans et les estafiers qui tiennent la haquenée sur laquelle est assis Léon X, en habits pontificaux. Tous ces portraits sont vivants, et une pareille œuvre est aussi agréable à l'œil qu'utile dans notre art, en particulier pour ceux qui sont privés de pareilles choses.

Dans le même temps, il fit, pour Naples, un tableau qui fut placé à San Domenico, dans la chapelle où est le crucifix qui parla à saint Thomas d'Aquin. Il représente la Vierge, saint Jérôme vêtu en cardinal et l'ange Raphaël qui accompagne Tobie [34]. Pour Leonello da Carpi, seigneur de Meldola, âgé de quatre-vingt-dix ans et toujours en vie, il peignit une Vierge, sur le visage de laquelle on remarque une dignité et une modestie dans l'attitude inimaginables. Elle est représentée adorant, les mains jointes, son Fils qui est assis sur ses genoux et caresse un petit saint Jean, en adoration devant lui, avec sainte Elisabeth et saint Joseph [35]. Lorenzo Pucci, cardinal de Santi Quattro, ayant été nommé Grand Pénitencier, obtint de Raphaël qu'il fît un tableau pour la chapelle de San Giovanni in Monte, à Bologne, dans laquelle est déposé le corps de la bienheureuse Elena dall' Olio ; cette œuvre montre ce que pouvait produire la grâce et l'art par les mains délicates de Raphaël. On y voit sainte Cécile, éblouie par un chœur d'anges dans les cieux, s'arrêter à les écouter, absorbée par l'harmonie ; ses traits offrent cette contraction que l'on remarque chez les gens en extase. A terre sont épars des instruments de musique qui paraissent non en peinture, mais réels et véritables ; il en est de même des voiles et des vêtements d'or et de soie de la sainte, recouvrant un cilice merveilleux. Saint Paul, le bras droit reposant sur une épée nue, et la tête appuyée sur la main, reflète autant la profondeur de sa science que sa fierté transformée en gravité ; il a les pieds nus et il est vêtu d'un simple manteau rouge sous lequel on aperçoit une tunique verte, à la manière apostolique. On voit ensuite sainte Marie-Madeleine tenant à la main un vase de pierre fine, dans une pose gracieuse ; elle tourne la tête et semble toute joyeuse de sa conversion. On ne saurait faire mieux dans ce genre et de même les têtes de saint Augustin et de saint Jean l'Evangéliste sont très belles [36]. En vérité, si le nom de peinture s'applique aux ouvrages des autres artistes, ceux de Raphaël peuvent être appelés des choses vivantes ; dans ses figures, la chair frémit ; on sent le souffle ; les sens sont en action ; en un mot, on y découvre une vivacité vivante. Outre la gloire qu'il avait déjà, cette œuvre lui attira une renommée infinie.

Raphaël fit ensuite un petit tableau, qui est maintenant chez le comte Vincenzio Ercolani, à Bologne, et qui représente un Christ en manière de Jupiter dans le ciel, environné des quatre Evangélistes représentés sous la forme d'un homme, d'un lion, d'un aigle et d'un taureau, tels que les décrit Ezéchiel [37]. Le petit paysage, qui est au-dessous et doit représenter la terre, est d'une rare beauté et ce tableau est aussi beau dans sa petitesse que ses autres œuvres dans leur grandeur. Il envoya à Vérone, aux comtes de Canossa, un grand tableau de la même valeur, représentant la Nativité du Christ, qui renferme une sainte Anne et un effet d'aurore, admirables [38]. On ne saurait faire de cette œuvre un éloge plus complet que de dire qu'il sort de la main de Raphaël. Il fit pour Bindo Altoviti, lorsqu'il était jeune, son portrait qui passe pour un chef-d'œuvre, et un tableau de la Vierge qu'il envoya à Florence, que l'on voit aujourd'hui dans le palais du duc Cosme, sur l'autel de la chapelle des nouvelles salles que j'ai construites et décorées [39]. Il représente une sainte Anne très vieille et assise qui présente à la Vierge son Fils dont la beauté de corps et les traits pleins de charme communiquent leur gaieté à quiconque les regarde. Il mit, en outre, dans la figure de la Madone toute la beauté que l'on peut imprimer à la physionomie d'une Vierge : ses yeux expriment la modestie, son front la pureté de l'âme, sa bouche la grâce et la candeur, outre que ses vêtements sont tels qu'ils montrent une simplicité et une pudeur infinie ; enfin, je crois qu'il serait impossible de faire mieux. Il y a encore un saint Jean nu et assis, ainsi qu'une sainte non moins remarquable ; dans le fond, une fenêtre tendue de toile éclaire la chambre où se passe la scène.

Il fit à Rome un tableau de bonne grandeur avec les portraits du pape Léon X, du cardinal Jules de Médicis, et du cardinal de Rossi ; ces figures ne paraissent pas peintes mais en relief [40]. On peut distinguer le tissu du velours et on croit entendre le froissement du damas dont le pape est revêtu. Les fourrures sont d'une souplesse parfaite ; l'or, la soie et le lustre des étoffes sont rendus avec une vérité incroyable. Il y a encore un livre relié en vélin et orné de miniatures, et une sonnette d'argent peinte de manière qu'on ne saurait dire combien c'est beau. Mais ce qui est au-dessus de tout éloge, c'est la boule d'or du fauteuil où siège le pape, et qui reflète en guise de miroir (si grande est sa clarté) les fenêtres, les épaules de Sa Sainteté et les murs de la salle. On peut dire avec assurance qu'aucun maître ne peut et ne pourra jamais atteindre à cette perfection. Ce tableau, qui est encore à Florence dans la garde-robe du duc, valut une riche récompense à Raphaël. Il mit autant de perfection dans les portraits des ducs Laurent et Julien ; on les voit aujourd'hui, à Florence, chez les héritiers d'Ottaviano de' Medici [41]. La gloire et la fortune de Raphaël s'accroissaient chaque jour ; aussi, pour laisser de lui un monument, éleva-t-il un palais dans le Borgo Nuovo à Rome, que Bramante construisit avec un décor de stuc [42]. La réputation que tant de beaux ouvrages avaient acquise à Raphaël s'étant étendue jusqu'en France et en Flandre, Albert Dürer, peintre allemand d'un haut mérite, et graveur sur cuivre d'admirables estampes, lui paya son tribut d'hommages et lui envoya son portrait peint à la gouache, par lui-même, sur une toile extrêmement fine. Les lumières étaient obtenues au moyen de la transparence de la toile, sans employer de blanc, et les ombres étaient faites à l'aquarelle. Cette œuvre parut admirable à Raphaël, qui envoya à Dürer plusieurs dessins de sa main, ce qui fut très agréable à Dürer. La tête de Dürer est actuellement à Mantoue, entre les mains de Jules Romain, héritier de Raphaël.

Ayant considéré la manière des estampes faites par Albert Dürer, et désireux de montrer ce qu'il pouvait faire dans ce genre, il le fit étudier à Marc Antoine de Bologne, dont les progrès furent si rapides que bientôt il lui fit graver ses premières œuvres, telles que le Massacre des Innocents, la Cène, le Neptune et la sainte Cécile dans l'huile bouillante [43]. Marc Antoine exécuta ensuite un certain nombre de gravures pour Raphaël, qui les remit à Baviera, un de ses compagnons. Celui-ci avait soin d'une femme que Raphaël aima jusqu'à la mort, et dont il fit un très beau portrait qui paraissait vivant ; ce portrait est aujourd'hui conservé à Florence, chez Matteo Botti, marchand florentin, et ami de tous les hommes de mérite, particulièrement des peintres [44].

Raphaël fit ensuite, pour le monastère des Frères olivétains, à Palerme, appelé Santa Maria dello Spasimo, un

Portement de Croix que l'on regarde comme un chef-d'œuvre [45]. On y reconnaît l'impiété et la rage des bourreaux qui conduisent le Christ au Calvaire ; le Christ, agonisant de son supplice prochain, est tombé à terre, succombant sous le poids de la croix, et se retourne, baigné de sueur et de sang, vers les deux Maries qui pleurent amèrement. On y voit en outre Véronique qui tend les bras et lui présente un linge, avec un sentiment d'ardente charité. L'œuvre est pleine de soldats à cheval et à pied qui débouchent de la porte de Jérusalem avec les étendards de la Justice, dans des attitudes variées et admirables. Ce tableau terminé, mais pas encore envoyé à sa destination, courut les plus grands risques, car le vaisseau qui devait le conduire à Palerme fut battu d'une violente tempête et s'ouvrit en donnant contre un écueil. Tout périt, hommes et marchandises, le tableau seul échappa au danger ; renfermé dans sa caisse, il fut porté par les flots sur la côte de Gênes, y fut repêché et tiré à terre. On trouva la peinture intacte : la fureur des vents et de la mer semblait avoir voulu respecter sa divine beauté. Le bruit de cet événement arriva à Palerme et les moines s'empressèrent de réclamer leur tableau ; mais il fallut l'intervention du pape pour le faire rendre au couvent qui récompensa largement ceux qui l'avaient sauvé. Rembarqué de nouveau et conduit en Sicile, il fut placé à Palerme, où il est plus renommé que le mont de Vulcain [46].

Tandis que Raphaël travaillait à ces œuvres qu'il ne pouvait refuser de faire, car elles étaient demandées par des personnages d'importance et parce qu'il aurait compromis ses intérêts, il continuait néanmoins à poursuivre ses travaux, dans l'ordre qu'il les avait commencés au Vatican. Il employait continuellement des auxiliaires qui avançaient le travail d'après ses propres dessins, et il revoyait toujours ce qu'ils avaient fait, se servant ainsi des meilleurs aides qu'il pouvait trouver pour se soulager d'un pareil fardeau. Il ne tarda pas à livrer au public la chambre de la tour Borgia, dans laquelle il avait peint un sujet sur chaque paroi : deux au-dessus des fenêtres et deux sur les grandes parois. L'un représente l'incendie du Borgo Vecchio, à Rome, qui ne pouvait s'arrêter jusqu'à ce que le pape, saint Léon III, apparaisse à la loge du palais et, en faisant une bénédiction, ne l'éteigne totalement[47] ; il retrace diverses scènes de désolation. D'un côté, des femmes, apportant de l'eau dans des vases qu'elles tiennent dans leurs mains ou sur leurs têtes, ont leurs cheveux et leurs vêtements mis en grand désordre par un vent furieux ; d'autres personnages, qui cherchent à jeter de l'eau sur les flammes, sont aveuglés par la fumée qui les empêche de se reconnaître eux-mêmes. D'un autre côté, tel que Virgile décrit Enée portant Anchise, un vieillard infirme, mis hors de lui par sa maladie et la vue du feu, est enlevé par un jeune homme dans la figure duquel on reconnaît le courage, l'énergie et l'effort qu'il fait de tous ses membres pour résister au poids de ce corps qui s'abandonne sur lui ; une vieille femme, pieds nus et à moitié vêtue, le suit, fuyant le feu, avec un jeune enfant entièrement nu. Au sommet d'un mur en ruine une femme toute nue et les cheveux en désordre va jeter son enfant emmailloté dans les bras d'un homme échappé aux flammes et qui se dresse dans la rue sur la pointe des pieds, les bras étendus pour le recevoir. Le désir de sauver son fils et la souffrance causée par la chaleur ardente qui l'entoure se peignent énergiquement dans les traits de cette femme ; sur le visage du père, on voit la lutte du dévouement pour l'enfant avec la crainte de la mort. On ne saurait assez louer l'idée ingénieuse qu'a eue Raphaël de représenter une mère qui, les pieds nus, à peine vêtue, sans ceinture, les cheveux flottants et tenant une partie de ses habillements à la main, pousse ses fils devant elle en les frappant, pour les forcer à courir loin des flammes et des ruines ; enfin quelques femmes agenouillées se tournent vers le saint pontife et le supplient de mettre fin à un si terrible incendie.

L'autre peinture se rapporte également à Léon III et représente le port d'Ostie occupé par une armée de Sarrasins venus pour s'en emparer. On voit les chrétiens se battre avec eux sur mer ; une quantité de prisonniers sont déjà venus au port et sortent habillés en galériens de certaines barques, sous l'escorte de soldats à la mine martiale qui les tirent par la barbe et les conduisent devant saint Léon, peint sous les traits de Léon X [48]. L'une des deux autres scènes montre le pape Léon X, pendant le sacre du Roi très Chrétien François Ier de France, chantant la messe en habit pontifical et bénissant la couronne royale et les huiles pour l'oindre. Outre un bon nombre de cardinaux et d'évêques en habit de cérémonie qui célèbrent l'office, il a peint plusieurs ambassadeurs et d'autres personnes réelles, certaines habillées selon la mode française de l'époque. Dans l'autre scène, où tous les cardinaux, évêques, camériers, écuyers, sont en habit de cérémonie et assis à la place qui leur est assignée dans la chapelle, il y a plusieurs portraits d'après nature, dont celui de Giannozo Pandolfi, évêque de Troia et grand ami de Raphaël. Près du roi, l'enfant agenouillé qui tient la couronne royale est un portrait d'Hippolyte de Médicis. Il devint ensuite cardinal et vice-chancelier. Je me sens redevable à cet homme si loué et ami de la peinture comme des autres arts car il me soutint à mes débuts [49]. On ne saurait décrire tous les détails des œuvres de Raphaël, mais elles parlent d'elles-mêmes. Ainsi les soubassements de cette salle portent les images des défenseurs et des bienfaiteurs de l'Eglise, placés entre des termes. Comme la voûte de la salle avait été peinte par Pietro Perugino, Raphaël ne voulut pas la détruire, par reconnaissance et affection pour son ancien maître qui avait été le promoteur du haut rang qu'il tenait dans l'art.

La grandeur de cet homme était telle qu'il entretenait des dessinateurs dans toute l'Italie, à Pouzzoles et jusqu'en Grèce, afin de se procurer tout ce qui pouvait être utile à son art. Il peignit encore une salle du Vatican avec des figures faites en grisaille et représentant des Apôtres et d'autres saints dans des niches. Avec l'aide de Jean d'Udine, son élève, qui excellait à peindre les animaux, il représenta tous ceux qui se trouvaient dans la ménagerie du pape [50]. Outre les grotesques et les pavements variés dont il embellit le palais, il donna aussi le dessin des escaliers et des nouvelles loges commencées par Bramante et restées inachevées à la mort de celui-ci, pour lesquelles il fit un modèle en bois, avec un ordre plus grand et plus orné que celui de Bramante [51]. Léon X voulait montrer la grandeur de sa magnificence et de sa générosité. Raphaël fit les dessins des stucs, des sujets qui y furent peints et des distributions ; quant aux stucs et aux grotesques, il en chargea Jean d'Udine et confia les figures à Jules Romain, quoique ce dernier s'en occupât peu. Giovan Francesco, Bologna, Perino del Vaga, Pellegrino, Vincenzio da San Gimignano, Polidoro da Caravaggio et beaucoup d'autres artistes travaillèrent aux sujets, aux figures et à tout ce qui était relatif à ce travail, que Raphaël voulut mener à fin avec une telle perfection qu'il appela Luca della Robbia de Florence pour exécuter le pavement. Certes, en ce qui concerne les peintures, les stucs, l'ordre et les compositions, on ne saurait faire ni imaginer œuvre plus belle. Aussi Raphaël fut-il chargé de la direction de tous les travaux de peinture et d'architecture que l'on faisait dans le palais. On raconte que sa bonté était telle que les maçons, pour qu'il pût obliger quelques-uns de ses amis, ne construisirent pas la muraille pleine et continue, mais laissèrent, au-dessus des anciennes chambres d'en bas, des ouvertures pour pouvoir y placer des jarres, des coffres et des bois, et on se trouva forcé de remplir plus tard ces vides, qui affaiblissaient tellement le bas de l'édifice qu'il commençait à se crevasser de toutes parts. Il fit faire par Gian Barile, pour toutes les portes et les plafonds de bois, quantité de choses sculptées et terminées avec une grâce extrême.

Il donna des dessins d'architecture pour la Vigne du pape et pour plusieurs maisons du Borgo, entre autres le palais de Messire Giovan Batista dall' Aquila, qui est une œuvre admirable [52]. Il en dessina encore un pour l'évêque de Troja, qui le fit exécuter à Florence, dans la Via San Gallo [53]. Puis il peignit, pour les moines noirs de San Sisto, à Plaisance, le tableau du maître-autel représentant la

Vierge entre saint Sixte et sainte Barbe, œuvre vraiment rare et admirable [54]. Pour la France, il fit plusieurs tableaux, et, particulièrement pour le roi, un saint Michel combattant avec le démon, que l'on regarde comme une chose merveilleuse. Il y a représenté une roche brûlée dans les entrailles de la terre, dont les crevasses laissent échapper des flammes sulfureuses qui jettent les teintes les plus variées sur les membres de Lucifer brûlant. Lucifer manifeste la rage et la fureur de son orgueil envenimé contre celui qui s'acharne sur l'ange privé du royaume de paix et condamné aux peines éternelles. Le contraire se voit dans saint Michel qui, revêtu d'une armure d'or et de fer, joint à son air céleste un caractère de force et de courage qui imprime la terreur, ayant jeté Lucifer à la renverse, à l'aide de sa lance. Cette œuvre est si remarquable qu'elle lui valut, de la part du roi, une honorable récompense [55]. Il fit ensuite plusieurs portraits de femmes, entre autres ceux de sa maîtresse et de Béatrix de Ferrare.

Raphaël était d'un tempérament amoureux, très porté sur les femmes et empressé à les servir, ce qui fut cause que, se livrant à ses plaisirs, il rencontra chez ses amis plus d'indulgence et de complaisance peut-être qu'il ne convenait. Agostino Chigi, son ami intime, lui faisant peindre la première galerie de son palais, Raphaël ne pouvait se consacrer beaucoup à ce travail, à cause de l'amour qu'il portait à une femme. En sorte qu'Agostino se désespérait et que, par le moyen d'autrui et par d'autres expédients, il eut peine à obtenir enfin que cette femme vînt habiter chez lui, dans le lieu même où Raphaël travaillait ; grâce à cet arrangement, l'ouvrage parvint à sa fin. Il y fit tous les cartons et peignit lui-même plusieurs figures à fresque. Sur la voûte, il représenta l'Assemblée des dieux ; on y remarque nombre de formes et de draperies inspirées de l'antique et rendues avec un dessin et une grâce admirables. Il peignit aussi les Noces de Psyché, avec les serviteurs de Jupiter et les Grâces qui répandent des fleurs sur la table. Sur les pendentifs de la voûte, il figura plusieurs sujets, entre autres Mercure, qui, en volant, paraît descendre du ciel, Jupiter embrassant Ganymède avec une gravité céleste, le char de Vénus, Psyché transportée dans l'Olympe par Mercure et les Grâces. Dans les lunettes des arcs qui font le tour du portique, on voit des Amours en raccourci, volant et portant les armes et les attributs des dieux, la foudre et les éclairs de Jupiter, les casques, les épées et les targes de Mars, les marteaux de Vulcain, la massue et la peau de lion d'Hercule, le caducée de Mercure, la cornemuse de Pan, les râteaux agrestes de Vertumne : tous ces enfants sont accompagnés d'animaux dont le caractère est en rapport avec les attributs qu'ils portent, peinture et poésie vraiment admirables [56]. Il fit faire par Jean d'Udine un entourage aux sujets avec des assemblages de fleurs, de feuillage et de fruits en festons qui ne sauraient être plus beaux. Raphaël donna encore le dessin des écuries des Chigi et d'une chapelle qui appartenait à Agostino, dans l'église de Santa Maria del Popolo, dans laquelle, outre les peintures, on éleva un magnifique tombeau. Il fit faire à Lorenzetto, sculpteur florentin, deux statues qui sont encore dans son atelier, au Macello de' Corbi, à Rome. Cet ouvrage échut à Sebastiano de Venise, après la mort de Raphaël et celle d'Agostino [57].

Raphaël était alors parvenu à un tel point de grandeur que Léon X voulut qu'il commençât la grande salle supérieure du Vatican où se trouvent les victoires de Constantin [58] ; il s'y mit aussitôt. Le pape désira pareillement faire tisser de riches tapisseries d'or et de soie de haute lice, pour lesquelles Raphaël dessina et coloria lui-même tous les cartons, en même grandeur [59]. On les envoya en Flandre et les tapisseries furent transportées à Rome aussitôt leur achèvement. Cette œuvre fut si admirablement exécutée qu'elle excite l'admiration à la regarder et à penser qu'on soit arrivé à rendre, avec de simples fils, tous les détails des cheveux et de la barbe, toute la souplesse des chairs, et ces eaux, ces bâtiments, ces animaux que l'on ne croit pas tissés, mais peints au pinceau. Ces tapisseries coûtèrent soixante-dix mille écus, et sont conservées dans la chapelle du pape.

Raphaël peignit sur toile, pour le cardinal Colonna, un saint Jean qui est actuellement à Florence, chez Messire Francesco Benintendi [60]. Il fit ensuite, pour le cardinal Jules de Médicis, vice-chancelier, la Transfiguration du Christ qui devait être envoyée en France ; il poussa à la dernière perfection ce tableau auquel il travaillait sans relâche [61]. On y voit le Christ transfiguré sur le mont Thabor au pied duquel les onze Apôtres attendent son retour ; un jeune possédé leur est amené, afin que le Christ le délivre, lorsqu'il sera descendu. Agité par des convulsions violentes, l'enfant se jette en arrière, en poussant des cris et en roulant des yeux hagards ; il montre sa souffrance par sa chair, ses veines et son souffle qui dénotent la présence de l'esprit malin, et tout pâle il fait ce geste de frayeur. Un vieillard le soutient, qui le tient embrassé et assure son courage, les yeux grands ouverts et pleins de lumière. Ses sourcils relevés et son front plissé indiquent à la fois la résolution et la frayeur ; en même temps, regardant fixement les Apôtres, il semble mettre son espérance en eux et reprendre courage. Une femme, la principale figure de ce tableau, à genoux devant les disciples, se tourne vers eux, et, indiquant du bras le possédé, appelle leur attention sur son malheureux état ; les Apôtres, les uns debout, les autres assis ou agenouillés, témoignent la plus vive compassion. A la vérité, il y a dans cette peinture des figures si belles et des têtes d'un style et d'un caractère si neuf et si varié qu'elle a été regardée avec raison par tous les artistes comme l'ouvrage le plus célèbre, le plus beau et le plus divin qu'ait produit Raphaël. Que celui qui veut représenter le Sauveur resplendissant de l'éclat de sa divinité aille le contempler dans cette œuvre ; il est sur la montagne, un peu réduit dans cette atmosphère lumineuse, entre Moïse et Elie, qui, illuminés, paraissent vivants dans sa clarté. Pierre, Jacques et Jean sont prosternés dans des attitudes belles et variées ; l'un se jette la face contre terre, un autre porte sa main devant ses yeux, comme pour se garantir des rayons et de la lumière intense qui émanent de la splendeur du Christ. Vêtu d'une robe plus blanche que la neige, les bras ouverts et la tête levée, il semble manifester l'Essence et la Divinité des trois personnes strictement réunies dans la perfection de l'art de Raphaël. Il semble s'être efforcé de mettre tout son génie à montrer la grandeur et la puissance de l'art dans la tête du Christ, après laquelle, une fois terminée, comme dernière chose restant à faire, il ne toucha plus à ses pinceaux, ayant été frappé par la mort.

Après avoir décrit les œuvres de cet artiste excellent, et avant de raconter les autres particularités de sa vie et de sa mort, il me semble utile, dans l'intérêt de nos artistes, de parler quelque peu de sa manière. Ayant dans sa jeunesse imité celle de Pietro Perugino, son maître, et l'ayant améliorée dans le dessin, la couleur et l'invention, il crut avoir fait beaucoup, mais il reconnut ensuite, dans un âge plus avancé, qu'il était encore bien loin du vrai. En voyant les peintures de Léonard de Vinci, qui n'eut pas d'égal pour ses têtes d'hommes et de femmes, et qui, pour la grâce des figures et des mouvements, surpassa tous les autres artistes, il resta émerveillé ; et comme la manière de Léonard lui plut infiniment plus qu'aucune autre qu'il ait vue, il se mit à l'étudier. Peu à peu, et à grand-peine, il abandonna la manière de Pietro, et chercha à imiter, autant qu'il sut et put le faire, celle du Vinci ; mais malgré ses efforts et son application, il ne put jamais le surpasser dans quelques difficultés. Bien qu'il paraisse à quelques-uns l'emporter de beaucoup en moelleux et dans une certaine facilité naturelle, par contre il ne lui fut point supérieur dans ce que j'appellerai une puissance terrible de composition et dans la grandeur de l'art, où peu d'artistes se sont élevés à la hauteur de Léonard. Tout ce que l'on peut dire, c'est que Raphaël est de tous celui qui s'en est le plus rapproché, particulièrement par la grâce du coloris. La manière qu'il prit de Pietro, quand il était jeune, fut longtemps une grande gêne et un embarras pour lui, d'autant plus qu'il l'avait saisie avec facilité, car elle était maigre, sèche et pauvre de dessin. Aussi, ne parvenant pas à s'en défaire, eut-il beaucoup de difficulté à comprendre la beauté des nus et à triompher des difficultés des raccourcis, d'après le carton que fit Michel-Ange pour la salle du Conseil, à Florence. Tout autre qui eût manqué de courage, croyant jusqu'alors avoir perdu son temps, n'aurait jamais tenté ce que fit Raphaël, quelle que fût la grandeur de son esprit. S'étant dégagé de la manière de Pietro pour apprendre celle de Michel-Ange, pleine de difficultés dans toutes ses parties, de maître il devint pour ainsi dire nouveau disciple, et il s'efforça, avec une ardeur incroyable, de faire, étant déjà un homme, et en peu de mois, des études pour lesquelles il aurait eu besoin de longues années, et d'être encore à l'âge tendre où l'on apprend facilement toute chose. Lorsqu'il voulut changer et améliorer son style, il ne s'était pas encore adonné à l'étude du nu, avec cette application qui est indispensable, et il s'était borné seulement à le dessiner d'après le modèle, dans la manière de Pietro, son maître, en y ajoutant cette grâce qu'il tenait de nature. Il s'attacha donc à étudier le nu, à comparer les muscles des pièces d'anatomie et des écorchés aux sujets vivants, qui ne paraissent pas constitués de la même façon, quand ils sont sous la peau, que lorsqu'ils sont à découvert. Voyant ensuite de quelle manière ils sont recouverts de chair, et moelleux, étant en place, se rendant compte comment, en modifiant les points de vue, on arrive à d'agréables raccourcis, constatant les effets du gonflement, de l'abaissement ou de l'élévation d'un membre, ou de toute la personne, en outre examinant l'enchaînement des os, des nerfs et des veines, il devint excellent dans toutes les parties qui sont nécessaires à un grand peintre. Mais reconnaissant qu'à l'égard de la science anatomique il ne pouvait arriver à la perfection de Michel-Ange, en homme de grand jugement, il considéra que la peinture ne consiste pas seulement dans la représentation du nu, qu'elle a un champ plus large, et que parmi les plus grands peintres on peut compter ceux qui savent rendre avec intelligence et facilité les inventions de leurs sujets et tous leurs caprices ; il se convainquit que ceux qui, dans la composition de leurs sujets, savent ne pas les rendre confus par l'excès ni pauvres par la sobriété, mais bien les approprier avec une belle invention et une sage ordonnance, peuvent être appelés des artistes pleins de talent et de jugement. Après y avoir longuement pensé, il s'appliqua à réunir dans ses peintures la variété et l'originalité des perspectives, des édifices et des paysages, l'élégante manière de draper les figures, leur disposition, tantôt allant en se perdant dans les ombres, tantôt venant plus avant dans les parties éclairées, la beauté et la vivacité des têtes chez les femmes, les enfants, les jeunes gens et les vieillards, enfin à leur donner, selon le besoin, le mouvement et l'énergie nécessaires. Il sentit encore combien est important l'art de peindre avec vérité la fuite des chevaux dans les batailles et la férocité des soldats, de savoir rendre toutes sortes d'animaux, et surtout de peindre les portraits si ressemblants qu'ils paraissent vivants et que l'on puisse reconnaître pour qui ils sont faits. Il étudia avec soin comment sont faits les vêtements, les chaussures, les armures, les coiffures de femme, les cheveux, les barbes, les vases, les arbres, les cavernes, les rochers, les feux, l'air troublé ou calme, les nuages, les pluies, la foudre, le temps serein, la nuit, les clairs de lune, les effets de soleil et beaucoup d'autres choses dont on a constamment besoin dans l'art de la peinture. D'après toutes ces considérations, Raphaël, ne pouvant égaler Michel-Ange dans la partie qu'il avait entreprise, résolut de chercher à l'égaler et peut-être à le surpasser autre part. Il se mit donc, non pas à imiter la manière de celui-ci, pour ne pas perdre inutilement son temps, mais à travailler de façon à devenir parfait dans les autres parties que nous avons énumérées. Si l'on avait vu agir ainsi quantité d'artistes de notre époque, qui, pour n'avoir voulu s'inspirer que des œuvres de Michel-Ange, ne sont pas arrivés à l'imiter, ni à atteindre à tant de perfection, ils n'auraient pas peiné en vain ni produit cette manière si dure, toute pleine de difficultés, sans charme, sans coloris et pauvre d'invention que nous voyons à présent. Ils auraient pu, au contraire, en cherchant à être universels et à imiter ses autres qualités, être de la plus grande utilité au monde autant qu'à eux-mêmes. Ayant reconnu que Fra Bartolommeo de San Marco avait un bon procédé de peinture, un dessin correct et une couleur agréable, quoiqu'il employât quelquefois trop de teintes obscures pour donner un plus grand relief à ses figures, il lui emprunta tout ce qui lui parut pouvoir lui servir et être conforme à ses idées, c'est-à-dire une manière mixte tant pour le dessin que pour le coloris ; en y mêlant des qualités puisées dans les belles œuvres d'autres maîtres, de plusieurs manières, il s'en créa une que l'on considéra ensuite toujours comme étant la sienne propre et qui a été et qui sera toujours infiniment admirée de tous les artistes. Cette manière se montre parfaite dans les Sibylles et les Prophètes de la fresque qu'il fit dans l'église della Pace, pour l'exécution de laquelle il tira un grand profit d'avoir vu les peintures de Michel-Ange dans la chapelle du pape. S'il avait su s'arrêter à cette manière et n'eût pas cherché à l'agrandir et à la varier, pour montrer qu'il entendait les nus aussi bien que Michel-Ange, il ne se serait pas privé d'une partie de sa renommée, car les nus qu'il exécuta dans la chambre de la tour Borgia où se trouve l'incendie du Borgo, quoique bons, ne sont pas parfaits en tous points. On ne peut pas non plus être satisfait de ceux qu'il fit sur la voûte du palais d'Agostino Chigi, dans le Trastevere, qui manquent de cette grâce et de cette douceur qui lui étaient propres ; ce qui fut en grande partie causé parce qu'il faisait exécuter les peintures par ses élèves d'après ses dessins, erreur qu'il reconnut en homme sensé, car il voulut travailler seul et sans l'aide d'aucun autre à son tableau de la Transfiguration (actuellement à San Pietro a Montorio), où l'on trouve réunies toutes les qualités que doit présenter une bonne peinture. Si dans cette œuvre, comme par caprice, il n'avait employé le noir de fumée des imprimeurs, qui, de sa nature, devient tous les jours plus obscur et altère les couleurs auxquelles il est mêlé, je crois que cette œuvre serait encore aussi fraîche que lorsqu'il l'exécuta, tandis qu'aujourd'hui elle a beaucoup trop poussé au noir.

Après nous être ainsi étendu sur ces questions de l'art, plus peut-être qu'il n'était nécessaire, pour en revenir à la vie et à la mort de Raphaël, je dis qu'ayant contracté une intime amitié avec Bernardo Divizio, cardinal de Bibbiena, celui-ci le tourmentait depuis plusieurs années pour le marier. Raphaël, sans avoir jamais expressément repoussé les propositions du cardinal, avait gagné du temps, en disant qu'il voulait attendre trois ou quatre ans avant de se décider. Ce terme arrivé, au moment où il s'y attendait le moins, le cardinal lui rappela sa promesse, et Raphaël, se voyant lié, en galant homme, ne voulut pas manquer à sa parole, et consentit à épouser la propre nièce du cardinal [62]. Comme il fut toujours peu désireux de subir cette chaîne, il en différait l'accomplissement, de sorte que plusieurs mois se passèrent sans que le mariage eût lieu. Ce n'était pas sans un motif honorable qu'il agissait ainsi ; après avoir servi pendant tant d'années la cour pontificale, il était créancier du pape Léon pour une forte somme et on lui avait donné à entendre qu'aussitôt qu'il aurait terminé les peintures de la salle auxquelles il travaillait, le pape lui donnerait un chapeau de cardinal, en récompense de ses peines, et pour honorer son mérite. Léon X, en effet, projetait une promotion nombreuse, et, parmi les candidats, certes plus d'un avait moins de mérite que Raphaël.

Celui-ci, pendant ce temps, continuait à se livrer, en secret et sans mesure, aux plaisirs de l'amour, et il arriva, une fois entre autres, qu'il abusa de ses forces ; étant retourné chez lui avec une fièvre ardente, les médecins crurent qu'il s'était refroidi. Mais lui ne voulant pas avouer le désordre auquel il s'était livré, les médecins le saignèrent imprudemment, en sorte qu'il s'affaiblit encore davantage, alors qu'il avait besoin de réparer ses forces. Il fit donc son testament, et tout d'abord, en bon chrétien, renvoya de chez lui sa maîtresse, en lui laissant de quoi vivre honnêtement. Il partagea ensuite sa fortune entre deux de ses élèves, Jules Romain, qu'il aima toujours beaucoup, Giovan Francesco de Florence, surnommé Il Fattore, et je ne sais quel prêtre d'Urbin, son parent. Il ordonna de restaurer de ses deniers, dans l'église de Santa Maria Ritonda, une des chapelles, qu'il choisit pour sa sépulture et repos éternel, et d'y élever un autel avec une statue en marbre de la Vierge ; il institua son exécuteur testamentaire Messire Baldassare da Pescia, qui était alors dataire du pape. Enfin, après l'aveu de ses fautes et ayant reçu l'absolution, il termina ses jours à l'âge de trente-sept ans, le même jour que celui de sa naissance qui fut le vendredi saint [63], il est à croire que son âme a orné le ciel, comme son génie a embelli le monde. Raphaël mort fut exposé dans la salle même où il travaillait ; derrière sa tête se trouvait le tableau de la Transfiguration, qu'il avait terminé pour le cardinal de Médicis ; le rapprochement de cette image en quelque sorte vivante et du corps inanimé causait une douleur poignante à tous les assistants. Ce tableau fut placé ensuite par le cardinal au maître-autel de San Pietro in Montorio. Les obsèques de Raphaël furent célébrées avec tous les honneurs dus à son noble génie : il n'y eut pas d'artistes qui ne pleurât de douleur et ne tînt à l'accompagner jusqu'à sa dernière demeure. Cette mort accabla également toute la cour du pape, parmi laquelle Raphaël avait tenu un office de cubiculaire ; il était si cher au pape que sa mort le fit pleurer amèrement. O heureuse, ô bienheureuse âme, comme chacun se plaît à parler de toi, à célébrer tout ce que tu fis, à admirer tout ce que tu as laissé ! La peinture, elle aussi, pouvait bien mourir, quand mourut ce noble ouvrier, car, en lui fermant les yeux, elle demeura comme aveuglée. Maintenant, c'est à nous, à nous qui restons après lui, d'imiter la bonne, que dis-je ! l'excellente manière dont il nous a laissé l'exemple ; c'est à nous, comme sa vertu le mérite et comme l'exige notre gratitude, de conserver dans l'âme son aimable souvenir et de tenir toujours sur nos lèvres sa mémoire hautement honorée ! Car, en vérité, c'est par lui que nous avons la science, la couleur, l'invention poussées ensemble à cette perfection féconde qu'on pouvait à peine espérer ; quant à le dépasser jamais, qu'aucun génie n'y pense ! Et ce bienfait n'est pas le seul qui lui ait mérité notre reconnaissance. Il ne cessa, tant qu'il vécut, de nous offrir le meilleur exemple à suivre dans nos rapports avec nos égaux et avec ceux qui sont placés au-dessus et au-dessous de nous. Parmi ses qualités si rares, j'en trouve une qui m'étonne : le ciel lui donna le pouvoir de se comporter d'une manière tout à fait différente de la nôtre, à nous autres peintres. Tous les artistes qui travaillaient en commun, sous la direction de Raphaël, quel que fût leur degré de talent, étaient unis dans une telle concorde que toutes les mauvaises pensées s'évanouissaient à sa vue, et que cette union n'exista jamais que de son temps. Et cela provenait de ce qu'ils sentaient la supériorité de son caractère affable et de son talent, mais surtout à cause de sa bonne nature pleine de gentillesse et si débordante de charité que les hommes, les animaux mêmes l'affectionnaient. Si un peintre, même de ceux qui lui étaient inconnus, lui demandait un dessin, il laissait de côté ses propres ouvrages pour venir à son aide. Il eut constamment de nombreux élèves qu'il aidait et dirigeait avec un amour quasi paternel. Aussi n'allait-il pas à la cour sans être accompagné d'une cinquantaine de peintres, tous hommes bons et vaillants, qui lui faisaient escorte pour l'honorer. En somme, il vécut non en peintre mais en prince. O peinture, art divin, tu pouvais t'estimer heureuse, possédant un maître dont le talent et les grâces aimables t'élevaient jusqu'au ciel ! Oui, tu pouvais te dire vraiment heureuse, car tes disciples, en marchant dans ses traces, s'inspiraient du grand exemple d'un homme qui, par la puissance de son génie et ses qualités attirantes, arriva à séduire la grande âme de Jules II et à s'acquérir la libéralité de Léon X. Heureux encore celui qui, guidé par ses leçons, put s'exercer sous ses yeux à la pratique de l'art, car, selon moi, quiconque a suivi ses traces est arrivé à bon port.

Andrea del Sarto

PEINTRE, FLORENCE, 1486 – FLORENCE, 1530

Après avoir écrit la Vie d'un grand nombre d'artistes excellents, qui par le coloris, qui par le dessin ou l'invention, nous voici parvenus au très excellent Andrea del Sarto. La nature et l'art montrèrent en lui tout ce que peut faire la peinture à l'aide du dessin, du coloris et de l'invention. Certes, si Andrea avait eu un caractère plus ferme et plus hardi, autant qu'il possédait l'entente judicieuse et profonde de son art, il aurait été indubitablement sans égal. Mais une certaine timidité d'esprit, sa nature simple et naïve ne laissèrent jamais éclater en lui cette vive ardeur et cette fierté qui, jointes à ses autres qualités, l'auraient rendu un peintre vraiment divin. Pour cette raison, il lui manqua cette grandeur imposante, ces allures larges et magnifiques qu'on a vues chez beaucoup d'autres peintres. Ses figures, quoique simples et pures, sont bien entendues, sans erreurs, et, au bout du compte, d'une grande perfection. Ses têtes d'enfants et de femmes sont naturelles et gracieuses, celles de jeunes gens et de vieillards sont admirables de vivacité et de caractère, les draperies d'une beauté merveilleuse et les nus supérieurement compris. Enfin, si son dessin est simple, ses couleurs sont rares et vraiment divines.

Il naquit à Florence l'an 1478, d'un père qui fut toujours

tailleur, c'est pourquoi il fut toujours appelé ainsi par tous [1]. A l'âge de sept ans, il fut mis en apprentissage chez un orfèvre, mais, suivant une inclination naturelle, il montrait beaucoup plus de goût pour le dessin que pour le maniement des outils qui servent à travailler l'or et l'argent. Gian Barile [2], peintre florentin, mais grossier et de basse extraction, ayant remarqué sa bonne manière de dessiner, le prit avec lui, lui faisant abandonner l'orfèvrerie, et le mit à la peinture. Andrea, commençant à la pratiquer avec beaucoup de plaisir, reconnut que la nature l'avait créé pour cela, et il se mit en peu de temps à produire certaines œuvres en couleur qui firent s'émerveiller Gian Barile et les autres artistes de la ville. Après trois ans de travail et d'études continuelles, il fut jugé par Gian Barile être appelé à un succès extraordinaire, en sorte que celui-ci en parla à Pietro di Cosimo, tenu pour un des meilleurs peintres d'alors, et le lui confia. Andrea se livra à l'étude avec une ardeur infatigable, et la nature, qui l'avait fait naître peintre, opéra si puissamment en lui, qu'il peignit avec la même grâce que s'il eût travaillé depuis cinquante ans. Aussi Pietro conçut-il pour son élève une vive affection ; il apprenait avec un plaisir incroyable que, lorsque Andrea avait du temps à lui, particulièrement les jours de fête, il passait, avec d'autres jeunes gens, toute la journée à dessiner, dans la salle du Pape, d'après le carton de Michel-Ange et celui de Léonard de Vinci, et que, malgré sa jeunesse, il surpassait les autres dessinateurs, florentins et étrangers, qui se pressaient en nombre infini pour les étudier. Parmi ceux-ci, Andrea se lia intimement avec le peintre Francia Bigio, dont le caractère et la conversation lui plurent, et inversement [3] ; étant devenus amis, Andrea dit à Francia, qu'il ne pouvait plus supporter l'humeur fantasque de Pietro déjà vieux, et qu'il voulait avoir son atelier à lui, ce qu'entendant, Francia, qui était forcé de faire la même chose, Mariotto Albertinelli, son maître, ayant abandonné la peinture, lui proposa de prendre un atelier commun, pour le plus grand avantage des deux. Dans un atelier, Piazza del Grano, qu'ils choisirent, ils firent de concert une quantité d'ouvrages, entre autres, les rideaux qui couvrent le tableau du maître-autel, dans l'église des Servites et qui leur furent commandés par un sacristain, proche parent du Francia. Sur celle de ces toiles qui est tournée vers le chœur, ils firent une Annonciation, et sur l'autre, qui est devant, une Déposition de Croix, semblable à celle du tableau qui était dans cet endroit, de la main de Filippo et de Pietro Perugino.

A cette époque, les membres de la Confrérie dello Scalzo, dédiée à saint Jean-Baptiste, avaient coutume de se rassembler à Florence, au commencement de la Via Larga, en face du jardin de San Marco, dans un oratoire construit récemment par divers artistes florentins qui, entre autres choses, l'avaient orné d'une cour de premier accès, entourée d'une petite colonnade. Quelques-uns d'entre eux, voyant qu'Andrea arrivait à se placer au nombre des meilleurs maîtres, mais était plus riche en bonne volonté qu'en écus, résolurent de lui faire peindre à fresque et en clair-obscur, autour de leur cour, douze sujets tirés de la vie de saint Jean-Baptiste [4]. Andrea se mit à l'œuvre et représenta dans le premier saint Jean baptisant le Christ, avec tant de soin et dans une si bonne manière que cette peinture accrut infiniment son crédit et sa réputation et lui valut de nombreuses commandes de personnes qui comprirent tout ce que promettait un si brillant début. Dans cette première manière, Andrea fit, entre autres choses, un tableau que Filippo Spini conserve aujourd'hui avec grande vénération, en mémoire d'un si grand artiste.

Peu de temps après, à San Gallo, dans l'église des frères ermites de l'Observance de l'Ordre de saint Augustin, hors la Porta a San Gallo, on lui donna à faire, pour une chapelle, un tableau du Christ, quand il apparaît en jardinier à Marie-Madeleine ; cette œuvre, pour son coloris et une certaine morbidesse, est harmonieuse et douce dans son ensemble, et elle fut cause que, peu de temps après, il en fit deux autres pour la même église [5]. Ces trois ouvrages sont aujourd'hui à San Jacopo tra Fossi au coin près des Alberti. Ces œuvres terminées, Andrea et le Francia partirent de la Piazza del Grano et prirent un nouvel atelier à la Sapienza, près du couvent della Nunziata ; il arriva qu'Andrea et Jacopo Sansovino, encore très jeune, qui travaillait en sculpture dans le même endroit, sous la direction d'Andrea Contucci, se lièrent d'une si étroite amitié qu'ils ne se quittaient ni le jour ni la nuit. Presque toutes leurs conversations roulaient sur les difficultés de l'art ; aussi n'est-il pas étonnant qu'ils soient devenus l'un et l'autre des maîtres excellents.

Il y avait à cette époque, dans le couvent des Servites, un sacristain chargé des cierges, nommé Fra Mariano da Canto alle Maccine, qui, à force d'entendre louer Andrea et dire qu'il faisait des progrès merveilleux en peinture, conçut un vif désir qu'il résolut de satisfaire à peu de frais. En simulant le désintéressement, il aborda Andrea qui était un homme doux et bon, et, sous prétexte de lui rendre service, il lui dit qu'il voulait l'aider dans une chose qui lui rapporterait honneur et profit et qui le ferait connaître de telle sorte qu'il serait pour toujours à l'abri de la pauvreté. Déjà maintes années auparavant, Alesso Baldovinetti avait peint une Nativité du Christ dans le premier cloître des Servites, sur la paroi qui est contre la Nunziata, et, de l'autre côté, Cosimo Rosselli avait commencé une scène dans laquelle saint Philippe, fondateur de l'Ordre des Servites, prend l'habit, mais il ne l'avait pas terminée, parce qu'il était mort pendant qu'il y travaillait [6]. Le sacristain, désirant grandement voir l'entreprise se continuer, pensa de faire en sorte, pour son avantage, qu'Andrea et Francia, qui d'amis étaient devenus concurrents, luttassent l'un contre l'autre et fissent chacun une partie du travail ; outre qu'il devait être bien servi, la dépense serait moindre et l'effort produit par chacun plus considérable. S'en étant donc ouvert à Andrea, il le persuada d'entreprendre cette œuvre, en lui montrant que, cet endroit étant public et très fréquenté, il serait bientôt connu des étrangers, non moins que des Florentins, et qu'ainsi, loin de chicaner sur le prix, loin de se faire prier, il devait plutôt solliciter avec instance ce qu'on avait la bonté de lui offrir ; que, du reste, s'il ne voulait pas s'en charger, on avait sous la main Francia, qui s'était offert pour se faire connaître, et qui s'en remettait entièrement à lui pour le prix. Toutes ces raisons furent autant de stimulants pour qu'Andrea se décidât à se charger de cette entreprise, d'autant plus qu'il avait peu de caractère ; mais ce que le sacristain lui dit du Francia le détermina surtout et il s'engagea par un écrit qui lui réservait tout l'ouvrage et le préservait de toute concurrence. Le sacristain, ayant ainsi embarqué Andrea et lui ayant avancé quelque argent, voulut qu'il se mît immédiatement à continuer la vie de saint Philippe, dont chaque histoire ne devait lui être payée que dix ducats, disant qu'il y mettait du sien et qu'il agissait plus dans l'intérêt d'Andrea que pour l'utilité et les besoins du couvent. S'appliquant donc à cette œuvre avec grande ardeur, en homme qui pensait plus à l'honneur qu'à l'utile, Andrea termina en très peu de temps les trois premières histoires, qu'il découvrit aussitôt. Dans la première, saint Philippe, déjà religieux, habille un pauvre ; dans la deuxième, tandis qu'il réprimande des joueurs qui blasphèment et se moquent du saint, tournant en ridicule ses adjurations, la foudre tombe du ciel, frappe l'arbre sous lequel ils se tenaient, tue deux d'entre eux et inspire aux autres la plus incroyable épouvante. Les uns, se saisissant la tête à deux mains, se précipitent, tout étourdis, en avant ; ceux-là prennent la fuite, en poussant des cris ; une femme, mise hors d'elle par le coup de tonnerre et par la peur, se sauve avec tant de naturel qu'elle paraît vraiment vivante. Au milieu de ce fracas, un cheval brise son lien et montre, par la violence de ses soubresauts et de ses mouvements, toute la terreur que peut occasionner un accident imprévu. On voit, par l'ensemble, combien Andrea pensait à la variété des événements qui peuvent se produire, avec des considérations certainement très belles et qui sont nécessaires à quiconque exerce la peinture. Dans la troisième histoire, saint Philippe délivre une femme du démon. Ces peintures attirèrent à Andrea une grande réputation, qui l'encouragea à en faire deux autres à la suite. Dans l'une, saint Philippe mort est entouré par les frères qui le pleurent ; un enfant ressuscite en touchant sa bière. La dernière histoire de ce côté représente quelques enfants recevant l'habit de saint Philippe des mains des religieux.

Après avoir ainsi achevé un côté de la tour, jugeant qu'il retirait de ses peines trop d'honneur et pas assez de profit, Andrea résolut de ne pas continuer le reste de l'ouvrage, bien que le frère s'en plaignît beaucoup ; mais ce dernier ne voulut pas lui causer d'ennuis, à cause de leur traité, pourvu qu'Andrea lui promît deux autres peintures qu'il devait faire, tout à loisir, et moyennant une augmentation de prix ; c'est ainsi qu'ils se remirent d'accord [7]. Grâce à ces œuvres, Andrea, étant plus connu, reçut la commande de plusieurs tableaux et d'ouvrages d'importance. Entre autres, le général des moines de Vallombrosa le chargea de peindre, dans le monastère de San Salvi, hors la Porta alla Croce, une Sainte Cène, sur une des parois de réfectoire, et, sur la voûte, quatre médailles contenant les portraits de saint Benoît, de saint Jean Gualbert, de l'évêque saint Salvi et du cardinal saint Bernardo degli Uberti, de Florence, religieux de ce couvent. Un cinquième médaillon, placé au centre, renferme la Trinité, figurée par une tête à trois faces. Ces fresques, habilement exécutées, firent estimer Andrea ce qu'il était réellement en peinture [8].

Par l'entremise de Baccio d'Agnolo, il eut ensuite à peindre à fresque, dans la ruelle qui va d'Or San Michele au Mercato Nuovo, et sur un coin, l'Annonciation en petites proportions qu'on y voit encore et qui ne fut pas très estimée, ce qui provint peut-être de ce qu'Andrea, qui réussissait bien quand il ne cherchait pas à se surpasser ou à forcer la nature, voulut dans cette œuvre, dit-on, se surpasser et la traiter avec un soin trop minutieux [9]. Entre autres tableaux qu'il fit ensuite à Florence et qu'il serait trop long d'énumérer, on peut citer, parmi les plus remarquables, celui qui est actuellement chez Baccio Barbadori et qui représente une Vierge en pied tenant son Fils, avec sainte Anne et saint Joseph, traités dans une belle manière. Il fit pareillement un tableau remarquable, qui est chez

Lorenzo di Domenico Borghini, et une Vierge pour Lionardo del Giocondo. Deux petits tableaux peints pour Carlo Ginori furent ensuite achetés par le magnifique Ottaviano de' Medici ; l'un est dans sa belle villa de Campi, et l'autre chez son fils Bernadetto.

Pendant ce temps, le sacristain des Servites avait confié à Francia Bigio une des fresques de la cour dont nous avons déjà parlé. Celui-ci n'avait pas encore achevé d'élever la clôture, lorsque Andrea, mis en éveil, parce qu'il lui paraissait que Francia était plus habile et plus expéditif dans la pratique des couleurs à fresque, fit, comme par rivalité, les cartons des deux histoires promises au sacristain et destinées à prendre place dans le coin, entre la porte latérale de San Bastiano et la petite porte qui, de la cour, donne accès dans la Nunziata. Les cartons faits, il se mit à peindre les fresques, et, dans la première, il représenta la Nativité de la Vierge, avec un groupement de figures bien proportionnées et agencées avec grâce, dans une chambre où quelques femmes, amies et parentes, revêtues des costumes du temps, viennent visiter et entourent l'accouchée. Autour du feu, quelques femmes, de condition inférieure, lavent la fillette qui vient de naître, tandis que d'autres préparent les langes et rendent divers offices réclamés par la circonstance. On voit encore un enfant qui se chauffe au feu, vraiment vivant, un vieillard étendu sur un lit de repos, très naturel, et des servantes qui apportent à manger à la mère de la Vierge, avec des gestes pleins de vérité. Toutes ces figures et quelques petits anges qui volent en semant des fleurs sont peints avec un tel art qu'ils paraissent vivants.

Dans l'autre histoire, Andrea fit les trois Mages d'Orient qui, guidés par l'étoile, viennent adorer le petit Enfant Jésus. Il les représenta descendus de cheval, comme s'ils étaient près d'arriver au but de leur voyage, et cela parce qu'il n'y a que l'espace des deux portes entre cette scène et la Nativité du Christ peinte par Alesso Baldovinetti. Les trois rois sont suivis de leur cour et de gens qui conduisent des chariots et des bagages de toute espèce ; parmi ces gens, on remarque, dans un coin, trois personnages couverts de l'habit florentin et peints d'après nature. Le premier, en face du spectateur et en pied, est Jacopo Sansovino ; le second est Andrea del Sarto ; un bras en raccourci, il paraît indiquer qu'il est l'auteur de cette œuvre, et s'appuie contre le Sansovino, derrière lequel on voit la tête de profil du musicien Piero dell' Aiole [10]. Des enfants grimpent sur une muraille pour voir passer les étranges animaux, qui accompagnent le magnifique cortège des trois rois. Cette fresque ne le cède en rien à la précédente, et, dans l'une et dans l'autre, Andrea resta supérieur, non seulement à lui-même, mais encore au Francia Bigio, qui, de son côté, termina la sienne.

Dans le même temps, Andrea fit, pour l'abbaye de San Godenzo, appartenant au même Ordre, un tableau qui fut très estimé, et, pour les religieux de San Gallo, un tableau représentant l'Annonciation, dans lequel on voit une union de couleurs très agréable et quelques têtes d'anges accompagnant l'archange Gabriel, doucement fondues, et d'une beauté expressive parfaitement rendue [11].

Andrea peignit ensuite un tableau de figures en petites dimensions, pour Zanobi Girolami, sur lequel on voit un passage de l'histoire de Joseph, fils de Jacob, et, pour les membres de la Confrérie de Santa Maria della Neve, derrière les sœurs de Sant' Ambrogio, sur un petit tableau, les trois figures de la Vierge, de saint Jean-Baptiste et de saint Ambroise. Cette œuvre terminée fut posée plus tard sur l'autel de cette Compagnie. Andrea, cependant, s'était lié, grâce à son mérite, avec Giovanni Gaddi, qui fut ensuite camérier du pape et qui faisait alors continuellement travailler Jacopo Sansovino, en homme qui appréciait les arts du dessin. La manière d'Andrea lui plaisant, il lui fit faire pour soi un tableau d'une Vierge admirable, qui fut estimée la plus belle œuvre qu'Andrea eût peinte jusqu'alors, à cause des différents motifs décoratifs et ornements ingénieux qu'il plaça tout autour. Il fit ensuite un autre tableau de la Vierge, pour Giovanni di Paulo, mercier, qui plut infiniment à tous ceux qui le virent, et, pour Andrea Sertini, un autre tableau représentant la

Vierge, Jésus-Christ, saint Jean et saint Joseph, exécutés avec tant de soin qu'ils furent toujours estimés depuis, à Florence, être parmi les peintures le plus remarquables. Toutes ces œuvres valurent à Andrea une telle renommée dans sa patrie que, parmi tant de peintres jeunes et vieux qui travaillaient alors, il était regardé comme un des meilleurs. Il était donc très honoré, et, bien qu'il se fît peu payer, il se trouvait en état de secourir sa famille et de vivre à l'abri des ennuis et des dégoûts qu'éprouvent ceux qui vivent pauvrement. Mais, s'étant épris d'une jeune femme qui, peu de temps après, étant restée veuve, devint sa femme, il eut à souffrir et à peiner le reste de sa vie, plus qu'il ne l'avait fait jusqu'alors, car, outre les embarras inhérents à sa nouvelle condition, il eut à en supporter bien d'autres, en homme qui était en proie tantôt à la jalousie et tantôt à mille autres souffrances.

Pour en revenir à ses ouvrages, qui furent aussi nombreux que précieux, il fit, après ceux dont nous avons parlé ci-dessus, pour un frère mineur de Santa Croce, qui était aumônier des sœurs de San Francesco in Via Pentolini, et qui appréciait beaucoup la peinture, un tableau destiné à l'église des sœurs et représentant la Vierge debout sur un piédestal octogone, aux angles duquel sont assises des harpies qui semblent la vénérer ; d'une main elle tient à son cou son Fils qui, dans une très belle attitude, la serre tendrement dans ses bras ; dans l'autre, elle a un livre fermé et elle regarde deux petits enfants nus qui la soutiennent et l'encadrent [12]. A droite de la Madone est un saint François dont la tête exprime cette bonté et cette simplicité qui furent vraiment dans ce bienheureux. Les pieds de ces figures sont d'une rare beauté ; il en est de même des draperies qu'Andrea savait jeter, avec des plis très riches et des froissures si harmonieuses que, tout en enveloppant les figures, elles laissaient toujours apercevoir le nu. A la droite de la Vierge est encore un saint Jean, beau jeune homme occupé à écrire l'Evangile. Cette œuvre paraît enveloppée de nuées transparentes au-dessus des édifices, et les personnages semblent se mouvoir, en sorte que ce tableau est aujourd'hui considéré comme un des plus rares et des plus beaux qu'Andrea ait produits. Il fit encore pour le menuisier Nizza, un tableau de la Vierge qui n'est pas moins estimé que ses autres œuvres.

La Guilde des Marchands avait décidé de remplacer par des chars de triomphe en bois, à l'instar de ceux des anciens Romains, les bannières et les cierges que les villes et les forteresses faisaient passer processionnellement, en guise de tribut, le matin de la Saint-Jean, devant le duc et les principaux magistrats. Parmi les dix que l'on construisit, Andrea en orna quelques-uns de sujets à l'huile et en grisaille qui furent très admirés. Chaque année, on devait augmenter le nombre de ces chars jusqu'à ce que la moindre cité ou territoire eût le sien, ce qui aurait été d'une magnificence extraordinaire; mais malheureusement, on renonça à ce projet, l'an 1527.

Tandis qu'Andrea enrichissait ainsi Florence de ses productions, et que sa renommée grandissait chaque jour, la Confrérie della Scalzo décida qu'Andrea terminerait la décoration de sa cour, où il avait déjà peint le Baptême du Christ. Andrea, s'étant volontiers remis à cette œuvre, y fit deux histoires, et, pour orner la porte d'entrée, deux belles figures de la Charité et de la Justice. La première histoire représente saint Jean prêchant à la foule, dans une attitude pleine de fierté; sa maigreur atteste l'austérité de sa vie et son visage est tout esprit et réflexion. Pareillement, la variété et la vivacité des auditeurs sont merveilleuses; ils restent étonnés d'entendre cette nouvelle et rare doctrine. Mais le génie d'Andrea s'appliqua encore davantage dans la deuxième fresque où l'on voit saint Jean baptisant la multitude; les uns se dépouillent de leurs vêtements, les autres reçoivent le baptême, ceux-là attendent que ce soit leur tour d'être baptisés, et tous sont animés de l'ardent désir d'être lavés du péché. Ces figures sont si bien exécutées en clair-obscur qu'elles paraissent être de vivantes histoires en marbre, pleines de vérité. Je ne dois pas cacher que, pendant qu'Andrea était occupé à ces peintures et à d'autres, parurent quelques gravures sur cuivre d'Albert

Dürer, desquelles il se servit, et dont il tira plusieurs figures qu'il arrangea à sa manière, ce qui a fait croire à certaines gens, non pas qu'il soit mal de se servir adroitement des bonnes choses d'autrui, mais qu'Andrea manquait d'invention [13].

Vers ce temps, Baccio Bandinelli, dessinateur très estimé, eut envie d'apprendre à peindre à l'huile. Sachant qu'à Florence personne ne savait mieux le faire qu'Andrea, il lui demanda son portrait, qui fut très ressemblant, comme l'on peut en juger encore à présent [14]. Ainsi, en le voyant faire cette œuvre et d'autres, Baccio observa la manière de son coloris ; mais, soit à cause des difficultés qu'il rencontra, soit par insouciance, il abandonna son projet et revint plus judicieusement à la sculpture.

Andrea fit pour Alessandro Corsini un tableau plein de petits anges qui entourent la Vierge assise à terre et ayant son Fils dans les bras ; pour un mercier qui tenait boutique à Rome et qui était son grand ami, il peignit une tête admirable. Pareillement, Giovanbatista Puccini, florentin, à qui le mode de faire d'Andrea plaisait extraordinairement, lui demanda un tableau d'une Vierge, pour être envoyé en France ; comme il le trouva parfaitement réussi, il le garda pour lui et ne l'envoya pas autrement. Néanmoins, comme il faisait du trafic et des affaires en France, et comme on lui avait prescrit de s'efforcer d'amener des peintures excellentes, il donna à peindre à Andrea un tableau d'un Christ mort et soutenu par des anges, qui d'un air triste et plein de pitié contemplent le Sauveur, tombé dans une telle misère pour racheter les péchés des hommes. Cette œuvre, une fois terminée, plut universellement, en sorte qu'Andrea, prié par plusieurs, la fit graver à Rome par Agostino Veneziano ; mais, comme elle ne réussit pas trop bien, il ne voulut plus jamais donner quelque œuvre à faire graver. Le tableau fut envoyé en France, où il ne plut pas moins qu'aux Florentins, si bien que le roi, toujours plus désireux d'avoir de ses œuvres, lui en demanda, ce qui fut cause qu'Andrea, persuadé par ses amis, se décida à se rendre peu après en France.

A cette époque, c'est-à-dire l'an 1515, les Florentins, ayant appris que le pape Léon X voulait leur faire la grâce de se montrer dans sa patrie, préparèrent, pour le recevoir, les fêtes les plus somptueuses ; ils disposèrent des arcs de triomphe, des façades, des temples, des statues colossales et d'autres décorations avec une telle profusion et une telle magnificence que l'on n'avait encore rien vu de plus beau. Il est vrai que jusqu'alors Florence n'avait jamais possédé dans son sein autant d'artistes de talent. A l'entrée de la Porta San Pier Gattolini, Jacopo di Sandro et Baccio da Montelupo construisirent un arc de triomphe tout historié. Giuliano del Tasso en fit un autre à San Felice in Piazza, ainsi que plusieurs statues à Santa Trinita, et une copie de la colonne Trajane sur le Mercato Nuovo. Antonio, frère de Giuliano da San Gallo, éleva un temple octogone sur la Piazza de' Signori, et Baccio Bandinelli une statue colossale sur la Loggia. Entre la Badia et le palais du Podestat, le Granacci et Aristotile da San Gallo bâtirent un arc de triomphe, et au Canto de' Bischeri, le Rosso en plaça un autre, remarquable par la beauté de l'ordonnance et la variété des figures. Mais ce que l'on admira surtout, ce fut la façade en bois de Santa Maria del Fiore, qu'Andrea peignit en grisaille avec tant de perfection que l'on n'aurait pu désirer mieux. Elle avait été construite en bois par Jacopo Sansovino, qui l'avait également enrichie de bas-reliefs et de statues, en sorte que le pape déclara que cet édifice n'aurait pas été plus beau, lors même qu'il eût été en marbre. C'était une invention de Laurent de Médicis, père de Léon X, quand il était vivant. Jacopo Sansovino fit encore, sur la place de Santa Maria Novella, un cheval semblable à celui de Rome. Une multitude d'ornements couvraient la salle du Pape, dans la Via della Scala, et la moitié de cette rue était pleine de belles peintures exécutées par divers artistes, mais pour la plupart dessinées par Baccio Bandinelli. En un mot, l'entrée de Léon X à Florence, qui eut lieu le 3 septembre 1516, offrit un apparat qui fut le plus grand et le plus beau qu'on ait jamais vu.

Revenons à Andrea. Sollicité de nouveau de faire un autre tableau pour le roi de France, il termina promptement une très belle Madone, qui fut expédiée aussitôt, et que les marchands vendirent quatre fois plus cher qu'ils ne l'avaient eux-mêmes payée [15]. Justement alors, Baccio d'Agnolo venait de sculpter, pour une chambre de Pier Francesco Borgherini, diverses espèces de sièges, de coffres et un lit en noyer. Borgherini, voulant que les peintures fussent en harmonie avec l'excellence des autres travaux, chargea Andrea d'une partie des peintures en petites dimensions et représentant quelques faits de l'histoire de Joseph [16] dont plusieurs sujets avaient déjà été traités avec succès par le Granacci et Jacopo da Pontormo. Andrea s'efforça de l'emporter sur ses deux concurrents et y réussit parfaitement. Pendant le siège de Florence, Giovan Batista della Palla essaya d'enlever ces peintures des parois où elles étaient fixées, pour les offrir au roi de France, mais, comme elles tenaient de manière que toute l'œuvre aurait été gâtée, on les laissa en place avec une Vierge du plus haut prix.

Andrea fit ensuite une tête de Christ, que les Servites ont placée actuellement au-dessus de l'autel della Nunziata ; elle est si belle, selon moi, que je ne sais si l'esprit humain est capable d'en imaginer une plus belle [17]. Les chapelles de l'église de San Gallo, hors la porte du même nom, renfermaient, outre deux tableaux d'Andrea, quantité de peintures qui ne les valaient pas. Comme il s'agissait d'en faire exécuter une nouvelle, les Frères agirent auprès du possesseur de la chapelle pour qu'il allouât cette œuvre à Andrea. Celui-ci se mit aussitôt à l'œuvre et représenta quatre personnages debout, discutant le mystère de la Trinité [18]. Saint Augustin, que distinguent ses habits épiscopaux et sa physionomie vraiment africaine, se tourne avec véhémence vers saint Pierre martyr, qui brandit un livre ouvert, dans une attitude et avec un geste vraiment terribles. Saint François, d'une main tenant un livre et de l'autre se pressant la poitrine, paraît animé d'une si vive ferveur, que son âme se fond, pour ainsi dire, dans ses paroles. Il y a en outre un saint Laurent, qui écoute en silence, comme un jeune homme, et paraît se rendre à l'autorité de ses aînés. Des deux figures agenouillées qui occupent le bas du tableau, la Madeleine, richement vêtue, est le portrait fidèle de la femme d'Andrea, car il ne peignait jamais de tête de femme que d'après la sienne, et si par hasard il prenait un autre modèle, soit par l'habitude qu'il avait prise de la dessiner, de l'avoir devant les yeux, et plus encore dans son esprit, il en arrivait à ce que toutes les têtes de femmes qu'il faisait lui ressemblaient. L'autre est un saint Sébastien nu, qui paraît plutôt vivant que peint. Certainement, cette œuvre, parmi tant de peintures à l'huile, fut considérée par les artistes comme la meilleure, tant y brillent la science des proportions dans les figures et la justesse de l'expression dans les visages. Les têtes de jeunes gens y respirent la douceur, celles des vieillards la dureté et celles des hommes mûrs participent de ces deux caractères. En somme, cette composition est d'une rare beauté dans toutes ses parties ; elle est aujourd'hui à San Jacopo tra Fossi, au Canto agli Alberti, avec d'autres peintures du même auteur.

Tandis qu'Andrea allait ainsi vivant misérablement à Florence du produit de ces ouvrages sans pouvoir se tirer d'affaire, les deux tableaux qu'il avait envoyés en France étaient vus par François Ier, et parmi tant de peintures qui lui avaient été expédiées de Rome, de Venise et de Lombardie, ils étaient jugés de beaucoup supérieurs à tous les autres. Comme le roi en faisait le plus grand éloge, on lui dit qu'il serait facile d'attirer Andrea en France à son service, ce qui fut très agréable au roi. Il donna donc des ordres pour que ce projet se réalisât et qu'on payât à Florence l'argent nécessaire pour le voyage ; Andrea se mit donc joyeusement en route pour la France, emmenant avec lui Andrea Sguazzella, son élève [19]. Arrivés à la cour, ils furent accueillis par le roi avec beaucoup de faveur, et le premier jour ne se passa pas sans qu'Andrea éprouvât la libéralité et la courtoisie de ce roi magnanime, qui lui fit présent de bonnes sommes d'argent et de riches habits.

S'étant ensuite mis au travail, il se rendit si agréable au prince et à la cour qu'il reçut des caresses de tout le monde, et qu'il lui semblait que sa fortune l'avait conduit d'une extrême misère à la suprême félicité. Il fit d'abord le portrait du Dauphin [20], à peine âgé de quelques mois, tel qu'il était dans ses langes, peinture qu'il porta au roi, et pour laquelle il reçut en don trois cents écus d'or, puis un tableau de la Charité, qui fut très admiré, et que le roi estima autant qu'il le méritait [21]. Il assigna au peintre une grosse pension et lui promit qu'il ne manquerait de rien, faisant toute chose pour le retenir, car il aimait le mode de faire et la rapidité de travail de cet homme facile à contenter. En outre, Andrea, ayant su gagner les bonnes grâces des courtisans, exécuta pour eux de nombreux travaux ; certes, s'il eût considéré d'où il était parti et le point où le sort l'avait amené, il n'y a pas de doute qu'il serait arrivé au rang le plus brillant, sans parler des richesses qu'il aurait amassées. Mais, un jour qu'il travaillait, pour la reine mère, à un saint Jérôme pénitent, il reçut de Florence des lettres de sa femme qui le firent songer au départ. Il demanda donc au roi son congé, lui disant qu'il voulait aller à Florence ; que, ses affaires mises en ordre, il reviendrait auprès de Sa Majesté de toute façon ; que, pour être plus en paix, il ramènerait sa femme avec lui ; enfin qu'il rapporterait des peintures et des sculptures de prix. Le roi lui donna de l'argent pour cela en toute confiance, et Andrea jura sur l'Evangile qu'il reviendrait avant peu de mois.

Arrivé sans accident à Florence, il ne songea, pendant plusieurs mois, qu'à se divertir avec sa belle femme et ses amis. Finalement, le temps fixé pour son retour fut passé, et il arriva que les plaisirs, l'oisiveté et des constructions qu'il entreprit mangèrent son argent, et celui du roi. Néanmoins, il voulait repartir, mais les larmes et les prières de sa femme eurent plus d'empire sur lui que ses intérêts et les serments faits au roi. Pour faire plaisir à sa femme, il ne s'en retourna donc pas, et cette manière d'agir irrita le roi à tel point que, de longtemps, il ne put regarder d'un bon œil aucun peintre florentin, et il jura que, si jamais Andrea lui tombait entre les mains, il lui causerait plus de déplaisir que de plaisir, sans le moindre égard pour son talent. Ainsi Andrea, resté à Florence et tombé du sommet de la félicité dans la misère, chercha à se tirer d'embarras et à passer le temps le mieux qu'il put.

Lorsqu'il s'en alla en France, la Confrérie della Scalzo, pensant qu'il ne devait plus jamais revenir, avait alloué le reste des peintures de la cour au Francia Bigio, qui y avait déjà peint deux histoires, quand Andrea revint à Florence. La confrérie fit en sorte qu'il reprît ce travail qu'il continua en faisant quatre histoires, l'une à côté de l'autre. Dans la première, saint Jean, prisonnier, est amené devant Hérode. Dans la deuxième, on voit le Festin d'Hérode et la Danse d'Hérodiade, avec des figures bien appropriées à ce sujet. Le troisième représente la Décollation de saint Jean, dans laquelle le bourreau, à demi nu, est une figure remarquablement dessinée, ainsi que toutes les autres. Dans la quatrième, Hérodiade présente la tête de saint Jean à sa mère ; on y voit quelques figures plongées dans l'étonnement, qui sont faites avec de belles considérations. Ces peintures ont été, pendant un temps, l'objet des études d'une foule de jeunes gens, qui sont aujourd'hui d'excellents maîtres [22]. Hors la Porta a Pinti, au coin de la rue qui se dirige vers les Jésuates, il fit à fresque, dans un tabernacle, une Vierge assise tenant l'Enfant Jésus, et accompagnée d'un petit saint Jean qui rit, non moins remarquable par sa vivacité et sa gentillesse que par la perfection avec laquelle il est peint. La tête de la Vierge est le portrait d'après nature de la femme d'Andrea. Ce tabernacle, à cause de l'incroyable beauté de la peinture, fut laissé sur pied, l'an 1530, pendant le siège de Florence, quand on détruisit le couvent des Jésuates et quantité d'autres édifices fort beaux.

Vers cette époque, Bartolommeo Panciatichi l'Ancien, qui faisait en France de grandes affaires commerciales, désirant laisser de lui un souvenir à Lyon, écrivit à Baccio d'Agnolo de demander à Andrea et de lui envoyer un tableau de l'Assomption de la Vierge avec les Apôtres autour du sépulcre [23]. Andrea conduisit cet ouvrage presque entièrement à fin ; mais le panneau s'étant fendu plusieurs fois, tantôt il y travailla, tantôt il le laissa de côté, si bien que le tableau n'était pas entièrement fini à sa mort. Plus tard, Bartolommeo Panciatichi le Jeune recueillit dans sa maison cette peinture qui est vraiment digne d'éloges, à cause des admirables figures des Apôtres et celle de la Vierge entourée par un chœur de petits anges, tandis que d'autres la soutiennent et la portent avec une grâce extrême. Dans le fond du tableau, Andrea s'est représenté parmi les Apôtres avec tant de vérité qu'il paraît vivant. Au bout du jardin des Servites, et sur deux coins, Andrea fit deux peintures représentant la Vigne du Seigneur, c'est-à-dire, quand on la plante, quand on la lie aux ceps, et ensuite quand ce père de famille appelle au travail ceux qui se tiennent oisifs, parmi lesquels un, à qui l'on demande s'il veut prendre du travail, s'est assis et se frotte les mains, en se demandant s'il doit y aller, de la même manière que l'on voit se tenir les fainéants qui ont peu d'envie de travailler. L'autre peinture est beaucoup plus belle ; le même père de famille les fait payer tandis qu'ils murmurent et se plaignent. Entre autres, un qui compte son argent paraît vivant, tant il est absorbé par ce qui l'intéresse ; il en est de même du fermier qui les paie. Ces peintures sont faites en clair-obscur et travaillées à la fresque avec une extrême habileté professionnelle. Il fit ensuite dans le noviciat du même couvent, au sommet d'un escalier, une Pietà, peinte à fresque, dans une niche, qui est très belle. Il peignit encore un petit tableau à l'huile représentant une Pietà et une Nativité, dans une chambre du couvent occupée par le général Angelo d'Arezzo. Il fit, pour Zanobi Bracci, qui désirait vivement avoir de ses œuvres, un tableau pour une chambre représentant la Vierge agenouillée et qui, appuyée à un rocher, contemple le Christ couché sur des linges et regardant en souriant sa mère, à laquelle saint Jean debout semble dire, en le montrant, que c'est le vrai fils de Dieu [24]. Derrière eux, saint Joseph, la tête appuyée sur ses mains posées sur un rocher, livre son âme à une douce béatitude, en voyant la génération humaine divinisée par la naissance de Jésus.

Le cardinal Jules de Médicis ayant été chargé par le pape Léon X de faire orner de stucs et de peintures la voûte de la grande salle du Poggio a Caiano, palais et villa de la famille Médicis, situés entre Pistoia et Florence, le soin de présider à ces travaux et de les payer fut confié au magnifique Ottaviano de' Medici, comme à un homme qui, ne dérogeant pas de ses ancêtres, s'entendait à cette tâche, et aimait tous les artistes, se plaisant à rassembler dans son palais les œuvres d'art des meilleurs maîtres. Il voulut donc, donnant la direction de tout le travail au Francia Bigio, qu'il n'en peignît que le tiers, qu'Andrea en fît le deuxième tiers, et Jacopo da Pontormo le dernier tiers. Mais il n'obtint pas que cette œuvre fût terminée, bien qu'il les pressât et quel que fût l'argent qu'il leur donnât ou qu'il leur promît. Andrea seul termina avec beaucoup de soin, sur une paroi, une scène représentant César qui reçoit le tribut de tout le règne animal [25] ; il fit tous ses efforts pour surpasser le Francia et Jacopo, et y introduisit des difficultés qui n'étaient plus en usage, en y ménageant une magnifique perspective et un escalier très difficile à rendre, qui est orné de statues et aboutit au trône de César. Parmi les esclaves qui portent des animaux ou des oiseaux, on remarque un Indien vêtu d'une casaque jaune et l'épaule chargée d'une cage, avec des perroquets dedans ou au-dessus. Divers personnages conduisent des chèvres indiennes, des lions, des girafes, des panthères, des loups-cerviers et des singes ; entre autres belles fantaisies qui complètent cette fresque divine, nous citerons encore le nain qui est assis sur l'escalier. Il tient une boîte dans laquelle est un caméléon, si bien fait que l'on ne peut imaginer rien de mieux proportionné que cette étrange bête, si difforme qu'elle soit. Il est vraiment déplorable que la décoration de cette salle n'ait pas été terminée, car elle est dans son genre la plus belle salle du monde.

De retour à Florence, Andrea fit, sur un tableau, un saint Jean-Baptiste nu et à mi-corps, pour Giovan Maria Benintendi, qui le donna plus tard au seigneur duc Cosme [26]. Pendant que les choses se passaient de cette manière, Andrea songeait souvent à la France, en soupirant du fond du cœur, et s'il avait espéré trouver le pardon de la faute commise, il n'y a pas de doute qu'il y serait retourné. Pour tenter la fortune et voir si en cela son talent ne lui viendrait pas en aide, il peignit, sur un tableau, un saint Jean-Baptiste demi-nu, avec l'intention de l'envoyer au Grand Maître de France, afin que ce seigneur s'employât à le faire rentrer en grâce auprès du roi [27]. Mais, je ne sais pour quel motif, il ne le lui envoya pas finalement; Ottaviano de' Medici, qui était grand admirateur de son talent, le lui acheta ainsi que deux Madones, qui sont aujourd'hui dans son palais.

Peu de temps après, Zanobi Bracci lui fit faire, pour Mgr de Beaune, un tableau qu'Andrea exécuta avec tout le soin imaginable, dans l'espoir qu'il lui ramènerait la faveur de François Ier au service duquel il désirait retourner [28]. Il fit encore un tableau pour Lorenzo Jacopo, d'une grandeur bien supérieure à ses dimensions habituelles, et qui renferme une Vierge assise, tenant son fils dans ses bras, avec deux autres figures qui l'accompagnent et sont assises sur des escaliers : ce tableau n'est pas inférieur comme dessin et comme coloris à ses autres œuvres [29]. Il peignit pareillement un tableau de la Vierge pour Giovanni d'Agostino Dini, et le portrait d'après l'original de Cosimo Lapi, qui est si beau qu'il paraît vivant.

L'an 1523, la peste éclata à Florence et dans quelques endroits des environs; grâce à l'entremise d'Antonio Brancacci, pour fuir la peste et pour trouver quelque travail, Andrea alla à Mugello, pour faire un tableau, chez les religieuses camaldules de San Piero a Luco. Il y emmena sa femme, sa belle-fille, sa belle-sœur et un de ses élèves. Etant tranquille dans ce lieu, il commença le tableau, et comme les vénérables religieuses l'accablaient chaque jour davantage de prévenances et de soins, lui, sa femme et sa suite, il apporta à cette œuvre toute l'application imaginable [30]. Ce tableau représente le Christ mort, pleuré par la Vierge, saint Jean l'Evangéliste et la Madeleine; ces figures sont si vivantes qu'elles paraissent avoir le souffle et l'esprit. On reconnaît dans saint Jean la douce affection qui animait cet Apôtre, de même que l'amour dans la Madeleine éplorée et une extrême douleur dans le visage et l'attitude de la Vierge, qui émeut profondément saint Pierre et saint Paul contemplant le corps du Sauveur du monde étendu sur les genoux de sa mère. On peut dire avec vérité que ce tableau a valu plus de célébrité au monastère de San Piero que toutes les constructions qu'on y a élevées, si magnifiques et si extraordinaires qu'elles soient.

Ce tableau terminé, comme le danger de la peste n'était pas encore passé, Andrea resta quelques semaines de plus dans ce couvent, où il était bien vu et bien traité. Pour ne pas demeurer dans l'inaction, il employa ce temps à peindre non seulement la Visitation qui est dans l'église, en guise de couronnement d'une vieille peinture, au-dessus de la crèche, mais encore, sur une petite toile, une très belle tête du Christ, à peu de chose semblable à celle qui est sur l'autel de la Nunziata, mais non terminée. Ayant ainsi passé sans danger le temps de la peste et ayant laissé aux religieuses une œuvre qui peut lutter avec les meilleures qui aient été faites de nos jours, il revint à Florence et peignit sur un tableau, pour son intime ami Bicchieraio da Gambassi, la Vierge avec l'Enfant Jésus dans les airs, et, au-dessus, quatre saints [31] ; sur la prédelle, il plaça le portrait de Bicchieraio et de sa femme. Zanobi Bracci lui demanda aussi, pour une chapelle de sa villa de Rovezzano, un très beau tableau de la Vierge allaitant son Enfant, avec un saint Joseph ; ces figures ont tant de relief qu'elles paraissent se détacher du tableau, qui est aujourd'hui chez Messire Antonio Bracci, fils de Zanobi. A la même époque, Andrea fit encore, dans le cloître du Scalzo, dont nous avons déjà parlé, deux autres histoires représentant l'Apparition de l'Ange à Zacharie dans le Temple, et la Visitation de la Vierge, belle à merveille.

Lorsque Frédéric II, duc de Mantoue, traversa Florence pour aller se présenter à Clément VII, il vit, au-dessus d'une porte du palais Médicis, le célèbre portrait de

Léon X, peint par Raphaël, où ce pape est représenté entre le cardinal Jules de Médicis et le cardinal de' Rossi. En homme qui appréciait de si belles peintures, il désira vivement l'avoir en sa possession ; aussi, quand il fut arrivé à Rome, le demanda-t-il en don au pape, qui le lui accorda gracieusement. On écrivit donc à Ottaviano de' Medici, qui avait sous sa tutelle Hippolyte et Alexandre, de le faire mettre en caisse et de l'expédier à Mantoue. Cette chose déplut infiniment au magnifique Ottaviano, qui ne voulait pas priver Florence d'une pareille peinture, et s'étonna que le pape y eût renoncé si facilement. Néanmoins, il répondit qu'il ne manquerait pas de servir le duc mais que le cadre étant mauvais, il en faisait faire un neuf, et qu'aussitôt qu'il serait doré il enverrait le portrait à Mantoue, ce qu'il faisait pour ménager, comme on dit vulgairement, la chèvre et le chou. Il fit appeler secrètement Andrea, lui raconta ce qui se passait et lui dit qu'il n'y aurait d'autre remède que de faire une copie aussi exacte que possible et de l'envoyer au duc, à la place de l'original, que l'on tiendrait soigneusement caché. Andrea promit de faire ce qui serait en son pouvoir, et se pourvut d'un panneau complètement semblable en grandeur et dans toutes ses parties, qu'il peignit en secret chez Ottaviano [32]. Il reproduisit tout, et jusqu'aux moindres taches de saleté, avec une si merveilleuse fidélité que, quand il eut achevé son travail, Ottaviano, qui cependant était un excellent connaisseur, fut incapable de distinguer l'un de l'autre ni la copie de l'original. Après avoir caché le tableau de Raphaël, on envoya le tableau d'Andrea, avec un cadre semblable, au duc de Mantoue qui en fut ravi, Jules Romain, peintre et élève de Raphaël, ne s'étant aperçu de rien et ayant donné au tableau les plus grands éloges. Jules Romain serait toujours resté dans la même opinion s'il n'eût été désabusé par Giorgio Vasari qui, protégé dans son enfance par Ottaviano, avait été admis à voir travailler Andrea. Après avoir montré une foule d'antiquités à Giorgio, qui l'avait rencontré à Mantoue, Jules lui recommanda le portrait de Léon X comme la meilleure peinture de la ville. « C'est une très belle chose, lui répondit Vasari, mais elle n'est pas pour cela de la main de Raphaël. — Comment ! s'écria Jules, ne sais-je pas ce qu'il en est, moi qui reconnais mes propres coups de brosse ? — Vous croyez les reconnaître, reprit Giorgio, mais vous vous trompez, car ce tableau est de la main d'Andrea del Sarto, et, pour vous le prouver, voici la marque qu'il y mit à Florence, pour ne pas les confondre quand ils y étaient tous deux. » Là-dessus, le tableau fut retourné et Jules Romain, s'étant assuré du fait, dit : « J'estime ce morceau autant et même infiniment plus que s'il était de la main de Raphaël, car il est vraiment extraordinaire qu'un artiste éminent puisse imiter à ce point la manière d'un autre. » Ainsi, grâce au jugement de Messire Ottaviano, le duc fut satisfait et Florence ne fut pas privée d'une œuvre remarquable qui est actuellement dans la garde-robe du duc Cosme. Pendant qu'Andrea peignait ce portrait, il fit encore, pour Ottaviano, un tableau de la tête du cardinal Jules de Médicis, qui fut ensuite le pape Clément, copiée du tableau de Raphaël et fort belle ; cette tête fut donnée plus tard par Messire Ottaviano au vieil évêque de' Marzi.

On lui commanda pour Pise un tableau divisé en cinq compartiments, pour la Madone de Sainte-Agnès, le long des murs de la ville, entre la vieille citadelle et la cathédrale. La Madone miraculeuse se trouve placée entre deux de ces compartiments, qui représentent saint Jean-Baptiste et saint Pierre. Dans les trois autres, Andrea peignit sainte Catherine martyre, sainte Agnès et sainte Marguerite. Ces figures de femmes sont regardées comme les plus gracieuses et les plus belles qui soient jamais sorties de sa main[33].

Messire Jacopo, frère servite, avait relevé une femme d'un vœu, sous la condition qu'elle ferait faire une Madone au-dessus et à l'extérieur de la porte latérale de la Nunziata, qui conduit au cloître. Jacopo alla trouver Andrea et lui dit que la somme affectée à cette destination n'était pas forte, mais que, néanmoins, il lui paraissait juste que cet ouvrage fût exécuté par lui, Andrea, qui s'était acquis tant de réputation par ses travaux dans ce même lieu ; Andrea, bonne et douce personne, se laissant entraîner par les insinuations du religieux et par l'amour de la gloire, répondit qu'il s'en chargerait volontiers ; bientôt après il se mit à l'œuvre et représenta la Vierge assise, avec l'Enfant Jésus à son cou et un saint Joseph appuyé sur un sac et les yeux fixés sur un livre ouvert [34]. Cette fresque, par la pureté du dessin, la grâce du coloris et la vigueur du relief, montre qu'Andrea avait de beaucoup surpassé tous les peintres qui avaient travaillé avant cette époque.

Pour achever la décoration du cloître du Scalzo, il ne manquait plus qu'un compartiment à remplir ; Andrea, qui avait agrandi sa manière en voyant les statues que Michel-Ange avait en partie commencées et en partie finies, pour la sacristie de San Lorenzo, mit la main à cette dernière peinture et représenta la Naissance de saint Jean-Baptiste. Cette fresque, infiniment supérieure en beauté et en relief à celles qu'il avait déjà faites dans le même endroit, est la plus haute expression de sa nouvelle manière. Dans cette œuvre, entre d'autres belles figures, il y en a une qui représente une femme portant le nouveau-né à sainte Elisabeth, couchée sur un lit ; de Zacharie, qui écrit le nom de son fils sur un papier posé sur son genou, on peut dire qu'il ne lui manque que le souffle. Aussi belle est une vieille, assise sur un escabeau, laquelle rit avec malice en songeant à la maternité tardive d'Elisabeth ; son attitude, son air sont aussi vrais que la nature même. Après avoir terminé cette œuvre, qui est certainement digne de tout éloge, Andrea peignit, pour le général du couvent de Vallombrosa, un tableau renfermant quatre belles figures de saints : saint Jean-Baptiste, saint Jean Gualbert, fondateur de cet Ordre, saint Michel et saint Bernard, cardinal et religieux de l'Ordre, avec quelques petits anges qu'on ne saurait imaginer plus vivants ni plus beaux [35]. Ce tableau est à Vallombrosa, dans une chapelle située sur le sommet d'un rocher où certains moines, séparés de leurs frères, vivent presque en ermites, dans des chambres appelées les cellules. Il fit ensuite un tableau que Giuliano Scala envoya à Serrezzana, et sur lequel est représentée la

Vierge à l'Enfant, assise, avec saint Celse et sainte Julie, à mi-corps, à partir des genoux, puis saint Onuphre, sainte Catherine, saint Benoît, saint Antoine de Padoue, saint Pierre et saint Marc ; on estime que ce tableau n'est pas inférieur aux autres œuvres d'Andrea. Une Annonciation, renfermée dans un cadre demi-circulaire, formait le couronnement de ce tableau ; elle fut abandonnée, en paiement d'une dette d'argent, à Giuliano Scala qui la plaça dans sa chapelle de l'église des Servites [36].

Andrea s'était engagé, de longues années auparavant, à peindre une Cène dans le réfectoire de San Salvi, à l'époque où il décora un arc avec quatre figures. Cette promesse était restée oubliée, quand un abbé, homme d'esprit et de jugement, s'en souvint et voulut qu'Andrea la réalisât. L'artiste n'opposa aucune résistance, et, tout en y travaillant de temps en temps, entièrement à son aise, il acheva en peu de mois cette fresque, qui est regardée à bon droit comme le morceau le plus facilement dessiné et le plus vigoureusement peint qu'il ait jamais fait et même qui se puisse faire. Il donna de la grandeur, de la majesté et une grâce infinie à toutes les figures, en sorte que les paroles me manquent pour parler convenablement de cette œuvre, qui frappe de stupeur tous ceux qui la voient. Aussi n'est-il pas étonnant que sa beauté l'ait préservée, l'an 1529, pendant le siège de Florence, quand les soldats et les pionniers détruisirent les faubourgs de la ville, tous les monastères, les hôpitaux et les édifices environnants. Ils avaient déjà abattu l'église et le campanile de San Salvi, et commençaient à détruire le couvent, quand ils arrivèrent devant la Cène du réfectoire. A la vue de cette merveilleuse peinture, leur chef, qui peut-être en avait entendu parler, les arrêta et leur ordonna d'épargner le reste du couvent, se réservant d'en venir à cette extrémité lorsqu'on ne pourrait plus faire autrement [37].

Andrea peignit ensuite, pour la Confrérie de San Jacopo, dite *Il Nicchio*, sur une bannière destinée à être portée dans les processions, un saint Jacques qui caresse le menton d'un enfant habillé en flagellant, et un autre qui tient un livre à la main [38]. Il fit ensuite le portrait d'un frère convers de Vallombrosa, qui, pour les besoins de la communauté, résidait toujours dans leur maison de campagne ; cet homme, qui était l'ami d'Andrea, voulut être représenté sous une treille que battaient la pluie et le vent, comme cela lui arrivait souvent. Quand Andrea eut achevé cet ouvrage, comme il lui restait des couleurs et de la chaux, il prit une tuile, appela sa femme Lucrezia et lui dit : « Viens ici, je vais faire ton portrait, afin que l'on voie à quel point tu es bien conservée à ton âge ; et que l'on reconnaisse en même temps comme tu es loin de ressembler à tes premiers portraits. » Mais Lucrezia, qui avait peut-être d'autres idées, ayant refusé de poser, Andrea, comme par pressentiment de sa fin prochaine, se peignit lui-même sur sa tuile, à l'aide d'un miroir, et avec une telle perfection qu'il paraît vivant. Ce portrait est maintenant chez Madonna Lucrezia, sa veuve, qui vit encore [39]. Il fit pareillement le portrait d'un chanoine de Pise, son ami, et ce portrait, aussi beau que naturel, est encore à Pise.

Il commença, pour la Seigneurie, des cartons d'après lesquels on aurait peint, sur les dossiers d'appui de la tribune publique, de belles fantaisies au-dessus des divers quartiers de la ville, avec les bannières des différentes guildes portées par des enfants, et, en outre, les images de toutes les vertus entremêlées à celles des fleuves et des montagnes les plus célèbres du domaine de Florence. Mais cette œuvre resta inachevée, à cause de la mort d'Andrea ; il en fut de même pour le tableau presque terminé qu'il fit pour les moines de Vallombrosa, et qui était destiné à leur abbaye de Poppi, dans le Casentin. On y voit une Assomption de la Vierge environnée d'une foule de petits anges et accompagnée de saint Gualbert, saint Bernard, cardinal, sainte Catherine et saint Fidèle. Ce tableau est actuellement tel qu'il est, inachevé, dans l'abbaye de Poppi [40]. Pareille chose arriva encore à un petit tableau qui devait aller, une fois terminé, à Pise [41]. Il laissa complètement terminé un fort beau tableau, qui est aujourd'hui dans la maison de Filippo Salviati et plusieurs autres.

Presque dans le même temps, Giovanbattista della Palla avait acheté tout ce qu'il avait pu trouver, à Florence, de peintures et de sculptures précieuses, faisant copier celles qu'il ne pouvait avoir, et dépouillant ainsi la ville sans scrupules, afin de composer pour le roi de France un ensemble de salles avec le plus riche décor possible de ce genre d'ornements. Comme il désirait qu'Andrea rentrât en grâce auprès du roi et se remît à son service, il lui fit peindre deux tableaux. Dans le premier, Andrea représenta le Sacrifice d'Abraham avec tant de soin que l'on jugea qu'il n'avait rien produit de mieux jusqu'alors [42]. Le visage d'Abraham exprime divinement cette fermeté et cette foi ardente qui le poussaient à immoler sans hésiter son propre fils ; en même temps, il est tourné vers un ange admirable qui arrête le coup meurtrier. Je ne dirai rien de l'attitude et des vêtements du vieillard ; ils sont au-dessus de tout éloge. Quant à Isaac, ce tendre et bel enfant, tout nu, paraît trembler de frayeur, par crainte du supplice, et à demi mort, sans avoir été frappé. Son cou a été hâlé par le soleil, durant le voyage de trois jours, tandis que le reste de son corps, protégé par ses habits qui gisent à terre, est d'une extrême blancheur. Pareillement le bélier, au milieu des épines, paraît vivant ; il y a encore un âne qui paît sous la garde des serviteurs d'Abraham, et un paysage si admirablement exécuté que celui même où le fait se passe ne pouvait être ni plus beau ni autrement. Après la mort d'Andrea et l'emprisonnement de Battista della Palla, Filippo Strozzi acheta ce tableau et le donna au seigneur Alfonso Davalos, marquis del Vasto, qui l'envoya dans l'île d'Ischia, près de Naples, où on le mit en compagnie d'autres peintures remarquables. L'autre tableau représentait une très belle Charité avec trois enfants, il fut vendu par la veuve d'Andrea à Domenico Conti [43].

Sur ces entrefaites, le magnifique Ottaviano de' Medici, voyant combien Andrea, à cette date, avait amélioré sa manière, voulut avoir un tableau de sa main. Andrea, désireux de bien le servir, parce qu'il était l'obligé de ce seigneur qui avait toujours favorisé les beaux génies et en particulier les peintres, lui fit une Madone assise à terre, avec l'Enfant Jésus à cheval sur ses genoux et tournant la tête vers un petit saint Jean porté par sainte Élisabeth si bien faite et naturelle qu'elle semble vivante [44]. Lorsque Andrea eut achevé cette Sainte Famille, qui est dessinée avec un soin incroyable, il la porta à Ottaviano ; mais, comme le siège avait été mis devant Florence, ce seigneur avait bien d'autres pensées en tête ; il le remercia beaucoup, s'excusa de ne pas prendre son tableau et lui dit de le donner à qui il voudrait. Andrea ne répondit autre chose que le tableau, ayant été fait pour lui, serait toujours à lui. « Vends-le, répliqua Ottaviano, vends-le, et sers-toi de l'argent que tu en auras, car, vois-tu, je sais ce que je dis. » Andrea s'en alla donc avec son tableau, mais, quelle que somme qu'on lui en offrît ailleurs, il ne voulut jamais le vendre. Après le siège et la rentrée des Médicis à Florence, il le présenta de nouveau à Ottaviano qui, cette fois, le prit volontiers et le lui paya, en guise de remerciements, le double du prix convenu. Cette Sainte Famille orne aujourd'hui la chambre de Madonna Francesca, femme du magnifique Ottaviano et sœur du très révérend Salviati, laquelle n'estime pas moins les belles peintures que son mari. Andrea fit un autre tableau, presque semblable à celui de la Charité, dont nous avons parlé ci-dessus, pour Giovanni Borgherini ; il renferme une Vierge, un petit saint Jean qui tend à Jésus une boule figurant le monde, et la tête d'un saint Joseph, très belle [45].

Paolo de Terrarossa, ami de tous les peintres, ayant vu l'ébauche du Sacrifice d'Abraham, dont nous avons parlé plus haut, en demanda une copie à Andrea, qui la lui fit volontiers, et de telle sorte que, malgré sa petite dimension, elle ne le cède en rien à l'original, qui est plus grand. Elle plut infiniment à Paolo, qui lui en demanda le prix, estimant qu'elle devait coûter ce qu'elle valait réellement ; mais, Andrea lui ayant dit un chiffre véritablement dérisoire, Paolo, presque honteux et levant les épaules, lui donna ce qu'il voulait. Il envoya ensuite le tableau à Naples, et c'est le plus beau qu'il y ait en cet endroit.

Pendant le siège de Florence, quelques capitaines avaient déserté la ville et emporté la solde de leurs compagnies. Andrea fut requis de peindre, sur la façade du palais du Podestat donnant sur la place, ces traîtres, et quelques autres citoyens, qui, ayant fui, avaient été déclarés rebelles. Il dit qu'il le ferait, mais afin de ne pas recevoir le surnom *des Pendus*, comme Andrea dal Castagno, il sema le bruit qu'il avait chargé de ce travail un de ses élèves nommé Bernardo del Buda. Puis, ayant fait construire en planches un grand atelier, où il entrait et sortait de nuit, il représenta ces figures avec une rare perfection. Les soldats déserteurs peints sur la façade de la Mercatanzia Vecchia ont été, il y a déjà longtemps, passés à la chaux, pour qu'on ne puisse plus les voir, et les citoyens rebelles peints tout entiers de sa main, sur la façade du palais du Podestat, ont également disparu.

Dans les derniers temps de sa vie, Andrea étant très intimement lié avec les directeurs de la Confrérie de Saint-Sébastien, qui est derrière les Servites, il leur fit un saint Sébastien à mi-corps, d'une telle beauté qu'il parut bien que c'étaient les derniers coups de pinceau qu'il avait à donner.

Le siège de Florence terminé, Andrea attendait toujours que les choses s'arrangeassent, bien qu'il eût peu d'espoir d'être jamais rappelé par le roi de France, Giovanbattista della Palla ayant été mis en prison, quand Florence, après la capitulation, se remplit de vivres et de soldats. Parmi ceux-ci se trouvaient des lansquenets malades de la peste, qui épouvantèrent la ville et la laissèrent ensuite infectée. Soit qu'Andrea en eût été atteint, soit qu'il eût mangé avec excès, après avoir beaucoup souffert de la disette pendant le siège, toujours est-il qu'un jour il tomba gravement malade. Il se mit au lit sans savoir quel remède apporter à son mal et sans être bien soigné, sa femme se tenant le plus loin de lui qu'elle put, par crainte de la peste. On dit qu'il mourut ainsi, sans que presque personne s'en aperçût. Les membres de la Confrérie du Scalzo déposèrent, sans aucun apparat, son corps dans leur sépulture ordinaire de l'église des Servites qui est située non loin de la maison qu'il habitait. Sa mort fut une perte immense pour les arts et pour sa patrie, car il n'avait que quarante-deux ans et, jusqu'à son dernier jour, il ne cessa de marcher de progrès en progrès, de sorte que plus il aurait vécu, plus il aurait élargi les limites de l'art.

Il n'y a pas de doute que, s'il se fût fixé à Rome, lorsqu'il y alla pour voir les restes de l'Antiquité et les ouvrages de Raphaël et de Michel-Ange, il aurait donné à ses compositions plus de richesse et de grandeur, et serait arrivé un jour à plus de finesse et de force dans ses figures, ce qui n'est arrivé effectivement qu'à ceux qui sont restés quelque temps à Rome, à étudier les œuvres précitées et à les considérer attentivement. Il avait, de nature, une manière si douce et si gracieuse dans le dessin, un coloris si chaud et si facile, aussi bien dans la fresque que dans la peinture à l'huile, que, s'il avait séjourné dans cette ville, il aurait surpassé tous les artistes de son temps. Quelques-uns croient que l'abondance des sculptures et des peintures anciennes et modernes qu'il rencontra à Rome et que la vue de tous ces élèves de Raphaël qui dessinaient avec un aplomb et une hardiesse qui lui ôtaient, à lui, si timide, tout espoir de les surpasser furent cause qu'il s'effraya et trouva meilleur de retourner à Florence. C'est là qu'en méditant, peu à peu, sur ce qu'il avait vu, il perfectionna son talent au point que ses ouvrages sont très estimés et très admirés, et qu'en outre il eut plus d'imitateurs après sa mort que pendant sa vie. Les personnes qui ont de ses tableaux les conservent précieusement et celles qui en possédaient, et qui ont voulu les vendre, en ont tiré trois fois plus qu'elles ne les avaient achetés ; attendu qu'il eut toujours un prix médiocre de ses œuvres, tant à cause de sa timidité naturelle que parce que certains sculpteurs sur bois, qui exécutaient les plus beaux ameublements des maisons des citoyens, ne lui faisaient jamais faire aucune commande, pour servir leurs amis, sauf lorsqu'ils le savaient tout à fait dans le besoin, et alors il se contentait du moindre salaire. Mais cela n'empêche pas que ses productions ne soient très précieuses et à bon droit estimées, car il fut un des plus grands et meilleurs maîtres que nous ayons eus jusqu'à présent.

Quand il dessinait des objets d'après nature, pour les mettre en œuvre, il faisait des esquisses à peine ébauchées, car il lui suffisait de voir le mouvement général ; ensuite, quand il voulait les reproduire, il les conduisait à perfection. Ainsi les dessins lui servaient plutôt pour garder le souvenir de ce qu'il avait vu que pour copier ensuite ses peintures d'après eux. Il eut quantité de disciples, mais tous ne firent pas le même apprentissage sous lui, quelques-uns restèrent peu et d'autres longtemps, non à cause de lui mais par la faute de sa femme qui, sans égard pour aucun, leur commandait impérieusement et ne les laissait pas en repos. Après sa mort, les dessins d'Andrea et tout ce qui touchait son art parvinrent par héritage entre les mains de Domenico Conti, qui fit peu de profit dans la peinture, et à qui, une nuit, tous les dessins, les cartons et ce qui lui provenait d'Andrea furent volés, sans qu'on ait jamais su par qui, mais on soupçonna que ce fut un artiste. Ne voulant pas se montrer ingrat, après de tels bienfaits reçus de son maître et désireux de lui donner après sa mort les honneurs qu'il méritait, il fit en sorte que courtoisement Raffaello da Montelupo lui fît une plaque en marbre très ornée, qui fut encastrée dans un pilastre de l'église des Servites avec une épitaphe composée par le savant Messire Pier Vettori[46].

Quelque temps après, des fabriciens de cette église, plus par ignorance que par haine de sa mémoire, mécontents que cette pierre eût été posée sans leur permission, firent en sorte qu'elle fût enlevée, et qu'on ne l'a pas encore replacée autre part. Peut-être la fortune voulut-elle nous montrer que non seulement le destin peut agir sur les hommes pendant leur vie, mais encore sur leur mémoire, après leur mort. Bien au contraire, les œuvres et le nom d'Andrea sont assurés d'une longue durée et mes écrits contribueront, je l'espère, à perpétuer leur mémoire. Concluons donc que, si Andrea manqua de caractère dans le cours de sa vie, se contentant de peu, il n'en est pas moins vrai que dans l'art il eut un génie élevé et expéditif, qu'il fut habile dans tout genre de travail ; ses œuvres, outre l'ornement qu'elles apportent aux lieux où elles sont placées, ont été d'une grande utilité aux artistes, pour la manière, le dessin et le coloris, le tout avec moins d'erreurs que n'en a commis tout autre peintre florentin. En effet, comme on l'a dit plus haut, il entendit parfaitement les ombres et les lumières, la fuite des objets dans les parties obscures ; il peignit ses œuvres avec une douceur qui ne manque pas d'énergie ; il montra, en outre, la manière de peindre la fresque avec une parfaite union de couleurs et sans grandes retouches à sec, ce qui fait paraître toute œuvre sortie de ses mains comme peinte en un seul jour. Aussi peut-il être donné comme exemple de toute façon aux artistes toscans et tenir entre les génies les plus renommés la palme la plus louangeuse et la plus honorée.

Le Rosso

PEINTRE, FLORENCE, 1495 – PARIS, 1540

Si le Rosso, peintre florentin, ne vit pas ses œuvres appréciées à Rome et à Florence par ceux qui pouvaient les payer leur prix, il obtint, en France, toute la gloire qu'un artiste quelconque puisse ambitionner [1]. Il ne pouvait espérer plus grande faveur ni plus grande considération, parce qu'il fut bien vu et jugé, par ce grand roi de France, supérieur à n'importe quel autre de son métier. Outre son talent comme peintre, il avait une belle tournure, une manière de parler agréable et sérieuse, il était bon musicien et avait de profondes connaissances en philosophie ; ce qui importe plus que ses autres grandes qualités, il fut toujours très inspiré dans la composition de ses figures, avec un dessin fier et ferme, une manière légère, pleine d'originalité et de hardiesse. En architecture, il fut excellent et original et, quoique pauvre, il fut toujours riche d'esprit et de grandeur d'âme. Ceux qui, dans les difficultés de la peinture, arriveront au rang qu'il tint seront toujours célèbres, comme le sont ses œuvres qui n'ont pas d'égales pour une certaine bravoure et sont exemptes de cette consomption qu'une infinité de peintres ne peuvent éviter, quand ils veulent faire paraître grandes des œuvres absolument nulles.

Dans sa jeunesse, il dessina d'après le carton de Michel-

Ange, mais il ne voulut suivre les leçons que de très peu de maîtres, ayant de certaines opinions sur l'art contraires à leurs manières, comme on peut le voir dans un oratoire peint à fresque, hors la porte San Pier Gattolini de Florence, à Marignolle, qu'il exécuta pour Piero Bartoli, et où il représenta un Christ mort. Au-dessus de la porte de San Sebastiano de Servi, étant encore dépourvu de barbe, il peignit les armes de la famille Pucci, accompagnées de deux figures, à l'époque où Lorenzo Pucci fut créé cardinal par le pape Léon X ; il réussit complètement dans cet ouvrage, ce qui étonna d'autant plus les artistes du temps qu'ils s'attendaient à le voir échouer, et ce qui l'encouragea à continuer.

Ayant fait pour Maître Giacopo, frère servite, qui s'occupait de poésie, un tableau renfermant la Vierge et saint Jean l'Evangéliste, à mi-corps, il se laissa déterminer par ce religieux à peindre dans la cour du couvent, à côté de la Visitation peinte par Giacopo da Pontormo, une Assomption, dans laquelle on voit un ciel rempli de petits anges nus, qui dansent en couronne autour de la Vierge ; si le coloris de cette œuvre avait eu la maturité qu'il sut y mettre plus tard, elle aurait égalé, voire surpassé, les fresques voisines ; les Apôtres sont noyés dans trop de vêtements et de draperies mais les attitudes et certains visages sont plus que très beaux [2].

Le directeur de l'hôpital de Santa Maria Nuova lui avait commandé un tableau ; le voyant ébauché, cet homme qui n'entendait rien à l'art, prit tous les saints qui y étaient représentés pour autant de démons, car le Rosso avait l'habitude, dans ses ébauches à l'huile, de donner à ses figures un air cruel et désespéré, qu'il adoucissait ensuite peu à peu. Le directeur donc prit la fuite, et refusa le tableau, disant qu'on l'avait trompé. Le Rosso peignit aussi, au-dessus d'une autre porte qui donne dans le cloître du couvent des Servites, les armes du pape Léon, soutenues par deux enfants : cette peinture est aujourd'hui fortement endommagée. Chez plusieurs citoyens, on voit de lui des tableaux et de nombreux portraits. Lorsque le pape Léon X vint à Florence, le Rosso éleva un bel arc de triomphe, au Canto de' Bischeri. Puis il peignit pour le seigneur de Piombino un Christ mort, et il décora une petite chapelle; pareillement à Volterra, il peignit une magnifique Descente de Croix [3]. Son mérite et sa réputation s'étant accrus, on lui confia dans l'église de Santo Spirito, à Florence, le tableau des Dei. Raphaël s'en était d'abord chargé, mais d'autres travaux à Rome le forcèrent à l'abandonner; le Rosso exécuta cet ouvrage remarquable par la grâce et la beauté du dessin, et par la vivacité du coloris. Jamais aucune peinture n'a produit de loin un plus grand effet que celle-ci; elle ne fut pas alors appréciée comme elle le méritait : mais, avec le temps, on en reconnut toute la beauté, car il est impossible de faire mieux dans l'union des couleurs. Les dégradations de lumière sont si habilement ménagées que les figures se font mutuellement ressortir; en un mot, cette œuvre peut lutter avec celles des plus grands maîtres [4]. A San Lorenzo, il peignit, pour Carlo Ginori, le tableau du Mariage de la Vierge qui fut regardé comme une admirable chose [5]. Pour Giovanni Bandini, il fit un tableau qui fut, je crois, envoyé en France, et dans lequel il avait représenté Moïse tuant l'Egyptien, on y voit des nus magnifiques [6]. Un Jacob demandant à boire aux femmes à la fontaine, que lui commanda Giovanni Cavalcanti, passa en Angleterre. On le tenait pour divin à cause des nus et des figures féminines traitées avec la plus grande grâce qu'il couvrait de tissus fins, de tresses et de parures.

Le Rosso se rendit ensuite à Rome, où il était attendu avec impatience, et où l'on désirait voir de ses œuvres, car il s'y était fait connaître par quelques dessins admirables, étant donné qu'il dessinait avec un fini et une pureté remarquables. Il fit, dans l'église della Pace, au-dessus des peintures de Raphaël, le plus pitoyable de ses ouvrages [7]. Je ne puis m'expliquer cela que par une sorte de fatalité, qui a atteint encore plusieurs autres maîtres. L'artiste qui change de pays, change en même temps tellement de nature, de facultés et d'habitudes, qu'on le prendrait souvent pour un autre, tant il se trouve étourdi et désorienté. C'est ce qui put arriver au Rosso, à cause de l'air de Rome, et pour avoir vu les œuvres étonnantes d'architecture et de sculpture qui y sont, ainsi que les peintures et les statues de Michel-Ange, qui forcèrent Fra Bartolommeo et Andrea del Sarto à fuir de Rome, sans y avoir rien produit. Du reste, quelle qu'en soit la cause, le Rosso ne fit jamais rien de si mauvais ; et cela est d'autant plus frappant que son tableau se trouve en parallèle avec les œuvres de Raphaël d'Urbin.

A la même époque, il peignit, pour l'évêque Tornabuoni, son ami, un très beau Christ mort soutenu par deux anges, lequel tableau appartient aujourd'hui aux héritiers de Monsignor della Casa. Il donna aussi à Baviera les dessins de toutes les divinités païennes qui furent gravées par Jacopo Caraglio, et parmi lesquelles on remarque Saturne se changeant en cheval, et Pluton enlevant Proserpine. Il exécuta ensuite une ébauche de la Décollation de saint Jean-Baptiste, qui est aujourd'hui dans une petite église de la place Salviati, à Rome.

Sur ces entrefaites, arriva le sac de Rome. Le pauvre Rosso fut fait prisonnier par les Allemands, qui le traitèrent avec barbarie ; ils le dépouillèrent depuis les pieds jusqu'à la tête, le forcèrent à porter des fardeaux et à déménager presque toute la boutique d'un charcutier. Il parvint enfin à s'enfuir à Pérouse, où il fut généreusement hébergé par un peintre nommé Domenico de Paris [8], qui lui fournit de quoi se vêtir ; en retour, le Rosso lui donna le carton d'un tableau des Mages, que l'on voit chez lui aujourd'hui, et que l'on regarde comme une très belle chose. Mais il ne resta pas longtemps à Pérouse, ayant appris qu'à Borgo était arrivé l'évêque Tornabuoni, également échappé au sac de Rome ; il le rejoignit, car il était son grand ami. Il y avait à ce moment-là à Borgo Raffaello dal Colle, peintre et élève de Jules Romain, que la Confrérie des Flagellants avait chargé d'exécuter, à peu de frais, un tableau dans l'église de Santa Croce. Cet artiste eut la générosité d'abandonner son travail au Rosso, afin qu'il restât quelque chose de lui dans la ville ; la confrérie s'en fâcha, mais l'évêque arrangea la chose. Le tableau terminé lui acquit de la réputation et fut mis à Santa Croce ; c'est une Déposition de Croix, exécutée avec beaucoup de soin et remarquable par je ne sais quoi de ténébreux dans les couleurs devant rendre l'éclipse qui arriva au moment de la mort du Christ [9]. Il alla ensuite exécuter de nombreuses peintures à Arezzo, et pendant ces travaux, il exhuma, dans l'évêché d'Arezzo, où il se trouvait, des cadavres d'après lesquels il fit de magnifiques études d'anatomie. Il approfondissait sans cesse les connaissances de son art, et peu de jours se passaient sans qu'il dessinât le nu d'après nature.

Il avait toujours désiré finir ses jours en France, pour s'arracher, comme il le disait, à la misère et à la pauvreté, dans laquelle se traînent les artistes en Toscane et, en général, dans le pays où ils sont nés. Il résolut donc de partir. Pour avoir plus de facilité en toute chose et paraître universel, il se mit à apprendre la langue latine, lorsqu'un événement vint tout à coup précipiter son départ. Le jeudi saint, pendant l'office des ténèbres, un jeune enfant d'Arezzo, son élève, se trouvait dans l'église, et, comme il secouait les flammèches d'une torche de résine allumée, il fut réprimandé et quelque peu frappé par des prêtres. Le Rosso, qui était assis près de cet enfant, s'en étant aperçu, se leva furieux et en vint aux mains avec l'un des prêtres. Alors grande rumeur, personne ne sachant de quoi il s'agissait, des épées furent tirées contre le pauvre Rosso, qui prit la fuite et se retira adroitement de la bagarre sans avoir été blessé ; mais s'estimant offensé, sans s'embarrasser de travaux commencés à Arezzo, pour lesquels il avait reçu plus de cent cinquante écus d'or, il partit pendant la nuit et se rendit, par la route de Pesaro, à Venise. Il fut retenu dans cette ville par Messire Pietro Aretino, pour lequel il dessina Mars endormi à côté de Vénus, et dépouillé de ses armes par les Grâces et l'Amour ; ce sujet fut gravé ensuite.

De Venise, le Rosso passa en France, où il fut reçu avec

force caresses par les gens de la nation florentine. Ayant peint plusieurs tableaux, il les donna au roi François Ier, à qui ils plurent beaucoup et qui les fit placer dans la galerie de Fontainebleau. Mais le roi apprécia surtout la tournure et la manière du Rosso, qui était grand de sa personne, roux de barbe et de cheveux, comme son nom l'indique, et qui se comportait dans toutes ses actions avec gravité et jugement. Il lui donna aussitôt une pension de quatre cents écus et une maison à Paris, que le Rosso habita peu, car il demeura le plus souvent à Fontainebleau, où il avait un logement et où il vivait en grand seigneur. Il fut bientôt nommé surintendant des bâtiments, des peintures et de tous les embellissements du château, et construisit d'abord une galerie au-dessus de la basse-cour, qui ne fut pas voûtée, mais reçut un plafond richement orné. Il fit exécuter ensuite, d'après ses dessins, si l'on m'a dit la vérité, vingt-quatre sujets à fresque tirés, je crois, de l'histoire d'Alexandre le Grand. Aux deux extrémités de cette galerie, on voit deux tableaux à l'huile, dessinés et peints de sa propre main, avec tant de perfection qu'il serait difficile de voir rien de mieux ; dans l'un de ces tableaux, il a représenté Bacchus et Vénus. L'autre tableau renferme un Cupidon, une Vénus et plusieurs belles figures ; mais le Rosso s'appliqua surtout à celle de Cupidon [10]. Le roi, enchanté de ces travaux, le prit en grande affection, et, peu de temps après, lui donna un canonicat de la Sainte-Chapelle de Paris, en y joignant des rentes et d'autres avantages ; aussi le Rosso vivait-il en seigneur comme nous l'avons déjà dit [11]. Il avait à son service un grand nombre de domestiques et de chevaux, tenait table ouverte et se montrait très généreux avec tous ses amis et surtout avec ses compatriotes. Il peignit encore une autre salle, appelée le Pavillon, où il mit de riches ornements de stuc, des figures en ronde-bosse, des festons et toutes sortes d'animaux [12]. Il y peignit aussi à fresque toutes les divinités antiques, qu'il représenta assises. Enfin, dans plusieurs autres salles, il exécuta également quantité de peintures et d'ouvrages en stuc, très remarquables, dont une partie a été gravée. Il donna aussi des dessins d'orfèvrerie qu'il serait trop long de détailler; qu'il suffise de dire qu'il composa un buffet complet pour le roi, et des caparaçons pour couvrir les chevaux de la cour dans les mascarades, les fêtes et les triomphes. L'an 1540, lorsque l'empereur Charles Quint vint en France, se fiant à la bonne foi du roi, le Rosso et le Primatice de Bologne furent chargés de la conduite de toutes les décorations qu'ordonna François Ier pour recevoir un si grand empereur. Une partie des chambres qu'avait élevées le Rosso à Fontainebleau furent détruites après sa mort par le Primatice qui a fait dans cet endroit de nouvelles et plus grandes constructions [13].

Les artistes suivants travaillèrent avec le Rosso, en stuc et en relief, et furent aimés de lui plus que tous les autres : Lorenzo Naldino, florentin, maître François d'Orléans, maître Simon de Paris, maître Claude, également de Paris, maître Laurent de Picardie, et plusieurs autres. Le meilleur de tous fut Domenico del Barbieri, qui est peintre et excellent maître en stuc, de même que dessinateur unique, comme le montrent ses œuvres qui ont été gravées [14]. Pareillement, les peintres qu'il employa dans les travaux de Fontainebleau furent : Luca Penni, frère de Giovan Francesco dit *Il Fattore*, qui fut élève de Raphaël ; Léonard de Flandre, peintre de talent, qui exécutait parfaitement en couleur les dessins du Rosso ; Bartolommeo Miniati, florentin ; Francesco Caccianimici et Giovanbattista da Bagnacavallo. Ces derniers le servirent pendant que Francesco Primaticcio alla, sur l'ordre du roi, à Rome, pour faire reproduire en bronze le Laocoon, l'Apollon et plusieurs autres antiques remarquables. Je passe sous silence les sculpteurs, les maîtres en bois et quantité d'autres, dont le Rosso se servit dans ces travaux, parce qu'il n'est pas nécessaire de parler de tous, bien que plusieurs d'entre eux aient produit des œuvres dignes d'éloges.

Le Rosso fit ensuite, de sa propre main, un saint Michel qui est admirable, et, pour le connétable de Montmorency, un Christ mort, d'une grande beauté, que l'on voit au château d'Ecouen [15]. Puis il s'occupa d'un recueil d'anatomie qu'il voulut faire graver en France. Par toutes ces œuvres, il s'était rendu si cher au roi que, peu avant sa mort, il se trouva avoir plus de mille écus de rente, sans comprendre les appointements de sa charge qui étaient considérables. De manière qu'il ne vivait plus en peintre, mais en prince, ayant un grand nombre de domestiques, de chevaux, une maison pleine de tapisseries, d'argenterie et de meubles de prix. Mais la fortune, qui ne sourit jamais longtemps à celui qui se fie trop à elle, le fit mal finir, de la plus étrange façon. Tandis qu'un peintre florentin, nommé Francesco di Pellegrino, qui était de ses amis, travaillait avec lui dans son intimité, quelques centaines d'écus furent volés au Rosso, qui, ne soupçonnant personne d'autre que Pellegrino, le fit saisir par la justice et mettre à la question. Pellegrino, reconnu innocent, fut mis en liberté et, justement indigné de la lâche accusation de son ancien ami, lança contre lui un libelle où il le maltraitait si fort que le Rosso se vit perdu d'honneur. Il sentit qu'il ne pouvait ni se dédire ni poursuivre ces accusations, et que l'un ou l'autre de ces partis le couvrirait également d'infamie : alors il résolut de se donner la mort. Un jour que le roi était à Fontainebleau, le Rosso envoya chercher à Paris, par un paysan, des liquides empoisonnés, sous prétexte qu'il en avait besoin pour composer des couleurs ou des vernis. Il mit aussitôt fin à ses jours à l'aide de ce poison, dont les effets étaient si violents que le paysan, en l'apportant, manqua perdre un doigt, pour l'avoir placé, un instant, sur l'ouverture de la fiole, quoiqu'elle fût bouchée soigneusement avec de la cire. Le roi François Ier fut vivement affligé de la perte de l'artiste qu'il estimait le plus ; mais pour que ses travaux n'en souffrissent point, il en confia la direction à Francesco Primaticcio de Bologne, auquel il donna une bonne abbaye, de même qu'il avait gratifié le Rosso d'un canonicat.

Le Rosso mourut l'an 1541, laissant à ses amis et aux artistes de profonds regrets et leur apprenant combien on gagne auprès d'un prince comme François Ier, qui était universel, affable et courtois dans toutes ses actions. Il a mérité et mérite encore, à beaucoup de titres, d'être admiré et d'être regardé comme un souverain vraiment excellent.

Marc Antonio

GRAVEUR, BOLOGNE, VERS 1480 – BOLOGNE, 1534
ET AUTRES GRAVEURS

Comme dans les chapitres consacrés à la théorie de la peinture on s'est peu occupé de la gravure sur cuivre, car il suffisait alors d'indiquer le mode de graver sur argent, avec le burin, outil d'acier à quatre angles dont la pointe est taillée de biais, et qui a une taille aiguë, nous y reviendrons dans cette Vie, pour en dire tout ce qui semblera nécessaire.

Le mode de graver les planches fut inventé par Maso Finiguerra [1] de Florence, vers l'an 1460 de notre salut ; toutes les fois qu'il gravait des plaques d'argent pour les nieller, il en faisait une empreinte en terre qu'il couvrait de soufre fondu, dont il remplissait les creux de noir de fumée, et à qui il donnait l'apparence de la plaque d'argent, en y passant une couche d'huile. Il imagina ensuite d'appliquer sur le soufre ainsi préparé et noirci une feuille de papier humectée, en pesant dessus avec un rouleau parfaitement lisse, ce qui reproduisit ses dessins imprimés, comme s'ils eussent été exécutés à la plume.

Finiguerra fut suivi par Baccio Baldini [2], orfèvre florentin, qui, ne sachant pas bien dessiner, ne fit que des estampes dont la composition et le dessin appartenaient à Sandro Botticelli. Andrea Mantegna, ayant entendu parler de cette invention, à Rome, en profita pour graver plusieurs de ses œuvres, comme nous l'avons raconté dans sa Vie. Le procédé passa ensuite en Flandre, où Martin, excellent peintre d'Anvers, exécuta beaucoup d'estampes, et en envoya en Italie un grand nombre qui toutes étaient signées de cette façon : M C [3]; les premières qu'il publia représentaient les cinq Vierges folles avec leurs lampes éteintes et les cinq Vierges sages avec leurs lampes allumées, et un Christ en croix, avec saint Jean et la Madone à ses pieds. Cette dernière pièce était si belle que Gherardo, miniaturiste florentin, la copia au burin et y réussit parfaitement; mais il ne poursuivit pas son essai, car il survécut peu de temps [4]. Martin publia ensuite les quatre Evangélistes renfermés dans des médaillons; et sur de petites feuilles, Jésus-Christ avec les douze Apôtres, Véronique avec six saints, dans la même grandeur, et quelques armoiries de seigneurs allemands soutenues par des figures nues ou habillées et par des femmes. Il publia pareillement saint Georges tuant le dragon, Jésus-Christ devant Pilate qui se lave les mains, et la mort de la Vierge, entourée de tous les Apôtres; cette gravure, de plus grand format, est une de ses meilleures. Une autre représente la Tentation de saint Antoine, tourmenté et porté dans les airs par une infinité de démons, sous les formes les plus variées et les plus bizarres que l'on puisse imaginer; elle plut tellement à Michel-Ange dans sa jeunesse, qu'il se mit à la reproduire en peinture [5].

Après Martin, Alberto Duro d'Anvers commença, avec plus de dessin, un meilleur jugement et de plus belles inventions, à produire de pareilles estampes, s'efforçant d'imiter la nature et de se rapprocher du style italien qu'il tint toujours en haute estime [6]. Etant encore fort jeune, il grava de sa main, en les signant de son nom, plusieurs œuvres qui furent regardées comme aussi belles que celles de Martin. L'an 1503, il publia une petite Vierge où il se montra supérieur à lui-même et à Martin, et ensuite plusieurs feuilles renfermant chacune deux chevaux dessinés d'après nature et extrêmement beaux. Il fit pareillement l'Enfant prodigue, lequel, en costume de paysan et agenouillé, les mains jointes, lève les yeux au ciel, tandis que des pourceaux confiés à sa garde mangent dans une auge ; des constructions dans le genre allemand, très belles, forment le fond du paysage. Il fit un petit saint Sébastien lié, les bras au-dessus de la tête, et une Vierge assise avec l'Enfant Jésus à son cou, et éclairée de dos par une fenêtre ; comme petite planche, on ne saurait voir plus beau. On lui doit aussi une femme flamande à cheval, escortée par un valet à pied, puis une grande planche représentant une nymphe enlevée par un monstre marin, pendant que ses compagnes se baignent ; dans la même grandeur, Diane frappant une nymphe qui s'est jetée pour être défendue dans les bras d'un satyre ; dans ce dernier sujet, qui est buriné avec une habileté parfaite, Albert Dürer voulut montrer qu'il savait rendre le nu.

Bien que ces maîtres étrangers fussent alors très estimés dans leur pays, chez nous autres Italiens, leurs œuvres ne sont estimées qu'à cause de la précision de leurs tailles ; je crois volontiers cependant qu'Albert Dürer était dans l'impossibilité de faire mieux, parce qu'il n'avait d'autre facilité, quand il voulait faire des nus, que de travailler d'après des modèles de son pays qui devaient être mal bâtis, comme la plupart des Allemands, bien que beaucoup de ces gens-là aient une superbe tournure, lorsqu'ils sont couverts de leurs habits. Il grava en petit diverses planches contenant des paysans et des paysannes de Flandre qui jouent de la cornemuse, dansent et vendent des poulets ou d'autres produits. Il représenta un dormeur dans une étuve, que Vénus induit en tentation, tandis que l'Amour saute avec des échasses, et que le diable souffle dans l'oreille du dormeur avec un soufflet [7]. Il fit également deux saints Christophes différents, portant le Christ enfant ; les cheveux et toutes les autres parties de ces figures sont traités avec un soin incroyable. Après ces œuvres, voyant que la gravure sur cuivre exigeait un temps énorme, et se trouvant pourvu d'une foule de compositions diversement dessinées, il se mit à graver sur bois, procédé qui permet à ceux qui ont un meilleur dessin d'en montrer plus largement la perfection. L'an 1510, il publia deux petites estampes de la sorte, l'une représentant la Décollation de saint Jean, et l'autre la Présentation de sa tête à Hérode, assis à table, puis un saint Christophe, saint Sixte pape, saint Etienne et saint Laurent. Voyant que ce mode était beaucoup plus facile que la gravure sur cuivre, il fit un saint Grégoire qui chante la messe avec l'assistance d'un diacre et d'un sous-diacre. Et, son talent se développant, il fit dans un grand format, l'an 1510, quatre sujets de la Passion du Christ, auxquels il avait l'intention d'en ajouter huit autres. Ceux qu'il exécuta représentent la Cène, l'Arrestation du Christ dans le jardin des Oliviers, sa Descente aux Limbes et sa glorieuse Résurrection. Il peignit aussi à l'huile le second de ces sujets : ce précieux tableau est aujourd'hui à Florence, chez le seigneur Bernadetto de' Medici. Bien que les huit autres sujets de la Passion aient été imprimés avec la signature d'Albert Dürer, il ne nous paraît pas vraisemblable qu'ils soient de sa main, car ils sont mauvais, et l'on n'y trouve dans les têtes, les draperies et les accessoires, aucune ressemblance avec sa manière. Il est à croire qu'ils ont été faits après sa mort par des artistes qui se sont peu souciés de nuire à sa renommée, et qui n'ont songé qu'au gain. Et ce qui nous le fait croire, c'est que l'an 1511, il publia toute la vie de la Vierge, en vingt feuilles de la même grandeur, avec tant de perfection, qu'il est impossible de rien voir de mieux pour l'invention, la perspective, l'architecture, les costumes et les têtes de vieillards et de jeunes gens. Certes, si cet homme si rare, si universel, avait eu la Toscane pour patrie, et avait pu étudier les chefs-d'œuvre de Rome, comme nous avons pu le faire, il aurait été le meilleur peintre d'Italie, de même qu'il fut le plus éminent et le plus célèbre qu'aient jamais eu les Flamands.

Dans la même année 1511, continuant à donner libre cours à ses caprices, il grava sur bois, dans la même grandeur, quinze scènes empruntées aux terribles visions que saint Jean évangéliste eut dans l'île de Pathmos, et qu'il décrivit dans son Apocalypse. Sa riche et capricieuse imagination le rendait bien propre à traiter de tels sujets : aussi figura-t-il les divers épisodes de l'Apocalypse, leurs animaux et leurs monstres symboliques, avec une si merveilleuse habileté, que ce fut un véritable trait de lumière pour bon nombre de nos artistes qui se sont grandement servis de ses belles et riches inventions.

Albert Dürer exécuta encore sur bois un admirable Christ nu, entouré des mystères de la Passion, et pleurant sur nos péchés, en se couvrant la figure des mains ; cette planche, bien que de petites dimensions, est tout à fait remarquable [8]. Depuis, sentant ses facultés s'augmenter, et voyant que ses œuvres étaient très estimées, il fit encore quelques gravures sur cuivre, qui excitèrent un étonnement universel. C'est alors qu'il grava, sur une demi-feuille, la Mélancolie, entourée de tous les instruments qui amènent l'homme et quiconque s'en sert, à être mélancolique ; il est impossible de produire au burin rien de plus fin. On lui doit encore trois petites Madones, très différentes et d'une taille extrêmement fine : mais la description de toutes ses productions m'entraînerait trop loin. Qu'il suffise donc de savoir, pour le moment, qu'après avoir dessiné et gravé trente-six planches d'une Passion du Christ, il s'associa avec Marc Antonio de Bologne pour les publier à Venise, ce qui fut cause que se sont faites tant de choses merveilleuses dans cet art, en Italie, comme nous le dirons plus loin [9].

Parmi les nombreux disciples que le peintre Francesco Francia avait à Bologne, on distingua, comme le plus habile de tous, un jeune homme appelé Marc Antonio ; étant resté de longues années auprès du Francia, et ayant été très aimé de lui, il s'attira le surnom de *de' Franci*. Il était meilleur dessinateur que son maître et maniait le burin avec une facilité et une grâce remarquables, faisant, comme c'était alors l'usage, des ceintures et d'autres objets niellés très beaux, car il était vraiment excellent dans ce métier. Poussé par le désir si naturel de courir le monde et de connaître les méthodes des autres artistes, il prit congé de Francia, et se rendit à Venise, où il fut très bien accueilli par les artistes de cette cité.

Sur ces entrefaites, quelques Flamands étant venus à Venise et ayant apporté des gravures sur bois et sur cuivre d'Albert Dürer, Marc Antonio les vit exposées sur la place Saint-Marc. Stupéfait de la manière du travail et du mode de faire de Dürer, il dépensa dans leur acquisition presque tout l'argent qu'il avait apporté de Bologne, et acheta, entre autres choses, la Passion du Christ, gravée sur bois en trente-six feuilles in-quarto et nouvellement publiée par Dürer, qui commençait par le Péché d'Adam et son Expulsion du Paradis, et se terminait par la Descente du Saint-Esprit sur les Apôtres. Marc Antonio, considérant quel honneur et quelle fortune aurait pu acquérir celui qui se serait adonné à cet art en Italie, résolut de s'y appliquer de tous ses efforts. Il commença par contrefaire les gravures d'Albert Dürer qu'il avait achetées, en étudiant leurs tailles ; elles étaient en si grande vogue que chacun voulait en avoir. Il grava donc sur cuivre les trente-six feuilles de la Passion et de l'Histoire du Christ gravée sur bois, sans oublier la marque de Dürer qui était A D, et il réussit dans son imitation au point que ses estampes furent vendues et achetées pour être d'Albert Dürer, sans que de longtemps l'on s'aperçût de la contrefaçon. On en écrivit à Dürer, en Flandre, en lui envoyant un exemplaire des contrefaçons de Marc Antonio ; Dürer, furieux, partit de Flandre et vint à Venise, où il se plaignit à la Seigneurie ; mais il obtint seulement qu'à l'avenir Marc Antonio ne se servirait plus de son nom, ni de sa marque dans ses œuvres.

Marc Antonio alla ensuite à Rome et se consacra tout entier au dessin, et Albert Dürer, de retour en Flandre, y trouva un rival qui avait déjà produit plusieurs gravures d'une finesse extrême ; c'est Lucas de Hollande, qui, bien que moins bon dessinateur que Dürer, ne laissait pas de l'égaler en beaucoup de choses, pour le burin [10]. Parmi beaucoup de grandes et belles planches, les premières sont de 1509 et représentent dans des médaillons un Portement de Croix et un Crucifiement. Il publia ensuite un Samson, un David à cheval, un saint Pierre martyr avec ses bourreaux, et un David jouant de la harpe devant le roi Saül. Peu de temps après, Lucas exécuta une grande gravure d'une taille très fine, où l'on voit Virgile exposé dans une corbeille suspendue à une fenêtre, ainsi que des figures et des têtes si merveilleuses qu'Albert Dürer se creusa la tête pour combattre son rival et publia quelques estampes d'une telle perfection que l'on ne saurait faire mieux. Pour montrer tout son savoir, il fit un Chevalier armé et à cheval, représentant la Force humaine, et si bien exécuté qu'on distingue le brillant des armes et de la robe noire du cheval, ce qui est difficile à rendre dans un dessin. Cet homme fort est accompagné de la Mort, tenant un sablier, du diable et d'un chien poilu rendu avec toutes les plus grandes finesses possibles. L'an 1512, parurent de sa main seize petits sujets de la Passion du Christ, où l'on admire les figures les plus belles, les plus gracieuses et en même temps les plus vigoureuses que l'on puisse imaginer. Aiguillonné par cette concurrence, Lucas de Hollande grava douze feuilles semblables et fort belles, mais pas aussi parfaites que celles de Dürer, sous le rapport du burin et du dessin. Il fit, en outre, un saint Georges encourageant la jeune fille condamnée à être dévorée par un dragon, Salomon adorant les idoles, le Baptême du Christ, Pyrame et Thisbé, Assuérus et la reine Esther, agenouillée devant lui.

De son côté, Albert Dürer, ne voulant pas être surpassé par Lucas, ni en quantité, ni en bonté d'œuvres produites, grava une figure nue sur un nuage, et la Tempérance avec des ailes admirables, tenant en main une coupe d'or et une bride ; le paysage de cette planche est très fin. Il exécuta ensuite un saint Eustache agenouillé devant un cerf, dans les cornes duquel apparaît le Crucifix, gravure admirable, particulièrement à cause de quelques chiens, dans des attitudes variées, qui ne sauraient être plus beaux. Parmi les nombreux enfants que Dürer a gravés pour décorer des armoiries et des devises, on remarque ceux qui soutiennent un écu renfermant une figure de la Mort, coiffée d'un casque surmonté d'un coq dont les plumes sont traitées avec une telle délicatesse qu'il est impossible d'obtenir une taille plus fine avec le burin. Finalement Dürer a publié un saint Jérôme vêtu en cardinal et occupé à écrire, avec un lion qui dort à ses pieds ; le soleil traverse les vitres des fenêtres et envoie des rayons si vifs dans la chambre où le saint écrit, que c'est une merveille à regarder. On y voit, en outre, des livres, des horloges, des manuscrits et une foule d'autres accessoires supérieurement rendus. Peu après, l'an 1523, il fit un petit Christ avec les Apôtres ; c'est une de ses dernières productions. On lui doit aussi plusieurs portraits, tels que ceux d'Erasme, de Rotterdam, du cardinal Albert de Brandebourg, électeur de l'Empire, et le sien propre. Tout en s'occupant beaucoup de gravure, il n'abandonna pas la peinture ; il peignit au contraire continuellement des panneaux, des toiles et d'autres œuvres toutes précieuses. De plus, il laissa de nombreux écrits relatifs à la gravure, à la peinture, à la perspective et à l'architecture.

Pour revenir à la gravure, les œuvres de Dürer furent cause que Lucas de Hollande s'efforça de suivre ses traces. Après les estampes mentionnées plus haut, il grava sur cuivre quatre sujets tirés de l'histoire de Joseph, les quatre Evangélistes, les trois anges qui apparurent à Abraham dans la vallée de Mambré, Suzanne au bain, David en prière, le triomphe de Mardochée, Loth enivré par ses filles, la Création d'Adam et d'Eve, Dieu défendant à nos premiers parents de manger le fruit d'un arbre qu'il leur montre, et Caïn tuant son frère Abel ; toutes ces planches furent publiées l'an 1529. Mais les œuvres qui, plus que toutes autres, augmentèrent sa réputation, furent une Crucifixion et un *Ecce Homo*. Ces deux planches, de grandes dimensions et renfermant beaucoup de figures, sont regardées comme très précieuses, ainsi qu'une Conversion de saint Paul sur le chemin de Damas. Ces divers morceaux suffisent pour montrer que Lucas peut être compté parmi les maîtres qui ont excellé dans le travail du burin. Les compositions de ses sujets sont plus conformes aux règles de l'art que celles d'Albert Dürer; leur arrangement est si clair, qu'il semble que la scène que Lucas a voulu représenter n'a point dû se passer autrement. En outre, les estampes de Lucas se distinguent par une ingénieuse dégradation de tailles; les objets qui s'éloignent progressivement sont exprimés à l'aide de touches légères habilement calculées, qui, peu à peu, échappent à l'œil, tout comme dans la nature les lointains se perdent de vue insensiblement. On n'obtiendrait rien de plus harmonieux avec les couleurs : aussi ces considérations ont-elles ouvert les yeux à beaucoup de peintres. Il fit encore beaucoup de petites estampes représentant des Madones, les douze Apôtres avec le Christ, des Saints et des Saintes, des armures, des casques et différentes fantaisies, entre autres un paysan qui, se faisant arracher une dent, éprouve une telle douleur qu'il ne s'aperçoit pas qu'une femme lui dérobe sa bourse. Les œuvres de Dürer et de Lucas ont été cause qu'après eux quantité de Flamands et d'Allemands ont gravé des planches semblables, très belles.

Mais n'oublions pas Marc Antonio. Arrivé à Rome, il grava sur cuivre une très belle planche, d'après Raphaël d'Urbin, et représentant Lucrèce qui se donne la mort, exécutée avec tant de soin et dans une si belle manière que Raphaël, l'ayant immédiatement reçue de plusieurs de ses amis, se décida à faire graver les dessins de quelques-unes de ses compositions. A peu de temps de là, Marc Antonio grava donc un dessin du Jugement de Pâris, où Raphaël s'était plu à introduire le char du soleil, les nymphes des bois, celles des fontaines et celles des fleuves, ainsi que quantité de magnifiques accessoires; la gravure de Marc Antonio excita à Rome une profonde admiration. Il grava ensuite le Massacre des Innocents, où l'on voit des nus admirables, le Neptune entouré de petits sujets de l'histoire d'Enée, un très bel enlèvement d'Hélène, dessiné par Raphaël, et le Martyre de sainte Félicité, plongée dans l'huile bouillante, tandis que ses fils sont décapités. Ces planches acquirent tant de réputation à Marc Antonio qu'elles étaient plus estimées que celles des Flamands, à cause de leur beau dessin et que les marchands en tiraient de grands profits.

Depuis plusieurs années, Raphaël avait pour broyeur de couleurs un apprenti nommé Baviera et, comme il savait quelque chose, Raphaël le chargea d'imprimer les gravures de Marc Antonio et d'en faire la vente en gros et au détail. S'étant donc réunis, ceux-ci imprimèrent un grand nombre de planches, qui leur valurent un gain considérable. Toutes ces gravures furent signées par Marc Antonio de la manière pour indiquer le nom de Raphaël Sanzio, R S, et celui de Marcantonio, M F. Elles représentent Vénus embrassée par l'Amour, d'après un dessin de Raphaël, et Dieu bénissant la race d'Abraham ; on voit dans celle-ci la servante avec deux enfants. Ils gravèrent ensuite les médaillons que Raphaël avait peints dans le Vatican, c'est-à-dire, la Philosophie, la Poésie, la Théologie et la Jurisprudence ; puis une petite planche, d'après le mont Parnasse, qui est dans la même chambre ; Enée emportant Anchise pendant l'incendie de Troie, dessin d'après lequel Raphaël avait l'intention de faire un petit tableau ; puis la Galathée sur un char tiré par les dauphins et entourée de tritons qui enlèvent une nymphe. Après avoir achevé ces ouvrages, Marc Antonio reproduisit sur cuivre des figures séparées, dessinées par Raphaël, à savoir : Apollon tenant un instrument de musique, l'Amour offrant un rameau d'olivier à la Paix, les trois Vertus théologales, les quatre Vertus morales, le Christ avec les douze Apôtres ; la Madone du tableau d'Aracoeli sur une demi-feuille ; également la Vierge avec saint Jérôme, l'ange Raphaël et le jeune Tobie que le Sanzio envoya à San Domenico de Naples ; sur une petite feuille, une Vierge assise sur une chaise et embrassant l'Enfant Jésus demi-vêtu, enfin une foule d'autres Madones tirées de différents tableaux peints par Raphaël. Il grava ensuite un saint Jean-Baptiste, jeune et assis dans le désert, et la sainte Cécile de l'église de San Giovanni in Monte, qui est une fort belle gravure. Raphaël ayant terminé tous les cartons des tapisseries qui furent ensuite tissées de soie et d'or pour la chapelle du pape, et qui représentent l'Histoire de saint Pierre, de saint Paul et de saint Etienne, Marc Antonio grava la Prédication de saint Paul, la Lapidation de saint Etienne et la Guérison de l'aveugle. Ces estampes furent si belles, grâce à l'invention et au dessin de Raphaël, ainsi qu'au travail au burin de Marc Antonio, qu'il n'était pas possible, de voir mieux. Il grava ensuite, d'après Raphaël, une magnifique Descente de Croix, où l'on remarque surtout la Vierge évanouie, et peu de temps après le Portement de Croix, d'après le tableau de Raphaël, qui fut envoyé à Palerme ; puis une belle et grande estampe, d'après un dessin de Raphaël représentant le Christ dans les airs, avec la Vierge, saint Jean-Baptiste et sainte Catherine à genoux, ainsi que saint Paul, apôtre, debout. Les planches de toutes ces gravures étaient presque usées par le tirage lorsqu'elles disparurent ou furent dérobées par des Allemands, pendant le sac de Rome [11]. Il grava de profil le portrait du pape Clément VII, avec le visage rasé, sous forme de médaillon, puis deux portraits de l'empereur Charles Quint, jeune et plus âgé, celui de Ferdinand, roi des Romains, qui lui succéda à l'Empire, celui de Messire Pietro Aretino, poète fameux, dessiné à Rome d'après nature et dont le portrait est le plus beau que Marc Antonio ait jamais fait : peu de temps après, les douze empereurs romains en médaillons. Raphaël envoya quelques-unes de ces estampes en Flandre à Albert Dürer, qui loua beaucoup Marc Antonio et donna à son tour à Raphaël, outre différentes gravures, son propre portrait qui fut très admiré.

La réputation de Marc Antonio s'augmentait chaque jour et la gravure était venue en tel honneur que de nombreux élèves se groupèrent autour de lui, pour apprendre. Ceux qui y firent le plus de profit furent Marco de Ravenne, qui signa ses estampes du chiffre de Raphaël R S, et Agostino de Venise, qui signa A V [12]. Tous deux gravèrent plusieurs dessins de Raphaël, à savoir la Vierge avec le Christ mort étendu et à ses pieds saint Jean, la Madeleine, Nicodème et les autres Maries ; pareillement, mais en plus grand, la Vierge avec les bras ouverts et les yeux tournés vers le ciel, dans une attitude éplorée, devant le corps de son Fils. Agostino fit ensuite une grande Nativité du Christ, avec les bergers, les anges et Dieu le Père dans le haut ; autour de la cabane sont des vases de formes antiques et modernes. Une autre planche représente un brûle-parfums composé de deux femmes ayant sur la tête un vase percé de trous. Sur une gravure, on voit un homme changé en loup, qui s'avance pour dévorer un dormeur couché dans un lit. Puis il représenta Alexandre offrant la couronne royale à Roxane, tandis que des Amours volant dans les airs arrangent ses cheveux, ou bien jouent avec les armes du héros.

Agostino et Marco gravèrent, d'après Raphaël, la Cène du Christ avec les Apôtres, sur une grande feuille, l'Annonciation et deux sujets des noces de Psyché, que Raphaël avait peintes peu auparavant. Du reste, on peut dire que Marco et Agostino ont gravé, entre eux deux, presque tout ce que Raphaël a jamais peint ou dessiné. Comme il n'y avait presque aucun ouvrage de Raphaël qu'ils n'eussent reproduit, ils publièrent en dernier lieu les sujets que Jules Romain avait peints dans les Loges, d'après les dessins de Raphaël. Quelques-unes des premières estampes de Marco, signées M R, c'est-à-dire Marco Ravignano, et d'Agostino, signées A V (Agostino Veneziano), ont été répétées par d'autres, par exemple, la Création du monde, la Création des animaux, le Sacrifice de Caïn et d'Abel, la mort d'Abel, le sacrifice d'Abraham, l'Arche de Noé, le Déluge, la Sortie de l'Arche, le Passage de la mer Rouge, Moïse apportant les Lois du mont Sinaï, la Manne céleste, la Mort de Goliath déjà gravée par Marc Antonio, Salomon bâtissant le Temple, le Jugement de Salomon, la Visite de la Reine de Saba ; dans le Nouveau Testament, la Nativité du Christ, la Résurrection et la Descente du Saint-Esprit. Toutes ces estampes furent exécutées du vivant de Raphaël, après la mort duquel, Marco et Agostino s'étant séparés, le dernier grava pour Baccio Bandinelli, sculpteur florentin, des pièces d'anatomie sèches et des squelettes et ensuite une Cléopâtre.

Encouragé par le succès qu'obtinrent ces ouvrages, Bandinelli dessina et fit graver le Massacre des Innocents, l'un des plus grands morceaux que l'on ait vus jusqu'alors.

Pendant ce temps Marc Antonio publia en petit format les douze Apôtres, de diverses manières, et plusieurs saints et saintes, afin que les pauvres peintres qui n'étaient pas forts dessinateurs pussent s'en aider dans leurs besoins. Il grava aussi un jeune homme nu retenant une grande bannière gonflée par le vent, et aux pieds duquel est un lion ; un autre appuyé sur une base, un petit saint Jérôme considérant une tête de mort dans laquelle il met un doigt, d'après un dessin de Raphaël. Il fit ensuite une Justice, d'après les tapisseries de la chapelle, les trois Grâces d'après l'antique, l'Aurore montée sur un char tiré par deux chevaux bridés par les Heures, et, enfin, une Vierge gravissant les degrés du Temple.

Après ces œuvres, Jules Romain, qui n'avait jamais voulu, par modestie, faire graver aucun de ses ouvrages du vivant de Raphaël, de peur que l'on ne crût qu'il songeait à lutter avec lui, fit graver, après la mort de celui-ci, par Marc Antonio, deux magnifiques combats de cavaliers sur de grandes feuilles, les histoires de Vénus, d'Apollon et d'Hyacinthe, qu'il avait peintes dans la salle de bains de la villa de Messire Baldassare Turini da Pescia, et, pareillement, les quatre sujets de la vie de la Madeleine, ainsi que les quatre Evangélistes dans la voûte de la chapelle della Trinita, faits pour une courtisane, même si la chapelle appartient à Messire Agnolo Massili [13]. Il grava un très beau chapiteau antique, provenant de Marino, qui est aujourd'hui dans la cour de Saint-Pierre, et sur lequel est figuré une chasse au lion, puis un des bas-reliefs en marbre de l'Arc de Constantin, finalement plusieurs sujets que Raphaël avait dessinés pour la galerie et les loges du Vatican. Ces derniers morceaux furent plus tard gravés de nouveau par Tommaso Barlacchi, en même temps que les sujets des tapisseries du Consistoire.

Jules Romain fit ensuite graver par Marc Antonio vingt planches dont chacune représentait des hommes et des femmes couchés dans les postures les plus obscènes; ce qui était plus grave, elles étaient accompagnées d'un sonnet analogue à la scène, composé par Messire Pietro Aretino, de sorte que je ne saurais décider lequel était le plus grossier; ou les dessins du peintre pour les yeux, ou les vers du poète pour les oreilles. Cette indignité fut vivement blâmée par Clément VII, et quand elle fut publiée, le pape n'aurait pas manqué de châtier rudement Jules Romain, si celui-ci n'eût été en sûreté à la cour de Mantoue. Ces dessins ayant été trouvés dans des endroits où on ne les aurait jamais soupçonnés, non seulement on les prohiba, mais encore on saisit Marc Antonio et on le jeta en prison [14]. Si le cardinal de Médicis et Baccio Bandinelli, lequel était alors au service du pape, n'eussent obtenu sa grâce, Marc Antonio aurait probablement mal fini. N'est-ce pas, en vérité, un crime que d'employer les dons de Dieu à scandaliser le monde par des œuvres abominables?

Sorti de prison, Marc Antonio acheva, pour Baccio Bandinelli, une grande planche du Martyre de saint Laurent, qu'il avait commencée avant son arrestation, et pleine de figures nues. Elle fut exécutée avec un soin incroyable, bien que Baccio Bandinelli allât dire au pape, pendant que Marc Antonio y travaillait, qu'il commettait beaucoup d'erreurs. Mais le Bandinelli en eut toute la honte que méritait son peu de courtoisie, parce que Marc Antonio, instruit de ce qui s'était passé, termina sa planche à l'insu de Baccio, et montra au pape, grand amateur des arts du dessin, le dessin original de Bandinelli et l'estampe qu'il en avait tirée. Le pape reconnut que Marc Antonio, loin d'avoir commis des erreurs, avait corrigé de lourdes balourdises du Bandinelli, et qu'il avait mieux opéré avec le burin que Baccio avec le crayon. Il ne lui épargna pas les éloges et le vit toujours depuis avec plaisir; on croit même qu'il lui aurait fait beaucoup de bien, mais le sac de Rome étant survenu, Marc Antonio fut réduit presque à la mendicité; outre qu'il y laissa toutes ses affaires, il dut payer une forte rançon pour sortir des mains des Espagnols, puis il quitta Rome pour ne plus y revenir. A dater de ce moment, il ne produisit plus que très peu d'ouvrages. Notre art doit conserver à Marc Antonio une grande reconnaissance pour avoir donné un début et un développement à la gravure en Italie, dont les autres artistes ont depuis profité, comme on le verra plus loin.

A cette époque, Agostino de Venise, dont nous avons déjà parlé, vint à Florence, dans l'espoir de s'associer avec Andrea del Sarto, qui, après Raphaël, était regardé comme l'un des meilleurs peintres de l'Italie [15]. Andrea, ayant consenti à faire graver ses œuvres, dessina un Christ mort soutenu par trois anges ; mais, comme la gravure ne vint pas à son idée, il ne voulut plus laisser graver un seul de ses tableaux. Ce ne fut qu'après sa mort que l'on publia la Visitation de sainte Elisabeth et le saint Jean baptisant des fidèles, tirés de la série peinte en clair-obscur par lui, dans le cloître du Scalzo, à Florence.

Outre les œuvres qu'il exécuta en compagnie d'Agostino, Marco de Ravenne grava aussi, tout seul, de nombreuses planches que l'on reconnaît à sa marque, et qui sont toutes vraiment dignes de louanges. Bien d'autres sont venus après ceux-ci et ont excellemment travaillé la taille, en sorte que chaque pays a pu profiter et voir les œuvres remarquables des artistes excellents, et il n'en a pas manqué qui ont eu l'idée de graver sur bois des estampes qui paraissent coloriées au pinceau en clair-obscur, chose ingénieuse et difficile. Ainsi Ugo da Carpi, peintre médiocre, eut un esprit subtil dans les autres fantaisies [16]. Il fit le premier deux planches, dont l'une, gravée à la manière ordinaire, lui donnait les contours et les ombres, et l'autre donnait l'impression de la couleur ; les lumières étaient obtenues au moyen du blanc du papier que les tailles laissaient intact, en sorte que la planche une fois tirée paraissait éclaircie à la céruse. Ugo exécuta de cette façon, d'après un dessin en clair-obscur de Raphaël, une Sibylle assise et lisant à la lueur d'une torche tenue par un enfant habillé. Encouragé par le succès, il imagina de faire des estampes sur bois en trois teintes : la première donnait les ombres, la seconde les demi-teintes, la troisième les clairs et les lumières du blanc du papier. Ce nouvel essai lui réussit, au point qu'il grava de cette manière Enée portant son père Anchise, pendant l'incendie de Troie, une Déposition de Croix et l'histoire de Simon le Magicien, dessinée par Raphaël pour les tapisseries de la chapelle. Il publia également David tuant Goliath et la Fuite des Philistins, d'après un dessin que Raphaël avait fait, pour le reproduire dans les loges du Vatican. Ugo fit encore une foule d'estampes en clair-obscur, parmi lesquelles celle qui représente Vénus jouant avec des Amours. Comme nous avons dit plus haut que Ugo était peintre, je ne passerai pas sous silence qu'il fit à Rome, sur l'autel de la Sainte Face, un tableau à l'huile qu'il peignit sans se servir du pinceau, partie avec ses doigts, partie avec des outils bizarres [17]. Un matin que j'assistais à la messe avec Michel-Ange, devant cet autel je lus au bas du tableau d'Ugo qu'il avait été peint sans pinceau, et je montrai en riant cette inscription à Michel-Ange, qui me répondit : « Il aurait mieux valu qu'il se fût servi de pinceaux et qu'il eût fait quelque chose de moins mauvais. »

L'invention de la gravure sur bois en clair-obscur, à l'aide de deux planches, dont Ugo est l'auteur [18], fut cause que plusieurs, suivant ses traces, ont produit dans ce genre quantité de gravures très belles. Ainsi Baldassare Peruzzi, peintre siennois, fit en clair-obscur une belle estampe d'Hercule chassant l'Avarice chargée de vases d'or et d'argent, loin du mont Parnasse où sont les Muses dans diverses belles attitudes [19]. Francesco Mazzuoli de Parme grava de son côté un Diogène en grand format, qui est supérieur à tout ce qui est jamais sorti des mains d'Ugo. Mazzuoli, ayant enseigné à Antonio da Trento la manière de tirer des épreuves avec trois planches, lui fit faire le Martyre de saint Pierre et de saint Paul, en clair-obscur ; il exécuta ensuite, avec deux planches seulement, la Sibylle Tiburtine, qui montre à l'empereur Octave le Christ venant de naître et porté par la Vierge ; puis un homme nu et assis, qui tourne le dos, dans une belle manière ; pareillement, dans un ovale, la Vierge couchée, et quantité d'autres pièces qui furent imprimées après sa mort par Ioannicolo de Vicence [20]. Mais les plus belles estampes en clair-obscur ont été faites par Domenico Beccafumi de Sienne, après la mort du Parmigianino, comme nous le dirons dans la Vie de Domenico [21]. On ne saurait encore trop louer l'invention de la gravure à l'eau-forte, qui, si elle ne donne pas de résultats aussi nets que le burin, permet de travailler avec plus de facilité et de rapidité. Voici comment on opère : On étend sur une planche de cuivre une couche de cire, de vernis ou de couleur à l'huile, sur laquelle on dessine avec une pointe de fer très fine, de façon à enlever sous le trait la couche d'enduit; puis on verse sur la planche l'eau-forte qui creuse le cuivre dans les endroits où il est à découvert, de façon qu'on n'a plus ensuite qu'à imprimer. Francesco Mazzuoli grava ainsi une foule de petits sujets très gracieux, entre autres, une Nativité de Jésus, les Maries pleurant le Christ mort, et l'une des tapisseries de la chapelle faites sur le dessin de Raphaël.

Après ces maîtres, Batista, peintre de Vicence, est l'auteur de cinquante paysages variés; viennent ensuite Battista del Moro de Vérone [22] et Jérôme Cock, lequel grava en Flandre les Arts libéraux, et, à Rome, la Visitation peinte dans l'église della Pace par Fra Sebastiano de Venise, ainsi qu'une autre Visitation laissée dans l'oratoire della Misericordia par Francesco Salviati, la fête du Monte Testaccio et quantité d'œuvres d'après des peintures de Battista Franco et autres, à Venise [23].

Pour revenir à la gravure au burin, après que Marc Antonio eut publié toutes les planches que nous avons mentionnées plus haut, le Rosso étant allé à Rome, Baviera lui persuada de faire graver quelques-unes de ses œuvres. Il donna alors à Gian Jacopo del Caraglio de Vérone, qui avait une très bonne main et cherchait le mieux possible à imiter Marc Antonio, une figure d'anatomie tenant une tête de mort et assise sur un serpent, à côté d'un cygne qui chante [24]. Cette estampe fut si bien réussie, que le Rosso fit graver, en feuilles de moyenne grandeur, quelques-uns des travaux d'Hercule, à savoir : la Mort de l'Hydre, le Combat avec Cerbère, la Mort de Cacus, la Défaite d'Achéloüs transformé en taureau, la Bataille des Centaures et l'Enlèvement de Déjanire par Nessus. Ces estampes furent si bien réussies, elles ont une si belle taille, que le même Jacopo grava sur le dessin du Rosso l'Histoire des Piérides, qui, ayant osé défier les Muses et disputer avec elles le prix de la voix, furent changées en pies [25]. Baviera ayant fait ensuite dessiner au Rosso, pour un livre, vingt Divinités placées dans des niches avec leurs attributs, Gian Jacopo Caraglio les grava avec beaucoup de grâce, et reproduisit ensuite leurs métamorphoses ; mais le Rosso, ayant eu quelques démêlés avec le Baviera, ne dessina que deux de ces derniers sujets. Baviera fit faire les dix autres par Perino del Vaga. Les deux du Rosso furent l'Enlèvement de Proserpine et Philyre transformée en cheval ; toutes ces estampes ont toujours été d'un haut prix. Caraglia commença ensuite, pour le Rosso, l'Enlèvement des Sabines, qui aurait été une très belle gravure, mais qui ne fut pas achevé, à cause du sac de Rome. Rosso s'en alla, et toutes les estampes furent perdues. Si cette planche a été publiée plus tard, c'est fâcheux, parce qu'elle a été terminée par un ignorant qui ne pensait qu'au bénéfice à en retirer.

Le Caraglio grava ensuite, pour Francesco Parmigiano, le Mariage de la Vierge et quelques autres de ses œuvres ; pour Titien, une magnifique Nativité, d'après un des tableaux de celui-ci. Après avoir fait bon nombre d'estampes, Caraglio se mit à graver des camées et des cristaux avec un tel succès qu'il vint à mépriser son premier métier au point de ne vouloir plus s'occuper que de joyaux, de gravure en creux et d'architecture. Il s'attacha au service du roi de Pologne, dont les libéralités lui ont fourni les moyens de passer tranquillement sa vieillesse dans sa patrie, au milieu de ses disciples et de ses amis.

Après ceux-ci, nous avons un autre excellent graveur sur cuivre, appelé Lamberto Suave, de la main duquel nous avons le Christ et les douze Apôtres en treize feuilles d'une finesse de burin qui approche de la perfection [26]. S'il avait eu un meilleur dessin, comme le travail, le soin et l'exécution sont bons chez lui, il aurait obtenu des résultats merveilleux, ainsi qu'on peut s'en rendre compte par sa petite gravure de saint Paul qui écrit, et celle plus grande de la Résurrection de Lazare.

Giovanbatista de Mantoue, élève de Jules Romain, a montré aussi beaucoup de talent comme graveur [27] ; parmi ses œuvres, nous citerons la Vierge ayant la lune sous ses pieds et tenant son Fils ; quelques têtes coiffées de casques antiques, fort belles ; deux feuilles représentant un capitaine à pied et un à cheval ; Mars couvert de ses armes et assis sur un lit, pendant que Vénus regarde un Amour qu'elle allaite, planche qui a beaucoup de bon. Il y a encore de lui deux planches très originales représentant l'Incendie de Troie et faite avec une grâce, un dessin et une invention extraordinaires. Ces planches et beaucoup d'autres du même auteur sont signées de ces lettres : I. B. M.

Enea Vico, de Parme, ne fut inférieur à aucun des maîtres que nous venons de mentionner [28]. Il grava sur cuivre, d'après le Rosso, un Vulcain entouré de quelques amours qui fabriquent des flèches dans sa forge, aidés par les Cyclopes, il fit une estampe magnifique. Il grava aussi la Léda de Michel-Ange et une Annonciation dessinée par Titien, et la Judith peinte par Michel-Ange dans la chapelle Sixtine. Tout comme le portrait du duc Cosme de Médicis, jeune, en armure, d'après un dessin de Bandinelli et l'autoportrait de Bandinelli. Encore, la dispute de Cupidon et d'Apollon, en présence de tous les dieux. Si Bandinelli lui avait porté plus d'intérêt et reconnut son travail, il lui aurait gravé des planches magnifiques. Lorsque François Floris, élève de Salviati et peintre excellent, vint à Florence, il fit graver par Aenea, grâce à la libéralité du duc Cosme, une grande estampe de la Conversion de saint Paul, pleine de cavaliers et de soldats. Il grava également un portrait de l'empereur Charles Quint, orné de manière très appropriée de trophées et de dépouilles. L'Empereur le récompensa et chacun le loua. Une autre gravure représente la victoire impériale sur les bords de l'Elbe. Il grava aussi pour Giulio Clovio, enlumineur extraordinaire, un saint Georges à cheval qui tue le serpent, une de ses premières œuvres, déjà bien réussie. Avec l'ambition de passer à des entreprises plus glorieuses, il se tourna vers l'Antiquité, les médailles en particulier. Il en tira plusieurs livres imprimés, avec les effigies de nombreux empereurs et de leurs épouses, avec aussi les inscriptions et les revers, qui peuvent intéresser ceux qui s'intéressent à ce type de connaissances historiques. Il en a tiré et en tire encore de grands éloges. Aenea grava encore, à la satisfaction de tous, et pour leur être utile, cinquante costumes de diverses nations, montrant les usages vestimentaires en Italie, en France, en Espagne, au Portugal, ou en Flandres, dans d'autres parties du monde aussi, tant les hommes que les femmes, les paysans que les citadins. C'est un beau travail, plein d'invention et de fantaisie. Il a également gravé un arbre généalogique de tous les empereurs, très beau. Après tant de travail et d'entreprises, il se repose maintenant sous la protection d'Alphonse II, duc de Ferrare, pour lequel il a fait un arbre généalogique des marquis et ducs de la famille d'Este. C'est pour toutes ces choses, pour d'autres encore et pour ce qu'il fera encore, que j'ai voulu lui rendre hommage parmi tous ces artistes de talent.

Antoine Lafréry, qui possédait une imprimerie spécialisée dans ce genre de travail et a publié plusieurs livres avec toutes sortes de poissons, a fait graver par d'autres artistes plusieurs œuvres de Michel-Ange dont le Phaeton, Titius, Ganymède, les tireurs de flèches, la Bacchanale, le Songe, la Pietà et la Crucifixion faits pour la marquise de Pescara [29]. Et encore les quatre prophètes de la chapelle et bien d'autres si mal faites que je préfère taire le nom des graveurs et des imprimeurs. Mais je ne tairai pas les noms d'Antoine Lafréry et de Tommaso Barlochi [30] parce qu'ils ont donné à graver à de nombreux jeunes des dessins des grands maîtres et qu'ils se sont aussi mis à faire toutes sortes de choses, des grotesques, des temples anciens, des corniches, des bases, des chapiteaux et d'autres éléments, avec toutes les mesures. Voyant la médiocrité de ce qu'ils produisaient, le Bolonais Sebastiano Serlio, architecte, ému par cette situation, a gravé sur bois et sur cuivre deux livres d'architecture, dédiés au roi Henri de France, où se trouvent notamment trente portes d'ordre rustique et trente d'ordre classique [31]. Antonio Abacco a aussi publié, dans une belle manière, tout ce que Rome a d'antique et de remarquable, avec les mesures finement gravées. De la même manière Vignola[32], architecte, ne s'est pas moins distingué en mettant au jour un livre orné de gravures sur cuivre, où il explique clairement les principes des proportions des cinq ordres et la manière de les amplifier et de les diminuer. Ce livre, par son utilité, a mérité à son auteur la reconnaissance des artistes qui doivent payer le même tribut à Jean Cousin de Paris pour ses gravures et ses traités d'architecture [33].

A Rome, Niccolo Beatricio, de Lorraine, a gravé au burin, avec talent, deux combats de cavalerie, divers animaux très bien faits, et, d'après le dessin du peintre Girolamo Mosciano de Brescia, le Christ ressuscitant le fils de la veuve. Beatricio a en outre gravé une Annonciation dessinée par Michel-Ange, et la Navicella que Giotto exécuta en mosaïque, sous le portique de Saint-Pierre [34].

De Venise sont venues pareillement de nombreuses et magnifiques gravures en bois et sur cuivre ; parmi les premières nous citerons des paysages, une Nativité du Christ, un saint Jérôme et un saint François du Titien [35] ; parmi les secondes, le Tantale, l'Adonis, et en un mot toutes les estampes exécutées par Giulio Bonasone de Bologne, d'après les dessins de Raphaël, de Jules Romain, du Parmigiano et des meilleurs maîtres, dont il a pu avoir des dessins. Battista Franco, vénitien, a gravé partie au burin, partie à l'eau-forte, d'après différents peintres, la Nativité du Christ, l'Adoration des Mages, la Prédication de saint Pierre et maints sujets tirés des Actes des Apôtres et de l'Ancien Testament [36].

La gravure est aujourd'hui tellement en vogue, que ceux qui professent cet art ont continuellement en action des dessinateurs, qui reproduisent et gravent ce qui se fait de beau. C'est ainsi que nous avons vu arriver de France tout ce qu'on avait pu trouver de la main du Rosso, comme Clélie traversant un fleuve avec les Sabines, quelques mascarons faits pour le roi François et semblables aux Parques, une Annonciation originale, une Danse de dix femmes, et le roi François Ier entrant dans le temple de Jupiter, et laissant derrière lui l'Ignorance et les Vices. Ces estampes furent gravées sur cuivre par René Boivin, du vivant du Rosso [37]. Lorsque ce maître fut mort, on reproduisit un bien plus grand nombre encore de ses ouvrages, tels que l'histoire complète d'Ulysse, et, pour ne pas citer autre chose, des vases, des candélabres, des salières et une infinité de pièces d'argenterie qui avaient été exécutées d'après ses dessins.

Luca Penni a publié deux Satyres qui donnent à boire à un Bacchus, une Léda qui sort les flèches du carquois de Cupidon, une Suzanne au bain, et beaucoup d'autres estampes d'après ses propres dessins, et d'après ceux de Francesco Primaticcio, de Bologne, aujourd'hui abbé de Saint-Martin en France [38]. Parmi les sujets que Luca Penni emprunta au Primaticcio, il y a le jugement de Pâris, le Sacrifice d'Abraham, une Vierge, le Mariage mystique de sainte Catherine, Jupiter métamorphosant Calisto en ours, le Conseil des Dieux, et Pénélope travaillant avec ses femmes. Grâce à ces estampes, qui la plupart sont faites sur bois, et généralement au burin, on est arrivé à graver les plus petites figures avec une finesse qu'on ne saurait surpasser. Quel est celui qui pourrait voir sans étonnement les ouvrages de Francesco Marcolini da Forli ? Nous nous bornons à mentionner son *Giardino di Pensieri* ; gravé sur bois, ce livre, qui présente au début une sphère d'astrologue et le portrait de l'auteur dessiné par Giuseppe Porta da Castelnuovo della Garfagnana, renferme des fantaisies variées, telles que la Destinée, l'Envie, la Calamité, la Timidité, la Louange, et d'autres choses semblables, qui furent très louées. On ne peut aussi qu'admirer les figures que l'imprimeur Gabriel Giolito mit dans ses éditions de l'*Orlando furioso* et les onze morceaux anatomiques [39] dessinés pour Andrea Vessalio par le Flamand Jean de Calcar, et ensuite réduites à de moindres proportions et gravées sur cuivre par Valverde, qui écrivit sur l'anatomie après Vessalio [40].

Parmi les nombreuses estampes publiées par les Flamands depuis dix ans, il y en a de fort belles, dessinées par un certain Michel, peintre, qui a travaillé pendant plusieurs années à Rome dans deux chapelles de l'église des Allemands. Ce sont les Israélites frappés de mort par les serpents, et trente-deux sujets de l'histoire de l'Amour et de Psyché, que l'on admire beaucoup [41].

Jérôme Cock, autre Flamand, a gravé, d'après un dessin de l'invention de Martin Hemskerk, une grande planche qui représente Dalila coupant les cheveux de Samson, non loin duquel on aperçoit les Philistins écrasés sous les décombres de leur temple [42]. Il a fait, en trois feuilles plus petites, la Création d'Adam et d'Eve, leur Désobéissance et leur Expulsion du Paradis ; puis, en quatre feuilles de la même grandeur, le Démon peignant dans le cœur de l'homme l'Avarice, l'Ambition et les passions qui suivent celles-ci. On voit encore, de la main du même, vingt-sept sujets de la même grandeur, tirés de l'Ancien Testament, à commencer de l'Expulsion d'Adam du Paradis terrestre, dessinés par Martin avec une hardiesse et une vigueur remarquables, et ressemblant beaucoup à la manière italienne. Jérôme grava ensuite l'Histoire de Suzanne en six médaillons, et vingt-trois sujets de l'Ancien Testament : six de ces sujets appartiennent à l'histoire de David, huit à celle de Salomon, quatre à celle de Balaam, et cinq à celle de Judith et de Suzanne. Il publia aussi vingt-neuf sujets du Nouveau Testament, qui partent de l'Annonciation de la Vierge, et comprennent toute la Passion et la Mort du Christ. Jérôme Cock fit en outre, d'après Martin Hemskerk, les sept œuvres de Miséricorde, l'Histoire de Lazare riche et de Lazare pauvre, la Parabole du Samaritain en quatre feuilles, et également en quatre feuilles celles des Talents, telle qu'elle est décrite dans saint Matthieu, chapitre dix-huit.

Lic Frynck exécuta dix morceaux de la Vie et de la Mort de saint Jean-Baptiste, en concurrence de Jérôme Cock; mais, pendant ce temps, celui-ci grava les douze Tribus en autant de feuilles, où il figure Ruben avec un pourceau, pour désigner la luxure; Siméon avec une épée, pour rappeler l'homicide, et enfin les chefs de toutes les tribus avec les symboles de leurs caractères [43].

Jérôme Cock grava ensuite plus finement, en dix feuilles, l'Histoire de David, depuis son sacre par Samuel jusqu'à son entrevue avec Saül, et en six feuilles, Amon s'éprenant de sa sœur Thamar, l'inceste et la mort d'Amon. Peu après, il publia, dans la même grandeur, dix sujets de l'histoire de Job, et tira des treize chapitres des Proverbes de Salomon cinq feuilles de la même sorte. Il fit encore l'Histoire des Mages, la Parabole de la robe nuptiale en six feuilles, d'après saint Matthieu, chapitre douze, et en six feuilles de la même grandeur quelques sujets des Actes des Apôtres; puis huit feuilles semblables contenant huit femmes de parfaite bonté de l'Ancien Testament : Jaël, Ruth, Abigaïl, Judith, Esther et Suzanne; et deux du Nouveau Testament : la Vierge Marie, mère du Christ, et Marie-Madeleine.

Il grava ensuite, en six feuilles, les Triomphes de la Patience, avec diverses fantaisies. Le premier représente la Patience montée sur un char et tenant un étendard sur lequel est une rose entourée d'épines. Dans le deuxième, on voit, sur une enclume, un cœur ardent frappé par trois marteaux : le char est traîné par le Désir, dont les épaules sont garnies d'ailes, et par l'Espérance, qui porte une ancre; derrière le char marche, captive, la Fortune avec sa roue brisée. Le troisième Triomphe montre le Christ armé de l'étendard de la croix et de sa Passion; sur les côtés sont les Evangélistes personnifiés par des animaux : ce char est tiré par deux agneaux et, derrière lui, marchent quatre prisonniers, savoir : le Démon, le Monde ou la

Chair, le Péché et la Mort. Isaac nu, monté sur un chameau, et tenant une bannière couverte de chaînes de prisonniers, tel est le sujet du quatrième Triomphe; derrière Isaac, on aperçoit l'autel avec le bélier, le couteau du sacrifice et le feu. Dans le cinquième Triomphe, Joseph, monté sur un bœuf couronné d'épis et de fruits, tient un étendard orné d'une ruche d'abeilles; il est suivi de la Colère et de l'Envie, occupées à dévorer un cœur. Dans le sixième Triomphe, on reconnaît David monté sur un lion et tenant une harpe et un étendard où est figuré un frein; derrière David s'avancent Saül prisonnier et les siens, la langue pendante. Le septième Triomphe est celui de Tobie, dont la monture est un âne; sur son étendard est une fontaine et, derrière lui, la Pauvreté et la Cécité sont enchaînées, comme des prisonniers. Dans le dernier Triomphe, saint Etienne, protomartyr, est porté par un éléphant; sur son étendard est représentée la Charité, et les captifs qui le suivent sont ses persécuteurs. Toutes ces ingénieuses fantaisies ont été gravées par Jérôme Cock, dont la main est aussi ferme que hardie. Il grava encore avec talent la Fraude et l'Avarice, une belle Bacchanale avec des enfants qui dansent, et Moïse passant la mer Rouge, comme l'avait peint le Florentin Agnolo Bronzino, dans la chapelle supérieure du palais du duc de Florence. En concurrence de lui, Giorgio de Mantoue exécuta une très belle Nativité du Christ, d'après le dessin du Bronzino. A peu de temps de là, Jérôme Cock grava, pour celui qui les avait composées, douze planches contenant des victoires, des batailles et des faits d'armes de l'empereur Charles Quint. Il publia ensuite vingt feuilles de divers édifices pour le Verese, peintre et perspectiviste habile; pour Jérôme Bosch, un saint Martin avec une barque pleine de démons fantastiques, et l'Histoire d'un alchimiste qui, ayant jeté tout son avoir au vent, est réduit à aller à l'hôpital avec sa femme et ses enfants. Cette dernière composition lui fut dessinée par un peintre qui lui fit graver les sept Péchés mortels, sous la forme de démons grotesques, le Jugement dernier, un vieillard tenant une lanterne et cherchant en vain le repos parmi les choses du monde, un grand poisson dévorant du fretin, un Carnaval godaillant avec ses amis et chassant le Carême, le Carnaval chassé à son tour par le Carême, et enfin une foule de capricieuses inventions dont l'énumération serait trop longue.

Beaucoup d'autres Flamands ont imité la manière d'Albert Dürer avec un soin extraordinaire, comme on le voit dans leurs estampes, et particulièrement dans celles d'Albert Aldegrever, auteur de la Création d'Adam en quatre feuilles, des quatre de l'Histoire d'Abraham et de Loth, des quatre autres de Suzanne, qui sont fort belles [44]. Pareillement, G. P. a gravé, en sept petits médaillons, les sept Œuvres de miséricorde, et, de plus, huit sujets empruntés au Livre des Rois, le supplice de Régulus mis dans un tonneau plein de clous, qui est une gravure admirable [45]. I. B. a fait quatre Evangélistes si petits qu'ils étaient presque impossibles à exécuter [46]. On lui doit en outre cinq planches, dont la première représente une vierge conduite toute jeune par la Mort à la fosse, la seconde Adam, la troisième un paysan, la quatrième un évêque et la cinquième un cardinal : chacun de ces personnages est conduit au tombeau par la Mort. I. B. a publié encore plusieurs estampes dont les unes renferment quelques Satyres et les autres des Allemands se divertissant avec leurs femmes. Mentionnons aussi quatre Evangélistes gravés avec soin par ***, non moins beaux que les douze sujets de l'Histoire de l'Enfant prodigue, burinés par M.

Dernièrement, Franck Floris, peintre très réputé dans son pays, a fait quantité de dessins et de peintures dont Jérôme Cock a gravé la plus grande partie, comme les Travaux d'Hercule en dix feuilles [47], puis séparément, sur de grandes feuilles, toutes les actions de la Vie humaine, le Combat des Horaces et des Curiaces, le Jugement de Salomon, le Combat livré par les Pygmées à Hercule, Abel tué par Caïn et pleuré par ses parents, le Sacrifice d'Abraham et quantité d'autres que nous passons sous silence, car on ne peut vraiment se défendre d'un profond étonnement lorsqu'on songe à tout ce qui a été fait sur cuivre et sur bois. Enfin, qu'il nous suffise de citer les portraits de notre livre, dessinés par Giorgio Vasari et ses élèves, et gravés par Maestro Cristofano Coriolano, lequel ne cesse de produire, à Venise, des ouvrages dignes de mémoire [48].

Si, grâce aux estampes, les gens d'au-delà des montagnes ont connu les peintures de l'Italie, et si les Italiens ont connu celles des pays étrangers, ils en sont redevables principalement à Marc Antonio, qui, comme nous l'avons déjà dit, a grandement aidé aux progrès de la gravure, et n'a encore été surpassé par personne, bien que certains artistes, peu nombreux d'ailleurs, l'aient égalé en quelques points.

Marc Antonio mourut à Bologne, peu de temps après son départ de Rome. Il a été introduit, étant encore jeune, par Raphaël, dans sa fresque d'Héliodore, sous la figure d'un des estafiers qui portent le pape Jules II.

En terminant cette notice relative à Marc Antonio de Bologne et à d'autres graveurs, je dirai que j'ai voulu faire ce récit, long, mais nécessaire, afin de satisfaire non seulement ceux qui étudient nos arts, mais encore tous ceux qui en sont amateurs.

Jules Romain

PEINTRE ET ARCHITECTE, ROME, 1499 – MANTOUE, VERS 1546

Parmi les nombreux et presque infinis disciples de Raphaël d'Urbin, dont la plupart devinrent des artistes remarquables, aucun n'imita mieux la manière, l'invention, le dessin et le coloris de leur maître que Jules Romain ; aucun ne se montra autant que lui savant, hardi et assuré, original et varié, abondant et universel. Sa conversation aimable, son humeur gaie et agréable, enfin ses excellentes manières furent cause qu'il fut aimé de Raphaël de telle sorte, que, s'il eût été son fils, il ne l'aurait été davantage, et que celui-ci l'employa toujours dans ses plus importantes entreprises, particulièrement dans la décoration des loges du Vatican, exécutées pour Léon X.

Après avoir fait les dessins de l'architecture, des ornements et des sujets, Raphaël lui fit faire plusieurs des peintures, entre autres la Création d'Adam et d'Eve, celle des animaux, la Construction de l'Arche de Noé, le Sacrifice, et quantité d'autres sujets que l'on reconnaît à sa manière, comme celui dans lequel la fille de Pharaon, avec ses femmes, trouve Moïse dans un berceau jeté dans le fleuve par les Hébreux, œuvre admirable pour le paysage qui y est représenté [1]. Dans la salle de la Tour Borgia, où se trouve l'Incendie du Bourg, Jules aida Raphaël à peindre différentes choses, particulièrement le soubassement fait en camaïeu de couleur de bronze, la comtesse Mathilde, le roi Pépin, Charlemagne, Godefroy de Bouillon, roi de Jérusalem, et d'autres bienfaiteurs de l'Église, qui sont tous des figures remarquables ; une partie en a été gravée récemment, d'après un de ses dessins [2]. Il peignit encore la plus grande partie des fresques qui sont dans la loggia d'Agostino Chigi [3], et travailla à un magnifique tableau à l'huile de Raphaël, qui représente sainte Elisabeth, et qui fut envoyé au roi François Ier, avec une sainte Marguerite, presque entièrement peinte par Jules, sur le dessin de Raphaël [4]. Celui-ci envoya au même souverain le portrait de la vice-reine de Naples, dont il ne fit que la tête, d'après nature ; le reste du tableau fut terminé par Jules [5]. Ces œuvres, qui plurent beaucoup au roi, sont encore en France, dans la chapelle du palais de Fontainebleau.

En s'employant ainsi au service de Raphaël, son maître, et en apprenant les choses les plus difficiles de l'art, que Raphaël lui-même lui enseignait avec une amabilité incroyable, Jules parvint rapidement à savoir mettre en perspective les édifices, à les mesurer et à en faire les plans. Parfois aussi Raphaël, après lui avoir simplement donné l'esquisse de ses inventions, les lui faisait mettre au net et amplifier, pour s'en servir dans ses compositions d'architecture. Ainsi, peu à peu, prenant goût à ce travail, Jules s'y développa de manière à devenir bientôt un maître excellent. Après la mort de Raphaël, Jules et Giovan Francesco, dit Il Fattore, étant restés ses héritiers, avec la charge de terminer les ouvrages qu'il avait commencés, en conduisirent honorablement la majeure partie à bonne fin [6].

Le cardinal Jules de Médicis, qui plus tard devint pape sous le nom de Clément VII, ayant choisi, au pied du Monte Mario, un site qui, outre une belle vue, présentait des eaux vives, quelques bosquets, et s'étendait en terrain plan le long du Tibre jusqu'au Ponte Molle, avec de chaque côté des prés allant presque jusqu'à la porte de San Pietro, résolut de construire au sommet du coteau, sur un terre-plein qui y était, un palais doté de toutes les beautés et commodités possibles, en tant qu'appartements, loges, jardins, fontaines et bosquets. Il donna la charge du tout à Jules, qui l'accepta volontiers, et conduisit à bonne fin ce palais, connu alors sous le nom de Vigna de' Medici, et aujourd'hui sous celui de Villa Madama [7].

Se conformant à la disposition du site et à la volonté du cardinal, il fit la façade antérieure demi-circulaire, en forme de théâtre, divisée par des niches et des fenêtres, avec une ordonnance ionique, d'un goût si parfait, que plusieurs personnes pensent que Raphaël en fit la première esquisse et que Jules la mit à exécution. On voit de lui dans les appartements un grand nombre de peintures, particulièrement après avoir passé du premier vestibule après l'entrée dans une magnifique loggia ornée de grandes niches et d'autres plus petites, qui toutes sont occupées par des statues antiques, parmi lesquelles il y avait un Jupiter d'une beauté rare, qui fut ensuite envoyé avec d'autres statues au roi François Ier, par la famille Farnèse. Jean d'Udine décora de grotesques cette galerie dont les murailles et les voûtes sont couvertes de peintures et de stucs admirables. En tête de la loggia, Jules peignit à fresque un énorme Polyphème entouré de quantité d'enfants et de petits satyres qui jouent autour de lui. Cette œuvre valut à Jules de grands éloges, ainsi que tous les autres travaux et dessins qu'il fit pour ce lieu, orné par lui de pêcheries, de pavements, de fontaines rustiques, de bosquets et d'autres choses semblables, faites avec goût et jugement. Il est vrai que, Léon X étant venu à mourir, cette entreprise, à cause de l'élection d'Adrien VI [8] et du retour du cardinal de Médicis à Florence, resta inachevée, ainsi que tous les travaux publics commencés par Léon X.

Pendant ce temps-là, Jules et Giovan Francesco achevèrent beaucoup d'œuvres que Raphaël en mourant avait laissées imparfaites ; ils se disposaient à mettre en œuvre une partie des cartons qu'il avait faits pour les peintures de la grande salle du Vatican, où déjà il avait commencé à peindre quatre sujets tirés de l'histoire de l'empereur Constantin, et où il avait couvert une paroi d'un enduit pour peindre à l'huile, lorsqu'ils s'aperçurent qu'Adrien, en homme qui n'aimait ni la peinture, ni la sculpture, ni aucune bonne chose, ne se souciait pas que cet ouvrage fût terminé. Tant que vécut Adrien, peu s'en fallut que Jules Romain, Il Fattore, et avec eux Perino del Vaga, Jean d'Udine, Sebastiano de Venise, et d'autres artistes excellents ne mourussent de faim. Mais, comme le voulut Dieu, tandis que la consternation régnait parmi les courtisans accoutumés à la libéralité et à la magnificence de Léon X, et que les artistes songeaient à quitter Rome, voyant que toute espèce de talent était méprisée, Adrien mourut, et fut remplacé par le cardinal Jules de Médicis, sous le nom de Clément VII, avec lequel tous les arts du dessin ressuscitèrent comme en un jour.

Jules et Giovanfrancesco s'occupèrent aussitôt, et tout joyeux, par l'ordre du pape, d'achever la salle de Constantin [9]. Ils jetèrent bas l'enduit que Raphaël avait préparé pour peindre à l'huile ; mais ils conservèrent deux figures, dont l'une représente la Justice, qu'ils avaient eux-mêmes peintes à l'huile auparavant. Les fresques de cette salle sont les meilleures que l'on connaisse de Jules ; il est vrai qu'il y mit un soin tout particulier, comme on peut en juger par un très beau dessin de sa main, représentant saint Sylvestre, et qui a peut-être plus de grâce que la peinture de ce saint faite sur le soubassement. Jules exprima toujours mieux ses idées dans ses dessins que dans ses peintures ; on y découvre plus d'animation, de caractère et de sentiment ; cela provient peut-être de ce que, tout enflammé de ses sujets, il les dessinait en une heure, tandis qu'il employait des mois et des années à les peindre. Comme il les prenait en dégoût et qu'il n'avait plus cette ardeur qu'on éprouve quand on entame un travail, il n'est pas étonnant qu'il ne donnât pas à l'exécution cette entière perfection que l'on remarque dans ses dessins.

Pour revenir aux grands sujets que renferme cette salle, il peignit, sur une des parois, Constantin adressant une allocution à ses soldats ; dans les airs apparaît une croix rayonnante, portée par des petits anges et sur laquelle on lit : IN HOC SIGNO VINCES ; aux pieds de Constantin est un nain qui essaie de se mettre un casque sur la tête. Sur la grande paroi est représentée la bataille équestre qui eut lieu près du Ponte Molle, et où Maxence fut mis en déroute par Constantin. Cette œuvre est extrêmement remarquable par le grand nombre de blessés et de morts qu'on y voit, les attitudes variées des fantassins et des cavaliers qui luttent entrelacés ; si cette peinture n'était pas trop colorée ni trop poussée au noir, ce à quoi Jules se plut toujours dans ses couleurs, elle serait parfaite en tous points, mais ce défaut leur enlève beaucoup de grâce et de beauté. Au milieu du Tibre, Maxence, fier et terrible d'aspect, est près de s'engloutir, avec son cheval. En somme, cette peinture servira toujours de modèle à ceux qui voudront traiter de semblables sujets. Jules sut mettre à profit les bas-reliefs des colonnes Trajane et Antonine, pour les armures et les costumes de ses soldats, les enseignes, les machines et instruments de guerre. Sous cette fresque sont peints en bronze quantité de sujets qui sont tous dignes d'éloges. Sur la troisième paroi, on voit saint Sylvestre, sous les traits de Clément VII, baptisant Constantin, dans les mêmes fonts baptismaux qui se trouvent aujourd'hui à Saint-Jean-de-Latran. Dans la foule des assistants, on voit Messire Niccolo Vespucci, chevalier de Rhodes, conseiller très proche du pape. Sur le soubassement peint en couleur de bronze, Jules représenta Constantin construisant Saint-Pierre de Rome ; c'est une allusion au pape Clément VII, et l'on y voit les portraits de Bramante et de Giuliano Leno tenant le plan de l'église. La quatrième paroi, au-dessus de la cheminée, renferme, en perspective, l'église de Saint-Pierre, avec la disposition, quand il y célèbre la messe pontificale, entouré de cardinaux, de prélats, de chanteurs et de musiciens. Saint Sylvestre, assis, a devant lui Constantin à genoux, qui lui offre une statue de Rome en or, telle que nous la représentent les médailles antiques ; cette fresque figure donc la Donation que Constantin fit à l'Eglise romaine. Jules a peint dans cette scène de nombreuses figures féminines qui regardent la cérémonie, certaines très belles, un pauvre faisant l'aumône, un enfant grimpé sur un chien et les gardes du pape qui, avec leurs lances, contiennent la foule, comme c'est toujours le cas. Parmi les nombreux portraits qu'il a faits dans cette scène, se trouvent son propre autoportrait et celui du comte Baldassare Castiglione, auteur du *Courtisan*, son intime ami, ceux de Pontano et Merullo et de nombreux lettrés et courtisans. Tout autour et entre les fenêtres, Jules a représenté de nombreuses devises et des scènes mythologiques, pleines de vie et charmantes. Tout cela plut tellement au pape qu'il le récompensa très largement de son travail.

Tandis que Jules et Il Fattore étaient occupés à ces grands travaux, ils ne laissèrent pas cependant de faire une Assomption de la Vierge, qui fut envoyée à Pérouse et placée dans le couvent des religieuses de Montelucci [10]. Jules travailla seul ensuite et peignit une Vierge avec une chatte qui paraissait vivante ; c'est pourquoi cet ouvrage est connu sous le nom de tableau de la chatte [11] : un autre grand tableau où il représenta le Christ battu à la colonne fut placé sur l'autel de Santa Prassedia à Rome.

Il peignit ensuite le martyre de saint Etienne, pour Messire Giovan Matteo Giberti, dataire du pape et depuis évêque de Vérone, qu'il envoya dans l'un de ses bénéfices à Gênes, appelé Saint Etienne. Ce tableau, superbe par son invention, sa grâce et sa compostition, représente le jeune Paul assis près des habits de saint Etienne pendant que les juifs lui jettent des pierres. Jules n'a jamais fait de tableau plus beau, avec les attitudes si féroces de ceux qui jettent des pierres et la douce patience de saint Etienne qui voit véritablement le Christ assis à la droite du Père dans un ciel divinement peint. Matteo a donné cette œuvre et le bénéfice aux moines olivétains qui en ont fait un monastère [12]. Pour une chapelle qui appartenait à Jacob Fugger, allemand, dans l'église de Santa Maria de Anima, à Rome, il exécuta un très beau tableau à l'huile, où l'on voit la Vierge, sainte Anne, saint Joseph, saint Jacques, le petit saint Jean et saint Marc l'Evangéliste, ayant à ses pieds un lion merveilleusement rendu. On n'aurait rien à reprocher à ce tableau, si le noir n'y était autant prodigué. Cette couleur, soit que le charbon, l'ivoire, le noir de fumée, ou le papier brûlé entrent dans sa composition, produit toujours une certaine crudité, bien qu'elle soit recouverte de vernis [13].

Etant grand ami de Messire Baldassare Turini da Pescia, Jules construisit ensuite pour celui-ci, après avoir établi le dessin et le modèle, sur un point du mont Janicule couvert de vignes, et d'où l'on a une belle vue, un palais réunissant tous les genres d'agrément et d'utilité que l'on peut désirer. Les appartements furent ornés non seulement de stucs, mais de peintures ayant trait à la vie de Numa Pompilius dont le tombeau avait été autrefois à cet endroit. Dans la salle de bains, aidé par ses élèves, il représenta les fables de Vénus, de Cupidon, d'Apollon et d'Hyacinthe : tous ces sujets ont été gravés [14].

Comme, après la mort de Raphaël, Jules était tenu pour le meilleur peintre d'Italie, le comte Baldassare Castiglione, ambassadeur de Frédéric Gonzague à Rome et grand ami de Jules, reçut l'ordre de son souverain de lui envoyer un architecte capable de diriger les travaux de sa capitale et de son palais ; Frédéric avait ajouté qu'il désirait surtout posséder Jules Romain. Le comte Baldassare sollicita donc celui-ci si vivement, qu'il s'engagea à aller à Mantoue si le pape lui en donnait la permission. L'ayant obtenue pour lui, le comte l'emmena à Mantoue, quand il y alla pour se rendre ensuite comme ambassadeur du pape auprès de l'Empereur. Il présenta Jules au marquis, lequel, après l'avoir comblé de caresses, lui donna une maison bien garnie, une forte pension et la table pour lui, pour Benedetto Pagni, son élève, et un autre jeune homme qui était à son service. Le marquis lui envoya, en outre, du velours, du satin et d'autres riches étoffes ; puis, apprenant qu'il n'avait point de monture, il se fit amener son cheval favori, nommé Ruggieri, et le lui donna. Jules l'ayant monté, ils allèrent tous deux hors la ville, à un trait d'arbalète de la Porta di San Bastiano, dans un endroit appelé le T, situé au milieu d'une prairie, où Son Excellence avait des écuries pour ses haras. Quand ils y furent arrivés, le marquis lui dit qu'il désirait que, sans détruire les anciens bâtiments, Jules les arrangeât de manière qu'il pût y aller quelquefois et y souper comme passe-temps. Jules, connaissant la volonté du marquis, ayant vu le tout et levé le plan du site, mit la main à l'œuvre, et conservant les vieilles murailles, fit en partie plus grande la première salle que l'on voit aujourd'hui en entrant, avec la suite d'appartements des deux côtés. Comme il ne se trouvait ni carrières, ni pierres dures en ce lieu, il se servit de briques recouvertes de stuc pour former les colonnes, les chapiteaux, les corniches, les portes, les fenêtres et tous les autres ornements de cet édifice, composés avec une manière nouvelle et originale. C'est ce qui fut cause que, abandonnant ce projet initial restreint, le marquis se décida à faire le grand palais actuel, dont Jules présenta un admirable modèle et qu'il acheva en peu de temps, avec l'aide de plusieurs maîtres [15]. Cet édifice est carré et renferme intérieurement une cour découverte, en guise de pré ou de place, coupée en croix par quatre entrées, dont la première donne accès dans une grande loggia ouverte sur le jardin ; deux autres ouvrent des appartements et sont ornées de stucs et de peintures. Dans la première salle, dont la voûte est divisée en riches compartiments ornés de fresques, Jules fit peindre sur les murailles par Benedetto Pagni et Rinaldo de Mantoue, ses élèves, les chiens et les chevaux favoris du duc, qu'il avait dessinés lui-même et dont on lit les noms. On passe ensuite dans une autre salle qui forme le coin du palais, et sur la voûte de laquelle sont représentées les Noces de Psyché. Toutes ces fresques ont été peintes par les élèves de Jules, qui, à la manière de Raphaël, les retoucha ensuite. De la chambre de Psyché, on passe dans une salle ornée d'une frise à deux rangs, l'un sur l'autre, travaillée en stuc, sur les dessins de Jules Romain, par Francesco Primaticcio de Bologne et Giovambatista de Mantoue ; c'est une imitation des bas-reliefs de la colonne Trajane. Dans le vestibule, on trouve les douze mois de l'année et l'histoire d'Icare. En sortant de la loggia, on trouve une chambre circulaire dans laquelle Jules s'attacha, par la peinture et l'architecture, à donner la plus grande illusion possible à ceux qui devaient la voir. Sur de solides fondations jetées dans un terrain marécageux, il fit faire une muraille qui, en s'élevant, décrivait un cercle et composait une voûte surbaissée en manière de four ; les fragments de rochers dont étaient formées les portes, les fenêtres et la cheminée, se trouvaient disposés de telle sorte qu'ils semblaient près de s'écrouler. Jules y peignit ensuite les géants foudroyés par Jupiter, sujet d'une conception aussi neuve que hardie.

Outre ce palais, dans lequel Jules a exécuté quantité de choses dignes d'éloges, mais que nous passerons sous silence pour éviter les longueurs, il restaura plusieurs salles du palais où habite le duc dans Mantoue, construisit deux grands escaliers en colimaçon, avec de riches appartements ornés de stucs. Dans une salle, il fit peindre l'histoire de la guerre de Troie, et dans une antichambre, exécuta douze peintures à l'huile au-dessus des portraits de douze empereurs peints auparavant par Tiziano Vecellio. Pareillement, à Marmiruolo, à cinq milles de Mantoue, on éleva sur les dessins un bâtiment très commode, rempli de peintures non moins belles que celles du château et du palais du T [16]. A Sant' Andrea de Mantoue, dans la chapelle d'Isabella Buschetta, il fit un tableau à l'huile où l'on voit la Vierge et saint Joseph qui adorent l'Enfant Jésus dans la crèche, avec le bœuf, l'âne, entre saint Jean Evangéliste et saint Longin, de grandeur naturelle [17]. Sur les murs de cette chapelle, Rinaldo exécuta, d'après les dessins de son maître, deux sujets dont l'un représente le Crucifiement du Christ, où l'on remarque des chevaux admirables, et l'autre les fidèles trouvant le sang de Notre-Seigneur, du temps de la comtesse Mathilde. Jules peignit ensuite de sa propre main, pour le duc Frédéric, une Vierge occupée à laver le Christ encore enfant, pendant que le petit saint Jean verse l'eau contenue dans un vase ; ces figures, grandes comme nature, sont très belles. Dans le lointain, on aperçoit plusieurs femmes qui viennent visiter la mère de Dieu [18]. Ce tableau fut donné par le duc à la signora Isabella

Buschetta, dont Jules plaça le portrait dans un petit tableau de la Nativité de Notre-Seigneur, que le seigneur Vespasiano Gonzaga possède aujourd'hui, avec un autre qui lui a été donné par le duc Frédéric. Dans ce dernier tableau, Jules a représenté un jeune homme et une jeune fille couchés sur un lit, se tenant étroitement embrassés et se prodiguant des caresses, tandis qu'une vieille, cachée derrière une porte, les regarde furtivement ; ces figures, d'une grâce indicible, sont presque de grandeur naturelle [19]. Pour le comte Niccola Maffei, il fit un Alexandre le Grand, tenant à la main une Victoire, grand comme nature et reproduit d'après une médaille antique. Après ces œuvres, Jules Romain peignit à fresque, pour Messire Girolamo, organiste du dôme de Mantoue, son intime ami, au-dessus d'une cheminée, un Vulcain qui fait marcher les soufflets d'une main, et de l'autre, tient, au bout des pinces, le fer d'une flèche qu'il fabrique, tandis que Vénus trempe dans un vase d'autres flèches déjà faites et les met dans le carquois de Cupidon. C'est une des belles œuvres qu'il ait peintes. Il fit encore à San Domenico, une Mise au tombeau et un Christ mort dans la maison de Tommaso da Empoli florentin. A cette époque, Jean de Médicis fut blessé d'un coup de mousquet et transporté à Mantoue où il mourut. Messire Pietro Aretino voulut que Jules retraçât les traits de ce seigneur ; en conséquence, celui-ci prit un moulage de la tête du mort, et fit un portrait qui resta longtemps chez Messire Aretino.

Mantoue, jadis sale et fangeuse, au point d'être presque inhabitable, devint, grâce à Jules Romain, aussi saine qu'agréable ; elle lui dut la plupart de ses embellissements : chapelles, maisons, jardins, façades. Les digues du Pô s'étant rompues un jour, les quartiers bas de la ville se trouvèrent couverts de quatre brasses d'eau ; les grenouilles y séjournaient à peu près toute l'année. Jules avisa aux moyens de remédier à ces inconvénients, et agit de façon que les eaux reprirent leur cours naturel, et même, pour parer à une nouvelle inondation, il fit élever les rues qui bordent le fleuve, et ordonna la démolition d'une foule de petites habitations, mal bâties et de peu d'importance, pour les remplacer par de grandes et magnifiques maisons, qui devaient contribuer à l'embellissement de la ville. Plusieurs particuliers s'y opposèrent et dirent au duc que Jules, par son projet, leur causait une trop grande perte ; mais le duc ne voulut écouter personne et enjoignit même de ne rien construire, sans l'ordre exprès de Jules. Aux plaintes succédèrent alors des menaces ; mais le duc donna aussitôt à entendre que les injures dont on se rendrait coupable envers son architecte seraient réputées faites à lui-même, et qu'il saurait les punir. Ce prince aimait en effet Jules au point de ne pouvoir se passer de lui, et l'artiste, de son côté, révérait au-delà de toute expression son protecteur, qui ne lui refusa jamais aucune faveur, et qui, par ses libéralités, le rendit maître d'un revenu de plus de mille ducats. Jules se construisit à Mantoue, vis-à-vis San Barnaba, une maison qu'il orna d'une façade originale, toute en stucs colorés [20]. L'intérieur fut entièrement peint ou garni de stucs semblables, et fut rempli d'antiques rapportés de Rome ou donnés par le duc en échange d'autres. Le nombre des dessins qu'il fit pour Mantoue et ses environs est vraiment incroyable ; car, comme nous l'avons déjà dit, on ne pouvait, surtout dans la ville, élever de palais ou d'autres édifices considérables que d'après ses dessins. Il rebâtit, sur ses anciens murs, l'église de San Benedetto, voisine du Pô, et dépendant du riche couvent des moines noirs ; il fit, pour le duc de Ferrare, plusieurs cartons destinés à des tapisseries tissées d'or et de soie, qu'il fit exécuter par deux Flamands, Maestro Niccolo et Giovanbatista Rosso [21]. Ces cartons ont été gravés par Giovanbatista de Mantoue, ainsi que plusieurs autres compositions de Jules. Parmi les morceaux rares que renfermait sa maison, se trouvait un portrait d'Albert Dürer, peint à la gouache et à l'aquarelle, sur une toile fine par Dürer lui-même, qui l'avait envoyé en présent à Raphaël, comme nous l'avons dit dans la Vie de ce dernier. Dürer n'avait pas employé de céruse, réservant le blanc de la toile, à l'aide des fils de laquelle – fils qui étaient extrêmement fins – il avait représenté les poils de la barbe avec tant de finesse que c'est chose impossible à exprimer, voire à imaginer, et qu'on pouvait les voir par transparence à la lumière.

Lorsque le duc Frédéric mourut, Jules ressentit une telle douleur de la perte de ce prince qui l'avait tant aimé, qu'il aurait quitté la ville, si le cardinal de Gonzague, frère du duc, à qui le gouvernement avait été confié pendant la minorité de ses neveux, ne l'eût retenu dans ce pays, où d'ailleurs il avait femme, enfant, maison, domaines et tout ce que comporte la vie d'un gentilhomme aisé. D'un autre côté, le cardinal était bien aise de conserver un artiste dont les conseils lui étaient nécessaires pour reconstruire presque entièrement la cathédrale de la ville, travail que Jules poussa fort avant, dans un beau style [22].

Peu de temps après, les intendants de la construction de San Petronio, à Bologne, voulant commencer la façade de leur église, décidèrent Jules à venir à Bologne, avec Tofano Lombardino, architecte milanais, très estimé en Lombardie, à cause des nombreuses constructions qu'on y voyait de sa main. Les dessins de Baldassare Peruzzi de Sienne étant perdus, ils en composèrent de nouveaux, et Jules en donna un, entre autres, dont la beauté et la magnifique ordonnance lui méritèrent les plus grands éloges et de riches récompenses, lorsqu'il retourna à Mantoue.

Sur ces entrefaites, Antonio da San Gallo étant mort à Rome, les intendants de Saint-Pierre restèrent fort embarrassés, ne sachant à qui s'adresser pour lui donner la tâche de conduire à fin cet immense édifice dans le style commencé. Ils pensèrent enfin que personne n'en était plus capable que Jules Romain, dont ils connaissaient tout le mérite. Persuadés qu'il accepterait plus que volontiers cette charge qui lui donnerait l'occasion de rentrer dans sa patrie avec honneur et une grosse pension, ils le firent sonder par plusieurs de ses amis, mais en vain. Il y serait bien allé, mais deux choses le retenaient : le cardinal s'opposa absolument à son départ, et, d'autre part, sa femme, ses parents et ses amis employèrent tous leurs efforts pour le faire rester. Mais cela n'eût servi de rien si, dans ce temps-là, il se fût trouvé bien portant ; pensant à la gloire et aux avantages qui devaient résulter de ces travaux pour lui et ses enfants, il était entièrement décidé à faire en sorte que le cardinal ne l'empêchât pas d'aller à Rome, lorsque son mal ne fit qu'empirer. Comme il était écrit là-haut qu'il ne retournerait plus à Rome et que son dernier jour était arrivé, accablé par la déception et sa maladie, il mourut en peu de jours, à Mantoue, à l'âge de cinquante-quatre ans [23]. Il laissait un fils à qui il avait donné le nom de Raphaël, en souvenir de son maître. Ce jeune homme, qui annonçait d'heureuses dispositions pour la peinture, vint à mourir, ainsi que sa mère, peu d'années après Jules, dont il ne resta qu'une fille nommée Virginia, qui vit aujourd'hui à Mantoue, où elle s'est mariée avec Ercole Malatesta. Jules Romain, amèrement regretté de tous ceux qui le connurent, fut enseveli dans l'église de San Barnaba. Il était d'une taille moyenne, avait une belle figure, la barbe et les cheveux noirs, les yeux de même couleur, pleins de gaieté et de vivacité. Sobre, aimant à bien se vêtir, il vécut toujours d'une manière honorable. Il mourut l'an 1546, le jour de la Toussaint, et l'on décida de lui élever un honorable monument : mais ses enfants et sa femme remettant sans cesse la chose, ont disparu à leur tour, sans que le monument fût élevé.

Giovannantonio da Verzelli, dit le Sodome

PEINTRE, VERZELLI, 1477 – SIENNE, 1549

Si Giovannantonio da Verzelli eût possédé un mérite égal à sa bonne fortune, ce qui lui serait arrivé s'il avait plus étudié, il n'aurait point été réduit, après une vie qui fut extravagante et bestiale, à se conduire comme un fou dans sa vieillesse et à finir misérablement [1]. Ayant été amené à Sienne par des marchands, agents de la famille Spannocchi, un hasard heureux, ou fatal peut-être, voulut que, ne trouvant pas de concurrence, pendant un certain temps, dans cette ville, il y fût seul à peindre [2]. Cette circonstance, si elle servit ses intérêts, finit par lui être nuisible, parce que, se laissant aller à la torpeur, il négligea ses études et ne fit que du travail de métier : s'il étudia un peu, ce ne fut guère qu'en dessinant d'après les ouvrages de Jacopo dalla Fonte, qui étaient alors estimés [3]. Au début, faisant quantité de portraits d'après l'original, qui se distinguent par un éclatant coloris qu'il avait apporté de Lombardie, il s'attira à Sienne de nombreuses amitiés, moins parce qu'il fut bon peintre que grâce à la bienveillance que les Siennois ont naturellement pour les étrangers. Il avait, en outre, un caractère gai allant jusqu'à la licence, et savait amuser son monde par des manières peu honnêtes ; comme il avait toujours autour de lui des enfants et des jeunes gens sans barbe qu'il aimait outre mesure, on lui donna le surnom de Sodoma ; et, loin de s'en fâcher, il s'en glorifiait et composait sur ce sujet des couplets et des tercets qu'il chantait en s'accompagnant sur le luth. Il se plaisait à nourrir dans sa maison toutes sortes d'animaux bizarres, tels que des blaireaux, des écureuils, des singes, des chats, des ânes nains, des chevaux de l'île d'Elbe, des geais, des poules naines, des tourterelles indiennes, et, en un mot, toutes les bêtes les plus extraordinaires qu'il pouvait se procurer. Dans cette ménagerie, il y avait encore un corbeau qui avait si bien appris à parler qu'il contrefaisait en différentes choses la voix de son maître, et que souvent l'on s'y méprenait, surtout lorsqu'il répondait aux visiteurs qui frappaient à la porte. C'est un fait que pas un Siennois n'ignore. Tous les autres animaux de Giovannantonio étaient également si apprivoisés qu'ils étaient sans cesse à ses côtés, à jouer et à faire les plus grandes folies du monde, de façon que sa maison ressemblait véritablement à l'arche de Noé. Aussi cette manière de vivre, son étrangeté et les œuvres de peinture (en cela du moins, il faisait quelque chose de bon) lui donnaient un tel renom chez les Siennois, tout au moins dans la plèbe et le vulgaire (car les gentilshommes le connaissaient davantage), que beaucoup le considéraient comme un grand homme.

Fra Domenico da Lecco, lombard, ayant été élu général des Frères olivétains, le Sodoma alla le visiter à Monte Oliveto di Chiusuri, principal couvent de cet ordre, situé à quinze milles de Sienne, et il sut si bien dire et faire qu'on lui donna à terminer la vie de saint Benoît, commencée sur une paroi par Luca Signorelli da Cortona [4]. Pour ce travail, il reçut une très mince rétribution et fut défrayé de ses dépenses, de celles de ses auxiliaires et de ses broyeurs de couleurs. On ne saurait raconter toutes les folies qu'il fit durant ce séjour dans le couvent ; par ses tours plaisants, il amusa de telle sorte les religieux, que ceux-ci ne l'appelaient point autrement que le Mattacio (l'Extravagant). Ses premières œuvres sentant le métier et ayant été faites sans soin, le général s'en plaignit, mais le Mattacio lui répondit qu'il travaillait par caprices, que son pinceau ne dansait bien qu'au son des écus, et que si l'on voulait augmenter son salaire, il se sentait capable de faire beaucoup mieux. Le général lui ayant promis de le payer plus largement à l'avenir, Giovannantonio exécuta trois histoires qui restaient à faire dans les coins, et qui sont effectivement bien supérieures aux précédentes. L'une d'elles représente saint Benoît quittant Nursie et prenant congé de son père et de sa mère, pour aller étudier à Rome ; dans la seconde, on voit saint Maur et saint Placide enfants, confiés par leurs parents à saint Benoît, pour être consacrés à Dieu ; la troisième montre les Goths incendiant le mont Cassin. Dans le dernier afin de jouer un tour au général et aux moines, il peignit le prêtre Fiorenzo, ennemi de saint Benoît, essayant de débaucher les religieux, en faisant danser et chanter une troupe de courtisanes autour du monastère de ce saint homme. Le Sodoma, qui était aussi indécent dans ses peintures que dans ses actions, figura une danse de femmes nues d'une obscénité révoltante ; comme on ne l'aurait pas laissé faire, il ne voulut montrer sa fresque à aucun moine pendant qu'il y travaillait. Aussi, lorsqu'elle eut été découverte, le général voulut à toute force qu'elle fût détruite ; le Mattacio, après avoir débité une foule de fariboles, voyant que le général était sérieusement en colère, habilla toutes les nudités de cette peinture qui, à la vérité, est une des meilleures qui soient dans ce couvent. Au-dessous de chacune de ces fresques, il fit deux médaillons renfermant un frère, pour représenter la série des généraux que cet ordre avait eus ; et, comme il n'avait pas leurs portraits exacts, le Mattacio fit la plupart des têtes au hasard, et, pour quelques-uns, représenta des religieux âgés qui étaient alors dans ce couvent, en sorte qu'il en arriva à représenter Fra Domenico da Lecco, qui était alors général de l'ordre, comme on l'a dit, et qui lui faisait peindre cette œuvre. Mais, comme on creva les yeux ultérieurement à ces têtes, et que d'autres furent balafrées, Fra Antonio Bentivogli de Bologne les fit toutes enlever, avec assez de raison. Pendant que le Sodoma peignait ces fresques, un gentilhomme milanais vint se faire moine dans le couvent ; il avait une cape jaune à passementeries noires, comme c'était l'usage à cette époque. Le général donna cette cape au Mattacio, qui l'endossa et se peignit ainsi costumé, à l'aide d'un miroir, dans l'histoire où l'on voit saint Benoît, encore enfant, raccommoder miraculeusement un vase que sa nourrice avait brisé. Au pied de son portrait, il représenta son corbeau, un singe et d'autres de ses animaux.

Cette œuvre terminée, il peignit, dans le réfectoire de Sant' Anna, couvent du même ordre, situé à cinq milles de Monte Oliveto, le miracle de la Multiplication des pains et des poissons [5]. Puis il retourna à Sienne, où il orna la façade du palais de Messire Agostino de Bardi, à la Postierla, de fresques où l'on remarquait plusieurs morceaux dignes d'éloges, mais qui ont été en grande partie détériorées par les intempéries de l'air et par le temps.

Sur ces entrefaites, Agostino Chigi, riche et célèbre marchand siennois, se trouvant à Sienne, lia connaissance avec Giovannantonio, soit à cause de ses folies, soit parce qu'il avait renom de bon peintre. L'ayant emmené à Rome, par son crédit, il réussit à le placer au nombre des artistes que Jules II employait à décorer les salles du Vatican, bâties par Nicolas V. Pietro Perugino, qui peignit la voûte d'une salle à côté de la Tour Borgia, travaillait lentement, à cause de son grand âge, et ne pouvait entreprendre d'autres peintures, quoique cela fût convenu ; Giovannantonio eut donc à peindre une salle à côté de celle où travaillait Perugino. Il se mit à l'œuvre et fit l'ornementation de cette voûte, composée de corniches, de feuillages et de frises ; ensuite, dans quelques médaillons assez grands, il fit quelques sujets à fresque, qui sont très remarquables, mais, comme ce fou s'occupait plus de ses animaux et de ses plaisirs que de sa peinture, l'ouvrage n'avançait pas ; aussi, Raphaël, ayant été appelé à Rome par Bramante, et le pape ayant reconnu combien il surpassait les autres peintres, Sa Sainteté ordonna que Perugino et Giovannantonio cessassent de travailler, et que, de plus, tout ce qu'ils avaient fait fût jeté à terre. Mais Raphaël, qui était la bonté et la modestie mêmes, respecta tout ce qu'avait fait Perugino, qui avait été autrefois son maître, et conserva les ornements du Mattaccio. Il ne supprima que le contenu et les figures des médaillons et des cadres, laissant les frises et le reste de l'ornementation qui entourent encore maintenant les figures que Raphaël représenta dans les médaillons, à savoir les figures de la Justice, de la Philosophie, de la Poésie et de la Théologie [6]. Agostino, qui était galant homme, et ne tenant pas compte de l'affront qu'on venait de faire à Giovannantonio, lui donna à peindre, dans la principale chambre qui donne dans le grand salon de son palais de Trastevere [7], Alexandre consommant son mariage avec Roxane. Cette œuvre renferme une foule d'amours dont les uns délacent la cuirasse d'Alexandre et lui ôtent ses brodequins, son casque et son manteau, tandis que les autres sèment des fleurs sur le lit. Dans la même chambre, près de la cheminée, on voit, de la main de Giovannantonio, un Vulcain fabricant des flèches, qui fut très loué dans son temps. Si le Mattacio, qui avait de bons moments et de remarquables dispositions naturelles, eût alors voulu se livrer à l'étude, comme tout autre l'aurait fait à sa place, il serait allé loin sans doute. Mais toujours occupé de babioles et ne travaillant que par intermittences, il ne se souciait que de se vêtir pompeusement, de porter des pourpoints de brocart, des capes bordées de drap d'or, des barrettes magnifiques, des colliers et d'autres semblables bagatelles convenables à des bouffons et à des saltimbanques, toutes choses qui plaisaient à Agostino et le divertissaient au plus haut point.

Sur ces entrefaites, Jules II étant mort et ayant été remplacé par Léon X, qui aimait assez les gens fantasques et sans cervelle, comme était le Mattacio, celui-ci eut une joie extrême de cette élection, particulièrement parce qu'il avait conservé contre Jules II un vif ressentiment de l'injure qu'il en avait reçue. Pour se faire connaître au nouveau pontife, le Mattacio peignit une Lucrèce nue se poignardant [8] ; ce tableau terminé fut donné par Agostino Chigi au pape qui en récompensa l'auteur en le nommant chevalier. Giovannantonio se crut aussitôt un grand homme et résolut de ne plus travailler que quand la nécessité l'y contraindrait, ce qui, du reste, ne tarda pas à arriver. En effet, notre chevalier sans revenus, ayant suivi Agostino Chigi à Sienne, fut forcé d'avoir recours à son pinceau pour vivre. Il fit alors un tableau d'une Déposition de Croix, où l'on remarque la Vierge évanouie et un soldat qui se montre de dos, et dont on voit l'image dans un casque posé à terre et brillant comme un miroir; cet ouvrage, qui passe avec raison pour l'un des meilleurs qu'ait jamais produits Giovannantonio, fut placé à San Francesco, à main droite en entrant dans l'église. Dans le cloître qui est le long de l'église, il peignit à fresque un Christ à la colonne, flagellé devant Pilate, qu'entoure une foule de Juifs ; on y voit une colonnade en perspective et le portrait du Sodoma qui s'est représenté avec le menton rasé et les cheveux longs, selon la mode du temps [9]. Etant allé ensuite à Florence, un moine des Brandolini, abbé du couvent olivétain, qui est hors la Porta San Friano, lui fit peindre quelques fresques dans le réfectoire. Comme il les exécuta sans soin, elles furent si mal réussies qu'elles ne lui attirèrent que de la honte et des moqueries de la part de ceux qui s'attendaient à voir quelque œuvre extraordinaire sortir de ses mains [10]. Il avait amené avec lui à Florence, pendant qu'il faisait ce chantier, un cheval barbe qu'il fit courir au palio de San Barnaba et, par chance, celui-ci courut tellement mieux que les autres qu'il gagna. Les enfants devant, suivant l'habitude, crier à la suite du palio, avec les trompettes en plus, le nom du propriétaire du cheval vainqueur, on demanda à Giovannantonio quel nom il fallait crier. Comme il avait répondu « Sodoma », les enfants crièrent « Sodoma ». Quand certains vieillards respectables entendirent ce nom si répugnant, ils commencèrent à protester en disant : « Quelle horrible chose, pourquoi crier dans toute la ville un nom aussi scandaleux ? » A tel point, la rumeur s'enflant, qu'il s'en fallut de peu que le pauvre Sodoma ne soit lapidé par la foule et les enfants, son cheval avec lui et le singe qu'il portait en croupe. Pendant toutes ces années, Sodoma récolta grâce à ses chevaux de nombreux prix dont il était si fier qu'il les montrait à quiconque venait chez lui et même les exposait à la fenêtre.

Pour la Confrérie de San Bastiano in Camollia, à Sienne, il peignit à l'huile, sur un gonfalon de toile qu'on porte dans les processions, un saint Sébastien nu, attaché à un arbre, qui est posé sur la jambe droite et a l'autre en raccourci [11], il lève la tête vers un ange qui lui tend une couronne; cette œuvre est vraiment belle et digne d'éloges. Sur le revers, on voit la Vierge tenant l'Enfant Jésus, avec au-dessus d'eux saint Roch, saint Sigismond et quelques flagellants agenouillés. Dans la sacristie des religieux del Carmine, il laissa un tableau de la Nativité de la Vierge avec quelques nourrices d'une grande beauté [12]; il en est de même de la fresque qu'il fit à l'encoignure de la Piazza de' Tolomei, pour la Corporation des Cordonniers, et où il figura la Vierge tenant l'Enfant Jésus, saint Jean, saint François, saint Roch et saint Crépin, patron de la corporation, qui a un soulier à la main. Dans l'oratoire de San Bernardino de Sienne, à côté de l'église San Francesco, il peignit à fresque, en concurrence de Girolamo del Pacchia, siennois, et de Domenico Beccafumi, la Présentation de la Vierge au Temple, la Visitation, l'Assomption et le Couronnement. A chaque angle du même oratoire, il plaça un saint vêtu d'habits épiscopaux, Saint Louis, saint Antoine de Padoue et autres; mais la meilleure figure de toutes est un saint François debout et levant la tête vers un petit ange qui semble lui parler; la tête du saint est vraiment merveilleuse. Dans une petite salle du palais de la Seigneurie, à Sienne, il peignit à fresque plusieurs petits tabernacles enrichis de colonnes et de divers ornements. L'un de ces tabernacles renferme un saint Victor armé à l'antique et l'épée à la main : l'autre un saint Benoît, et un troisième un saint Ansano administrant le baptême; toutes ces figures sont très belles. A l'étage inférieur du même palais, où l'on vend le sel, il fit une Résurrection du Christ, avec quelques soldats autour du sépulcre et deux petits anges dont les têtes sont très admirées. Plus loin, au-dessus d'une porte, il y a une fresque de lui représentant la Vierge avec l'Enfant Jésus et deux saints [13].

A Santo Spirito, dans la chapelle de San Jacopo, que lui firent peindre les Espagnols et où ils ont leur sépulture, il encadra une ancienne peinture de la Vierge d'un saint Nicolas de Tolentino et d'un saint Michel archange tuant Lucifer; au-dessus, dans une lunette, on voit la Vierge donnant l'habit sacerdotal à un saint et environnée de plusieurs anges. Ce tableau, peint à l'huile et sur panneau, est surmonté d'une fresque qui occupe l'hémicycle de la voûte et montre saint Jacques brandissant une épée et foulant sous les pieds de son cheval des Sarrasins morts ou blessés. En bas de chaque côté de l'autel, sont peints à fresque un saint Antoine abbé et un saint Sébastien nu, lié à la colonne, très estimés [14]. Dans la cathédrale de la même ville, à main droite en entrant, on voit de sa main, sur un autel, un tableau à l'huile, représentant la Vierge qui tient l'Enfant Jésus sur ses genoux, entre saint Joseph et saint Calixte. On se rend compte que le Sodoma a traité ce tableau, pour le coloris, avec plus de soin qu'il n'en apportait à ses autres œuvres [15]. Il peignit encore, pour la Confrérie della Trinita, une magnifique civière à porter les morts; et, pour la Confrérie della Morte, il en fit une autre qui passe pour la plus belle qu'il y ait à Sienne, et que, moi, je regarde comme la plus belle que l'on puisse rencontrer au monde, d'autant plus qu'on fait rarement de grandes dépenses pour de pareils objets.

A San Domenico, dans la chapelle de Sainte-Catherine-de-Sienne, il peignit deux sujets, entre lesquels se trouve un tabernacle où l'on conserve la tête de la sainte renfermée dans une tête en argent. Celui de droite représente sainte Catherine venant de recevoir les stigmates de Jésus-Christ qui est dans les airs, et tombant évanouie entre les bras de deux sœurs qui la soutiennent. Sur celui de gauche, on voit l'Ange de Dieu portant à la sainte l'hostie de la communion, tandis qu'elle aperçoit dans les airs le Christ et la Vierge ; deux de ses compagnons se tiennent derrière. Sur la paroi de droite, il peignit encore un criminel qui, devant être décapité, ne voulut pas se convertir ni se recommander à Dieu, désespérant de la miséricorde divine ; la sainte, à genoux priant pour lui, voit ses prières exaucées par la bonté de Dieu, car la tête du criminel étant tombée, on voit son âme monter au ciel. Ce tableau est rempli d'une foule de figures dont la médiocrité ne doit pas étonner, car j'ai appris de source certaine que Giovannantonio était arrivé à pousser si loin la paresse qu'il peignait sans dessins, sans cartons, directement sur le mur, ce qui est une méthode déplorable : c'est ce que l'on peut vérifier dans cette peinture. Il peignit encore un Dieu le Père, sur l'arc antérieur de cette chapelle [16]. Les autres sujets ne furent pas terminés par lui, tant parce qu'il ne voulait travailler qu'à sa fantaisie, que parce qu'il était mal payé par celui qui avait commandé cet ouvrage. A Sant' Agostino, il peignit, sur un tableau qui est à main droite en entrant, une Adoration des Mages qui est estimée avec raison ; outre la Vierge, le premier des trois Mages et quelques chevaux, qui sont d'une grande beauté, il y a la tête d'un berger placé entre deux arbres, qui paraît vivant [17]. Au-dessus d'une porte de la ville, appelée la Porta di San Viene, il fit à fresque une Nativité du Christ ; avec quelques anges dans les airs, dans un grand tabernacle ; l'arc renferme un enfant dans un beau raccourci, faisant allusion à l'Incarnation du Verbe. Il se représenta lui-même dans cette peinture, avec une figure barbue déjà vieille, et tenant un pinceau avec lequel il vient de tracer ce mot : *Feci* [18].

Dans la chapelle de la commune, qui est sur la place, au bas du palais, il peignit également à fresque la Vierge tenant l'Enfant Jésus, portée par des anges et entourée de saint Ansano, saint Vettorio, saint Agostino et saint Jacques ; au-dessus dans un cul-de-four, il fit, un Père éternel environné de quelques anges [19]. Dans ces fresques, on voit que Giovannantonio commençait à n'avoir presque plus le goût de son art, ayant perdu ce je ne sais quoi de bon qu'il possédait auparavant et qui imprimait à ses têtes un certain caractère de grâce et de beauté. On peut, du reste, facilement se convaincre de la supériorité de ses premières productions, en examinant le Christ mort, soutenu par la Vierge, fresque qui est au-dessus de la porte du capitaine Lorenzo Mariscotti à la Postierla ; il a une grâce et un caractère de divinité vraiment merveilleux. Pareillement on estime un tableau à l'huile de la Vierge, qu'il peignit pour Messire Enca Savini dalla Costerella ; et une toile qu'il fit pour Assuero Rettori da San Martino qui représente une Lucrèce romaine se frappant, tandis qu'elle est soutenue par son père et son mari [20]. On y voit de belles attitudes et des têtes très gracieuses.

Finalement, Giovannantonio voyant que la faveur des Siennois s'était reportée tout entière sur Domenico Beccafumi [21], et comme il n'avait à Sienne ni rente, ni maison, qu'il avait mangé à peu près tout ce qu'il avait gagné, il se sentit vieux, pauvre et désespéré ; il quitta alors Sienne pour s'en aller à Volterra. Par bonheur, il y trouva Messire Lorenzo di Galeotto de' Medici, riche et honorable gentilhomme qui lui offrit un asile, et auprès duquel il se prépara à séjourner longtemps. Pendant qu'il demeurait chez ce seigneur, il peignit pour lui, sur une toile, le char du soleil qui, mal guidé par Phaeton, tombe dans le Pô. On voit bien qu'il n'a considéré cela que comme un passe-temps, qu'il l'a fait sans vraiment y penser et c'est une chose bien ordinaire. Mais il s'ennuya bientôt, étant accoutumé à l'indépendance, et alla à Pise. Grâce à l'entremise de Battista del Cervelliera, il y fit, pour Messire Bastiano della Seta, intendant de la cathédrale, deux tableaux qui furent placés derrière le maître-autel, à côté de ceux du Sogliani et de Beccafumi. L'un de ces tableaux représente le Christ mort, avec la Vierge et les autres Maries, l'autre le Sacrifice d'Abraham [22]. Mais, comme ces peintures furent peu réussies, ledit intendant qui avait primitivement l'intention de lui faire faire quelques tableaux pour l'église, le congédia. Dans le même temps, Giovannantonio acheva un tableau à l'huile qu'il avait autrefois commencé pour Santa Maria della Spina, et qui représente la Vierge tenant l'Enfant Jésus, et ayant devant elle sainte Marie-Madeleine et sainte Catherine agenouillées ; à ses côtés se tiennent debout saint Jean, saint Sébastien et saint Joseph [23]. Dans toutes ces figures, il se comporta mieux que pour les deux tableaux de la cathédrale.

N'ayant ensuite plus rien à faire à Pise, il se rendit à Lucques où, à San Ponziano, couvent de l'Ordre olivétain, un abbé de sa connaissance le chargea de peindre une Madone dans un escalier qui conduit au dortoir. Cette œuvre terminée, Giovannantonio, épuisé, pauvre et accablé d'années, retourna à Sienne, où bientôt il tomba malade. Comme il n'avait personne qui voulut prendre soin de lui, il se retira dans le Grand Hôpital et il y mourut au bout de quelques semaines.

Au temps de sa jeunesse et de sa fortune, Giovannantonio se maria à Sienne avec une jeune fille bien née, qui, dès la première année, lui donna une fille ; mais le Sodoma, en véritable brute qu'il était, se dégoûta de sa femme et ne voulut plus la voir [24]. Elle se retira donc chez elle, vivant de son travail et du revenu de sa dot, et supporta, avec une patience exemplaire, les folies et les saletés de son mari, bien digne assurément du surnom de Mattaccio que lui avaient donné les religieux de Monte Oliveto. Le Riccio de Sienne, disciple de Giovannantonio et peintre très habile, se maria avec la fille de son maître, laquelle avait été parfaitement élevée par sa mère. Il hérita de tous les objets d'art qui avaient appartenu à son beau-père. Celui-ci vécut soixante-quinze ans et mourut en 1554.

Michel-Ange

PEINTRE, ARCHITECTE ET SCULPTEUR
CAPRESE (AREZZO), 1475 – ROME, 1564

Tandis que les esprits industrieux et élevés, grâce à la lumière du très célèbre Giotto et de ses successeurs, s'efforçaient de donner au monde une preuve de la valeur dont la bienfaisance de leur étoile et leur complexion naturelle les avaient doués ; tandis que, désireux d'imiter la grandeur de la nature par l'excellence de l'art, pour parvenir, autant qu'il leur était permis, à cette suprême connaissance des choses qu'on nomme généralement l'intelligence, ils se livraient aux plus grands efforts, quoique bien souvent en vain ; le bienveillant Maître des cieux tourna les yeux vers la terre, et voyant la vaine infinité de tant de fatigues, l'insuccès de tant d'études opiniâtres et la présomptueuse opinion des hommes plus éloignés de la vérité que les ténèbres ne sont distantes de la lumière, le Maître des cieux, dis-je, se décida à envoyer sur la terre un génie qui fût universel dans tous les arts et dans tous les métiers, et qui montrât par lui seul quelle chose est la perfection de l'art du dessin, tant pour esquisser, faire les contours, les ombres et les lumières, donner du relief aux choses de la peinture, introduire un jugement droit dans les procédés de la sculpture, enfin, en architecture, rendre les habitations commodes et sûres, saines, agréables, bien proportionnées et riches dans les ornements variés. Il voulut en outre douer ce génie de la vraie philosophie morale, en l'agrémentant de la douce poésie, en sorte que le monde le considérât et l'admirât comme son unique miroir, dans la vie, dans les œuvres produites, dans la sainteté des mœurs, en un mot dans toutes les actions humaines de manière enfin que cet homme fût regardé par nous comme une créature divine plutôt que terrestre. Et comme Dieu vit que dans la pratique de ces arts, c'est-à-dire en peinture, en sculpture et en architecture, les génies toscans ont toujours été supérieurs à n'importe quel autre d'Italie comme étant plus accoutumés aux travaux et aux études de tous ces arts, il voulut doter de sa dernière création la ville de Florence, la plus digne entre toutes les villes, pour faire parvenir les Florentins au plus haut point de perfection, par le moyen d'un de leurs concitoyens. L'an 1474 donc, naquit sous une heureuse étoile, dans le Casentin, un fils qu'une épouse noble et vertueuse donna à Lodovico di Lionardo Buonarroti Simoni, que l'on prétend être un descendant de la noble et si antique famille des comtes de Canossa. Lodovico était cette année-là podestat du château de Chiusi e Caprese, voisin du rocher de la Vernia, où saint François reçut les stigmates, dans le diocèse d'Arezzo. Ce fils lui naquit le 6 mars, qui était un dimanche, vers les huit heures de la nuit, et il le nomma Michel-Ange, parce que, n'y pensant pas autrement, mais par une inspiration d'en haut, il le regarda plutôt comme une créature céleste supérieure à la vie humaine, et, comme on le vit ensuite par son horoscope (Mercure et Vénus s'étant présentés avec un aspect bénin dans la deuxième maison de Jupiter), il montrait que cet enfant devait plus tard produire des œuvres admirables et étonnantes, grâce à sa main et à son génie. Ayant terminé ses fonctions de podestat, Lodovico retourna à Florence, et dans la villa de Settignano, à trois milles de la cité, où il avait un domaine, provenant de ses ancêtres (cet endroit est riche en pierre de taille, et rempli de carrières de *macigno*, qui sont travaillées par les tailleurs de pierre et les sculpteurs, dont le plus grand nombre est originaire de là), il donna Michel-Ange à nourrir à la femme d'un tailleur de pierre. C'est pourquoi Michel-Ange, causant un jour avec Vasari, lui disait en plaisantant : « Giorgio, si j'ai quelque chose de bon dans l'esprit, cela provient de ce que je suis né dans l'air subtil de votre pays d'Arezzo, de même que j'ai tiré du lait de ma nourrice les ciseaux et la masse avec lesquels je fais mes statues. » La famille de Lodovico s'augmenta considérablement avec le temps ; comme il était peu aisé et qu'il avait peu de revenus, il se décida à faire apprendre à ses fils les métiers de la laine et de la soie. Quant à Michel-Ange, lorsqu'il fut un peu plus âgé, on le mit auprès de Maître Francesco da Urbino, pour apprendre la grammaire ; comme son génie le poussait à cultiver le dessin, il consacrait tout le temps dont il pouvait disposer à dessiner, bien qu'il fût grondé et quelquefois battu par son père et ses aînés, qui considéraient peut-être cette occupation, qui leur était inconnue, comme une chose vile et indigne de leur antique maison. Dans ce temps, Michel-Ange s'était lié d'amitié avec Francesco Granacci qui, bien que très jeune, avait été placé auprès de Domenico del Ghirlandaio, pour apprendre l'art de la peinture ; Granacci, qui avait pour lui une vive affection et qui le voyait très apte au dessin, le fournissait journellement de dessins de Ghirlandaio, alors considéré, non seulement à Florence, mais encore dans toute l'Italie, comme un des meilleurs maîtres [1]. Le désir de Michel-Ange croissant donc chaque jour, et Lodovico n'arrivant pas à l'en détourner, celui-ci se décida à tirer quelque parti de ce mal qu'il voyait sans remède, et, ayant pris conseil de ses amis, il plaça son fils auprès de Domenico Ghirlandaio. A ce moment, Michel-Ange avait quatorze ans, et, comme des écrivains postérieurs à l'année 1550, lorsque j'ai édité pour la première fois ces Vies – pour n'avoir pas vécu familièrement avec Michel-Ange, ce qui leur a fait dire des choses qui n'ont jamais existé, et laisser de côté quantité de points dignes d'être notés, en particulier celui-ci –, ont accusé Domenico d'avoir été quelque peu jaloux de lui et de ne lui avoir donné aucun appui, j'affirme que le fait est faux, comme on peut le voir par ces lignes écrites de la main de Lodovico, père de Michel-Ange, sur les livres de Domenico, qui sont actuellement auprès de ses héritiers : « 1488. Ce premier jour d'avril, moi, Lodovico di Lionardo di Buonarrota, j'ai placé mon fils Michel-Ange auprès de Domenico et de David di Tommaso di Currado, pour les trois années à venir, aux conditions suivantes : ledit Michel-Ange restera avec les susnommés le temps indiqué pour apprendre la peinture, peindre et faire tout ce que les susnommés lui ordonneront. Ils lui donneront dans ces trois ans vingt-quatre florins *di sugello* : la première année six, huit la deuxième, dix florins la troisième, en tout la somme de quatre-vingt-seize livres. » Au-dessous se trouve écrit, également de la main de Lodovico : « Ledit Michel-Ange a reçu aujourd'hui 16 avril deux florins d'or. Moi, Lodovico di Lionardo, son père, ai reçu à son compte douze livres douze. » J'ai copié ces passages sur le propre livre de Ghirlandaio pour montrer que tout ce qu'on a alors écrit et que l'on écrira est la vérité ; je ne connais personne qui ait plus fréquenté Michel-Ange que moi, il n'a pas eu d'ami ni de serviteur plus fidèle que moi, et je crois que personne ne peut montrer plus de lettres qu'il ne m'en a écrit ni avec plus d'affection. C'est par amour de la vérité que j'ai fait cette digression; et je n'y reviendrai plus [2].

Michel-Ange croissait en taille et en mérite, de manière que Domenico restait stupéfait de le voir exécuter des œuvres au-dessus de son âge, et il lui semblait que non seulement Michel-Ange surpassait ses autres disciples qui étaient nombreux, mais que souvent il égalait les œuvres que lui-même, son maître, produisait. Un jour, un des élèves de Domenico ayant dessiné à la plume quelques femmes vêtues à la manière de Ghirlandaio, Michel-Ange prit le papier, et, avec une plume plus grosse, repassa l'une de ces femmes, en la drapant à nouveau de la manière qu'elle devait être pour être parfaite; chose admirable à voir que cette différence des deux manières, ainsi que la bonté du jugement dans ce jeune homme, assez fier et hardi pour oser se permettre de corriger les œuvres de son maître. Je possède actuellement ce dessin, et je le conserve précieusement, l'ayant eu du Granacci. Quand j'étais à Rome en 1550, je le montrai à Michel-Ange, qui le reconnut et le revit avec plaisir, disant par modestie qu'il savait mieux dessiner dans sa jeunesse que maintenant qu'il était vieux. Or il arriva que, Domenico peignant la grande chapelle de Santa Maria Novella, un jour qu'il était absent, Michel-Ange se mit à dessiner l'échafaudage, avec tout l'attirail de peintre et quelques-uns des élèves qui travaillaient. Domenico, étant de retour, et ayant vu le dessin de Michel-Ange, s'écria : « Celui-ci en sait plus que moi ! », restant stupéfait de la nouvelle manière et du nouveau genre que le ciel faisait se manifester dans ce jeune homme d'un âge si tendre ; et en vérité, ces qualités étaient telles qu'on aurait pu les souhaiter à un vieux maître éprouvé. Tout ce que Michel-Ange savait, et toute la grâce qu'il pouvait mettre dans ses œuvres, il les tenait de son naturel exercé par l'étude et la pratique de son art ; aussi produisait-il en lui des fruits chaque jour plus divins, comme il le montra clairement dans une copie qu'il fit d'une estampe de Martin Schoen, et qui lui donna un grand renom [3]. En effet, comme il était arrivé à Florence une planche de ce Martin, qui représentait des diables tourmentant saint Antoine, et gravée sur cuivre, Michel-Ange la copia à la plume d'une manière qu'on ne connaissait pas, et la reproduisit ensuite en couleur. Pour rendre quelques formes étranges de diables, il achetait des poissons ayant des écailles de couleurs bizarres ; et dans cette œuvre il montra tant de talent qu'il en retira renom et crédit. Il copia encore des dessins de différents maîtres anciens, avec une telle exactitude qu'on s'y trompait ; car il teignait les papiers, les vieillissait avec de la fumée et d'autres produits, de manière qu'étant salis ils paraissaient anciens à s'y méprendre et ne pouvaient être distingués des originaux. Il faisait cela uniquement pour obtenir les originaux, en donnant en échange les copies à leurs possesseurs, car il admirait ces vieilles choses, à cause de l'excellence de l'art, et cherchait sans cesse à les surpasser. Cela aussi lui attira un grand renom.

A cette époque, Laurent le Magnifique avait installé, dans son jardin de la place San Marco, le sculpteur Bertoldo, non pas tant comme gardien et conservateur des beaux antiques qu'il y avait rassemblés à grands frais que parce que, désirant vivement créer une école d'excellents peintres et sculpteurs, il voulait qu'ils eussent pour guide et pour chef ledit Bertoldo, qui était élève de Donato [4]. Bien qu'il fût si vieux qu'il ne pouvait plus produire, Bertoldo était néanmoins un maître d'une grande pratique et très renommé, non seulement pour avoir soigneusement réparé les bronzes de la tribune des chanteurs, de Donato, son maître, mais encore pour quantité d'autres bronzes représentant soit des batailles, soit des sujets moins importants, travail dans lequel il ne se trouvait alors personne à Florence qui l'égalât. Ainsi donc, comme Laurent, qui portait un grand amour à la peinture et la sculpture, se plaignait que de son temps il n'y eût pas de sculpteurs remarquables et aussi célèbres que les peintres qui florissaient alors, il se décida, comme j'ai dit plus haut, à ouvrir une école, et pour cela il demanda à Domenico Ghirlandaio s'il avait dans son atelier des jeunes gens qui fussent aptes à ce qu'il voulait, ajoutant que, dans ce cas, il devait les envoyer dans son jardin où il désirait les faire travailler, de manière à faire honneur à lui et à sa patrie. Domenico lui envoya entre autres Michel-Ange et Francesco Granacci, en les donnant pour d'excellents élèves. Ceux-ci, étant allés au jardin, y trouvèrent Torrigiano, jeune homme de la famille des Torrigiani, qui exécutait, en terre, certaines figures de ronde-bosse que Bertoldo lui avait données à faire. Michel-Ange en fit quelques-unes par émulation, et qui donnèrent de grandes espérances à Laurent. Peu après, Michel-Ange, ainsi encouragé, se mit à copier, avec un morceau de marbre, une tête antique de faune, vieux et grimaçant, qui avait le nez camus et dont la bouche ricanait. Il la réussit si bien, quoique ce fût la première fois qu'il touchât marbre et ciseaux, que Laurent en resta stupéfait. Puis, voyant qu'au lieu de copier littéralement la tête antique, il avait, par fantaisie, contorsionné la bouche, et que l'on voyait la langue et les dents, ce seigneur lui dit en plaisantant doucement selon son habitude : « Tu devrais pourtant savoir que les vieillards n'ont pas toutes leurs dents, et qu'il leur en manque toujours quelques-unes. » Il parut à Michel-Ange que, dans sa simplicité, le propos de ce seigneur, qu'il aimait et respectait, était vrai, et aussitôt que Laurent fut parti, il rompit une dent à son faune et coupa la gencive, de manière à faire croire que la dent était tombée, puis il attendit impatiemment le retour de Laurent qui, voyant la simplicité et l'ingéniosité de Michel-Ange, en parla fréquemment en riant à ses amis, et, s'étant décidé à lui accorder sa faveur, il fit dire à Lodovico, son père, qu'il désirait l'avoir auprès de lui, voulant le traiter comme un de ses fils, et Lodovico le lui accorda volontiers. Le Magnifique lui donna alors une chambre dans son palais et le fit manger à sa table, avec ses fils et d'autres personnages honorables et de haut rang, qui résidaient avec lui, et cela arriva l'année après celle que Michel-Ange était entré dans l'atelier de Domenico ; il avait alors quinze ou seize ans. Il resta dans cette maison quatre ans, jusqu'à la mort de Laurent, qui arriva en 1492. Durant tout ce temps, ce seigneur lui donna cinq ducats par mois, pour venir en aide à son père ; il lui fit don en outre d'un manteau violet et nomma son père à un office de la douane. Il est vrai que tous les jeunes gens de l'école du jardin avaient un traitement plus ou moins élevé qu'ils devaient à la libéralité de ce grand et magnifique citoyen, et que, tant qu'il vécut, il les récompensa.

A cette époque, sur le conseil de Poliziano, homme de lettres remarquable, Michel-Ange tira, d'un bloc de marbre que lui donna Laurent, une bataille d'Hercule avec les Centaures, qui fut si belle que, pour celui qui la considère, elle paraît être sortie non de la main d'un jeune homme, mais d'un maître consommé dans les études et la pratique de l'art. Elle est aujourd'hui dans la maison de Lionardo, neveu de Michel-Ange, qui la conserve précieusement, en chose rare qu'elle est. Il n'y a pas longtemps, le même Lionardo possédait dans sa maison, en mémoire de son oncle, une Vierge en bas-relief, de la main de Michel-Ange, et en marbre, haute d'un peu plus d'une brasse, que celui-ci, étant encore très jeune, exécuta précisément à la même époque, voulant imiter la manière de Donatello ; on la croirait sortie de la main de ce dernier maître, si ce n'est qu'on y voit plus de grâce et plus de dessin [5]. Pour en revenir au jardin de Laurent le Magnifique, il était plein d'antiques et d'excellentes peintures tout autour ; Michel-Ange en avait constamment les clefs, il était beaucoup plus empressé que les autres dans toutes ses actions, et il se montrait toujours plein d'ardeur, ainsi que d'une grande vivacité. Il dessina plusieurs mois, au Carmine, d'après les peintures de Masaccio, et il les copiait avec tant de jugement, que tous ceux qui les voyaient en restaient stupéfaits, et que l'envie croissait en même temps que sa renommée. On raconte que Torrigiano, avec lequel il avait contracté amitié, possédé de jalousie de le voir plus honoré et plus savant que lui, un jour, en jouant, lui donna un tel coup de poing sur le nez, qu'il le lui brisa et le déforma en sorte que Michel-Ange en resta défiguré toute sa vie. Torrigiano fut banni de Florence pour ce fait, comme nous l'avons raconté autre part [6].

Après la mort de Laurent le Magnifique, Michel-Ange retourna chez son père, éprouvant une grande douleur de la mort d'un pareil homme, qui était l'ami de toutes les vertus. Il acheta alors un grand bloc de marbre, et en tira un Hercule haut de quatre brasses, que l'on a vu longtemps dans le palais Strozzi, et qui fut trouvé admirable. L'année du siège, Giovanbatista della Palla l'envoya en France au roi François Ier [7]. On raconte aussi que Pierre de Médicis, qui avait longtemps fréquenté Michel-Ange, le faisait souvent appeler, après la mort de Laurent, son père, dont il demeurait héritier, pour lui faire acheter des camées antiques et d'autres pierres gravées. Un hiver qu'il neigea beaucoup à Florence, il lui fit faire, en neige, dans sa cour, une statue qui fut très belle. Il l'honorait pour son mérite, de telle sorte que Lodovico, son père, s'apercevant qu'il avait du crédit parmi les grands, commença à le traiter plus convenablement qu'il ne l'avait fait jusqu'alors.

Pour l'église de Santo Spirito, à Florence, Michel-Ange fit un crucifix en bois, qui est posé sur le maître-autel, au-dessus du demi-relief, et qu'il exécuta pour un prieur qui l'avait logé dans le couvent [8]. Il s'y livra fréquemment à des études anatomiques, écorchant des corps morts, et commença à donner à son dessin cette grande perfection qu'on y a vue depuis.

Il arriva ensuite que les Médicis furent chassés de Florence et que, peu de semaines auparavant, Michel-Ange était allé à Bologne puis à Venise, craignant qu'il ne lui arrivât malheur, à cause de la grande intimité qu'il avait toujours eue avec cette famille, et à cause de l'insolence et du mauvais gouvernement de Pierre de Médicis [9]. N'ayant reçu aucun bon accueil à Venise, il revint à Bologne; mais ayant inconsidérément oublié de prendre un billet de reconnaissance, en entrant dans la ville, pour pouvoir ensuite en sortir, il tomba sous le coup de la pénalité qu'avait ordonnée Giovanni Bentivoglio, qui voulait que tous les étrangers, non munis de ce billet, payassent cinquante livres bolonaises. Michel-Ange, qui n'avait pas de quoi payer cette somme, fut secouru par Messire Giovanfrancesco Aldovrandi, un des seize du gouvernement, qui, s'étant fait conter la chose, le fit mettre en liberté et le retint auprès de lui plus d'une année. Un jour, l'ayant conduit à San Petronio voir l'*arca* de San Domenico, commencée par Giovanni Pisano, comme nous l'avons dit, et terminée par Niccolo dell' Arca, l'un et l'autre sculpteurs anciens, il lui montra qu'il manquait un ange tenant un chandelier, et un saint Pétrone, deux figures d'une brasse environ, et lui demanda s'il se croyait capable de les exécuter. Michel-Ange répondit que oui et, s'étant fait donner du marbre, il les termina de manière que ce sont les meilleures figures du monument; elles lui furent payées toutes les deux trente ducats par Messire Francesco Aldovrandi [10].

Michel-Ange resta à Bologne un peu plus d'un an, et il y serait resté davantage s'il n'avait écouté que l'Aldovrandi, qui l'aimait tant pour son talent artistique que parce que, étant toscan, il se plaisait à lui entendre lire, avec son accent, des œuvres de Dante, de Pétrarque, de Boccace et des autres poètes toscans. Mais comme Michel-Ange reconnaissait qu'il perdait son temps à Bologne, il revint à Florence et fit pour Laurent, fils de Pierfrancesco de' Medici, un petit saint Jean en marbre, puis un Cupidon endormi, grandeur naturelle, qui, une fois terminé, fut montré à Pierfrancesco par le Milanais Baldassare comme une belle chose. Pierfrancesco, le trouvant tel, dit à Michel-Ange : « Si tu le mettais en terre, je suis certain qu'il passerait pour un marbre antique, en l'arrangeant de manière qu'il paraisse vieux, et en l'envoyant à Rome, où tu en tirerais beaucoup plus d'argent qu'en le vendant ici. » On raconte que Michel-Ange l'arrangea de manière qu'il parût antique, et ce n'est pas étonnant, car il avait assez de génie pour le faire, et même mieux. D'autres disent que le Milanais l'emporta à Rome, l'enterra dans une vigne et le vendit ensuite comme antique, pour deux cents ducats, au cardinal de Saint-Georges. On dit aussi qu'un agent du Milanais vendit le Cupidon au cardinal, et qu'il écrivit à Laurent, fils de Pierfrancesco, lui disant de donner trente écus à Michel-Ange, ajoutant que c'était tout ce qu'il en avait tiré, trompant ainsi le cardinal, Laurent et Michel-Ange. Le cardinal ayant appris, d'un homme qui s'y entendait, que la statue avait été faite à Florence fit en sorte qu'il sut toute la vérité par un de ses envoyés, redemanda son argent à l'agent du Milanais et lui rendit la statue qui passa ensuite dans les mains du duc de Valentinois, et fut donnée par lui à la marquise de Mantoue qui l'emporta dans son pays où elle est à présent. Cette histoire ne tourna pas à la louange du cardinal, qui ne se rendit pas compte que la qualité d'une œuvre consiste dans sa perfection, qu'on peut la rencontrer dans une œuvre moderne aussi bien que dans un antique, et que c'est une grande vanité que de s'attacher au mot plutôt qu'au fait, défaut qu'on a rencontré de tout temps et chez bien des hommes qui regardent plus à l'apparence qu'à la réalité. En tout cas, Michel-Ange en retira une grande réputation ; il fut appelé à Rome et séjourna près d'un an auprès du cardinal de Saint-Georges qui, néanmoins, en homme peu connaisseur de cet art, ne lui fit rien exécuter [11]. A cette époque, s'étant lié d'amitié avec un barbier du cardinal, qui peignait en détrempe très convenablement, mais ne savait pas dessiner, Michel-Ange fit, pour lui, un carton de saint François recevant les stigmates ; le barbier le mit ensuite en couleur sur un petit tableau bien exécuté, qui est aujourd'hui dans la première chapelle, à main gauche, en entrant dans l'église San Piero a Montorio.

Messire Jacopo Galli, gentilhomme romain et homme d'esprit, reconnut aussi le mérite de Michel-Ange, et lui fit faire un Cupidon de marbre, grand comme nature, ensuite un Bacchus haut de dix palmes, ayant une coupe dans la main droite, et dans la gauche une peau de tigre et une grappe de raisin qu'un petit satyre cherche à manger [12]. Dans cette figure, on reconnaît que Michel-Ange a cherché à rendre une certaine union des deux sexes, en lui donnant la sveltesse d'un jeune homme et la rondeur charnue des formes de la femme, chose admirable, et qui montra qu'il était définitivement supérieur en sculpture à tous les maîtres modernes qui avaient travaillé jusqu'alors. Il est incroyable d'imaginer tout ce qu'il acquit pendant son séjour à Rome dans les études de l'art, les hautes pensées et le style plein de difficultés qu'il avait adopté et qu'il rendait avec la plus grande facilité, toutes choses qui causaient une réelle épouvante à ceux qui n'étaient pas habitués à voir de pareilles œuvres, car tout ce que l'on produisait n'était rien à côté des siennes. Aussi le cardinal de Saint-Denis, français, désireux de laisser de soi quelque monument qui rappelât son nom, et de la main d'un pareil artiste, dans une ville si fameuse, lui fit faire une Pietà en marbre de haut-relief, qui fut placée, une fois terminée, à Saint-Pierre, dans la chapelle della Vergine Madre delle Febbre, où s'élevait autrefois le temple de Mars [13]. Jamais sculpteur ni artiste excellent ne put imaginer mettre dans son œuvre plus de grâce et de dessin, ni travailler le marbre avec cette finesse, ce poli que l'on voit dans l'œuvre de Michel-Ange ; aussi peut-on y découvrir toute la valeur et le pouvoir de l'art. Entre autres belles choses, outre la beauté des draperies, qui sont réellement divines, le Christ mort est si remarquable qu'on ne saurait voir un corps nu plus observé, en ce qui concerne la superposition des muscles, des veines et des nerfs sur l'ossature, ni de corps mort plus semblable à un cadavre que celui-ci. On y voit, en outre, une telle douceur de visage et une si grande harmonie dans la disposition et la conjonction des bras, des jambes et du corps, enfin une si exacte vérité que l'esprit est plein de stupeur et qu'on s'étonne qu'une main d'artiste ait pu produire une œuvre aussi admirable en peu de temps, de même que c'est vraiment miraculeux qu'un bloc informe au début ait donné naissance à une forme si parfaite que la nature ne peut produire que difficilement dans un corps vivant. L'ardeur que Michel-Ange apporta à son travail et la peine qu'il y éprouva le poussèrent à faire ce qu'il ne fit plus jamais ensuite, à savoir de graver son nom en travers sur la ceinture qui serre le sein de la Vierge. Voici ce qui l'y décida. Un jour, Michel-Ange, entrant dans le local où le groupe était placé, y trouva un grand nombre de voyageurs venus de Lombardie qui en disaient force louanges, et, comme l'un demandait à un autre qui l'avait fait, celui-ci répondit : « Notre Bossu de Milan [14]. » Michel-Ange ne dit rien, mais il lui parut étrange qu'un autre retirât le fruit de ses peines ; et, une nuit, s'étant enfermé dans le local, avec de la lumière, et ayant apporté ses ciseaux, il grava son nom sur la statue. Et un bel esprit l'a bien décrit, comme une œuvre vivante et vraie :

Bellezza ed onestate
E doglia, e pieta in vivo marmo morte
Deh, come voi pur fate,
Non piangete si forte,

Che anzi tempo risveglisi da morte
E pur, mal grado suo
Nostro Signore, e tuo
Sposo, figliuolo e padre
Unica sposa sua figliola e madre [15].

Il en retira une grande renommée, et si quelques imbéciles disent encore qu'il a fait la Vierge trop jeune de figure, ils ne savent pas ou ne s'aperçoivent pas que les personnes vierges conservent longtemps la fraîcheur de leur visage, et que le contraire arrive à ceux qui ont eu de grandes douleurs, comme c'est arrivé au Christ. Cette œuvre lui donna plus de réputation que toutes ses œuvres antérieures. A ce moment, quelques-uns de ses amis lui écrivirent de Florence qu'il devait y revenir parce qu'il n'était pas hors de question qu'il obtînt le bloc de marbre qui était alors dans la Fabrique mais abîmé. Piero Soderini, nommé gonfalonier à vie de la cité, avait eu souvent l'intention de le faire remettre à Léonard de Vinci, et pour le moment il était question de le donner à Maître Andrea Contucci dal Monte Sansavino, excellent sculpteur, qui cherchait à l'avoir, bien qu'il fût difficile d'en tirer une figure entière sans y ajouter des morceaux, ce dont Michel-Ange était seul capable et dont il avait eu le désir longtemps auparavant. Michel-Ange revint donc à Florence et tenta d'obtenir le bloc. Ce marbre avait neuf brasses de haut et, par malheur, un certain Maître Simone de Fiesole avait commencé à le dégrossir pour en tirer un colosse, et il avait si mal opéré que le bloc était percé entre les jambes et que l'ébauche était contorsionnée et tout estropiée, en sorte que les fabriciens de Santa Maria del Fiore, qui en avaient la charge, ne se souciant pas de le faire terminer, l'avaient laissé abandonné, et il était resté tel depuis plusieurs années. Michel-Ange le mesura à nouveau, et, examinant s'il pouvait en tirer une statue en conformant son attitude à ce qui restait du bloc, il se décida à le demander aux fabriciens et à Soderini, qui le lui concédèrent comme une chose perdue. Ils pensaient d'ailleurs que, quelle que fût l'œuvre produite, elle serait meilleure que ce qu'il y avait, parce que, en l'état actuel, le marbre ne pouvait plus être d'aucune utilité à la Fabrique. Michel-Ange, ayant fait un modèle en cire, résolut d'exécuter, pour la façade du palais, un David jeune, la fronde à la main, voulant dire par là que de même que David avait défendu son peuple et l'avait gouverné avec équité, de même ceux qui étaient à la tête de la ville devaient la défendre vigoureusement et la gouverner équitablement. Il le commença dans l'Œuvre de Santa Maria del Fiore, dans laquelle il s'organisa un atelier entièrement fermé, entourant le marbre ; et, y travaillant sans cesse, il conduisit sa statue à entière perfection, sans que personne la vît. Le marbre avait été si abîmé par Maître Simone qu'en plusieurs endroits il ne pouvait suffire à ce que Michel-Ange voulait en tirer, en sorte que, maintenant encore, on voit aux extrémités quelques-uns des coups de ciseau de Maître Simone. On peut dire que ce fut vraiment un miracle et que Michel-Ange ressuscita un mort [16]. Quand la statue fut terminée, elle était de telles dimensions que nombreuses furent les discussions qu'il y eut pour l'amener sur la place de la Seigneurie. Giuliano da San Gallo et Antonio, son frère, firent un énorme chariot de bois et y suspendirent la statue avec des cordes, de manière qu'elle ne fût pas fracassée par les heurts, mais qu'elle se balançât continuellement ; puis, ayant fait aplanir le sol des rues, ils tirèrent la statue et la mirent en place. Les cordes qui tenaient la statue suspendue étaient nouées de manière que le poids faisait serrer le nœud qui, néanmoins, était facile à ouvrir.

Il arriva que Piero Soderini ayant vu le David et le trouvant à son gré dit pourtant à Michel-Ange, qui était en train de le retoucher en certains endroits, qu'il lui paraissait que le nez était trop gros. Michel-Ange, remarquant que le gonfalonier s'était placé sous le colosse, de manière qu'il n'avait pas la vue exacte, monta sur l'échafaudage pour le satisfaire, en tenant d'une main un ciseau ; de l'autre il ramassa un peu de la poussière de marbre qui était sur la plate-forme. Puis, faisant semblant de retoucher le nez, mais sans l'entamer avec le ciseau, il laissa tomber la poussière peu à peu, et, baissant la tête vers le gonfalonier qui le regardait travailler, il lui dit : « Regardez-le maintenant. — Il me plaît davantage, lui répondit le gonfalonier, vous lui avez donné la vie. » Michel-Ange descendit de l'échafaudage, riant intérieurement et ayant pitié de ceux qui, pour faire les gens entendus, ne savent ce qu'ils disent. Quand la statue fut terminée et fixée, il la découvrit, et vraiment elle l'emporte sur toutes les statues modernes et antiques, soit grecques, soit romaines. Ni le Marforio de Rome, ni le Tibre, ni le Nil qui sont au Belvédère, ni les colosses de Monte Cavallo ne peuvent l'égaler comme proportions et comme beauté. Les contours des jambes sont admirables, la liaison et la sveltesse des flancs vraiment divines ; jamais on n'a vu un port si doux ni tant de grâce ; et l'on ne saurait trop dire combien les pieds, les mains et la tête s'accordent ensemble, avec un art, une égalité et un dessin merveilleux. Certes, celui qui voit cette statue ne doit avoir souci de voir une autre œuvre de sculpture, qu'elle soit faite de notre temps ou qu'elle date d'autrefois et qu'elle soit de n'importe quel artiste. Piero Soderini en donna quatre cents écus, et elle fut érigée l'an 1504. Michel-Ange fit encore pour le gonfalonier un David de bronze, très beau, que celui-ci envoya en France. A cette époque, il ébaucha, sans les terminer, deux médaillons de marbre : l'un pour Taddeo Taddei, actuellement dans la maison de celui-ci, l'autre pour Bartolommeo Pitti [17]. Il ébaucha également une statue en marbre de saint Matthieu, dans l'Œuvre de Santa Maria del Fiore, qui, bien qu'ébauchée seulement, montre sa perfection et peut apprendre aux sculpteurs de quelle manière on tire les figures du marbre, sans qu'elles viennent estropiées, de façon qu'on puisse ensuite enlever du marbre, si besoin en est, et modifier un détail, ce qui peut arriver [18]. Il fit encore une Vierge sur un médaillon de bronze, qu'il coula à la demande de certains marchands flamands, appelés les Mouscrons, personnages considérables de leur pays, qui la payèrent cent écus et l'envoyèrent en Flandre [19].

Agnolo Doni, citoyen florentin et ami de Michel-Ange, eut le désir d'avoir une de ses œuvres ; c'était un homme qui se plaisait à avoir de belles choses, aussi bien antiques que de maîtres modernes. Michel-Ange commença pour lui un tableau rond dans lequel la Vierge, posée sur les deux genoux, élève l'Enfant Jésus et le tend à Joseph qui le prend [20]. On reconnaît dans le mouvement de la tête que tourne la mère du Christ, et dans ses yeux fixés sur la suprême beauté de son Fils, son contentement et la joie qu'elle éprouve d'y faire participer le saint vieillard. Celui-ci le reçoit avec une égale tendresse et un même respect, comme on le remarque sur son visage, sans qu'il soit besoin de beaucoup l'observer. Ces considérations ne suffisant pas à Michel-Ange, et pour montrer davantage la grandeur de son talent, il peignit dans le fond du tableau plusieurs figures nues, appuyées, debout ou assises. Cette œuvre est exécutée avec tant de soin que certainement de toutes ses peintures de chevalet, qui sont en petit nombre, celle-ci est considérée comme la plus belle et la plus finie. Quand elle fut terminée, il l'envoya recouverte chez Agnolo, avec une note dans laquelle il demandait soixante-dix ducats pour son paiement. Cette somme parut considérable à Agnolo, qui était un homme économe, pour une seule peinture, bien qu'il reconnût qu'elle valait davantage ; aussi dit-il à l'envoyé que quarante ducats lui paraissaient suffisants, et il les lui donna. Mais Michel-Ange lui fit dire qu'il voulait cent ducats ou qu'on lui rendît le tableau, et, comme l'œuvre plaisait à Agnolo, celui-ci dit : « Je donnerai donc les soixante-dix ducats. » Michel-Ange ne se déclara pas satisfait, et, mécontent de la mauvaise foi d'Agnolo, il voulut le double de la somme qu'il avait primitivement demandée ; Agnolo donc fut forcé de lui envoyer cent quarante ducats.

Or, il arriva que Léonard de Vinci, peintre illustre, peignait dans la grande salle du Conseil, comme cela a été raconté dans sa Vie, et que Piero Soderini, gonfalonier, alloua à Michel-Ange, à cause du grand talent qu'il lui reconnut, une partie de cette salle à peindre, ce qui fut cause que Michel-Ange fit, en concurrence de Léonard, le carton destiné à l'autre paroi, et dans lequel il voulut représenter la guerre de Pise [21]. Pour l'exécuter, il obtint une salle dans l'hôpital des Teinturiers, à Santo Onofrio, et y commença un carton de grandes dimensions, qu'il ne voulut montrer à personne, pendant qu'il y travaillait. Il le remplit de figures nues qui, pendant qu'elles se baignent dans l'Arno, à cause de la grande chaleur, entendent sonner l'alarme au camp qui est attaqué par les ennemis. Pendant que les soldats sortent de l'eau pour prendre leurs vêtements, on en voit s'armer en toute hâte pour porter secours à leurs compagnons, d'autres boucler leur cuirasse et d'autres, étant montés à cheval, commencer le combat. Parmi d'autres figures, il y a un vieux soldat, la tête couverte de lierre pour avoir de l'ombre, qui s'est assis pour remettre ses chausses; mais elles ne peuvent entrer parce qu'il a les jambes mouillées. Entendant le tumulte des soldats, les cris et le bruit des tambours, il veut se dépêcher et tire par force une des chausses; outre le mouvement des muscles et des nerfs du visage, il contorsionne la bouche, montrant ainsi sa peine et qu'il se raidit jusqu'à la pointe des pieds. On y voit encore des tambours, des figures enveloppées, des hommes nus courant à la mêlée, d'autres dans des attitudes extraordinaires : debout, à genoux, couchés, noués ensemble, avec des raccourcis très difficiles. Il y avait encore des figures groupées et ébauchées de diverses manières, soit dessinées au charbon ou au trait, ou estompées, éclairées au blanc de céruse, et par là Michel-Ange voulait montrer tout ce qu'il savait dans cette partie de l'art. Aussi les artistes restèrent-ils stupéfaits devant l'excellence de l'art que Michel-Ange avait déployé dans ce dessin. En voyant de si divines figures, quelques-uns déclarèrent que ni de sa main ni d'aucune autre on n'avait encore vu d'œuvre qui pût aller aussi haut, et que cela n'arriverait jamais, ce qui est à croire, car, lorsque le carton fut terminé et eut été porté à la salle du Pape, aux acclamations des gens de l'Art et pour la plus grande gloire de Michel-Ange, tous ceux qui l'étudièrent et qui dessinèrent d'après lui, tant étrangers que florentins (comme cela arriva pendant de longues années à Florence), devinrent tous des artistes excellents, comme nous l'avons vu par Aristotile da San Gallo, son ami, Ridolfo Ghirlandaio, Raphaël Sanzio d'Urbin, Francesco Granacci, Baccio Bandinelli et Alonzo Berruguette, espagnol. Il faut y ajouter Andrea del Sarto, Franciabigio, Jacopo Sansovino, le Rosso, Maturino, Lorenzetto, Tribolo encore enfant, Jacopo da Puntormo et Perino del Vaga. Ce carton, étant devenu une véritable école d'artistes, fut porté dans la grande salle supérieure du palais Médicis ; on ne veilla pas assez sur lui, quand il fut mis entre les mains des artistes, et pendant la maladie du duc Julien, tandis que personne ne s'en occupait, il fut déchiré, comme nous l'avons dit autre part, et divisé en plusieurs morceaux, de sorte qu'il est maintenant dispersé, comme on peut s'en assurer par les morceaux qu'on voit à Mantoue, dans la maison de Messire Uberto Strozzi, qui les conserve avec grande vénération. Certes, à les voir, c'est une chose plus divine qu'humaine.

La réputation de Michel-Ange était devenue telle, par la Pietà de Rome, le colosse de Florence et le carton, qu'en 1503, Alexandre VI étant mort et ayant été remplacé par Jules II, Michel-Ange, alors âgé de vingt-neuf ans environ, fut appelé par ce pape à Rome, pour élever son tombeau ; pour son voyage, il lui fut payé cent écus par les envoyés du pape. S'étant donc rendu à Rome, il passa plusieurs mois sans qu'on lui fît mettre la main à quelque œuvre, et finalement il se décida à exécuter un dessin qu'il avait fait pour le tombeau, suprême témoignage de son génie, qui devait surpasser toute autre sépulture antique ou impériale, en beauté, en grandeur, en richesse d'ornementation et en nombre de statues. Ce projet enflamma l'esprit du pape Jules II, et fut cause qu'il se résolut à reconstruire entièrement à nouveau l'église de Saint-Pierre, à Rome, pour y mettre son tombeau, comme on l'a dit autre part. Michel-Ange se mit à l'œuvre avec beaucoup d'ardeur et alla tout d'abord à Carrare, avec deux de ses apprentis, pour extraire les marbres, puis à Florence, où Alamanno Salviati lui compta pour ce travail mille écus. Il resta huit mois dans les montagnes de Carrare, sans recevoir d'autre argent, et s'y livra à de nombreuses fantaisies, incité, par ces masses de pierre, à tirer des carrières de grandes statues pour perpétuer sa renommée, comme avaient fait autrefois les anciens. Ayant enfin choisi la quantité de marbres nécessaires, et les ayant fait charger sur mer et conduire à Rome, il en remplit la moitié de la place Saint-Pierre, tout autour de Santa Caterina, et entre cette église et la galerie qui conduit au château Saint-Ange. Il s'y était installé un atelier, pour sculpter ses figures et le reste du tombeau, et, pour que le pape pût venir commodément le voir travailler, on avait pratiqué un pont-levis de la galerie à l'atelier. Ces familiarités princières lui causèrent avec le temps de grands ennuis et engendrèrent beaucoup d'envie parmi les autres artistes qui travaillaient pour le pape. De toute cette œuvre, Michel-Ange n'exécuta, pendant la vie du pape, et après sa mort, que quatre statues entièrement terminées, et huit ébauchées, comme on le dira en son lieu. Comme, dans cette œuvre, il fit preuve d'une grande invention, nous allons donner l'ordonnance qu'il adopta. Pour que le tombeau fît un effet plus grandiose, il le voulut entièrement isolé, de manière qu'on pût le voir sur ses quatre faces, qui étaient longues deux de douze brasses et les deux autres de dix-huit ; la proportion était donc d'un carré et demi. L'extérieur était orné tout autour de niches séparées par des termes drapés à la partie supérieure, et qui soutenaient avec leur tête la première corniche ; chaque terme, dans une attitude bizarre et originale, tenait enchaîné un prisonnier nu, dont les pieds reposaient sur un ressaut du soubassement. Ces prisonniers personnifiaient les provinces conquises par le pontife, et à qui il avait imposé l'obéissance à l'Eglise apostolique. D'autres statues également enchaînées devaient représenter les Vertus et les Arts, qui montraient ainsi être soumis à la mort, non moins que le pontife qui les pratiquait si honorablement. Aux quatre coins de la première corniche se dressaient les quatre grandes figures de la Vie active, de la Vie contemplative, de saint Paul et de Moïse. Au-dessus de la corniche s'élevaient des degrés, entourés d'une frise de bas-reliefs en bronze, d'enfants et d'autres figures ; enfin, au sommet, comme terminaison, il y avait deux figures dont l'une représentait le Ciel qui soutenait sur ses épaules, en riant, une bière tenue à l'autre extrémité par Cybèle, déesse de la Terre, plongée dans la douleur, ce qui signifiait que la Terre était privée de toutes les vertus par la mort d'un pareil homme, et que le Ciel se réjouissait de voir son âme passer à la gloire divine. On pouvait entrer et sortir du tombeau par des ouvertures pratiquées sur les milieux des côtés, et l'intérieur était en forme de temple ovale ; il devait y avoir au centre le sarcophage où l'on poserait le corps du pape, après sa mort. En somme, il y avait en tout quarante statues de marbre, sans compter les bas-reliefs, les enfants, l'ornementation, les corniches et les autres parties sculptées du monument [22]. Pour plus de facilité, Michel-Ange voulut qu'une partie des marbres fût transportée à Florence où il comptait passer l'été, pour éviter le mauvais air de Rome. Il exécuta, en plusieurs morceaux, toute une face du tombeau et termina de sa main, à Rome, deux prisonniers, œuvre vraiment divine, ainsi que d'autres statues supérieures à tout ce qu'on a vu de mieux. Pendant une maladie qu'il fit chez lui, il donna les deux prisonniers au seigneur Ruberto Strozzi ; ils furent ensuite envoyés en cadeau au roi François Ier, et sont actuellement à Ecouen, en France [23]. Michel-Ange ébaucha également huit statues à Rome et cinq à Florence ; il y fit une Victoire terrassant un prisonnier, qui est actuellement chez le duc Cosme, à qui elle fut donnée par Lionardo, neveu de Michel-Ange [24]. Le Moïse, qu'il termina entièrement en marbre, a cinq brasses de haut ; aucune œuvre moderne ne pourra jamais l'égaler en beauté, et on peut en dire autant des antiques [25]. Assis dans une attitude pleine de gravité, il pose un bras sur les Tables de la Loi qu'il a à la main, et de l'autre main, il se tient la barbe qui, longue et échevelée, est exécutée de telle sorte que chaque poil, si difficile à rendre en sculpture, est filé avec une souplesse et une légèreté merveilleuses, chose impossible à croire que le ciseau ait pu rivaliser avec le pinceau. Le visage est celui d'un saint et d'un prince redoutable, et en le regardant on a envie de lui demander un voile et de lui couvrir la face, tant le regard est clair et lumineux, et tant le sculpteur a bien rendu dans le marbre le pouvoir divin que Dieu avait imprimé sur le saint visage de ce prophète. Les vêtements sont, en outre, découpés et traités avec des plis admirables, les bras musclés, les mains osseuses et nerveuses sont exécutées avec la même perfection que les jambes, les genoux et les pieds munis de chaussures originales. En un mot, toute l'œuvre est finie au point que Moïse peut être appelé plus que jamais l'ami de Dieu, puisque, si longtemps avant les autres, il a voulu préparer son corps pour la résurrection finale, grâce aux mains de Michel-Ange. Chaque jour de sabbat, les Juifs viennent en foule, hommes et femmes, pour le contempler et l'adorer, comme une chose divine plutôt qu'humaine. C'est ainsi que Michel-Ange parvint à terminer une des petites faces du tombeau, qui fut ensuite fixée à une paroi de San Piero in Vincola. On raconte que, pendant qu'il y travaillait, le reste des marbres nécessaires aborda à Ripa [26] et il les fit conduire pour être joints aux autres sur la place Saint-Pierre. Comme il fallait les payer à celui qui les avait apportés, Michel-Ange alla, selon son habitude, demander l'argent au pape. Sa Sainteté étant ce jour-là occupée à des affaires concernant les événements de Bologne, Michel-Ange retourna chez lui et paya les marbres de sa poche, pensant recevoir sous peu du pape l'ordre de paiement. Il retourna un autre jour au palais, pour en parler au pape, et comme il éprouvait de la difficulté à entrer, parce qu'un palefrenier lui dit de prendre patience, et qu'il avait reçu l'ordre de ne pas le laisser entrer, un évêque dit au palefrenier : « Peut-être ne connais-tu pas cet homme ? — Je le connais parfaitement bien, au contraire, répondit le palefrenier; mais je suis ici pour exécuter les ordres de mes supérieurs et du pape. » Cet acte déplut à Michel-Ange, et trouvant qu'on le traitait différemment des jours précédents, il dit avec indignation au palefrenier de répéter au pape que dorénavant, quand le pape le ferait demander, il serait ailleurs. Puis, étant retourné chez lui, il prit la poste, vers les deux heures de la nuit, laissant ordre à deux serviteurs de vendre toutes ses affaires à des Juifs et de le suivre à Florence, où il se rendait. Il ne s'arrêta qu'à Poggibonsi, quand il se trouva en sûreté sur le territoire florentin. Peu après, arrivèrent cinq courriers porteurs de lettres du pape, pour le ramener en arrière ; ni les prières ni les menaces que contenaient les lettres, et par lesquelles le pape lui ordonnait de revenir à Rome, sous peine de disgrâce, ne purent le fléchir. Finalement les courriers obtinrent de lui qu'il écrivît deux mots de réponse au pape, le priant de l'excuser s'il ne se présentait plus devant lui, puisque Sa Sainteté l'avait fait chasser comme un gueux, traitement indigne de ses longs et fidèles services. Il disait, en terminant, que le pape eût à se pourvoir d'un autre sculpteur qui voulût travailler pour lui.

Arrivé à Florence, Michel-Ange s'occupa, pendant les trois mois qu'il y resta, à terminer le carton de la grande salle que Piero Soderini, gonfalonier, désirait le voir mettre à exécution. Pendant ce temps, arrivèrent à la Seigneurie trois brefs du pape, qui lui enjoignaient de renvoyer Michel-Ange à Rome ; aussi celui-ci, voyant la furie du pape, et craignant pour sa sûreté, eut un moment l'intention, à ce que l'on dit, de se rendre à Constantinople, au service du Grand Turc, qui lui avait fait demander, par quelques moines de saint François, de venir auprès de lui, pour jeter un pont allant de Constantinople à Péra. Enfin convaincu, malgré toute sa résistance, par Piero Soderini, d'aller trouver le pape, avec la personne sûre, puisqu'on l'envoyait comme ambassadeur de la ville, il accompagna le cardinal Soderini, frère du gonfalonier, qui devait l'introduire devant le pape, et ils allèrent ensemble à Bologne où celui-ci était déjà arrivé de Rome. On raconte aussi d'une autre manière le départ de Michel-Ange de Rome : le pape se serait fâché contre l'artiste qui ne voulait lui laisser voir aucune des œuvres auxquelles il travaillait, et qui soupçonnait le pape de s'introduire furtivement chez lui, pendant qu'il n'était pas à son travail, pour voir ce qu'il faisait. On dit même qu'un jour, le pape, ayant corrompu des apprentis de Michel-Ange, pour pouvoir pénétrer dans la chapelle du pape Sixte, son oncle, qu'il lui faisait peindre, Michel-Ange se cacha, parce qu'il se doutait de la trahison des siens, empêcha *le pape d'entrer* dans la chapelle, en ferma la porte, et le força ainsi, ne se doutant pas que c'était lui, à s'en retourner tout en colère. Quoi qu'il en soit, il est certain qu'il eut des contestations avec le pape, et qu'il dut ensuite s'enfuir, croyant n'être pas en sûreté. Il n'était pas arrivé à Bologne, et à peine débotté, que des familiers du pape vinrent le chercher et l'amenèrent devant Sa Sainteté, qui était dans le palais des Seize, en compagnie d'un évêque de la suite du cardinal Soderini, car ce cardinal, étant malade, n'avait pu se rendre au palais. Arrivé devant Jules II, Michel-Ange se mit à genoux, et le pape, le regardant de travers, comme indigné, lui dit : « Au lieu de venir auprès de nous, tu as attendu que nous allions te chercher ! », voulant dire que Bologne était plus près de Florence que Rome. Michel-Ange, en s'inclinant, mais à haute voix, lui demanda humblement pardon, disant qu'il avait agi par emportement, ne pouvant supporter d'avoir été chassé, mais que, puisqu'il se reconnaissait fautif, il fallait lui pardonner. L'évêque, qui avait présenté Michel-Ange au pape, voulut l'excuser, et dit à Sa Sainteté que ces artistes étaient des ignorants, et qu'en dehors de leur partie, ils n'étaient bons à rien ; que, par conséquent, on devait lui pardonner. Alors le pape se fâcha et frappa d'un bâton l'évêque, en disant : « Ignorant toi-même, qui dis des sottises à cet homme, à qui nous n'avons rien dit nous-même. » Puis il fit pousser dehors l'évêque par des palefreniers, avec des bourrades, et s'étant apaisé, il donna sa bénédiction à Michel-Ange, qui fut bien traité à Bologne, et à qui le pape commanda sa propre statue, en bronze, haute de cinq brasses [27]. L'attitude que l'artiste lui donna était très belle, parce qu'elle était pleine de grandeur et de majesté, les vêtements reflétaient la richesse et la magnificence, enfin le visage était effrayant d'énergie et de vivacité. Cette statue fut posée dans une niche, au-dessus de la porte de San Petronio. On raconte que pendant qu'il y travaillait, le Francia, orfèvre et peintre excellent, vint pour la voir, ayant entendu parler avec force éloges de Michel-Ange et de ses œuvres, et n'en ayant encore vu aucune. Grâce à des intermédiaires, il put voir celle-là, et il en resta stupéfait. Michel-Ange lui ayant alors demandé ce qu'il lui en semblait, le Francia répondit que c'était une figure d'une belle coulée et d'un beau métal. Il parut alors à Michel-Ange que le Francia louait plus la matière que le travail et lui dit : « J'ai la même obligation au pape Jules II qui me l'a donnée à faire que vous aux droguistes qui vous fournissent des couleurs pour peindre », et tout en colère, devant tous les assistants, il lui dit qu'il n'était qu'un imbécile. A ce sujet, un fils du Francia étant venu le voir, quelqu'un dit à Michel-Ange que c'était un beau jeune homme, et Michel-Ange lui dit : « Ton père fait de plus belles figures en chair qu'en peinture. » Parmi les gentilshommes qui assistèrent à ces divers incidents, il y en eut un, je ne sais son nom, qui demanda à Michel-Ange quelle était à son avis la plus grande, de la statue du pape ou d'une paire de bœufs. Michel-Ange répondit : « Cela dépend des bœufs. S'il s'agit de ceux de Bologne, évidemment les nôtres de Florence sont plus petits. » Il termina en terre cette statue, avant que le pape partît de Bologne pour Rome ; Sa Sainteté étant allée la voir, on ne savait quoi mettre dans la main gauche de la statue, la main droite étant levée dans un mouvement si fier que le pape demanda si elle donnait la bénédiction ou la malédiction. Michel-Ange répondit que cela dépendrait du peuple de Bologne, selon qu'il serait avisé ou non, et ayant demandé au pape s'il devait lui mettre un livre dans la main gauche, Jules répondit : « Fais-moi tenir une épée, car je ne connais rien aux lettres. » Le pape laissa dans la banque de Messire Antonmaria da Lignano mille écus pour que la statue fût terminée, et elle fut enfin posée, après seize mois de travail, sur le fronton de la façade antérieure de San Petronio. Elle fut jetée à terre par les Bentivogli, et le bronze en fut vendu au duc Alphonse de Ferrare, qui en fit faire une pièce d'artillerie nommée la Giulia ; la tête seule fut sauvée et se trouve actuellement dans la garde-robe du duc.

Tandis que le pape s'en était retourné à Rome, et que Michel-Ange terminait sa statue à Bologne, étant donc absent de Rome, Bramante, ami et parent de Raphaël d'Urbin, et par conséquent peu ami de Michel-Ange, voyant que le pape se plaisait à augmenter l'importance des travaux de sculpture, médita de lui en faire passer le goût, de manière qu'au retour de Michel-Ange, Sa Sainteté ne fît plus travailler à terminer son tombeau. Bramante lui disait qu'il avait l'air de se dépêcher de mourir, et que cela portait malheur de préparer pendant sa vie sa propre sépulture. Bramante et Raphaël persuadèrent si bien le pape qu'au retour de Michel-Ange, Sa Sainteté, en mémoire du pape Sixte, son oncle, lui fit peindre la voûte de la chapelle que ce dernier avait fait élever dans le palais. Bramante et les autres rivaux de Michel-Ange espéraient ainsi l'arracher à la sculpture, dans laquelle ils reconnaissaient sa grande perfection, et ils pensaient le mettre au désespoir, en le faisant peindre, car il n'avait pas l'expérience de la fresque, travail moins honorable, dans lequel ils pensaient le voir rester en arrière de Raphaël. Dans le cas, au contraire, où il réussirait, ils espéraient amener entre le pape et lui quelque contestation par suite de laquelle, d'une manière ou de l'autre, il en résulterait son expulsion. Michel-Ange étant donc de retour à Rome, et le pape étant décidé à ne pas faire terminer pour le moment son tombeau, Sa Sainteté l'entreprit pour qu'il peignît la voûte de la chapelle Sixtine. Michel-Ange, qui désirait terminer le tombeau, et à qui le travail de la voûte paraissait grand et difficile, étant donné le peu de pratique qu'il avait des couleurs, chercha par tous les moyens à se décharger de ce fardeau, en mettant en avant le nom de

Raphaël. Mais, plus il s'excusait, plus le désir du pape devenait impérieux, impétueux comme il l'était dans toutes ses entreprises. Et poussé par les rivaux de Michel-Ange, particulièrement par Bramante, le pape, qui était vif, faillit se fâcher avec Michel-Ange. Celui-ci, voyant que le pape persistait dans son intention, se résigna, et le pape ordonna à Bramante de faire construire l'échafaudage. Bramante le fit en forme de pont suspendu par des cordes qui traversaient la voûte ; ce que voyant, Michel-Ange demanda à Bramante comment il ferait pour boucher les trous, quand les peintures de la voûte seraient terminées. Bramante lui répondit : « On y pensera après, il n'était pas possible de faire autrement. » Michel-Ange reconnut par ce propos, ou bien que Bramante s'y entendait peu, ou qu'il ne lui voulait pas de bien ; aussi alla-t-il voir le pape et lui dit que le pont ne valait rien, que Bramante n'avait pas su l'organiser, et le pape lui dit, en présence de Bramante, qu'il le fît comme il l'entendrait. Michel-Ange l'établit sur les contrefiches du mur, de manière à ne pas toucher la voûte, procédé qu'il apprit à Bramante et aux autres, et qui a été fréquemment employé. Ce fut un pauvre menuisier qui le confectionna, et il le munit d'une telle quantité de cordes que, l'ayant vendu ensuite, il put grossir la dot d'une de ses filles, car Michel-Ange lui en fit cadeau. Pendant qu'il commençait à faire les cartons de la voûte, le pape voulut encore que l'on jetât à terre les peintures des parois qui avaient été faites auparavant du temps du pape Sixte, et décida que, pour tout ce travail, Michel-Ange recevrait quinze mille ducats, prix qui fut fixé par Giuliano da San Gallo. Michel-Ange, obligé, à cause de la grandeur de l'entreprise, de recourir à des aides, en demanda à Florence ; non seulement il voulut montrer que ceux qui avaient peint avant lui dans la chapelle allaient lui rester bien inférieurs, mais encore il voulut apprendre aux artistes modernes comment on dessine et comment on peint. Le sujet qu'il choisit l'entraîna à de si grandes hauteurs qu'il termina tout d'abord les cartons. Voulant ensuite passer à la fresque, et n'en ayant jamais fait, il fit venir de Florence à Rome quelques peintres de ses amis, parmi lesquels il y avait d'habiles praticiens. Ils devaient lui donner leur aide et il voulait voir leur manière de peindre à fresque. C'étaient, entre autres, le Granacci, Giulian Bugiardini, Jacopo di Sandro, l'Indaco le Vieux, Agnolo di Donnino et Aristotile. Ainsi, s'attaquant à l'œuvre, il leur fit commencer quelques morceaux comme essai. Mais, voyant que leurs peintures restaient bien en deçà de ce qu'il voulait d'eux et n'étant nullement satisfait, il se résolut un matin à faire jeter à terre tout ce qu'ils avaient déjà fait, et s'enfermant dans la chapelle, il ne voulut pas leur ouvrir, de même qu'il ne se laissa plus voir d'eux, dans la maison qu'il habitait. Se croyant joués et trouvant que la farce durait trop longtemps, ils prirent leur parti et retournèrent à Florence, à leur grande honte. Michel-Ange, résolu à faire tout le travail par lui-même, le conduisit à bonne fin, avec une grande application et un soin extrême. Il ne se laissait plus voir, pour ne pas donner d'occasion d'avoir à montrer son œuvre, de sorte que, plus il se cachait, plus croissait le désir du monde de voir ce qu'il faisait.

Le pape Jules était désireux de voir les travaux en cours et sa curiosité était d'autant plus éveillée par le fait qu'on les lui cachait. Il voulut donc un jour aller les voir, mais Michel-Ange ne lui ouvrit pas la porte, et il en résulta une discussion, à la suite de laquelle Michel-Ange quitta Rome, comme nous l'avons raconté plus haut. Ainsi que je l'ai appris de lui-même, quand j'ai voulu éclaircir le fait, le tiers de la voûte était déjà terminé, quand il se produisit des moisissures provenant du vent du nord qui soufflait pendant l'hiver. En effet, la chaux de Rome, qui est faite avec du travertin blanc, ne sèche pas vite, et si on la mélange avec de la pouzzolane qui est de couleur tannée, elle fait une composition foncée, puis, quand on l'étend liquide et chargée d'eau et que le mur en est bien imprégné, elle fait des fleurs en séchant. Ces fleurs étaient produites par l'humidité qui se porte à la surface, et qui disparaît avec le temps, mais en laissant le mur taché.

Michel-Ange était désespéré, et ne voulait plus continuer son travail ; comme il s'excusait auprès du pape de ce qu'il ne réussissait pas, Sa Sainteté lui envoya Giuliano da San Gallo qui lui indiqua la cause, l'encouragea à continuer et lui indiqua le moyen de faire disparaître les moisissures. Il amena donc son travail à la moitié de la voûte, et le pape, qui était venu l'examiner, en montant par les échelles de bois, avec l'aide de Michel-Ange, voulut que cette moitié fût découverte ; il était, en effet, impatient de nature et ne pouvait attendre la fin du travail, qu'il eût la dernière main, comme on dit [28]. Aussitôt que l'œuvre fut découverte, tout Rome se rendit à la chapelle, pour la voir, et le pape, qui fut le premier arrivé, n'attendit pas que la poussière provenant de la destruction de l'échafaudage fût tombée. Raphaël d'Urbin, qui excellait à imiter les autres, vint aussi voir la voûte et changea immédiatement sa manière ; pour montrer tout son talent, il fit aussitôt les Prophètes et les Sibylles que l'on voit dans l'église della Pace [29], Bramante alors essaya de lui faire allouer l'autre moitié de la voûte. Michel-Ange, l'ayant appris, s'en plaignit au pape et lui dit, sans aucun égard, beaucoup de mal des mœurs et des œuvres d'architecture de Bramante, en indiquant les défauts que l'on découvrit plus tard et qu'il dut corriger quand il fut architecte de Saint-Pierre. Mais le pape, reconnaissant chaque jour davantage le génie de Michel-Ange, voulut qu'il continuât le travail, et, d'après la partie découverte, jugea que Michel-Ange ferait l'autre moitié encore plus belle. C'est ainsi qu'il acheva toute la peinture de la voûte en vingt mois, tout seul, sans autre aide que de ceux qui lui broyaient les couleurs. Michel-Ange s'était plaint plusieurs fois que le pape le pressait trop, et qu'il ne pouvait finir son travail à sa guise, le pape l'importunant sans cesse, pour savoir quand il aurait terminé. Un jour, Michel-Ange lui dit qu'il finirait quand il serait satisfait de son œuvre. « Et moi, je veux, répondit le pape, que tu te conformes à notre désir d'avoir ce travail terminé rapidement. » Il ajouta que, s'il le faisait attendre encore longtemps, il le ferait jeter en bas de son échafaudage. Aussi Michel-Ange, qui craignait et avec raison la colère du pape, activa la fin de son travail, sans perdre de temps, et, ayant enlevé les échafaudages, il le découvrit, le matin de la Toussaint, jour où le pape alla dans la chapelle célébrer la messe, à la grande satisfaction de toute la cité[30].

Michel-Ange désirait retoucher quelques parties à sec, comme avaient fait les vieux maîtres, dans les peintures des parois, en rehaussant les vêtements, le fond et les ciels d'outremer et d'ornements en or, pour donner plus de richesse et d'aspect. Le pape ayant appris que ces accessoires manquaient, et en ayant entendu dire grand bien par ceux qui les avaient vus, désirait que Michel-Ange les exécutât ; mais, comme il aurait été trop long de refaire l'échafaudage, on en resta là. Le pape, qui voyait souvent Michel-Ange, lui dit un jour : « Enrichis-moi la chapelle de couleurs et d'or, car elle est trop pauvre », et Michel-Ange lui répondit avec familiarité : « Saint Père, dans ce temps-là, les hommes ne portaient pas d'or sur leurs vêtements, et ceux qui sont peints là-haut étaient des saints, et n'avaient aucune richesse parce qu'ils les méprisaient. » Cette œuvre fut payée à Michel-Ange, en plusieurs fois, par ordre du pape, trois mille écus, et elle en coûta vingt-cinq mille en couleurs. Il éprouva une fatigue incroyable à travailler sans cesse la tête renversée, et il avait finalement la vue tellement affaiblie qu'il resta plusieurs mois à ne pouvoir lire ni regarder de dessins, sauf de bas en haut. Néanmoins son ardeur croissait chaque jour que le travail avançait davantage, et il ne sentait pas la fatigue, tant il éprouvait de satisfaction à perfectionner l'ouvrage produit.

L'œuvre est divisée en cinq petits compartiments séparés par quatre plus grands, avec six lunettes sur chaque grand côté, et deux sur les petits ; entre ces lunettes, il y a les figures hautes de six brasses des Prophètes et des Sibylles. Les compartiments du milieu renferment l'histoire du monde, depuis la Création jusqu'au Déluge et à l'ivresse de Noé ; les lunettes renferment toute la généalogie du Christ. Dans les compartiments on ne remarque aucune recherche de perspectives et de raccourcis, et les dimensions des compartiments sont plutôt appropriées à celles des figures qu'inversement. Figures nues ou drapées sont également exécutées avec une perfection de dessin telle qu'on ne saurait faire mieux, qu'on ne l'a jamais fait, et qu'à peine peut-on l'imiter. Cette œuvre est vraiment le flambeau de l'art moderne, et la révolution qu'elle a faite dans l'art de la peinture est si grande qu'à elle seule elle a illuminé le monde entier, resté dans les ténèbres pendant tant de siècles. En vérité, les peintres n'ont plus à chercher d'inventions nouvelles dans leurs attitudes, les compositions et les draperies des figures, pas plus que de nouveaux modes de têtes, et de grandeur dans les différentes parties, car tout cela se trouve réuni dans cette œuvre magistrale, en particulier, dans toutes ces figures debout ou assises, ou soutenant des festons de feuillages, qui portent les armes du pape Jules II, montrant que cette époque et son pontificat étaient bien l'âge d'or de l'Italie, qui n'était pas plongée dans les misères et les calamités qu'elle a éprouvées ensuite. Les figures assises, qui encadrent les petits compartiments, tiennent des disques où sont représentés des sujets peints en couleur de bronze et d'or, et tirés du Livre des Rois. Le premier compartiment représente Dieu séparant la lumière des ténèbres : on le voit dans toute sa majesté, les bras levés et soutenu par sa seule volonté. Dans le deuxième compartiment, il crée le soleil et la lune ; soutenu par une quantité de petits anges, il est terrible à voir avec un remarquable raccourci des bras et des jambes. Il en est de même, dans ledit compartiment, quand il bénit la terre et crée les animaux en volant ; de quelque point de la chapelle que l'on regarde cette figure en raccourci, elle paraît tourner, mouvement analogue à celui du troisième compartiment, où il sépare la terre des eaux. Seule, la main divine de Michel-Ange était capable d'exécuter de pareilles figures. Vient ensuite la Création de l'Homme ; Dieu, porté par un groupe de petits anges nus, qui paraissent soutenir non pas une figure, mais tout le poids du monde, apparaît dans toute sa vénérable majesté, et tandis que, du bras gauche, il entoure le cou d'un ange, il tend l'autre vers Adam, figure admirable de beauté, d'attitude et de contours, et telle qu'on la croirait faite à nouveau par le Créateur, plutôt que sortie du pinceau et du dessin d'un pareil homme. La composition suivante représente la naissance d'Eve ; on y voit deux figures nues, l'une comme morte par l'effet du sommeil, l'autre née à la lumière et pleine de vie par le geste bénissant de Dieu. Le pinceau de cet artiste plein de génie a entièrement rendu la différence du sommeil et de la veille, et comment on peut exprimer dans toute sa grandeur, et avec des moyens humains, la majesté divine. Le sixième compartiment renferme à la fois Adam, persuadé par un serpent à tête de femme, prenant la pomme, et occasionnant ainsi en même temps sa mort et la nôtre ; ensuite Adam et Eve chassés du Paradis. Dans le geste de l'Ange apparaît avec grandeur et noblesse l'exécution de l'ordre d'un Seigneur irrité, et l'attitude d'Adam reflète à la fois le regret de son péché et la peur de la mort. Pareillement dans la femme on reconnaît la honte et le repentir, tandis que, les mains croisées sur son sein, le cou dans les épaules, et la tête tournée vers l'Ange, elle paraît ressentir plus de peur de la justice que d'espérance de la miséricorde divine. Non moins belle est la composition du Sacrifice de Noé ; l'un porte du bois, l'autre accroupi souffle le feu, quelques-uns égorgent la victime. Michel-Ange ne montra pas moins d'art dans le huitième compartiment représentant le Déluge, où l'on aperçoit divers genres de morts, et des hommes cherchant par différents moyens à sauver leur vie. Leurs têtes reflètent tout à la fois la peur d'être la proie de la mort, la terreur et le mépris de toute chose devant le danger. Quelques-uns, pleins de pitié, cherchent à s'entraider, en se hissant au sommet d'un rocher ; il y en a un surtout qui, tenant embrassé un autre à demi-mort, veut le sauver, d'un mouvement qui ne saurait être plus naturel. Enfin on ne saurait rendre la beauté du neuvième compartiment représentant l'Ivresse de Noé ; pris de vin, ce dernier dort tout découvert, et, devant lui, un de ses fils se rit de son père, tandis que les deux autres voilent sa nudité, épisode rendu avec le talent d'un artiste incomparable, et qui ne saurait être vaincu que par lui-même. Comme si ce génie s'était enflammé par l'ouvrage produit, il se releva et se montra plus grand encore dans les cinq Sibylles et les sept Prophètes, hauts de cinq brasses et plus, qui sont à droite et à gauche des petits compartiments ; leurs attitudes variées, la diversité et la beauté des draperies sont pleines d'invention et d'un jugement merveilleux, et ils apparaissent divins à qui considère les passions dont ils sont animés. Jérémie, les jambes croisées et tenant sa barbe d'une main, appuie le coude sur son genou, et laisse pendre l'autre bras, la tête penchée, de manière qu'il montre bien la mélancolie, les pensées qui l'agitent et la douleur que lui cause son peuple. Il en est de même des deux enfants qui sont derrière lui, et de la première Sibylle qui vient après, du côté de la porte, et dans laquelle, voulant exprimer la vieillesse, outre qu'il l'a enveloppée de vêtements, pour montrer que son sang est glacé par l'âge, Michel-Ange aussi a approché le livre de ses yeux, étant eux aussi affaiblis [31]. Vient ensuite le prophète Ezéchiel, vieux, dans une attitude pleine de mouvement, et tout enveloppé de vêtements ; d'une main, il tient un rouleau de prophéties, et, l'autre étendue, il paraît vouloir parler de choses hautes et grandes, en tournant la tête ; derrière lui sont deux enfants qui lui présentent des livres. La deuxième Sibylle est différente de la première Sibylle Erythrée dont nous avons parlé plus haut [32]. Tenant un livre éloigné de ses yeux, elle tourne la page, tandis que, un genou croisé sur l'autre, elle s'arrête, plongée dans ses réflexions, et pensant à ce qu'elle va écrire ; derrière elle, un enfant souffle sur un tison et allume sa lampe. Cette figure est d'une beauté extraordinaire quant au visage, à la coiffure et à la disposition des draperies ; elle a les bras nus, qui sont aussi beaux que les autres parties. Le prophète Joël, qui vient ensuite, a pris un papier et le lit avec autant d'ardeur que d'attention ; d'après son attitude, on voit qu'il se complaît tant à ce qu'il trouve écrit qu'il paraît être une personne vivante qui s'est appliquée tout entière à quelque occupation. Au-dessus de la porte de la chapelle est assis le vieux Zacharie qui, cherchant dans un livre une chose sans la trouver, a les jambes inégalement placées, et, tandis que l'ardeur de rechercher ce qu'il ne trouve pas le fait se tenir ainsi, il ne s'aperçoit pas de la fatigue qu'il éprouve dans une si incommode position. Cette figure est très belle, elle reflète la vieillesse, et elle est sommairement rendue, avec peu de plis dans les draperies. Une autre Sibylle que l'on voit de l'autre côté de l'autel, et qui montre quelques écritures, n'est pas moins digne d'éloges, avec les enfants qui l'entourent, que les autres. Mais qui verra le prophète Isaïe, qui vient après, jugera que cette figure est tirée de la nature même, qui est la vraie mère des arts ; c'est une figure bien étudiée, qui peut enseigner largement tous les préceptes de la bonne peinture. Plongé dans ses pensées, il a le bas des jambes croisé et, tenant un doigt dans un livre, pour marquer la page qu'il lisait, il a l'autre coude appuyé sur le livre et la joue sur la main ; appelé par un des enfants qui sont derrière lui, il tourne simplement la tête, sans bouger le reste du corps. La vieille Sibylle qui suit, est assise et étudie dans un livre, avec une beauté extrême, et non sans une belle attitude, ainsi que les deux enfants qui sont derrière elle [33]. Le jeune homme, qui représente le prophète Daniel, est rendu de manière qu'on ne saurait ajouter rien de mieux par la pensée ; écrivant dans un grand livre, il y copie certaines choses qu'il tire d'un autre livre, et avec une ardeur incroyable. Pour soutenir le poids du livre, Michel-Ange a placé un enfant entre ses jambes, et jamais pinceau tenu par quelque main que ce soit ne pourra rendre aussi bien cet ensemble. Il en est de même de la belle figure de la Sibylle libyque qui, ayant écrit un grand volume tiré d'autres livres, se lève dans une attitude toute féminine, pour se mettre debout, et paraît tout à la fois vouloir se lever et fermer le volume, chose difficile à rendre, pour ne pas dire impossible, par un autre que celui qui l'a composée.

Que dire des quatre sujets qui sont au coin, dans les pendentifs de la voûte ? Dans le premier, David, avec toute la force juvénile qu'il mit à vaincre le géant, va lui couper la tête, au grand étonnement de quelques soldats qui sont autour du camp. Non moins admirables sont les attitudes des deux femmes, dans l'histoire de Judith, qui remplit un autre coin ; on y voit le corps d'Holopherne privé de sa tête que Judith jette dans un panier posé sur la tête d'une vieille servante qui, étant grande de sa personne, se baisse afin que Judith puisse l'atteindre. Tandis que celle-ci va recouvrir la tête, elle tourne la tête vers le corps qui, un bras et une jambe en l'air, paraît faire du bruit dans la tente, et elle montre dans son attitude la crainte de l'alarme au camp et la peur de la mort ; peinture vraiment admirable. Plus belle et plus divine encore non seulement que cette peinture, mais encore que toutes les autres, est l'histoire du serpent de Moïse, qui est au-dessus du coin gauche de l'autel ; on y voit les Hébreux assaillis par des serpents qui les mordent et les piquent, tandis que Moïse a posé le serpent d'airain sur un bûcher. Privés d'espérance, ils cherchent à échapper aux morsures et ils s'enlacent de manière à rendre tout mouvement impossible ; les uns crient et d'autres se désespèrent, à demi renversés. Non moins beaux sont ceux qui, regardant le serpent d'airain, sentent leurs douleurs s'apaiser et, revenant à la vie, le contemplent avec une suprême reconnaissance ; il y a surtout une femme qui est soutenue par un homme, de manière que l'on reconnaît parfaitement le désir de l'homme qui le pousse à l'aider, et le besoin d'assistance qu'elle éprouve dans un pareil tourment. Enfin, dans la quatrième histoire, où Assuérus, étant au lit, lit les annales de son règne, il y a des figures très belles ; à côté, trois personnes à table représentent l'assemblée, à la suite de laquelle le peuple juif fut délivré et Aman mis en croix. Ce dernier présente un raccourci extraordinaire ; le tronc qui soutient sa personne et le bras qui vient en avant paraissent non pas peints, mais réels et en relief, de même que la jambe qu'il jette en avant et d'autres parties du corps qui sont en arrière, figure certes difficile et admirable, entre les plus difficiles et les plus belles. Mais il serait trop long de décrire toutes les fantaisies et les sujets différents représentés, ainsi que toute la série des patriarches, en commençant aux fils de Noé, pour exprimer la généalogie du Christ. On ne saurait montrer la diversité qu'on y remarque dans les visages, les têtes, les draperies, l'infinité de caprices nouveaux et extraordinaires et judicieusement composés. Dans tout l'ensemble, il n'y a pas de point qui ne soit à sa place et toutes les figures sont représentées avec des raccourcis si beaux et si savants que c'est une chose vraiment divine. Qui n'admirera pas et ne restera pas stupéfait en voyant l'aspect terrible de Jonas, dernière figure de la chapelle ? Elle fait que la voûte, par la puissance de l'art, paraît droite, au lieu de venir en avant, par sa concavité naturelle, parce que cette figure se renverse en arrière ; de même que, grâce au dessin, aux ombres et aux lumières, elle paraît véritablement se courber en arrière. Heureuse notre époque ! Heureux les artistes de notre temps ! On doit vous appeler ainsi, vous qui, de votre temps, avez pu vous remplir les yeux, jusqu'alors tenus dans les ténèbres, de l'éclatante clarté de cette source lumineuse, vous qui avez eu la route aplanie et débarrassée de tout ce qui était difficile, par un si rare et si merveilleux artiste. Certes, la gloire qu'il retira de ses peines doit vous faire connaître et proclamer que c'est lui qui souleva le bandeau qui couvrait les yeux de votre esprit si plein de ténèbres, et qui a démêlé le vrai du faux qui obscurcissait votre intelligence. Remerciez-en donc le ciel, et efforcez-vous d'imiter Michel-Ange en toute chose.

Quand il découvrit son œuvre, le monde y accourut de toutes parts et ce fut assez pour que tous restassent muets d'admiration. Aussi le pape, dont elle exalta le génie et qu'elle poussa à de plus grandioses entreprises, récompensa-t-il Michel-Ange par de grandes sommes et de riches dons, ce qui faisait dire parfois à Michel-Ange que le pape, par ses faveurs, montrait bien qu'il savait apprécier son mérite. Si, par suite de son humeur naturelle, le pontife le brusquait parfois, il lui faisait ensuite oublier l'offense par des dons et des faveurs signalées. C'est ainsi qu'un jour, Michel-Ange ayant demandé la permission d'aller à Florence pour assister à la fête de saint Jean, avec un peu d'argent pour faire le voyage, le pape dit : « Et cette chapelle, quand sera-t-elle livrée ? — Quand je le pourrai, Saint-Père, répondit Michel-Ange. — Quand je le pourrai, quand je le pourrai !... dit le pape en grondant et en frappant Michel-Ange d'un bâton qu'il tenait à la main ; je te la ferai bien finir, moi ! » Michel-Ange étant retourné chez lui, pour se mettre en route et se rendre à Florence, le pape lui envoya aussitôt cinq cents écus par Cursio, son camérier, craignant qu'il ne fît des siennes, et avec toutes sortes d'amitiés pour l'apaiser. Aussi bien, Michel-Ange connaissait l'humeur du pape et s'en riait, aimant ce pontife, et voyant que, quoi qu'il arrivât, tout se terminait toujours à son avantage, et que le pape ne négligeait rien pour conserver son amitié.

Les peintures de la chapelle terminées, et pendant qu'il vivait encore, le pape ordonna que, s'il venait à mourir, le cardinal Santiquattro et le cardinal d'Agen son neveu, eussent à faire terminer son tombeau, sur un plan moindre que le premier, et Michel-Ange se mit à cette nouvelle besogne. Ainsi il commença volontiers ce tombeau, pensant le conduire à fin, sans tous ces empêchements ; mais il n'éprouva que du dégoût et en retira plus d'ennuis et de soucis que d'aucune autre entreprise. Il lui en resta même, pendant un certain temps, la réputation d'être ingrat envers ce pape qui l'avait tant aimé et favorisé. S'étant donc remis au tombeau et y travaillant continuellement, tout en mettant au net des dessins pour couvrir de peintures les parois de la chapelle Sixtine, il eut la mauvaise fortune de ne pouvoir donner à son œuvre une fin digne de la perfection qu'il y avait mise au début, car le pape Jules mourut à cette époque, et le tombeau fut abandonné par suite de l'élection du pape Léon X [34]. Celui-ci, qui n'était pas inférieur en mérite et en grandeur d'âme à Jules II, désirait laisser dans Florence, sa patrie, parce qu'il était le premier pape originaire de cette ville, les merveilles qu'un grand prince comme lui pouvait faire exécuter, et qui devaient perpétuer son nom, ainsi que celui d'un artiste divin, son concitoyen. Ayant donc donné l'ordre que l'on entreprît la façade de San Lorenzo, à Florence, église construite par la maison de Médicis, il fut cause que le travail du tombeau resta interrompu et que Michel-Ange fut appelé à diriger la nouvelle construction, après que le pape lui eut demandé de donner son avis et de fournir un dessin. Michel-Ange résista autant qu'il le put, alléguant qu'il avait des obligations à remplir envers les cardinaux Santiquattro et d'Agen au sujet du tombeau. Le pape lui répondit de ne pas s'en préoccuper, qu'il y avait déjà pensé et fait en sorte que Michel-Ange fût libéré de ses engagements, enfin qu'il avait promis que Michel-Ange s'occuperait, à Florence, des statues du tombeau, comme il l'avait déjà fait auparavant. Tout cela ne se passa pas sans le déplaisir des cardinaux et de Michel-Ange, qui s'en alla désolé. Il y eut ensuite de nombreuses discussions, au sujet de la façade de San Lorenzo, dont le pape aurait voulu répartir le travail entre différentes personnes. De nombreux artistes concoururent pour l'architecture, et des dessins furent présentés par Baccio d'Agnolo, Antonio da San Gallo, Andrea et Jacopo Sansovino, et le charmant Raphaël d'Urbin, qui fut ensuite emmené par le pape à Florence, à ce sujet. Alors Michel-Ange se décida à faire un modèle et à ne souffrir qu'aucun chef ou guide, autre que lui, ne fût préposé à la construction [35]. Mais le fait de ne vouloir pas d'aide fut cause que ni lui ni les autres ne purent opérer, et les maîtres énoncés ci-dessus retournèrent, découragés, à leurs travaux habituels. Michel-Ange, devant aller à Carrare, avait à se faire payer par Jacopo Salviati une provision de mille écus, mais quand il se présenta chez Jacopo, celui-ci était enfermé dans son bureau pour quelque affaire, et Michel-Ange ne voulut pas attendre, mais partit immédiatement et se rendit à Carrare. Jacopo, cependant, apprit que Michel-Ange était venu chez lui, et, ne le trouvant plus à Florence, il lui envoya les mille écus à Carrare. Le porteur demanda un reçu à Michel-Ange qui lui répondit que cet argent allait être dépensé pour le compte du pape, et que ce n'était pas son propre profit, qu'il n'avait qu'à le remporter, parce que lui n'avait pas l'habitude de faire des reçus pour les autres. Aussi le porteur, n'osant pas insister, revint sans reçu à Florence. Tandis que Michel-Ange était à Carrare et qu'il faisait extraire des marbres, tant pour le tombeau de Jules II que pour la façade de San Lorenzo, pensant qu'il pourrait la terminer, on lui écrivit que le pape avait appris que, dans les montagnes de Pietrasanta, à Seravezza, sur le territoire florentin, presque au sommet de la plus haute montagne, appelée l'Altissimo, il y avait des marbres aussi bons et aussi beaux que ceux de Carrare. Michel-Ange le savait bien, mais il ne voulait pas y recourir, parce qu'il était l'ami du marquis Alberigo, seigneur de Carrare, et que, pour le profit de celui-ci, il préférait plutôt extraire de ses marbres que de ceux de Seravezza. Peut-être jugeait-il que cette dernière extraction serait longue et ferait perdre beaucoup de temps, ce qui arriva effectivement. Il fut néanmoins obligé de se rendre à Seravezza, bien qu'il affirmât qu'on y éprouverait plus d'ennuis et de dépense, comme cela arriva en effet au commencement, et peut-être exagérait-il. Mais, comme le pape ne voulut rien entendre, il fallut ouvrir une route de plusieurs milles de longueur, à travers les montagnes, et pour cela briser les rochers à coups de pics et de leviers, pour aplanir, enfoncer des pilotis dans les endroits marécageux, en sorte que Michel-Ange y passa plusieurs années, pour exécuter la volonté du pape, et qu'on en tira finalement cinq colonnes de moyenne grandeur, dont une est sur la place de San Lorenzo, à Florence, et les autres sur la marine, au port d'embarquement. Pour cette raison également, le marquis Alberigo, à qui on enlevait la fourniture des marbres, devint grand ennemi de Michel-Ange, sans qu'il y eût de la faute de ce dernier. Il tira encore, outre les colonnes susdites, beaucoup de marbres qui sont actuellement au pied des carrières, depuis plus de trente ans ; mais, depuis, le duc Cosme a fait terminer la route.

Michel-Ange, s'étant décidé à revenir à Florence, perdit beaucoup de temps à s'occuper d'une chose et de l'autre ; il fit, par exemple, pour le palais Médicis, un modèle de fenêtres grillées qui éclairent les chambres du coin. Il passa plusieurs années à extraire des marbres ; à la vérité, pendant qu'il y était occupé, il faisait des modèles de cire et d'autres projets pour la façade ; mais le temps passa et l'argent du pape qui y était affecté fut dépensé pendant les guerres de Lombardie. L'œuvre resta inachevée, par suite de la mort de Léon X, et il n'y eut d'exécuté que les fondations destinées à soutenir la façade, de même qu'on n'amena qu'une seule colonne en marbre, qui est actuellement sur la place San Lorenzo. La mort de Léon X plongea les arts et les artistes dans un tel marasme, tant à Rome qu'à Florence, que, tant qu'Adrien VI vécut, Michel-Ange resta à Florence, occupé au tombeau de Jules II. Adrien étant mort, le nouveau pape Clément VII montra qu'en architecture, en sculpture et en peinture, il n'était pas moins désireux de laisser une grande renommée que Léon X et ses autres prédécesseurs [36]. L'année 1525, Giorgio Vasari, étant encore enfant, fut conduit à Florence par le cardinal de Cortone, et placé auprès de Michel-Ange pour étudier. Celui-ci, ayant été appelé à Rome par le pape Clément VII, pour lequel il avait commencé la bibliothèque de San Lorenzo et la nouvelle sacristie destinée à renfermer les tombeaux des aînés du pape, auxquels il travaillait, plaça Vasari auprès d'Andrea del Sarto, et vint lui-même dans l'atelier de celui-ci, pour le lui recommander.

Michel-Ange partit pour Rome en toute hâte, car il était tourmenté de nouveau par Francesco Maria, duc d'Urbin, et neveu du pape Jules II, qui se plaignait de lui, disant qu'il avait reçu seize mille écus pour exécuter le tombeau, et qu'il passait son temps à Florence à ne rien faire. Le duc lui adressait force menaces, ajoutant que, s'il n'obtenait pas satisfaction, il saurait se venger. Quand Michel-Ange fut arrivé à Rome, le pape Clément, qui voulait se servir de lui, lui conseilla de traiter avec les agents du duc, qui, d'après lui, était plutôt le débiteur de Michel-Ange que son créancier, eu égard à ce qu'il avait déjà fait. La chose en resta là, puis le pape et Michel-Ange, après avoir parlé de différentes choses, tombèrent d'accord de terminer d'abord la sacristie, et la bibliothèque de San Lorenzo, à Florence. Il quitta donc Rome, et, à Florence, commença par modifier la coupole de la sacristie qu'il fit orner de différentes manières et surmonter, par l'orfèvre Piloto, d'une boule à soixante-douze faces. Pendant qu'il faisait travailler à la coupole, quelques-uns de ses amis lui dirent : « Vous devriez modifier la lanterne, en vous inspirant de celle de Filippo Brunelleschi. » Et il leur répondit : « On peut la modifier, mais non l'améliorer. » A l'intérieur, il éleva quatre tombeaux, pour orner les parois, et pour contenir les corps des pères des deux papes, à savoir : Laurent le Magnifique et Julien, son frère ; Julien, frère de Léon X, et Laurent le duc, son neveu [37]. Comme il voulut élever la sacristie sur le modèle de la vieille sacristie, qui est due à Filippo Brunelleschi, mais avec un autre ordre d'ornementation, il y fit intérieurement un ornement composite des plus variés et des plus nouveaux ; car il ne voulut pas suivre la tradition laissée par Vitruve et les anciens, que l'on continuait à employer, et les artistes doivent lui avoir une grande obligation d'avoir quitté le chemin commun parcouru jusqu'alors. Mais il se montra encore plus novateur dans la bibliothèque de San Lorenzo, en ce qui concerne la belle répartition des ouvertures, la division du plafond en compartiments, et la merveilleuse entrée de ce local. On ne saurait voir de dessin plus gracieux et plus ferme tout à la fois que celui des consoles, des niches, des corniches, et il n'y a pas d'escalier plus commode. Il y pratiqua un emmarchement si original et sortant tellement de l'habitude générale que tout le monde en resta étonné.

A cette époque, il envoya Pietro Urbano de Pistoia, son élève, à Rome, pour mettre en œuvre un Christ nu tenant la croix, figure admirable qui fut placée dans l'église de la Minerva, à côté de la grande chapelle, pour Messire Antonio Metelli [38]. Survint le sac de Rome et l'expulsion des Médicis de Florence [39]. A la suite de cette révolution, ceux qui gouvernaient la ville, désirant refaire ses fortifications, nommèrent Michel-Ange commissaire général de toutes les fortifications. Il fit de nombreux dessins et fit travailler sur différents points de la ville, et finalement entoura de bastions la colline de San Miniato. On ne les fit pas en gazon, en clayonnages et en fascines, selon l'usage ordinaire, mais on employa des armatures enterrées en châtaigniers et en chênes entrelacés, ainsi que d'autres matériaux de bonne qualité ; au lieu de mottes de gazon, on posa des briques crues faites de bourre et de bouse de vache soigneusement battues et aplaties. La Seigneurie de Florence envoya de plus Michel-Ange à Ferrare examiner les fortifications élevées par le duc Alphonse Ier, ainsi que son artillerie et ses munitions. Il fut reçu avec beaucoup de courtoisie par ce seigneur qui le pria d'exécuter pour lui quelque œuvre, tout à son aise, ce que Michel-Ange lui promit.

De retour à Florence, Michel-Ange s'occupait continuellement des fortifications de la ville, et néanmoins il travaillait à un tableau représentant une Léda qu'il peignait en détrempe pour le duc ; ce fut une œuvre divine, comme nous le dirons plus tard. Il travaillait aussi en secret aux statues destinées aux tombeaux de San Lorenzo. Il resta bien six mois sur la colline de San Miniato, pour en activer les fortifications ; car si l'ennemi s'en était emparé, la ville était perdue, aussi s'en occupait-il avec ardeur. En même temps se continuaient les sculptures de la sacristie qui restèrent en partie inachevées, et qui comportaient sept statues. Il faut avouer qu'en sculpture et dans la partie architecturale de ces tombeaux, il a dépassé n'importe qui dans ces arts ; ces statues ébauchées en marbre par lui et terminées en rendent témoignage. L'une d'elles est une Vierge assise qui avance la jambe droite, ayant croisé les deux genoux ; l'Enfant Jésus, à cheval sur la cuisse la plus élevée, se tourne, dans une admirable attitude, vers sa mère, demandant le sein. Elle, le tenant d'une main, et s'appuyant de l'autre, se penche pour le lui donner ; bien qu'une partie soit restée à l'état d'ébauche et qu'on y reconnaisse l'effet de la gradine, on devine toute la perfection de l'œuvre. Mais on restera bien plus stupéfait devant les tombeaux des ducs Julien et Laurent de Médicis, quand on considérera que, au jugement de Michel-Ange, la terre était insuffisante pour leur donner une honorable sépulture, et qu'il voulut y faire coopérer toutes les parties du monde, pour surmonter les sarcophages, sous la forme de quatre statues, à savoir : sur le premier tombeau, le Jour et la Nuit, sur l'autre, l'Aurore et le Crépuscule. Ces statues sont exécutées avec de belles formes dans leurs attitudes, et un rendu remarquable des muscles ; elles suffiraient, si l'art venait à disparaître, à le faire revivre dans sa splendeur primitive. On y voit, outre ces statues, celles des deux capitaines, revêtus de leurs armures ; le duc Laurent, plongé dans ses réflexions, dans l'attitude d'un sage, a des jambes si bien faites que l'œil humain ne peut en voir de plus belles. L'autre est le duc Julien, plein de fierté dans le port de la tête et du cou ; l'enfoncement des yeux, le profil du nez, la fente de la bouche et les cheveux sont si divins, ainsi que les mains, les bras, les genoux et les pieds, en somme l'ensemble de ce que Michel-Ange exécuta est si beau que les yeux ne peuvent se fatiguer ni se rassasier de le regarder. Vraiment, qui verra la beauté des chaussures et de la cuirasse le prendra pour une créature céleste et non pas mortelle. Mais que dire de l'Aurore, représentée sous la figure d'une femme nue, capable de chasser la mélancolie de l'esprit, et de faire tomber le ciseau des mains du sculpteur. Dans son attitude, on reconnaît le désir qu'elle éprouve de se lever, encore tout accablée de sommeil, et il semble qu'en s'éveillant elle a trouvé fermés les yeux du grand-duc. Aussi se tord-elle avec amertume, montrant sa grande douleur, dans son éternelle beauté. Que pourrais-je aussi dire de la Nuit ? Statue non pas extraordinaire, mais absolument unique. Qui a vu dans quelque siècle que ce soit des statues antiques ou modernes ainsi faites ? N'y reconnaît-on pas la quiétude du sommeil ainsi que la douleur et la mélancolie d'éprouver une pareille perte ? On croit que cette statue de la Nuit personnifie la véritable nuit dans laquelle étaient plongés tous ceux qui, pendant quelque temps, espérèrent, je ne dis pas surpasser Michel-Ange en sculpture et en dessin, mais simplement l'égaler.

Cette figure reflète la somnolence que l'on voit chez les personnes endormies. Aussi plusieurs hommes lettrés composèrent-ils en son honneur des vers latins et italiens, comme ceux-ci dont on ne connaît pas l'auteur :

La Notte, che tu vedi in si dolci atti
Dormire, fu da un Angelo scolpita
In questo sasso : e, perchè dorme, ha vita :
Destala, se no'l credi, e parleratti [40].

auxquels Michel-Ange répondit au nom de la Nuit :

Grato mi è il sonno, e più l'esser di sasso :
Mentre che il danno e la vergogna dura,
Non veder, non sentir, m'è gran ventura ;
Però non mi destar ; deh parla basso [41] *?*

Certes, si l'inimitié qui règne entre la fortune et le génie, entre la grandeur de l'un et la jalousie de l'autre, n'avait pas empêché de conduire cette œuvre à sa fin, l'art aurait pu montrer à la nature qu'il la dépassait de beaucoup en toute pensée. Pendant que Michel-Ange y travaillait avec une ardeur et un amour sans pareils, le siège de Florence, qui ne lui permit pas de la terminer, augmenta d'intensité, l'an 1529. Aussi ne travailla-t-il plus, ou rarement, ayant été chargé par ses concitoyens de fortifier, outre la colline de San Miniato, toute la ville, comme nous l'avons déjà dit. Comme il avait prêté mille écus à la République, et qu'il se trouvait être des Neuf de la milice, chargés de tout ce qui concernait la guerre, il se consacra tout entier, en pensée et en action, à perfectionner les fortifications. Quand l'armée ennemie eut complètement investi la ville, et que l'espérance de se voir secourir eut abandonné les assiégés, les difficultés de la vie croissant chaque jour, Michel-Ange, s'estimant être dans un pas difficile, se décida à mettre sa personne en sûreté et à sortir de Florence, pour se rendre à Venise, sans faire connaître sa route à qui que ce fût.

Il partit donc secrètement par la voie de San Miniato,

sans que personne le sût, emmenant avec lui Antonio Mini, son élève, et l'orfèvre Piloto, son fidèle ami ; ils emportèrent sur eux une camisole dans laquelle ils avaient cousu des écus. Arrivés à Ferrare, tandis qu'ils se reposaient, ils trouvèrent qu'en raison de la guerre et de la ligue de l'empereur et du pape contre Florence, le duc Alphonse d'Este avait donné des ordres et voulait savoir, en secret, de tous les hôteliers, les noms de tous ceux qu'ils logeaient et la liste des étrangers, de quelque nation qu'ils fussent, qu'on lui apportait chaque jour. Michel-Ange étant donc arrivé dans cette ville avec l'intention de ne pas être reconnu, à peine descendu de cheval, fut dénoncé par ce moyen au duc, qui en fut enchanté, étant devenu son ami. Ce prince avait beaucoup de grandeur d'âme, et tant qu'il vécut, il se plut à honorer le mérite. Il envoya aussitôt quelques-uns des seigneurs de sa cour, pour se présenter de sa part à Michel-Ange avec des chevaux pour chercher son bagage, et pour amener Michel-Ange au palais, où l'attendait un bon logement. Ne se sentant pas libre, celui-ci fut contraint d'obéir, et de donner tout ce qu'il ne pouvait pas vendre ; il alla donc vers le duc, avec les envoyés, et laissa toutes ses affaires à l'hôtellerie. Le duc lui fit un accueil magnifique et, s'étant plaint de sa sauvagerie, il lui fit de riches présents, et voulut le garder à Ferrare avec une bonne provision. Mais Michel-Ange ne voulut pas rester, ayant l'esprit ailleurs ; le duc alors le pria de demeurer auprès de lui au moins tant que la guerre durerait, et lui offrit de nouveau tout ce qui était en son pouvoir. Michel-Ange, qui ne voulut pas être vaincu en courtoisie, le remercia infiniment, et se tournant vers ses deux compagnons, il dit au duc qu'il avait apporté avec lui, de Florence, douze mille écus, et qu'ils étaient, ainsi que sa personne, à son entière disposition. Le duc lui fit parcourir son palais, comme il l'avait déjà fait autrefois, et lui montra tout ce qu'il avait de rare, jusqu'à son portrait par Titien [42]. Michel-Ange le loua beaucoup, mais ne voulut pas rester au palais et retourna à l'hôtellerie. Son hôtelier reçut sous main du duc quantité de choses pour bien le traiter, avec ordre de ne rien accepter à son départ, pour son logement. De Ferrare, Michel-Ange se rendit à Venise, où quantité de gentilshommes désirèrent le visiter ; mais lui, qui eut toujours l'idée qu'ils s'entendaient peu aux arts, quitta la Giudecca où il était logé ; on dit qu'il dessina alors, pour la République, le pont du Rialto, à la requête du doge Gritti, dessin remarquable pour l'invention et les ornements.

Mais sa patrie le réclamait avec beaucoup d'instances ; on lui demandait expressément de ne pas abandonner ses entreprises, et il reçut un sauf-conduit. Finalement, ne pouvant résister à son amour pour son pays, il revint, non sans danger. C'est à cette époque qu'il termina sa Léda qui, dit-on, lui avait été demandée par le duc Alphonse ; elle fut ensuite portée en France par Antonio Mini, son élève [43]. Pendant le siège de Florence, il rendit plus fort le campanile de San Miniato, qui était battu violemment du camp ennemi, par deux pièces d'artillerie. Le tir des grosses pièces l'avait ébranlé et l'aurait certainement entièrement ruiné, si Michel-Ange ne l'avait armé avec des balles de laine et des matelas épais, suspendus par des cordes, qui le protégèrent, en sorte qu'il est encore debout. On dit aussi que, pendant le siège, il eut l'occasion de satisfaire le désir qu'il avait eu auparavant d'obtenir un bloc de marbre de neuf brasses, venu de Carrare, que, par concurrence entre eux, le pape Clément avait donné à Baccio Bandinelli. Comme ce bloc était alors dans le domaine public, il le demanda au gonfalonier, qui le lui accorda, bien que Baccio eût fait un modèle et eût déjà enlevé beaucoup de matière pour dégrossir le bloc. Michel-Ange fit un modèle qui fut trouvé merveilleux ; mais, au retour des Médicis, le bloc fut restitué à Baccio.

La ville de Florence s'étant rendue, Baccio Valori, commissaire du pape, fut chargé de faire arrêter et enfermer au Bargello plusieurs citoyens des plus opposés aux Médicis [44]. Entre autres, Michel-Ange fut recherché à son domicile, mais comme il s'en doutait, il s'était enfui secrètement dans la maison d'un de ses grands amis, où il resta plusieurs jours caché. Quand les représailles furent passées, le pape Clément, se souvenant du génie de Michel-Ange, fit faire diligence pour le trouver, avec ordre de ne pas l'inquiéter, pour qu'il se remît aux travaux de San Lorenzo, avec la provision accoutumée. Il nomma provéditeur de l'œuvre Messire Giovanbatista Figiovanni, ancien partisan de la maison Médicis et prieur de San Lorenzo. Michel-Ange, se sentant rassuré, commença, pour Baccio Valori, dont il voulait se faire un ami, une figure de trois brasses en marbre, représentant un Apollon qui tirait une flèche de son carquois, et la termina presque entièrement [45]. Cette statue est actuellement dans la chambre du prince de Florence ; elle est remarquable, bien qu'elle ne soit pas achevée.

Dans ce temps se présenta à Michel-Ange un gentilhomme envoyé par le duc Alphonse de Ferrare, qui avait appris que Michel-Ange venait de produire une œuvre rare, et qui ne voulait pas manquer cette occasion. Michel-Ange lui montra un grand tableau, peint par lui en détrempe, tout d'un trait, qui représentait Léda embrassant le cygne, et Castor et Pollux sortant de l'œuf. L'envoyé du duc, pensant, d'après la réputation de Michel-Ange, qu'il devait avoir produit quelque chose de grand, et n'entendant rien à l'excellence de l'œuvre qu'on lui présentait, dit à Michel-Ange : « Oh ! c'est peu de chose ! » Michel-Ange lui demanda alors quel était son métier, sachant bien que nul ne peut donner son avis sur une chose quelconque aussi bien que ceux qui l'ont beaucoup pratiquée. L'autre lui répondit, en riant sous cape : « Je suis marchand », pensant ne pas être connu de Michel-Ange pour un gentilhomme, voulant tout à la fois tourner en ridicule une pareille demande, et bafouer l'industrie des Florentins. Michel-Ange, qui le comprenait fort bien, lui répondit : « Cette fois, vous ferez un mauvais marché pour votre maître : Allez-vous-en ! » Peu après, Antonio Mini, son élève, qui avait deux sœurs à marier, lui demanda ce tableau, et il le lui donna volontiers, avec la plus grande partie des dessins et des cartons, qui étaient une œuvre merveilleuse, en tout deux caisses de modèles et de parties d'œuvres terminées. Il les emporta en France, quand il lui prit fantaisie d'y aller, ainsi que la Léda qu'il vendit au roi François Ier par l'entremise de marchands, et qui est aujourd'hui à Fontainebleau ; les cartons et les dessins furent perdus, parce qu'il mourut à peu de temps de là, et qu'on les lui vola. Ainsi notre pays resta privé d'œuvres si grandes et si utiles, ce qui fut un dommage inestimable. Le carton de la Léda est ensuite revenu à Florence, où il est chez Bernardo Vecchietti, de même que quatre morceaux des cartons de la chapelle représentant des figures nues et des prophètes ont été rassemblés par Benvenuto Cellini, sculpteur, et sont actuellement entre les mains des héritiers de Girolamo degli Albizzi.

Michel-Ange dut ensuite se rendre à Rome auprès du pape Clément qui, bien qu'irrité contre lui, lui pardonnait tout le passé, à cause de l'amour qu'il portait au mérite. Il lui ordonna de retourner à Florence et de terminer entièrement la bibliothèque et la sacristie de San Lorenzo. Pour aller plus vite, quantité de statues qui devaient y figurer furent données à faire à d'autres maîtres, deux au Tribolo, une à Raffaello da Montelupo, et une à Fra Giovanni Agnolo, frère servite, appelé le Montorsoli. Il les aida en faisant pour chaque statue le modèle en terre ; tous se mirent avec ardeur au travail et lui-même s'occupa de la bibliothèque, où le plafond, en bois sculpté sur ses modèles, fut terminé par le Carota et le Tasso, florentins, excellents sculpteurs sur bois. On y monta également les pupitres exécutés par Batista del Cinque et Ciapino, son ami ; et pour terminer, Giovanni da Udine fut appelé à Florence, maître divin, qui avec l'aide de ses élèves et de maîtres florentins, fit les stucs de la tribune ; ainsi tout le monde travaillait avec ardeur pour achever l'entreprise. Au moment où Michel-Ange voulait mettre en œuvre les statues, vint au pape le désir de l'avoir auprès de lui, car il voulait faire peindre les parois de la chapelle Sixtine, dont Michel-Ange avait peint la voûte pour Jules II [46]. Sur la paroi principale où est l'autel, Clément voulait que l'on peignît le Jugement dernier, afin de montrer tout ce que l'art du dessin pouvait produire. Sur la paroi opposée, au-dessus de la porte principale, il lui avait ordonné de peindre Lucifer chassé du ciel pour son orgueil, et tous les anges rebelles précipités avec lui dans les enfers. De ces diverses inventions, il y a longtemps, on a trouvé des esquisses et des dessins faits de la main de Michel-Ange, dont un fut ensuite mis en œuvre, dans l'église della Trinita, à Rome, par un peintre sicilien, qui resta plusieurs mois avec Michel-Ange, pour le servir et broyer ses couleurs. On le voit peint à fresque dans la croisée de l'église, chapelle de Saint-Grégoire, et, bien que cette peinture soit mal exécutée, il y a je ne sais quoi de terrible et de varié dans les attitudes et les groupes de ces figures nues, qui sont précipitées du ciel et transformées en démons effrayants au centre de la terre ; certes, c'est une capricieuse fantaisie [47].

Tandis que Michel-Ange était occupé aux dessins et aux cartons destinés à la paroi du Jugement dernier, il était journellement aux prises avec les agents du duc d'Urbin, lesquels lui reprochaient d'avoir reçu du pape Jules II seize mille écus pour son tombeau. Il ne pouvait supporter ce reproche et désirait terminer le tombeau, bien qu'il fût déjà atteint par la vieillesse. Il aurait volontiers fixé définitivement son séjour à Rome, ayant trouvé, sans la chercher, cette occasion de ne plus retourner à Florence, car il craignait infiniment le duc Alexandre de Médicis, qu'il pensait avoir peu d'amitié pour lui. En effet, celui-ci lui ayant fait savoir, par Alessandro Vitelli, qu'il devait examiner quel était le meilleur endroit pour y construire la citadelle de Florence, il avait répondu qu'il ne se rendrait dans cette ville que si le pape Clément le lui ordonnait. Finalement on tomba d'accord pour le tombeau de Jules II, et il fut décidé qu'on ne le ferait plus isolé et de forme rectangulaire, mais simplement une paroi au goût de Michel-Ange, et qu'il y mettrait six statues de sa main. Dans le contrat fait avec le duc d'Urbin, Son Excellence lui accordait la permission de consacrer quatre mois de l'année au pape Clément, soit à Florence, soit autre part, où celui-ci désirerait l'employer. Bien que Michel-Ange crût avoir trouvé définitivement la paix, il n'en fut rien, parce que le pape Clément, désireux de voir le gage suprême que son génie pouvait donner, le faisait travailler au carton du Jugement dernier. Tout en prouvant au pape qu'il y était occupé, il ne laissait pas de travailler secrètement aux statues destinées au tombeau. Survint, l'année 1533, la mort du pape Clément, par suite de laquelle l'œuvre de la sacristie et de la bibliothèque, à Florence, à l'achèvement de laquelle on avait travaillé avec tant d'ardeur, resta imparfaite.

Michel-Ange pensa alors vraiment avoir acquis sa liberté et pouvoir s'occuper à l'achèvement du tombeau de Jules II. Mais le nouveau pape, Paul III, n'attendit pas longtemps pour le faire appeler, l'accabler de caresses et d'offres, et lui dire qu'il désirait l'avoir auprès de lui, ayant besoin de ses services. Michel-Ange s'excusa, disant qu'il n'était pas libre, étant lié par contrat au duc d'Urbin, jusqu'à ce que fût terminé le tombeau de Jules II. Mais le pape se mit en colère et lui dit : « Voilà trente ans que j'ai ce désir, et maintenant que je suis pape je ne pourrai pas le satisfaire ?... Je déchirerai le contrat et je veux que tu me serves de toute façon ! » Michel-Ange, voyant cette obstination, fut tenté de quitter Rome et de trouver un moyen de terminer le tombeau. Toutefois, en homme prudent et craignant la puissance du pape, il pensait l'entretenir de bonnes paroles, et il espérait, le voyant si vieux, que quelque chose surviendrait qui le libérerait. Mais le pape, qui avait l'intention de faire exécuter quelque œuvre importante par Michel-Ange, alla le voir un jour dans sa maison, avec dix cardinaux, et voulut voir toutes les statues destinées au tombeau de Jules II ; elles lui parurent merveilleuses, particulièrement le Moïse, qui, au dire du cardinal de Mantoue, suffisait pour honorer Jules II. Ayant vu ensuite les cartons et les dessins que Michel-Ange préparait pour les parois de la chapelle, et qui parurent au pape étonnants, celui-ci l'entreprit de nouveau avec force instances pour le faire entrer à son service, lui promettant qu'il ferait en sorte que le duc d'Urbin se contentât de trois statues, et que les autres seraient exécutées par d'autres maîtres excellents, d'après ses modèles. Sa Sainteté ayant donc arrangé la chose avec les agents du duc, on fit un nouveau contrat qui fut approuvé de ce dernier, et Michel-Ange, spontanément, s'obligea à payer les trois statues et à faire édifier le tombeau. Il déposa pour cela dans la banque des Strozzi mille cinq cent quatre-vingts ducats, qu'il aurait pu garder, et il lui parut avoir fait beaucoup pour se soustraire à une entreprise si longue et si gênante. Il fit ensuite construire le tombeau à San Piero in Vincola, de la manière suivante : Il établit sur le premier soubassement sculpté quatre piédestaux avec les ressauts, qui devaient primitivement supporter chacun un prisonnier, et qu'il remplaça par des termes. Mais, comme ce bas de monument paraissait maigre, il établit au pied de chaque terme une console renversée posant sur le piédestal. Ces quatre termes encadraient trois niches dont les deux extrêmes, de forme ronde, devaient contenir les Victoires, à la place desquelles il mit Lea, fille de Laban, personnifiant la Vie active, tenant un miroir dans une main, en considération de nos actions, et dans l'autre main une guirlande de fleurs, pour les vertus qui ornent notre vie pendant son cours, et la font glorieuse après la mort. L'autre statue représentant Rachel, sœur de Lea, les mains jointes, un genou plié et le visage élevé, comme transporté, personnifie la Vie contemplative. Ces statues furent exécutées par Michel-Ange en moins d'une année. La niche centrale est carrée ; primitivement, elle devait être une des portes qui donnaient accès dans le petit temple ovale du tombeau, quand il était rectangulaire et isolé. Dans cette niche est posée sur un dé de marbre l'énorme et admirable statue de Moïse, dont il a été suffisamment parlé. Au-dessus de la tête des termes qui forme chapiteau, il y a une architrave, une frise et une corniche qui avancent au-dessus des termes et sont richement couvertes de feuillages, d'oves, de dentelures et d'autres ornements. Sur la corniche se trouve un nouvel ordre soigné, mais sans sculptures, comportant des termes différents, et qui correspondent aux premiers, en guise de pilastres, avec divers modes de corniches. Pour que tout cet ordre corresponde à l'inférieur, il y a un vide au-dessus de la niche qui contient le Moïse, et dans ce vide, sur un ressaut de la corniche, est posé un sarcophage de marbre avec la statue couchée du pape Jules, faite par Maso dal Bosco, sculpteur. En arrière de cette statue, il y a une Vierge tenant à son cou l'Enfant Jésus, exécutée par Scherano da Settignano, sculpteur, sur le modèle de Michel-Ange ; ce sont de bonnes statues. Dans les deux niches carrées qui surmontent la Vie active et la Vie contemplative, on voit deux statues plus grandes qui représentent un Prophète et une Sibylle assis ; ces deux statues, qui sont de Raffaelo da Montelupo, donnèrent peu de satisfaction à Michel-Ange. Enfin le monument se termine par une corniche variée qui avance sur toute la largeur, comme dans l'ordre inférieur, et au-dessus des termes on voit des candélabres en marbre ; au milieu et au-dessus du Prophète et de la Sibylle sont les armes du pape Jules. Au fond de chaque niche il y a une fenêtre, pour la commodité des frères qui officient dans cette église, car le chœur est derrière le monument, et ils peuvent ainsi chanter et voir à travers ces ouvertures, pendant la messe. En vérité, cette œuvre est bien réussie, mais elle est loin d'offrir la perfection que comportait le premier projet.

Michel-Ange résolut donc de servir le pape Paul [48], puisqu'il ne pouvait pas faire autrement. Celui-ci voulut qu'il continuât l'œuvre du Jugement dernier, qui lui avait été commandée par le pape Clément, sans rien changer à l'invention et au sujet qu'on lui avait donné, par égard au mérite de cet homme, auquel il portait tant d'amour et de respect qu'il ne cherchait qu'à lui plaire. On le vit bien lorsque Sa Sainteté, désirant mettre ses armes au-dessous du Jonas, où étaient primitivement celles du pape Jules II, Michel-Ange lui répondit que cela ne serait pas bien, ne voulant pas faire tort à Jules II et à Clément VII. Sa

Sainteté se contenta de cette réponse, pour ne pas lui déplaire, et reconnut bien la vertu de cet homme qui ne pensait qu'au juste et à l'honnête, sans flatteries, chose que les souverains rencontrent rarement autour d'eux. Michel-Ange fit donc élever un mur de briques choisies, bien cuites et bien assemblées, le long de la paroi de la chapelle, et le fit surplomber d'une demi-brasse, de manière que la poussière ni aucune saleté ne pût s'y fixer.

J'en viens aux particularités dans l'invention et la composition de cette fresque, parce qu'on l'a reproduite et gravée tant de fois en grand et en petit qu'il n'est pas nécessaire de perdre du temps à la décrire. Qu'il suffise de se rendre compte que cet homme unique n'a pas eu d'autre intention que de représenter en peinture la reproduction la plus parfaite et la mieux proportionnée du corps humain, dans les attitudes les plus diverses ; j'ajouterai encore la représentation des passions et des joies de l'âme, en quoi il s'est montré supérieur à tous les autres artistes contemporains. Il a ouvert ainsi la voie à la grande manière et au rendu du corps nu, en se jouant de toutes les difficultés du dessin et en montrant que le but suprême de l'art est le corps humain. Aussi, entièrement absorbé par cette partie, a-t-il laissé de côté le charme des couleurs et d'autres délicatesses que bien d'autres peintres ont négligés, non sans raison. Certains, n'ayant pas suffisamment de sûreté dans le dessin, ont cherché à briller par la variété des teintes et des ombres en couleurs, par des inventions bizarres et variées ; mais Michel-Ange, s'appuyant avec fermeté sur le plus profond de l'art, a montré à ceux qui en ont déjà une grande connaissance comment on arrive à la perfection. Pour en revenir à la fresque, il l'avait déjà terminée aux trois quarts, quand un jour le pape Paul vint la voir, avec Messire Biagio da Cesena, maître des cérémonies et homme plein de scrupules. Comme on demandait à ce dernier ce qu'il lui en semblait, il dit que c'était une grande inconvenance d'avoir peint dans un lieu si vénérable tant de figures nues qui montraient leurs nudités d'une manière si déshonnête ; qu'au surplus c'était une œuvre plus digne d'une salle de bains ou d'une auberge que d'une chapelle papale. Ce propos déplut à Michel-Ange, et, voulant se venger, dès que Messire Biagio fut parti, il le représenta au naturel, sans l'avoir en personne devant lui, sous la figure de Minos dans les enfers, avec une grande queue enroulée autour des jambes, et entouré d'une foule de démons. Messire Biagio eut beau supplier le pape et Michel-Ange de le faire enlever de là, on le voit toujours, en souvenir de son propos malencontreux.

Il arriva dans ce temps que Michel-Ange tomba, de peu de hauteur, de son échafaudage et se fit mal à une jambe ; mais, de dépit et tout en colère, il ne voulut pas se laisser soigner. Maître Baccio Rontini, florentin et son ami, qui était un médecin original et qui l'affectionnait beaucoup, ayant pris pitié de lui, alla un jour frapper à sa porte ; mais, ne recevant pas de réponse, ni des voisins ni de lui, il chercha à pénétrer par d'autres issues chez Michel-Ange, qu'il trouva à la fin, et qui était désespéré de son accident. Aussi Maître Baccio ne voulut-il pas le quitter tant qu'il ne fût pas guéri. Etant enfin retourné à son œuvre, et y travaillant continuellement, Michel-Ange la conduisit à fin, en peu de mois, donnant tant de vigueur à sa peinture qu'il justifia le mot de Dante : *morti li morti, i vivi parean vivi*, et que l'on reconnaît aisément la misère des damnés et l'allégresse des bienheureux. Le Jugement dernier ayant été découvert, Michel-Ange non seulement montra qu'il avait surpassé les meilleurs maîtres qui avaient travaillé dans la chapelle, mais encore qu'il avait voulu se surpasser lui-même, après ses peintures de la voûte, qui l'avaient rendu si célèbre. Vraiment, il se surpassa lui-même, ayant imaginé la terreur de ce dernier jour, où celui qui a mal vécu est représenté dans tout son supplice. Dans les cieux, plusieurs figures nues portent la croix, la colonne, la lance, l'éponge, les clous et la couronne d'épines, dans des attitudes variées extrêmement difficiles et rendues avec beaucoup de facilité. Le Christ, à demi levé, se tourne vers les damnés avec un air irrité et terrible, les maudissant, non sans une grande crainte de la part de la Vierge qui se cache dans son manteau en entendant et en voyant une telle misère. En cercle autour de lui sont rangés quantité de Prophètes, d'Apôtres, en particulier Adam et saint Pierre, que l'on croit avoir été placés là pour représenter l'un la raison première qui amène l'humanité au jugement et l'autre le premier fondement de la religion chrétienne. Au-dessous d'eux, saint Barthélemy montre sa peau écorchée ; on voit également la figure nue de saint Laurent, avec un nombre infini de saints et de saintes, d'autres figures, hommes et femmes, de tous côtés, qui s'embrassent pleins d'allégresse, pour avoir obtenu, par la grâce divine, et en récompense de leurs actions, la béatitude éternelle. Aux pieds du Christ sont les sept anges décrits par saint Jean l'Evangéliste, avec sept trompettes qui, lançant leurs appels, font dresser les cheveux à qui les regarde, par l'aspect terrible de leur visage. Deux autres anges tiennent les livres de la Vie et de la Mort, et au-dessous on voit un terrible combat entre les sept péchés capitaux figurés par autant de démons, et les âmes qui tombent dans les enfers ou s'envolent au ciel dans d'admirables attitudes et avec des raccourcis merveilleux. Michel-Ange n'a pas manqué, dans la résurrection des morts, de les montrer au monde tirant leurs os et leur chair de la terre, et s'envolant avec l'aide d'autres vivants, tandis que des âmes déjà sauvées leur prêtent leur appui. On ne saurait dire combien chaque chose est à sa place et convient parfaitement à son sujet, par suite des études et des essais sans nombre que Michel-Ange a consacrés à toute son œuvre, comme on peut s'en rendre compte par la barque de Caron. Dans une attitude de réprobation, il frappe avec sa rame les âmes entraînées par les démons, en parfaite concordance de ces vers de Dante, dont Michel-Ange était un lecteur assidu :

Caron demonio con occhi di bragia,
Loro accennando, lutte le raccoglie :
Batte col remo qualunque s'adagia[49].

On ne saurait imaginer quelle variété il y a dans les têtes de ces démons, vrais monstres d'enfer. Dans les pécheurs, on reconnaît tout à la fois le péché commis et la crainte du châtiment éternel. N'est-il pas merveilleux, en outre, de voir avec quelle extraordinaire beauté cette œuvre est peinte et exécutée, offrant une telle unité qu'elle paraît avoir été faite en un jour, et un tel fini que jamais aucune miniature ne fut tant achevée ? En vérité, la multitude des figures, la grandeur et l'aspect terrible de l'œuvre sont tels qu'on ne saurait les décrire ; on voit toutes les passions humaines et toutes merveilleusement rendues. Ainsi les superbes, les envieux, les avares, les luxurieux et autres pécheurs seront reconnus aisément par tout bon esprit, grâce à l'aspect, à l'attitude et à toute autre circonstance naturelle, avec lesquelles on les a représentés, chose qui, bien que merveilleuse et grande, n'était pas impossible pour un pareil homme, qui fut toujours sage et avisé, qui avait vu quantité de ses semblables et acquis cette connaissance et cette pratique du monde que les philosophes contractent par la spéculation et l'étude des livres. Tout homme judicieux et qui s'entend à la peinture verra la vigueur de cet art, et dans ces figures découvrira des pensées et des passions qui ne furent jamais peintes par un autre que lui. Il verra, en outre, comment on doit varier les attitudes parmi tant de figures jeunes, vieilles, masculines et féminines, et allier la vigueur de l'art avec la grâce qu'elles ont dans la nature. Connaisseurs ou non, il vous fait battre le cœur. On voit dans cette fresque des raccourcis qui paraissent en relief, et qui par leur harmonie donnent à l'ensemble beaucoup de douceur. Cette œuvre est faite pour décourager ceux qui croient savoir quelque chose. Vraiment heureux celui qui a pu voir cette étonnante merveille de notre siècle ! Vraiment heureux et fortuné, ô pape Paul III, puisque Dieu consentit qu'avec ta protection cet homme t'attirât les louanges que te donnent, ainsi qu'à lui, les plumes des écrivains ! Que ton mérite grandit grâce à ses travaux !

Cette œuvre demanda à Michel-Ange huit années de

travail et il la découvrit, à ce que je crois, l'année 1541, le jour de Noël, à la grande stupeur de toute la ville de Rome, ou plutôt du monde entier. Pendant que j'étais à Venise, j'allai à Rome cette année-là pour la voir, et je restai stupéfait.

Le pape Paul avait fait construire, au même étage que la chapelle Sixtine, une chapelle appelée la Pauline, sur le modèle de celle de Nicolas V ; il décida que Michel-Ange y peindrait deux grands sujets encadrés [50]. L'un représente la Conversion de saint Paul, avec Jésus-Christ dans les airs et une multitude d'anges nus dans de beaux mouvements ; Paul est tombé à terre, étourdi et épouvanté ; parmi les soldats qui l'entourent, les uns cherchent à le relever, les autres, pleins de frayeur devant l'apparition, fuient ainsi que le cheval qui paraît entraîner celui qui veut le retenir. Toute cette fresque est exécutée avec un art et un dessin extraordinaires. L'autre représente la Crucifixion de saint Pierre, qui est fixé nu sur la croix ; les bourreaux, après avoir fait un trou en terre, veulent dresser la croix, de manière que le corps ait les pieds en l'air. Comme on l'a dit autre part, Michel-Ange s'est appliqué à ne représenter que la perfection de l'art, parce qu'on n'y voit ni paysages, ni arbres, ni maisons ; on ne remarque pas non plus les délicatesses de l'art qu'il négligeait comme ne voulant pas abaisser son grand génie à de semblables choses. Ces fresques furent les dernières peintures qu'il exécuta ; il avait alors soixante-quinze ans, et il y éprouva, à ce qu'il m'a dit, une grande fatigue ; car la peinture, et particulièrement celle à fresque, passé un certain âge, n'est pas un travail de vieillard. Il décida que, sur ses dessins, Perino del Vaga, peintre excellent, couvrirait la voûte de stucs et de peintures : c'était également la volonté du pape Paul III, qui, le laissant attendre pour les paiements, fit en sorte que quantité de choses restèrent inachevées, ce qui arrive souvent, soit par la faute d'artistes négligents, soit par celle de princes trop peu soucieux de les exciter.

Le pape Paul avait commencé à fortifier le Borgo, et avait appelé plusieurs personnages à donner leur avis, avec

Antonio da San Gallo ; il voulut aussi que Michel-Ange assistât à cette assemblée, sachant que les fortifications de San Miniato, à Florence, avaient été élevées sous sa direction. Après de nombreuses discussions, il lui demanda son avis, que celui-ci donna hardiment, bien qu'étant d'opinion contraire à celle de San Gallo et de quantité d'autres. San Gallo lui dit alors que sa partie était la sculpture et la peinture, non les fortifications. Michel-Ange lui répliqua qu'il avait peu de connaissances des premières ; mais qu'en fortification, comme il avait longtemps médité sur ce sujet, outre la pratique qu'il en avait faite, il croyait en savoir plus que San Gallo et tous ceux de sa famille. Il montra, en présence de tous, que San Gallo avait commis de nombreuses erreurs et, la discussion s'envenimant, le pape dut leur imposer silence ; peu de temps après, Michel-Ange apporta un dessin entier des fortifications du Borgo, qui ouvrit les yeux sur tout ce qui se fit ensuite, et qui fut cause que la grande porte de Santo Spirito, due à San Gallo et près d'être terminée, resta inachevée.

Le génie et l'ardeur de Michel-Ange ne pouvaient rester sans produire, et comme il ne pouvait plus peindre, il se mit après un bloc de marbre pour en tirer quatre figures en ronde-bosse, plus grandes que nature, et qui devaient représenter une Déposition de Croix. Il faisait ce travail pour se distraire et comme passe-temps, car, disait-il, l'exercice du maillet lui tenait le corps en bonne santé. Le Christ descendu de croix est soutenu par la Vierge ; Nicodème, étant placé dessous et debout, le retient, en faisant effort, et de l'autre côté une des Maries l'aide, en voyant la Vierge défaillir, car elle ne peut plus se tenir, vaincue par la douleur. Il est impossible de voir un cadavre plus vrai que celui du Christ qui tombe, les membres abandonnés, dans une attitude toute nouvelle ; c'est une œuvre unique en marbre et vraiment divine. Comme on le dira plus loin, elle resta inachevée et eut de nombreuses infortunes, bien qu'il l'eût primitivement destinée à son propre tombeau au pied de l'autel où il pensait la poser [51].

Or, il arriva que, l'année 1546, Antonio da San Gallo

mourut, et comme il n'y avait personne pour guider la construction de Saint-Pierre, il en résulta, entre les intendants et le pape, une divergence d'opinion, pour savoir à qui l'on confierait la direction. Je crois que finalement Sa Sainteté, par une inspiration divine, se décida à envoyer chercher Michel-Ange, et lui proposa de succéder à San Gallo ; mais il refusa, disant, pour éviter cette lourde charge, que l'architecture n'était pas son art propre. Comme les prières ne suffisaient pas, le pape à la fin lui ordonna d'accepter. Ainsi, contre sa volonté et à son grand regret, il dut entrer dans cette entreprise [52]. Un jour, allant voir, à Saint-Pierre, le modèle en bois qu'avait fait San Gallo, et examiner la construction, il trouva toute la bande des partisans de San Gallo, qui s'avancèrent vers lui, avec le meilleur visage qu'ils surent prendre. Ils lui dirent qu'ils se réjouissaient de le voir chargé de cette entreprise et que ce modèle était un pré, où il ne manquerait de pâture pour personne. « Vous avez raison ! » leur répondit Michel-Ange, ajoutant mentalement, comme il le déclara à un de ses amis : « Pour les bestiaux qui n'entendent rien à l'art ! » Il dit ensuite publiquement que San Gallo avait fait sa construction aveugle, qu'extérieurement il y avait trop d'ordres de colonnes superposés, et qu'avec tous ses ressauts, ses aiguilles et ses minuties, cette œuvre tenait bien plus du gothique que du bon mode antique, ou de la belle et gracieuse manière moderne. Il ajoutait qu'on pouvait épargner cinquante années de travail pour la terminer, et plus de trois cent mille écus, tout en la conduisant avec plus de majesté, de grandeur, de facilité, avec un dessin plus considérable dans les ordres, enfin avec plus de beauté et de commodité. Il le prouva ensuite, en faisant un modèle, dans la forme où l'on voit aujourd'hui l'œuvre terminée, et il fit bien voir que ce qu'il disait était entièrement vrai. Ce modèle coûta vingt-cinq écus et fut fait en quinze jours. Celui de San Gallo avait dépassé quatre mille écus, comme nous l'avons dit, et avait mis plusieurs années à être exécuté. Des deux manières d'opérer, on peut conclure que cette construction était une boutique ouverte et un trafic à gain. On la traînait en longueur, avec l'intention de ne jamais la terminer, et c'était un véritable accaparement. Ces abus ne plaisaient pas à cet homme de bien, et, pour les faire disparaître, après que le pape l'eut obligé à accepter l'office d'architecte de cette œuvre, il dit un jour ouvertement à toute la bande qu'ils eussent à se pourvoir ailleurs, et que désormais ils ne faisaient plus partie de la direction ; que, puisqu'on l'en avait chargé, il ne voulait aucun d'eux dans la construction. Cet affront public les irrita, comme c'est facilement croyable, et fut cause qu'ils lui vouèrent une telle haine, qui n'alla qu'en augmentant quand ils le virent tout modifier à l'intérieur et à l'extérieur du monument, qu'ils cherchèrent continuellement à le tourmenter et à lui nuire, comme on le racontera plus tard.

Finalement, le pape Paul III édicta un bref, par lequel il le nommait chef de la construction, avec entière autorité et pouvoir de faire et de défaire ce qui existait, augmenter, diminuer et modifier toute chose à son gré ; il voulut que le conseil de Fabrique fût soumis à sa volonté. Michel-Ange, voyant l'entière confiance que le pape lui témoignait, voulut, pour montrer son désintéressement, qu'il fût dit, dans le bref, qu'il servait la Fabrique pour l'amour de Dieu et sans aucun salaire, bien que le pape lui eût primitivement donné le passage du Pô, à Plaisance, qui rapporte six cents écus. Il le perdit à la mort du duc Pier Luigi Farnèse, et on lui donna en échange un office de chancellerie, à Rimini, qui rapportait beaucoup moins. D'ailleurs, il s'en souciait fort peu, et, bien que le pape lui eût fréquemment envoyé de l'argent pour cette charge, il ne voulut jamais l'accepter, comme l'attestent Messire Alessandro Ruffini, alors camérier du pape, et Messire Pier Giovanni Aliotti, évêque de Furli. Finalement, le pape approuva le modèle qu'avait fait Michel-Ange, qui réduisait Saint-Pierre à une forme plus petite, mais néanmoins avec plus de majesté, en sorte que tous les hommes de goût se déclarèrent satisfaits, bien que certains, qui font les connaisseurs, et à tort, n'eussent pas approuvé le projet.

Michel-Ange trouva que les quatre gros piliers faits par

Bramante et conservés par Antonio da San Gallo, et qui devaient supporter le poids de la coupole, étaient trop faibles. Il les renforça donc en partie, et fit deux escaliers en colimaçon dans les murailles latérales de la nef, d'une pente si douce que les bêtes de charge peuvent monter les matériaux jusqu'au sommet, et que pareillement on peut les gravir à cheval jusqu'au plan au-dessous des voûtes. Sur les arches en travertin, il édifia la première corniche qui est circulaire, en ronde-bosse, chose admirable, gracieuse et très différente des corniches usuelles ; il n'est pas possible de faire mieux en ce genre. Il commença les deux grandes niches de la croisée et là, où primitivement Bramante, puis Baldassare et Raphaël voulaient ménager huit tabernacles, vers le Campo Santo, ce qui fut continué par San Gallo, Michel-Ange n'en fit que trois renfermant trois chapelles, et au-dessus une voûte en travertin, avec un ordre de fenêtres étincelantes de lumière, d'une forme variée, et d'une grandeur extraordinaire. Comme tout cela a été révélé par la gravure, il n'est pas nécessaire que je m'attarde à le décrire. Qu'il suffise de savoir qu'il établit toute sa construction, surtout aux points où les ordres changent, avec tant de solidité qu'elle ne pût pas être ensuite modifiée, en quoi que ce fût, par d'autres ; sage prévoyance, qui émane d'un génie prudent, parce qu'il ne suffit pas de faire bien, si l'on n'y joint pas la certitude de durée. De même la présomption et la suffisance de ceux qui croient savoir, si l'on s'en tient plus à leurs paroles qu'à leurs actes, d'autre part la protection que leur accordent ceux qui n'y entendent rien, peuvent avoir bien des inconvénients.

Le peuple romain désirait, avec l'agrément du pape, donner une forme belle, utile et commode au Capitole et l'embellir avec des ordres d'architecture, des montées, des escaliers à longue pente, en les ornant de statues antiques. On consulta pour cela Michel-Ange qui leur dressa un dessin admirable et d'une grande richesse, d'après lequel, du côté du levant, on devait construire en travertin une façade au palais où habite le Sénat, et pour y pénétrer un double escalier donnant accès sur le palier supérieur d'où l'on pénètre dans la salle du milieu de ce palais; ces escaliers devaient être à double retrait et munis de beaux parapets composés de balustres variés. Pour enrichir la façade du palais, il y fit poser deux statues antiques en marbre, qui représentent des fleuves couchés et placés sur des soubassements; l'un d'eux est le Tibre et l'autre le Nil; ces deux figures ont neuf brasses. Au milieu devait se trouver une grande niche contenant un Jupiter. Du côté du midi, où est le palais des Conservateurs, et pour mettre cet édifice d'équerre, il dressait une façade riche et variée, avec une Loggia au rez-de-chaussée, ornée de colonnes et de niches contenant des statues antiques, et tout autour des ornements variés, des portes et des fenêtres, dont une partie a été exécutée. Vis-à-vis de cette façade devait s'en trouver une autre, au nord et au pied de l'église d'Ara Coeli. Enfin, au ponant, un grand escalier à cordons, se recourbant aux extrémités et orné de parapets à balustres, devait former l'entrée principale, avec des bases sur lesquelles on placerait les plus belles statues dont le Campidoglio était si riche. Au milieu de la place, sur une base de forme ovale, est placée la statue équestre en bronze, si renommée, de Marc Aurèle; le pape Paul la fit enlever de la place de Latran, où Sixte IV l'avait fait poser. Cet ensemble d'édifices fut si bien réussi qu'il est digne d'être énuméré parmi les grandes choses que Michel-Ange a produites. On a désigné, de nos jours, pour le terminer, Messire Tommaso de' Cavalieri, gentilhomme romain, qui a été un des meilleurs amis qu'ait eus Michel-Ange, comme on le dira plus loin.

Le pape Paul III avait fait pousser assez avant à San Gallo, pendant que celui-ci vivait, la construction du palais Farnèse; et comme il fallait poser la corniche pour terminer le toit dans sa partie avant, il voulut que Michel-Ange lui donnât un dessin et présidât à son érection. Michel-Ange, ne pouvant refuser à ce pape qui l'estimait tant et l'accablait de prévenances, fit faire un modèle en bois, haut de six brasses, grandeur d'exécution, et le fit poser sur un des coins du palais, pour juger de l'effet que la corniche devait produire. Sa Sainteté s'étant déclarée satisfaite, ainsi que tout Rome, on en exécuta la partie qui se voit actuellement terminée, et qui est la plus belle corniche et la plus variée qui existe, tant dans les monuments anciens que modernes. Par suite, après la mort de San Gallo, le pape confia également cette construction à Michel-Ange, qui y pratiqua la rangée de fenêtres en marbre, séparées par d'admirables colonnes en marbre tacheté, qui surmonte la porte principale, avec les écussons en marbre du pape Paul III, fondateur de ce palais. Dans la cour intérieure, il établit, au-dessus du premier ordre, les deux autres avec les fenêtres les plus belles, les plus variées et les plus gracieuses que l'on puisse voir ; il en est de même des ornements et de la dernière corniche, en sorte que, grâce au génie et aux peines de cet homme, cette cour est devenue la plus belle d'Europe. Il allongea et élargit la grande salle et orna l'antichambre dont il construisit la voûte en cintre demi-ovale, forme tout à fait nouvelle. Comme, cette année-là, on avait trouvé, aux thermes d'Antonin, un marbre qui avait sept brasses dans tous les sens et qui représentait Hercule sur une montagne, tenant un taureau par les cornes, avec l'aide d'une autre figure, et entouré de plusieurs figures de bergers, de nymphes et de divers animaux (œuvre d'une beauté extraordinaire, que l'on croit avoir servi de fontaine, et dont les différentes figures sont tirées d'un seul bloc de marbre), Michel-Ange donna le conseil de l'apporter dans la deuxième cour et de le restaurer, pour en faire de même une fontaine jaillissante [53]. Les seigneurs Farnèse l'ont fait restaurer avec soin, dans ce but qui a été universellement approuvé. En face, Michel-Ange projetait de construire un pont sur le Tibre, de manière à pouvoir se rendre du palais à un jardin et à un autre palais situé dans le quartier de Trastevere. En entrant par la porte principale, qui donne sur le Campo di Fiore, on aurait donc vu d'enfilade la cour, la fontaine, la Strada Julia et le pont, l'autre jardin dans toute sa beauté et sa profondeur jusqu'à l'autre porte qui s'ouvre sur la rue principale de Trastevere, projet unique et bien digne du pape, ainsi que du génie de Michel-Ange.

Comme Bastiano Viniziano, chargé de l'office du Plomb, mourut l'an 1547, et comme le pape désirait faire restaurer des statues antiques pour en orner son palais, Michel-Ange favorisa volontiers Guglielmo dalla Porta, sculpteur milanais, et jeune homme de grande espérance, que Fra Bastiano lui avait recommandé [54]. Michel-Ange, à qui sa manière plaisait, le proposa donc au pape Paul pour le travail de restauration, et non seulement il fut agréé, mais encore Michel-Ange lui fit donner l'office du Plomb. On voit actuellement au palais plusieurs de ces statues restaurées, mais Fra Guglielmo, oublieux des bienfaits qu'il avait reçus de Michel-Ange, devint par la suite un de ses adversaires déclarés.

Survint, l'année 1549, la mort du pape Paul III ; après l'élection du pape Jules III [55], le cardinal Farnèse décida d'élever un grand tombeau au pape Paul, son oncle, et le donna à faire à Fra Guglielmo [56]. Celui-ci avait l'intention de le mettre à Saint-Pierre, sous le premier arc de la coupole ; comme il aurait encombré le sol, et qu'en vérité ce n'était pas sa place, Michel-Ange lui dit judicieusement qu'il ne pouvait et ne devait pas y être, ce qui excita la haine de Guglielmo, qui crut que Michel-Ange agissait ainsi par jalousie. Mais, s'étant aperçu ensuite que ce que disait ce dernier était vrai et que lui avait tort, il ne termina pas le tombeau. Je puis en donner la raison, car, l'an 1550, ayant été appelé à Rome par le pape Jules III, Michel-Ange me montra que la vraie place du tombeau était dans une des niches, là où est actuellement la colonne des Possédés. Le pape Jules décida alors de faire élever son tombeau, par symétrie, dans l'autre niche, et sur le modèle de celui de Paul III ; cela ayant contrarié Guglielmo, il ne termina pas son œuvre, et le tombeau de Jules III n'a jamais été exécuté. Ainsi s'est vérifié tout ce que Michel-Ange avait prédit.

Cette même année, le pape Jules III approuva le bref du pape Paul III, au sujet de la construction de Saint-Pierre bien que la bande de San Gallo lui eût dit tout le mal possible sur la direction présente de cette œuvre, le pape ne voulut rien entendre. Vasari lui avait montré que Michel-Ange avait vivifié cette construction, et avait fait en sorte que rien ne devait s'exécuter sans son avis. De même, on ne fit rien à la Vigna Julia sans le consulter, ni au Belvédère où l'on refit l'escalier qui remplace actuellement l'escalier en demi-cercle qui y était auparavant. Il comprenait huit marches, huit autres en demi-cercle, et correspondait à l'escalier intérieur construit antérieurement par Bramante, au milieu de la grande niche, et au centre du Belvédère. Michel-Ange donna le dessin de celui qui existe actuellement, de forme carrée, avec des balustrades en pépérin. Quelque temps avant le commencement de l'année 1551, la bande de San Gallo ouvrit une intrigue contre Michel-Ange, pour pousser le pape à réunir à Saint-Pierre les intendants et ceux qui présidaient à la construction, désireux qu'ils étaient de prouver à Sa Sainteté par leurs calomnies que Michel-Ange avait abîmé la bâtisse. Comme Michel-Ange avait déjà élevé la niche du roi, où sont les trois chapelles qu'il avait surmontées de trois fenêtres, ils ne savaient pas ce qu'il voulait faire sur la voûte, et, avec leur courte vue, ils avaient donné à entendre au vieux cardinal Salviati et à Marcello Cervino, qui fut ensuite pape, que Saint-Pierre serait peu éclairé. Le pape le répéta à Michel-Ange devant toute l'assemblée. « Je voudrais entendre parler ces réclameurs », dit Michel-Ange. « C'est nous », lui répondit le cardinal Marcello. Michel-Ange lui dit alors : « Monseigneur, au-dessus de ces fenêtres pratiquées dans la voûte qu'on va faire en travertin, il y en aura trois autres. — Vous ne nous l'aviez jamais dit », reprit le cardinal. Michel-Ange ajouta : « Je ne suis et ne veux être obligé, à aucun prix, de dire, ni à Votre Seigneurie, ni à personne, ce que je dois et veux faire. Votre rôle est de rassembler l'argent et de veiller aux voleries ; quant aux plans, je vous prie de m'en laisser le soin. » Puis, se tournant vers le pape, il lui dit : « Saint-Père, voyez ce que je retire de tout cela ; si les soucis que j'endure ne servent pas au salut de mon âme, je perds mon temps et ma peine. » Le pape, qui l'aimait, lui frappa sur l'épaule et lui dit : « Vous gagnerez pour votre âme et pour votre corps, n'en doutez point. » Ainsi, pour avoir fermé la bouche à ses détracteurs, il augmenta infiniment l'affection que le pape lui portait, et celui-ci commanda, ainsi qu'à Vasari, de se trouver tous deux le lendemain à la Vigna Julia, où ils eurent de longs entretiens. Le pape lui dit qu'il eût à continuer cette construction, pour l'amener au point de perfection où elle est actuellement, que rien ne se ferait, ni ne se déciderait, sans qu'il fût consulté et qu'il eût donné son avis. Une fois, entre autres, comme Michel-Ange allait souvent à la Vigna avec Vasari, Sa Sainteté se trouvait assise à la fontaine dell' Acqua Vergine, avec douze cardinaux; Michel-Ange s'étant présenté, le pape voulut par force, je l'affirme, qu'il s'assît à ses côtés, bien qu'il s'en défendît avec beaucoup de modestie. C'est ainsi que le pape honorait toujours, autant qu'il le pouvait, son génie.

Le pape lui fit faire ensuite le modèle d'une façade pour un palais qu'il désirait construire à côté de San Rocco, et pour lequel il voulait utiliser les murs du Mausolée d'Auguste. On ne saurait voir de dessin de façade plus varié, plus orné, ni plus nouveau; il en a toujours été de même de toutes les œuvres de Michel-Ange, qui ne voulut jamais s'astreindre à aucune règle établie, soit antique, soit moderne, en architecture, semblable à ceux qui ont un génie apte à trouver sans cesse des choses nouvelles et non moins belles. Ce modèle est actuellement chez le duc Cosme de Médicis, à qui il fut donné par le pape Pie IV, quand le duc alla à Rome; le duc le conserve parmi ses choses les plus précieuses. Ce pape avait tant de considération pour Michel-Ange qu'il le prit toujours sous sa protection contre les cardinaux et tous ceux qui voulaient le calomnier; il voulut aussi que tous les artistes, quelles que fussent leur valeur et leur renommée, allassent le voir dans sa maison. Il lui portait une telle estime et avait pour lui tant de respect que, de peur de le molester, il n'osait pas lui demander bien des choses que Michel-Ange, malgré sa vieillesse, aurait pu faire. Du temps du pape Paul III, et par son ordre, Michel-Ange avait commencé à reprendre en œuvre le pont Santa Maria, à Rome, qui, à cause du courant des eaux, et de son antiquité, s'était affaibli et menaçait ruine. Il décida de refaire les fondations au moyen de caissons, et de faire d'urgentes réparations aux piles ; il en avait déjà terminé une grande partie et fait de grosses dépenses en bois et en pierres de travertin, quand, sous le pape Jules III, les clercs de la Chambre s'étant rassemblés pour délibérer sur les travaux de terminaison, Nanni di Baccio Bigio, architecte, leur proposa de finir le pont en peu de temps, et avec peu d'argent, si on le lui donnait à forfait. Les clercs affectaient de dire, comme si cela fût dans son intérêt, qu'il fallait décharger Michel-Ange de cette entreprise, à cause de sa vieillesse, qu'il ne s'en occupait pas, et que, la chose étant ainsi, on n'en verrait jamais la fin. Le pape, qui n'aimait pas les discussions, et qui ne pensait pas à ce qui allait en sortir, autorisa les clercs de la Chambre à faire comme bon leur semblerait, et ceux-ci confièrent l'entreprise, en toute liberté d'action, avec tous les matériaux à Nanni, sans en rien dire à Michel-Ange. Nanni n'eut pas le soin de renforcer les parties faibles du pont, comme c'était nécessaire ; il l'affaiblit au contraire, pour vendre une grande quantité de pierres de travertin, qui primitivement étayaient le pont et le rendaient plus solide, grâce à leur poids. Il les remplaça par des galets et du blocage renfermé entre deux maçonneries, de sorte que de l'extérieur ou de l'intérieur, on ne voyait aucun défaut, et que le pont paraissait refait à neuf. Mais cinq ans plus tard, survint la crue de l'année 1557, et le pont, totalement affaibli et aminci, versa de manière à montrer le peu de jugement des clercs de la Chambre, au grand dommage qu'en éprouva la ville de Rome, parce qu'on s'était écarté du plan de Michel-Ange. Celui-ci avait prédit souvent la ruine du pont à ses amis et à moi, et je me souviens que, passant dessus à cheval, il me disait : « Giorgio, ce pont tremble, pressons le pas pour qu'il ne tombe pas, pendant que nous sommes dessus. »

Déjà du temps du pape Paul III, le duc Cosme avait envoyé le Tribolo à Rome pour tâcher de persuader Michel-Ange de revenir à Florence, pour terminer la sacristie de San Lorenzo[57]. Mais Michel-Ange s'en excusait, disant qu'il était vieux, qu'il ne pouvait plus supporter le poids de pareils travaux : il donnait encore d'autres raisons, concluant qu'il ne pouvait quitter Rome. Finalement, le Tribolo lui demanda comment se terminerait l'escalier de la bibliothèque de San Lorenzo, dont Michel-Ange avait commencé de poser plusieurs pierres. On n'avait aucun modèle ni aucun renseignement certain sur la forme à lui donner, et, bien qu'il y eût à terre une projection de l'escalier légèrement esquissée avec des briques, on ne connaissait pas le plan définitif. Quelques prières que le Tribolo lui adressât, et bien qu'il y mêlât le nom du duc, Michel-Ange répondit toujours qu'il ne s'en souvenait pas. Le duc Cosme ordonna alors à Vasari d'écrire à Michel-Ange à ce sujet, espérant peut-être que, par l'amitié que Michel-Ange lui portait, Vasari obtiendrait quelque chose, et qu'on pourrait ainsi terminer l'escalier. Vasari lui écrivit donc qu'il était chargé de l'entreprise, et Michel-Ange lui envoya, le 28 septembre 1555, une longue lettre, avec les instructions de laquelle Vasari put construire l'escalier dans la forme où on le voit à présent.

Il lui écrivit encore, vers ce moment, que le pape Jules III étant mort, et ayant été remplacé par le pape Marcel, la bande qui lui était contraire, profitant de l'élection du nouveau pontife, recommençait à lui causer des ennuis, ce qu'apprenant, le duc, qui désapprouvait ces procédés, lui fit écrire par Vasari de quitter Rome et de revenir à Florence, ajoutant qu'il ne désirait rien tant que ce retour, voulant s'inspirer de ses conseils pour toutes ses constructions ; que Michel-Ange aurait de lui tout ce qu'il désirerait, sans avoir rien à faire de ses propres mains. Mais, le pape Marcel étant mort, quand Michel-Ange alla baiser le pied au nouveau pape, Paul IV, celui-ci lui fit les offres les plus avantageuses pour le maintenir à la tête des travaux de

Saint-Pierre et en assurer la fin. Michel-Ange écrivit au duc pour le remercier et lui dire qu'il ne pouvait se mettre à son service. Il disait pour s'excuser qu'il avait sa maison à Rome, avec toutes ses commodités, qu'elle valait plusieurs milliers d'écus, que, quant à lui, il souffrait des reins et de la gravelle, comme tous les vieillards, ce que pouvait attester Maître Eraldo, son médecin, grâce à qui, après Dieu, il était encore en vie ; que pour toutes ces raisons, il ne pouvait partir de Rome, et ne demandait plus qu'à mourir en paix. Ecrivant à Vasari, il lui recommandait de l'excuser auprès du duc, et certainement, s'il avait été en état de monter à cheval, il serait venu tout de suite à Florence. Je crois aussi qu'il n'aurait plus pu en partir, pour revenir à Rome, tant il fut ému de la bienveillance et de l'amour que lui portait le duc. Cependant il s'appliquait aux travaux de Saint-Pierre, et les poussait sur divers points, de manière qu'il ne fût pas possible de les modifier ultérieurement.

A ce moment, on lui avait rapporté que le pape Paul IV désirait faire modifier la paroi de la chapelle Sixtine, où est peint le Jugement dernier, parce qu'il trouvait que toutes ces figures montraient leurs nudités d'une manière trop déshonnête [58]. Michel-Ange répondit à ceux qui lui laissaient entendre l'intention du pape : « Dites au pape que ce sera peu de chose à faire : qu'il réforme le monde, et tout de suite on réformera les peintures. » On enleva à Michel-Ange l'office de la chancellerie à Rimini : il ne voulut jamais en parler au pape qui ignorait la chose. L'échanson pontifical le lui enleva, voulant lui faire donner en échange cent écus par mois, au compte de la construction de Saint-Pierre ; il lui fit porter un quartier à sa maison, mais Michel-Ange ne voulut pas l'accepter.

La même année, il perdit Urbino, son serviteur, dont il avait fait pour ainsi dire son compagnon [59]. Il entra au service de Michel-Ange, à Florence, l'an 1530, à la fin du siège, quand Antonio Mini, son élève, s'en alla en France. Il le servit fidèlement pendant vingt-six ans, et entra avec lui dans une telle familiarité que Michel-Ange le fit riche et l'aima au point que, malgré la vieillesse, dans sa dernière maladie, il le soigna, et dormit tout habillé à son chevet. Après la mort d'Urbino, Vasari lui écrivit pour le consoler, et il lui répondit par cette lettre : « Messire Giorgio, mon cher ami. J'ai de la peine à écrire, mais je veux répondre à votre lettre. Vous savez comment Urbino est mort, c'est une grande grâce de Dieu pour moi, mais aussi une grande perte, et j'en ai éprouvé beaucoup de chagrin. La grâce en est qu'en vie il me tenait vivant, et qu'en mourant il m'a appris à mourir, non sans aucun regret, mais avec le désir de la mort. Je l'ai gardé vingt-six ans, et l'ai toujours trouvé fidèle et dévoué. Maintenant que je l'avais fait riche, et que je comptais sur lui pour en faire le bâton et l'appui de ma vieillesse, il m'a quitté, et il ne me reste d'autre espérance que de le revoir en paradis. Un signe évident de la bonté de Dieu dans cette bienheureuse mort est qu'au lieu de se plaindre de mourir, il regrettait de me laisser seul dans ce monde menteur, en proie à tant d'ennuis. Comme la meilleure partie de moi s'en est allée avec lui, il ne me reste qu'une misère infinie. Je me recommande à vous. » Du temps du pape Paul IV, Michel-Ange fut employé aux fortifications de Rome, sur divers points, particulièrement à la grande porte du château Saint-Ange, actuellement à demi ruinée, que Salustio Peruzzi avait commencée pour ce pape. Il s'employa encore à distribuer à divers sculpteurs les statues de cette œuvre, à voir leurs modèles et à les corriger. A cette époque, l'armée française s'approcha de Rome, et Michel-Ange, pensant que la ville allait en pâtir, quitta Rome, avec Antonio Franceze da Castel Durante, qu'Urbino lui avait laissé en mourant, pour le servir [60]. Il alla secrètement dans les montagnes de Spolète, et visita plusieurs ermitages. Puis il revint à Rome, et se remit à travailler presque tous les jours, comme passe-temps, aux quatre figures de la Pietà, dont il a déjà été parlé. Il les brisa à cette époque, pour les raisons suivantes : comme le bloc était très dur et contenait des grains d'émeri, le ciseau en faisait souvent jaillir des étincelles. Ou bien est-ce que cet homme était d'un goût tellement difficile qu'il n'était jamais content de ce qu'il produisait ? Ce qui pourrait le faire croire est que, des statues faites par lui dans son âge mûr, on en voit peu de terminées, et que toutes celles qui ont été finies sont dues à sa jeunesse, par exemple, le Bacchus, la Pietà della Madonna delle Febbre, le Colosse de Florence, le Christ de la Minerva, œuvres auxquelles on ne pouvait ajouter ni enlever l'épaisseur d'un grain de mil sans les abîmer. Les statues qu'il sculpta, étant plus âgé, à savoir : les ducs Laurent et Julien, l'Aurore et la Nuit, le Moïse et les deux figures qui l'encadrent portent le nombre à onze statues terminées. Toutes les autres sont restées inachevées, et sont en bien plus grand nombre. Il avait coutume de dire que, s'il avait eu à se déclarer content de ses œuvres, il n'en aurait exposé que bien peu, et même pas une seule. Sa recherche du grand art faisait que, lorsqu'il découvrait une statue et qu'il y trouvait tant soit peu de défauts, il l'abandonnait et s'attaquait à un autre bloc, espérant ne pas retomber dans la même erreur ; il disait que c'était là la vraie raison pour laquelle il avait produit si peu de statues et de peintures. Ce groupe de la Pietà, une fois brisé, il le donna à Francesco Bandini.

A cette époque, Tiberio Calcagni, sculpteur florentin, était devenu un des grands amis de Michel-Ange, par l'entremise de Francesco Bandini et de Messire Donato Gianotti. Etant un jour dans la maison de Michel-Ange où se trouvait le groupe brisé, Tiberio lui demanda pourquoi il l'avait brisé, et perdu ainsi le fruit merveilleux de tant de fatigues, Michel-Ange lui répondit que la cause en était l'importunité d'Urbino, son serviteur, qui le pressait chaque jour de terminer cette Pietà ; qu'il avait enlevé un éclat au coude de la Madone, et que déjà auparavant, il l'avait prise en dégoût à cause d'une fente qu'il avait découverte dans le bloc, et qui lui avait donné beaucoup d'ennuis. Perdant donc patience, il brisa le groupe, et il l'aurait entièrement détruit si Antonio, son serviteur, ne l'avait supplié de le lui donner tel qu'il était. A la suite de cette conversation, Tiberio en parla à Bandini, qui désirait avoir quelque œuvre de la main de Michel-Ange, et Bandini fit en sorte que Tiberio promît deux cents écus d'or à Antonio, et pria Michel-Ange de le laisser terminer ce groupe, sur son modèle, pour Bandini, de manière que Michel-Ange n'eût pas tant travaillé en vain. Michel-Ange voulut bien lui faire ce présent ; Tiberio l'emporta et le reconstitua, bien qu'il fût en je ne sais combien de morceaux. Néanmoins cette œuvre resta inachevée, par suite de la mort de Bandini, de Michel-Ange et de Tiberio.

Pour en revenir à Michel-Ange, il lui fut nécessaire de trouver une autre œuvre, pour passer la journée à sculpter, et il s'attaqua à un autre bloc de marbre, dans lequel il avait déjà ébauché une Pietà, différente d'aspect et de plus petites dimensions [61].

Pirro Ligorio, architecte, était entré au service du pape Paul IV, qui l'employa à la construction de Saint-Pierre, et de nouveau il déblatérait contre Michel-Ange, disant partout que ce dernier était tombé en enfance. Michel-Ange, indigné, serait volontiers retourné à Florence, et, sur le point de partir, il en fut sollicité de nouveau par Vasari. Mais il se sentait si décrépit, se voyant arrivé à l'âge de quatre-vingt-un ans, qu'il écrivit à Vasari, par son courrier, en lui envoyant quelques sonnets religieux, et lui dit qu'il arrivait au soir de la vie, et qu'en lisant ses lettres, Vasari verrait bien qu'il ne naissait plus de pensée en lui où ne fût gravée la mort. On voyait dans sa lettre qu'il se tournait vers Dieu et qu'il ne pensait plus aux choses de l'art, à cause des persécutions de ses adversaires et de quelques-uns des intendants de la construction, qui auraient bien voulu, d'après ce qu'il disait, engager de grandes dépenses pour leur unique profit. Michel-Ange serait donc parti volontiers, mais, si la volonté était prompte, la chair était faible et la maladie le retenait à Rome. Aussi le duc Cosme lui fit-il dire de se tranquilliser, de ne plus penser à revenir à Florence, et qu'il préférait le voir occupé à Saint-Pierre qu'ailleurs, ne désirant rien tant que son contentement. Après quoi, Michel-Ange écrivit à Vasari qu'il remerciait le duc de tant de bonté, et il ajoutait : « Que Dieu me donne la grâce de le servir de ma pauvre personne, car la mémoire et la cervelle s'en sont allées Dieu sait où ! » Cette lettre est d'août 1557.

Michel-Ange avait amené la construction de Saint-Pierre à un point qu'on ne travaillait plus que lentement : une grande partie de la frise des fenêtres intérieures était terminée, et il en était de même de la rangée de colonnes doubles de l'extérieur qui entourent le tambour, sur lequel devait reposer la coupole. Aussi ses grands amis, le cardinal de Carpi, Messire Donato Gianotti, Francesco Bandini, Tommaso de' Cavalieri et le Lottino, le pressaient-ils de faire au moins un modèle, puisqu'on tardait à voûter la coupole. Il resta de longs mois sans s'y décider ; finalement il s'y mit et fit peu à peu un petit modèle en terre, d'après lequel il voulait ensuite en faire un plus grand en bois, en s'aidant des plans et des élévations qu'il avait dessinés. Puis il le fit construire, en un peu plus d'un an, par Maître Jean, français, après l'avoir longuement étudié et préparé : ce modèle est à l'échelle d'une palme antique, avec tous les détails de l'ornementation.

Survint la mort du pape Paul IV, et l'élection du pape Pie IV, qui fit continuer la construction du petit palais, dans le jardin du Belvédère, par Pirro Ligorio, maintenu architecte de ce palais [62] ; quant à Michel-Ange, il lui fit force caresses et offres avantageuses. Le bref que ses prédécesseurs avaient approuvé, et qui concernait la construction de Saint-Pierre, continua à avoir son effet ; le pape rendit même à Michel-Ange une partie des revenus et provisions qu'on lui avait enlevés sous Paul IV, et l'employa dans plusieurs de ses entreprises. De son temps, la construction de Saint-Pierre fut poussée activement. Entre autres travaux, il lui demanda un dessin pour le tombeau du marquis de Marignan, son frère, qui dut être élevé, dans le Dôme de Milan, par le chevalier Leone d'Arezzo, excellent sculpteur et grand ami de Michel-Ange [63]. Vers cette époque, Leone fit une médaille de Michel-Ange, où son profil est énergiquement représenté et, au revers, sur sa demande, il figura un aveugle conduit par un chien, avec cette inscription : DOGEBO INIQVOS VIAS TVAS, ET IMPII AD TE CONVERTENTVR. Michel-Ange lui donna alors le modèle en cire d'un Hercule qui étouffe Antée, avec plusieurs de ses dessins. Nous n'avons que deux portraits en peinture de Michel-Ange, un de la main du Bugiardini, et l'autre de Jacopo del Conte. Daniello Ricciarelli le représenta en un bronze de ronde-bosse, et il faut y ajouter la médaille du chevalier Leone. On a fait tant de copies de ces différents portraits que j'en ai vu quantité en Italie et ailleurs.

Cette année-là, le cardinal Jean de Médicis, fils du duc Cosme, alla à Rome pour recevoir le chapeau des mains du pape Pie IV, et Vasari l'accompagna comme serviteur et familier. Il resta un mois avec Michel-Ange, qui lui fit un excellent accueil, et ne le quitta pour ainsi dire pas. Vasari avait apporté avec lui, par ordre de Son Excellence, le modèle en bois du palais ducal de Florence, avec les dessins des nouveaux appartements qu'il avait construits et couverts de peintures. Michel-Ange désirait les voir, car, à cause de sa vieillesse, il ne pouvait plus faire le voyage. Au départ de Vasari, il écrivit au duc de continuer l'entreprise qui était digne en tout point de sa grandeur.

Cette même année, le duc Cosme alla à Rome, avec sa femme, la duchesse Leonora. A l'arrivée du duc, Michel-Ange alla le voir immédiatement ; celui-ci lui fit beaucoup de caresses, estimant grandement son génie. Il le fit asseoir à côté de lui, et causa avec lui familièrement de tout ce qu'il faisait exécuter comme peintures et sculptures à Florence, et de ce qu'il avait l'intention de faire, en particulier, dans la grande salle du palais. Michel-Ange l'encouragea, et se plaignait, parce qu'il aimait ce seigneur, de n'être plus assez jeune pour pouvoir le servir. Le duc retourna souvent le voir, pendant son séjour à Rome, ainsi que son fils, don François de Médicis, qui plut tant à Michel-Ange par ses manières avenantes et les grandes caresses qu'il lui fit, lui parlant toujours le bonnet à la main, que Michel-Ange écrivit à Vasari, à son sujet, disant qu'il regrettait infiniment d'être malade et vieux, qu'autrement il aurait voulu faire quelque chose pour ce seigneur, et qu'il cherchait à acheter à Rome quelque bel antique, pour le lui envoyer à Florence.

A cette époque, le pape lui demanda un dessin pour la Porta Pia, et il en fit trois très beaux et très originaux, parmi lesquels le pape choisit celui qui entraînait la plus petite dépense, et qu'on a construite, pour la plus grande gloire de Michel-Ange. Voyant le désir du pape de restaurer les autres portes de Rome, il fit plusieurs dessins à ce sujet, et de même, à la demande de ce pontife, il donna le plan de l'église Santa Maria degli Angeli, qu'on éleva dans les ruines des thermes de Dioclétien, transformés ainsi en temple chrétien. Son dessin fut préféré à ceux de quantité d'architectes excellents, et il avait pensé à tant ménager les commodités des Chartreux que cet édifice est aujourd'hui un couvent modèle. Il conserva l'ossature des thermes anciens, et y pratiqua une église admirable, avec une entrée qui dépasse tout ce qu'on pouvait imaginer. Il dessina également, à la demande de Sa Sainteté, et pour ce couvent, un ciboire du Saint Sacrement, en bronze, qui fut coulé par Maestro Jacopo, sicilien, excellent fondeur, dont les œuvres viennent finement, sans bavures, à la coulée, et peuvent être facilement réparées. C'était un maître unique dans ce genre, et il plaisait à Michel-Ange infiniment.

La nation florentine avait souvent projeté de donner une bonne tournure à la construction de l'église San Giovanni, dans la Strada Giulia. Les chefs des familles les plus riches, s'étant réunis et promettant de subvenir à la dépense, chacun selon ses moyens, firent en sorte qu'ils ramassèrent une grande somme d'argent. Puis, disputant entre eux s'il valait mieux suivre les plans anciens ou faire quelque chose de nouveau et meilleur, ils résolurent de conserver les vieilles fondations, et d'édifier dessus de nouvelles constructions. Finalement, ils nommèrent intendants de la bâtisse Francesco Bandini, Uberto Ubaldini et Tommaso de' Bardi, qui demandèrent un plan à Michel-Ange, lui exposèrent que c'était une honte pour la nation d'avoir dépensé tant d'argent sans aucun profit, et que, si son savoir ne pouvait aider à terminer l'église, ils ne sauraient plus à qui s'adresser. Il leur promit son concours avec toute la bonté dont il était capable, parce que, non seulement, dans sa vieillesse, il aimait à s'occuper de choses sacrées pour glorifier Dieu, mais encore il voulait honorer sa patrie qu'il aima toujours. Michel-Ange avait avec lui, dans cette entrevue, Tiberio Calcagni, sculpteur florentin et jeune homme désireux d'apprendre, qui, étant venu à Rome, s'était consacré à l'architecture. Michel-Ange, qui l'aimait, lui avait donné à terminer la Pietà en marbre qu'il brisa, ainsi qu'un buste de Brutus en marbre, plus grand que nature ; la tête seule avait été traitée avec de fines gradines. L'image de Brutus était tirée d'une cornaline antique qui le représentait, et qui appartenait au seigneur Giulio Cesarino. Sur la demande de Messire Donato Gianotti, Michel-Ange faisait ce buste pour le cardinal Ridolfi : c'est une œuvre remarquable [64].

Ne pouvant plus, à cause de la vieillesse, ni dessiner ni tirer de lignes droites, il se servait constamment de Tiberio, qui était très prévenant et discret. Désirant donc se servir de lui dans l'entreprise de San Giovanni, il lui fit lever le plan de site de l'église. Aussitôt que cela fut fait, Michel-Ange manda aux chefs de la nation florentine par Tiberio qu'il avait travaillé pour eux, et il leur montra cinq plans d'églises admirables, ce qui les étonna grandement, car ils pensaient qu'on ne s'en occupait pas. Il leur dit alors d'en choisir un, et comme ils voulaient s'en rapporter à lui, il insista, et tous d'un commun accord prirent le plan le plus riche, à la suite de quoi Michel-Ange leur dit que s'ils conduisaient à fin ce projet, ils auraient une œuvre telle que jamais ni les Romains ni les Grecs ne construisirent de temple pareil. Jamais il n'avait prononcé de telles paroles et n'en prononça depuis, car il était d'une extrême modestie. Finalement ils décidèrent que la direction serait confiée à Michel-Ange et la pratique de l'entreprise à Tiberio ; ils furent tous deux contents, leur promettant de bien les servir. Ayant donc donné le plan à Tiberio pour qu'il le mît au net, avec les justes proportions, il y joignit les profils de l'intérieur et de l'extérieur, afin qu'il en tirât un modèle en terre, lui enseignant la manière de l'exécuter, pour qu'il tînt sur ses pieds. En dix jours, Tiberio fit un modèle de huit palmes qui plut infiniment à toute la nation, et d'après lequel on exécuta ensuite un modèle en bois qui est actuellement au consulat de cette nation, œuvre unique, telle qu'on n'aurait jamais vu un temple si beau, si riche ni si varié. La construction fut commencée et l'on dépensa cinq mille écus, mais elle resta ensuite inachevée, faute du versement des sommes promises, et Michel-Ange en eut beaucoup de déplaisir.

Il était resté dix-sept ans à la tête de la construction de Saint-Pierre, et plusieurs fois les intendants avaient voulu lui en enlever la direction. Comme ils n'y avaient pas réussi, ils cherchaient continuellement à le molester en toute chose, soit par une étrangeté, soit par une autre, pensant que finalement, de dégoût, il quitterait la place, étant tellement vieux qu'il n'en pouvait plus. Comme, à ce moment, un de ses assistants, nommé Cesare da Castel Durante, mourut, pour que la bâtisse ne restât pas en souffrance, Michel-Ange leur envoya Luigi Gaeta, qui était trop jeune, mais très habile, jusqu'à ce qu'il s'en trouvât un à son goût. Les intendants, dont une partie avaient souvent intrigué pour employer Nanni di Baccio Bigio, qui les excitait et leur promettait monts et merveilles, et avec l'aide duquel ils espéraient pouvoir conduire les affaires de la construction à leur guise, refusèrent Luigi Gaeta. Michel-Ange, l'ayant appris, ne voulait plus paraître sur les chantiers. Alors ils commencèrent à répandre le bruit qu'il ne le pouvait plus, qu'il fallait lui donner un remplaçant, et que lui-même avait dit qu'il ne voulait plus s'occuper de Saint-Pierre. Cela parvint aux oreilles de Michel-Ange, qui envoya Daniello Ricciarelli da Volterra à l'évêque Ferratino, un des intendants, lequel avait raconté au cardinal de Carpi que Michel-Ange avait dit à un de ses serviteurs qu'il ne voulait plus être chargé de la construction. Daniello affirma que telle n'était pas la volonté de Michel-Ange, mais Ferratino continuait à se plaindre de ce que l'artiste ne voulait pas leur communiquer sa conception ; il disait qu'il serait bien de lui donner un remplaçant, et il aurait volontiers pris Daniello, chose qui lui paraissait devoir être agréable à Michel-Ange. Ayant ensuite fait entendre aux intendants, comme parlant au nom de Michel-Ange, qu'ils avaient un remplaçant à nommer, Ferratino présenta non pas Daniello, mais Nanni Bigio à sa place. Celui-ci, s'étant présenté et ayant été agréé, ne laissa pas beaucoup de temps s'écouler qu'il n'ordonnât de jeter un pont en bois, du point des écuries du pape où est la montée, pour se rendre sur la grande niche dont la voûte est tournée de ce côté. Il fit abattre quelques grandes poutres de sapin, disant qu'on consommait trop de cordages, et que sa méthode était préférable. Michel-Ange, l'ayant appris, alla immédiatement voir le pape, et l'ayant trouvé sur la place du Campidoglio, ce qui lui parut peu propre à un entretien, il le fit monter dans une chambre et lui dit : « Saint-Père, les intendants m'ont substitué comme remplaçant je ne sais trop qui. Si Votre Sainteté et eux reconnaissent que je ne fais plus l'affaire, je retournerai à Florence pour me reposer auprès du grand-duc qui désire tant mon retour, et je finirai mes jours chez moi : aussi, je vous demande mon congé. » Cela ne plut pas au pape qui, le réconfortant avec de bonnes paroles, lui dit de venir lui parler le même jour dans l'église d'Ara Coeli. Ayant donc fait rassembler les intendants de la construction, il voulut savoir la raison de tout ce qui s'était passé, et ils lui répondirent que la construction tombait en ruine, et que Michel-Ange commettait erreur sur erreur. Le pape, sachant que ce n'était pas vrai, ordonna au seigneur Gabrio Scierbelloni d'aller à la construction pour tout voir, et de se faire rendre compte par Nanni de ses projets, ce qui fut fait ; et le seigneur Gabrio ayant trouvé que tout n'était que fausseté et mauvaise foi, Nanni fut chassé, avec des paroles peu flatteuses, en présence de beaucoup de personnes ; Gabrio lui reprocha d'avoir amené par sa faute la ruine du pont Santa Maria ; qu'à Ancône, voulant faire beaucoup d'ouvrage avec peu de dépense, pour curer le port, il l'avait rempli en un jour plus que la mer ne l'avait fait en dix ans. Telle fut la fin de la coopération de Nanni à la construction de Saint-Pierre.

Pendant dix-sept ans, Michel-Ange ne s'appliqua à autre chose qu'à assurer qu'après sa mort on ne pût y apporter de modifications, instruit qu'il était par les odieuses persécutions auxquelles il était en butte. Aujourd'hui elle est suffisamment assurée pour qu'on puisse voûter la coupole en toute sécurité. Par là, il s'est vu que Dieu, qui protège les gens de bien, l'a défendu tant qu'il a vécu, et a toujours agi en vue de l'avantage de cette construction et du bon renom de cet homme jusqu'à sa mort. Après lui, Pie IV ordonna aux intendants de ne rien changer à ce qu'avait projeté Michel-Ange, et, avec plus d'autorité encore, Pie V, son successeur, le fit mettre à exécution. Pour ne pas amener de désordres, il voulut que les plans de Michel-Ange fussent suivis strictement par ses continuateurs, les architectes Pirro Ligorio et Jacopo Vignola. Pirro, ayant voulu avec présomption y apporter quelque modification, fut enlevé à la construction avec peu d'honneur pour lui, et Vignola resta seul.

Pour en revenir à Michel-Ange, un an environ avant sa mort, Vasari avait secrètement agi auprès du duc Cosme, pour que celui-ci s'entendît avec le pape, par l'entremise de Messire Averardo Serristori, son ambassadeur, parce qu'il s'était aperçu que Michel-Ange avait beaucoup décliné, de manière que ceux qui l'entouraient ou qui étaient à son service veillassent attentivement sur lui, et que, s'il lui survenait un accident toujours à prévoir chez un vieillard, on fît en sorte que toutes ses affaires, vêtements, dessins, cartons, modèles, ainsi que son avoir fussent inventoriés et mis en garde. Tout ce qui regardait la construction de Saint-Pierre devait être remis à la Fabrique, et on devait veiller à ce que, de même, les dessins et projets relatifs à la sacristie, à la bibliothèque et à la façade de San Lorenzo ne fussent pas dispersés, comme cela arrive souvent. Bref, les dispositions furent telles que tout fut strictement exécuté.

Lionardo, son neveu, désirait aller, pendant le carême, à Rome, se doutant bien que Michel-Ange approchait du terme de sa vie, et Michel-Ange l'attendait, quand, ayant été atteint d'une fièvre lente, il lui fit écrire tout de suite par Daniello de venir. Le mal croissant, bien que Messire Federigo Donati, son médecin, et d'autres fussent autour de lui, il fit, avec toute sa connaissance, son testament, le résumant en trois paroles : il laissait son âme entre les mains de Dieu, son corps à la terre et son bien à ses parents les plus proches. Il imposait ensuite aux siens de lui rappeler les souffrances de Notre-Seigneur au moment où il quitterait cette vie. Ainsi, le 17 février, à la vingt-troisième heure, l'an 1563, selon l'usage florentin, autrement dit l'an 1564 en style romain, il expira, pour s'en aller à une meilleure vie.

Michel-Ange fut très apte aux travaux artistiques ; toute chose, si difficile qu'elle fût, lui réussissait, car il avait de nature l'esprit très apte et tourné vers ces excellentes qualités du dessin. Pour s'y rendre entièrement parfait, il fit des études anatomiques en nombre infini, écorchant des corps pour examiner la composition et la jointure des os, des muscles, des veines, des nerfs, ainsi que les mouvements divers et toutes les postures du corps humain, non seulement chez l'homme, mais encore chez les animaux et particulièrement chez les chevaux qu'il se plut beaucoup à posséder. Chez tous, il voulut voir leur composition et leur anatomie, en ce qui concerne l'art, ce qu'il montra posséder aussi bien dans les œuvres qu'il eut à exécuter que celui qui ne s'occupe pas d'autre chose. Aussi les œuvres qu'il a produites, tant avec le pinceau qu'avec le ciseau, sont-elles presque inimitables ; il leur a donné, comme on l'a déjà dit, tant d'art, de grâce et tant d'une certaine vivacité (soit dit sans offenser personne) qu'il a vaincu et surpassé les antiques, ayant su si facilement tirer ses œuvres de la difficulté qu'elles ne sentent pas l'effort. Qui les copie ensuite par le dessin retrouve cette peine à vouloir les imiter. Son mérite a été reconnu pendant sa vie, et non pas après sa mort, comme il arrive à bien d'autres, puisque Jules II, Léon X, Clément VII, Paul III et Jules III, Paul IV et Pie IV, souverains pontifes, ont toujours voulu l'avoir auprès d'eux ; comme on sait, Soliman, empereur des Turcs, François de Valois, roi de France, Charles Quint, empereur, et la Seigneurie de Venise, finalement le duc Cosme de Médicis l'ont recherché et lui ont fait des offres avantageuses, rien que pour se prévaloir de son grand talent, ce qui n'arrive qu'aux hommes de haute valeur comme lui. Ils avaient vu et reconnu que la connaissance des trois arts était tellement parfaite chez lui qu'aucune personne antique ou moderne, depuis le temps que le soleil tourne, ne s'est trouvée l'avoir, et que Dieu ne l'a concédée à personne d'autre que lui.

Il avait une imagination telle et si parfaite, et les choses qu'il avait en idée étaient telles que, ne pouvant rendre avec ses mains de si grandes et de si terribles conceptions, souvent il a abandonné des œuvres commencées, et il en a brisé quantité d'autres. Je sais que, peu de temps avant de mourir, il brûla un grand nombre de dessins, d'esquisses et de cartons faits de sa main, afin que personne ne vît les peines qu'il avait endurées et tout ce qu'il avait demandé à son cerveau, afin de ne produire qu'une œuvre parfaite. Quand il voulut faire sortir Minerve de la tête de Jupiter, il lui fallut employer le marteau de Vulcain ; il donnait à ses figures neuf, dix et douze têtes, ne cherchant qu'à les réunir et à en tirer une concordance de grâce que la nature ne pouvait lui donner. Il disait qu'il fallait avoir le compas dans l'œil et non dans la main, parce que les mains produisent et que l'œil juge : qu'il devait en être de même en architecture. Il ne paraîtra étrange à personne que Michel-Ange se plaisait à la solitude, en homme épris de son art qui absorbe et demande de la réflexion. Il est d'ailleurs nécessaire à celui qui veut s'adonner aux études de cet art de fuir la compagnie de ses semblables, d'autant que celui qui recherche de pareilles considérations n'est jamais seul ni sans pensées. Ceux qui en ont fait un reproche à Michel-Ange, comme étant de l'étrangeté et de l'originalité, ont eu tort, car celui qui veut produire de belles œuvres doit éviter les ennuis et l'importunité ; le talent veut de la réflexion, de la solitude et de la commodité pour s'exercer librement et non pas divaguer avec l'esprit. Avec tout cela, Michel-Ange s'acquit l'amitié de quantité de grands personnages et d'hommes instruits, amitié qu'il a su se conserver, tant dans la famille Médicis qu'à Rome. A la vérité, il n'accorda son amitié qu'à des personnes nobles et de mérite, car il eut du jugement et du goût en toute chose. Il aimait beaucoup ses élèves et vivait avec eux en grande familiarité, par exemple Jacopo Sansovino, le Rosso, le Pontormo, Daniello da Volterra et notamment Giorgio Vasari d'Arezzo, qu'il traita toujours avec beaucoup d'amabilité et qui lui doit de s'être adonné à l'architecture, parce qu'il voulait l'employer quelque jour ; il causait volontiers avec lui et discourait des choses de l'art. Ceux qui disent qu'il ne voulait pas enseigner ont tort, parce qu'il en usa toujours ainsi avec ses familiers et avec ceux qui lui demandaient conseil. La mauvaise fortune voulut que de ses élèves aucun ne fût digne de lui. Il m'a dit souvent qu'il regrettait de voir leurs efforts inutiles, et que, malgré son âge, il aurait volontiers travaillé l'anatomie, et aurait écrit sur ce sujet pour aider ses élèves ; plusieurs de ceux-ci trompèrent sa pensée. Mais il craignait de ne pouvoir rendre par ses écrits ce qu'il avait en idée, manquant d'exercice dans ce genre de travail, et pourtant, dans ses lettres en prose, il a très bien exprimé sa pensée en peu de paroles, et il s'est plu à expliquer les poètes qui ont écrit en langue vulgaire, particulièrement Dante et Pétrarque, qu'il admirait et imitait dans des inventions, madrigaux et sonnets sérieux, sur lesquels on a fait des commentaires. Il en envoya une infinité, dont il reçut des réponses en vers et en prose, à la très illustre marquise de Pescara, de la vertu de laquelle il était grandement épris, et dont il était payé de retour [65]. Elle alla souvent de Viterbe à Rome, pour le voir, et Michel-Ange dessina pour elle une Pietà admirable avec deux petits anges entourant la Vierge, ainsi qu'un Christ en croix, qui, la tête levée, remet son âme à son Père, œuvre admirable ; il lui donna aussi un Christ avec la

Samaritaine auprès du puits. Il se plaisait à lire les Saintes Ecritures, en bon chrétien qu'il était, et il avait en grande vénération les œuvres de Fra Girolamo Savonarola, pour avoir entendu la voix de ce frère prêchant du haut de la chaire. Il aima grandement les beautés du corps humain, pour les imiter par l'art et pouvoir tirer le beau du beau (car, sans cette imitation, on ne peut faire de chose parfaite), sans aucune pensée lascive ou déshonnête, comme il l'a montré dans sa manière de vivre. Il était extrêmement sobre, et dans sa jeunesse il se contentait d'un peu de pain et de vin, pour ne pas se distraire de son travail. Dans sa vieillesse, tandis qu'il travaillait au Jugement dernier, il attendait que la journée fût finie pour se restaurer toujours très sobrement. Quoique riche, il vivait pauvrement ; aucun de ses amis ne mangea jamais avec lui, ou rarement. Il ne voulait de cadeaux de personne, parce qu'il lui semblait devoir être toujours l'obligé de celui qui lui donnait quelque chose. Cette sobriété faisait qu'il veillait longtemps et dormait très peu ; souvent, la nuit, il se levait, ne pouvant dormir, et travaillait au ciseau, s'étant fait un chapeau en carton, sur lequel était fixé une chandelle qui éclairait ainsi son travail sans gêner ses mains. Vasari, qui vit souvent ce chapeau, s'aperçut que Michel-Ange n'employait pas de chandelle de cire, mais de suif pur de chèvre, qui est excellent, et il lui en envoya quatre mesures qui faisaient quarante livres. Son serviteur, qui était fort éveillé, les porta à Michel-Ange vers les deux heures de nuit, et comme Michel-Ange ne voulait pas les accepter, il lui dit : « Messire, j'en ai eu les bras rompus à les porter du pont jusqu'ici, et je ne veux pas les remporter. Devant votre porte, il y a une boue épaisse, elles s'y tiendront droites et je les allumerai toutes. » Michel-Ange lui répondit : « Pose-les là, car je ne veux pas que tu me fasses des farces devant ma porte. »

Il m'a raconté que souvent, dans sa jeunesse, il dormait tout habillé, en homme qui, accablé par son travail, ne se souciait pas de se dépouiller, pour avoir ensuite à se rhabiller. Il y en a qui l'ont taxé d'avarice, mais ils se trompent, car il a fait preuve du contraire, tant dans les choses de l'art que pour l'argent. Il le gagnait à la sueur de son front, avec grande peine et après de longues études, non par suite de rentes ou par le bénéfice du change. Peut-on appeler avare un homme qui soutenait quantité de pauvres gens, qui aidait secrètement à se marier beaucoup de jeunes filles pauvres, qui enrichissait ceux qui l'aidaient dans ses travaux ou qui le servaient, Urbino, son serviteur, par exemple ? Grâce à Michel-Ange, il devint très riche, et il l'avait servi longtemps. Un jour, Michel-Ange lui dit : « Si je meurs, que feras-tu ? » Il répondit : « J'en servirai un autre. — Pauvre malheureux, dit alors Michel-Ange, je veux remédier à ta misère ! » Et il lui donna deux mille écus en une seule fois, chose qu'on voit faire aux empereurs et aux grands pontifes. Il donna plusieurs fois à son neveu trois et quatre mille écus, et à la fin il lui a laissé dix mille écus, non compris ses affaires qui étaient à Rome.

Il avait une mémoire profonde et tenace ; quand il avait vu une chose une fois, il la retenait si fidèlement qu'il pouvait la reproduire de manière que personne ne s'est jamais aperçu qu'il l'eût faite sans avoir l'original devant les yeux. Il n'a jamais produit d'œuvre qui en rappelât une autre des siennes, parce qu'il se souvenait de tout ce qu'il avait fait. Dans sa jeunesse, étant à dîner avec des peintres de ses amis, ils parièrent un dîner, à qui ferait une figure qui n'aurait absolument rien du dessin, et fût aussi grossière que ces bonshommes que font ceux qui ne savent pas dessiner, et barbouillent les murs. La mémoire le servit parfaitement, car s'étant souvenu d'avoir vu un de ces bonshommes sur un mur, il le reproduisit, comme s'il l'avait devant les yeux, et surpassa les autres peintres, chose difficile chez un homme si pénétré de dessin, et accoutumé à ne produire que des œuvres choisies. Il a toujours été dédaigneux, et avec raison, contre ceux qui lui avaient manqué : néanmoins on ne l'a jamais vu recourir à la vengeance ; au contraire, il avait une patience extrême. Il était très modeste dans ses manières, prudent et sage dans ses paroles, avec des réponses pleines de gravité, et quelquefois des réflexions ingénieuses, plaisantes et piquantes. Il a tenu bien des propos que nous avons conservés, et dont voici quelques-uns, pour ne pas être trop long. Comme on lui parlait de la mort d'un de ses amis, et qu'on lui disait qu'elle devait lui faire beaucoup de peine, car cet ami s'était appliqué continuellement et sans repos aux choses de l'art, Michel-Ange répondit que tout cela n'était rien ; car si la vie nous plaît, la mort sortant de la main du même auteur ne devrait pas nous déplaire. A un citoyen qui le trouva arrêté devant Or San Michele, à Florence, et regardant la statue de saint Marc faite par Donato, et qui lui demandait ce qu'il pensait de cette figure, il répondit qu'il n'avait jamais vu de figure qui eût tant l'air d'un homme de bien que celle-là ; que le saint Marc était tel qu'on pouvait bien croire ce qu'il avait écrit. On lui montra un jour un dessin fait par un enfant qui apprenait à dessiner, et, comme quelques-uns l'excusaient, disant qu'il y avait peu de temps qu'il avait commencé, il répondit : « On le voit bien. » Il tint le même propos à un peintre qui avait fait une Pietà (Notre-Dame de Pitié) et ne l'avait pas réussie, lui disant qu'« elle faisait vraiment pitié à regarder ». Ayant appris que Sebastiano Veneziano avait à peindre un frère dans la chapelle de San Piero a Montorio, il dit que cette figure ruinerait l'œuvre ; et, comme on lui en demandait la raison, il dit qu'il n'était pas étonnant que les frères, ayant mis dans le désordre le monde qui est si grand, en fissent autant d'une chapelle si petite. Un peintre avait produit une œuvre avec beaucoup de peine et de temps employé ; quand il l'eut exposé, il en retira une bonne somme, et comme on demandait à Michel-Ange ce qu'il pensait de son auteur, il répondit : « Tant que celui-ci voudra être riche, il sera continuellement pauvre. » Un de ses amis, prêtre et religieux, arriva à Rome, tout couvert d'étoffes et de broderies, et alla saluer Michel-Ange ; celui-ci feignit de ne pas le reconnaître et son ami fut forcé de lui dire son nom. Michel-Ange affecta alors de s'étonner de le voir dans ce costume, et lui dit ensuite, en se réjouissant : « Que vous êtes beau ! si l'intérieur répond à l'extérieur, quel bonheur pour votre âme ! » Le même lui recommanda un de ses amis, à qui Michel-Ange fit faire une statue, et lui demanda de lui faire donner quelque chose de plus, ce que Michel-Ange fit bien volontiers. Il pensait que Michel-Ange ne tiendrait pas sa promesse, et quand il vit qu'il s'était trompé, il se plaignit à des tiers qui rapportèrent le propos à Michel-Ange.

Celui-ci dit alors qu'il n'aimait pas les hommes à double face, tirant cette métaphore de l'architecture, et voulant dire qu'avec de pareilles gens on ne peut rien faire de bien. Un de ses amis lui demandait ce qu'il pensait d'un artiste qui avait copié en marbre les plus célèbres statues antiques, et qui se vantait d'avoir surpassé de beaucoup les originaux. Michel-Ange lui répondit : « Qui marche derrière d'autres ne passe jamais devant eux ; qui ne fait rien de bien par lui-même ne peut pas profiter des œuvres des autres. » Je ne sais quel peintre avait fait une œuvre, dans laquelle un bœuf était mieux réussi que le reste. On en demanda la raison à Michel-Ange qui répondit : « Tout peintre réussit mieux son propre portrait. » Comme il passait un jour devant San Giovanni, à Florence, on lui demanda ce qu'il pensait des portes, et il répondit : « Elles sont si belles qu'elles feraient bien aux portes du paradis. » Il était une fois au service d'un prince qui chaque jour changeait d'avis, et à cette occasion, il disait à un de ses amis : « Ce seigneur a une cervelle comme une girouette ; tout vent qui souffle dessus la fait tourner. » Etant allé voir une œuvre de sculpture qui devait être exposée, étant terminée, comme le sculpteur cherchait la meilleure lumière des fenêtres, pour faire valoir sa statue, Michel-Ange lui dit : « Ne te mets pas en peine ; l'important est la lumière de la place », voulant dire que, puisque les œuvres d'art sont montrées au public, c'est lui qui juge si elles sont bonnes ou mauvaises. Il y avait à Rome un grand prince, qui se piquait d'architecture et qui avait fait faire des niches destinées à contenir des statues. Comme ces niches étaient hautes des trois quarts, avec un anneau à la partie supérieure, et que l'on s'efforçait d'y mettre diverses statues qui n'y faisaient pas bien, on demanda à Michel-Ange ce qu'il fallait y mettre, et il répondit : « Des bottes d'anguilles suspendues à cet anneau. » Quelqu'un fut attaché à la construction de Saint-Pierre, qui prétendait connaître à fond Vitruve, et qui censurait tout ce que l'on faisait. On dit alors à Michel-Ange : « Vous avez là un homme d'un grand esprit. » Il répondit : « C'est certain, mais il a un pauvre jugement. » Un peintre avait fait une peinture qu'il avait remplie de quantité de figures et de choses prises à d'autres dessins et à d'autres peintures, en sorte qu'il n'y avait aucune partie de son tableau qui ne fût pas pillée. On le montra à Michel-Ange, et, comme un de ses amis lui demandait ce qu'il en pensait, il répondit : « C'est bien, mais je ne sais pas comment fera cette peinture, au jour du Jugement dernier, que tous les corps reprendront leurs membres propres, car il ne lui restera rien ! » Bon avis donné à ceux qui s'occupent d'art, de ne tirer leurs œuvres que de leur propre fonds. Passant un jour par Modène, il vit des œuvres qui lui parurent excellentes, et qui sortaient de la main de Maître Antonio Bigarino de Modène, qui avait fait quantité de belles statues en terre cuite et peintes en couleur de marbre. Comme ce sculpteur ne savait pas travailler le marbre, Michel-Ange dit : « Malheur aux statues antiques, si cette terre devient du marbre ! » On dit à Michel-Ange qu'il devrait avoir du ressentiment contre Nanni di Baccio Bigio, qui voulait toujours entrer en compétition avec lui. « Qui entre en lutte avec des ignorants remporte de maigres victoires. » Un prêtre de ses amis lui dit : « C'est grand dommage que vous n'ayez pris femme, parce que vous auriez eu beaucoup d'enfants, et vous leur auriez laissé un grand renom. » Michel-Ange répondit : « Je ne suis que trop marié avec cet art qui ne me donne que des soucis, et mes enfants sont les œuvres que je laisserai. Si peu qu'on en parle, ce sera toujours cela. Que serait-il arrivé à Lorenzo di Bartoluccio Ghiberti, s'il n'avait pas fait les portes de San Giovanni ? Ses fils et petits-fils ont gaspillé et vendu tout ce qu'il a laissé, tandis que les portes sont toujours en place. » Vasari fut envoyé une fois par le pape Jules III, à une heure de nuit, pour un dessin, à la maison de Michel-Ange, et il le trouva en train de travailler à la Pietà en marbre qu'il mit ensuite en pièces. Michel-Ange, l'ayant reconnu quand il frappa à la porte, se leva du travail et prit une lanterne pour l'éclairer ; Vasari lui ayant exposé ce qu'il voulait, il envoya Urbino chercher le dessin, et tandis qu'en l'attendant ils causaient d'autre chose, Vasari jeta les yeux sur une jambe du Christ, à laquelle Michel-Ange travaillait et qu'il cherchait à modifier. Pour l'empêcher de la regarder, Michel-Ange laissa tomber la lanterne, et comme ils étaient dans l'obscurité, il appela Urbino, pour qu'il leur apportât de la lumière. Puis il dit : « Je suis si vieux que souvent la mort me tire par l'habit, pour que je l'accompagne. Je tomberai tout d'un coup, comme cette lanterne, et ainsi s'éteindra la lumière de ma vie. »

Avec tout cela, il se plaisait à la fréquentation de certains hommes à son goût, comme le Menighella, peintre vulgaire et bouffon du Val d'Arno, qui était plaisant et venait souvent voir Michel-Ange, pour lui demander des dessins de saint Roch ou de saint Antoine, à mettre en couleur pour des paysans. Michel-Ange qui se faisait prier pour travailler pour des souverains, laissait là son travail et lui faisait des dessins simples et conformes au désir de Menighella. Entre autres, il fit le modèle d'un Crucifix vraiment admirable, et Menighella en tira un moule, dont il fit des crucifix en carton ou en autre mixture qu'il alla ensuite vendre dans les campagnes, ce qui mettait Michel-Ange en grande gaieté. Il aimait également Topolino, qui, de tailleur de pierre, avait l'ambition de devenir sculpteur, mais qui ne réussissait pas. Il resta longtemps dans les montagnes de Carrare à envoyer des marbres à Michel-Ange. Jamais il ne lui adressait de bateau chargé de marbres sans y ajouter trois ou quatre figurines qu'il avait ébauchées et qui faisaient mourir de rire Michel-Ange. Finalement, étant de retour et ayant ébauché un Mercure en marbre, il se mit à le terminer. Quand il le jugea presque à point, il voulut que Michel-Ange le vît, et il lui demanda instamment de lui dire ce qu'il en pensait. « Tu es un fou, Topolino, lui dit Michel-Ange, de vouloir faire des statues. Ne vois-tu pas que ton Mercure est trop court d'un bon tiers de brasse, des genoux aux pieds. C'est un nain, et il est tout estropié. — Oh ! ceci n'est rien : s'il n'y a que cela, j'y remédierai bien ; laissez-moi faire. » Michel-Ange rit de nouveau de sa simplicité ; mais quand il fut parti, Topolino prit un peu de marbre, et ayant coupé son Mercure un quart de brasse au-dessous des genoux, il lui encastra les jambes très adroitement dans une paire de brodequins, qui remontaient un peu, en cachant la jointure, et qui allongeaient la statue de ce qui lui manquait. Il fit ensuite revenir Michel-Ange et lui montra son œuvre. Michel-Ange resta émerveillé, après en avoir ri, de voir que de pareils fous, poussés par la nécessité, savent trouver des expédients qui échappent aux hommes de talent. Pendant qu'il faisait terminer le tombeau de Jules II, il fit faire à un tailleur de marbre un terme destiné à être placé au tombeau de San Piero in Vincola, en lui disant : « Enlève du marbre ici, aplanis là, polis cette partie », en sorte que, sans que le tailleur s'en aperçût, il lui fit faire une figure, que celui-ci s'émerveillait à regarder. Quand elle fut terminée, Michel-Ange lui dit : « Que t'en semble ? — Rien que de bien, répondit-il, et je vous suis grandement obligé. — Pourquoi ? repartit Michel-Ange. — Parce que, grâce à vous, je me vois posséder un talent que je ne savais pas avoir. »

Pour en rester là, je dirai que cet homme fut d'une complexion très saine, sèche et toute noueuse de nerfs. S'il fut maladif dans son enfance et eut, pendant l'âge mûr, deux maladies sérieuses, il résista à toutes les fatigues et n'eut aucune infirmité, sinon que, dans sa vieillesse, il souffrit de la gravelle qui se changea en pierre. Maître Realdo Colombo, son ami intime, le seringua pendant de longues années, et le soigna diligemment. Il était d'une taille médiocre, large des épaules, mais bien proportionné quant au reste du corps. Quand il alla vieillissant, il porta continuellement aux jambes des bas en peau de chien, qu'il gardait des mois entiers sur la peau, et quand il voulait les enlever, souvent la peau venait avec. Sur les chausses, il portait des bottes de maroquin, lacées intérieurement pour comprimer les veines. Il avait le visage rond, le front carré et large, avec sept rides prononcées, et ses tempes dépassaient sensiblement les oreilles qui étaient plutôt grandes et détachées des joues. Le corps était en proportion de la face, et plutôt grand. Le nez était quelque peu camus, comme nous l'avons dit dans la Vie du Parmigiano, qui le lui rompit d'un coup de poing. Il avait les yeux plutôt petits, de couleur cornée, tachés de points brillants jaunes tirant sur l'azur, peu de cils aux paupières, les lèvres minces, celle inférieure plus grosse et avançant un peu, le menton bien conformé, la barbe, ainsi que les cheveux, noire avec beaucoup de poils blancs, assez courte, à deux pointes et peu fournie. Certainement sa venue au monde fut, comme je l'ai dit au commencement de cette Vie, un exemple donné par Dieu aux hommes de notre art, pour qu'ils le suivissent et qu'ils apprissent de lui comment doivent vivre et se comporter les vrais et grands artistes. Quant à moi, qui puis remercier Dieu d'une félicité infinie, qui arrive rarement aux hommes de notre profession, je regarde comme le plus grand bonheur d'être né du temps où vivait Michel-Ange, et qu'il voulut bien me protéger et m'honorer de son amitié, ainsi qu'en font foi les lettres qu'il m'a écrites. Par amour de la vérité et en gage de reconnaissance, pour l'affabilité qu'il a toujours eue pour moi, j'ai pu raconter de lui quantité de choses toutes vraies, que d'autres n'ont pas connues.

Son corps fut déposé avec des honneurs extraordinaires et avec le concours des Arts, de tous ses amis et de la nation florentine, dans un caveau de Santo Apostolo, Sa Sainteté ayant décidé de lui faire élever un tombeau signalé à Saint-Pierre de Rome. Son neveu Lionardo arriva quand tout était terminé, bien qu'il fût venu en poste. Comme le duc de Cosme avait l'intention, n'ayant pu l'avoir pendant sa vie, et l'honorer, de faire venir le corps à Florence, et de lui rendre les plus grands honneurs, le corps fut envoyé dans un ballot de marchandises et en grand secret ; car, si on l'avait su à Rome, on ne l'aurait pas laissé porter à Florence. Mais, avant sa venue, les peintres, sculpteurs et architectes de notre Académie, s'étant rassemblés, nommèrent quatre d'entre eux, Agnolo Bronzino et Giorgio Vasari, peintres, Benvenuto Cellini et Bartolommeo Ammanati, sculpteurs, pour se concerter et préparer de magnifiques funérailles. Ils décidèrent d'en informer le duc et de lui demander que les funérailles se fissent à San Lorenzo, église de l'illustre famille des Médicis, où se trouve la majeure partie des œuvres de Michel-Ange existant à Florence ; de plus, que Son Excellence voulût bien qu'on eût recours à la grande éloquence d'un homme tel que Varchi, pour prononcer l'oraison funèbre et l'éloge du génie de Michel-Ange. Le duc accéda à leur désir, et leur fit dire qu'il leur promettait aide et concours, aucune chose ne pouvant lui être plus agréable.

Pendant que ces choses se traitaient à Florence, Lionardo Buonarroti, arrivé trop tard pour trouver son oncle encore en vie, apprit de Daniello da Volterra, qui avait été un des amis les plus intimes de Michel-Ange, et de plusieurs autres qui étaient restés auprès de ce saint vieillard, que Michel-Ange leur avait demandé et les avait priés de faire porter son corps à Florence, sa noble patrie, à laquelle il avait toujours porté un ardent amour. Le corps, enlevé secrètement et emballé comme une marchandise, avait été mis en route pour Florence. Je dois dire que cette dernière volonté de Michel-Ange montra bien, contrairement à ce que quelques-uns ont prétendu, que, s'il resta éloigné de Florence pendant de longues années, la seule raison en fut la qualité de l'air. Car, par expérience, il avait reconnu que l'air de Florence, vif et trop ténu, lui était contraire, et que celui de Rome, plus doux et tempéré, l'avait maintenu en bonne santé jusqu'à l'âge de quatre-vingt-dix ans, avec toutes ses facultés entières, en sorte que, jusqu'au dernier jour, il avait pu travailler. Le corps étant arrivé à Florence fut déposé le même jour, c'est-à-dire le 11 mars, qui fut un samedi, dans la compagnie de l'Assunta, qui est sous le maître-autel et sous les escaliers postérieurs de San Piero Maggiore, sans que personne en fût averti. Le jour suivant, qui fut le dimanche de la deuxième semaine de carême, tous les peintres, sculpteurs et architectes se rassemblèrent sans éclat autour de San Piero, où l'on n'avait apporté qu'un drap de velours brodé d'or pour couvrir la bière et le brancard sur lesquels on posa un crucifix. Ensuite, vers les minuit, tous s'étant réunis autour du corps, subitement les meilleurs et les plus vieux artistes prirent en main une quantité de torches qu'on avait apportées, et les jeunes s'emparèrent du brancard avec tant de promptitude que bienheureux furent ceux qui purent s'en approcher et pouvoir aider, comme s'ils croyaient pouvoir un jour se glorifier d'avoir porté les restes du plus grand homme qui fut jamais dans leurs arts. Ce rassemblement autour de San Piero attira l'attention de beaucoup de personnes, comme cela arrive en pareil cas, et le murmure était d'autant plus grand que le corps de Michel-Ange était sorti de l'église et qu'il s'agissait de le porter à Santa Croce. Bien que tout cela eût été organisé de manière que la chose ne fût pas sue, car le bruit s'en étant répandu en ville, une grande foule serait accourue et aurait amené du désordre et de la confusion ; bien qu'en outre les organisateurs eussent désiré s'en tenir à ce peu d'apparat, réservant la grande cérémonie à un autre temps plus commode, tout alla d'une manière contraire. En effet, quant à la foule, la nouvelle s'étant répandue de bouche en bouche, en un clin d'œil l'église fut si pleine que ce fut avec une très grande difficulté qu'on parvînt à porter le corps à la sacristie pour le sortir du ballot et le mettre dans le caveau. Quant aux honneurs, il est incontestable que la vue d'un grand nombre de religieux et de pénitents, d'une multitude de cierges et d'une foule de gens vêtus de noir constitue un apparat grand et magnifique. Mais il n'est pas moins merveilleux de voir réunis à l'improviste tant d'hommes excellents dans leurs arts et justement réputés, apportant à ce corps leurs hommages d'admiration et d'affection. Il y avait en outre quantité de citoyens derrière eux, et dans les rues par où le cortège passait, plus, pour ainsi dire, que les rues ne pouvaient en contenir, et, ce qui est encore plus merveilleux, on n'entendait que les louanges du grand mérite de Michel-Ange ; et dire que le vrai talent a tant de force que, même si toute espérance de gain et d'avantages vient à lui manquer, il lui reste toujours d'être aimé et honoré pour sa propre valeur.

Le corps ayant été apporté à Santa Croce, après que les frères lui eurent rendu les honneurs dus aux morts, on le porta à la sacristie, non sans grande difficulté, à cause de la foule. Là, le directeur de l'Académie, appelé par les devoirs de sa charge, pensant faire une chose qui fût agréable à tous, et désirant, comme il l'avoua plus tard, voir mort celui qu'il n'avait pu voir vivant, ou bien qu'il avait vu à un âge dont il ne lui restait plus de souvenir, se décida à faire ouvrir la bière, ce qui fut fait. Il pensait, et nous pensions tous, trouver le corps déjà en décomposition, puisque Michel-Ange était mort vingt-cinq jours auparavant, et que son corps était en bière depuis vingt-deux jours. Mais nous le vîmes intact dans toutes ses parties, ne dégageant aucune odeur, en sorte que nous pouvions croire qu'il reposait plutôt dans un doux et profond sommeil. Outre que les traits du visage n'avaient pas changé, sauf que ce dernier avait pris un peu la teinte de la mort, aucun membre n'était altéré ; la tête et les joues étaient telles qu'on aurait pu croire, à les toucher, qu'il y avait peu d'heures que la mort était venue.

La foule s'étant enfin écoulée, on procéda à la mise du corps dans un caveau de l'église, à côté de l'autel des Cavalcanti, et près de la porte qui donne dans le cloître du chapitre. A ce moment, le bruit ayant couru par toute la ville, il vint tant de jeunes gens pour le voir qu'on eut grand-peine à fermer le caveau. Et si on l'avait fait le jour, au lieu de procéder la nuit, on aurait été obligé de laisser le caveau ouvert pendant de longues heures pour satisfaire la foule. Le lendemain matin, tandis que les peintres et sculpteurs désignés faisaient les projets de la cérémonie solennelle, les beaux esprits, dont Florence a toujours été remplie, commencèrent à attacher au caveau nombre de pièces de vers en latin et en italien, ce qui continua quelque temps. On les a d'ailleurs imprimées, mais ce n'est que la plus petite partie de toutes celles qui furent composées à ce sujet.

Le 14 juillet, les funérailles solennelles eurent lieu dans l'église San Lorenzo. Après tous ces honneurs, le duc voulut qu'on élevât à Michel-Ange un monument dans cette église de Santa Croce où, de son vivant, il avait déclaré vouloir être enterré dans le tombeau de ses ancêtres. Son Excellence donna à Lionardo Buonarroti tous les marbres nécessaires, et le tombeau, dessiné par Vasari, fut donné à faire à Batista Lorenzi, excellent sculpteur, ainsi que le buste de Michel-Ange. Comme il doit y avoir trois statues, la Peinture, la Sculpture et l'Architecture, une d'elles fut allouée à Batista, une autre à Giovanni dell' Opera et la troisième à Valerio Cioli, tous trois sculpteurs florentins. Ils y travaillent en ce moment, et le tombeau sera bientôt mis en place. La dépense est supportée par Lionardo Buonarroti ; les marbres ont été donnés par le duc. Mais Son Excellence, pour ne rien négliger des honneurs dus à un tel homme, a décidé de faire poser son buste, avec une inscription, dans le Dôme, où l'on voit déjà les noms et les têtes d'autres Florentins éminents.

Le Titien

PEINTRE, PIEVE DI CADORE, 1488/1490 – VENISE, 1576

Titien naquit à Cadore, petit village situé sur la Piave, à cinq milles de la cluse des Alpes, l'an 1480 [1], de la famille des Vecelli, l'une des plus nobles de cet endroit. Parvenu à l'âge de dix ans, avec un esprit vif et délié, il fut envoyé à Venise, chez un de ses oncles, citoyen honorable de cette ville, qui, reconnaissant en lui de grandes dispositions pour la peinture, le plaça auprès de Gian Bellini, excellent peintre de cette époque et très réputé. S'étant mis à dessiner sous la direction de ce maître, il ne tarda pas à montrer qu'il était doué par la nature de tout le jugement et de tout le génie nécessaires pour réussir dans la peinture. Comme Gian Bellini et les autres peintres vénitiens de cette époque, faute d'avoir étudié l'antique, se bornaient à travailler d'après des modèles vivants mais avec une manière sèche, crue et difficile, Titien adopta tout d'abord ce mode ; mais, vers l'an 1507, Giorgione da Castelfranco s'étant mis à peindre autrement, et la manière des anciens peintres ne plaisant pas à Titien, celui-ci commença à donner à ses œuvres plus de moelleux et un plus grand relief, tout en continuant à copier la nature de son mieux. Il employait immédiatement les couleurs, procédant par teintes crues et douces, suivant ce que lui montrait le modèle, sans faire de dessins préparatoires, disant que le fait de peindre, avec les propres couleurs, sans études sur le papier, était le vrai et meilleur moyen de faire, et le véritable dessin. Il ne s'apercevait pas que celui qui veut ordonner une composition et en approprier les inventions doit en faire d'abord plusieurs esquisses sur le papier, pour voir comment le tout s'arrange ensemble. On ne peut d'ailleurs bien rendre le nu qu'après l'avoir beaucoup dessiné. Enfin, c'est en dessinant que l'esprit se remplit de belles idées, et que l'on apprend à reproduire de souvenir tout ce que présente la nature, sans avoir besoin de son modèle continuel, et de chercher à tourner, par la grâce des couleurs, la difficulté de ne pas savoir dessiner. C'est ce qui arriva au Giorgione, à Palma, au Pordenone, et à d'autres qui ne virent point Rome et les autres chefs-d'œuvre. Titien laissa donc de côté la manière de Gian Bellini, bien qu'il y eût consacré beaucoup de temps, dès qu'il connut celle de Giorgione, et, en peu de temps, il réussit à imiter ce dernier maître de telle sorte que souvent de ses œuvres furent attribuées à Giorgione, comme on le dira plus loin. Titien, en avançant en âge, en pratique et en meilleur jugement, exécuta plusieurs fresques, dont nous ne pouvons parler avec ordre, car elles sont dispersées en plusieurs endroits. Qu'il suffise de constater qu'elles furent telles que quantité de gens qui s'y entendaient estimèrent qu'il deviendrait un peintre excellent, comme cela est arrivé par la suite.

A ses débuts donc, il s'appliqua à suivre la manière de Giorgione et, à à peine dix-huit ans, il fit le portrait d'un gentilhomme de la famille Barbarigo, lequel était son ami ; ce portrait fut jugé si beau que, s'il n'y avait inscrit son nom en noir, on l'aurait attribué à Giorgione. Celui-ci ayant achevé la façade antérieure du Fondaco de' Tedeschi, Titien fut chargé, par l'entremise de Barbarigo, de peindre différents sujets sur le même édifice, du côté de la Merceria [2]. Il peignit ensuite un grand tableau, rempli de figures grandeur nature, et qui est aujourd'hui chez Messire Andrea Loredano près de San Marcuola : il représente la Fuite en Egypte, à travers une forêt peuplée d'animaux, exécutés d'après nature, qui paraissent presque vivants. On y voit, en outre, un remarquable paysage, genre que Titien avait étudié quelques mois sous la direction de plusieurs habiles paysagistes allemands, qu'il avait rassemblés à cet effet dans sa maison [3]. Peu de temps après, il fit un portrait qui paraît vivant, d'après Messire Giovanni d'Anna, gentilhomme et marchand flamand, son compère, qui lui doit, en outre, un *Ecce Homo*, avec plusieurs figures que les connaisseurs et Titien lui-même considèrent comme une très belle œuvre. Pour le même, il fit un tableau de la Vierge, entourée d'hommes et d'enfants grandeur nature, dont les têtes sont les portraits fidèles des personnes qui composaient la famille de Messire Giovanni d'Anna [4].

L'an 1507, tandis que l'empereur Maximilien était en guerre avec les Vénitiens, Titien représenta, comme lui-même l'a raconté, dans l'église San Marziliano, l'ange Raphaël, Tobie et un chien, avec un paysage lointain ; près d'un bouquet d'arbres, saint Jean-Baptiste à genoux se tient en prières, les yeux tournés vers le ciel d'où descend un rayon qui l'illumine [5]. On croit que Titien termina cet ouvrage avant de s'occuper de la façade du Fondaco de' Tedeschi. Il avait déjà découvert une partie de cette façade, lorsque des gentilshommes, ignorant que Giorgione n'y travaillait plus et que Titien l'avait remplacé, rencontrèrent Giorgione et le félicitèrent, en lui disant qu'il déployait encore plus de talent dans la façade qui est du côté de la Merceria qu'il ne l'avait fait dans celle qui donne sur le Canal Grande. Giorgione fut tellement blessé de ce propos qu'il évita de se montrer, tant que Titien n'eut pas terminé son œuvre et en eut été universellement reconnu l'auteur ; il ne voulut même plus jamais avoir de rapports avec Titien ni être son ami.

L'année suivante, en 1508, Titien publia le Triomphe de la Foi, gravé sur bois ; il introduisit dans cette composition nos premiers parents, les patriarches, les prophètes, les Sibylles, les innocents, les martyrs, les apôtres, et Jésus-Christ porté par les quatre Evangélistes et les quatre Docteurs de l'Eglise, suivis par les saints confesseurs. Dans cette œuvre, il montra la hardiesse et la fierté d'un praticien consommé. Je me rappelle que, parlant un jour de cela à Fra Bastiano del Piombo, celui-ci me dit que si Titien avait été à Rome et avait vu les antiques, ainsi que les œuvres de Michel-Ange et de Raphaël, si de plus il avait étudié le dessin, il aurait produit des choses étonnantes ; grâce à son beau coloris, et comme il méritait d'être regardé comme le plus grand imitateur de la nature, dans les œuvres de couleur, il aurait encore ajouté au dessin sublime de l'Urbinate et de Buonarroti.

Etant allé ensuite à Vicence, il peignit à fresque le Jugement de Salomon, sous la petite galerie où s'administre publiquement la justice. De retour à Venise, il décora la façade des Grimani, puis il se rendit à Padoue, et laissa à Sant' Antonio quelques fresques tirées de l'histoire du saint [6] ; dans l'église de Santo Spirito, il fit un petit tableau à l'huile que bien des personnes ont attribué à Giorgione, et qui représente saint Marc assis et environné de saints dont les têtes sont autant de portraits d'après nature [7]. Par suite de la mort de Gian Bellini, une fresque était restée inachevée dans la salle du Grand Conseil, qui représente Frédéric Barberousse agenouillé devant la porte de saint Marc, et faisant amende honorable au pape Alexandre III, qui lui met le pied sur la gorge ; Titien fut chargé d'achever cette composition. Il y opéra de nombreux changements et y introduisit les portraits de plusieurs de ses amis et de divers personnages. Le Sénat le récompensa en lui donnant, au Fondaco de' Tedeschi, l'office della Senseria dont le revenu annuel est de trois cents écus [8]. La Seigneurie confère ordinairement cet office au peintre le plus éminent de la ville, en lui imposant l'obligation de faire, à chaque élection, le portrait du nouveau doge, moyennant huit écus seulement, payés par ce doge ; le portrait est ensuite exposé dans une salle publique du palais de Saint-Marc.

En 1514, Alphonse, duc de Ferrare, voulut que Gian Bellini travaillât à décorer un cabinet, où le Dosso, peintre ferrarais, avait déjà peint l'histoire d'Enée, celle de Mars et Vénus, et dans une grotte un Vulcain accompagné de deux ouvriers. Gian Bellini représenta, sur une autre paroi, des bacchantes, des musiciens, des satyres, des hommes et des femmes ivres, autour d'une cuve de vin vermeil, près de laquelle on voit Silène entièrement nu, monté sur son âne et environné d'une troupe de gens qui ont les mains pleines de fruits et de raisins. Sur la cuve, Gian Bellino écrivit ces mots : *Ioannes Bellinus Venetus, p.* 1514 [9]. Cet ouvrage est un des meilleurs qu'il ait jamais produits, bien que l'on puisse reprocher aux draperies cette raideur qui appartient à la manière allemande : mais ce n'est pas étonnant, car il imita un tableau d'Albert Dürer, que l'on avait rapporté à Venise et placé dans l'église San Bartolommeo, tableau remarquable et plein de belles figures peintes à l'huile [10]. La vieillesse ayant forcé Gian Bellino à laisser cette œuvre inachevée, Titien fut appelé à la terminer, comme étant le meilleur peintre de son temps. Stimulé par le désir de se faire connaître, il peignit avec beaucoup d'application deux panneaux qui manquaient dans ce cabinet [11]. Sur le premier, on voit un fleuve de vin vermeil, entouré de chanteurs, de musiciens et de musiciennes à moitié ivres, à côté desquels dort une femme nue, si belle qu'on la croirait vivante : ce panneau est signé de son nom. Sur l'autre, qui est contigu au premier, et vis-à-vis de la porte d'entrée, il peignit une foule de petits amours et d'enfants très beaux, dans diverses attitudes. L'un d'eux urine dans un fleuve et se reflète dans l'eau, tandis que les autres sont autour d'un piédestal, en forme d'autel, sur lequel s'élève la statue de Vénus, dont la main droite tient une coquille marine ; près de Vénus, on voit la Grâce et la Beauté qui sont terminées avec un soin incroyable. Titien représenta pareillement, sur la porte d'une armoire, un Christ à mi-corps, d'une étonnante perfection, auquel un Pharisien montre la monnaie de César [12]. Les meilleurs de nos artistes affirment que ce Christ et les peintures du cabinet sont les meilleures œuvres que Titien ait jamais produites et, en vérité, elles sont uniques. Aussi mérita-t-il d'être apprécié et libéralement récompensé par le duc de Ferrare, qu'il peignit parfaitement, le bras appuyé sur une grande pièce d'artillerie. On lui doit aussi le portrait de la signora Laura, que le duc épousa plus tard ; c'est une œuvre étonnante [13]. A cette époque, il se lia d'amitié avec le divin Ariosto, qui le célébra dans ces vers de l'*Orlando furioso* [14] :

E Tizan che onora,
Non meu Cador, che quei Venezia e Urbino

De retour à Venise, il peignit à l'huile sur toile, pour le beau-père de Giovanni da Castel Bolognese, un berger nu et une paysanne qui lui tend des flûtes, pour qu'il en joue, dans un très beau paysage ; ce tableau est aujourd'hui à Faenza, dans la maison de Giovanni [15]. Il peignit ensuite, pour le maître-autel de l'église des Mineurs, appelée la Ca Grande, un tableau de l'Assomption de la Vierge et, dans le bas les douze Apôtres, qui la regardent monter au ciel. Mais, comme cette peinture est sur toile, et mal conservée, on la voit peu [16]. Dans la chapelle de la famille Pesari de la même église, il fit un tableau de la Vierge tenant l'Enfant Jésus, et accompagnée de saint Pierre, de saint Georges et des donateurs de la Ca Pesaro ; agenouillés, parmi ces derniers, on remarque l'évêque de Baffo et son frère, alors de retour de la victoire que l'évêque venait de remporter sur les Turcs [17]. Dans la petite église de San Niccolo du même couvent, il représenta, sur un tableau, l'Enfant Jésus porté par la Vierge que contemplent saint Nicolas, saint François, sainte Catherine et un saint Sébastien nu, peint d'après un modèle vivant, dont les jambes et le torse sont faits sans les artifices habituellement employés pour leur donner de la beauté, mais en regardant la vraie nature ; ce corps, si naturel et en chair, semble donc calqué sur celui d'un vivant [18]. D'après cette composition, Titien traça sur bois un dessin qui fut gravé et tiré par d'autres. Il fit ensuite, pour l'église San Rocco, sur un panneau, le Christ, l'épaule chargée d'une croix et le cou entouré d'une corde que tire un Juif ; ce tableau, que plusieurs personnes ont cru être de la main de Giorgione, est aujourd'hui l'objet sacré le plus vénéré de Venise, et a valu à l'église plus d'aumônes que Titien et Giorgione n'ont gagné d'écus dans tout le cours de leur vie [19].

Ayant été ensuite appelé à Rome par le cardinal Bembo, secrétaire du pape Léon X, dont il avait fait le portrait, et qui voulait lui faire connaître Rome, Raphaël d'Urbin et les autres maîtres, il remit ce voyage de jour en jour, si bien que, le pape Léon X et Raphaël étant morts l'an 1520, la chose ne se fit pas. Pour l'église de Santa Maria Maggiore, il peignit, sur un tableau, un saint Jean-Baptiste dans le désert, au milieu de rochers ; un ange qui paraît vivant et un morceau de paysage lointain, avec de beaux arbres, sur la rive d'un fleuve, complètent ce tableau [20]. On lui doit encore les admirables portraits de Loredano et du prince Grimani ; peu de temps après, il fit celui de François Ier, lorsque ce roi quitta l'Italie pour retourner en France [21].

L'année où Andrea Gritti fut élu doge, Titien introduisit le portrait de ce seigneur, sous la figure de saint André, dans un merveilleux tableau exposé dans la salle du Collège, et qui contient la Vierge, saint Marc et saint André. Comme il s'était obligé en acceptant l'office della Senseria, à faire, outre les portraits des doges susdits, ceux des doges qui se sont succédé à cette époque, il a fait le portrait de Pietro Lando, Francesco Donato, Marc Antonio de Trévise et Venier [22]. Quant aux deux frères Priuli, qui furent également doges, il fut dispensé de les peindre, à cause de son extrême vieillesse.

Pietro Aretino, célèbre poète de notre époque, étant allé habiter Venise avant le sac de Rome, se lia intimement avec Titien et le Sansovino, ce qui fut très utile à la gloire et aux intérêts de Titien, car les œuvres de son ami le firent connaître au loin et particulièrement des grands souverains d'Europe, comme nous le dirons en son temps, mais revenons à ses ouvrages [23]. Il fit le tableau placé à l'autel de saint Pierre martyr, dans l'église San Giovanni e Polo, représentant le saint plus grand que nature, assailli dans une épaisse forêt par un soldat, qui le jette à terre après l'avoir frappé d'un coup à la tête, tel que le saint reste à demi mort. Dans le compagnon de saint Pierre qui s'enfuit, on voit exprimées l'épouvante et la terreur de la mort; deux anges nus apparaissent dans les airs, dans une éclaircie qui couvre de lumière le paysage qui est très beau, ainsi que toute l'œuvre. De toutes les peintures de Titien, c'est la plus célèbre, comme la mieux comprise et la mieux rendue [24]. Gritti, qui fut toujours très ami de Titien et du Sansovino, ayant vu ce tableau, fit allouer au premier, dans la salle du Grand Conseil, une grande histoire de la Déroute de Chiaradadda; Titien y représenta des soldats combattant avec furie, au milieu d'une effroyable pluie. Cette composition, entièrement faite d'après le modèle, est regardée comme la meilleure de toutes celles que l'on voit dans la salle du Grand Conseil. Dans le même palais, au pied d'un escalier, il peignit à fresque une Madone [25]. Peu de temps après, il fit un Christ à table avec Cléophas et Luc, pour un gentilhomme de la famille Contarini, lequel, jugeant ce tableau digne de rester exposé aux regards du public, le donna généreusement à la Seigneurie, qui le plaça d'abord dans les appartements du doge; aujourd'hui, on le voit au-dessus de la porte du petit salon doré qui précède la salle du Conseil des Dix, de manière que tout le monde peut le voir, étant dans un lieu public [26].

Presque à la même époque, il peignit, pour la Scuola de Santa Maria della Carita, une Vierge gravissant les degrés du Temple, avec toutes sortes de têtes, qui sont autant de portraits [27], et pareillement, dans la Scuola di San Fantino, un petit tableau de saint Jérôme pénitent, très apprécié des artistes, mais qui a été réduit en cendres, il y a deux ans, ainsi que toute l'église.

L'an 1530, l'empereur Charles Quint étant à Bologne, Titien fut appelé dans cette ville par le cardinal Hippolyte de Médicis, et grâce à l'entremise de Pietro Aretino, il y fit un fort beau portrait de l'empereur tout armé, dont celui-ci fut tellement satisfait qu'il lui donna mille écus d'or [28]. A la vérité, Titien fut ensuite obligé de partager cette somme avec Alphonso Lombardi, sculpteur, qui, de son côté, avait préparé un modèle destiné à être sculpté en marbre. De retour à Venise, Titien trouva que plusieurs gentilshommes qui s'étaient mis à favoriser le Pordenone, en louant beaucoup les peintures qu'il avait faites sur le plafond de la salle des Pregai et ailleurs, lui avaient fait allouer, dans l'église San Giovanni Elemosinario, un petit tableau [29], qu'il devait faire en concurrence de Titien, celui-ci ayant peint, peu auparavant, dans le même lieu, le saint Jean en habits d'évêque. Malgré toute l'application que le Pordenone consacra à ce tableau, il ne put égaler ni atteindre de beaucoup à la perfection de l'œuvre de Titien. Celui-ci fit ensuite, pour l'église de Santa Maria degli Angeli, à Murano, un admirable tableau de l'Annonciation dont il demanda cinq cents écus qui lui furent refusés. Alors, sur le conseil de Messire Piero Aretino, il l'offrit à l'empereur Charles Quint, à qui il plut infiniment et dont Titien reçut un présent de deux mille écus [30]. On mit un tableau du Pordenone à la place que celui de Titien devait occuper [31].

Il ne se passa pas beaucoup de temps que Charles Quint, revenant à Bologne, avec l'armée de Hongrie, pour conférer avec le pape Clément, voulut de nouveau être peint par Titien [32]. Celui-ci fit également, avant son départ de Bologne, le portrait du cardinal Hippolyte de Médicis, vêtu à la hongroise et, dans un autre tableau plus petit, le même tout armé. Ces deux portraits sont aujourd'hui dans la garde-robe du duc Cosme [33]. Il exécuta également celui d'Alfonso Davalos, marquis del Vasto, et celui de Pietro Aretino [34]. Ce dernier le mit en relation avec Frédéric Gonzague, duc de Mantoue, avec lequel Titien, étant allé dans cette ville, fit son portrait qui paraît vivant, ainsi que celui du cardinal, son frère. Ces portraits terminés, pour orner une chambre, comprise entre celles de Jules Romain, il fit les têtes des douze Césars à mi-corps, très belles, sous chacune desquelles Jules représenta ensuite une de leurs actions [35]. A Cadore, sa patrie, Titien laissa un tableau où il se peignit lui-même agenouillé aux pieds de la Vierge et de saint Titien, évêque [36].

L'année que le pape Paul III alla à Bologne, et de là à Ferrare, Titien, ayant suivi la cour, fit un portrait de ce pape, qui est une très belle œuvre. Il le reproduisit une deuxième fois pour le cardinal Santa Fiore. Le pape lui paya largement ces portraits dont l'un est à Rome dans la garde-robe du cardinal Farnèse, et l'autre chez les héritiers du cardinal Santa Fiore [37]. On en a fait de nombreuses copies qui sont dispersées en Italie.

Presque à la même époque, Titien peignit Francesco Maria, duc d'Urbin. Ce merveilleux chef-d'œuvre inspira à l'Aretino un sonnet qui commence ainsi :

Se il chiaro Apelle con la man dell' arle
Rassemplo d'Alessandro il volto e il petto [38].

Il y a de Titien, dans la garde-robe du duc d'Urbin, deux têtes de femmes très gracieuses ; une Vénus représentée sous la forme d'une jeune femme couchée, tenant des fleurs, et entourée de draperies d'une légèreté et d'un fini extraordinaires [39] ; une tête de sainte Marie-Madeleine aux cheveux épars, qui est une œuvre remarquable [40]. Il faut ajouter les portraits de Charles Quint, de François Ier quand il était jeune, du duc Guidobaldo II, du pape Sixte IV, de Jules II, de Paul III, du vieux cardinal de Lorraine et de Soliman, empereur des Turcs. Tous ces portraits de la main de Titien sont très beaux [41]. En 1541, il peignit, sur le maître-autel des religieux de Santo Spirito, à Venise, la Descente du Saint-Esprit, sous la forme d'une colombe, sur les Apôtres. A peine fini, ce tableau fut gâté de telle sorte que Titien fut obligé de le recommencer ; c'est celui que l'on voit à présent [42].

A Brescia, il fit, dans l'église de San Nazzaro, le tableau du maître-autel divisé en cinq compartiments. Celui du milieu contient la Résurrection du Christ avec quelques soldats autour, et les quatre autres : saint Nazaire, saint Sébastien, l'ange Gabriel et l'Annonciation de la Vierge [43]. Dans le Dôme de Vérone, il fit un tableau de l'Assomption de la Vierge, avec les Apôtres dans le bas [44] ; cette œuvre est regardée dans cette ville comme la meilleure des peintures modernes. L'an 1541, il commença à mettre en vogue les portraits en pied, en faisant celui de don Diego de Mendoza, alors ambassadeur de Charles Quint à Venise, et celui du cardinal de Trente, alors jeune [45]. Pour Francesco Marcolini, il exécuta un portrait de Messire Pietro Aretino, qui, à dire vrai, n'est pas aussi beau que le premier dont nous avons déjà parlé, et que le poète envoya au duc Cosme [46], ainsi qu'une tête peinte d'après un plâtre moulé sur le visage de Jean de Médicis, quand ce seigneur mourut à Mantoue. En 1541, Vasari se trouvant à Venise où il avait passé treize mois à peindre un plafond pour Messire Giovanni Cornaro et quelques ouvrages pour la Confrérie della Calza, le Sansovino, qui dirigeait la construction de Santo Spirito, lui avait fait faire des dessins pour trois grands tableaux à l'huile, destinés à orner le plafond de cette église ; mais Vasari étant parti, les trois tableaux furent alloués à Titien, qui représenta, avec une rare perfection de raccourcis, le Sacrifice d'Abraham, David tranchant la tête de Goliath et Caïn tuant son frère Abel [47]. A la même époque, il fit son propre portrait, afin de laisser un souvenir à ses enfants [48].

L'an 1546, il fut appelé à Rome par le cardinal Farnèse, et il y rencontra Vasari, qui, de retour de Naples, travaillait à la salle de la Chancellerie pour ledit cardinal. Sur la recommandation de ce seigneur, Vasari lui tint fidèle compagnie et le mena voir toutes les curiosités de la ville. Après que Titien se fut reposé quelques jours, on lui donna un appartement au Belvédère, afin qu'il se remît à faire de nouveau le portrait en pied du pape Paul et ceux du cardinal Farnèse et du duc Octave [49]. Il les exécuta parfaitement, à la grande satisfaction de ces seigneurs qui lui conseillèrent de peindre un *Ecce Homo* à mi-corps pour l'offrir au pape. Mais, soit que ce tableau ait eu à souffrir du voisinage des productions de Michel-Ange et de Raphaël, soit pour toute autre raison, toujours est-il qu'il ne parut pas aux artistes, malgré ses qualités, avoir le degré d'excellence qu'ont beaucoup de ses autres œuvres et particulièrement ses portraits. Un jour Michel-Ange et Vasari étant allés voir Titien au Belvédère, virent dans son atelier un tableau auquel il travaillait et qui représentait une Danaé nue, recevant sur elle la pluie d'or [50] ; ils lui en firent de grands compliments, comme cela se pratique toujours en présence de l'artiste. Lorsqu'ils eurent pris congé de Titien, Michel-Ange vanta son coloris et sa manière, mais dit « que c'était grand dommage qu'à Venise on ne s'attachât pas dès le principe à bien dessiner et à mieux étudier ; si cet homme, ajouta-t-il, était aidé par l'art et par le dessin comme il a été favorisé de la nature, particulièrement dans la reproduction du vivant, on ne saurait faire plus ni mieux, car il a un bel esprit et une manière vive et brillante ». Pendant son séjour à Rome, Titien fut comblé de présents par les seigneurs que nous avons nommés plus haut ; il obtint, entre autres choses, un bénéfice de bon revenu pour son fils Pomponio. Enfin il s'achemina vers Venise, dès que son autre fils Orazio eût exécuté le portrait de l'excellent violoniste Battista Ceciliano, et en eût terminé plusieurs autres pour Guidobaldo, duc d'Urbin [51].

Arrivé à Florence, Titien, à la vue des belles œuvres que renferme cette ville, ne fut pas moins étonné qu'il ne l'avait été à Rome. Il alla visiter le duc Cosme au Poggio a Caiano, et s'offrit pour faire son portrait ; mais Son Excellence parut ne pas s'en soucier, peut-être pour ne pas faire tort à tant de nobles artistes qui se trouvent dans sa ville et dans ses Etats. De retour à Venise, Titien acheva, pour le marquis del Vasto, un tableau où il le représenta haranguant ses soldats [52] ; il fit ensuite, pour lui, le portrait de Charles Quint, celui du roi catholique et beaucoup d'autres. Ces travaux terminés, il fit une petite Annonciation, dans l'église de Santa Maria Nuova, puis, avec l'aide de ses élèves, une Cène, dans le réfectoire de San Giovanni e Polo ; une Transfiguration du Christ sur le maître-autel de San Salvadore, et une Annonciation sur un autre autel de la même église [53]. Mais ces derniers ouvrages, tout en n'étant pas dépourvus de qualités, ne sont pas très estimés par lui, et n'ont pas cette perfection que présentent ses autres productions. Comme ses œuvres sont en nombre infini, particulièrement les portraits, il est impossible de les mentionner toutes. Je parlerai donc simplement des plus remarquables, mais sans m'astreindre à l'ordre des temps, car peu importe de savoir si celui-ci fut fait d'abord et celui-là ensuite.

Il fit plusieurs fois, comme nous l'avons déjà dit, le portrait de Charles Quint; dernièrement encore, il fut appelé à la cour de ce prince, pour le peindre, tel qu'il était à la fin de sa vie. L'invincible empereur aimait tellement le faire de Titien que, dès qu'il l'eut connu, il ne voulut jamais être peint par aucun autre peintre; pour chaque portrait, il lui donnait mille écus d'or. De plus, il le créa chevalier, et lui assigna une pension de deux cents écus sur la Chambre de Naples [54]. Quand il fit pareillement le portrait de Philippe II, roi d'Espagne [55], et de son fils, don Carlos, il eut une pension analogue de deux cents écus, ce qui lui fait, avec ses trois cents écus du Fondaco de' Tedeschi, à Venise, un revenu annuel de sept cents écus, sans qu'il ait à peiner sur l'ouvrage. Il envoya les portraits de Charles Quint et du roi Philippe au duc Cosme, qui les conserve dans sa garde-robe. Il exécuta aussi celui de Ferdinand, roi des Romains, qui fut ensuite empereur, et ceux de ses deux enfants, dont l'un est l'empereur Maximilien, aujourd'hui régnant. Il peignit également la reine Marie et, pour l'empereur Charles, le duc de Saxe, quand ce seigneur était prisonnier [56]. Mais il suffit de rappeler en un mot qu'il excella dans ce genre, et qu'il n'y a pour ainsi dire pas un homme de haut renom, pas un prince, pas une grande dame, dont Titien n'ait reproduit les traits, entre autres François Ier, roi de France, Francesco Sforza, duc de Milan, le marquis de Pescara, Antonio da Leva, Massimiliano Stampa, le seigneur Giovambattista Castaldo, et une multitude de gentilshommes.

Pareillement, à diverses époques, il fit quantité d'œuvres d'un autre genre. A Venise, par ordre de Charles Quint, il fit un grand tableau d'autel, représentant le Père éternel sur son trône, avec la Vierge, Jésus-Christ enfant, surmonté de la colombe du Saint-Esprit; tout le ciel est en feu par l'Amour divin, et le Père est entouré de chérubins ardents. Au milieu de plusieurs saints, on voit d'un côté Charles Quint et de l'autre l'impératrice, tous deux couverts d'une draperie de toile de lin, et priant les mains jointes. Titien suivit en cela les ordres de l'empereur qui, parvenu au faîte de la gloire, commença à montrer qu'il voulait renoncer aux vanités du monde et mourir en chrétien, craignant Dieu et préoccupé de son salut. Charles Quint déclara à Titien qu'il voulait mettre cette peinture dans le monastère où il acheva ses jours, et, comme elle est remarquable, on s'attend à bientôt la voir gravée [57]. Pour la reine Marie, il peignit Prométhée enchaîné sur le Caucase et déchiré par l'aigle de Jupiter; Sisyphe aux Enfers portant un rocher et Titus dévoré par un vautour. Toutes ces figures, à l'exception de Prométhée, furent livrées à Sa Majesté, ainsi qu'un Tantale grand comme nature, peint sur toile et à l'huile [58]. Il fit encore un merveilleux tableau de Vénus et d'Adonis; la déesse s'est évanouie, et le jeune homme est sur le point de la quitter, entouré de ses chiens. Sur un tableau de même grandeur, il représenta Andromède liée au rocher, et Persée la délivrant de l'orque marine; on ne saurait voir de peinture qui ait plus de charme. Il en est de même d'une Diane au bain, métamorphosant Actéon en cerf, et d'une Europe assise sur le taureau qui l'emporte à travers la mer. Ces peintures sont auprès du roi catholique qui les estime beaucoup à cause de la vivacité de leur coloris [59]. Il est vrai que, dans ces tableaux, Titien observa une méthode complètement différente de celle qu'il avait suivie dans sa jeunesse; ses premières productions se distinguent par un fini incroyable, qui permet de les regarder de près comme de loin; ses derniers ouvrages, au contraire, sont traités à grands coups de pinceau, de sorte que de près on ne voit rien, et que de loin ils paraissent parfaits. Beaucoup d'artistes, pour paraître habiles, ont voulu imiter cette méthode, mais ils n'ont produit que des peintures ridicules. Cela provient de ce qu'ils ont pensé que Titien procédait avec promptitude et sans rencontrer de difficultés; ils se sont trompés car on reconnaît que Titien est revenu à maintes reprises sur ses premières touches. Cette méthode est aussi judicieuse que surprenante, parce qu'elle donne aux peintures un cachet de vérité et de grand art, tout en cachant le travail.

Sur un tableau, haut de trois brasses et large de quatre, Titien a fait dernièrement un Christ enfant au sein de la Vierge et adoré par les Mages, avec un grand nombre de figures hautes d'une brasse ; c'est une œuvre de beaucoup de charme, dont il fit une copie non moins belle qu'il donna au vieux cardinal de Ferrare [60]. Un autre tableau, où il représenta le Christ livré aux insultes des Juifs, fut placé à Milan, dans une chapelle de l'église de Santa Maria delle Grazie [61]. Pour la reine du Portugal, il exécuta un magnifique Christ flagellé, un peu moins grand que nature. A Ancône, sur le maître-autel de San Domenico, il fit dans cette dernière manière pleine de touches dont nous venons de parler un Christ en croix, aux pieds duquel se tiennent la Vierge, saint Jean et saint Dominique [62]. Dans l'église des Crucicchieri, à Venise, il peignit le tableau qui est au-dessus de l'autel de saint Laurent, et qui représente le supplice de ce saint ; le martyr, en raccourci, est couché à demi sur le gril posé sur un grand feu qu'attisent plusieurs bourreaux. Comme la scène se passe de nuit, deux valets portent des torches qui illuminent les endroits où n'arrive pas la réverbération du brasier ardent qui est sous le gril. Il y a, en outre, un rayon céleste qui perce les nuages, et, absorbant la lueur des torches et celle du brasier, éclaire le saint et les principaux acteurs ; outre ces trois éclairages distincts, dans le lointain, il y a des gens aux fenêtres d'un édifice, ayant près d'eux des lanternes et des flambeaux. Somme toute, ce tableau est entièrement peint avec art et jugement [63].

Dans l'église San Sebastiano, à l'autel de saint Nicolas, il y a, de la main de Titien, un petit tableau que lui avait commandé l'avocat Niccolo Grasso, et qui contient un saint Nicolas assis sur un siège de pierre, et accompagné d'un ange tenant une mitre [64]. Il fit ensuite, pour être envoyé au roi d'Espagne, une sainte Marie-Madeleine, à mi-corps, dont les épaules, le cou et la poitrine sont voilés par ses cheveux épars. Levant la tête, et les yeux fixés au ciel, elle montre, par leur rougeur et par ses larmes, la sincérité et la violence de ses remords. Cette figure, malgré son extrême beauté, loin d'exciter des idées lascives, inspire un profond sentiment de compassion à celui qui la regarde attentivement. Lorsque ce tableau fut achevé, il plut de telle sorte à Silvio, gentilhomme vénitien, qu'il en donna cent écus à Titien, qui fut donc obligé d'en faire un autre, non moins beau, pour l'envoyer au roi catholique [65]. Parmi quantité de portraits que Titien fit pour ses amis et d'autres personnages de son temps nous citerons, pour être bref, celui de la signora Irène belle jeune fille lettrée, musicienne et assez experte en dessin ; le cardinal Bembo, qu'il avait déjà peint une première fois et qu'il reproduisit après son élection au cardinalat [66] ; le médecin Fracastor, et pour Monsignor Giovanni della Casa, florentin, homme illustre par son nom et ses écrits, un très beau portrait d'une dame que ce seigneur aima quand il était à Venise [67]. Aussi l'artiste mérita-t-il que l'écrivain l'honorât dans le très beau sonnet qui commence ainsi :

Ben vegg'io, Tiziano, in forme nove
L'idolo mio, che i begli occhi apre e gira.

Dernièrement il a envoyé au roi d'Espagne une Cène d'une beauté extraordinaire, qui n'a pas moins de sept brasses de longueur [68].

Outre les ouvrages que nous venons de mentionner et beaucoup d'autres moins importants que nous passons sous silence, pour être bref, Titien a chez lui, à l'état d'ébauche, les œuvres suivantes : un Martyre de saint Laurent, semblable au premier, et qu'il destine au roi catholique [69], une grande toile du Christ en croix entre les larrons et les bourreaux, commencée pour Messire Giovanni d'Anna ; un tableau commencé pour le doge Grimani, père du patriarche d'Aquilée ; et trois immenses toiles destinées au plafond de la salle du grand palais de

Brescia. Il y a quelques années, il commença, pour Alphonse Ier, duc de Ferrare, un tableau où il représenta une jeune fille nue s'inclinant devant Minerve, accompagnée d'un autre personnage : dans le lointain, on aperçoit la mer et Neptune monté sur son char [70]. Alphonse avait lui-même indiqué le sujet de cette composition : sa mort en arrêta l'achèvement. En ce moment, Titien a presque entièrement conduit à fin un Christ apparaissant à Madeleine ; sous la forme d'un jardinier en grandeur naturelle un autre tableau de même grandeur qui représente la Vierge et les autres Maries déposant le Christ au tombeau ; une Madone que l'on peut regarder comme une des plus belles choses qui se trouvent dans sa maison ; son propre portrait, achevé depuis quatre ans déjà et un saint Paul, à mi-corps, qui est absorbé dans la lecture et qui semble pénétré de l'Esprit-Saint [71].

Titien est arrivé à l'âge de soixante-seize ans environ, en s'occupant de tous ces travaux, et d'une infinité d'autres que je passe sous silence, pour ne pas être fastidieux. Il a joui constamment d'une excellente santé et d'un extrême bonheur ; jamais il n'a reçu du ciel que des faveurs et de la félicité. Dans sa maison de Venise ont passé tous les princes, écrivains ou gens de bonne compagnie, qui de son temps ont habité cette ville, ou bien l'ont traversée ; outre son talent, il est de manières affables et d'une grande urbanité. Il eut à Venise quelques concurrents, peu redoutables à la vérité, et que du reste il a surpassés aisément par l'excellence de son art et par son habileté à captiver la bienveillance des grands. Il a gagné énormément, ses ouvrages lui ayant été toujours très bien payés ; mais il aurait dû, dans ces dernières années, ne travailler que comme passe-temps, afin de ne pas diminuer sa réputation par des œuvres moins bonnes, sa main se ressentant de son grand âge. Quand Vasari, auteur de cette Histoire, vint à Venise en 1566, il rendit visite à Titien qu'il aimait profondément et, bien qu'il fût très âgé, il le trouva peignant, les pinceaux à la main et Vasari prit grand plaisir à voir ses œuvres et à parler longuement avec lui. Bien des peintres sont allés lui demander des leçons, mais il n'y en a qu'un petit nombre que l'on puisse dire être ses disciples ; car il a fort peu enseigné, et chacun a appris plus ou moins, selon ce qu'il a su prendre des œuvres du maître.

Paris Bordone est celui qui a le plus approché de lui [72]. Né à Trévise d'un père trévisan et d'une mère vénitienne, il fut conduit à Venise, à l'âge de huit ans, et confié à quelques-uns de ses parents. Après avoir appris la grammaire et être devenu un excellent musicien, il entra dans l'atelier de Titien, mais n'y demeura que peu d'années, car, voyant que le maître n'était guère empressé à enseigner à ses élèves, malgré qu'ils le priassent beaucoup, il se sépara de lui. Il éprouva un vif chagrin de la mort de Giorgione dont la manière lui plaisait souverainement et qui, de plus, avait la réputation de bien enseigner et avec dévouement tout ce qu'il savait. Paris, réduit pour toute ressource à étudier avec ardeur les productions de Giorgione, en profita de telle sorte et les reproduisit avec tant de bonheur qu'il ne tarda pas à se trouver en haut crédit. Aussi, à peine âgé de dix-huit ans, fut-il chargé d'exécuter un tableau pour l'église de San Niccolo de' Frati Minori. Titien, l'ayant appris, fit si bien qu'il lui enleva cette commande, soit qu'il voulût empêcher ce jeune homme de montrer son talent précoce, soit qu'il fût poussé par l'amour du gain [73].

Paris, ayant été ensuite appelé à Vicence pour peindre une fresque à côté du Jugement de Salomon laissé par Titien dans la galerie où se rend la justice, alla bien volontiers dans cette ville, et représenta l'histoire de Noé et de ses enfants. Cette fresque ne le cède en rien à celle de Titien, soit pour l'exécution, soit pour le dessin, en sorte qu'on pourrait les croire sorties de la même main. De retour à Venise, il fit à fresque, au bas du pont du Rialto, plusieurs figures nues qui lui valurent d'être choisi pour décorer diverses façades de maisons. Appelé ensuite à Trévise, il peignit pareillement quelques façades et y fit plusieurs portraits. Dans le Dôme de cette ville, on a de lui un tableau placé au milieu de la nef, lequel lui fut demandé par le vicaire, et qui représente une Nativité du Christ ; on y voit pareillement une Résurrection de sa main [74]. A San Francesco, il fit un tableau pour le chevalier Rovere, et d'autres tableaux à San Girolamo, à San Lorenzo, à Ognissanti, ce dernier contenant une foule de saints et de saintes, dont les têtes, les attitudes et les costumes sont d'une beauté et d'une variété remarquables [75]. A San Polo, il décora trois chapelles ; la plus grande renferme Jésus ressuscitant au milieu d'une multitude d'anges ; la seconde, des saints environnés d'anges ; et la troisième, la Vierge présentant saint Dominique au Christ placé sur un nuage. Tous ces travaux l'ont fait connaître pour un vaillant maître et un bon citoyen.

A Venise ensuite, où il a presque toujours habité, il a fait de nombreux ouvrages, à différentes époques ; mais le plus beau et le plus digne d'éloges est une histoire peinte dans la Scuola di San Marco, près de San Giovanni e Polo, et qui a pour sujet l'Anneau de saint Marc, rendu par un pêcheur à la Seigneurie de Venise [76]. Autour d'un magnifique édifice siègent le Sénat et le Doge ; plusieurs des sénateurs sont peints d'après nature avec une grande perfection. La beauté de cette fresque fut cause que le peintre commença à être recherché par plusieurs gentilshommes ; ainsi, dans la grande maison des Foscari, près de San Barnaba, il exécuta quantité de peintures, parmi lesquelles un Christ retirant des limbes les Saints Pères ; ce tableau est très estimé. Quatre autres se trouvent à San Giobbe in canal Reio [77], à San Giovanni in Bragola, à Santa Maria della Celeste et à Santa Marina. Mais Paris, s'apercevant que qui veut être employé à Venise est forcé d'aller faire sa cour à celui-ci et à celui-là, en homme tranquille et ennemi de ces procédés, se décida à aller travailler au dehors, pour n'avoir pas à mendier de l'ouvrage dans son pays. En 1538, il profita d'une occasion favorable pour passer en France, et entrer au service du roi François [78]. Il fit, pour ce souverain, bon nombre de portraits de femmes et différents ouvrages ; pareillement, pour Monseigneur de Guise, un très beau tableau d'église et un tableau d'appartement représentant Vénus et Cupidon. Le cardinal de Lorraine lui fit peindre un *Ecce Homo*, un Jupiter en compagnie d'Io et plusieurs autres compositions. Il envoya au roi de Pologne un Jupiter avec une nymphe que l'on admire beaucoup ; puis il expédia en Flandre une sainte Marie-Madeleine dans le désert, et une Diane se baignant avec ses nymphes dans une fontaine ; ces deux derniers tableaux lui furent commandés par le Milanais Candiano, qui les destinait à la reine Marie de laquelle il était médecin. A Augsbourg, il conduisit à fin, dans le palais des Fugger, des travaux si importants qu'ils lui valurent trois mille écus ; dans la même ville, on voit encore de lui, chez les Priner, un immense et beau tableau où il mit en perspective les cinq ordres d'architecture, et, chez le cardinal d'Augsbourg, un tableau de chevalet. On voit aussi de ses œuvres à Crema, à Civitate di Belluno et à Milan, dans l'église Santa Maria presso San Celso, un tableau de la Vierge avec un très beau paysage [79]. Aujourd'hui Paris est âgé de soixante-quinze ans ; il vit tranquillement dans sa maison et ne travaille plus que pour répondre aux demandes de quelques princes et à celles de ses amis.

Je ne passerai pas sous silence que la mosaïque, aujourd'hui presque universellement abandonnée, se maintient florissante à Venise, grâce aux encouragements du Sénat, et surtout grâce à Titien, qui n'a rien négligé pour que cet art fût toujours en vigueur à Venise, et que l'on accordât d'honorables provisions à ceux qui l'ont exercé. C'est ainsi qu'on a posé quantité de nouvelles mosaïques à Saint-Marc, et qu'on a rénové presque toutes les anciennes. Cet art est actuellement porté plus loin qu'il ne l'a jamais été à Rome et à Florence, du temps de Giotto, d'Alesso Baldovinetti, de Ghirlandaio et du miniaturiste Gherardo. Tout ce qui s'est fait en ce genre, à Venise, a été exécuté d'après les dessins et les cartons coloriés de Titien et d'autres excellents peintres. C'est ainsi qu'on est arrivé à la perfection de celles que l'on voit sous le portique de Saint-Marc, entre autres celle du Jugement de Salomon, dont la beauté est telle que l'on ne saurait vraiment mieux faire avec les couleurs. Dans le même endroit, Lodovico Rosso a laissé l'arbre généalogique de la Vierge, tout couvert de Sibylles et de Prophètes faits dans une manière agréable, en pierres bien assemblées et avec un vigoureux relief [80]. Aucun mosaïste n'a mieux travaillé, de nos jours, que Valerio et Vincenzio Zuccati de Trévise [81], dont on voit plusieurs œuvres à Saint-Marc, particulièrement celles relatives à l'Apocalypse, où ils ont placé, autour du trône du Père éternel, les quatre Evangélistes sous figure d'animaux, les sept candélabres et une foule d'accessoires qui, de loin, paraissent peints à l'huile. Ils ont également produit quantité de portraits, parmi lesquels nous citerons ceux de Charles Quint, de son frère Ferdinand et de l'empereur Maximilien, aujourd'hui régnant. En vérité, il est déplorable que cet art de la mosaïque, si précieux par sa beauté et sa durée, ne soit pas plus cultivé par les artistes et pas plus encouragé par les princes.

Jacopo Sansovino

SCULPTEUR ET ARCHITECTE, FLORENCE, 1486 – VENISE, 1570

La famille des Tatti, à Florence, est mentionnée dans les livres de la commune dès l'an 1300 ; venue de Lucques, elle fut toujours riche en hommes d'honneur et de talent, et la maison de Médicis la favorisa hautement. De cette famille naquit Jacopo, au mois de janvier 1477 ; son père Antonio était un homme de bien, et sa mère s'appelait Francesca. Dans son enfance, on lui enseigna les premiers éléments des lettres ; y ayant fait preuve de beaucoup de vivacité d'esprit, il se mit peu après à dessiner de lui-même, montrant dans une certaine manière que la nature le poussait plus vers le dessin que vers les lettres. Il n'allait plus qu'à contrecœur à l'école et apprenait à regret les arides principes de la grammaire. Ce que voyant, sa mère lui fit apprendre secrètement le dessin, parce qu'elle désirait que son fils devînt sculpteur, et tirant peut-être un heureux augure du hasard qui avait fait naître Jacopo et Michel-Ange dans la Via Santa Maria, près de la Via Ghibellina comme si elle eût été stimulée par la réputation naissante de Michel-Ange, encore très jeune à cette époque [1]. L'enfant fut mis peu après chez un marchand, pour apprendre le commerce, mais il montra pour ce métier encore plus de répugnance que pour les lettres, et fit en sorte qu'il obtint de son père la permission de suivre librement ses inclinations naturelles. Il y avait alors à Florence Andrea Contucci venu de Monte Sansovino, localité près d'Arezzo, devenue célèbre de notre temps pour avoir donné le jour au pape Jules III. Andrea, qui était regardé en Italie et en Espagne comme le statuaire et l'architecte le plus habile qu'il y eût après Michel-Ange, était occupé à deux figures en marbre [2] ; ce fut à lui qu'on confia Jacopo, pour qu'il apprît la sculpture. Reconnaissant que le jeune homme serait un jour un sculpteur éminent, Andrea n'épargna aucun soin pour lui enseigner tout ce qui pouvait le faire passer pour son disciple. L'attachement qui survint entre le maître et l'élève fut tel que, dès le début, on n'appela plus Jacopo de' Tatti, mais bien del Sansovino, nom qu'il conserva toujours. Une étroite amitié d'enfance, qui unissait Andrea del Sarto et Jacopo, leur fut très utile à l'un et à l'autre, parce qu'ils s'entraidèrent mutuellement, comme on peut s'en rendre compte par le tableau de l'église San Francesco, peint par Andrea pour les religieuses de la Via Pentolini [3], où il y a un saint Jean évangéliste, copié d'après un beau modèle en terre que Jacopo avait exécuté, en concurrence de Baccio da Montelupo [4] pour la Corporation di Porta Santa Maria, qui voulait orner d'une statue en bronze, haute de quatre brasses, une niche pratiquée au coin d'Or San Michele, vis-à-vis des Tanneurs. Bien que le modèle de Jacopo fût plus beau que celui de Baccio, celui-ci, grâce à sa réputation de vieux maître, obtint la commande ; le modèle de Jacopo appartient aujourd'hui aux héritiers de Nanni Unghero. Sansovino, étant grand ami de Nanni, fit pour lui quelques modèles de grands enfants en terre, et celui d'un saint Nicolas da Tolentino. Toutes ces statues furent ensuite exécutées en bois, grandeur naturelle, avec l'aide du Sansovino, et placées dans la chapelle de ce saint, qui est dans l'église de Santo Spirito [5].

Cet ouvrage, ainsi que d'autres, avait rendu Jacopo célèbre parmi les artistes de Florence. Comme on le considérait comme un jeune homme de beau génie et d'excellentes manières, Giuliano de San Gallo, architecte du pape

Jules II, le conduisit à Rome, à sa grande satisfaction. Comme les antiques du Belvédère lui plurent infiniment, il se mit à les dessiner, et Bramante, architecte du pape, qui tenait le premier rang et habitait le Belvédère, ayant vu de ses dessins, ainsi qu'une statuette nue couchée et en terre, qui tenait un vase destiné à servir d'encrier, le prit tellement en amitié qu'il le chargea, comme l'Espagnol Beruguette, Zaccheria Zacchi da Volterra et le Vecchio de Bologne, de modeler en cire le groupe de Laocoon, pour en couler un bronze [6]. Lorsque les modèles furent achevés, Bramante les montra à Raphaël pour savoir quel était celui des quatre qui se comportait le mieux ; Raphaël jugea que Sansovino, malgré sa jeunesse, avait de beaucoup surpassé tous les autres. Le cardinal Domenico Grimani conseilla alors à Bramante de faire couler en bronze le Laocoon de Jacopo ; le groupe réussit parfaitement à la fonte, et dès qu'il fut réparé, on le remit au cardinal Grimani. Il le conserva aussi précieusement que s'il eut été antique, et le légua, en mourant, à la Sérénissime République de Venise, qui, après l'avoir gardé durant plusieurs années dans la salle du Conseil des Dix, le donna, en 1534, au cardinal de Lorraine qui le transporta en France.

Tandis que Sansovino augmentait chaque jour sa réputation à Rome par ses études de l'art, Giuliano da San Gallo, chez lequel il demeurait au Borgo Vecchio, tomba malade et se fit porter en litière à Florence pour changer d'air. Jacopo obtint alors, par le crédit de Bramante, un logement dans le palais de Domenico della Rovere, cardinal de San Clemente, au Borgo Vecchio, et fut mis en relation avec Luca Signorelli, Bramantino de Milan et Bernardino Pinturicchio. Dans le même palais logeait Pietro Perugino qui peignait alors, pour le pape Jules, la voûte de la chambre, dans la tour Borgia ; Pietro, ayant vu la belle manière de Sansovino, lui fit faire, pour s'en servir, quantité de modèles en cire, entre autres, un Christ descendu de la croix, en haut-relief, avec des échelles et des figures, qui fut une œuvre remarquable. Ce Christ, ainsi que d'autres œuvres de même sorte, et les modèles de diverses compositions, fut recueilli par Monseigneur Giovanni Gaddi ; elles sont toutes à présent dans sa maison de Florence, sur la Piazza di Madonna [7].

Bramante, désirant que Jacopo fût connu du pape Jules II, lui fit confier la restauration de quelques antiques ; Jacopo s'acquitta de cette tâche avec tant d'application et d'adresse que Sa Sainteté et tous les artistes s'accordèrent à dire que l'on ne pouvait faire mieux. Ces éloges l'aiguillonnèrent au point que, ne tenant pas compte de la gracilité de sa complexion, et s'étant livré à quelques excès de jeunesse, il tomba malade et dut retourner à Florence, où l'air natal, la force de la jeunesse et les soins des médecins lui rendirent bientôt la santé.

A cette époque, Messire Pietro Pitti, qui était chargé de faire sculpter en marbre une Madone destinée à la façade du Mercato Nuovo, où est l'horloge, pensa que, comme il y avait à Florence quantité de valeureux jeunes artistes et d'anciens maîtres, il fallait allouer le travail à celui qui présenterait le meilleur modèle. Il en demanda un à Baccio da Montelupo, un à Zaccheria Zacchi da Volterra, à Baccio Bandinelli et au Sansovino. Ce dernier fut proclamé vainqueur par Lorenzo di Credi, peintre excellent et homme judicieux, ainsi que par les autres juges, les artistes et les connaisseurs. Mais, bien que cette œuvre lui eût été allouée, Averardo da Filicaia, qui était son ennemi et qui favorisait grandement Bandinelli, n'épargna rien pour traîner en longueur la livraison du bloc de marbre qui lui était nécessaire. Ce que voyant, d'autres citoyens confièrent à Jacopo l'exécution de l'un des grands Apôtres en marbre, destinés à Santa Maria del Fiore. Jacopo fit aussitôt un modèle qu'il céda après à Messire Bindo Altoviti, et suivant lequel il sculpta un saint Jacques merveilleusement beau, et traité avec tant de recherche et de diligence qu'il aboutit à une telle perfection que cette œuvre est un véritable miracle. Tout, les drapés, les bras, les mains, a été fait avec un tel soin et un tel art qu'on ne peut rien faire de mieux en marbre. Il y démontre comment creuser les drapés, si subtilement et si naturellement que le marbre prend l'épaisseur naturelle des plis et des bordures. Ce qui est difficile, demande beaucoup de temps et de patience, si l'on veut réussir à montrer comment créer la perfection dans cet art. Cette statue est restée dans la Fabrique du jour où elle a été terminée par le Sansovino, jusqu'à l'année 1565, époque à laquelle elle a été mise en place [8]. Dans le même temps, il fit, pour Messire Giovanni Gaddi, une Vénus en marbre placée sur une niche et admirable ; il en est de même du modèle qui est dans la maison de Messire Francesco Montevarchi, grand ami de ces arts, mais ce modèle a péri dans l'inondation causée par l'Arno, l'an 1558. Il fit encore un enfant en terre et étoupe et un cygne admirable en marbre, pour le même Giovanni Gaddi, avec beaucoup d'autres œuvres qui sont dans sa maison. Pour Messire Bindo Altoviti, il fit faire une cheminée qui coûta fort cher, toute en *macigno*, sculptée par Benedetto da Rovezzano : elle est placée dans le palais Altoviti, à Florence. Bindo lui demanda également un bas-relief de petites figures, destiné à prendre place sur la frise de cette cheminée. Elle renferme Vulcain et les autres dieux, et c'est une œuvre remarquable. Bien plus beaux sont deux enfants en marbre, qui étaient sur l'amortissement de cette cheminée, et qui tenaient dans leurs mains les armes des Altoviti. Ils ont été enlevés par le seigneur don Luigi da Toledo, qui habite le palais dudit Messire Bindo, et qui les a placés sur une fontaine, dans son jardin de Florence, derrière les Frères servites. Deux autres enfants, également en marbre, d'une beauté extraordinaire, sont de la main du même, dans la maison de Giovan Francesco Ridolfi : ils tiennent de même des armes de cette famille. Toutes ces œuvres firent regarder Sansovino, dans tout Florence, et par les hommes de l'art, comme un maître gracieux et excellent. Giovan Bartolini lui demanda ensuite un jeune Bacchus, en marbre et grand comme nature, qu'il destinait à orner une maison qu'il avait bâtie dans son jardin de Gualfonda [9]. Le modèle de Sansovino plut tellement à Giovanni que celui-ci s'empressa de lui envoyer un bloc de marbre ; de son côté,

Jacopo se mit au travail avec une telle ardeur que sa main semblait ailée comme son esprit. Pour faire une œuvre parfaite, et bien que ce fût en hiver, il exécuta son Bacchus entièrement d'après le modèle, faisant poser nu, dans son atelier, une bonne partie de la journée, un de ses apprentis nommé Pippo del Fabbro. Sa statue, une fois achevée, fut regardée comme le plus beau morceau qui eût jamais été produit par un maître moderne ; Jacopo y résolut une grande difficulté qu'on n'avait pas encore abordée, en faisant tenir à son Bacchus, au bout du bras levé en l'air, une coupe de marbre à peine posée dans les doigts entrouverts. Cette figure, en outre, a une attitude tellement naturelle, de quelque côté qu'on la voie, les bras et les jambes sont si bien proportionnés et si bien attachés au torse, qu'à la voir et à la toucher, elle semble être de la chair. Tant que Giovanni vécut, elle resta à Gualfonda où elle fut visitée et admirée par tous les Florentins et par les étrangers : mais, après la mort de Giovanni, elle fut donnée par son frère Gherardo au duc Cosme, qui la conserve précieusement dans ses appartements, avec une foule d'autres belles statues en marbre. Il fit encore pour Giovanni un crucifix en bois, fort beau, qui est dans son palais avec quantité d'antiques et d'œuvres de Michel-Ange.

L'an 1515, la venue de Léon X à Florence ayant donné lieu à de riches décorations, non seulement Sansovino donna le dessin de plusieurs des arcs de triomphe en bois qui furent dressés dans différents endroits de la ville, mais encore, il fit, en compagnie d'Andrea del Sarto, pour Santa Maria del Fiore, une façade en bois, ornée de statues et de bas-reliefs. En la voyant, Léon X dit que c'était grand dommage que l'on n'eût pas fait ainsi la véritable façade de ce temple, commencée par Arnolfo de Cambio. Le pape, à son retour de Bologne, où il eut une entrevue avec le roi François Ier, avait résolu de faire mettre une façade en marbre à San Lorenzo ; tandis que l'on attendait de Rome Raphaël et Michel-Ange, Jacopo fit un dessin qui fut universellement approuvé, et d'après lequel Baccio d'Agnolo exécuta un très beau modèle en bois [10]. Michel-

Ange ayant présenté de son côté un modèle, il lui fut ordonné, ainsi qu'au Sansovino, d'aller à Pietrasanta. Y ayant trouvé des marbres en grande quantité, mais d'un transport difficile, ils perdirent du temps, et trouvèrent, à leur retour à Florence, que le pape était parti pour Rome. Ils le suivirent avec leurs modèles, et Jacopo arriva au moment précis où Michel-Ange montrait son modèle à Léon X, dans la tour Borgia. Jacopo comptait au moins être chargé, sous la direction de Michel-Ange, d'une partie des statues de l'ornementation, car il avait la parole du pape, mais il ne tarda pas à s'apercevoir que Michel-Ange voulait être seul. Toutefois, pour ne pas avoir fait un voyage inutile, il se décida à rester à Rome et à s'y occuper à des travaux d'architecture et de sculpture. Il exécuta alors en marbre, pour le Florentin Giovan Francesco Martelli, une Madone tenant l'Enfant Jésus et plus grande que nature, qui fut placée sur un autel, à la façade intérieure de Sant' Agostino, à main droite en entrant [11]. Peu de temps après, il fit, pour l'autel de la chapelle construite dans l'église des Espagnols, à Rome, par le cardinal Alborense, un saint Jacques qui fut très admiré et lui valut une grande réputation [12].

Pendant qu'il sculptait cette statue, il fit le plan et le modèle et commença à faire construire l'église de San Marcello, appartenant aux Frères servites ; c'est une très belle œuvre. Continuant à être employé dans des œuvres d'architecture, il fit, pour Messire Marco Coscia, une admirable loggia sur la route qui va de Rome au Ponte Molle, par la Via Flaminia. Pour la Confrérie del Crocefisso, dans l'église San Marcello, il fit un Crucifix en bois, destiné à être porté dans les processions, très agréable à voir ; pour le cardinal Antonio di Monte, il commença une grande bâtisse dans sa vigne, hors de Rome, sur l'Acqua Vergine. On peut lui attribuer un fort beau buste en marbre du vieux cardinal di Monte susdit, qui est aujourd'hui dans le palais du seigneur Fabiano, à Monte San Savino, au-dessus de la salle principale. Il fit construire encore le palais de Messire Luigi Leoni, très confortable et, in Banchi, un palais destiné à la famille Gaddi, qui fut ensuite acheté par Filippo Strozzi : il est certes confortable et très beau, avec une foule d'ornements.

A cette époque, et à l'exemple des Allemands, des Français et des Espagnols, qui avaient déjà construit à Rome, ou étaient en train d'y construire des églises nationales, et qui y faisaient célébrer la messe, la nation florentine, appuyée par Léon X, avait demandé à en faire autant. Le pape ayant donné pouvoir à Lodovico Capponi, alors consul de la nation, il fut décidé que l'on élèverait, à l'entrée de la Strada Giulia, sur le bord du Tibre, une immense église dédiée à saint Jean-Baptiste, et qui surpasserait en magnificence, en grandeur et en richesse, les églises des autres nations [13]. Raphaël d'Urbin, Antonio da San Gallo, Baldassare Peruzzi et Sansovino ayant présenté des dessins, celui de ce dernier fut préféré par le pape, pour avoir, conformément au plan que l'on voit dans le second livre d'architecture de Sebastiano Serlio, projeté de placer une tribune à chacun des quatre angles de l'édifice, et une plus grande au milieu. Tous les chefs de la nation florentine s'étant rangés à l'avis du pape, on commença à jeter les fondations de l'église qui devait avoir vingt-deux cannes de longueur. Comme on voulait que la façade fût sur l'alignement des maisons de la Strada Giulia, le terrain se trouva insuffisant, et l'on fut forcé d'empiéter de quinze cannes sur le lit du Tibre. Cela plut à beaucoup de gens, comme étant plus coûteux et grandiose de jeter les fondations dans l'eau ; on commença donc le travail qui nécessita une dépense de plus de quarante mille écus, qui auraient suffi à faire la moitié de la bâtisse. Sur ces entrefaites, Jacopo, directeur de la construction, en surveillant les travaux de fondation, fit une chute et se blessa grièvement ; obligé de se faire porter à Florence pour se guérir, il laissa à Antonio da San Gallo le soin de terminer les fondations. Mais la mort, en frappant Léon X, enleva à la nation florentine son principal appui, et l'exécution de l'église resta suspendue durant le règne entier d'Adrien VI ; enfin, sous Clément VII, Sansovino fut rappelé pour suivre le plan initial. Il se remit donc à l'œuvre, et entreprit en même temps le tombeau du cardinal d'Aragon et celui du cardinal Aginense [14]. A ce moment il était pour ainsi dire maître de Rome, les seigneurs lui confiaient les travaux les plus importants, trois papes l'avaient honoré de leur faveur, et Léon X, entre autres, l'avait nommé chevalier de Saint-Pierre, dignité qu'il vendit pendant sa maladie. Déjà il avait commencé à sculpter les ornements et achevé les modèles des figures destinées aux tombeaux des deux cardinaux, lorsque Dieu, pour châtier Rome et abaisser l'orgueil de ses habitants, permit que le connétable de Bourbon livrât cette ville au pillage, le 6 mai 1527. Ce désastre contraignit Jacopo à s'enfuir de Rome et à se réfugier à Venise, pour de là passer en France, où depuis longtemps le roi l'avait invité à se rendre. Mais le prince Andrea Gritti le détermina à se fixer à Venise; précisément, peu de jours auparavant, le cardinal Domenico Grimani lui avait fait entendre que le Sansovino se trouvait à point à Venise, pour restaurer les coupoles de l'église Saint-Marc qui, à cause de leur vétusté, de la faiblesse des fondations et de la mauvaise construction de leurs chaînages, s'étaient ouvertes et menaçaient ruine. Gritti le fit donc appeler, et, après de longues entrevues, lui fit accepter la tâche d'éviter la ruine entière des coupoles. Il en garnit d'abord l'intérieur de solides armatures en bois, puis il les entoura, en dehors, d'un cercle en fer, en leur assurant une solidité à toute épreuve en renouvelant les fondations des piliers qui leur servaient de supports. Ce travail excita l'admiration de Venise et contenta au plus haut point le prince Gritti; bien plus, il montra au sérénissime Sénat de quoi le Sansovino était capable, et, comme l'architecte des procurateurs de Saint-Marc venait de mourir (c'est la plus haute charge que ces seigneurs donnent à leurs ingénieurs et à leurs architectes), ils le nommèrent à cette place, en lui donnant la maison afférant à la charge, avec un honorable traitement.

Etant donc entré dans cet office, il commença à l'exercer, en ayant l'œil à tout, tant sur les constructions que sur l'observation des marchés et sur la tenue des livres, consacrant tous ses soins à tout ce qui regardait l'église de Saint-Marc, les commissions qui sont en grand nombre et tous les marchés qui se négocient dans cette procuratie. Il fut d'une amabilité extraordinaire avec les procurateurs, empressé à bien les servir, et à amener ce qu'ils demandaient pour la grandeur, la beauté et l'ornementation de l'église, de la ville et de la place publique (ce que n'avait jamais fait aucun autre chargé de cet office). Il leur procura diverses ressources et profits, grâce aux inventions que son génie subtil et délié sut trouver, et toujours en ne leur occasionnant que peu ou point de dépense. C'est ainsi que l'an 1529, comme il se trouvait entre deux colonnes de la place quelques boutiques de bouchers et, entre d'autres colonnes, des baraques en bois pour les besoins naturels des passants (chose grossière et honteuse, tant pour la dignité du palais et de la place publique, que pour les étrangers qui entraient à Venise, du côté de San Giorgio, et tombaient d'abord sur cette malpropreté), Jacopo montra au prince Gritti l'honnêteté et l'à-propos de sa pensée, et fit enlever boutiques et baraques. Les boutiques furent placées là où elles sont maintenant, avec quelques places réservées pour les vendeurs de légumes, ce qui donna à la procuratie sept cents ducats de plus de revenu, tout en contribuant à l'embellissement de la place et de la ville. Peu de temps après, voyant que, dans la Merceria, et en allant au Rialto, près de l'Horloge, il suffisait de jeter à terre une maison qui payait vingt ducats de loyer, pour pratiquer une rue qui irait à la Spadaria, il amena ainsi la hausse des loyers pour les maisons et les boutiques des environs ; en supprimant cette maison, il augmenta leurs revenus de cent cinquante ducats l'an. Il construisit en outre, dans cet endroit, l'Osteria del Pellegrino, et une autre au Campo Rusolo, avec quatre cents ducats de plus. Il rendit les mêmes services aux procurateurs dans les constructions de la Pescaria et d'autres occasions diverses, maisons, boutiques et autres, en plus d'un endroit, en sorte que finalement la procuratie, voyant ses revenus augmentés de plus de deux mille ducats, pouvait à juste titre l'aimer et le voir de bon œil.

Ensuite, par l'ordre des procurateurs, il mit la main à l'admirable et riche construction de la Libreria, à côté du Palais Public. Les ordres de l'architecture dorique et corinthien, aussi bien que ceux des sculptures, des corniches, des colonnes, des chapiteaux et des demi-figures font de cette œuvre une merveille, sans qu'on ait regardé le moins du monde à la dépense. Ce bâtiment renferme des pavements extrêmement riches, des stucs, des peintures dans les salles, les escaliers publics, sans parler de l'entrée principale aussi commode que richement décorée, et qui témoigne par sa grandeur et sa majesté de quoi était capable le Sansovino.

Cette manière de faire fut cause que dans cette ville, où jusqu'alors on n'avait jamais pensé à autre chose qu'à faire les maisons et les palais dans un seul style, chacun suivant toujours les mêmes idées, avec les mêmes mesures et dans les errements anciens, sans jamais apporter de modifications, suivant le site où l'on se trouvait, ou selon le but que l'on voulait atteindre, fut cause, dis-je, que l'on commença à construire les édifices publics et privés sur de nouveaux dessins, avec un meilleur ordre, et selon la doctrine antique de Vitruve. D'après le dire des connaisseurs et de ceux qui ont vu différentes parties du monde, cette méthode est sans égale.

Il construisit ensuite le palais de Messire Giovanni Delfino, placé sur le canal Grande, au-delà du Rialto, et face à la Riva del Ferro ; il coûta trente mille ducats. Il construisit pareillement celui de Messire Lionardo Moro, à San Girolamo, qui est d'une grande valeur et assez semblable à une forteresse. On lui doit le palais de Messire Luigi de' Garzoni, plus large de treize pas en tous sens que le Fondaco de' Tedeschi ; toutes les commodités y sont réunies, au point que l'eau court par tout le palais : orné de quatre figures très belles du Sansovino, il est à Ponte Casale in contado. Plus beau encore est le palais de Messire Giorgio Cornaro, sur le canal Grande, qui, sans aucun doute, surpasse tous les autres en commodité, en grandeur, en majesté, et qui est regardé comme le plus beau peut-être qui soit en Italie [15].

Si nous laissons de côté les constructions particulières, la Scuola ou Fraternita della Misericordia, œuvre considérable, qui a déjà coûté cent trente mille écus, sera, si on l'achève, le plus magnifique édifice de toute l'Italie. On doit encore au Sansovino l'église de San Francesco della Vigna où habitent les Frati de' Zoccoli ; c'est une construction considérable dont la façade est d'un autre maître. La loggia qui est autour du campanile de San Marco, d'ordre corinthien, fut élevée sur ses dessins, avec une riche ornementation de colonnes et de quatre riches ; elles renferment quatre figures, un peu moins grandes que nature, en bronze et d'une souveraine beauté, qui sont dues à sa main, avec divers sujets et figures en bas-relief. Cette loggia fait une base admirable au campanile qui a deux cent quatre-vingt-douze pieds de haut sur trente-cinq de largeur au pied.

De tous les édifices élevés par le Sansovino, le plus beau, le plus riche et le plus solide est la Zecca de Venise, tout en fer et en pierre ; il n'y est pas entré une pièce de bois, par crainte du feu. A l'intérieur, elle est distribuée avec tant d'à-propos et de commodité, pour le service de tant d'ouvriers, qu'il n'y a pas, dans le monde entier, de Monnaie si bien ordonnée et plus solide. Jacopo la construisit en bossage, genre qui causa beaucoup d'étonnement à Venise où jusqu'alors il n'avait pas été employé.

Il y a encore de sa main l'église de Santo Spirito dans les lagunes, qui est très gracieuse [16] ; la façade de San Gimignano qui illumine vraiment la place, celle de San Giuliano dans la Merceria ; à San Salvadore, le riche tombeau du prince Francesco Veniero. Sansovino construisit aussi, au Rialto, sur le canal Grande, le Marché Neuf voûtée, qui est si commode que presque chaque jour il s'y tient un marché où accourent les gens du pays et des environs. Plus admirable encore est la construction toute nouvelle qu'il fit pour les Tiepoli, à la Misericordia. Ce grand palais, situé sur le canal et comprenant plusieurs appartements vraiment royaux, avait des fondations si mal établies dans l'eau, que l'on pouvait s'attendre à voir l'édifice s'écrouler avant peu d'années. Le Sansovino refit en sous-œuvre toutes les fondations, en pierres énormes posées dans le canal, tandis que l'on soutenait le bâtiment avec des étais merveilleux, et que ses possesseurs continuaient à l'habiter en toute sécurité.

Pendant qu'il était occupé à ces constructions, il n'a jamais cessé pour cela de produire journellement des œuvres belles et importantes de sculpture en marbre et en bronze. Au-dessus du bénitier des religieuses de la Ca Grande [17], il y a de lui un saint Jean-Baptiste en marbre, très beau et très estimé. A Padoue, dans la chapelle du Santo, il y a un grand bas-relief, en marbre, de sa main, en figures de demi-relief représentant un miracle de saint Antoine de Padoue [18]. Au bas des escaliers du palais de Saint-Marc, il fait, en ce moment, deux statues colossales, en marbre, hautes de sept brasses, à savoir un Neptune, et un Mars, emblèmes de la puissance que la Sérénissime République possède sur terre et sur mer [19].

Pour le duc de Ferrare, il fit un Hercule [20], et, pour la chaire de l'église Saint-Marc, il jeta en bronze six bas-reliefs d'une brasse de hauteur sur une brasse et demie de largeur, contenant des sujets tirés de la vie de saint Marc l'Evangéliste. La même église lui doit les portes en bronze de la sacristie, couvertes de sujets empruntés à la vie du Christ, et la Madone en marbre, grande comme nature, qui est sur la porte d'entrée [21]. Il est aussi l'auteur de la belle Madone en marbre portant l'Enfant Jésus, que l'on voit au-dessus de la porte de l'Arsenal.

Non seulement tous ces travaux ont illustré et orné la République, mais encore ils ont valu à Sansovino une immense réputation, l'amitié des seigneurs vénitiens et le respect des autres artistes ; on n'entreprenait aucun ouvrage de sculpture et d'architecture sans le consulter. Et certes, il avait bien mérité d'occuper le premier rang parmi les maîtres de Venise et d'être aimé et vénéré par les nobles et par les plébéiens, car Venise lui doit sa rénovation presque complète et la connaissance de la vraie et bonne architecture.

Les connaisseurs disent que Sansovino, tout en étant inférieur à Michel-Ange, lui fut supérieur en certaines choses ; en effet, il n'eut pas son pareil pour les draperies et la beauté de ses têtes de femmes et d'enfants. Il était âgé de quatre-vingt-treize ans lorsqu'un jour, se sentant fatigué, il se mit au lit. Etant resté un mois et demi dans cet état, ses forces diminuèrent peu à peu et il mourut le 2 novembre 1570. Il fut enseveli avec pompe dans sa chapelle de l'église San Gimignano.

NOTES

Cimabue

1. Il n'est pas certain que Cimabue soit né à Florence. Les dates de naissance et de mort données par Vasari ne sont pas toujours exactes.
2. Maître de Sainte-Cécile, Galerie des Offices, Florence.
3. Maître de Casole Fresco, National Gallery, Londres.
4. Anonyme, chapelle Bardi, Santa Croce, Florence.
5. Galerie des Offices, Florence.
6. *In situ* (Musée de l'Œuvre).
7. Musée du Louvre, Paris.
8. Certaines œuvres que Vasari considère être de Cimabue dans ce passage ont été depuis attribuées au peintre romain Torriti. La fresque de saint Matthieu a été restaurée à la suite du tremblement de terre de 1997 qui l'avait gravement endommagée.
9. *La Madone Ruccellai* est en fait l'œuvre du Siennois Duccio, Galerie des Offices, Florence.

Giotto

1. Le palais du Podestat est devenu le musée du Bargello. Les fresques de la chapelle, qui conservent leur attribution traditionnelle à Giotto, ont beaucoup souffert.
2. La Badia est l'abbaye bénédictine de Santa Maria Assunta, face au palais du Podestat. *L'Annonciation* a disparu.
3. Le décor des chapelles Bardi et Peruzzi subsiste. Celui des autres chapelles a été détruit. Vasari confond Hérodiade et Salomé.
4. *In situ*, œuvre d'atelier.
5. Il ne subsiste que quelques fragments dispersés de ces peintures, réalisées après la mort de Giotto et détruites par un incendie en 1771.
6. *In situ.* Ces fresques sont largement l'œuvre d'un atelier placé sous la direction de Giotto.
7. Musée du Louvre, Paris.

8. Chef gibelin, mort en 1264.

9. L'ancienne basilique Saint-Pierre fut détruite au début du XVIe siècle (voir la Vie de Bramante). Giotto vint en fait à Rome sous le pontificat de Boniface VIII (1294-1303).

10. Sous le portique de l'actuelle basilique Saint-Pierre, totalement remaniée. L'état ancien est connu par plusieurs copies, notamment au musée Condé, Chantilly et au musée Bonnat, Bayonne.

11. Invité en Avignon par Benoît XII, après 1334, Giotto mourut peu de temps après sans s'y être rendu. Vasari se trompe dans les dates et dans le nom du prédécesseur de Clément V, Benoît XI.

12. Ces fresques, détruites, ne peuvent être de Giotto puisque la bienheureuse Micheline mourut en 1354, bien après le décès du peintre.

13. *In situ.* Considéré comme une œuvre d'atelier.

14. *In situ.*

15. *In situ.* Le tombeau fut réalisé par les sculpteurs Agostino et Agnolo de Sienne.

16. *La Madone aux anges*, 1310, Galerie des Offices, Florence.

17. Dante, *Purgatoire*, IV, v. 105.

18. A peine évoqué par Vasari, le décor à fresque de la chapelle Scrovegni est une des plus importantes réalisations de Giotto.

19. En fait, janvier 1337.

20. Florence, vers 1300-1366.

21. Vasari retranscrit une anecdote rapportée par Sacchetti dans ses *Novelle* à l'époque encore inédites. Allusion de Boccace dans *Décaméron*, VI-5.

22. *In situ.*

Andrea Pisano

1. Les œuvres citées sont soit perdues soit dispersées et attribuées à d'autres artistes. En 1340, il avait succédé à Giotto comme maître d'œuvre du chantier de la cathédrale.

2. Ces sculptures sont en fait l'œuvre d'Andrea Arnoldi.

3. Il s'agit de l'actuelle porte Sud du baptistère San Giovanni, *in situ*. Pisano finit les moulages en 1330.

4. *In situ* ou au musée de l'Œuvre de la cathédrale. Une partie des sculptures est attribuée à l'atelier et à d'autres artistes.

5. Nino, actif entre 1349 et 1368.

6. Construit entre 1300-1360.

7. Œuvre du Siennois Agostino di Giovanni. Angibolgi est cité plusieurs fois par Pétrarque.

8. Gauthier VI de Brienne, duc d'Athènes, seigneur de Florence de septembre 1342 à août 1343. Il s'agit du Palazzo Vecchio.

9. *In situ.*
10. Pisano était encore actif en 1347.

Paolo Uccello

1. De son vrai nom Paolo di Dono di Paolo.
2. Coiffe masculine faite de cercles de bois recouverts d'étoffe, typique du XVe siècle florentin.
3. Quelques éléments subsistent, très endommagés. La *terra verde* est un pigment naturel utilisé pour les peintures monochromes.
4. Ces fresques, *in situ,* qui ne sont peut-être pas toutes de la main d'Uccello, ont beaucoup souffert et ont été plusieurs fois restaurées.
5. Ce portrait à fresque de John Hawkood, *in situ,* a été transposé sur toile.
6. A ne pas confondre avec les épisodes de *La Bataille de San Romano* (Louvre, National Gallery de Londres et Offices).
7. Le musée du Louvre conserve une version dérivée de cette œuvre.
8. Il mourut en 1475 et fut enterré à Santo Spirito. Sa fille Antonia fut carmélite.

Ghiberti

1. *I Commentari*, manuscrit (Biblioteca Nazionale, Florence), qui fut une source précieuse pour Vasari, particulièrement pour la Vie de Ghiberti. La première publication date de 1912.
2. Le concours eut lieu en 1401. Les modèles de Brunelleschi et de Ghiberti sont conservés au musée du Bargello.
3. C'est la porte Nord du baptistère. Ghiberti et ses aides y travaillèrent de 1403 à 1424.
4. *In situ.*
5. *In situ.*
6. Ces deux œuvres sont *in situ.*
7. *In situ.*
8. Musée du Bargello, Florence.
9. *La Porte du Paradis* (1425-1452).

Masaccio

1. Galerie des Offices, Florence.
2. *In situ* (1426).
3. Retable démantelé ; plusieurs éléments subsistent dont le centre de la prédelle, œuvre de Masolino (Galerie des Offices, Florence).
4. Polyptyque démantelé (1426) dont subsistent notamment le

panneau central (National Gallery, Londres), *Le Christ en croix* (Museo di Capodimonte, Naples) et la prédelle (en partie œuvre d'atelier, Staatliche Museum, Berlin).

5. *In situ* (1425), œuvre de Masolino pour l'essentiel.

6. Retable dispersé, en grande partie réalisé par Masolino ; deux des saints, attribués à Masaccio, sont à la National Gallery, Londres. Le vocable de Sainte-Marie-des-Neiges, première appellation de Sainte-Marie-Majeure, vient de sa fondation à la suite d'une averse miraculeuse de neige sur l'Esquilin au mois d'août.

7. L'actuelle basilique Sainte-Marie-Majeure a été érigée sous le règne de Sixte III (432-440). Vasari fait ici allusion à Martin V Colonna, pape de 1417 à 1431. L'empereur Sigismond II séjourna longuement à Rome où il fut couronné en 1433.

8. Décor disparu, réalisé par Gentile da Fabriano (vers 1370-1427) et Pisanello (1395-1455).

9. Masaccio y avait déjà travaillé en 1424-1425 avec Masolino da Panicale (1383-1440 ?). En 1427, Masolino partit pour la Hongrie et Masaccio poursuivit seul le chantier. Cosme de Médicis ne revint d'exil qu'en 1433.

10. Fresque détruite. Angiolini occupa plusieurs postes importants dans la République florentine.

11. Fresque détruite. Le commanditaire de la chapelle est Felice di Michele Brancacci, homme politique et ambassadeur florentin.

12. L'ensemble, œuvre capitale de Masaccio complétée en 1484-1485 par Filippino Lippi, est conservé *in situ* et a été récemment restauré.

13. Masaccio mourut à Rome vers 1428. La traduction de Leclanché a supprimé deux épitaphes tardives – dues à Annibal Caro et à Fabio Segni – retranscrites par Vasari.

Filippo Brunelleschi

1. Personnage du *Décaméron* de Boccace, VI-5.

2. Aujourd'hui, église San Gaetano.

3. *In situ.*

4. Donatello. Voir Vie suivante.

5. Paolo dal Pozzo Toscanelli, mathématicien, physicien et géographe, avait enseigné à l'Université de Padoue avant de rentrer à Florence en 1424.

6. *In situ* (Chapelle Bardi).

7. *In situ* (Chapelle Gondi).

8. Citées à nouveau dans la Vie de Donatello, p. 112.

9. Vasari a déjà donné une relation détaillée de ce concours dans la Vie de Ghiberti, p. 51.

10. Musée du Bargello, Florence.
11. Invention de Vasari. Donatello n'a pas participé au concours.
12. Arnolfo di Cambio conçut dans les années 1290 le modèle de Sainte-Marie-de-la-Fleur. La première pierre fut posée en 1296.
13. Forme d'une voûte d'ogives.
14. Forme d'une voûte d'ogives.
15. Ces deux ouvrages sont détruits.
16. Ces trois édifices existent encore. Le palais Busini est le palais Bardi-Gazelli.
17. Il s'agit de la Badia (abbaye) de Fiesole, construite entre 1456 et 1464.
18. Pas de document sur ces informations.
19. Père de Cosme l'Ancien. Il mourut en 1429.
20. Construit par Michelozzo.
21. Eglise des Douze-Apôtres, inachevée.
22. La traduction de Leclanché supprime la description de deux « machineries » théâtrales inventées par Brunelleschi.
23. Brunelleschi se rendit à Mantoue en 1432 et 1436.

Donatello

1. En l'absence de documents, la date généralement admise pour la naissance de Donato di Niccolo di Betto Bardi est 1386.
2. Roberto Martelli était un banquier florentin.
3. *In situ* (vers 1430-1435).
4. *In situ*, chapelle Bardi (vers 1415-1420).
5. *In situ* (vers 1425-1428). Baldassare Cossa, pape sous le nom de Jean XXIII, déposé en 1415, mourut à Florence en 1419.
6. *In situ* (vers 1455).
7. La statue de *Daniel* a disparu, le *Saint Jean* est au Museo dell' Opera del Duomo (1408-1415).
8. Traditionnellement identifiée avec la statue de *Josué* (Duomo) qui n'est pas de Donatello.
9. Tribune de la *Cantoria*, Museo dell' Opera del Duomo (1433-1439).
10. *In situ.* La frise est de Benedetto da Maiano.
11. *In situ.*
12. Maintenant au musée du Bargello (1415-1417).
13. *In situ,* œuvre exécutée en collaboration. Le groupe de Verrochio est *L'Incrédulité de saint Thomas.*
14. Les statues de *Jérémie* (portrait de Soderini) et *Habacuc* (Cherichini) et le *Sacrifice d'Isaac* sont maintenant au Museo dell' Opera del Duomo. *Zuccone* veut dire « tête dure ».
15. La statue se trouve devant le Palazzo Vecchio (1455-1460).

16. Musée du Bargello (vers 1430).

17. Musée du Bargello. Lorenzo della Volpaia était un célèbre horloger florentin du XVe siècle.

18. *In situ*, mais ces médaillons ne sont pas de Donatello.

19. Le *David Martelli* est à la National Gallery, Washington, et le *Saint Jean* au Bargello.

20. *In situ.* Réalisé principalement par Michelozzo.

21. Cette statue est un véritable antique de l'époque hellénistique (Museo Nazionale, Naples).

22. *In situ.* Réalisée en 1428 avec Michelozzo.

23. *In situ* (1447-1453). La statue du condottiere Erasmo da Narni (vers 1370-1443), dit *Gattamelata*, fut en fait commandée par son fils.

24. Démembré, en partie *in situ* (1446-1450).

25. *In situ.*

26. Tombeau de Bartolomeo Aragazzi, réalisé avec Michelozzo. Fragments *in situ* et au Victoria and Albert Museum, Londres. Le *Lavabo* est une œuvre de Verrocchio.

27. *In situ.* Probablement réalisé pendant le second séjour à Rome (1432-1433).

28. *In situ* (avec deux bras).

29. *In situ.*

30. Les statues sont perdues. Une chaire d'origine (1465) *in situ.* L'élève est Bertoldo di Giovanni (vers 1420-1491).

31. *Saint Louis de Toulouse*, Museo dell' Opera de Santa Croce.

32. Il s'agit de l'*Amour-Athys* (musée du Bargello, 1437-1440).

33. Donatello était effectivement à Rome lors du couronnement de Sigismond II (1433). On ne sait rien sur son frère.

34. Antonio Rossellino da Settignano (1427-1479) et son frère Bernardo (1409-1464) ; Desiderio da Settignano (vers 1428-1464).

Fra Giovanni da Fiesole (Fra Angelico)

1. Fra Angelico prit l'habit dominicain au couvent de Fiesole entre 1419 et 1423. Son frère Benedetto était copiste.

2. *Crucifixion*, *in situ*, salle du chapitre.

3. *In situ* (entre 1438 et 1450).

4. L'essentiel du retable est i*n situ.* Plusieurs scènes de la prédelle sont dispersées entre plusieurs musées dont le Louvre, Paris, et la National Gallery, Washington.

5. Retable *in situ* ; prédelle à la National Gallery, Londres.

6. Museo del Prado, Madrid.

7. Musée du Louvre, Paris (vers 1434-1435).

8. Museo di San Marco, Florence.

9. La *Déposition* est au Museo di San Marco, Florence.

10. L'*Annonciation* est identifiée avec une œuvre donnée à Domenico de Michelino (National Gallery, Londres).

11. *Tabernacle des Linaiuoli*, Museo di San Marco, Florence (1433).

12. *In situ*, mais endommagés, à Cortone. La chapelle Saint-Brice d'Orvieto fut complétée vers 1502 par Luca da Cortona dit Signorelli.

13. Museo di San Marco, Florence.

14. Le premier retable est au Museo di San Marco, le second à la Galerie des Offices, Florence.

15. *In situ*, Vatican (commencée avant 1450), avec la collaboration de Benozzo Gozzoli. Fra Angelico fut certainement appelé à Rome par Eugène IV (1431-1447), prédécesseur de Nicolas V (1447-1455).

16. Paolo Giovio (1483-1552), historien et collectionneur de portraits.

17. Aucun document n'appuie cette affirmation de Vasari. Antonin fut nommé évêque en 1446.

18. Benozzo Gozzoli (1420-1497), Zanobi Strozzi (1412-1468), Domenico di Michelino (1417-1491). Gentile da Fabriano (1370-1427) ne fut ni florentin ni disciple de Fra Angelico.

Antonello da Messina

1. Jan Van Eyck (vers 1390-1441), qui vécut surtout à Bruges et à qui on attribue traditionnellement l'invention de la peinture à l'huile.

2. Rogier Van der Weyden (vers 1400-1464) et Hans Memling (vers 1433-1494).

3. Alphonse d'Aragon (1416-1458), roi de Naples, possédait plusieurs tableaux flamands.

4. Le voyage d'Antonello en Flandre est une invention de Vasari. L'influence flamande était importante à Naples.

5. *Retable de San Cassiano,* commandé en 1476, taillé en plusieurs morceaux au XVIIe siècle ; aujourd'hui reconstitué, Kunsthistorisches Museum, Vienne. Antonello était à Venise en 1475-1476.

6. Domenico Veneziano étant mort en 1461, cette histoire est une invention de Vasari.

7. Antonello mourut à Messine. Aucune commande à Antonello pour le palais ducal (brûlé en 1483) n'est attestée.

8. Réalisées par Antonio Rizzo, *in situ.*

Domenico Ghirlandaio

1. Œuvres *in situ* (1473 pour la chapelle, 1480 pour le réfectoire).

2. Tout l'ensemble, fresques et panneaux, est *in situ* (1483-1486).

3. La *pala* est à la Galerie des Offices, Florence ; la prédelle est dispersée (National Gallery, Londres, Metropolitan Museum, New York).

4. Musée du Louvre, Paris (1491). David (1451-1525) et Benedetto (1458-1497) ont beaucoup travaillé avec leur frère.

5. *In situ.*

6. *La Cène* est toujours *in situ.*

7. Galerie des Offices, Florence.

8. *In situ.*

9. Il s'agit de la première campagne décorative de la chapelle Sixtine (1481). *L'Appel de Pierre et André* est toujours *in situ.*

10. *In situ* (1485-1490).

11. Marsile Ficin (1433-1499) humaniste et philosophe, Cristoforo Landino (1424-1498) qui édita *La Divine Comédie* avec des gravures de Botticelli, Demetrios Calcondilas (1424-1511) et Angelo Poliziano (1454-1494), poète, faisaient partie du cercle des lettrés proche de Laurent le Magnifique.

12. Retable divisé entre la Alte Pinakothek, Munich, et le Staatliche Museum, Berlin.

13. *In situ*, Palazzo Vecchio. Sur Volpaia et cette salle, voir Vie de Donatello, note 17.

14. *In situ.*

15. Charles VIII, roi de France.

16. Les tableaux cités et sauvegardés sont au Museo Nazionale, Pise.

17. Une Cène encore *in situ.*

18. Museo Civico, Rimini.

19. Gherardo di Giovanni, enlumineur, Florence, vers 1446-1497.

20. *In situ* (1490). Réalisée en collaboration avec son frère David.

21. Bastiano Mainardi (vers 1450-1513). Fresques *in situ.* Celles de Santa Croce sont dues à Mainardi.

Antonio et Piero Pollaiolo

1. Bartoluccio Ghiberti, père de Lorenzo (voir Vie de Ghiberti), était mort avant la naissance d'Antonio. La relation directe avec Andrea dal Castagno (1423-1457) semble également improbable.

2. Antonio participa au chantier de la Porte du Paradis. Une caille s'y trouve bien, d'une attribution précise difficile.

3. Plusieurs baisers-de-paix de Maso Finiguerra (Florence, 1426-1464) se trouvent au musée du Bargello.

4. Museo dell'Opera del Duomo, Florence. Commande passée en 1477 à plusieurs artistes dont Verrochio et Michelozzo. Antonio fit la *Naissance de saint Jean-Baptiste*.

5. Le cardinal de Portugal, neveu du roi, mourut à Florence en 1459. Les fresques des Pollaioli et d'Alesso Baldovinetti ornent la chapelle où se trouve son tombeau, œuvre d'Antonio Rossellino (1461-1466).

6. Galerie Sabauda, Turin (panneau).

7. Galerie des Offices, Florence. La Mercatanzia est le siège de la Guilde des Marchands.

8. Poggio Bracciolini (1380-1459), Leonardo Bruni et Manetti (1396-1459) : trois humanistes. Œuvres perdues.

9. *Martyre de saint Sébastien*, National Gallery, Londres (Antonio et Piero).

10. *In situ* (attribution discutée entre les Pollaioli et Baldovinetti).

11. Le *Saint Michel* est au musée Bardini, Florence.

12. Laurent l'Ancien est Laurent le Magnifique. Ces œuvres sont perdues mais connues par deux petits tableaux de sujets analogues (*Hercule et Antée*, *Hercule et l'Hydre*) à la Galerie des Offices.

13. Célèbre gravure, vers 1460.

14. Le tombeau d'Innocent VIII, achevé en 1493, disposition altérée au XVIIe siècle, et celui de Sixte IV, 1493, se trouvent dans la crypte de la basilique Saint-Pierre. *In situ.*

15. *In situ.*

16. Andrea Contucci dit Sansovino (1460-1529), sculpteur et architecte, maître de Jacopo Sansovino (voir Vie au dernier chapitre).

Sandro Botticelli

1. Ce nom n'apparaît pas parmi les orfèvres de Florence mais c'est celui du frère aîné de Sandro, né en 1421.

2. Fra Filippo Lippi (vers 1406-1469).

3. Galerie des Offices, Florence. Voir les Vies des frères Pollaiolo.

4. Staatliche Museum, Berlin (1485).

5. Le premier est probablement la *Pala delle Convertite* et se trouve, comme le second, à la Galerie des Offices. Les Sœurs converties sont l'analogue des Filles repenties.

6. *In situ* (1480).

7. Galerie des Offices, Florence.

8. Cette *Pallas* est perdue, le *Saint Sébastien* est au Staatliche Museum, Berlin.

9. *La Naissance de Vénus* (vers 1487) et *Le Printemps* (vers 1475), tous deux à la Galerie des Offices.

10. Trois au Museo del Prado, Madrid, un, coll. part., Londres. Tableaux inspirés par le *Décaméron*,V-6.

11. National Gallery, Londres.

12. Galerie des Offices, Florence.

13. Œuvre de Botticini, National Gallery, Londres. L'ouvrage de Palmieri, *Citta di Vita*, qui inspira le tableau fut en effet condamné.

14. Galerie des Offices, Florence.

15. *In situ*, chapelle Sixtine, Vatican. Il s'agit de la première campagne décorative de la chapelle.

16. Allusion vague à l'édition de l'*Enfer* par Landino avec des planches de Botticelli [?]. Il fit ensuite un ensemble de dessins sur *La Divine Comédie* (dispersés).

17. Il n'y a pas de preuve que Botticelli ait appartenu au groupe des « pleurnicheurs », partisans de Savonarole.

18. Certainement *La Vierge du Magnificat* (Galerie des Offices).

19. La maîtresse de Julien était Simonetta Vespucci, la mère (et non la femme) de Laurent, Lucrezia Tornabuoni.

20. Galerie des Offices, Florence (vers 1495).

Andrea Mantegna

1. Francesco Squarcione, 1397-1474.

2. Marco Zoppo, actif entre 1453, date de son adoption par Squarcione et 1498 ; Dario de Trévise, entré chez Squarcione en 1440 ; Pizzoli, activité connue entre 1434 et 1453.

3. Chapelle Ovetari. Fresques détruites en 1944, dont subsistent *in situ* quelques parties (vers 1448-1457).

4. Perdu. La chapelle est exactement celle du Prefetto Urbano.

5. Jacopo Bellini (actif entre 1420 et 1470) dirigeait un des plus importants ateliers de Venise. Niccolosa, que Mantegna épousa en 1454, est la sœur de Gentile (1429-1507) et de Giovanni (vers 1430-1516). Mantegna se sépara de Squarcione en 1455.

6. La première œuvre est à la Galerie Brera, Milan ; la seconde au Museo Antoniano, Padoue.

7. Le premier, collection Trivulzio, Milan, et le second (1457-1459) est en partie démembré à la suite de l'occupation française de 1797 : le corps du retable est *in situ*, la prédelle est divisée entre les musées de Tours et du Louvre.

8. Généralement identifié avec le « Triptyque » de la Galerie des Offices, Florence.

9. Allusion très sommaire à la *Chambre des époux* (*in situ*).

10. La série des neuf cartons sur toile du *Triomphe des Césars* appartient aux collections royales britanniques (exposées à Hampton Court).

11. Villa construite sur la colline du Vatican en 1485-1487. Les fresques de Mantegna, à Rome en 1488-1490, ont été détruites.

12. Galerie des Offices, Florence.

13. *Vierge de la Victoire*, musée du Louvre, Paris. Il s'agit de la bataille de Fornoue (1495).
14. Quelques fragments, *in situ.*
15. Arioste, *Roland furieux* (*Orlando furioso*, 1532).

Pietro Perugino

1. Pietro di Cristoforo Vannucci, dit Pietro Perugino, le Pérugin.
2. Andrea Verrochio (1435-1488) avait un atelier très important (voir Vie de Léonard). Pérugin, à Florence en 1470-1471, put fréquenter l'atelier sans être, vu son âge, un véritable apprenti.
3. Palazzo Pitti, Florence (1495).
4. Le siège de Florence eut lieu en 1529, après une révolte populaire qui avait à nouveau chassé les Médicis de Florence. Il assura l'installation de Cosme Ier.
5. Palazzo Pitti, Florence.
6. Ces deux tableaux sont à la Galerie des Offices, Florence.
7. L'ordre des Jésuates fut reconnu par Boniface IX en 1357. Ensemble détruit.
8. Le premier est détruit, le second *in situ.*
9. Galerie de l'Académie, Florence.
10. *In situ.*
11. *In situ.*
12. Pinacothèque, Bologne.
13. Travaux dans la chapelle Sixtine (voir Vie de Botticelli). Bartolommeo della Gatta (Florence, 1448-1502), frère camaldude et abbé de son monastère, était aussi peintre et musicien. Fresques *in situ* : *Remise des clefs à saint Pierre* et *Baptême du Christ.*
14. *In situ*, Chambre de l'Incendie.
15. Détruit. Il ne subsiste plus, dans le palais Colonna de la place de Santi Apostoli, que quelques éléments du palais primitif construit par Martin V Colonna, pape de 1417-1431.
16. Pinacothèque vaticane.
17. Le premier est dans la Pinacothèque vaticane, le second dans celle de Pérouse.
18. Pinacothèque, Pérouse. L'*Adoration des Mages* est bien une œuvre de jeunesse.
19. Musée de Caen ; les autres œuvres de la cathédrale sont perdues.
20. *In situ* (date d'achèvement, 1500).
21. Dispersé. L'essentiel est à la Pinacothèque de Pérouse, mais des panneaux se trouvent aux musées de Toulouse, Lyon, Grenoble, du Louvre et de Birmingham.

22. Le corps principal du retable est à la Pinacothèque de Pérouse et la prédelle au Staatliche Museum, Berlin.

23. *In situ* pour les fresques ; le retable de *Saint Bernard* est à la Alte Pinakothek, Munich.

24. Galerie des Offices, Florence (1493).

25. Filippino Lippi mourut en 1504. le tableau achevé par Pérugin est aux Offices.

26. *In situ.*

27. *In situ.*

28. *Polyptyque de saint Pierre* (1495-1500) dispersé entre les musées de Lyon, Rouen, Nantes et la Pinacothèque vaticane.

29. Bernardino Pinturrichio (Pérouse, vers 1454-1513) est, après Raphaël, le plus célèbre des disciples du Pérugin.

Léonard de Vinci

1. Le projet de canalisation, pour donner à Florence un accès à la mer, est contemporain de la guerre avec Pise (1503-1505).

2. Galerie des Offices, Florence (1470).

3. *Vierge à l'Enfant* dite *Vierge à l'œillet*, Alte Pinakothek, Munich (vers 1478-1480).

4. Peut-être *Neptune et les dieux marins*, Royal Library, Windsor Castle.

5. Galerie des Offices, Florence.

6. Gian Galeazzo était mort en 1476 ; Léonard se rendit probablement à Milan dès 1482, date à laquelle il écrivit à Ludovic le More.

7. *In situ* (1494-1497). La technique de préparation de Léonard entraîna une dégradation rapide, d'où des restaurations précoces. Ebranlée par les bombardements de 1943, l'œuvre a à nouveau été restaurée.

8. Ces œuvres ne sont plus atribuées à Léonard.

9. Léonard y travailla entre 1482 et 1491. L'entreprise est connue grâce au *Codex* de Madrid. Le modèle, avec un cheval de plus de 7 mètres de haut, fut exposé en 1493.

10. Pétrarque, *Trionfo d'Amore*, III, 7-9.

11. Marcantonio della Torre (1481-1512) enseigna l'anatomie à l'Université de Pavie en s'inspirant des recherches de Galien.

12. Francesco Melzi (1493-1570) : exécuteur testamentaire et héritier de Léonard. L'essentiel de l'album de dessins anatomiques est à la Royal Library, Windsor Castle.

13. Le *Tratatto* de Léonard fut publié en 1627 à partir ce ces notes, rassemblées dans le *Codex Urbinas 1270* (Bibliothèque vaticane).

14. François Ier était à Milan en 1515-1516.
15. Il s'agit de Filippino Lippi (1457-1504).
16. La description qu'en donne Vasari diffère de *La Vierge et sainte Anne* du Louvre et du carton de la National Gallery, Londres.
17. National Gallery, Washington.
18. Musée du Louvre, Paris.
19. Salle du Conseil du Palazzo Vecchio.
20. Le carton de la *Bataille d'Anghiari* (1440), réalisé en 1504-1505, est perdu ; connu par plusieurs croquis et copies du groupe central.
21. Léon X Médicis, pape de 1513 à 1521. Julien est son frère.
22. Certainement *La Vierge avec l'Enfant Jésus et sainte Anne* du musée du Louvre, Paris.
23. *In situ*, par Giovan Francesco Rustici (1474-1554).

Giorgione da Castelfranco

1. Jacopo Bellini (vers 1400-1470) et ses deux fils Gentile (1429-1507) et Giovanni (vers1430-1516).
2. *Portrait*, Herzog Anton Ulrich Museum, Brunswick [?].
3. Scuola San Rocco, Venise. Attribué soit à Giorgione soit à Titien.
4. Anecdote invraisemblable, Giorgione n'ayant que dix ans quand Verrocchio acheva le *Colleone.*
5. Voir sa Vie plus loin.

Antonio da Correggio

1. Antonio Allegri dit Correggio (le Corrège).
2. *In situ*, fresque de l'*Assomption* ornant la coupole.
3. Galleria Nazionale, Parme.
4. Un *Couronnement de la Vierge* (détruit).
5. Galleria Nazionale, Parme.
6. La *Vierge à l'Enfant* et la *Madone de saint Jérôme* sont à la Galleria Nazionale, Parme.
7. *Léda*, Staatliche Museum, Berlin, et *Danaé*, Galerie Borghèse, Rome.
8. Certainement la *Madone de saint Sébastien*, Gemäldegalerie, Dresde.
9. Museo del Prado, Madrid.
10. *La Nuit,* Gemäldegalerie, Dresde.
11. Victoria and Albert Museum, Londres.
12. Andrea del Gobbo, vers 1460-1522. *Assomption* achevée par Bernardino Campi, *in situ.*

Bramante

1. Giuliano della Rovere, pape de 1503 à 1513.
2. Vasari ignore l'importante carrière lombarde de Bramante.
3. Cardinal Oliviero Caraffa (1430-1511). Le cloître subsiste.
4. Actuel palais de la Chancellerie.
5. Palais Torlonia, place Scossacavalli. Le cardinal conjura en 1515 contre Léon X.
6. Le théâtre de Marcellus, transformé en palais depuis le Moyen Age.
7. Elu pape en 1559. La transformation radicale du projet de Bramante, avec notamment la création du bâtiment de la Bibliothèque sixtine, est postérieure à l'œuvre de Vasari.
8. Palais des tribunaux. Il ne reste que quelques traces du projet de Bramante.
9. Le *Tempietto*. Le projet initial est connu par la gravure.
10. Détruit, connu par une gravure de Lafréry (1549). Voir Vie du Rosso.
11. Carradosso, actif à Rome de 1505 à sa mort en 1527. Ces trois médailles représentent le projet de Saint-Pierre sur leur revers.
12. Fra Giocondo (Vérone, vers 1434 – Rome, 1515) et Giuliano da Sangallo (Florence, vers 1444 – 1516) furent tous deux nommés architectes de Saint-Pierre en 1513, avec Bramante.
13. Eléments détruits par la suite. Baldassare Peruzzi (Sienne, 1481 – Rome, 1536) devint, avec Antonio da Sangallo, architecte de Saint-Pierre, à la mort de Raphaël, qui avait dirigé le chantier à la mort de Bramante.

Fra Bartolommeo di San Marco

1. Mariotto Albertinelli (1474-1515), ami intime de Fra Bartolommeo depuis leur apprentissage chez Cosimo Rosselli (1439-1507) qui dirigea un des plus importants ateliers de Florence.
2. Panneaux à la Galerie des Offices, Florence.
3. Transférée sur toile, Museo di San Marco, Florence.
4. Ce « Bûcher des vanités » eut lieu le 23 février 1497.
5. Maintenant au couvent de San Marco, Florence.
6. Savonarole fut exécuté le 23 mai 1498.
7. Galerie de l'Académie, Florence.
8. Galerie Corsini, Rome.
9. *Le Mariage de sainte Catherine*, Musée du Louvre, Paris.
10. Galerie de l'Académie, Florence.

11. Musée du couvent de San Marco, Florence.
12. Qui avait la charge des sceaux.
13. Pinacothèque vaticane. L'intervention de Raphaël est douteuse.
14. Cité dans la collection Alaffre, Pézenas, au XIXe siècle.
15. Galerie de l'Académie, Florence.
16. Palazzo Pitti, Florence.
17. Le *Christ Sauveur* est au Palazzo Pitti, les *Prophètes* à la Galerie de l'Académie.
18. Cathédrale de Lucques.
19. Les deux œuvres sont à la Pinacothèque de Lucques.
20. Museo di Capodimonte, Naples.
21. *Assomption*, Kaiser Friedrich Museum, Berlin (détruit pendant la Seconde Guerre mondiale). Ottaviano (1482-1546), membre d'une branche latérale de la famille Médicis et amateur éclairé.
22. Kunsthistorische Museum, Vienne.
23. *In situ*, couvent de Pian di Mugnone.
24. *In situ.*
25. Le premier tableau, une Déposition, est au Palazzo Pitti, Florence, le second au Kunsthistorische Museum, Vienne.
26. Museo di San Marco. Pietro Soderini était alors gonfalonier de Florence.

Raphaël d'Urbin

1. Pinacothèque vaticane (1502-1503).
2. *Retable de saint Nicolas de Tolentino* (1500-1501), fragments subsistant à la Pinacothèque de Brescia, à Capodimonte, Naples et au Louvre (un *Ange*).
3. National Gallery, Londres (1503). Prédelle entre le musée d'Art ancien, Lisbonne, et le North Carolina Museum of Art, Raleigh.
4. Museo di Brera, Milan (1504).
5. Décor commandé par le cardinal Francesco Piccolomini, l'éphémère pape Pie III (1503). Bernardino Pinturricchio (Pérouse, vers 1454-1513) commença ce décor dans la nouvelle Librairie en 1502.
6. Allusion aux *Bataille d'Anghiari* (Léonard) et de *Cascina* (Michel-Ange), 1504-1506. Voir Vies de ces deux artistes.
7. *Madonna del Prato*, Kunsthistorische Museum, Vienne, et *Madonna Bridgewater*, National Galleries of Scotland, Edimbourg.
8. *Madone au chardonneret* (*Madonna del Cardellino*), Galerie des Offices, Florence.
9. Identification difficile de ces deux œuvres (*Madone d'Orléans*,

Musée Condé Chantilly [?] ; *Sainte Famille avec saint Joseph*, Ermitage, Saint-Pétersbourg [?]). Les parents de Raphaël étaient en fait morts depuis longtemps. Montefeltro fut capitaine des Florentins de 1495 à 1498.

10. *Madonna Ansidei* (1505), National Gallery, Londres.

11. *In situ.* Large participation de Pérugin dans la partie inférieure.

12. *Pala Colonna*, National Gallery, Washington. Prédelle dispersée.

13. *Agnolo et Maddalena Doni*, Palazzo Pitti, Florence.

14. *Sainte Famille Canigiani*, Alte Pinakothek, Munich.

15. *Déposition du Christ* (1507), Galleria Borghese, Rome ; éléments de la prédelle à la Pinacothèque vaticane et le Couronnement à la Pinacothèque de Pérouse.

16. *Madone au baldaquin* (1507-1508), Palazzo Pitti, Florence.

17. Probablement *La Belle Jardinière* (1508), Musée du Louvre.

18. Vasari fait plusieurs confusions entre *La Dispute du Saint Sacrement* et *L'Ecole d'Athènes* dans sa description des fresques de la chambre de la Signature (1509-1511).

19. Plusieurs éléments du décor antérieur du Sodome (voir Vie plus loin) ont été insérés par Raphaël dans son décor du plafond de la Chambre.

20. Cette description du *Parnasse* contient plusieurs inexactitudes. Vasari s'aide d'une gravure de Marc Antonio Raimondi où figurent plusieurs ajouts, comme les Amours.

21. *La Dispute du Saint Sacrement.*

22. Dite la chambre d'Héliodore (1511-1514).

23. *Portrait du pape Jules II*, National Gallery, Londres.

24. *Madone de Lorette*, Musée Condé, Chantilly.

25. *In situ.*

26. Il s'agit de l'actuelle Villa Farnésine, bâtie pour Chigi entre 1509 et 1512. *Le Triomphe de Galatée* (1511), *in situ.*

27. *In situ* (1514).

28. *Madone de Foligno*, Pinacothèque vaticane. Le camérier était Sigismondo Conti, mort en 1512.

29. *Le Miracle de la messe de Bolsène* (1512), illustrant une scène qui eut lieu à Bolsène en 1263.

30. *La Délivrance de saint Pierre* (1514).

31. *Héliodore chassé du Temple* (1512).

32. Jules II mourut le 20 février 1513 et Léon X (Jean de Médicis, fils de Laurent le Magnifique, 1513-1521) fut aussitôt élu.

33. *La Rencontre de saint Léon et d'Attila* (1513-1514). Il s'agit de Léon Ier.

34. *Madone au poisson*, Museo del Prado, Madrid.

35. *Madone du Divin Amour* (atelier), Museo di Capodimonte, Naples.

36. *Sainte Cécile*, Pinacothèque, Bologne.

37. Palazzo Pitti, Florence.

38. *Madone de la Perle*, Museo del Prado, Madrid.

39. Le portrait est à la National Gallery, Washington, et la *Madonna dell' Impanata* (du nom de la toile qui couvre la fenêtre) au Palazzo Pitti, Florence.

40. Galerie des Offices, Florence (1517-1518).

41. Le premier est connu par des copies (musée Fabre, Montpellier) et le second se trouve au Metropolitan Museum, New York.

42. Palais Caprini (détruit) réalisé par Bramante avant que Raphaël ne l'achète.

43. Marcantonio Raimondi (vers 1480-1530). Voir sa Vie plus loin.

44. *La Velata,* Palazzo Pitti, Florence.

45. Museo del Prado, Madrid (1517).

46. Surnom de l'Etna.

47. *L'Incendie du bourg* (1514-1517), épisode qui eut lieu en 847. Saint Léon est Léon III.

48. *La Bataille d'Ostie,* largement une œuvre d'atelier.

49. Il s'agit en fait du *Couronnement de Charlemagne par Léon III* et du *Serment de Léon III.* Les portraits sont bien ceux de François Ier et de Léon X, et les épisodes rappellent les accords de Bologne passés en 1515 entre les deux souverains.

50. Salle des Palefreniers (détruite). Giovanni da Udine (1487-1564) est l'un des principaux artistes de son atelier spécialisé dans la grotesque et la nature morte.

51. Les Loges de la cour Saint-Damase (1512-1518), isues du projet de Bramante pour la cour du Belvédère (voir Vie de Bramante).

52. La Villa Madama, vaste projet jamais achevé, et le palais Branconio dell' Aquila, détruit au XVIIe siècle.

53. Palais Pandolfini, Florence.

54. *Madone Sixtine*, Gemäldegalerie, Vienne.

55. Musée du Louvre, Paris (1518).

56. Cette description du décor de la Villa Farnésine contient beaucoup d'inexactitudes.

57. Chapelle Chigi, Santa Maria del Popolo. Raphaël n'y fit pas de peinture.

58. Les fresques de la salle de Constantin sont surtout l'œuvre de l'atelier, Jules Romain en premier lieu.

59. Il s'agit de la série des *Actes des Apôtres* (Vatican), tissée à Bruxelles sur des cartons dus à Raphaël (Victoria and Albert Museum, Londres, dépôt des collections royales), et destinée à orner le niveau inférieur de la chapelle Sixtine pour les grandes cérémonies.

60. Galerie de l'Académie, Florence.
61. *La Transfiguration* (Pinacothèque vaticane) destinée à la cathédrale de Narbonne.
62. Maria Dovizi, qui mourut avant Raphaël.
63. Il mourut le 6 avril 1520.

Andrea del Sarto

1. Tailleur se dit *sartore* en italien, d'où son surnom.
2. Giovanni Barili, mort vers 1531, a déjà été mentionné dans la Vie de Raphaël, p. 244.
3. Francesco di Cristofano, dit Franciabigio (1483-1525).
4. *In situ.*
5. Galerie des Offices, Florence pour le premier ; les deux autres, *Annonciation* et *Dispute de la Trinité* sont au Palazzo Pitti.
6. *In situ*, peintes vers 1476.
7. *In situ* (1509-1511). Les deux autres scènes sont *L'Adoration des Mages (*1511) et *La Naissance de la Vierge* (1514). Voir leur description plus loin.
8. *In situ* (1519-1520).
9. Museo di San Marco, Florence.
10. Francesco di Angiolo Ajolli, auteur de madrigaux, maître de musique de Benvenuto Cellini, passa en 1530 à la cour de France.
11. Les deux œuvres sont au Palazzo Pitti, Florence.
12. *La Madone des Harpies*, Galerie des Offices, Florence.
13. *In situ.*
14. Baccio Bandinelli, sculpteur, vers 1488-1560. Le tableau est peut être le *Portrait d'un sculpteur*, National Gallery, Londres.
15. Probablement la *Sainte Famille aux anges*, Musée du Louvre.
16. Palazzo Pitti, Florence.
17. *In situ.*
18. Palazzo Pitti, Florence.
19. Andrea arriva en France au printemps 1518.
20. Ce pourrait être un portrait d'Henri II, né en 1518. Perdu.
21. Musée du Louvre (1518).
22. *In situ.*
23. Palazzo Pitti, Florence.
24. Palazzo Pitti, Florence.
25. *In situ*, terminé par Alessandro Allori vers 1580.
26. Palazzo Pitti, Florence.
27. Le connétable Anne de Montmorency.
28. Jacques de Beaune, seigneur de Semblançay et surintendant des Finances.
29. *Vision de saint Matthieu*, Museo del Prado, Madrid.

30. Palazzo Pitti, Florence.
31. Palazzo Pitti, Florence.
32. Cette copie est au Museo di Capodimonte, Naples.
33. Cathédrale de Pise.
34. *Madonna del Sacco*, *in situ* (1525).
35. Galerie des Offices, Florence.
36. La *Vierge à l'Enfant* (Kaiser Friedrich Museum, Berlin) fut détruite en 1945. L'*Annonciation* est au Palazzo Pitti. Lire Sarzana et non Serrezzana.
37. *In situ.*
38. Galerie des Offices, Florence. *Il Nicchio* fait allusion à la forme de la coquille, emblème des pèlerins de Saint-Jacques-de-Compostelle.
39. Galerie des Offices, Florence.
40. Palazzo Pitti, Florence.
41. *Sainte Conversation*, terminée par Antonio Sogliani, *in situ.*
42. Gemäldegalerie, Dresde.
43. National Gallery, Washington.
44. Palazzo Pitti, Florence.
45. Metropolitan Museum, New York.
46. Domenico Conti était effectivement un peintre de second ordre. Raffaelo de Montelupo (vers 1505-1566) était un remarquable sculpteur.

Le Rosso

1. Giovanni Battista di Jacopo, dit le Rosso.
2. *Vierge avec quatre saints et deux putti lisant*, Galerie des Offices, Florence.
3. Pinacothèque, Volterra (1521).
4. Voir Vie de Raphaël. Le tableau est au Palazzo Pitti.
5. *In situ* (1523).
6. Galerie des Offices, Florence (1523).
7. *In situ.*
8. Domenico di Paride Alfani. Tableau à Sant' Agostino de Pérouse.
9. San Lorenzo, Borgo San Sepolcro.
10. Ces deux tableaux ont disparu.
11. Nommé chanoine en 1532, la même année que peintre ordinaire du roi.
12. Pavillon de Pomone, détruit.
13. Francesco Primaticcio, originaire de Bologne (1504-1570), fut le second grand peintre italien du château de Fontainebleau. Il arriva en France en 1531.

14. Domenico del Barbiere, dit Dominique Florentin, Florence (vers 1506 – Paris, 1565).

15. Le *Saint Michel* est perdu, la *Pietà* est au Louvre.

Marc Antonio

1. Maso Finiguerra (Florence, 1426 – Florence, 1464).
2. Baccio Baldini (Florence, 1436 – Florence, 1487).
3. Martin Schongauer (Colmar, 1455 – Brisach, 1491) : cuivre des *Vierges sages et des Vierges folles* au Kunstmuseum, Düsseldorf ; la *Crucifixion* au Kunstmuseum, Bâle.
4. Gherardo di Giovanni, Florence, 1446-1497.
5. Œuvres avérées de Martin Schongauer.
6. Albrecht Dürer (Nuremberg, 1471 – Nuremberg, 1528) ; Vasari fait systématiquement d'Anvers le lieu d'activité en gravure.
7. *Songe ou Oisiveté*, cuivre aux Offices, Florence.
8. Le Christ nu est sur cuivre.
9. Dürer est à Venise en 1506.
10. Lucas Huydens dit de Leyde, 1494-1533.
11. 1527. Voir la Vie de Raphaël pour les tableaux originaux.
12. Marco Dente da Ravenna (vers 1493 – Rome, 1527) et Agostino di Musi (Venise, 1490 – Rome, 1540).
13. *Vie de Marie-Madeleine*, Trinité-des-Monts, Rome. Voir Vie de Jules Romain.
14. Ordre donné par Clément VII en 1526.
15. Agostino Musi (Venise, vers 1490 – après 1536).
16. Ugo da Carpi (vers 1480 – Bologne, vers 1532). Ce procédé est en fait une invention allemande.
17. Sainte Véronique entre saint Pierre et saint Paul, sacristie des bénéficiers, Basilique Saint-Pierre, Rome.
18. Ce procédé est en fait une invention allemande.
19. Baldassare Peruzzi (1481-1536), peintre et architecte siennois travailla beaucoup à Rome. Gravure d'une de ses propres œuvres.
20. Francesco Mazzola, dit le Parmesan (Parme, 1503 – Crémone, 1540), peintre et aquafortiste.
21. Domenico Beccafumi, peintre siennois (1486-1551).
22. Giovanni Battista Pittoni dit Vicentino (1520-1583), auteur de paysages de ruine, et Battista del Moro, qui grava des œuvres de Titien.
23. Jérôme Cock (Anvers, 1507 – 1570). La *Visitation* de Salviati est *in situ*, et il subsiste certains fragments, sur toile, de celle de Sebastiano (Alnwick Castle, Northumberland, Angleterre).

24. Gian Giacomo Caraglio (Vérone, vers 1500 – Parme, vers 1570).

25. Tableau au musée du Louvre.

26. Lambert Suavius ou Sustris (Liège, vers 1520 – Francfort, vers 1574).

27. Giovan Batista Scultori (Mantoue, 1503 – 1575).

28. Enea Vico (Parme, 1523 – 1567).

29. Antoine Lafréry, originaire du Jura (Orgelet, 1512 – Rome, 1577), buriniste et éditeur, s'établit à Rome en 1543.

30. Barlacchi était aussi éditeur.

31. Le *Traité d'architecture* de Sebastiano Serlio (Bologne, 1474 – Fontainebleau, 1554), d'abord publié à Venise, a été édité en français, en 1547.

32. Antonio dell Abbaco a publié en 1558 *Libro d'Antonio Abbaco appartenente a l'Architettura* et Jacopo Barozzi dit Vignole (1507-1573) *Regole di Architettura.*

33. Jean Cousin le Père (Soucy, 1490 – Paris, vers 1560) publia le *Livre de perspective*, Paris, 1560.

34. Nicolas Béatrizet (Lunéville, 1515 – Rome, 1565).

35. Ce sont davantage des œuvres d'inspiration titianesque pour lesquelles il a pu fournir des indications précises.

36. Giulio Bonasone (Bologne, vers 1500 – après 1574) et Battista Franco (Venise, 1498 – 1561).

37. René Boivin (Angers vers 1525 – 1602 [?]).

38. Voir Vie du Rosso.

39. Arioste, *Orlando furioso*, Ferrare, 1532.

40. Juan de Valverde, *Historia de la Composicion del cuerpo humano*, Rome, 1556, rééd. en italien, *La anatomia del corpo umano*, Venise, 1586, planches de Béatrizet.

41. Michel Coxcie (Malines, 1499 – 1592), séjourna à Rome entre 1520 et 1532.

42. Hyëronimus Cock (Anvers 1507-1570) séjourna à Rome en 1546-1548. Martin Van Heemskerk (1498-1574) est un autre romaniste flamand qui séjourna à Rome en 1533-1536.

43. Jean Liefrinck (1538-1573).

44. Heinrich Trippenmeker dit Aldegrever (Westphalie, 1502 – Soest, vers 1558).

45. Georges Pencz (Nuremberg, vers 1500 – Leipzig, 1550).

46. Jörg Bencz.

47. Frans Floris de Vriendt (Anvers, vers 1518 – 1570).

48. Originaire de Nuremberg, sculpteur sur bois, Coriolano a gravé les xylographies des portraits des Vies.

Jules Romain

1. De son vrai nom Giulio di Piero Pippi di Gianuazzi, Jules Romain participa bien au décor des Loges (voir Vie de Raphaël) mais des scènes citées par Vasari seules lui sont attribuées les deux dernières.

2. *In situ* (1517).

3. Voir Vie de Raphaël, note 26.

4. Sainte Elisabeth appartient à la *Grande Sainte Famille*, Musée du Louvre avec la *Sainte Marguerite.*

5. *Portrait de Jeanne d'Aragon*, Musée du Louvre.

6. Giovan Francesco Penni (vers 1488-1528), artiste d'origine florentine qui participa aussi aux décors des Loges et de la Farnésine.

7. Dans la Vie de Raphaël, Vasari attribue avec raison la conception architecturale à Raphaël. Romain travailla au décor à partir de 1521 avec Giovanni da Udine. *In situ.*

8. Adrien VI d'Utrecht (1459-1523).

9. Sur la salle de Constantin, où Romain travailla de 1520 à 1524, voir aussi Vie de Raphaël.

10. *Assomption* de Monteluce, Pinacothèque vaticane.

11. Museo di Capodimonte, Naples.

12. Pinacothèque vaticane.

13. *In situ.*

14. Villa Lante. Le décor n'est plus en place.

15. Palais du Té, construit de 1525 à 1527. Vasari en donne une description très précise que Leclanché n'a pas totalement respectée dans sa traduction.

16. La villa a été démolie eu XVIIIe siècle.

17. Musée du Louvre, Paris.

18. Gemäldegalerie, Dresde.

19. Musée de l'Ermitage, Saint-Pétersbourg.

20. Le bâtiment subsiste toujours.

21. Les tapissiers Jean Rost et Nicolas Karcher étaient à l'époque à Ferrare. Les tapisseries ne sont pas connues.

22. Frédéric mourut en 1540, le chantier de la cathédrale, commencé en 1545, s'arrêta avec la mort de Romain.

23. Il n'avait en fait que quarante-sept ans.

Giovannantonio da Verzelli, dit le Sodome

1. De son vrai nom Giovanni Antonio Bazzi.

2. Les Spannocchi étaient une famille de riches banquiers siennois.

3. Jacopo della Quercia, sculpteur renommé de Sienne.

4. Il réalisa vingt-six scènes entre 1505 et 1508. *In situ.*

5. *In situ*, endommagé.

6. Voir Vie de Raphaël, p. 227.

7. Aujourd'hui Villa Farnésine. L'ensemble du décor de Sodoma est *in situ.*

8. Il existe deux *Lucrèce* du Sodome, au Musée de Hanovre et au Musée de Budapest.

9. La *Déposition de Croix* et la fresque sont à la Pinacothèque de Sienne.

10. Fragments *in situ.*

11. Palazzo Pitti, Florence.

12. *In situ.*

13. Ces œuvres sont dans différentes salles du Palazzo Publico de Sienne.

14. *In situ.*

15. *In situ.*

16. Les deux scènes sont *in situ. Dieu le Père* a été détruit.

17. *In situ.*

18. A peine visible, Porte Pispini.

19. *In situ.*

20. Voir note 8.

21. Beccafumi (1486-1551) fut effectivement le peintre le plus en vogue à Sienne à cette époque.

22. *In situ.*

23. Museo Civico, Pise.

24. Il avait épousé Beatrice di Luca Galli en 1510. Faustina épousa Bartolomeo di Sebastiano Neroni, dit il Riccio (1500-1572).

Michel-Ange

1. Francesco Granacci (1469-1543). Voir Vie de Ghirlandaio.

2. Vasari s'oppose ici à Condivi, biographe de Michel-Ange qui minimisait l'importance de Ghirlandaio dans la formation de Michel-Ange.

3. Martin Schongauer (1455-1491). Voir Vie de Marc Antonio.

4. Bertoldo (1440-1491). Voir Vie de Donatello. L'école du jardin de Saint-Marc est une fiction qui permet de célébrer l'intérêt de Laurent le Magnifique pour la création artistique.

5. La *Bataille des Centaures* et la *Madonna della Scala* sont à la Casa Buonarroti, Florence.

6. Pietro di Torrigiano (Florence, 1472 – Séville, 1528), sculpteur florentin, travailla en Angleterre et en Espagne.

7. Identifiable sur certaines gravures de Fontainebleau du XVIIe siècle.

8. Généralement admis comme celui de Casa Buonarroti, Florence.

9. En novembre 1494.

10. *In situ.* L'*Arca* a été commencée par Nicola Pisano.

11. Raffaello Riario, cardinal di San Giorgio (1451-1521).

12. Le *Bacchus* est au musée du Bargello, Florence.

13. Basilique Saint-Pierre, Rome. Commandée par Jean Bilhères de Lagraulas, cardinal de Saint-Denis (1498) pour être placée dans la chapelle des rois de France, près de la vieille basilique Saint-Pierre. Déplacée ensuite dans la chapelle de la Vierge des Fièvres.

14. Allusion à Cristoforo Solari.

15. Poème de Giovan Battista Strozzi il Vecchio (Beauté et Bonté, deuil et pitié, vivants dans le marbre mort. Ne pleurez pas si fort, comme vous le faites, pour ne pas réveiller la mort avant l'heure, malgré lui Notre-Seigneur et ton époux, ton fils et ton père, toi, l'Unique épouse, la fille et la mère).

16. *David* (1501), Galerie de l'Académie, Florence.

17. *Tondo Taddei*, Royal Academy, Londres ; *Tondo Pitti*, Musée du Bargello, Florence.

18. Musée du Bargello.

19. *Madone*, Basilique du Saint-Sang, Bruges.

20. *Tondo Doni*, Galerie des Offices, Florence.

21. *Bataille de Cascina* (1504, connue pas des copies du dessin).

22. Vasari mélange les statues des différents projets.

23. Ils ornaient le château d'Anne de Montmorency ; maintenant, au musée du Louvre, Paris.

24. Palazzo Vecchio, Florence.

25. *In situ* dans la réalisation finale, San Pietro a Vincoli, Rome.

26. L'un des deux ports de Rome.

27. Réalisée en 1506-1507, détruite dès 1511.

28. La première moitié de la voûte fut dévoilée en septembre 1510.

29. *In situ*, voir Vie de Raphaël.

30. 1er novembre 1512.

31. La Sibylle persique.

32. Erreur de Vasari. La sibylle d'Erythrée est la seconde.

33. Il s'agit de la Sibylle de Cumes.

34. Léon X (1513-1521), élu en mars 1513, est le fils de Laurent le Magnifique.

35. Il existe un grand modèle, Casa Buonaroti, Florence.

36. Adrien VI d'Utrecht, pape en 1522-1523 ; Clément VII Médicis, 1523-1534.
37. *In situ*, San Lorenzo, Florence.
38. *In situ* (1520).
39. 1527.
40. Attribués à Giovanbattista Strozzi (La nuit que tu vois dormir si joliment fut sculptée par un ange dans le rocher ; puisqu'elle dort, elle est en vie ; si tu ne le crois pas, éveille-la et elle parlera).
41. « Il m'est doux de dormir et plus encore d'être de pierre : Tant que durent le malheur et la honte, ne pas voir, ne pas sentir m'est un grand bonheur ; Ne me réveille donc pas ; eoh, parle bas. »
42. Metropolitan Museum, New York.
43. Œuvre qui disparut en France au XVIIe siècle. Réplique, National Gallery, Londres.
44. En août 1530.
45. Musée du Bargello, Florence.
46. Michel-Ange quitte Florence en 1534, les deux chantiers de San Lorenzo étant presque terminés.
47. La peinture de la Trinité-des-Monts a disparu. La fresque du *Jugement dernier* a été réalisée entre 1534 et 1541.
48. Paul III Farnèse (1534-1549).
49. *L'Enfer*, chant 3, vers 109 (Caron le démon aux yeux de braise les rassemble tous, les appelle tous, il bat de sa rame ceux qui traînent).
50. *In situ* (1542-1550).
51. *Pietà*, cathédrale de Florence.
52. Michel-Ange fut nommé architecte de Saint-Pierre le 1er janvier 1547.
53. *Taureau Farnèse*, Museo di Capodimonte, Naples.
54. Sebastiano del Piombo (vers 1485-1547) ; Guglielmo della Porta (actif entre 1534 et 1577).
55. Jules III del Monte (1550-1555).
56. Paul IV Carafa (1555-1559).
57. Niccolo Pericoli dit il Tribolo (1500-1558).
58. Les nus furent voilés par Daniele da Volterra juste après la mort de Michel-Ange.
59. Francesco di Bernardino d'Amodore (1500/1510-1555).
60. Il s'agit en fait des armées espagnoles.
61. *Pietà Rondamini*, Castello Sforzesco, Milan.
62. Pie IV Médicis (1559-1565).
63. Leone Leoni (1509-1590).
64. Musée du Bargello, Florence.
65. Vitoria Colonna qu'il connut de 1534 à sa mort en 1547. Œuvres connues par la gravure.

Le Titien

1. La date de naissance de Tiziano Vecellio n'est pas connue mais est plus tardive que celle donnée par Vasari.
2. Quelques fragments subsistent, dispersés dans Venise.
3. Pourrait être la version du musée de l'Ermitage, Saint-Pétersbourg.
4. Subsiste l'*Ecce Homo*, mais daté de 1543, Gemäldegalerie, Vienne.
5. Sacristie de San Marziale, vers 1540.
6. *In situ*, Scuola di San Antonio, Padoue.
7. Sacristie de Santa Maria della Salute, Venise, vers 1511.
8. La *Senseria* est un bénéfice sous forme de charge de courtier que d'autres artistes ont eu avant lui. Il obtint cette charge, qu'il avait demandée en 1513, en 1516.
9. Vasari décrit ici le célèbre cabinet d'albâtre d'Alphonse d'Este, duc de Ferrare. Le premier tableau, *Le Banquet des dieux*, National Gallery of Art, Washington, de Bellini fut achevé par Titien après 1516.
10. *La Vierge du Rosaire* (1506, Narodni Galerie, Prague) peinte pour la Guilde des Marchands allemands.
11. *La Bacchanale des Andriens* et *L'Offrande à Vénus*, tous deux au Museo del Prado, Madrid.
12. *Le Christ aux deniers* (vers 1518), Gemäldegalerie, Dresde, qui ne devait pas se trouver dans cette pièce.
13. Le duc est au Metropolitan Museum, New York, Laura de' Danti, alors sa maîtresse, dans la collection Heinz Kisters, Kreuzlingen.
14. *Orlando furioso* (*Roland furieux*, 1532), 33-2. L'Arioste était alors le poète de la cour d'Alphonse d'Este.
15. *Les Trois Âges de la vie*, National Gallery of Scotland, Edimbourg. Giovanni Bernardi (1496-1553) était un graveur sur pierre et sur médaille réputé, de Faenza.
16. *In situ* dans Santa Maria Gloriosa dei Frari (1518), peint sur bois.
17. *In situ.* Allusion à la victoire maritime remportée en 1502 par Jacopo Pesaro, évêque de Chypre, commandant la flotte pontificale, sur les Turcs.
18. Pinacothèque vaticane, Rome.
19. *In situ,* Scuola Grande di San Rocco.
20. Galerie de l'Académie, Venise.

21. Le *Portrait de François Ier*, 1538-1539, Musée du Louvre, Paris, ne peut correspondre aux circonstances données par Vasari.

22. Ces œuvres furent détruites dans l'incendie du palais ducal en 1577. Il existe d'autres versions de certains de ces portraits.

23. Pietro Bacci dit l'Arétin (1492-1556) s'installa à Venise en mars 1527 et entretint ensuite une vaste correspondance.

24. Détruit dans l'incendie de l'église en 1867.

25. *La Bataille de Cadore* et *La Vierge* furent aussi détruites dans l'incendie du palais ducal.

26. Musée du Louvre, Paris.

27. Galerie de l'Académie, Venise.

28. Portrait perdu et confusions de Vasari avec la deuxième rencontre entre Titien et Charles Quint.

29. La rivalité de styles à cette époque avec le Pordenone (vers 1484-1539) est fort probable. Tableaux *in situ.*

30. Le tableau qui était dans la chapelle du palais d'Aranjuez disparut pendant les guerres napoléoniennes.

31. *In situ.*

32. C'est à ce second séjour (hiver 1532-1533) qu'appartient le *Portrait en pied de Charles Quint avec un chien* du Prado.

33. Le premier est au Palazzo Pitti, Florence.

34. Getty Museum, Los Angeles. Le portrait de l'Arétin du Palazzo Pitti est plus tardif.

35. Le portrait de Frédéric Gonzague (Museo del Prado, Madrid) est de 1523. La série des empereurs qui a ensuite successivement appartenue à Charles Ier d'Angleterre et à Philippe IV d'Espagne a brûlé dans l'incendie de l'Alcázar de Madrid en 1734.

36. *In situ* dans l'église paroissiale.

37. Le premier est au Museo di Capodimonte, Naples.

38. *Portrait de Francisco Maria della Rovere* (et un autre de sa femme Eleonora), Galerie des Offices, Florence. Le sonnet de l'Arétin commence par ces mots : « Si l'illustre Apelle, avec la main de l'Art/représenta d'Alexandre le visage et le buste. »

39. *Vénus d'Urbin* (1538), Galerie des Offices, Florence.

40. Palazzo Pitti, Florence.

41. Les tableaux actuellement connus appartenant à cette série sont ceux des papes Sixte IV (Galerie des Offices) et Jules II (Palazzo Pitti).

42. Santa Maria della Salute, Venise.

43. *In situ.*

44. *In situ.*

45. Identification incertaine pour le premier ; le second, *Portrait de Cristoforo Madruzzo*, est au Museu de Arte, Sao Paulo.

46. Palazzo Pitti, Florence. Voir note 34.

47. Plafond de la sacristie de Santa Maria della Salute.

48. Il est plus âgé dans les autoportraits actuellement connus.

49. *Portrait de Paul III et de ses petits-fils* (cardinal Alexandre Farnèse et Ottavio, duc de Parme), Museo di Capodimonte, Naples.

50. *Danaé et Cupidon*, pour le cardinal Alexandre Farnèse, Museo di Capodimonte, Naples.

51. Pomponio était son fils aîné qui commençait alors une carrière ecclésiastique. Orazio (vers 1525-1576) collabora beaucoup avec son père.

52. *Alfonso d'Avalos haranguant ses soldats*, Museo del Prado, Madrid.

53. Seuls les tableaux de San Salvadore sont *in situ.*

54. *Charles Quint après la victoire de Mülhberg* (1547, Museo del Prado) et *Charles Quint assis* (1548, Gemäldegalerie, Munich). Titien fut fait comte palatin en 1558.

55. Titien fit plusieurs portraits de Philippe entre 1550 et 1556 avant qu'il ne devienne roi. Le plus célèbre est le *Philippe II en armure* (1550, Museo del Prado).

56. La plupart de ces portraits sont connus par des copies, notamment une du portrait de Marie de Hongrie (Musée des Arts décoratifs, Paris).

57. *La Trinité* (1550-1554) (Museo del Prado, Madrid) passa effectivement par Bruxelles et Yuste. Elle fut gravée par Cornelis Cort.

58. *Les Furies*, d'abord à Binche puis à l'Alcázar de Madrid. Il manque Tantale. Les trois autres sont au Museo del Prado, Madrid.

59. Ces tableaux font partie des séries de « Poésies », peintes entre 1554 et 1562, que Philippe II avait rassemblées dans son cabinet de Madrid : *Vénus et Adonis* est au Prado, *La Délivrance d'Andromède* à la Wallace Collection, Londres, *Diane et Actéon* (avec son pendant *Diane et Callisto*) à la National Gallery of Scotland, Edimbourg, et *L'Enlèvement d'Europe* appartient au Isabelle Stewart Gardner Museum, Boston.

60. Museum of Art, Cleveland, et Pinacothèque ambrosienne, Milan.

61. Musée du Louvre, Paris. Pris en 1797.

62. *In situ.*

63. *Le Martyre de saint Laurent*, déplacé après la suppression de l'ordre dans l'église des Jésuites, Santa Maria Assunta. *In situ.*

64. *In situ* (vers 1563).

65. Connue par une copie de Luca Giordano, Eglise de la ville de l'Escorial.

66. National Gallery of Art, Kress Collection, Washington, et Museo di Capodimonte, Naples, tableaux postérieurs à la nomination de Bembo.

67. Giovanni della Casa (1503-1556), érudit, traducteur de Thucydide et de poètes latins, fut nonce apostolique à Venise en 1544-1549. Il dédia de nombreux sonnets à Elisabetta Querini dont le portrait est perdu.

68. Museo del Escorial. Le tableau n'était pas encore envoyé quand Vasari écrit.

69. Vasari énumère les tableaux qu'il a vus dans l'atelier de Titien. Destiné au panthéon-monastère de l'Escorial, *Le Martyre de saint Laurent* s'y trouve toujours. *La Foi vénérée par le doge Grimani* est au palais ducal, Venise. Les peintures de Brescia furent détruites en 1575.

70. A la mort d'Alphonse, Titien se servit de ce tableau pour en faire *L'Espagne secourant la Religion*, allégorie de la bataille de Lépante (Museo del Prado, Madrid).

71. L'*Autoportrait* peut être celui du Prado. Il existe différentes versions, pour la plupart antérieures, des sujets cités ici.

72. Paris Bordone (Trévise, 1500 – Venise, 1571).

73. Voir note 18.

74. *In situ.* Les œuvres citées précédemment sont détruites.

75. Le *Paradis,* Museo Civico, Trévise, où se trouve aussi *La Vierge en majesté entourée de saint Jean-Baptiste et de saint Jérôme* venant de San Girolamo.

76. Galerie de l'Académie, Venise.

77. *In situ.*

78. Le séjour de Bordone à Paris, qui semble bien avoir eu lieu, est postérieur à la mort de François Ier. Vasari a pu mélanger 1538 et 1558.

79. *In situ.*

80. *In situ.*

81. Valerio Zuccato, actif de 1532 à 1564, et Francesco Zuccato, actif à partir de 1524, mort en 1572.

Jacopo Sansovino

1. Michel-Ange est en fait né à Caprese dans le Casentin.

2. Andrea Contucci dit Andrea Sansovino (Monte San Savino, 1460 – Arezzo, 1529) se rendit en Espagne (Tolède) et au Portugal où il conçut plusieurs œuvres.

3. *La Madone des Harpies*, Galerie des Offices, Florence.

4. Bartolomeo Sinibaldi dit Baccio da Montelupo (1469-1535), architecte et sculpteur.

5. Le *Saint Nicolas* est toujours *in situ.* Nanni Unghero était un sculpteur.

6. Le *Laocoon*, copie romaine d'un original hellénistique, venait

d'être trouvé à Rome (1506). Le peintre et sculpteur Alonso Berruguete (vers 1486-1561) se forma en Italie avant 1518. Ce modèle n'a pas été retrouvé.

7. Le *modello* en cire se trouve au Victoria and Albert Museum, Londres.

8. *In situ.*

9. Musée du Bargello, Florence.

10. Léon X, membre de la famille Médicis, voulait achever le chantier de l'église paroissiale de la famille, laissée sans façade.

11. *Madona del Parto*, *in situ.*

12. Commande du cardinal Albornoz. La statue est aujourd'hui dans l'église Santa Maria di Montserrat.

13. San Giovani dei Fiorentini, *in situ.*

14. Le tombeau du cardinal d'Agen est toujours dans l'église San Marcello.

15. Ces palais, tout comme les édifices cités ensuite, subsistent encore.

16. Une des seules œuvres, avec le palais Tiepolo, démolies.

17. Aujourd'hui à Santa Maria dei Frari.

18. *In situ* (*Le Miracle de la jeune Cerilla*).

19. *In situ.* D'où le nom d'Escalier des Géants.

20. Maintenant sur la place publique de Brescello.

21. *In situ.*

TABLE

Dans la collection Les Cahiers Rouges

Alexis (Paul), **Céard** (Henry), **Hennique** (Léon), **Huysmans** (JK), **Maupassant** (Guy de), **Zola** (Émile)	*Les Soirées de Médan*
Andreas-Salomé (Lou)	*Friedrich Nietzsche à travers ses œuvres*
Arbaud (Joseph d')	*La Bête du Vaccarès*
Audiberti (Jacques)	*Les Enfants naturels ■ L'Opéra du monde*
Audoux (Marguerite)	*Marie-Claire suivi de l'Atelier de Marie-Claire*
Augiéras (François)	*L'Apprenti sorcier ■ Domme ou l'essai d'occupation ■ Un voyage au mont Athos ■ Le Voyage des morts*
Aymé (Marcel)	*Clérambard ■ Vogue la galère*
Barbey d'Aurevilly (Jules)	*Les Quarante médaillons de l'Académie*
Baudelaire (Charles)	*Lettres inédites aux siens*
Bayon	*Haut fonctionnaire*
Beck (Béatrix)	*La Décharge ■ Josée dite Nancy*
Becker (Jurek)	*Jakob le menteur*
Begley (Louis)	*Une éducation polonaise*
Benda (Julien)	*Tradition de l'existentialisme ■ La Trahison des clercs*
Berger (Yves)	*Le Sud*
Berl (Emmanuel)	*La France irréelle ■ Méditation sur un amour défunt ■ Rachel et autres grâces*
Berl (Emmanuel), **Ormesson** (Jean d')	*Tant que vous penserez à moi*
Bernard (Tristan)	*Mots croisés*
Bibesco (Princesse)	*Catherine-Paris ■ Le Confesseur et les poètes*
Bierce (Ambrose)	*Histoires impossibles ■ Morts violentes*
Bodard (Lucien)	*La Vallée des roses*
Bosquet (Alain)	*Une mère russe*
Brenner (Jacques)	*Les Petites filles de Courbelles*
Breton (André), **Deharme** (Lise), **Gracq** (Julien), **Tardieu** (Jean)	*Farouche à quatre feuilles*
Brincourt (André)	*La Parole dérobée*
Bukowski (Charles)	*Au sud de nulle part ■ Factotum ■ L'amour est un chien de l'enfer (t1) ■ L'amour est un chien de l'enfer (t2) ■ Le Postier ■ Souvenirs d'un pas grand-chose ■ Women*
Burgess (Anthony)	*Pianistes*
Butor (Michel)	*Le Génie du lieu*
Caldwell (Erskine)	*Une lampe, le soir…*
Calet (Henri)	*Contre l'oubli ■ Le Croquant indiscret*

Capote (Truman) *Prières exaucées*
Carossa (Hans) *Journal de guerre*
Cendrars (Blaise) *Hollywood, la mecque du cinéma* ■ *Moravagine* ■ *Rhum l'aventure de Jean Galmot* ■ *La Vie dangereuse*
Cézanne (Paul) *Correspondance*
Chamson (André) *L'Auberge de l'abîme* ■ *Le Crime des justes*
Chardonne (Jacques) *Ce que je voulais vous dire aujourd'hui* ■ *Claire* ■ *Lettres à Roger Nimier* ■ *Propos comme ça* ■ *Les Varais* ■ *Vivre à Madère*
Charles-Roux (Edmonde) *Stèle pour un bâtard*
Châteaubriant (Alphonse de) *La Brière*
Chatwin (Bruce) *En Patagonie* ■ *Les Jumeaux de Black Hill* ■ *Utz* ■ *Le Vice-roi de Ouidah*
Chessex (Jacques) *L'Ogre*
Claus (Hugo) *La Chasse aux canards*
Clermont (Emile) *Amour promis*
Cocteau (Jean) *La Corrida du 1er mai* ■ *Les Enfants terribles* ■ *Essai de critique indirecte* ■ *Journal d'un inconnu* ■ *Lettre aux Américains* ■ *La Machine infernale* ■ *Portraits-souvenir* ■ *Reines de la France*
Combescot (Pierre) *Les Filles du Calvaire*
Consolo (Vincenzo) *Le Sourire du marin inconnu*
Cowper Powys (John) *Camp retranché*
Curtis (Jean-Louis) *La Chine m'inquiète*
Dali (Salvador) *Les Cocus du vieil art moderne*
Daudet (Léon) *Les Morticoles* ■ *Souvenirs littéraires*
Degas (Edgar) *Lettres*
Delteil (Joseph) *Choléra* ■ *La Deltheillerie* ■ *Jeanne d'Arc* ■ *Jésus II* ■ *Lafayette* ■ *Les Poilus* ■ *Sur le fleuve Amour*
Desbordes (Jean) *J'adore*
Dhôtel (André) *Le Ciel du faubourg* ■ *L'Île aux oiseaux de fer*
Dickens (Charles) *De grandes espérances*
Donnay (Maurice) *Autour du chat noir*
Dumas (Alexandre) *Catherine Blum* ■ *Jacquot sans Oreilles*
Eco (Umberto) *La Guerre du faux*
Ellison (Ralph) *Homme invisible, pour qui chantes-tu ?*
Fallaci (Oriana) *Un homme*
Fernandez (Dominique) *Porporino ou les mystères de Naples*
Fernandez (Ramon) *Messages* ■ *Molière ou l'essence du génie comique* ■ *Proust*
Ferreira de Castro (A.) *Forêt vierge* ■ *La Mission* ■ *Terre froide*
Fitzgerald (Francis Scott) *Gatsby le Magnifique* ■ *Un légume*
Fouchet (Max-Pol) *La Rencontre de Santa Cruz*
Fourest (Georges) *La Négresse blonde suivie de Le Géranium Ovipare*
Freustié (Jean) *Le Droit d'aînesse* ■ *Proche est la mer*
Frisch (Max) *Stiller*
Gadda (Carlo Emilio) *Le Château d'Udine*
Galey (Matthieu) *Les Vitamines du vinaigre*

Gallois (Claire) *Une fille cousue de fil blanc*
García Márquez (Gabriel) *L'Automne du patriarche ■ Chronique d'une mort annoncée ■ Des feuilles dans la bourrasque ■ Des yeux de chien bleu ■ Les Funérailles de la Grande Mémé ■ L'Incroyable et triste histoire de la candide Erendira et de sa grand-mère diabolique ■ La Mala Hora ■ Pas de lettre pour le colonel ■ Récit d'un naufragé*
Garnett (David) *La Femme changée en renard*
Gauguin (Paul) *Lettres à sa femme et à ses amis*
Genevoix (Maurice) *La Boîte à pêche ■ Raboliot*
Ginzburg (Natalia) *Les Mots de la tribu*
Giono (Jean) *Colline ■ Jean le Bleu ■ Mort d'un personnage ■ Naissance de l'Odyssée ■ Que ma joie demeure ■ Regain ■ Le Serpent d'étoiles ■ Un de Baumugnes ■ Les Vraies richesses*
Giraudoux (Jean) *Adorable Clio ■ Bella ■ Eglantine ■ Lectures pour une ombre ■ La Menteuse ■ Siegfried et le Limousin ■ Supplément au voyage de Cook*
Glaeser (Ernst) *Le Dernier civil*
Gordimer (Nadine) *Le Conservateur*
Goyen (William) *Savannah*
Guéhenno (Jean) *Changer la vie*
Guilbert (Yvette) *La Chanson de ma vie*
Guilloux (Louis) *Angélina ■ Dossier confidentiel ■ Hyménée ■ La Maison du peuple*
Gurgand (Jean-Noël) *Israéliennes*
Haedens (Kléber) *Adios ■ L'Été finit sous les tilleuls ■ Magnolia-Jules/L'école des parents ■ Une histoire de la littérature française*
Halévy (Daniel) *Pays parisiens*
Hamsun (Knut) *Au pays des contes ■ Vagabonds*
Heller (Joseph) *Catch 22*
Hémon (Louis) *Battling Malone, pugiliste ■ Monsieur Ripois et la Némésis*
Herbart (Pierre) *Histoires confidentielles*
Hesse (Hermann) *Siddhartha*
Istrati (Panaït) *Les Chardons du Baragan*
James (Henry) *Les Journaux*
Jardin (Pascal) *Guerre après guerre suivi de La guerre à neuf ans*
Jarry (Alfred) *Les Minutes de Sable mémorial*
Jouhandeau (Marcel) *Les Argonautes ■ Elise architecte*
Jullian (Philippe), **Minoret** (Bernard) *Les Morot-Chandonneur*
Jünger (Ernst) *Rivarol et autres essais ■ Le contemplateur solitaire*
Kafka (Franz) *Journal ■ Tentation au village*
Kipling (Rudyard) *Souvenirs de France*
Klee (Paul) *Journal*
La Varende (Jean de) *Le Centaure de Dieu*

La Ville de Mirmont (Jean de) *L'Horizon chimérique*

Lanoux (Armand) *Maupassant, le Bel-Ami*

Laurent (Jacques) *Croire à Noël* ■ *Le Petit Canard*

Le Golif (Louis-Adhémar-Timothée) *Cahiers de Louis-Adhémar-Timothée Le Golif, dit Borgnefesse, capitaine de la flibuste*

Léautaud (Paul) *Bestiaire*

Lenotre (G.) *Napoléon – Croquis de l'épopée* ■ *La Révolution française* ■ *Versailles au temps des rois*

Levi (Primo) *La Trêve*

Lilar (Suzanne) *Le Couple*

Lowry (Malcolm) *Sous le volcan*

Mac Orlan (Pierre) *Marguerite de la nuit*

Maeterlinck (Maurice) *Le Trésor des humbles*

Maïakowski (Vladimir) *Théâtre*

Mailer (Norman) *Les Armées de la nuit* ■ *Pourquoi sommes-nous au Vietnam ?* ■ *Un rêve américain*

Maillet (Antonine) *Les Cordes-de-Bois* ■ *Pélagie-la-Charrette*

Malaparte (Curzio) *Technique du coup d'État*

Malerba (Luigi) *Saut de la mort* ■ *Le Serpent cannibale*

Mallea (Eduardo) *La Barque de glace*

Malraux (André) *La Tentation de l'Occident*

Malraux (Clara) *...Et pourtant j'étais libre* ■ *Nos vingt ans*

Mann (Heinrich) *Professeur Unrat (l'Ange bleu)* ■ *Le Sujet!*

Mann (Klaus) *La Danse pieuse* ■ *Mephisto* ■ *Symphonie pathétique* ■ *Le Volcan*

Mann (Thomas) *Altesse royale* ■ *Les Maîtres* ■ *Mario et le magicien* ■ *Sang réservé*

Mauriac (Claude) *André Breton*

Mauriac (François) *Les Anges noirs* ■ *Les Chemins de la mer* ■ *Le Mystère Frontenac* ■ *La Pharisienne* ■ *La Robe prétexte* ■ *Thérèse Desqueyroux*

Mauriac (Jean) *Mort du général de Gaulle*

Maurois (André) *Ariel ou la vie de Shelley* ■ *Le Cercle de famille* ■ *Choses nues* ■ *Don Juan ou la vie de Byron* ■ *René ou la vie de Chateaubriand* ■ *Les Silences du colonel Bramble* ■ *Tourguéniev* ■ *Voltaire*

Mistral (Frédéric) *Mireille/Mirèio*

Monnier (Thyde) *La Rue courte*

Moore (George) *Mémoires de ma vie morte*

Morand (Paul) *Air indien* ■ *Bouddha vivant* ■ *Champions du monde* ■ *L'Europe galante* ■ *Lewis et Irène* ■ *Magie noire* ■ *Rien que la terre* ■ *Rococo*

Mutis (Alvaro) *La Dernière escale du tramp steamer* ■ *Ilona vient avec la pluie* ■ *La Neige de l'Amiral*

Nabokov (Vladimir) *Chambre obscure*

Nadolny (Sten) *La Découverte de la lenteur*

Naipaul (V.S.) *Le Masseur mystique*

Némirovsky (Irène) — *L'Affaire Courilof ■ Le Bal ■ David Golder ■ Les Mouches d'automne précédé de La Niania et Suivi de Naissance d'une révolution*
Nerval (Gérard de) — *Poèmes d'Outre-Rhin*
Nicolson (Harold) — *Journal 1936-1942*
Nizan (Paul) — *Antoine Bloyé*
Nourissier (François) — *Un petit bourgeois*
Obaldia (René de) — *Le Centenaire ■ Innocentines*
Peisson (Edouard) — *Hans le marin ■ Le Pilote ■ Le Sel de la mer*
Penna (Sandro) — *Poésies ■ Un peu de fièvre*
Peyré (Joseph) — *L'Escadron blanc ■ Matterhorn ■ Sang et Lumières*
Philippe (Charles-Louis) — *Bubu de Montparnasse*
Pieyre de Mandiargues (André) — *Le Belvédère ■ Deuxième Belvédère ■ Feu de Braise*
Ponchon (Raoul) — *La Muse au cabaret*
Poulaille (Henry) — *Pain de soldat ■ Le Pain quotidien*
Privat (Bernard) — *Au pied du mur*
Proulx (Annie) — *Cartes postales ■ Nœuds et dénouement*
Radiguet (Raymond) — *Le Diable au corps suivi de Le bal du comte d'Orgel*
Ramuz (Charles-Ferdinand) — *Aline ■ Derborence ■ Le Garçon savoyard ■ La Grande peur dans la montagne ■ Jean-Luc persécuté ■ Joie dans le ciel*
Revel (Jean-François) — *Sur Proust*
Richaud (André de) — *L'Amour fraternel ■ La Barette rouge ■ La Douleur ■ L'Etrange Visiteur ■ La Fontaine des lunatiques*
Rilke (Rainer-Maria) — *Lettres à un jeune poète*
Rivoyre (Christine de) — *Boy ■ Le Petit matin*
Robert (Marthe) — *L'Ancien et le Nouveau*
Rochefort (Christiane) — *Archaos ■ Printemps au parking ■ Le Repos du guerrier*
Rodin (Auguste) — *L'Art*
Rondeau (Daniel) — *L'Enthousiasme*
Roth (Henry) — *L'Or de la terre promise*
Rouart (Jean-Marie) — *Ils ont choisi la nuit*
Rutherford (Mark) — *L'Autobiographie de Mark Rutherford*
Sachs (Maurice) — *Au temps du Bœuf sur le toit*
Sackville-West (Vita) — *Au temps du roi Edouard*
Sainte-Beuve — *Mes chers amis…*
Sainte-Soline (Claire) — *Le Dimanche des Rameaux*
Schneider (Peter) — *Le Sauteur de mur*
Sciascia (Leonardo) — *L'Affaire Moro ■ Du côté des infidèles ■ Pirandello et la Sicile*
Semprun (Jorge) — *Quel beau dimanche*
Serge (Victor) — *Les Derniers temps ■ S'il est minuit dans le siècle*
Sieburg (Friedrich) — *Dieu est-il Français ?*
Silone (Ignazio) — *Fontarama ■ Le Secret de Luc ■ Une poignée de mûres*
Soljenitsyne (Alexandre) — *L'Erreur de l'Occident*
Soriano (Osvaldo) — *Jamais plus de peine ni d'oubli ■ Je ne vous dis pas adieu... ■ Quartiers d'hiver*
Soupault (Philippe) — *Poèmes et poésies*

Stéphane (Roger) *Chaque homme est lié au monde ■ Portrait de l'aventurier*
Suarès (André) *Vues sur l'Europe*
Teilhard de Chardin (Pierre) *Ecrits du temps de la guerre (1916-1919) ■ Genèse d'une pensée ■ Lettres de voyage*
Theroux (Paul) *La Chine à petite vapeur ■ Patagonie Express ■ Railway Bazaar ■ Voyage excentrique et ferroviaire autour du Royaume-Uni*
Vailland (Roger) *Bon pied bon œil ■ Les Mauvais coups ■ Le Regard froid ■ Un jeune homme seul*
Van Gogh (Vincent) *Lettres à son frère Théo ■ Lettres à Van Rappard*
Vasari (Giorgio) *Vies des artistes*
Vercors *Sylva*
Verlaine (Paul) *Choix de poésies*
Vitoux (Frédéric) *Bébert, le chat de Louis-Ferdinand Céline*
Vollard (Ambroise) *En écoutant Cézanne, Degas, Renoir*
Vonnegut (Kurt) *Galápagos*
Wassermann (Jakob) *Gaspard Hauser*
Webb (Mary) *Sarn*
White (Kenneth) *Lettres de Gourgounel ■ Terre de diamant*
Whitman (Walt) *Feuilles d'herbe*
Wilde (Oscar) *Aristote à l'heure du thé*
Wolfromm (Jean-Didier) *Diane Lanster ■ La Leçon inaugurale*
Zola (Émile) *Germinal*
Zweig (Stefan) *Brûlant secret ■ Le Chandelier enterré ■ Erasme ■ Fouché ■ Marie Stuart ■ Marie-Antoinette ■ La Peur ■ La Pitié dangereuse ■ Souvenirs et rencontres ■ Un caprice de Bonaparte*

Cet ouvrage a été imprimé
en mai 2010 par

CPI

FIRMIN-DIDOT

27650 Mesnil-sur-l'Estrée
N° d'édition : 16229
N° d'impression : 99963
Première édition, dépôt légal : février 2007
Nouveau tirage, dépôt légal : mai 2010

Imprimé en France